독자님들께 깊이 감사드립니다
박스오피스

좀비국시록 82-18

10

MOON
PHASE

좀비묵시록 82-08

10

박스오피스

10
좀비묵시록 82-08

초판 1쇄 인쇄	2025년 11월 06일
초판 1쇄 발행	2025년 11월 27일
ISBN	979-11-7315-088-3 [04810]
지은이	박스오피스
기획	이하늘
교정·교열	김경희, 윤화리
디자인팀장	공가을
디자인책임	공가을
편집디자인	임은영
타이틀제작	진유성
펴낸이	문상철
펴낸곳	주식회사 바이프로스트
주소	서울시 강남구 선릉로 549, 에본빌딩 3층 (역삼동 694-35)
출판등록	제2020-000007호, 2020년 1월 9일
대표전화	070-8833-7312
전자우편	bifrostkr@gmail.com

이 책은 저작권법의 보호를 받는 저작물로서 무단 복제 및 재배포를 금지합니다.
잘못된 책은 구입처에서 교환하여 드립니다.

BIFROST SERIES

CONTENTS

Chapter 77
무쌍난무 ·· 007

Chapter 78
좀비 세계의 최강자 ··························· 070

Chapter 79
Fate ·· 125

Chapter 80
여명 ··· 215

Chapter 81
어벤저스 ··· 239

Chapter 82
난폭하게! 잔인하게! (1) ···················· 306

Chapter 77
무쌍난무

01

투투투투— 투투투— 투투둑— 투투투투투투—.

등 뒤에서 쉼 없이 울려 대는 총소리를 들으며 민구는 초조하게 주변을 둘러보았다. 이제는 불과 50여 미터 이내로 당겨진 저지선에서 병사들이 죽어라 총을 쏴 대는 중이다.

아직 괴물들의 모습이 보이지는 않지만, 머지않아 저 서치라이트의 범위 내까지도 놈들이 좁혀 올 거라는 걸 소리로 알 수 있었다.

그롸아아아아—.

괴물들은 자신들이 얼마나 많은지, 또 얼마나 가까이까지 왔는지 소름 끼치는 울음소리로 상세히 알려 준다.

다행인 점이라면 이제 몇 분 내로 그들이 나갈 차례가 올 거라는 사실이다. 물론 지 허술한 3차 저지선이 그사이에 무너져 버린다고 해도 하나도 이상할 건 없다.

"몇 시야?"

젠킨스가 테라를 통해 물어 온다. 민구는 인상을 쓰면서 시계를 이리저리 비쳤다. 미키마우스 시계의 야광이 영 시원치 않아서 이렇게 반사각을 잘 맞춰야만 겨우 시간을 알아보는 게 가능하다.

"12시 20분. 그리고 그만 좀 물어보라고 해. 시간하고 상관없는 일이니까."

민구는 테라에게 일러 줬다. 테라는 그걸 또 젠킨스에게 전한다. 좀비 세상이 오기 전에는 각계에서 나름 최고의 위치를 고수하던 사람들이건만, 지금은 세 명을 다 합쳐 끈이 나긋한 어린이용 미키마우스 시계 하나뿐이다. 그래서 이런 우스운 짓을 해야 한다.

"끄아아아악! 아아악!"

어딘가에서 비명 소리가 들려온다. 총소리는 사방에서 울려 대는데, 비명 소리가 들려오는 방향은 한 군데뿐이다. 바로 잠시 후 그들이 달려 나가야 하는 탄천 변의 산책로다.

"좀비들이 또 왔나 봐! 어떡해!"

주변의 사람들이 술렁거리며 울먹였다. 조명도 거의 없는 벌판을 달려 나가야 하니 두려울 수밖에 없다. 언제 어디에서 좀비들이 달려들지 모른다.

쾅쾅쾅쾅쾅— 쾅쾅쾅쾅쾅—.

한동안 이어지던 끔찍한 비명은 전차의 기관총 소리가 요란하게 울리고 난 뒤 끊겼다. 사람들은 그제야 안도의 한숨을 내쉬었다. 하지만 민구는 그 소리들이 어떤 의미인지를 알고 있다. 다수의 괴물들과 한 덩어리로 뒤섞인 민간인들까지 전부…… 한꺼번에 사살해 버린 것이다.

비정하기는 하지만, 이런 상황에서는 합리적인 결정이다. 그렇게라도 해서 산책로를 깨끗이 정리하지 않으면 앞뒤로 좀비들에게 둘러싸이는 형국이 되고 말 테니까.

"잘 들어."

민구는 테라에게 속삭였다.

"누군가 괴물에게 물렸다 싶으면, 그 자리에 머물지 말고 곧바로 뛰어. 도우려고 하지도 말고, 무섭다고 머뭇거리지도 마. 무조건 그 자리에서 멀어져야 돼."

만약에 앞으로 갈 수 없으면 뒤로 돌아서라도 뛰어. 안 그러면 결국 총에 맞아 죽는다."

민구의 말을 들은 테라는 겁먹은 얼굴을 위아래로 끄덕였다. 몇 번이나 망설이다가 겨우 입술을 뗀 테라가 작게 중얼거렸다.

"……무서워요."

그건 말을 듣지 않아도 이미 알 수 있는 일이었다. 핏기가 가신 그녀의 입술은 아까부터 계속 바르르 떨리고 있다.

"손을 주무르고, 제자리걸음이라도 계속해. 그렇게 얼어붙어 있다가는 제대로 못 뛰어."

민구는 그렇게밖에 대답해 줄 수 없었다. 물론 달려드는 괴물의 수가 한 손에 꼽을 수 있는 정도라면 그가 충분히 지켜 줄 수 있다. 그러나 그 역시 저 밖의 벌판에 얼마나 많은 괴물들이 돌아다니고 있는지 전혀 모른다.

그동안 이동하면서 물린 놈들이 다 변해 있을 테니, 몇백 마리로 불어난 채 어둠 속에 몸을 숨기고 있다 해도 전혀 이상하지 않다. 전차들이 열심히 사살을 한다고는 하지만, 불빛이 닿지 않는 곳까지 집요하게 쫓아다니는 것은 아닐 테니까.

민구는 주머니 속의 칼을 꽉 쥐었다. 그 역시 이 계집애가 수십 마리의 괴물들에게 덮쳐져 갈가리 찢기는 꼴은 못 본다.

만약에 그런 상황이 오면…… 차라리 자신이 먼저 손을 써서 이 계집애가 고통을 느끼지 못하도록 만드는 편이 나을 거다.

콰아아아앙— 콰아앙—.

엄청난 폭음과 열기가 등 뒤에서 훅 밀려온다. 2차 저지선이 폭파됐다. 이제 그들을 좀비들로부터 갈라놓는 것은 허술하게 급조한 철조망과 바리케이드 정도뿐이다.

사람들의 마음은 더욱 급해졌고, 훌쩍이는 소리가 여기저기서 들려왔다. 철조망을 사수하기 위해 방아쇠를 당기는 병사와 민간인들의 거리는 50미터도 안 된다.

"여기까지가 100인입니다! 앞으로 나오십쇼!"

민구의 바로 앞에서 줄이 끊겼다. 병사들에게 지목된 100인이 몇 걸음을 내디뎠다. 그 사이로 두 명의 병사가 끼어들어 큰 소리로 외쳤다.

"게이트 밖으로 나가면 무조건 뜁니다! 멈추지 않습니다! 저희가 앞에서 인도할 테니까, 이 불빛만 따라오시면 됩니다! 선착장까지 800미터! 거기까지만 가시면 유람선이 기다리고 있을 겁니다!"

병사들이 설명을 하고 있는 동안에 게이트를 통해 요란한 엔진 소리와 함께 전차가 들어왔다.

동쪽에서 밀려오는 좀비들을 저지하기 위해서라지만, 지금까지 산책로를 지키던 전차가 한 대 줄었다는 것 때문에 사람들은 더욱 불안에 사로잡혔다. 민구에게도 좋은 소식은 아니었다.

"민구 형님! 민구 형님!"

그때, 총소리 사이로 누군가가 자신의 이름을 부르는 게 들린다.

뭐지? 내 이름을 알 만한 사람이 없는데…… 형님이라고 부를 사람은 더 없고……. 착각인가?

민구는 의외라고 생각하면서 줄 밖으로 고개를 내밀었다. 밤톨이다. 민간인들 사이로 플래시를 비추던 밤톨도 민구를 알아보고 달려왔다.

"형님! 이거!"

밤톨은 민구에게 칼 가방을 내밀었다. 민구는 다른 병사들의 눈치를 살피며 가방을 받았다. 다들 이동에만 정신이 팔려 있어서 긴 가방 따위를 신경 쓸 겨를은 없어 보인다. 밤톨은 큰 짐을 내려놓았다는 듯 웃었다.

"하, 하하하! 다행입니다! 약속했던 대로 그걸 돌려 드릴 수 있어서! 엇!"

환하게 웃던 밤톨이 깜짝 놀란다. 민구의 곁에 서 있는 테라를 보았기 때문이다.

"으아, 그동안 잠실에 있으면서도 한 번도 실물로 본 적 없었는데……."

테라와 눈인사를 나누면서 밤톨은 잠시나마 아찔한 기분을 느꼈다. 사람이 아니라 인형 같다고 했던 김 이병 새끼의 말이 구라가 아니었다.

"테라 씨! 이 형님 곁에 바짝 붙어 계세요! 확실히 지켜 드릴 겁니다!"

밤톨은 그녀를 향해 엄지손가락을 치켜올리고 바리케이드 쪽으로 몸을 틀었다. 예상치 못했던 도움에 민구는 북받쳐 오르는 감정을 이기지 못하고 밤톨에게 고백했다.

"나…… 나는 네가 생각하는 것처럼 좋은 놈이 아니야! 무술가 같은 것도 아니고!"

"압니다."

고개를 돌린 밤톨이 웃었다. 그런 후, 그는 칼 가방을 가리키며 말을 이었다.

"이제 그걸 좋은 데 쓰실 거라는 것도 잘 알고요."

젠장! 민구는 이마를 감싸 쥐었다.

"이 은혜를…… 어떻게 갚아야 할지 모르겠군."

"살아남으세요!"

그 말을 남기고 밤톨은 바리케이드 쪽으로 달려갔다. 화약 연기가 철조망 주변을 자욱하게 채운다.

밤톨을 보낸 뒤, 민구는 젠킨스의 거대한 몸 뒤에 숨어 가방에서 쿠크리 나이프 홀더를 꺼냈다. 그러고는 주변 사람들의 눈에 띄지 않도록 조심하며 트레이닝복 안에 착용했다.

얇은 트레이닝복 등판이 툭 튀어나온다. 밝은 곳에서라면 대번에 티가 났을 테지만, 워낙 주변이 어두워 별로 시선을 끌지는 않았다.

"본색이 나오는군……. 테라 양, 이 남자 괜찮은 걸까……."

민구가 등 뒤로 칼을 차는 것을 보며 젠킨스는 겁에 질린 표정을 지었다. 그의 경호원들과 달리 이 남자는 통제가 안 된다. 그러나 젠킨스에게는 이미 선택의 여지가 없다.

민구는 오른손을 뒤로 해서 쿠크리의 손잡이를 잡아 봤다. 비록 옆구리 근육이 날아갔어도 그 정도는 문제없을 것 같다. 이런 좆 같은 상황에서도 사막에서 단비를 만난 것처럼 웃음이 난다.

민구는 오랜만에 입술을 비틀어 웃었다. 그리고 마세티의 손잡이가 왼손에 닿을 수 있도록 가방을 비스듬히 멨다. 칼을 뽑아야 한다면 왼손의 마세티가 주력이 될 것이다.

"준비하십쇼! 지금 나갈 겁니다! 옆 사람과 간격 맞추십쇼!"

병사들이 목청껏 외친다. 민간인들은 두 주먹을 불끈 쥐고 달릴 준비를 했다. 플래시를 하이바에 부착한 두 병사가 백인대 대열의 앞에 와서 선다. 그 플래시 두 개가 앞으로 800미터를 내달리는 동안에는 그들의 거의 유일한 조명이다.

끼리리리릭ㅡ.

게이트가 열렸다. 선봉의 두 병사는 앞서 뛰어가기 시작하며 큰 소리로 외쳤다.

"출발!"

병사들이 달리고, 그들로부터 2미터 정도 거리를 두고 서 있던 첫째 줄이 그 뒤를 따른다. 민구와 테라, 젠킨스도 그 줄에 속해 있다.

탁탁탁탁탁ㅡ.

시끄러운 발소리. 모두들 필사적으로 뛰었다. 좀비들의 습격이 무서워서이기도 하지만, 뒤에서 달려오는 사람들에게 깔릴까 봐서도 주춤거릴 수가 없다. 선두의 플래시 불빛이 방향을 바꿔 산책로로 진입했다.

"으! 으흐으!"

달리던 민간인들의 사이에서 신음이 터져 나왔다. 산책로 주변에는 끔찍하게 훼손된 시체들이 여기저기 널려 있다. 바로 지난 저녁부터 밤사이 몇 시간 동안에 만들어진 시체들이다.

달려들던 좀비였을 수도 있고, 놈들에게 물렸기 때문에 사살된 민간인들일지도 모른다. 어쨌든 끔찍하다는 점에서는 동일했다. 플래시 불빛이 비추는 좁은 범위밖에 볼 수 없다는 게 그나마 다행일 정도다.

"어흐! 으윽!"

암흑 속에서 짓뭉개져 있는 살덩어리나 피 웅덩이를 밟게 되면, 사람들은 견디기 어렵다는 식으로 진저리를 쳤다. 그래도 멈출 수는 없다. 저 멀리 코너 지점에서 대기하고 있는 전차의 불빛이 훤하게 내비치고 있다. 저기까지만 가도 생존 확률은 훨씬 높아질 것이다.

"하아아! 하아아~! 헥! 헥!"

가장 먼저 거친 숨소리를 내며 비 오듯 땀을 흘린 것은 물론 젠킨스였다. 턱까지 차오른 숨 때문에 그의 시야는 좁아졌고, 귀는 먹먹하다. 심장은 터질 것만 같다.

하지만 젠킨스는 후들거리는 두 다리를 열심히 번갈아 뻗으며 달렸다. 이 황량한 암흑 속에 버려진다는 상상만으로도 등골이 얼어붙는 것 같아 최선을 다할 수밖에 없다.

"댐 잇!"

젠킨스는 결국 건빵 박스를 옆으로 내던져 버렸다. 바로 등 뒤에서 총소리가 울려 대는 동안에도 소중하게 끌어안고 있던 건빵 박스지만, 정말로 목숨이 왔다 갔다 하는 상황에 이르자 그저 짐일 뿐이란 걸 절감하게 됐다. 그래 봐야 이미 한계에 도달한 폐가 기운을 차리기에는 역부족이다.

"기, 기다려! 나를…… 나를 버리면 안 돼…… 테라 양……."

산소가 부족해서 얼굴이 파랗게 질린 젠킨스가 애원하며 손을 들어 올린다. 하지만 그의 목소리는 제대로 터져 나오지 않았고, 그러는 동안에도 테라와의 거리는 조금 더 멀어진다.

젠장, 등 뒤로 부딪쳐 오는 사람들을 느끼면서 젠킨스의 머릿속은 후회로 가득 찼다. 그녀가 친절하게 물을 먹이고 걷는 연습을 시켰을 때, 조금 더 열심히 훈련을 했어야 한다. 조금 더…… 성실하게 체중 관리를 했어야 하는데…….

자신의 옆에서 묵직한 인기척이 사라진 걸 느낀 테라가 뒤를 돌아보았다. 젠킨스는 그녀의 눈빛이 반가웠지만, 따라잡을 만한 기력은 남아 있지 않았다. 잠시라도…… 아주 잠시라도 좋으니 숨을 돌릴 수 있는 휴식이 필요하다.

"으아앗!"

줄의 밖으로 밀려나 버린 젠킨스가 포기하기 직전에, 선봉에서 달리던 병사들의 비명 소리가 들려왔다. 그러고는 플래시의 불빛이 우뚝 멈춰 선다.

좀비들이다. 열댓 마리가 넘는 좀비들이 좌측 탄천의 검은 물밑에서 하나씩 하나씩 산책로 위로 기어오르고 있다.

"전방에 좀비! 좀비!"

선봉의 두 병사가 큰 소리로 외친 뒤, 방아쇠를 당겼다.

투투둑— 투투둑— 투투투—.

예광탄의 불빛이 날아가고, 총알에 꿰뚫린 좀비의 머리통이 터져 나간다. 플래시가 비추는 방향이 탄천 쪽으로 바뀌었다.

으아아아! 아흐흐!

뒤따르던 민간인들이 두려움 가득한 신음 소리를 냈다. 탄천은 길거리에서 밀려난 시체들로 가득 차 있다. 마치 시체로 만들어진 작은 댐을 보는 것 같다. 그리고 그 댐의 사이사이에서 불쑥불쑥 팔이나 머리가 솟아 올라왔다.

"비켜요! 비켜!"

뒷줄에서 달리던 나머지 두 명의 병사도 서둘러 달려와 선봉의 둘과 합류했다. 요란한 총소리와 함께 전방을 가로막고 있던 좀비들이 거의 다 정리되었을 무렵, 이번에는 어둠에 묻힌 뒤쪽에서 비명이 들려왔다.

"끄아악! 아악!"

단순히 무서워서 내는 소리가 아니라는 걸 듣자마자 알 수 있을 정도로 끔찍한 비명이었다. 저 캄캄한 뒷줄 어딘가를 좀비가 덮친 것이다.

"으아아아!"

사람들은 두려움에 사로잡혀 무작정 앞쪽으로 달려갔다. 병사들도 탄천에서 기어 올라오는 좀비들 사살을 중단하고 갈대밭 쪽으로 붙어 뛰기 시작했다.

몇 시간 동안이나 유지해 왔던 오와 열은 순식간에 개판이 됐다. 사람들은 앞도 제대로 보이지 않는 상황 속에서 계속 비명을 내지르며 달렸다.

"테라 양!"

잠깐 숨을 돌린 덕에 다시 뛸 수 있게 된 젠킨스가 테라의 곁에 합류했다. 민구는 테라의 팔목을 꽉 잡고 당기며 외쳤다.

"군인들 뒤에 바짝 붙어! 떨어지면 안 돼!"

민구가 군인들에게 의지하는 이유는 병사들의 사격 실력을 믿어서가 아니라, 그들이 가지고 있는 플래시 때문이다. 조명이 없이는 이 어두운 강둑을 헤쳐 나갈 수가 없다.

세 사람은 안간힘을 써 가며 병사들과 보조를 맞춰 달렸다. 등 뒤에서 조여 오는 공포를 이기지 못한 채 갈대밭 속으로 도망쳤던 사람들이 속속 비명을 지르며 나자빠진다.

열심히 내달리는 사람들 모두가 절감하고 있었다. 이 이동로는 벌써 한참 전에 한계를 맞았고, 이제는 거의 지옥처럼 변해 있다는 것을……. 어둠 속에 숨겨져 있는 좀비들이 너무 많다.

"줄을 지켜요! 이탈하면 안 됩니다!"

선봉의 병사들이 애타게 외쳤다. 하지만 사실 가장 먼저 대열을 이탈한 것은 병사들 자신이었다. 만약 전방에 좀비들이 나타났을 때, 후방의 병사들이 자리를 비우지만 않았더라면 이 정도로 극심한 혼란은 일어나지 않았을지도 모른다.

"빨리 가요! 멈추지 말라며! 저 사람들은 포기해요!"

뒷줄에서 따라오던 사람들이 애타게 외쳤다. 병사들도 이내 상황을 직시하고 달리는 속도를 높였다.

이미 모든 사람들을 다 안전하게 인솔하기는 틀렸다. 아직 남아 있는 사람들만이라도 최대한 살려야 한다. 아니, 그보다 일단 자신들의 목숨도 지금 아슬아슬하다.

그롸아아아아—.

갑자기 좌측에서 울려오는 커다란 울음소리!

그리고 시커먼 그림자가 시야를 가린다고 느낀 순간, 왼쪽 가장 앞에서 달리던 병사가 확 고꾸라졌다. 몸을 날린 좀비가 그를 덮친 것이다.

투투둑— 투투투— 투투둑—.

다른 세 병사가 돌아서서 좀비를 향해 3점사를 날렸다. 병사를 깔고 앉아 살을 물어뜯으려던 좀비가 벌집처럼 꿰뚫린다. 그중 일부는 좀비의 몸을 관통해서 그 아래에 깔린 병사의 몸에 박혔다.

"크아악!"

짧은 단말마! 가슴과 복부에서 피가 솟아오른 병사는 눈을 홉뜬 채 숨을 거뒀다. 잠시 그 참혹한 모습을 바라보던 병사들은 죄책감과 두려움에 몸을 떨었다.

숨진 병사가 좀비에게 물렸었는지 확실하지가 않다. 하지만 고민해 봐야 이미 늦은 일. 그들은 이를 악물고 뒤돌아 달렸다.

네 명의 호위 병사 중 세 명이 남았고, 100인의 민간인 중 3분의 2가량이 그들을 따라 뛰고 있다.

"초…… 총이다! 총을 잡아!"

숨진 병사의 곁에 떨어져 있는 K-2와 그의 하이바에 부착된 채 허공을 비추고 있는 플래시가 민간인 남자들의 시선을 사로잡는다. 두어 명의 간 큰 중년 사내들이 뛰어갔다.

그중 한 명이 총을 집어 들었다. 그러고는 병사의 시체에서 탄창을 회수하기 위해 허리를 굽혔다. 그때, 옆에 서 있던 남자가 비명을 질렀다.

"으아악!"

물속에서 기어 나온 세 마리의 좀비. 놈들은 땅에 발을 딛자마자 귀신처럼 빠르게 움직인다. 총을 집은 사내가 엉덩방아를 찧으며 방아쇠를 당겼다.

투투투— 투투둑—.

발사된 총알은 정면에서 달려오던 좀비의 가슴과 얼굴을 엉망으로 박살 내 버렸다. 하지만 그사이에 나머지 두 마리가 사내를 향해 몸을 날렸다.

"끄아아악! 아악!"

두 마리 좀비에게 목덜미와 어깨를 물어뜯긴 사내가 목이 터져라 울부짖는다. 고통을 이기지 못한 사내의 손가락은 방아쇠를 있는 힘껏 당겼고, 총구는 제멋대로 흔들리며 사방으로 총알을 날렸다.

"아윽! 억!"

여기저기에서 비명 소리가 터져 나오고, 총알에 맞은 사람들이 나동그라졌다.

그롸아악— 그롸악—.

산책로 우측의 덤불 속에서, 또 좌측의 탄천에서, 혹은 후방의 산책로에서 좀비들의 울음소리가 울릴 때마다 도망치는 민간인들의 수가 하나씩, 둘씩 줄어든다.

물론 모두들 필사적으로 앞만 보며 내달리고 있기 때문에 목덜미를 물리는 당사자나 그 바로 옆의 몇몇을 제외하고는 그렇게 희생자가 늘어나고 있다는 사실조차 모르고 있다.

투투투— 투투투— 투투둑—.

앞서 뛰어가며 길을 트는 세 명의 병사는 희끗한 그림자만 보여도 곧바로 방아쇠부터 당겼다. 그것이 바람에 흔들리는 갈대이거나, 혹은 샛길로 앞질러 달려와 합류하려던 민간인이라도 상관없었다.

이제 그들의 정신은 완전히 공포에 잠식되어 있었고, 오로지 생존만이 유일한 목표로 남았다. 바짝 뒤따라오는 민간인들이 20여 명에 불과한데도 속도를 늦출 생각조차 하지 못할 만큼 그들은 다급했다.

"잠깐! 멈춰! 오른쪽! 오른쪽!"

코너에 이르기 직전, 민구가 군인들을 향해 다급하게 외쳤다. 하지만 군인들은 멈추지 않고 계속 내달렸다.

총성에 묻혀 그의 목소리가 제대로 전달되지 않았는지도 모른다. 쫓아가서 붙잡아 주고 싶었지만, 지금 그의 몸 상태로는 그만한 속도가 나오지 않는다.

젠장! 민구는 테라의 팔을 붙잡았다. 테라가 깜짝 놀라 물었다.

"왜요? 하아! 하아! 군인들을 쫓아가야……."

"아니, 안 돼……."

민구는 그녀를 자신의 등 뒤에 숨기고 양손을 칼의 손잡이에 댔다. 무성한 덤불 속에서 바람이 만든 것이 아닌, 격한 흔들림을 보았다. 꽤나 많다. 그것을 미처 눈치채지 못한 군인들이 죽음을 향해 달려가고 있는 것이다.

"헤에~ 헤에~ 긱! 긱!"

덩달아 멈춰 선 젠킨스는 민구에게 기대서 구역질까지 해 대며 숨을 몰아쉰다. 민구는 녀석을 뿌리치고 깜깜한 풀숲을 노려보았다.

크롸아아악— 카아악—.

덤불을 흔들던 놈들이 모습을 드러내기까지는 그리 오랜 시간이 걸리지 않았다. 푸른 달빛을 덮어쓴 갈대들이 흔들리고, 야생동물처럼 뛰어오른 좀비들이 병사들을 덮쳤다.

"으아아아!"

병사들은 우측으로 고개를 돌리며 방아쇠를 당겼다. 정신없이 흔들리는 플래시 불빛 사이로 아가리를 쫙 벌린 좀비들이 휙휙 떨어지고, 또 뛰어오른다.

"끄윽! 아으윽!"

손을 물린 병사가 비명을 질렀다. 좀비의 입 안으로 잘려 들어간 손가락! 잘린 부위에서는 핏줄기가 솟아올랐다.

급하게 총구를 돌리려 할 때, 또 다른 좀비들이 그의 어깨를, 또 무릎을, 가슴과 목덜미를 덮쳤다. 극도로 감각이 예민해진 신체 이곳저곳에서 좀비의 이빨이 살을 잘라 내는 통증이 전해졌다.

"큭! 으아아아!"

좀비들에게 깔린 병사의 입에서 인간의 것처럼 들리지 않는 날카로운 울부짖음이 터져 나왔다. 그러는 동안에도 좀비들은 그의 살점을 자르고 뜯어냈다.

투투투— 투투둑— 투투두— 투투투—.

아직 숨이 붙은 두 병사는 황급하게 3점사를 날리고 왔던 길을 뒤돌아 달렸다. 하지만 그중 하나는 좀비를 뿌리치지 못했다. 간발의 차이로 뒤처져 있던 병사의 어깨에 갈퀴 같은 좀비의 손이 걸렸다.

"헉!"

뒤로 당겨지는 강력한 힘을 느낀 순간, 병사는 죽음이 다가왔다는 것을 직감했다. 거짓말처럼 왈칵 뜨거운 눈물이 솟는다. 이렇게 죽고 싶지 않았다.

콱!

하이바를 때리는 둔탁한 충격! 병사는 이내 그것이 어떤 상황인지를 깨달았다. 그를 끌어당긴 좀비가 하이바에 이빨을 박아 넣으려고 했던 것이다.

"으아아아!"

천우신조로 살아남은 병사는 좀비의 팔을 뿌리치고 몸을 홱 돌려 녀석을 향해 총알을 날렸다.

투투투―.

근거리에서 3점사를 가슴에 맞은 좀비가 뒤로 날아간다. 녀석의 갈비뼈 조각과 체액이 사방으로 튀었다.

투투둑― 투투투― 투투두―.

병사는 그 바로 뒤에서 달려오는 좀비들을 향해 탄창이 빌 때까지 총알을 날려 댔다. 하지만 거기까지였다. 그에게는 탄창을 갈아 끼울 수 있을 만한 시간 여유가 없었다.

"죽어라! 죽어!"

총알이 바닥난 병사는 K-2의 개머리판을 휘두르며 마지막까지 저항을 해 봤다.

빠각―.

한 놈의 턱을 부수는 데까지는 성공을 했지만, 그사이 다른 놈들이 그의 얼굴과 팔다리를 물어뜯고 늘어진다.

까드득!

자신의 얼굴에서 살점이 뜯겨 나가는 소리!

그리고 또 와드득! 우두둑!

여기저기에서 피가 솟아올랐다. 발버둥을 쳐 대던 병사의 몸에서 마침내 힘이 쭉 빠져나간다. 그 후로는 이렇다 할 저항도 없었다. 좀비들이 쩝쩝거리며 살을 뜯어 먹고 있는 동안, 병사의 사지가 이따금씩 경련할 뿐이다.

"으아아아!"

마지막 살아남은 병사는 탄창을 갈아 끼우며 울부짖었다. 네 명의 호위 병력이 차례차례 목숨을 잃고, 이제 그 혼자만 남았다. 탄창도 어느새 마지막. 반면에 좀비들은 아직 열 마리도 더 남았다.

콰드득, 콰드득!

놈들이 동료 병사의 시체를 뜯어 먹는 소리가 고막을 파고든다. 저 식사가 끝이 나면…… 이제 놈들은 자신을 향해 달려들 것이다. 실탄에 여유가 없는 걸 알기에 병사는 신중하게 조준하며 숨을 골랐다.

그롸아아아—.

측면에서 들려오는 포효에 병사는 자기도 모르게 고개를 돌렸다. 무성하게 자라나 있는 풀숲 사이에서 덮쳐 오는 좀비!

총구를 돌린다 해도 이미 늦었다. 전방에만 온 신경을 다 집중하고 있던 게 패착이다.

칵—.

병사가 마지막을 각오하고 눈을 질끈 감으려던 순간, 둔탁한 절단음이 들리고 그를 향해 달려들던 좀비의 고개가 오른쪽으로 확 꺾였다. 끝부분만 간신히 붙어 덜렁거리는 대갈통에 민구의 발길질이 날아가 꽂혔다.

우둑!

뜯긴 머리는 포물선을 그리며 날아가 한강의 수면에 물보라를 일으켰다. 모든 것이 순식간에 일어난 일이다.

목이 잘린 채 고꾸라진 좀비의 시체.

병사는 옆으로 시선을 돌렸다. 거기에는 트레이닝복을 입은 남자가 초승달처럼 휜 커다란 칼을 들고 서 있었다. 칼의 긴 날이 플래시 불빛을 받아 번쩍인다.

그가 좀비의 목을 자르고 걷어찬 것이다.

"아! 고, 고맙습니다!"

사내가 그렇게 큰 칼을 어디에서 구했는지 같은 건 궁금하지도 않았다. 오로지 한 가지, 자신이 아직 살아 있다는 것만이 중요했다.

"총알 남았나?"

민구는 병사의 말에 대꾸하는 대신 그것부터 확인했다. 병사는 멍한 얼굴로 고개를 끄덕였다.

"내 쪽으로 쏘지 마. 그리고 모자 좀 빌리자."

민구는 말을 끝마치기도 전에 손을 뻗어 병사의 하이바를 벗겼다. 그러고는 그걸 자신의 머리에 뒤집어쓴 뒤 끈을 조였다.

"이제 뭐가 좀 보이는군."

하이바에 부착된 플래시가 고개를 돌리는 대로 따라 움직이는 걸 확인한 민구는 만족한 표정을 지었다. 그사이 세 번째 병사를 뜯어먹고 있던 좀비들의 식사가 끝이 났다.

그르르르르—.

병사의 시체에서 피 묻은 주둥이를 뗀 좀비들이 그릉거리며 새로운 희생자를 찾는다. 고개를 쳐드는 놈들의 모습이 플래시의 불빛을 받아 환히 눈에 들어온다.

한 마리, 두 마리…… 점점 더 많은 좀비들이 일어나서 이쪽을 향해 걸어오기 시작했다.

스릉—.

민구는 왼손으로 마세티를 뽑았다. 간만에 손아귀에 전달되는 묵직함. 싸구려 등산용 나이프를 손에 들고 있을 때와는 차원이 다르다. 자신감이 끓어오른 민구는 또 한 번 입꼬리를 올리며 씨익 웃었다.

그롸아아아아—.

달려드는 좀비들. 모두 합쳐 열 마리나 되는 놈들이 좁은 산책로를 가득 메우고 빠르게 거리를 좁혀 온다. 민구는 양손의 쿠크리와 마세티를 가볍게 한 바퀴 돌리며 놈들을 반겼다.

"크, 이 새끼들…… 오랜만이다!"

02

그롸아아아아―.

괴물들, 많기도 하다. 물론 그래서 더 가슴이 뛰기도 하는 거지만…….

민구는 마세티를 힘차게 내휘두르는 것으로 놈들을 맞았다.

빠악―.

가장 앞서서 달려오던 좀비가 마세티의 칼등에 관자놀이를 직격당하고 휘청 거린다. 민구는 놈의 골반을 걸어차서 산책로 난간 아래로 밀어 버렸다.

풍덩―.

서너 바퀴를 굴러떨어지다가 요란한 물소리와 함께 한강에 빠져 버린 좀비 는, 빠르게 흐르는 물살에 휘말려 하류 쪽으로 떠내려갔다. 그러는 사이, 민구는 그 반동을 그대로 살려서 두 번째 놈의 얼굴을 마세티로 찍었다.

콰득―.

마세티의 거대한 칼날이 좀비의 입을 가르고 턱뼈까지 파고든다. 하지만 단 번에 두 동강을 내지는 못했다.

역시 예전만은 못하군…….

민구는 잘려 나간 오른쪽 옆구리 근육의 빈자리를 실감하며 쿠크리의 칼등으 로 마세티의 칼등을 망치질하듯 후려쳤다.

칵―.

뼈 사이에 맞물려 꽉 끼어 있던 마세티가 앞으로 뻗어 나가며 좀비의 턱을 두 동강으로 잘라 냈다. 허공에 떠 있던 놈의 머리 위쪽이 바닥에 떨어져 구른다. 그러는 사이, 민구는 다시 한 발짝을 내디디며 쿠크리를 휘둘렀다.

휘익—.

빠르게 바람을 가른 쿠크리의 유선형 날이 세 번째 좀비의 목에 박힌다. 민구는 박혀 있는 칼날을 밀며 그것을 회전축으로 삼아 몸을 회전시켰다. 회전력을 가득 실은 마세티가 네 번째 놈의 무릎을 찍었다.

우득!

두 개의 무릎이 서로 다른 방향으로 꺾인 좀비는 비틀거리며 허물어졌다. 민구는 녀석을 피해 옆으로 스텝을 밟으면서 마세티로 놈의 뒤통수를 찍었다.

쩌엉—.

뒤통수가 쪼개진 좀비가 뇌수를 흩뿌리며 힘없이 엎어졌다.

그렇게 난리를 치는 사이, 세 번째 좀비의 목에 박혀 있던 쿠크리의 칼날은 놈의 목뼈를 파고들었다. 민구는 쿠크리의 칼날을 비틀어 이미 죽어 있는 세 번째 좀비의 목에서 빼냈다.

그러고는 슬쩍 곁눈질로 뒤를 돌아보았다. 테라는 그로부터 몇 미터 뒤에 떨어진 채 군인과 젠킨스의 사이에 서서 민구를 지켜보고 있다.

그롸아아악— 크롸아아—.

속속 달려드는 좀비들의 울음소리에 민구는 다시 앞쪽으로 고개를 돌리며 피식거렸다.

"보채지 마라, 이 새끼들아."

물리면 죽는, 아슬아슬한 싸움. 그런데 그 난도 높은 싸움이 그의 가슴에 기쁜 두근거림을 전달해 준다. 살아 있다는 만족감이 온몸 구석구석에 쉬지 않고 뻗어 나갔다.

시간은 천천히 흐르는 것 같고, 뇌는 손발과 하나가 되어 움직이고 있다. 귓가에서는 쉬지 않고 드럼 소리가 울려 대는 중이다. 짜릿짜릿하다.

쉘터 구석에서 불편한 몸을 억지로 다그쳐 가며 비지땀을 흘렸던 모든 시간들은 바로 이 한순간을 자신의 것으로 만들기 위한 몸부림이었다.

자신의 육체가 아직까지는 자신의 의지를 그런대로 반영해 주고 있다는 게 즐거워서, 민구는 이를 드러내고 웃었다. 그러고는 마세티를 하늘 높이 들어 올렸다.

가각—.

달려들던 좀비의 정수리에 마세티가 박혔다. 민구는 칼날에 박힌 좀비를 앞으로 끌어당기면서 놈의 목에 쿠크리를 찔러 넣었다.

유선형의 칼날은 조금의 저항도 느껴지지 않을 정도로 미끄러지며 좀비의 목을 관통했다. 민구는 두 팔을 X자로 교차시키며 확 당겼다.

으득—.

좀비의 머리가 마세티 칼날에 박힌 채로 잘려 나갔다. 그 무게를 지탱하려던 민구의 몸이 잠시 휘청한다. 역시 이번에도 문제는 오른쪽 옆구리. 한 번 몸을 기울이면 도무지 빠르게 제자리로 바로잡기가 어렵다.

"윽!"

민구는 비틀거리며 중심을 잡기 위해 애를 썼다. 물론 그러는 동안에도 여섯 번째, 일곱 번째 좀비들은 피에 젖은 아가리를 쫙 벌리고 달려든다.

푸욱—.

민구는 옆에 주저앉아 있는 좀비의 시체에 쿠크리의 칼날을 박아 넣으며 그 힘으로 간신히 버텼다. 그러고는 마세티에 아직도 달라붙어 있는 좀비의 머리통을, 달려들어 오는 놈의 얼굴을 향해 힘껏 후려쳤다.

와직—!

두 개의 머리통이, 두 개의 두개골이 전력으로 부딪치자, 끔찍한 소리가 났다. 제대로 박치기를 한 좀비가 뒤로 넘어진다. 민구는 쿠크리의 칼날을 놓고 옆으로 비켜섰다.

몸을 날려 덮쳐들던 일곱 번째 좀비가 그의 오른쪽 옆구리를 스치듯 지나갔다. 민구는 놈의 오금을 차서 무릎을 꿇리고, 마세티를 휘둘러 목덜미를 힘껏 후려쳤다.

서걱!

머리를 잃은 좀비가 맥없이 고꾸라진다. 옆구리가 이 모양이 된 이래 처음으로 한 방에 머리를 잘랐다. 민구는 만족한 표정으로 좀비의 시체에 다가가 쿠크리를 회수했다.

그사이 다시 일어난 여섯 번째 좀비와 여덟 번째, 아홉 번째 좀비가 한꺼번에 달려든다. 민구는 쿠크리를 등 뒤의 나이프 홀더에 다시 꽂고, 그 손잡이를 꽉 쥐었다.

젠킨스가 일러 준 대로 이 손잡이를 잡은 팔의 힘을 이용해 몸의 중심을 잡으려는 것이다.

후우웅―.

한 팔로 중심을 잡아 가며 휘두른 마세티는 더욱 기운차게, 그리고 빠르게 춤을 춘다. 두 팔을 역방향으로 움직여 몸의 중심을 잡는다는 게 생각했던 것보다는 이질감이 적었다.

좋은 소식이다. 민구는 득의만면해서 발을 뒤로 빼며 비스듬히 섰다. 그러고는 백핸드로 마세티를 힘차게 내질렀다.

카각―!

한꺼번에 두 마리 좀비의 몸통을 갈겼다. 마세티는 갈비뼈가 밖으로 드러날 만큼 커다란 치명상을 놈들에게 안기고 지나갔다. 그 힘 그대로 회전한 민구는 자세를 낮추며 나머지 한 마리의 발목을 끊었다.

으직―!

발목뼈가 부러진 좀비의 몸이 옆으로 기우뚱하게 기운다. 달려들던 두 마리는 놈의 몸뚱이에 막혀 잠시 발이 엉겼다. 아주 짧은 찰나의 시간이지만, 그 정도면 민구에게는 충분했다.

민구는 두 좀비의 사이로 비스듬하게 마세티를 꽂아 넣었다.

까득!

첫 번째 타격은 왼쪽 좀비의 어깨를 잘라 냈다. 반동이 느껴지자마자 민구는 곧바로 손목을 틀어 역방향으로 마세티의 칼날을 휘둘렀다.

칵ㅡ!

이번에는 오른쪽 좀비의 팔꿈치가 잘려 나간다.

두 놈이 휘청거리는 동안 민구는 계속 방향을 바꿔 가며 마세티를 내려쳤다.

좀비들은 팔과 다리, 무릎과 발목이 모두 끊긴 상태에서도 어떻게든 중심을 잡아 보려 비틀댄다. 하지만 이미 놈들의 스피드는 3분의 1 이하로 줄어들어 버렸다.

민구는 한 발짝 물러나 거리를 확보한 뒤, 있는 힘껏 마세티를 휘둘러 세 마리의 좀비를 차례로 처치했다.

카칵ㅡ!

아홉 번째 좀비의 머리가 풀숲 속으로 날아간다. 마세티를 휘둘러 좀비들의 체액과 뇌수를 털어 낸 민구는, 자신을 향해 달려드는 열 번째 좀비를 노려봤다.

"너희들은 하나같이 겁이 없구나."

재미있다는 듯 중얼거린 민구는 오른발을 크게 내디디며 마세티를 대각선으로 휘둘렀다.

퐉ㅡ!

관자놀이에 칼날이 박힌 좀비가 한쪽 무릎을 꿇고 넘어진다. 민구는 쿠크리 손잡이를 쥔 오른팔을 아래로 밀어 몸의 방향을 바꿨다.

그러고는 다시 팔을 위로 올리며 마세티를 내리찍었다. 이번에는 좀비의 목이다. 목덜미에서부터 파고들어 간 마세티의 칼날은 놈의 반대편 쇄골에 닿을 만큼 깊숙이 박혀 들어갔다.

민구는 아직 엉거주춤하게 버티고 서 있는 놈의 오른 다리를 힘껏 걷어찼다.

으직ㅡ.

중심을 잃은 좀비가 마세티 칼날이 파고든 것과 역방향으로 엎어진다. 그 순간을 놓치지 않고 민구는 두 손으로 마세티의 손잡이를 잡고 확 잡아당겼다.

까드드득—.

좀비의 목 주변이 뜯겨 나가고, 마세티의 칼날이 쓱 빠져나온다.

"하아아~ 하아아~."

열 마리의 좀비를 순식간에 해치운 민구는 숨을 몰아쉬었다. 민첩함이 예전의 절반 정도로 줄어들어 있다면, 지구력은 그 반의반도 안 된다. 겨우 이 정도만 몸을 놀렸는데도 가슴이 들썩거릴 만큼 호흡이 빨라졌다.

그나마 좁은 산책로에서 한 방향으로 달려오는 놈들을 상대하는 것이어서 난도가 조금은 낮던 게 도움이 됐다.

민구는 묵직하게 울려오는 갈비뼈를 꽉 쥐고 테라 쪽을 뒤돌아보았다. 테라는 경외와 공포심이 한데 깃든 표정으로 그를 바라보고 있었다.

생각해 보면 처음 그녀의 얼굴을 보았을 때도, 철책 앞에서 마세티로 좀비들을 죽이고 난 직후였다.

"가자."

민구는 그녀에게 손짓했다. 테라는 달려와 그의 등 뒤에 바짝 붙어 섰다. 젠킨스와 군인도, 그들의 곁에서 숨을 죽인 채 민구와 좀비들의 싸움을 지켜보던 민간인들도, 그 뒤를 따라 뛴다.

"미쳤군! 미쳤어! 고대 로마에서 태어났어야 할 인간이 21세기를 살고 있어!"

민구의 칼 솜씨에 흥분한 젠킨스가 아이처럼 웃으며 지껄여 댔다. 뭔가 대단한 힘을 가진 부하를 얻은 것 같아서 두려움이 꽤나 희석된 것이다.

"애썼다는 건 잘 안다."

좀비들에 물려 죽은 병사의 시체 앞에 도착한 민구는 허공을 주시하고 있는 시체에게 나지막이 속삭였다. 그러고는 마세티를 목에 대고 작두로 썰듯이 눌렀다.

그 광경이 너무도 끔찍해서 뒤를 따라 뛰어오던 사람들이 모두 주춤한다. 하지만 이렇게 해 두지 않으면 이 녀석도 되살아나 뒤쪽을 위험에 빠뜨릴 것이다.

"총알 챙겨. 다른 놈들이 주워 가기 전에."

하이바를 벗어 원래 주인인 병사에게 되돌려 주며 민구가 말했다. 동료의 시체가 목이 잘리는 걸 보고 얼이 빠져 있던 병사는, 그 말을 듣고서야 제정신을 차렸다.

그가 동료 병사의 전술 조끼에서 탄창을 꺼내 회수하는 동안, 민구는 잘려 나온 목에서 피투성이 하이바를 벗겨 내 자신의 미리에 썼다.

플래시가 하나 늘어난 것만으로도 뒤따르던 사람들은 한결 숨통이 트이는 기분이 들었다.

그롸아아ㅡ.

뒤쪽에서는 여전히 좀비들이 울부짖는 소리가 발소리와 함께 그들을 쫓아오고 있다. 어둠 속에 묻혀 거리가 가늠이 되지 않기에 그 포효는 더욱 소름 끼친다.

투투투ㅡ 투투둑ㅡ.

하이바를 돌려받은 병사는 이따금씩 뒤로 돌아서서 방아쇠를 당긴 후, 다시 달렸다. 마음 같아서는 뒤따라오는 놈들을 모두 정리하고 싶지만, 그 혼자만의 화력으로는 상대도 안 된다. 죽어라 달리는 수밖에 없다.

크르르르르릉ㅡ.

코너를 돌아 나갔을 때, 멀리 전차가 움직이는 모습과 소리가 들려온다. 전차는 선착장에서 꽤 떨어진 곳까지 이동해 그 주변에 뭉쳐 있는 좀비들을 깔아뭉개는 중이었다.

지금까지 뛰어오는 동안 산책로에서 만났던 모든 좀비들보다 더 많은 놈들이 탱크에 엉겨 붙어 있다. 저 많은 놈들을 선착장의 반대편 쪽으로 유인해 내느라 산책로로 지원을 못 왔던 모양이다.

"서, 선착장이다! 선착장이다!"

조명이 환하게 밝혀진 선착장을 보며 민간인들이 환호했다. 이제 200여 미터만 더 뛰면 유람선에 탈 수 있고, 그러면 일단 목숨은 건지는 거다. 사람들의 발소리가 빨라졌다.

위이잉ㅡ.

선착장 조명에 연결된 소형 발전기는 쉼 없이 돌아가고 있다. 때마침 유람선도 환한 조명을 쏘며 선착장 쪽으로 접근하는 중이다.

투투툭— 투투투—.

풀숲 사이로 뛰어나오던 좀비가 3점사 세례를 받고 뒤로 나가떨어진다. 병사의 얼굴은 긴장감으로 잔뜩 굳었다. 동료 두 명의 시체에서 회수한 실탄도 이제 50여 발밖에 남지 않았다.

"하아~! 하아~!"

선착장에 도착한 사람들은 가능한 한 어두운 풀숲으로부터 멀어지기 위해 물가의 기둥을 잡고 서서 가쁜 숨을 몰아쉬었다. 아직까지 살아남아 한 무리로 움직인 사람들의 수는 출발할 때 인원의 절반도 채 되지 않는다.

나머지 절반은 저 어둠 속 800미터 구간의 어딘가에서 희생당했고, 잠시 후 좀비가 되어 그들을 덮쳐 올 것이다. 초라하고 끔찍한 현실이다.

"빨리 와요! 빨리!"

마음이 급한 민간인들은 선착장의 기둥을 꽉 잡고 유람선을 향해 팔을 내저었다.

뿌우웅—.

가까이 다가온 유람선은 속도를 줄이며 고동을 크게 울렸다.

"비켜요! 비켜! 그러고 있으면 배가 못 들어온다고!"

눈치 빠른 사람들이 난리를 쳐 대고, 별것도 아닌 일로 시비가 붙었다. 그렇게 선착장이 시끌벅적해지는 동안에도 민구와 병사는 굳은 얼굴로 캄캄한 덤불 속을 노려보고 있었다.

휘이이잉—.

바람이 불어오자, 사람의 키보다도 훨씬 높이 자라나 있던 갈대가 제멋대로 흔들리며 춤을 춘다. 하지만 그 흐름 사이에 어딘가 부자연스러운 움직임이 있다.

뭔가가 저 안에서 무성한 잡초들을 헤치며 다가오는 중이다. 플래시 불빛이 향할 때마다 한 번씩, 이질적인 색깔이 언뜻언뜻 비친다.

"도대체 사람을 얼마나 잡아먹은 거냐······."

민구는 넓은 벌판 가득 자라난 풀숲을 노려보며 중얼거렸다. 병사들이 쏴 죽이고, 전차가 깔아뭉개고, 그가 베어 냈는데도······ 그런데도 아직 괴물들이 남아 있다. 그것도 꽤나 많이······.

"배는 아직 멀었나?"

민구는 고개를 돌리지 않은 채 등 뒤의 테라에게 물었다.

"지금······ 거의 가까이 왔어요. 막 배를 대려고 하는 것 같아요."

뒤쪽을 돌아본 테라가 대답했다. 민구는 고개를 끄덕이며 말했다.

"내 등 뒤에서 떨어지지 마."

그사이에도 덤불들은 바쁘게 흔들린다. 그리고 그 흔들림은 점점 더 가까워진다. 배에 오르기 전에 일전을 피할 수 없음을 깨달은 민구는 왼쪽에 서 있는 병사에게 말했다.

"많다. 알지?"

"네! 네!"

병사는 방아쇠에 손가락을 건 채로 크게 숨을 들이쉬었다. 여기까지 왔는데, 유람선에 타기 직전에 목숨을 잃고 싶지는 않다.

와사삭— 와사삭—.

발전기와 유람선의 엔진 소리, 그리고 사람들의 떠드는 소리 사이로 풀이 꺾이는 소리가 귓가를 스친다.

덤불과 선착장의 거리는 불과 3미터. 민구는 쿠크리까지 뽑아 든 채 두 팔을 벌리고 대비를 마쳤다.

크롸아아아—.

오른쪽에서 튀어나온 좀비가 첫 테이프를 끊었다. 놈이 포효하며 몸을 날리자마자 민간인들은 째지는 비명과 함께 뒤로 물러났다.

사각!

민구는 쿠크리를 휘둘러 놈의 목을 그었다. 힘을 잃고 덜렁거리는 좀비의 목에 마세티가 박힌다.

"콱—!"

뼈와 칼날이 부딪치며 갈린다. 민구는 팔을 당기며 녀석의 배를 걷어찼다.

"그와아악—."

제2, 제3의 좀비들이 속속 풀숲을 가르며 튀어나온다. 민구는 쿠크리로 걸고, 마세티로 내리찍고, 다시 쿠크리로 잘라 냈다. 목이 잘리고 발목이 끊어진 좀비의 시체가 산책로에 나뒹군다.

"투투투— 투투둑— 투투투— 투투투—."

옆의 병사도 이를 악물고 방아쇠를 당겨 댄다. 이것이 마지막이라는 생각에 소중한 탄약도 아낌없이 쏟아부었다. 머리가 터지고, 갈비뼈가 박살 난 좀비들이 풀숲에 날아가 꽂힌다.

"으아아아!"

앞에서 밀려드는 좀비들에 집중하고 있을 때, 민간인 그룹의 오른쪽 끝에서 또 다급한 비명이 울려왔다.

고통에 찬 비명! 뒤따르던 좀비들이 어느새 따라잡은 것이다.

"젠장!"

민구는 미간을 찌푸렸다. 좀비들이 섞여 들어오면 이 민간인 무리 전체가 유람선의 공격 대상이 되어 버릴 것이다.

하지만 지금 그는 이 자리에서 벗어날 수가 없다. 만약 그가 왼쪽으로 옮겨 가 버린다면, 그때는 또 정면이 무너지고 말 거다.

"싸워! 소리만 지르지 말고! 밀기라도 해!"

마세티로 좀비의 뒤통수를 쪼개며 민구는 악을 썼다. 풀숲 속에서는 끊임없이 좀비들이 튀어나온다. 민구는 쿠크리와 마세티를 어지럽게 교차시키고, 또 펼쳐서 휘두르며 놈들을 상대했다. 자르고, 부러뜨리고, 밀고, 또 쉰어찼다.

"하아~ 하아!"

칼을 휘두르는 시간이 길어질수록 점점 더 숨이 가빠 왔다. 금 간 갈비뼈가 욱

신거린다. 잘려 나간 옆구리 근육 주변도 계속 찌릿찌릿한 통증을 준다. 이 허약한 체력으로 앞으로 몇 마리나 더 상대할 수 있을지 잘 모르겠다.

콱! 카득!

쿠크리로 오른쪽 좀비의 목을, 마세티로 왼쪽 좀비의 뒤통수를 찍었을 때, 가운데에서 또 한 마리의 좀비가 뛰어올랐다. 민구는 하이바를 쓴 이마로 녀석의 아가리를 들이받았다. 그러고는 양쪽의 칼을 뽑아 녀석의 목 주변을 도려냈다.

"빠져요! 빠져!"

더 이상은 무리라는 신호가 민구의 몸 여기저기에 왔을 때, 유람선에 승선하고 있던 병력이 큰 소리로 외치며 방아쇠를 당겼다.

투투투— 투투툭— 투투투투—.

두 정의 K-2와 한 정의 K-3가 집중적으로 훑자, 갈대밭 안쪽에서 뛰어오던 좀비들의 사지가 잘려 나가고, 머리통이 박살 났다.

그렇게 시간을 벌어 주는 사이에 민간인들은 아직 정박하지 않은 유람선 쪽으로 뛰어 넘어갔다.

투투투투투— 투투투투투—.

등 뒤에서 울리는 총소리에 움찔움찔하면서도 민구는 열심히 칼을 휘둘렀다. 그만큼의 화력이 더해진 것만으로도 일대의 좀비들은 이내 깨끗하게 정리됐다.

03

"아저씨, 타요! 이제 우리만 남았어요!"

테라의 목소리. 민구는 마세티를 가방 안에 넣고 선착장 쪽으로 돌아섰다. 그와 함께 싸웠던 병사도 상기된 얼굴로 그를 따른다.

"이게 다야? 나머지는?"

유람선 승무원들이 병사에게 물었다. 병사는 고개를 저으며 대답했다.

"도중에 습격을 받아서 뿔뿔이 흩어졌습니다! 이게 전부입니다!"

"알았어! 고생 많았다!"

승무원이 병사의 어깨를 두드린다. 그러고는 민간인들을 향해 소리쳐 물었다.

"물린 사람 없습니까? 옆 사람들이 확인하세요! 물린 사람 섞이면 골 아파집니다!"

그 말을 들은 사람들이 웅성거리며 주변으로 고개를 돌리는 동안, 유람선은 선착장으로부터 멀어졌다. 하지만 아직 속도를 내지 않은 채 제자리에서 부유하고 있다.

투투투— 투투투투투—.

유람선 지붕에 배치된 K-3는 아직도 미련을 버리지 못하고 강둑에서 서성이고 있는 좀비들을 향해 사격을 계속했다.

"이다음 백인조까지 기다려서 함께 이동할 겁니다! 그동안 여기에서 대기하는 거예요!"

왜 빨리 출발하지 않느냐는 질문에 승무원이 대답했다. 사실 대부분의 사람들은 그런 세부적인 문제에 별 관심이 없었다. 일단 이 배에 올랐으니 생존의 위협에서는 벗어났다고 믿는 것이다.

민구와 완전히 탈진한 젠킨스, 그리고 테라도 통로 뒤쪽 의자에 앉아 숨을 골랐다. 등받이에 기대 가쁘게 호흡하던 민구는 뭔가 이질감을 느끼고 눈살을 찌푸렸다.

"응?"

손끝에 느껴지는 이 찐득한 감촉. 민구는 손을 들었다. 그의 손바닥은 다량의 피로 붉게 젖어 있다.

"내 피가 아닌데……."

민구는 앞쪽에 모여 앉아 있는 사람들을 노려보며 중얼거렸다. 저놈들 중 누군가는 크게 상처를 입었다.

민구는 의자에 피를 닦으며 일어났다. 앞쪽에 옹기종기 모여 있는 40여 명의 사람들. 저 중에 누군가는 이렇게 피를 쏟아 낼 만큼 심한 부상을 입었다. 그건 바로…… 단순 상처가 아니라, 좀비에게 물린 놈일 가능성이 높다는 의미다.

그렇다면 누구일까…….

민구는 희미한 조명 아래서 숨을 헐떡이고 있는 민간인들의 등을 뚫어지게 쳐다보았다. 피를 뒤집어쓴 놈들은 많다. 함께 달리던 옆 사람이 괴물에게 물려 경동맥이라도 뜯기면 피가 사방으로 튀니까.

당장 민구 자신만 하더라도 트레이닝복 여기저기에 피범벅을 해 놓은 상태다. 시체에서 하이바를 벗겨 내 썼기 때문에 머리카락도 피로 젖어 있다. 그러니 단순하게 피 묻은 놈을 골라낸다고 해결될 수 있는 문제가 아니다.

이 좁고 움직이기도 불편한 곳에 물린 놈과 함께 있다는 생각이 들자 목덜미가 서늘해진다. 수십 명이 아수라장으로 얽혀 달려들기 시작하면, 다치기 전의 실력이라고 해도 감당이 안 되는 수준이다.

민구는 젠킨스를 돌아보았다. 지칠 대로 지쳐 있는 상황에서도 녀석은 테라에게 뭐라고 계속 귀엣말을 건네고 있다. 살아서 여기까지 왔다는 사실에 어지간히 고무된 것처럼 보인다.

저놈이 전문가라고 했었지…….

민구는 젠킨스의 퉁퉁한 얼굴을 보며 생각했다. 확실히…… 그 많은 시체들을 지나면서 인상 한번 찌푸리지 않았던 점만큼은 인정할 만하다. 민구는 전문가라는 놈의 말을 믿는 척해 보기로 했다.

"물린 사람이 괴물로 변할 때까지 얼마나 걸리는지 저놈에게 물어봐."

민구는 테라에게 몸을 숙이며 작게 말했다. 그가 경험한 바로는 적어도 20분 이상이 걸렸던 것 같지만, 좀 더 확실하게 해 두고 싶다. 젠킨스와 대화를 나눈 테라가 민구에게 대답을 해 준다.

"젠킨스 씨가 알고 있던 때보다 지금이 훨씬 빨라졌기 때문에 얼마라고 단정할 수가 없대요. 그리고 이렇게 인구가 많은 대도시에서는 숙주를 구하기가 쉬워서 변하기까지의 시간이 점점 더 짧아질 거라고. 그런데 그건 왜…….”

그렇다면 얼마나 금방 변할지 모른다는 건가……. 시한폭탄을 안고 있는 셈이군. 그런데 이 군인들은 왜 이렇게 대처가 허술하지? 별로 두려운 기색도 없고…….

고민하던 민구는 그제야 깨달았다. 계속 한강을 왕복했던 이 군인들 역시 이렇게 엉망진창으로 운영되는 이동은 처음인 것이다. 게다가 미친 듯이 다급한 상황. 당연히 허술한 점투성이일 수밖에 없다.

민구는 입을 굳게 다물고 고개를 끄덕였다. 그는 뒤쪽의 문과 가까운 곳으로 테라와 젠킨스의 자리를 옮기게 했다.

"저놈들 보고 있다가 시끄러워진다 싶으면 곧바로 이 문 밖으로 나가. 머뭇거리면 안 돼."

테라에게 당부를 한 뒤, 민구는 중앙의 통로를 따라 앞쪽으로 걸어갔다. 그러고는 조금 전까지 그와 함께 싸웠던 병사에게 다가갔다.

녀석은 동료들의 죽음이 이제야 실감되는지 얼이 빠진 표정으로 창밖만 노려보고 있다.

"이봐."

민구는 병사의 어깨를 툭, 건드렸다. 깜짝 놀라 고개를 돌린 병사는 민구를 알아보고 인사를 건넨다.

"아, 예. 좀 전에는 고생 많으셨습니다. 왜 그러십니까?"

"의자에서 묻었어. 물린 사람이 있는 것 같아."

민구는 손바닥에 아직도 찐득하게 묻어 있는 핏자국을 보여 주며 말을 꺼냈다. 병사의 눈에 두려움이 어린다.

"다른 군인들에게 이야기해서 누가 물렸는지 확인을 해야 돼. 지금 이 안에서 괴물로 변해 버리면 난리가 날 거야."

"아…… 네, 네! 말해 보겠습니다."

병사는 벌떡 일어나서 앞쪽으로 걸어갔다. 그러고는 유람선 승무원들과 모여

서서 귓속말로 회의를 시작했다. 승무원 군인들이 이따금씩 고개를 돌려 민구와 다른 생존자들을 힐끔거린다.

그리고 잠시 후, 짧은 회의가 끝이 났다. 그사이에도 민구는 등 뒤의 쿠크리 나이프 손잡이를 꼭 쥔 채 앞쪽에 몰려 있는 민간인 무리들을 주시하고 있었다.

마음 같아서는 자신이 직접 한 사람, 한 사람 확인을 해 보고 싶다. 하지만 군인들이 이렇게 많은데 그런 걸 허락해 줄 리가 없다.

"여기 주목합니다! 주목!"

민구와 이야기를 나눴던 병사가 뒤쪽으로 돌아와 버티고 선 뒤, 승무원이 손뼉을 치며 소리를 질렀다.

"좀 전에도 말씀드렸는데, 물린 사람이 섞여 있으면 큰일 납니다! 자신의 주변을 둘러보시고 피 흘린 사람이 있으면 알려 주십쇼! 그것과 별도로 지금부터 저희도 검색을 진행하겠습니다! 다들 일어섭니다!"

검색이라는 말에 사람들이 술렁인다. 혹시 오해를 사서 억울하게 배제될지도 모른다는 공포가 다치지 않은 사람들까지도 불안하게 만드는 것이다.

그러면서도 다들 지시에 따라 자리에서 일어났고, 40여 명에 대한 검색이 시작되었다. 민구의 옆에 선 병사는 혹시 뒤쪽으로 빠져나오는 사람이 없도록 하기 위해 길목을 지키고 있다.

"이 피 뭡니까? 상처 보여 주셔야 합니다!"

승무원 둘이 한 조를 이뤄서 플래시를 비춰 가며 민간인들을 하나하나 눈으로 훑었다. 그러다가 옷에 피가 묻어 있는 사람을 발견하면 옷을 걷어 상처를 보여 달라고 요구했다. 살을 드러내야 한다는 것 때문에 조금씩 큰 소리가 나기 시작했다.

"바지를 벗으란 말이야? 허벅지라고! 넘어져서 긁혔다니까!"

"이 많은 사람들 앞에서 옷을 벗으라고요? 왜 이래요! 다친 게 아니라 그냥 피가 묻은 거라고요!"

민감한 곳에 피가 묻은 사람들이 얼굴을 붉혀 가며 맞선다. 민간인들도 두 편으로 갈라졌다. 빨리 보여 주라고 소리를 지르는 사람들과 화장실로 가서 같은 성별끼리 확인시키자는 사람들이 맞서며 소란은 더 커진다.

그래도 군인들은 눈 하나 깜짝하지 않고 수색을 계속했다. 민망하고 부끄러울지 모르지만, 목숨이 걸린 일이다.

"벗어요! 안 그러면 강제로 배에서 내리게 할 겁니다!"

그렇게 몇 분 정도 수색이 진행되었을 때, 갑자기 한 남자가 과장되게 성질을 내기 시작했다. 옅은 색의 청바지가 온통 피로 물들어 있는 남자였다.

"야! 이 개새끼들아! 이까짓 배 안 타고 말아! 안 탄다고! 내가 걸어가면 되는 거지?"

청바지는 사람들을 밀치고 뒤쪽으로 빠져나오려 했다. 민구의 옆에 선 병사가 마른침을 꿀꺽 삼키며 총의 손잡이를 꽉 쥔다.

만약 저 사람이 달려들어 난동을 피우면 어쩌지? 주먹을 휘두른다거나, 총을 탈취하려고 들면?

병사의 머릿속이 복잡해진다.

이런 상황에서 어떻게 대처해야 하는지는 한 번도 배운 적이 없다. 뒤쪽에 아군과 민간인이 저렇게 몰려 있는 상황이라서 함부로 총구를 겨눌 수도 없다.

"거기 섭니다! 도망가지 않습니다!"

수색을 하던 승무원이 청바지를 향해 경고를 하며 그의 뒤를 따른다. 청바지는 아무것도 들리지 않는다는 듯, 통로를 따라 걸어오며 고래고래 소리를 질렀다.

"됐어, 이 개새끼들아! 너희들 말 안 들어! 내가 씨발, 군대에서 얼마나 뺑이를 치고, 세금을 얼마를 냈는데! 이 씨발 새끼들! 새파랗게 어린 후배 새끼들이! 어유, 더럽다, 더러워! 하여간 다 썩었어!"

민구는 자신 쪽으로 다가오는 청바지를 빤히 쳐다보았다. 사실 객실 밖으로 나간다고 해도 배에서 내리거나 할 수는 없다. 이미 유람선은 신착장으로**부터** 조금 떨어진 곳까지 물러나서 기다리는 중이기 때문에 사방은 오직 강물뿐이다.

청바지도 그 사실을 모르고 있지는 않을 텐데 저렇게 허세를 부리는 건 한 가지 이유밖에 생각할 수 없다.

……놈은 물렸다.

"미친 새끼들이 어디에서 여자들 옷을 홀렁홀렁 벗기려고 그래? 더러워서 못 봐 주겠네. 아무리 욕구불만이라…… 큭!"

힐끔힐끔 뒤를 돌아보며 군인들에게 욕설을 날리던 청바지가 외마디 비명과 함께 푹 쓰러진다. 시선이 가려진 틈을 타서 민구가 배에 한 방을 먹인 것이다.

"잘했어!"

쫓아오던 승무원들은 민구 옆에 엉거주춤 서 있는 병사에게 칭찬을 했다. 아마 그가 제지했다고 생각한 모양이다.

"아, 진짜 왜 이렇게 힘들게 합니까? 한 번만 더 이러면 경고 없이 강제 하선 조처 취할 겁니다!"

승무원들은 청바지를 타박하고 나서 그의 겨드랑이를 붙잡았다. 다른 병사가 피투성이가 된 그의 바지를 강제로 벗겨 냈다. 민구의 펀치를 맞아 숨을 헐떡거리던 청바지는 제대로 저항조차 하지 못했다.

"으!"

단추를 풀고 바지를 끌어 내리던 병사가 안타까운 신음을 내뱉으며 사내에게서 떨어져 나온다. 사내의 골반 바로 위쪽에 피투성이 상처가 있다.

거칠게 뜯겨 나간 살점, 독이 올라 붉게 부어오른 상처 주변, 그리고 이빨 자국…… 물린 상처다.

"아, 아니야! 이건! 이건…… 나무에 넘어져서 찔린 거야! 산책로에서 나무가…… 뾰족하게 부러진 데가 있어서……."

청바지는 바쁘게 손을 내저으며 상황을 부인하기 위해 애를 썼다. 병사들은 뒤로 두어 걸음 물러났다. 정말 난감하고 싫은 순간이 왔다. 몇 번을 경험해도 익숙해지지 않는, 이 불편한 감정.

좀비에게 물린 사람을…… 더 이상 인간이 아닌 존재라 간주하고 격리해야 한다. 그리고 변하는 즉시 사살해야 한다.

문제는 이곳에 격리할 만한 시설이 없다는 점이다. 유람선 내에 철창 같은 건 가져다 놓지 않았다. 그러니 지금 가장 효율적인 수단은 사살밖에 없다.

그런데 그게 꽤 어렵다. 그것에 비하면, 100미터 이상 떨어진 거리에서 좀비들과 뒤엉킨 민간인들에게 방아쇠를 당기는 게 차라리 쉬운 일이다. 그때는 눈을 마주 보지 않아도 되니까.

병사들은 마음이 약해지지 않기 위해 이를 꽉 물었다.

"그, 그런 눈으로 보지 마! 나는 안 변해요! 봐요! 아까 다쳤는데, 아직도 멀쩡하잖아!"

다급해진 청바지는 존댓말을 섞어 써 가며 자신이 안전하다고 소리를 질러 댔다. 하지만 상처가 들킨 이상, 이 배에 그의 편을 들어 줄 사람은 존재하지 않았다.

"뭐 해? 빨리 끌어내서 강물에 던져요! 좀비로 변하기를 기다려요?"

몰려서 있는 사람들은 병균을 대하듯 하며 빨리 청바지를 처단하라고 악을 쓴다. 병사들도 결심을 하고 매정하게 명령했다.

"일어나십쇼! 일단 객실 밖으로 나가야 합니다!"

청바지는 그 말을 듣지 않았다. 만약 그렇게 하면 모든 게 끝나 버릴 것 같아서 두려웠다. 그가 버티자 보다 못한 병사들이 양쪽에서 겨드랑이를 잡았다.

"놔! 놓으라고! 물어 버릴 거야! 너희도 옮고 싶냐? 나는 안 나가!"

청바지는 미친 듯이 발버둥을 쳤다. 그러고는 머리를 흔들며 입을 크게 벌리고 정말로 이를 딱딱, 맞부딪치는 시늉을 한다. 깜짝 놀란 병사들은 기겁을 하며 그를 의자 사이로 내팽개쳤다.

"진짜 이럴 겁니까? 쏩니다!"

병사들이 사격 자세를 취하며 소리를 질렀다. 청바지도 악에 받쳐서 소리를 질러 댄다.

"쏴! 죄 없는 사람 죽이고 네가 무사할 것 같아? 사람들이 다 보고 있어!"

"일어나라고! 나가!"

"으아아아아―!"

궁지에 궁지까지 몰린 청바지가 목이 찢어져라 울부짖었다. 그러고는 갑자기 벌떡 몸을 일으켜 의자 너머로 뛰어 달아나려 했다.

투투둑―.

객실 안을 울린 세 발의 총성!

소란스럽던 분위기는 순식간에 찬물을 끼얹은 듯 고요해졌다. 사람들은 깜짝 놀라 벽 쪽으로 물러났고, 긴 메아리만이 남아 귓가를 흔든다. 방아쇠를 당긴 승무원 본인도 감정을 가라앉히지 못한 채 가볍게 떨고 있다.

청바지는 눈을 홉뜬 채 의자 등받이에 비스듬히 드러누워 있다. 심장을 관통당한 그의 몸에서는 붉은 피가 왈칵왈칵 솟아오른다. 총알이 뚫고 나간 측면의 유리창에도 온통 그의 피로 점철되었다.

"어쩔 수 없어! 치워!"

앞에서 달려온 부사관이 명령했다. 병사들은 시체를 끌고 나가 강물에 던져 버렸다.

풍덩―!

물이 튀는 소리. 아주 미약한 죄책감이 한차례 휩쓸고 간 뒤, 이제야 골치 아픈 일이 끝났다는 안도감이 객실 전체에 번졌다. 병사들도, 민간인들도…… 다들 다행스러워하며 한숨을 내쉬었다.

바닥을 잔뜩 적신 붉은 피만이 방금 전 이곳에서 누군가 목숨을 잃었다는 것을 알리고 있었다.

"물린 사람 찾았으면 자기 위치로 복귀! 다음 백인대 접근하고 있다! 맞을 준비 해!"

강변 쪽을 살피던 부사관이 명령했다. 산책로에서 플래시의 불빛이 어른거린다. 승무원들은 민간인들을 좌석에 앉히고, 지원사격을 위한 준비를 했다. 민구도 테라의 옆자리로 돌아왔다.

"불쌍해요. 여기까지 와서……."

테라는 커다란 눈을 깜빡거리며 힘없이 중얼거렸다.

"어쩔 수 없는 일이었어. 가만뒀다간 여기 사람들 다 죽었을걸?"

"그건 알지만, 아직 변하지 않았는데……."

그 말을 듣자, 민구도 테라가 왜 그렇게 그 물린 남자에게 감정이입을 하는지 이해가 됐다. 그녀 역시 물렸던 사람. 비록 면역자라서 용케 살아남기는 했지만, 만약 그녀도 그 사실을 숨기지 않았다면 지금 저 청바지와 같은 취급을 받았을 것이다.

"너처럼 살아남을 수 있는 사람이 흔한 건 아니야. 내가 봤던 놈들도 다 변했어. 그건 그렇고……."

민구는 테라 옆자리의 젠킨스를 보며 물었다.

"저놈은 아까부터 뭔 말이 그렇게 많아? 계속 뭐라고 지껄이고 있는 거야?"

"여러 가지 이야기를 하시지만 그냥 한마디로 정리하면, JL로 가자는 거예요. 우리처럼 약한 사람들은 이런 야만적인 환경에서 오래 못 버틴다고."

테라는 별로 신경 쓰지 않는다는 태도로 대답했다.

"JL? 거기 못 간다고 하지 않았나?"

민구가 미간을 찡그리며 물었다. 신호가 올 줄 알았는데 안 왔다고, 엊그제 아주 지랄발광을 해 대던 모습을 분명히 기억하고 있다.

무슨 소리인지 잘 모르지만, 하여간 놈의 계획이 틀어졌다는 것만은 확실해 보였다.

"그게…… 용산에 도착한 뒤에 선로를 따라 북쪽으로 500미터 정도만 걸어가면 신호를 보낼 수 있대요. 그러면 하루나 한나절 만에 JL의 헬리콥터가 마중을 나올 거라고."

"말 같지도 않은 소리. 제깟 놈이 그런 걸 어떻게 알아? 신호인지 뭔지, 그냥 글자 몇 개더구만."

민구는 코웃음을 쳤다. 젠킨스는 그사이를 못 참고 또 테라에게 뭐라고 속닥거린다. 테라는 그에게 들은 이야기를 차분히 옮겼다.

"아저씨도 같이 모시고 갔으면 좋겠대요. 칼 솜씨에 반해서 부상당한 옆구리도 고쳐 드리겠다고, 꼭 전해 달래요."

"혼자 많이 가라고 해."

민구는 퉁명스럽게 대답해 준 뒤, 창밖으로 고개를 돌렸다.

투투투— 탕탕탕—.

산책로 쪽에서 간간이 총소리가 들려온다. 유람선은 선착장을 향해 접근하고 있지만, 얼마나 많은 사람들이 도착했는지는 아직 잘 보이지 않았다.

"저 검투사가 뭐라고 했나, 테라 양? 별로 긍정적인 반응으로는 여겨지지 않는데?"

젠킨스가 테라에게 물어 온다. 테라는 곤란한 표정으로 대답했다.

"가고 싶지 않다고 했어요. 이제 그만 제안하시는 게 좋을 것 같아요."

"이해할 수가 없군. 저 사내의 실력이라면 프로 중의 프로야. 그것도 부상당한 상황에서 저만큼이란 말이지. 예전부터 어딘가에 속해서 자신의 칼 솜씨를 팔아 왔을 거야. 그런데 왜 나에게 고용되는 건 싫다는 거지?"

"고용하고 싶다는 말은 제가 전하지도 않았어요."

엉? 왜?

젠킨스가 물었다. 테라는 측은하다는 시선으로 그를 보며 대답했다.

"그랬다가는 또 젠킨스 씨가 맞을 게 분명하니까요. 전 그런 모습 보고 싶지 않거든요."

뿌우우웅—.

요란한 뱃고동 소리가 울려와서 두 사람의 대화는 끊겼다. 유람선은 속도를 조절해 가며 선착장으로 접근했다.

쿵— 쿠쿵—.

유람선의 측면에 부착되어 있는 타이어가 선착장에 부딪칠 때마다 배가 가볍게 흔들린다. 난폭한 운전이었지만, 전문 함장이 아니라는 점을 감안하면 참아 줄 만하다.

투투투투투— 투투투투투— 투투투투—.

유람선 지붕에 배치된 K-3에서 지원사격이 시작되었다. 새 백인대의 뒤를 쫓아 달려오던 좀비들이 픽픽 나가떨어진다. 불이 밝혀진 선착장에는 꽤나 많은 사람들이 초조하게 기다리고 있었다. 민구가 속한 조가 달려왔을 때보다는 다행히 좀비들의 공격이 적었던 모양이다.

"빨리 승선하세요! 빨리!"

배가 멈춰 서자마자 승무원들은 이동용 발판을 내리고 승선을 독려했다. 물론 민간인들도 최대한 빠르게 유람선 위로 뛰어올랐다. 열려 있는 객실 문을 통해 사람들이 계속해서 들어온다. 그런데 100명을 훌쩍 넘는 것 같다.

"왜 이렇게 많아? 몇 명이나 되는 거야?"

승무원들이 물었다. 호위해서 달려온 병사들이 큰 소리로 대답했다.

"상황이 너무 안 좋아서 백인대 둘을 한꺼번에 묶어서 내보냈습니다!"

"그럼 200명이라고?"

승무원들이 깜짝 놀란다. 이 배의 정원을 훨씬 초과하게 된다. 하지만 다 죽어가게 생겼다는데 달리 방법이 있는 것도 아니다.

170명 이상이 승선을 마치는 데만도 한참의 시간이 걸렸다. 그사이에도 지붕의 K-3는 쉬지 않고 총알을 퍼부으며 좀비들이 접근하지 못하도록 막았다.

"자리를 좀 더 좁혀 앉으세요! 조금씩만 양보하면 됩니다! 금방 도착하니까 불편하시더라도 참아요!"

사람들이 빽빽하게 들어찬 유람선의 앞쪽에서는 병사들이 계속 질서유지를 위해 소리를 질렀다. 민구와 테라, 젠킨스도 사람들에게 밀려 더욱 뒤로 물러났다.

"으아, 씨발. 진짜 죽는 줄 알았네……. 와, 철조망 무너지기 직전까지 거기에 잡혀 있느라……."

민구의 곁에 선 병사가 자신의 동료를 향해 투덜댄다. 뒷문 너머의 유리창을 돌아보고 있던 민구가 그 말에 놀라 물었다.

"철조망이 무너졌다고? 그럼 거기에 있던 군인들은? 그 사람들은 어떻게 되었소?"

"에?"

난데없이 끼어든 민간인을 위아래로 훑던 병사는 귀찮아하며 대답했다.

"모르겠어요. 이미 주경기장 안으로 대피했을걸요? 거기에서 장갑 트레일러 기다리든지 하겠죠."

퉁— 투웅—.

또다시 측면의 타이어가 몇 번 부딪치고 배가 흔들린다. 드디어 철교를 향해 출발하는 모양이다. 민구는 잠실 쉘터 쪽으로 고개를 돌린 채 시선을 떼지 못하며 밤톨이 무사히 그곳에서 벗어날 수 있기를 빌었다.

태양 그룹의 1층 주차장에는 세 대의 헬리콥터가 세워져 있었다. 그리고 각 기체의 옆에는 무장을 마친 섀도 실드 대원들이 늘어서서 대기 중이다.

"찾아야 할 사람이 둘이야! 하나는 테라! 이건 다들 잘 안다고 하니까 따로 설명하지 않겠다! 그리고 또 하나는 젠킨스라는 백인! 중년에 뚱뚱하고 몸집이 크다! 이 둘이 우리 타깃이다! 이 둘만 확보하면 다른 건 더 필요하지 않다! 확보 즉시 모든 작업을 중단하고 이쪽으로 귀환해! 알겠지?"

오 박사가 큰 소리로 지시 사항을 전달했다. 혹시나 하고 기다렸던 세 헬리콥터의 베슬 속에는 두 사람이 들어 있지 않았다. 그러니 이제부터라도 적극적으로 찾아 나서야 한다.

"타깃 확보에 방해가 되는 모든 문제는 즉각 제거해! 다른 건 아무것도 필요 없어! 그 둘만 확보하면 돼!"

"그런데 군인들이 개입되면 어떻게 합니까?"

"군인?"

섀도 실드의 질문을 받은 오 박사는 고개를 끄덕였다. 이 녀석들에게 확실히 일러둘 필요가 있을 것 같다.

"군인의 수가 제압 가능하다면, 망설이지 말고 방아쇠를 당겨! 어차피 지금 군인 한두 사람 생사 같은 건 아무도 신경 안 써. 만약에…… 군인들이 너무 많다 싶으면, 일단 현장을 떠난 뒤에 헬리콥터로 쫓는다. 명심해. 이 일에 우리 목숨이 달렸어. 자! 출발해!"

명령을 내린 오 박사는 1호기에 올라탔다. 세 대의 헬리콥터 중에 오로지 이 기체에만 대형 서치라이트가 달려 있다.

'테라…… 어디에 있든 반드시 데리고 와 주지.'

오 박사는 독사 같은 눈을 번뜩이며 생각했다.

04

철교를 향해 출발한 유람선 내부에는 후텁지근하고 답답한 악취가 가득했다. 아무리 짐이 없는 맨몸들이라지만 80명 정원의 조그만 배에 220명가량이 타고 있으니 당연히 공간이 부족하다. 이보다 더 큰 배는 아마추어 수준에서 조종 자체가 불가능하기에 애초부터 고려 대상이 아니었다.

사람들은 서로 어깨를 바짝 맞댄 채 불편과 열기를 참아 내야 했다. 화장실 이동도 안 되고, 단순히 줄을 바꾸는 것조차 불가능한 수준. 목숨이 걸린 게 아니라면 견딜 수 없을 만큼 힘겹다.

"끄으으응! 으으으으!"

영동 대교를 통과할 때쯤부터 여기저기서 신음이 터져 나온다. 상내적으로 키가 작은 여자들이 다른 사람들의 등이나 가슴에 파묻힌 채 제대로 숨을 쉬지 못해 괴로워하는 소리다. 얼굴의 방향을 돌리고, 꽉 눌린 몸을 빼내 보려고 해도 힘이 모자란다.

"우에에엑—! 우웨에엑!"

누군가 구토하기 시작했다. 물론 워낙 빽빽하니까 바로 얼굴을 마주 보고 선 사람이 토사물을 게워 낸다 하더라도 그걸 피할 수조차 없다.

으…… 사람들은 그 상황을 상상하면서 얼굴을 찌푸렸다. 생각만 해도 역겹고 구역질이 난다.

"우우욱! 우욱!"

구역질이 여기저기로 옮아가기 시작했다. 토하는 사람들이 늘어나면서 가뜩이나 지독했던 객실 내의 공기는 더욱 끔찍해졌다.

"앞으로 몇 분만 참으세요! 금방입니다!"

조타석의 공간을 확보하기 위해 스크럼을 짜며 버텨 내고 있는 병사들이 민간인들을 독려했다.

사람들은 모두 눈을 질끈 감고 숨을 몰아쉬며 어서 이 괴로운 항해가 끝나기만을 기다렸다. 그까짓 몇 분. 거꾸로 매달린 채로도 버틸 수 있는 것이니까.

하지만 바로 잠시 뒤, 도저히 참아 낼 수 없는 비극의 신호가 터져 나왔다.

"아악!"

객실 앞쪽에서 울린 날카로운 여자의 비명. 그때까지만 해도 사람들은 누군가 지나치게 엄살을 부리는 것이라고만 생각했다. 발을 밟혔거나, 민감한 부위에 접촉이 느껴진 것 때문에 놀라 호들갑을 떠는 것이라고…….

"아아악! 아! 야이, 개새끼야! 으아악!"

이번에는 반대 방향에서 비명과 욕설이 들려왔다. 그런데 한 명이 내지르는 것이 아니다. 여러 명이 동시에 두려움과 당혹스러움이 가득한 비명을 질러 대고 있다.

"……뭐야? 왜 이래?"

"거기 뭐예요? 무슨 소리예요?"

물어보는 사람들의 목소리가 떨린다. 그들 모두 알고 있다. 이런 종류의 비명이 들려온다는 것이 어떤 의미인지를…….

조금 전, 사살당했던 청바지 말고도 물린 사람이 더 있었던 거다. 하지만 여기에서는 달아날 수조차 없다.

그롸아아아아—.

커다랗게 울리는 포효! 그와 동시에 객실 내부는 비명 소리로 가득 찼다. 패닉에 빠진 사람들은 어디에서 좀비가 울어 대고 있는지도 모르는 채로 무조건 뒤로 물러나려 했다.

"여기예요! 여기! 아저씨, 이 앞에! 여기 쏴 버려요!"

키 큰 사내가 턱으로 앞쪽을 가리키며 군인들에게 외쳤다. 하지만 병사들이라고 해서 거기까지 접근하기가 용이할 리 없다. 오히려 조타실 쪽으로 더 많은 사람들이 밀고 들어오는 바람에 그걸 버텨 내는 것조차도 힘에 부치는 상황이다.

"비켜요! 길을…… 길을 터요!"

병사들은 밀려오는 사람들을 옆으로 밀치며 악을 썼다. 그러는 동안에도 비명 소리는 더욱 커지고, 혼란은 가중됐다.

콰창—!

여기저기에서 창문이 깨진다. 미처 출입문까지 닿지 못한 사람들이 그 사이로라도 나가 보려고 팔을 내밀었다. 물론 그래 봐야 밀리고 베이며 상처만 입을 뿐이다.

"문 열어! 문! 으아아!"

겁에 질린 사람들은 문을 열라고 고함을 지르며 양쪽으로 두 개씩 뚫려 있는 출입구를 향해 몰렸다.

하지만 그들이 밀어 대는 바람에 문을 열려던 사람들은 손끝조차 옴짝할 수 없을 만큼 벽 쪽에 밀착되어 버렸다.

"젠장! 이럴까 봐 그 난리를 친 건데……."

민구는 등 뒤의 미닫이 후문을 어떻게든 열어 보려고 이를 악물었다. 거대한 파도처럼 밀려오는 사람들의 힘을 감당한다는 게 상상 이상으로 힘이 든다. 의자들로 막힌 공간에 의해 압력이 조금이라도 분산되는 것이 그나마 다행이었다.

"윽!"

반쯤 열린 문 쪽으로 떠밀린 민구는 밖으로 밀려나지 않기 위해 버텼다. 여기에서 그가 나가 버리고 테라만 남겨진다면, 그 말라깽이 계집애는 괴물에 물리기도 전에 깔려 죽고 말 것이다.

턱ㅡ.

마세티가 든 가방을 빗장처럼 문틀 사이에 건 민구는 그것에 의지해서 간신히 튕겨 나가지 않을 수 있었다.

찌지직ㅡ 찌익ㅡ.

마세티의 손잡이가 철문에 마찰되며 쇠 갈리는 소리를 낸다. 민구의 갈비뼈는 금방이라도 박살이 나 버릴 것 같은 끔찍한 고통을 선사해 주었다.

민구는 자신을 향해 달려들고 있는 놈들의 얼굴을 노려보았다. 만일 등 뒤의 쿠크리를 꺼낼 여유가 있었다면, 몇 놈쯤 목을 그어 버렸을지도 모른다.

"으으윽! 나와! 빨리!"

민구는 핏대가 선 얼굴을 테라 쪽으로 돌리고 외쳤다. 물론 그녀라고 해서 일부러 늑장을 부리는 건 아니다. 하지만 밀고 오는 사람들이 너무 많았다.

"꺄악!"

샌들 차림의 발을 밟히고, 거칠게 벽 쪽으로 내밀리면서도 테라는 최선을 다해 문 쪽으로 걸음을 옮겼다. 그 정도라도 가능했던 것은 8할 이상이 젠킨스의 공이었다.

"으아앗! 이이익! 컴 온! 컴 온!"

젠킨스는 테라의 곁에 바짝 붙어서 거대한 배와 두툼한 엉덩이로 사람들을 막아 냈다. 그러고는 팔을 들어 테라가 깔리지 않도록 보호했다.

"너희들도 막아!"

문의 옆으로 밀려난 병사 둘에게 민구가 소리를 질렀다. 조금 전, 잠실의 상태에 대해 이야기하고 있던 바로 그 병사들이다.

　병사들은 끔찍한 압박 속에서 어떻게든 옆으로 몸을 옮겨 보려고 이를 악물었다. 바로 서너 걸음만 옮겨 가면 되는데…… 그게 너무나 힘들다.

　탕— 탕탕— 탕— 탕! 탕탕! 탕탕—!

　앞쪽에서 울려오는 총성!

　좀비에 물린 사람들이 늘어 가는 것을 견디다 못한 승무원이 의자 위로 발돋움을 한 뒤, 그쪽을 향해 방아쇠를 당긴 것이다.

　민간인인지 좀비인지 가릴 틈도 없었다. 그저 피를 뒤집어쓴 놈들은 무조건 쏴 버렸다.

　"꺄아아아!"

　총소리에 놀란 사람들이 아주 짧은 순간 동안 움찔하며 얼어붙었다. 그리고 그 눈 깜빡할 사이에 주어진 소중한 기회를 민구와 두 병사는 놓치지 않았다.

　"이야아아!"

　기합 소리와 함께 사람들을 밀친 세 사람은 자신들의 등 뒤로 아주 약간의 공간을 만들어 냈고, 테라는 그 틈을 파고들었다.

　그녀는 얼른 허리를 숙여 마세티 가방 아래로 뒷문을 통과했다. 그러고는 방향을 틀어 통로의 오른쪽으로 돌았다.

　"나가!"

　테라가 빠져나간 것을 확인한 민구는 군인들에게 악을 썼다. 이런 상황에서 총을 가진 놈이 없으면 죽은 목숨과 다를 바가 없다.

　병사들은 테라가 그랬듯이 자세를 낮추고 마세티 가방 아래로 재빠르게 기어 나갔다.

　"윽!"

　그러는 동안에도 민구는 계속 사람들에게 밀렸다. 빗장이 받는 압력은 그에게도 고스란히 전해진다. 비지땀으로 범벅이 된 민구는 미닫이문을 완전히 확 당겨서 열고, 그와 동시에 마세티 가방의 방향을 돌렸다.

콰악―.

등 뒤에서 버텨 주던 기둥이 사라지자 민구는 낙엽처럼 가볍게 뒤쪽으로 떠밀려 나왔다. 길이 5미터가량의 후방 덱이 있지만, 그 정도에서 멈추기에는 그를 밀치며 한꺼번에 뛰어나오는 사람들의 힘이 너무 셌다.

"이흑!"

후방의 난간에 허리가 걸린 민구는 재빨리 난간을 움켜쥐며 그 반동을 이용해 몸을 옆으로 돌렸다. 덱 위를 구르고, 뛰어나온 사람들의 발에 차이는 동안에도 그는 마세티 가방을 놓치지 않았다.

풍덩―! 풍덩―!

떠밀려 달려 나오던 사람들 중 일부는 그 기세를 이기지 못하고 난간에 튕겨진 뒤, 강물 속으로 빠져 버렸다. 여기저기서 물기둥이 치솟아 오른다. 그 밖에도 깔리고 넘어지고, 뼈가 부러지는 사람들이 속출했다.

"오우! 노우! 노우!"

젠킨스도 그렇게 밀려 나온 사람들 중 하나였다. 넘어진 사람에게 발이 걸린 젠킨스의 몸이 튀어 올랐다. 그러고는 난간 위로 떨어졌다.

"윽!"

난간에 강타당한 젠킨스는 고통 때문에 비명을 질렀다. 하지만 진짜 위기는 그 뒤에 찾아왔다. 커다란 키 때문에 난간은 그의 허벅지에 걸렸고, 무거운 상체는 유람선 너머 강물 쪽으로 확 기운다.

"으아아아!"

젠킨스는 두 팔을 허공에 휘두르며 어떻게든 중심을 잡아 보려고 발버둥을 쳤다. 하지만 몸무게에 비해 턱없이 작은 크기의 복근은 그의 몸을 다시 뒤로 당기지 못했고, 뒤꿈치마저 약간 들렸다.

손을 내려서 난간을 잡아야 한다는 것을 알지만, 거대한 배에 가려져 난간이 보이지도 않는다.

턱, 턱.

젠킨스의 통통한 손가락이 두 번 난간을 헛짚었다. 그사이 그의 몸은 앞으로 더 기울었다.

'이렇게 끝난다고?'

검은 강물과 하얀 수포가 시야를 가득 채웠을 때, 그의 머릿속에 떠오른 생각은 그런 것이었다.

세상에…… 천하의 MJ가 이런 작은 나라의 강물에 수장되어 버린다니…….

"으아아아아!"

바로 옆에서도 한 남자가 비명 소리를 허공에 남겨 둔 채 강물 속에 빠져 버렸다.

풍덩—!

치솟아 오른 물기둥이 젠킨스의 얼굴을 적신다.

턱—!

마지막이다 싶은 순간, 뒤쪽에서 저항이 느껴졌다. 누군가 그의 허리띠를 움켜쥐고 있다. 아주 조금 상체가 들린 젠킨스는 필사적으로 몸을 일으켜 보려 애를 썼다.

"으으으으! 이놈! 진짜 무겁네!"

젠킨스의 허리띠를 움켜쥔 민구는 몸을 뒤로 눕혀 버티며 미간을 찌푸렸다. 100킬로그램이 넘는 기동이를 간단히 들어 메치던 예전 그의 몸이 아니다.

"에잇!"

앙증맞은 소리와 함께 달려든 테라도 힘을 보태 당겼다.

"으라아아!"

민구는 아이라도 낳는 것처럼 커다란 기합 소리를 내지르며 젠킨스의 몸을 옆으로 돌렸다.

쿠웅!

덱에 나자빠진 젠킨스는 눈물이 맺힌 눈으로 민구를 보며 고개를 끄덕였다.

"땡큐! 땡큐! 하아~ 하아!"

"일어나! 도망가야 돼!"

다시 벌떡 몸을 일으킨 민구는 젠킨스의 목덜미를 잡아채서 따라오라는 신호를 보냈다. 젠킨스도 허둥대며 네발로 기어 그의 뒤를 따랐다.

"이 위로 어떻게 올라가?"

데라를 끌고 군인들에게 다가간 민구는 유람선의 지붕을 가리키며 물었다. 뒷문으로 나가면 당연히 사다리가 있을 것이라 기대했는데, 그게 없다.

두 명의 병사가 좌우로 고개를 돌리며 어쩔 줄 몰라 한다. 앞뒤에서 달려 나오는 피투성이 민간인들에게 홀려 넋이 반쯤 나간 모양이다.

"정신 차려! 저 위로 어떻게 올라가냐고! 사다리! 사다리 어디 있어?"

민구는 병사의 어깨를 잡고 거칠게 흔들었다. 병사들은 그제야 정신을 되찾고 앞쪽을 가리켰다.

"맨 앞에…… 조타실 유리창 옆에 붙어 있습니다."

젠장, 민구는 입술을 꽉 깨물었다. 그렇다면 배의 외부 통로를 따라 반 바퀴를 빙 돌아가야만 한다.

"올라가 봐! 누가 좀 받쳐 줘!"

지붕 위로 달아나려던 사람들이 높은 벽을 기어오르지 못하고 미끄러져 떨어진다.

시야 확보를 위해 만들어진 유람선이어서 매끈한 아치형의 유리 지붕이 높게 설치되어 있다. 누가 위에서 잡아 준다면 모를까, 보통의 체력으로 저기를 올라간다는 건 불가능해 보였다.

타타타타— 타타타타—.

으아아악!

객실 내부에서는 총소리와 비명이 계속 울려 댄다. 깨진 창문의 파편마다 피가 덮여 있고, 어느새 손으로 헤아리기 어려울 만큼 불어난 괴물들이 사람들을 덮치고 살을 물어뜯는 중이다. 승무원들은 사람들에 밀리고 치이면서도 가까스로 버티며 방아쇠를 당겼다.

핑— 핑— 쨍그랑—.

난사된 총알 중 일부는 유리창을 박살 내며 객실 밖 여기저기로 날아간다. 민구는 얼른 테라의 머리를 누르며 허리를 굽혔다. 젠킨스도 뒤통수를 감싸며 자세를 낮췄다. 오발에 맞고 쓰러져 신음하는 민간인들이 점점 늘어난다.

풍덩—! 풍덩—!

여기저기서 물에 뛰어드는 사람들이 속출했다. 아무리 여름이라지만, 밤의 검은 강물에 뛰어든다는 게 얼마나 위험한지 계산해 볼 만한 여유 따위도 없었다.

그저 뒤를 쫓아오는 좀비들로부터 벗어나 보고 싶은 욕망이 그들의 등을 떠밀고 있는 것이다. 사람들은 손에 닿는 대로 아무 물건이나 하나씩 붙잡은 채 난간을 밟고 물을 향해 몸을 날렸다.

앞에는 좀비와 섞인 피투성이의 인파, 뒤에는 강물, 그리고 간간이 날아오는 오발탄. 뒤쪽 덱으로 달아난 사람들은 아주 끔찍한 형태의 지옥과 맞닥뜨리게 되었다. 도무지 활로가 보이지 않는다.

투투투— 투투투— 투투둑—.

객실 안에서는 총성이 끊임없이 울린다. 오발 사고가 난다는 걸 알면서도 승무원들은 쏠 수밖에 없었다. 얼굴에 피 묻은 사람들이 달려오면 좀비인지 판정을 내리기 전에 곧바로 방아쇠를 당긴다.

이제 민간인과 좀비를 가려 가며 조준 사격 한다는 것조차 불가능한 수준이다. 총에 맞았을 때, 비명이 터져 나오면 사람이다.

그들은 가까이 다가오는 모든 것들을 죽여 버리겠다는 마음으로 사정없이 3점사를 날렸다. 그렇게라도 버텨 내지 못하면 조타실이 점령당하고, 조타실이 점령당하면 이 배는 끝이다.

"으아악!"

좀비에게 목덜미를 물린 승무원이 비명을 지르며 쓰러진다. 그 위로 또 다른 좀비들이 덮쳐들었다. 가능한 한 많은 민간인을 태우기 위해 네 명만 배치되었던 승무원들이 하나씩 줄어든다.

"야이, 개새끼들아! 우리는 너희를 살리려고 목숨을 걸었는데! 으아아!"

마지막까지 살아남은 승무원이 피를 토하듯 절규했다. 그저 군인이라는 이유 하나 때문에 이름도 모르는 이들을 위해 목숨을 걸고 이 밤늦은 시간까지 이송 작업을 계속했는데…….

그런데 물렸다는 사실을 끝까지 숨긴 몇 놈 때문에 이 많은 사람들이 함께 죽어야 한다는 것이 너무 분하고 원통하다.

눈앞을 어지럽히며 뛰어다니는 사람들, 그 사이에 간간이 섞인 좀비들. 승무원은 그 모두를 원망하며 다 죽여 버리겠다는 심정으로 탄창을 갈아 끼웠다.

그롸아아아—.

사각에서 몸을 날린 좀비가 그를 덮쳤다. 마지막 승무원의 얼굴은 공포와 분노로 일그러졌다.

와득—!

피부와 근육을 뚫고 이빨이 박혀 들어오는 소리가 울린다. 이제 고통까지 더해지면서 그의 표정은 더욱더 처참해졌다.

콰득—! 우둑!

서너 마리의 좀비가 동시에 그를 깔아뭉개며 살을 뜯어 먹는다.

쿠웅— 쿠웅—!

다른 좀비들은 조타실로 이어진 얇은 문을 향해 힘차게 박치기를 해 대고 있다. 그들의 머리가 부딪쳐 올 때마다 허술한 잠금장치가 삐걱거리며 안으로 휜다.

"떨어지지 마."

민구는 테라를 돌아보며 말했다. 그는 후면 덱에서 출발해 좁은 외부 통로를 따라 앞으로 나아가고 있었다.

그가 가장 앞에 서고, 테라와 젠킨스, 그리고 한 무더기의 민간인들과 군인 둘이 뒤를 따랐다.

외부 통로의 너비는 겨우 1미터 남짓. 좁고 아슬아슬하다. 그는 최대한 서둘렸지만, 마주쳐 달려오는 수많은 인간들 때문에 좀처럼 속도가 나지 않았다.

단순히 사람들을 피하는 거라면 별게 아닐 수도 있겠지만, 그 사이에 끼어 있는 괴물들도 일일이 상대해야 한다.

투투투— 투투둑—.

뒤쪽을 맡으며 따라오는 군인들의 총구가 이따금씩 불을 뿜는다. 그리고 그들을 응원하는 화력이 또 한 팀 있었다. 지붕 위에 배치된 K-3 사수와 부사수는 멀리서 달려오는 좀비들의 머리를 날렸다.

아래 두 명, 위에 두 명, 도합 네 명의 군인에게 배후를 맡긴 민구는 길을 트는 것에만 최대한 집중했다.

캄캄한 밤의 강물 위, 흐릿한 조명 속에서 민구가 괴물과 인간을 구분하는 방법은 단순했다. 커다란 마세티를 왼손으로 꽉 잡은 채 그 날을 앞세워 걷는다.

달려오다가 번뜩이는 칼날을 보고 움찔하는 놈은 인간이고, 막무가내로 계속 뛰어오는 놈은 괴물이다. 그렇지 않다고 해도 어쩔 수 없는 노릇이다.

콰창!

유리창을 깨고 뻗어 오는 머리! 이건 100퍼센트 괴물이다. 민구는 몸을 옆으로 틀며 오른손의 쿠크리를 아래로 휘둘렀다.

서걱!

괴물의 머리카락을 잘라 내고 목덜미에 박히는 쿠크리의 칼날! 민구는 손잡이의 방향을 바꿔 잡고 당기며 그것을 지렛대 삼아 몸을 앞으로 내보냈다. 그사이에 맞은편에서는 또 너덧이 달려오고 있다.

"헉!"

맨 앞의 놈이 칼날을 발견하고 옆으로 몸을 튼다. 민구는 어깨로 녀석을 밀어 뒤로 보내고, 그 뒤의 놈에게도 마세티를 내밀었다.

찌익—.

칼날 끝에 얼굴이 잘려 나가는 동안에도 놈은 속도를 늦추지 않는다. 민구는 손목을 비틀어 후리며 놈의 목을 내리찍었다.

칵—.

목에 칼날이 박힌 괴물의 몸이 옆으로 기우뚱하며 난간에 걸린다. 민구는 전력을 다해 마세티를 밀었다.

풍덩—!

괴물을 물속에 밀어 처넣은 순간에도 또 사람이 하나 뛰어왔고, 그 뒤를 괴물 둘이 쫓아온다. 민구는 벌렸던 왼팔을 당겨 들이며 괴물의 관자놀이를 후려쳤다.

빠직—!

얇은 뼈들이 박살 난다. 충격을 받은 괴물은 유리창에 머리를 들이받으며 멈춰 섰다.

찌지직— 찌이익—.

괴물은 유리 파편이 박혀 있는 목을 억지로 빼 보려고 버둥거린다. 놈이 그렇게 스스로의 목을 잘라 내고 있는 동안, 민구는 그 뒤의 놈 아가리에 쿠크리를 박아 넣었다.

와작—!

비록 제대로 힘이 실리지 못했지만, 그가 공들여 관리해 왔던 쿠크리의 칼날은 아주 예리하게 괴물의 턱과 턱 사이를 가르고 들어갔다.

놈의 입술과 턱 주변이 잘려 나가는 동안에 민구는 마세티를 휘둘러 녀석의 어깨와 목을 차례로 내리찍었다.

칵— 칵—!

마세티의 묵직한 날이 목덜미 전체를 베어 내자 괴물의 움직임이 멈췄다. 민구는 그제야 유리창 사이에 박혀 있는 괴물의 목을 힘차게 내려쳤다.

썽둥—!

잘려 나간 목이 객실 안으로 구르고, 시체의 나머지 부분은 힘없이 미끄러진다. 민구는 놈의 다리 사이를 타 넘어 앞으로 뛰어나갔다.

테라가 따라오는 기척이 등 뒤에서 느껴진다. 하지만 그녀를 돌아볼 수 있을 만큼의 여유는 허락되지 않았다.

"으으아아!"

뒤따라오던 민간인 중 하나가 창문 사이로 뻗어 나온 팔에 붙잡혀 안으로 끌려 들어간다. 후방의 병사들이 재빨리 총구를 돌렸지만, 이미 물린 뒤였다.

05

"이리 와! 올라가!"

마침내 배의 앞쪽까지 길을 뚫어 낸 민구가 테라를 잡아 사다리 쪽으로 끌었다. 테라가 사다리에 한 발을 막 올렸을 때, 반대편 통로에서도 괴물들이 달려왔다. 놈들은 테라와 사람들이 함께 몰려 있는 사다리를 향해 손을 뻗는다.

"안 되지!"

민구의 마세티가 바람을 가른다. 괴물의 팔이 날아가 조타실 유리에 부딪쳤다. 민구는 다시 한번 마세티를 휘둘렀다.

허리가 반쯤 끊긴 괴물이 뒤로 밀려나다가 나자빠진다. 민구는 얼른 쫓아가서 무방비로 열려 있는 목을 향해 마세티를 내리찍었다.

콰득!

잘려 나온 괴물의 머리가 경사진 바닥을 구르다가 강물 속에 빠진다. 그리고 또 한 마리가 덤벼들었다.

민구는 쿠크리로 놈의 왼쪽 목을 사선으로 긋고, 마세티로 반대편 목을 잘랐다.

"올라오세요!"

위쪽에서 들려오는 테라의 목소리. 그녀는 자신이 무사히 지붕에 닿았음을 알렸다. 또 다른 괴물의 손아귀를 피한 뒤 뒤통수를 박살 낸 민구는 조타실 쪽으로 고개를 돌렸다.

코끼리처럼 커다란 몸집으로 사다리를 기어 올라가는 젠킨스의 모습이 눈에 들어온다. 그리고 그 바로 아래 측면에 조타실이 있다.

괴물들에 의해 점령되어 버린 피투성이 조타실. 잠금장치가 뜯겨 나간 조타실의 문이 허망하게 앞뒤로 흔들린다.

"이런 젠장!"

민구는 욕설을 내뱉었다. 이 배는 지금 아무도 몰고 있지 않다. 앞쪽에서는 성수 대교의 둥근 교각이 만들어 낸 검은 그림자가 빠른 속도로 가까워지고 있었다.

"아저씨! 올라오세요!"

테라가 지붕에서 얼굴을 내밀며 외쳤다. 그러는 사이에도 뒤따라온 민간인들은 앞다투어 사다리를 기어 올라간다. 이 배가 키잡이를 잃은 채로 그저 무작정 돌진 중이란 걸 모르고들 있다.

"아무거라도 잡아! 부딪친다!"

민구는 테라에게 외쳤다. 한 번에 그 말을 이해하지 못한 테라가 멍하니 그를 바라본다.

"선장이 죽었어! 조종할 사람이 없다고! 꽉 잡아!"

민구는 똑같은 말을 사람들에게도 다시 한번 외쳤다. 그러는 동안에도 컴컴한 교각은 점점 더 가까워지고 있다.

사람들 중 절반 정도는 그것이 눈에 들어오지 않는다는 듯, 지붕 위로 올라갈 생각만 하고 있다. 좀비에 대한 공포 때문에 다들 이성과 감각이 마비된 모양이다.

"난간이라도 붙잡아요!"

뒤따라오던 병사들이 목이 찢어져라 소리를 질렀다. 그런 후, 그들도 난간을 꽉 끌어안았다. 민구는 마세티를 칼집 안에 넣고 선수의 난간 사이에 팔을 교차시켰다.

쿠쿵!

곧바로 느껴지는 엄청난 충격!

유람선의 측면이 교각을 때린다. 배가 한쪽으로 휘청하고, 사다리를 오르려던 사람들은 아래로 떨어져 바닥을 굴렀다.

벽을 들이받은 사람들의 머리에서는 피가 솟아 흐르고 좀비들 사이로 떨어진 사람들은 비명을 내질렀다. 민구의 몸도 잠시 떠올랐다가 바닥에 내리꽂혔다.

조타실의 유리창이 박살 나며 안에 들어 있던 좀비들이 밖으로 튕겨 나온다. 사방은 순식간에 아수라장으로 변했다. 부딪친 배는 둔탁한 굉음과 함께 다시 교각을 들이받고 방향이 틀어졌다.

쿵―.

또 한 번의 충격! 민구는 난간을 잡고 필사적으로 버텼다. 충격을 줄이지 못한 사람들과 좀비들이 미끄러지고 튕기며 강물 아래로 떨어져 버렸다.

끼기긱―.

배의 측면에서 쇠가 찢어지는 듯한 소리가 울린다.

쿵―.

조타실 벽에 부딪쳐 솟구친 좀비의 시체가 방향키 위로 툭, 떨어졌다. 좀비의 무게를 받은 키가 휘리릭 돌아간다. 몇 번이고 쿵쿵대며 교각을 짓찧는 동안, 유람선의 방향도 바뀌었다.

이번에도 또 한 번 급격한 회전이 이루어졌다. 기우뚱한 채 옆으로 도는 배 위에서 사람들은 제대로 서지도 못하고, 오로지 떨어지지 않는 데에만 집중해야 했다.

찌이이이익―.

깨진 유리창의 파편들과 함께 두 마리의 괴물이 민구 쪽으로 밀려온다. 왼팔을 난간에 건 채 겨우 버티고 있던 민구는 오른팔을 다급하게 등 뒤로 돌렸다.

스릉―!

홀더를 벗어난, 쿠크리의 휘어 있는 칼날이 조명을 받아 번쩍였다. 하지만 그의 왼팔은 이 아름다운 곡선의 칼이 가진 힘을 온전히 끌어낼 수 없는 상태다.

"먹어라!"

민구는 자신을 향해 아가리를 벌리고 밀려드는 좀비의 얼굴에 수직으로 세운 쿠크리를 박아 넣었다.

카가각―.

놈의 코와 앞니, 그리고 턱에 쿠크리의 날이 박혀 들어간다. 민구가 팔을 꺾어 올릴수록, 그리고 놈이 계속 윗니와 아랫니를 딱딱 부딪칠수록 쿠크리는 놈의 코와 인중을 반으로 가르며 더 깊숙하게 파고들었다.

그롸아아아―.

두 번째 괴물도 유리 조각과 함께 민구를 덮친다. 난간에서 팔을 뺄 수 없는 민구는 가방 안에 든 마세티의 손잡이를 틀어 가까스로 놈의 아가리를 막았다.

콰창―.

난간에 하체를 부딪쳐 척추가 꺾이면서도 괴물은 여전히 민구의 살을 뜯어내려 든다. 배가 휘청거릴 때마다 괴물과 민구의 간격이 점점 줄어들었다.

카득! 카득!

괴물이 마세티의 손잡이를 이로 갈아 낸다. 잇몸이 들리고 이빨이 빠져나와 덜렁거려도 오로지 눈앞의 먹이를 깨물겠다는 집념뿐이다.

민구는 놈이 아가리를 벌린 틈을 타서 경사진 쪽으로 걷어차 버렸다. 옆구리를 차인 괴물이 아래쪽으로 밀려났다.

텅―.

난간 기둥에 두어 번 부딪친 괴물은 그 틈으로 빠져, 강물 속으로 떨어져 버렸다. 그러는 사이에 쿠크리에 박힌 첫 번째 괴물은 갈퀴 같은 손을 휘저으며 민구를 할퀴어 댄다.

"윽! 이 새끼가!"

가슴의 살갗이 벗겨지는 것을 느끼며 민구는 쿠크리의 칼날을 옆으로 틀어 괴물의 얼굴에서 뺐냈다. 그러고는 곧바로 놈의 목에 수평으로 박아 넣었다.

칵—!

괴물은 목에 칼날이 박힌 이후에도 어떻게든 민구와의 거리를 줄이기 위해 난리를 쳐 댄다. 그때, 심하게 기울었던 배가 다시 수평으로 돌아왔다.

민구는 난간을 두르고 있던 오른팔을 빼서 마세티의 손잡이를 쥐었다. 그러고는 쿠크리를 확 밀어 괴물의 몸이 뒤로 기울도록 했다.

팟—.

옆으로 몸을 틀며 백핸드로 마세티를 뽑은 민구는 그 속도와 방향을 그대로 살려, 뒤로 넘어가는 괴물의 목덜미를 베었다.

툭— 데구루루—.

괴물의 목이 선수 덱 위로 구르고, 머리를 잃은 놈의 몸뚱이는 맥없이 허물어졌다. 민구는 얼른 일어나서 난간으로부터 벗어났다.

하지만 배가 수평으로 돌아오고 난 뒤에는 괴물들 역시 두 발로 바닥을 딛고 설 수 있게 되었고, 비틀거리는 사람들보다 더 빠르게 운동 능력을 회복했다.

"빨리 올라가! 배가 똑바로 서 있을 때!"

민구는 통로 쪽에서 뛰어오는 괴물들의 머리통을 찍고, 어깨뼈를 박살 내며 시간을 벌기 위해 노력했다. 하지만 상황이 너무 좋지 않았다. 몇 차례 급격하게 배가 기우는 동안, 생존자들과 괴물들이 다 한데 뒤섞여 버렸다.

게다가 이 어둠! 충돌 때, 선수 쪽에 설치되어 있던 두 개의 대형 조명등이 모두 박살 나 버리면서 시야가 확연히 좁아졌다.

뒤쪽의 어둠 속에서 누군가 포효하고, 또 누군가는 비명을 지른다. 그리고 총소리가 거기에 섞여 터져 나온다.

"젠장, 이 배…… 어디로 가고 있는 거야?"

선수를 등지고 서서 괴물들을 상대하게 된 민구는 계속 등 뒤를 힐끔거렸다. 잠실 쉘터의 불빛이 보인다. 그건 좋은 소식이 아니다. 조금 선 충돌 이후, 이 유람선이 180도 이상 선회해서 왔던 방향으로 다시 되돌아가고 있다는 의미이니까.

그나마 똑바로 직진을 하는 것도 아니다. 배는 지금 강의 남쪽 기슭을 향해 돌진하고 있다.

투투둑— 투투투—.

지붕 위의 병사들이 3점사를 날리자 통로를 따라 달려오던 괴물들이 몸 여기저기에 구멍이 뚫린 채 난간 아래로 떨어진다. 꽤나 든든한 지원군이기는 한데, 그래 봐야 군인이 넷뿐이니 상황을 완전히 지배할 수는 없다.

그롸아아아—.

그가 잠시 배의 진로에 대해 고민하고 있는 동안에도 괴물들은 쉬지 않고 달려들었다. 민구는 놈들의 다리를 후려쳐서 중심을 흩고, 뒤통수를 때려 강물에 밀어 처넣었다. 목을 자르고 머리를 쪼개는 것보다 그쪽이 몇 배나 수월하다.

"방향을 틀어야 돼……."

어지럽게 스텝을 밟으며 한바탕 거하게 칼춤을 춘 민구는 조타실 쪽으로 시선을 돌렸다. 날카롭게 깨진 유리창 파편 너머로 둥근 방향키의 손잡이가 보인다. 민구는 그쪽으로 뛰어가 유리창 안쪽으로 팔을 집어넣었다.

크롸악—.

벽 뒤에서 갑자기 뛰어나온 괴물!

민구는 깜짝 놀라 황급히 팔을 뺐다. 민구를 노려보고 있던 괴물이 계기판 위로 뛰어오르며 울부짖어 댄다. 그러고는 깨진 유리창 사이로 머리를 들이밀었다.

"어딜! 이 새끼야!"

민구는 대각선으로 마세티를 휘둘렀다.

칵—!

마세티의 칼날이 목에 박힌 괴물이 창틀에 밀려가 부딪친다. 민구는 놈의 목에 마세티를 박아 넣은 채로 다시 팔을 안쪽으로 집어넣었다.

조타실 문 너머 객실 쪽에서도 그를 발견하고 뛰어오는 괴물들의 모습이 보인다.

휘리리릭—.

길게 튀어나와 있는 방향키의 손잡이들을 잡고 반대 방향으로 돌렸다. 돌리면서 민구의 머릿속에 떠올랐던 걱정은 배가 너무 많이 돌면 어쩌지 하는 것이었다.

배라는 건 한 번도 몰아 본 적 없다. 애초에 이게 자동차 핸들처럼 돌리는 방향대로 따라 움직이는 것인지조차도 잘 모르겠다.

"이게 왜……."

급격한 회전에 대비하고 있던 민구가 중얼거렸다. 방향키를 두 바퀴 이상 돌린 것 같은데, 별 변화가 없다.

뭐야? 이걸로 조종하는 게 아닌가?

그렇게 민구가 고민하고 있을 때, 지붕에서 지원사격을 하고 있던 군인들이 소리쳤다.

"이제 그만 올라오십쇼!"

민구는 주변을 돌아봤다. 이제 1층에 살아 있는 사람은 몇 명 되지 않는 것 같다. 그나마도 대부분 괴물들에게 몰려 있다. 여기저기서 비명이 울린다.

"위험합니다!"

그와 함께 외부 통로를 헤치고 나왔던 두 명의 병사가 외쳤다. 위험하다는 건 민구 본인도 잘 안다. 괴물들로 그득한 배의 안쪽에 팔을 집어넣어서 방향키를 돌리고 있으니 당연히 위험천만하다.

하지만 아직 배가 돌아가지 않았는데…… 이대로 직진하면 강둑에 정면충돌하게 된다. 그것도 강의 남쪽에…….

"좀 더 돌려 볼까……."

민구가 재빨리 다시 조타실 안으로 팔을 집어넣고 방향키를 잡았을 때, 그제야 유람선의 진행 방향이 천천히 바뀌기 시작했다. 정면에서 보이던 강둑이 아주 조금씩 옆으로 빌려난다.

"젠장…… 애먹이는군. 배라는 건 원래 이렇게 방향 트는 게 느린가?"

안도의 한숨을 내쉰 민구는 주변으로 몰려드는 괴물들을 향해 마세티를 내리찍고, 쿠크리를 박아 넣었다. 옆구리 때문에 가끔씩 휘청거려서 진땀을 뽑아내기는 하지만, 오랜만에 익숙한 칼을 쥐고 벌이는 싸움은 그에게 아드레날린을 솟아오르게 했다.

다만, 통로를 통과해서 오는 놈들의 수가 점점 더 늘어나고 있다. 둘을 죽이면 이미 넷이 달려드는 형국이다. 이대로 버틴다는 건 불가능하다.

어느 정도 배가 회전했다 싶어졌을 때, 민구는 다시 조타실 안쪽으로 팔을 집어넣고서 방향키를 역방향으로 한 바퀴 돌렸다. 그 정도에 두면 얌전하게 직진해 줄 것 같았기 때문이다.

"아저씨! 뒤에요!"

애타는 테라의 외침. 민구는 유리 조각 사이로 팔을 빼내며 몸을 틀었다. 그러고는 마세티를 가볍게 휘둘러 달려들던 놈들의 진행 방향을 틀어 버렸다. 두 마리의 괴물이 그를 덮치려다가 바닥에 곤두박질친다.

칵—! 칵—!

민구는 괴물들의 뒤통수에 마세티를 후려갈겼다. 한 방! 두 방! 세 방! 한곳을 계속 두드리니 뼛조각이 튀고, 두개골이 움푹 팬다. 아직 딸리는 힘 때문에 단번에 죽이지 못하니, 이렇게 집요해질 수밖에 없다.

투투둑— 투투투—.

반대쪽 통로를 향해 퍼부어지는 총알들, 그것이 민구가 포위되지 않도록 돕고 있다. 그 틈을 놓치지 않고 민구는 사다리 쪽으로 뛰었다. 저렇게 시간을 벌어 줄 때 몸을 피해야 한다.

"그만 놀 거라고, 이 새끼들아!"

자신을 향해 뻗어 오는 괴물의 팔을 잘라 날려 버린 민구는, 놈을 걷어차고 사다리에 올랐다. 지붕 위에서 대기하고 있던 병사들이 그의 팔목을 잡고 당겨 준다.

그롸아아아— 가아아악—.

뒤늦게 달려와 민구를 놓친 좀비들이 펄쩍펄쩍 뛰어올랐다. 개중 한두 놈씩 사다리에 손을 걸치는 놈이 나올 때마다 지키고 있던 병사가 방아쇠를 당겼다.

타앙—.

그러면 정수리에 구멍이 뚫린 좀비는 맥없이 고꾸라진다. 불과 3.5미터 남짓의 높이여서 대단한 겨냥도 할 필요 없다.

"아저씨……."

지칠 대로 지친 민구가 지붕에 올라와 비틀거리자 그때까지 맘 졸이며 지켜보고 있던 테라가 그를 부축했다.

"하아~ 하아~ 이게 단가?"

민구는 허무하다는 표정을 지었다. 그렇게 생난리를 치고 싸워서 길을 트고 시간을 벌었는데, 유람선의 지붕에 올라와 있는 사람들의 수는 스무 명도 채 되지 않는다.

"아까 배가 다리에 부딪쳤을 때, 많이 떨어졌습니다. 미끄러져서요."

경외심이 가득한 눈빛으로 그를 보고 있던 병사들이 대답했다.

젠장, 민구는 적잖이 낙담했다. 이만큼만 살아남았다는 건, 괴물로 변해 버린 놈들이 그만큼 많아졌다는 뜻이다.

민구는 뒤쪽의 유리 지붕 아래로 시선을 돌렸다. 객실 안에는 아직도 괴물들이 가득하다.

그롸아아악! 그와아아—.

괴물들은 유리 천장 너머로 보이는 민구와 다른 민간인들을 향해 펄쩍펄쩍 뛰어오르며 포효해 댔다. 보이는 놈들만 대충 더해도 최소한 70마리. 지치지 않는 기세도, 그 수효도, 민구 혼자서 상대하기엔 무리다.

어쨌든 잠시나마 칼을 손에서 놓을 수 있게 된 민구는 야트막한 난간에 등을 기대며 거친 숨을 몰아쉬었다. 부싱당한 이후 이만큼 격렬하게 뛰어다닌 적도 처음이고, 이렇게 오랫동안 칼을 휘둘러 뭔가를 베어 낸 것도 처음이다.

당연히 온몸이 다 끊어지는 듯 아프고 쑤신다. 특히 오른쪽 옆구리의 통증은 이루 말할 수도 없다.

"근데…… 좀 전에 뭐 하고 계셨던 겁니까?"

병사 중 하나가 물었다. 민구는 힘없이 중얼거렸다.

"배를 운전하던 사람이 다 죽었어. 키는 옆으로 돌아가 있었고…… 그래서 직진이라도 시켜 둔 거야. 강둑을 들이받게 생겨서."

상황을 뒤늦게 파악한 병사들의 얼굴이 파랗게 질린다. 지금까지 지붕 위로 도망쳐서 살아남는다는 것에만 온 정신이 팔려 있었기 때문에 조타실은 까맣게 잊고 있었다.

이런 젠장, 그러면 지금 이 배는…….

병사들은 전방으로 고개를 돌렸다. 아까 지나쳤던 영동 대교가 다시 가까워지고 있다. 워낙 어두워서 잘 보이지는 않지만 속도도 꽤나 빠르다.

"이거…… 부딪치는 거 아니야?"

수군대는 병사들의 목소리에는 두려움이 가득했다. 그들 중 누구도 이 배를 몰아 본 경험이 없으니, 배의 좌우 폭이 정확히 얼마인지 모른다. 진입하고 있는 각도로 보아서는 그야말로 아슬아슬하다.

"멍청한…… 방향타를 돌릴 시간이 있었으면 속도부터 줄였어야지!"

민구가 뭘 하다 늦게 올라왔는지를 테라로부터 전해 들은 젠킨스는 오만한 표정을 지으며 민구를 위아래로 훑어봤다.

"저 새끼, 지금 내 욕 했지?"

젠킨스의 시선에서 경멸을 읽은 민구가 몸을 벌떡 일으키며 물었다. 아무래도 매가 부족했던 건가……. 그의 사나운 기세에 놀란 테라는 다급하게 손을 저었다.

"아, 아니에요! 그냥…… 속도를 줄였어야 했다고 안타까워한 거예요."

그 말을 들은 민구도 아…… 하고 탄식했다. 촌각을 다투는 상황에서 목숨을 걸고 했던 일이지만, 방향키를 돌린 게 최선의 선택은 아니었던 거다.

저놈 말처럼 속도를 줄였더라면 훨씬 더 안전했을 텐데……. 하지만 사실 속도 조절 따위는 어떻게 하는 건지도 모른다.

후우우우욱―.

그렇게 말다툼을 하고 있는 동안에도 유람선은 빠르게 영동 대교를 향해 나아가고 있다.

"꽉 잡아요! 충돌이 있을지도 모릅니다!"

병사들이 외쳤다. 다들 난간에 팔을 걸고 긴장된 표정으로 잠시 후에 있을 충돌에 대비했다.

콰아악― 카가각!

유람선의 오른쪽 선수가 교각을 들이받고 움푹 찌그러진다. 배는 지진이라도 난 것처럼 요란하게 좌우로 흔들렸다. 롤러코스터가 급회전 구간을 지날 때보다도 더 큰 중력이 사람들의 몸을 띄웠다가 다시 내동댕이친다.

성수 대교 교각과 충돌하고 회전했을 때보다도 훨씬 더 큰 충격이 유람선의 지붕을 흔들었지만, 다들 죽을힘을 다해 난간을 꽉 잡고 버텨 냈다.

그러나 물건들은 그렇지 못했다. 부러지고 꺾인 조명등이 하늘로 치솟았다가 뒤쪽의 유리 지붕을 뚫고 떨어지며 박살이 난다. 형광등이 다 터져 버린 객실 내부는 순식간에 암흑 속에 휩싸였다.

풍덩! 풍덩!

여기저기서 물기둥이 솟았다. 무방비로 돌아다니던 좀비들이 튕겨 강물에 떨어진 것이다.

끼이이이익― 찌이이이익―.

유람선은 쇠가 갈리는 소리를 남겨 두고 가까스로 영동 대교를 통과했다. 여기저기서 안도의 한숨이 터져 나온다. 불과 몇 미터만 오른쪽으로 치우쳐 있었더라도 정면충돌을 피하지 못했을 것이다.

"다들 괜찮으십니까?"

난간에 부딪쳐 얼얼한 코를 문지르며 K 3 사수가 물었다. 병사들이 비추는 플래시가 유람선의 거의 유일한 조명이 되어 버렸다.

"하아아~ 젠장, 이게 무슨 지랄이야."

다른 병사들도 잔뜩 얼굴을 찌푸린 채 비틀대며 일어섰다. 이번에는 겨우 통과했지만, 그 뒤로 몇 개나 또 다른 다리들이 나타날 것이다. 게다가 잠실 대교 아래에는 수중보도 있다. 배가 지나치지 못하는 곳이다. 그 전에 결판을 내야 한다.

"빨리 좀비들 잡고, 조타실로 내려가서 배 돌리지."

K-3 사수는 품에 꼭 끌어안고 있던 K-3를 두드리며 말했다. 지금까지는 사람들이 좀비들과 뒤섞여 있다는 것 때문에 망설였지만, 이제는 그럴 필요도, 여유도 없다.

K-3로 아래쪽을 겨누고 몇 번 난사를 훑기만 하면 좀비들 5, 60마리쯤은 금방이다.

"예비 탄통이……."

몇 발 남아 있지 않은 탄통을 교체하기 위해 K-3 사수는 플래시로 좌우를 비췄다. 그런데…… 탄통이 없다. 분명히 예비 총열과 840발들이 하나를 더 실어 뒀는데…….

'설마…….'

겁에 질린 K-3 사수는 플래시를 더 먼 곳까지 비췄다. 여기저기 박살이 난 유리 지붕…… 그리고 그 아래 객실의 의자에 그가 찾던 예비 탄통이 떨어져 있다.

국방색의 각진 철제 상자가 플래시의 불빛을 받아 반짝인다. 조금 전, 충돌했을 때 튕겨 나가 유리 지붕을 깨고 저런 곳에 떨어져 버린 것이다. 좀비들이 우글거리는 곳에…….

"아아, 씨발……."

K-3 사수는 머리를 감싸 쥐었다. 다른 병사들이 무장하고 있다고는 하지만, 다들 마지막 탄창에 그것도 몇 발 남지 않은 상황. 그가 가지고 있는 탄통만이 유일한 희망이었는데…… 경황이 없어서 그걸 그만 깜빡하고 말았다.

그롸아아아ㅡ.

탄통 옆을 지나던 좀비가 K-3 사수를 노려보며 울부짖는다. 그 주변에만 수십 마리가 몰려다니고 있다. 저 지옥 같은 곳으로 내려가서 탄통을 되찾아 온다는 건 불가능한 일이다.

좌아아아악—.

지붕 위의 사람들이 다들 좌절하고 있는 동안에도 유람선은 유유히 물살을 가르며 한강을 거슬러 올라간다.

Chapter 78
좀비 세계의 최강자

01

 그 시각, 오 박사를 태운 헬리콥터는 한강 철교 상공에서 선로와 선착장 사이를 배회하며 서치라이트로 아래쪽을 비춰 대고 있었다.
 선착장 주변에는 잠실에서 무더기로 몰려온 사람들이 오와 열을 맞춰 선로로 올라가기 전의 마지막 심사를 받는 중이다.
 외상이 발견된 사람은 선로로 올려 보내지 않고, 선착장 우측에 설치된 컨테이너에 따로 수용했다.
 "잘 찾아봐! 검은 미니 원피스를 입고 있다고 했어! 까만색 긴 생머리! 그리고 남자는 거구의 뚱뚱한 백인!"
 오 박사는 손가락만 하게 보이는 발아래의 사람들을 가리키며 섀도 실드 대원들에게 명령했다. 섀도 실드 대원들은 눈을 부릅뜨고 망원경까지 동원해 수천의 사람들을 훑었다.
 거리가 꽤 되지만 둘 다 워낙 특징이 있는 인물이어서 이 자리에 있기만 하다면 찾아내는 데 큰 문제는 없을 듯하다.
 처음 헬리콥터를 이곳으로 몰고 왔을 때, 오 박사는 내심 조금은 걱정을 했다.

바쁘고 다급한 군인들이 불청객 민간 헬리콥터를 몰아내려 들면 어떤 핑계를 대야 할지 모른다는 것이 그의 걱정이었다.

하지만 군인들은 정말로 바빠서 머리 위에 떠 있는 헬리콥터가 어디 소속인지 따위의 소소한 문제에 신경을 쓸 겨를이 없는 상황이었다.

배 안에 좀비가 있다는 무전을 마지막으로 교신이 끊긴 유람선 2번 배를 구조하러 나갈 엄두도 못 내는 판국에, 시끄러운 프로펠러 소리 같은 건 관심의 대상이 아니었다.

방금 선착장에 도착한 유람선 1번 배 승무원들에 의하면, 2번 배는 조명도 다 꺼진 채 유령선처럼 한강 상류 쪽으로 오히려 거슬러 올라가는 중이라고 했다. 그쯤 됐으면 다 죽었다고 보는 게 맞다.

프로펠러 소리가 조금 거슬리기는 하지만, 헬리콥터가 비추는 서치라이트의 불빛이 주변을 밝혀 주는 것도 외상자 색출 작업에 꽤 도움이 됐다. 그러니 딱히 항의를 하려고 드는 군인은 아직 없다. 덕분에 오 박사는 선착장 주변을 마음껏 활개 치고 나는 중이다.

― 치이이익, 1호기 나와라. 여기는 2호기. 치이익.

3호기와 함께 잠실로 간 2호기에서 무전이 날아왔다. 오 박사는 헤드폰을 꽉 눌러서 주변의 소음을 차단하고 반가운 목소리로 물었다.

"응, 나야! 혹시 찾았어?"

2호기와 3호기는 잠실 주경기장으로 날아가 태양 그룹 이동 희망자들 중에 두 사람이 있는지를 확인하는 중이었다.

― 치이익, 아직 재확인 중입니다만, 일단 현재까지는 여기에 없는 것으로 보입니다. 치이익.

끄응~ 오 박사는 아쉬운 신음 소리를 냈다. 이곳 한강 철교의 선착장이든, 아니면 잠실 주경기장이든 둘 중에 한 군데에만 있어 주면 모든 게 순조롭게 해결될 수 있는데…….

"거기 있는 게 전부 다야? 민간인들 더 없어?"

― 치이익, 마지막까지 남아 있던 사람들 중 일부는…… 치익, 지금 막 군 병력과 함께 장갑 트레일러로 쉘터를 빠져나갔습니다. 치이익.

"일부는? 그럼 나머지가 더 있다는 말이야? 이제 거기 좀비로 다 덮였다며?"

― 치익, 맞습니다! 치이익, 미처 도망치지 못한 사람들이 야구장으로 다시 되돌아갔다고 합니다. 치익.

장갑 트레일러와 야구장이라…… 긁을 수 있는 복권의 수가 점점 줄어드는 것 같아 초조해진 오 박사는 입술을 잘근잘근 깨물었다.

"2호기는 야구장으로 가서 수색을 진행하고, 생존자를 발견하면 구조해서 테라의 행방을 물어봐! 유명인이니까 누군가 알고 있을 거야! 3호기는 장갑 트레일러 뒤를 쫓아가서 내리는 사람들을 확인해 보고! 장갑 트레일러는 화력이 이쪽을 압도할 테니까 시비를 붙거나 하지 말고, 일단 테라가 있는지만 확인하라고 해!"

― 치이익, 그러면 여기에는 뭐라고…… 치익.

2호기 승무원이 난감해하며 물어 온다. 태양 그룹 헬리콥터가 오기만을 기다리던 민간인들이 잔뜩 있으니, 물론 뿌리친다는 게 쉬운 일이 아니다. 하지만 오 박사는 냉정하게 내뱉었다.

"그런 건 대충 둘러대! 테라하고 젠킨스 찾기 전에는 다른 짓 할 생각 말라고!"

2호기 승무원은 알겠다고 말하며 교신을 끊었다. 그들이 무전으로 대화를 나누는 동안에도 두 명의 섀도 실드 대원은 면역자와 미친 과학자를 찾기 위해 계속해서 아래쪽을 살피고 있었다.

"없는 것 같습니다! 선로를 따라서 남쪽으로 더 내려가 볼까요?"

섀도 실드 대원이 망원경을 떼며 말했다. 선로에서는 외상자 검색을 마친 민간인들이 터덜터덜 남쪽을 향해 걸어 내려가고 있다. 장장 300킬로미터에 달하는 대장정의 시작이다.

"확실한 거야? 다시 한번 확인해 봐!"

"지금 두 번째 살핀 겁니다!"

젠장, 오 박사는 초조하게 눈을 굴렸다. 잠실에도 없고 여기에도 없다면, 경우의 수는 세 가지로 줄어든다.

이미 선로로 들어와서 안전하게 이동 중이든가, 아니면 아직 이곳으로 오는 중이든가, 그것도 아니면…… 정말 상상하기도 싫지만, 어딘가에서 시체가 되어 누워 있거나…….

"아니! 아니! 안 돼! 그렇지 않다고!"

테라가 죽었을지 모른다는 데에 생각이 미친 오 박사는 진저리를 치며 혼잣말을 내뱉었다. 신 차장, 그 개새끼 때문에 이미 한 번 면역자를 죽였는데, 이렇게 또 보물을 놓쳐 버릴 수는 없다. 그쯤 되면 손에 쥐여 준 복을 차 버리는 천하의 똥멍청이라고 평가받아도 변명의 여지가 없는 일이다.

"잠실 선착장부터 가 보자! 그쪽에 아직 사람이 있다고 했지! 거기로 가서 이동 경로를 차분히 역으로 훑어!"

빠르게 머리를 굴린 오 박사가 명령을 내렸다. 만약 테라와 젠킨스가 이미 선로를 걷고 있다면, 급사할 위험은 없다는 의미다. 그러니 그쪽 수색은 다른 위험한 곳을 다 찾아보고 시작해도 늦지 않다.

투투투투투― 훙훙훙―.

오 박사를 태운 1호기 헬리콥터는 크게 선회해서 잠실 쪽으로 기수를 돌렸다. 잠실 쉘터에서는 자잘한 폭발과 함께 화염이 피어오르고 있다.

쉘터로부터 2.5킬로미터가량 떨어진 잠실 대교 북단에서는 유람선 2번 배가 빙글빙글 표류 중이었지만, 조명이 모두 꺼져 버린 채 어둠 속에 묻혀 있는 터라 오 박사의 주의를 끌지는 않았다.

쿵―.

수중보에 부딪친 유람선이 또다시 방향을 바꾸며 빙글 돈다. 지붕 위의 사람들은 난간을 꽉 움켜쥔 채 비통한 표정으로 서로를 바라보고 있다. 잠실 대교에서 그들의 키잡이 없는 항해는 여전히 계속되는 중이다.

다행인 점을 고르라면 조금 전의 두 번째 충돌 때, 머리통 없는 좀비의 시체가 또 방향키 위에 엎어지면서 물속에 잠겨 있는 러더를 최대치인 35도까지 돌려놓았다는 사실이다.

덕분에 배는 좀처럼 빠른 속도를 내지 못하고 그저 크게 원을 그리며 빙글빙글 돌고만 있다.

불행스러운 점을 고르라면…… 젠장, 너무 많다.

첫째, 이 배에는 아직도 60마리 이상의 좀비들이 남아 있다.

둘째, 실탄이 떨어져 가는데 K-3용 예비 탄통은 좀비들로 가득한 객실 의자에 떨어져 있다.

셋째, 구조하러 올 것 같지가 않다. 조명은 꺼졌지만 아직 모든 전자 기기는 작동하는데, 위치를 묻는 무전조차 이제는 더 이상 울리지 않는다.

그리고 마지막으로…… 배의 측면에서 침수가 시작되고 있다. 쉼 없이 뽀글대며 올라오는 기포가 배의 어딘가에서 산소가 빠져나가고 있다는 걸 알려 준다. 유심히 보면 아주 약간이기는 하지만, 배도 우측으로 기운 것 같다.

"이거…… 얼마나 걸려요? 가라앉기까지?"

민간인 생존자 중 하나가 겁에 질린 표정으로 물었다. 병사들도, 민간인들도 모두 고개를 저을 따름이다.

공학자도 아니고, 선원도 아닌데, 그런 걸 알고 있을 리가 없다. 배가 완전히 가라앉기 전에 저 좀비들을 다 해치우고, 빨리 한강 철교로 되돌아가야 하는데…… 그렇게 할 수 있는 방법이 없다.

"총알 몇 발이나 남았나, 다들?"

민구는 병사들에게 물었다. 병사들은 잠시 서로의 눈치를 보다가 솔직하게 털어놓았다. 여섯 발, 세 발, 열한 발, 그리고 마지막 한 사람…… 사다리에 손을 걸치는 좀비들마다 사살하던 병사는 현재 총알이 전혀 남아 있지 않다.

"그러면 스무 발…… 괴물이 한 60마리 되니까……."

계산을 해 보던 민구는 입을 다물어 버렸다. 스무 발로 한 발에 한 마리씩 괴물들을 잡는다고 해도, 마흔 마리가 넘게 남는다. 민구 혼자서 그 많은 놈들을 상대하는 건 무리다.

아니, 무리가 아니라 미친 짓에 가깝다. 안정적인 땅에서 멀쩡한 몸 상태로 싸운다고 해도 못 이길 상황인데, 하물며 이 흔들리는 배 위에서는…….

"우리 차라리 배가 강변 쪽에 가까이 갔을 때, 물로 다이빙을 할래요? 100미터 정도만 헤엄치면 될 것 같은데……."

누군가 새로운 제안을 내놨다. 그 말을 들은 사람들은 강 쪽으로 시선을 돌렸다.

저 깜깜하고 빠르게 흐르는 물속에서 100미터를 헤엄쳐 간다고?

다들 고개를 저었다. 말도 안 되는 소리다. 좀비들도 뒤쫓아서 물속으로 뛰어들 텐데…… 생각만 해도 끔찍하다. 수영을 못하는 사람들은 애초부터 귀담아듣지도 않았다.

"정말 운이 좋아서 저 기슭에 닿는다고 해도 말입니다……. 그다음에 한강 철교까지 어떻게 이동을 합니까? 육로로 20킬로미터는 될 겁니다."

병사 중 하나가 그 계획의 맹점을 일러 준다. 무장 병력의 호위를 받으며 선착장까지 겨우 800미터를 뛰어가는 동안에도 그 많은 사람들이 죽어 나갔는데, 무기도 없이 20킬로미터라면 보나 마나 몰살일 게 뻔하다.

지붕 위에는 다시 침묵이 찾아왔다. 플래시만 비추면 보이는 지근거리에 실탄이 떨어져 있는데, 내려갈 수가 없다. 지독한 희망 고문이었다.

"방법이 없네. 여기까진가 봐……."

좌절한 민간인들이 한숨을 푹푹 내쉰다. 그러는 동안에도 유람선은 또 한 바퀴를 돌아서 수중보를 들이받고 흔들렸다.

"으음…….."

테라로부터 사람들이 하는 말을 전해 듣던 젠킨스는 턱을 훑으며 고민에 빠져 있었다. 상황은 다 이해됐다. 다들 답이 없다는 말만을 반복하고 있다는 것까지도……. 확실히 그렇게 이야기할 수밖에 없는 조건이기는 하다.

사실 젠킨스는 이 난관을 극복할 수 있는 방법을 알고 있다. 위험해지는 사람도 전혀 없는, 확실한 해결책. 아까부터 알고 있었다.

하지만 그가 지금까지도 입 열기를 망설이는 건, 그 해결책이 젠킨스 본인의 이익에 심각한 위협을 줄 수 있기 때문이다.

'어떻게 할까…….'

젠킨스는 지금 몇 분째 같은 고민을 반복하는 중이었다. 총알을 회수해 오는 것이든, 배의 키를 돌리는 것이든…… 다 할 수 있다.

아래층에 좀비들이 60마리가 아니라 그 두 배라고 해도 문제 될 것은 없다. 널 키드, 테라가 내려가서 총알 박스를 들고 오면 된다. 아주 간단하다.

그 미션에서 가장 어려운 점을 굳이 고르라고 하면, 테라의 가느다란 팔로 10킬로그램 가까이 되는 탄약 박스를 여기까지 들고 와야 한다는 것 정도다. 그 외에는 없다.

좀비들은 그녀에게 관심을 보이지도 않을 거고, 이동하는 걸 방해하지도 않을 것이다. 심지어 그녀가 칼을 들고 내려가서 남아 있는 모든 좀비들의 머리를 차례차례 잘라 낸다고 해도 아무 저항이 없을 것이다.

좀비들은 그녀를 인지하지 못한다. 널 키드인 테라는 좀비 세상에서 무적의 투명 인간이니까.

그럼에도 불구하고 젠킨스가 아직까지 굳게 입을 다물고 있는 건, 테라의 특별함이 다른 사람들에게 알려지는 걸 원하지 않기 때문이었다. 물론 테라 본인에게도 아직은 비밀을 유지하고 싶다.

만약 테라가 좀비 면역자이고, 좀비들의 파도 속에서도 아주 안전하다는 걸 다른 사람들이 목격한다면, 젠킨스가 그녀를 JL로 데려갈 가능성은 제로에 수렴할 터였다.

군인들과 저 흉터 사내는 그녀를 지키기 위해 목숨이라도 바치려 들 것이다.

거기에 추가해서 테라로부터 거짓말쟁이라는 비난을 받게 될 것도 각오해야 한다.

'다른 방법이 없을까? 널 키드라는 걸 알리면 안 되는데……'

이를 악물고 머리를 쥐어짜던 젠킨스는 결국 고개를 저었다. 그 외에는 방법이 없다. 일단 여기에서 살아남는 게 우선이다. 지금 살아남아야 다음 순간도 도모할 수 있다.

"후우~ 테라 양……."

결심을 한 젠킨스는 테라에게 머리를 기울이며 귀엣말을 시작했다.

"내가 해 줬던 이야기 기억나나? 면역자에 세 가지 종류가 있다는 거 말이야."

테라는 젠킨스를 물끄러미 쳐다봤다. 이 시점에 왜 갑자기 이런 소리를 꺼내는 건지 모르겠다. 젠킨스는 그녀의 눈치를 살펴 가며 이야기를 이었다.

"그중에 널 키드의 특성, 기억하고 있을 거라고 믿네. 귀하는 영리한 아가씨니까."

"네, 기억해요. 영리한 아가씨인 것 같지는 않지만요."

테라는 가볍게 한숨을 내쉬었다. 일이 이렇게 되고 나니 자신의 옆에 앉아 있는 민구를 끌어들였던 게 너무 미안하다. 아이 엄마들을 찾기 위해 뛰어다니지만 않았어도 그는 지금 선로에서 안전하게 이동하는 중이었을 텐데.

"그…… 내가 귀하에게 했던 말 중에 아주 살짝 장난을 쳤던 게 있어, 테라 양."

테라는 무슨 말인가 싶어 미간을 찌푸렸다. 죽음이 코앞에 다가왔다고 느껴 고해성사라도 할 참인가…….

음, 적절한 표현을 고르던 젠킨스가 다시 입을 열었다.

"그래, 그보다는 이렇게 말하는 게 나을 것 같군. 테라 양, 이 절망에 빠진 사람들이 살아남을 수 있도록 돕고 싶지 않나?"

"당연히 돕고 싶어요. 하지만 저는 그만한 능력이……."

"아니, 능력은 충분해. 필요한 건 믿음과 용기뿐이라네."

젠킨스가 말했다. 그를 바라보는 테라의 눈이 가늘어진다. 무슨 말을 듣게 될지 어렴풋이나마 짐작이 갔다.

만약 자신의 예상이 맞는다면…… 젠킨스가 왜 그리 집요하게 함께 JL로 가자고 졸라 댔던 건지도 한 방에 설명이 된다. 젠킨스는 간절한 표정으로 테라의 손을 잡으며 말했다.

"눈치챈 것 같군, 테라 양. 그래, 맞아. 귀하는 널 키드야. 내가 그걸 속였어. 피치 못할 사정 때문에 아나필락시스 진이라고 거짓말을 했었지."

"……정말이요? 제가…… 제가 널 키드라고요? 아니잖아요!"

테라는 젠킨스의 손아귀에서 손을 빼내면서 물었다. 젠킨스는 필사적으로 고개를 끄덕인다.

"맞아, 넌 키드. 에…… 당황스럽겠지, 그 모든 우정을 쌓아 오면서 내가 귀하에게 거짓말을 했다는 것 때문에……. 하지만 그건 결코 내 이익만을 위한 게 아니었어. 다른 미숙한 놈들이 테라 양의 완벽한 아름다움에 흠집을 내게 될까 봐 두려웠어. 테라 양, 믿어 줘. 나는 귀하를 JL로 데려가서 안전하게 보호하고 싶었어. 그렇게 하면서 함께 인류를 구원할 백신을 만들고 싶었던 거야. 이건 내 영혼, 내 어머니의 영혼, 내 아이들의 영혼까지 다 걸고 맹세할 수 있어."

"그런 말은 듣고 싶지 않아요. 남의 영혼을 함부로 걸지 마세요."

테라는 그녀답지 않게 매몰차게 잘라 말하고는 다른 곳으로 시선을 돌렸다.

혼란스럽다. 1억분의 1의 확률. 타인에게 항체를 줄 수 있는 유일한 면역자 타입.

결코 평범하게 행복을 추구하며 살 수 없는 운명이 지금 갑자기 그녀에게 찾아와 버렸다.

"……젠킨스 씨가 널 키드의 특징에 대해 말했던 것도 다 사실인가요?"

"음, 그건 모두 사실이야. 이론적인 진실에 대해서는 거짓말을 해야 할 이유가 없지. 딱 한 가지…… 귀하의 발가락과 같이 아물지 않는 상처가 널 키드의 특징이라는 점만 빼고는 전부 다 사실이었어."

테라의 호의를 회복하기 위해 최선을 다하느라 젠킨스는 땀을 뻘뻘 흘렸다.

"그럼…… 저 좀비들이 저를 볼 수 없다는 건가요? 공격하지도 않고요?"

테라가 다시 물었다. 젠킨스는 고개를 주억거렸다.

"그래그래! 존재하지 않는 것처럼 취급할 거야. 그러면서도 귀하의 영역을 침범하지도 않을 거고. 그러니까 오직 테라 양만이 저 탄약 박스를 가지고 돌아올 수 있어."

저 아래로 내려간다고? 나 혼자서…….

테라는 고개를 숙여 유리 지붕 아래쪽을 바라봤다. 끔찍한 외모의 수많은 좀비들이 객실에서 서성거린다. 저들 사이로 걸어 다닌다는 상상을 하는 것만으로도 다리가 얼어붙는 것 같다.

"근데…… 젠킨스 씨가 착각한 것 같아요. 저는…… 널 키드일 수가 없어요. 물렸던 이후에도 몇 번이나 좀비들이 덤벼들었던 적이 있거든요."

"그럴 리가 없어. 다시 한번 잘 생각해 봐. 좀비들이 달려들 때, 테라 양은 혼자 있었나? 아닐걸? 좀비들은 귀하의 옆에 있던 누군가를 노렸던 건데 귀하가 착각을 한 거지."

젠킨스의 설명을 들은 테라는 격리실에서의 경험을 되새겨 봤다. 확실히…… 그때 그녀는 임수정과 함께 있었다.

그리고 좀비 사태 첫날 빌라로 돌아갔을 때, 엘리베이터에서 튀어나온 좀비들도…… 그녀가 아니라 뒤에 서 있던 사내들을 덮쳤었다.

"무슨 이야기를 하고 있는 건데 그렇게 심각해? 저놈이 괴롭히나?"

테라의 안색이 변한 걸 깨달은 민구가 물었다. 젠킨스는 움찔하며 뒤로 물러나 앉았다. 테라는 그에게 귀엣말로 대답을 했다.

"제가…… 단발성 면역자가 아니래요."

"응? 그게 아니면 뭐라는 거야?"

"좀…… 나쁜 종류의 면역자라고 말했어요. 그래서…… 좀비들이 저를 공격하지 않는대요. 제가 안 보이는 거나 다름없다고."

거기까지 들은 민구는 테라로부터 떨어져 젠킨스를 노려보았다. 젠킨스는 그와 시선을 마주치지 않기 위해 안간힘을 쓰고 있다.

"이 새끼……."

민구는 젠킨스의 앞으로 걸어가서 녀석의 멱살을 잡았다. 젠킨스는 쿨럭거리며 놓아 달라고 사정을 한다.

"무슨 개수작을 하고 싶어서 그런 말 같지도 않은 소리를 하는 거야? 괴물들 눈에 안 보인다고? 그런 게 가능할 리가 없잖아!"

민구는 주먹을 들어 올렸다. 이런 사기꾼 새끼는 애초부터 동행으로 삼는 게 아니었다.

"왜 이래? 흥분한 걸 보니, 내가 거짓말을 한다고 생각하나 본데! 아니야! 그렇지 않다고! 간단하게 증명할 수가 있어! 이걸 봐! 이걸! 테라 양, 통역 좀 해줘! 제발!"

젠킨스는 피가 몰려 벌게진 얼굴을 흔들면서 다급하게 외쳐 댔다. 그러고는 자신의 손을 지붕 바깥쪽으로 내밀었다.

그롸아아아아— 갸아아악—.

난데없이 뻗어 나온 사람의 손을 보고 근처의 좀비들이 흥분해 소리를 질러 댄다. 그의 손 주변에는 좀비들이 더 많이 모여들었다.

"그건 당연한 거잖아. 저놈들은 사람 고기라면 환장하니까!"

테라로부터 젠킨스의 말을 전해 들은 민구는 고개를 저었다. 젠킨스는 테라를 손가락으로 가리켰다.

"이 아름다운 아가씨에게 내가 한 것처럼 해 보라고 시켜 봐! 전혀 다른 반응이 나올걸? 그리고! 이 난폭한 사내가 저렇게 큰 칼을 가지고 있는 걸 아는데! 내가 왜 쓸데없이 거짓말을 하겠어? 참수당하고 싶어서?"

그 말을 들은 테라는 따로 민구에게 통역을 해 주지 않고 난간 밖으로 팔을 내밀었다.

조금 전, 젠킨스가 손을 조금 내민 것만으로도 그렇게나 날뛰던 좀비들이건만, 그녀에게는 완전히 무관심했다.

테라도, 민구도 적잖이 놀랐다. 그들뿐 아니라, 이상한 세 명의 조합이 소란스러워진 것을 지켜보던 유람선 지붕에 있는 모든 사람들도 그녀의 행동에 관심을 갖기 시작했다.

"좀비가…… 반응을 하지 않네요?"

누군가 믿을 수 없다는 투로 중얼거렸다. 테라는 조심스럽게 사다리 쪽으로 걸어갔다. 그러고는 사다리 가장 위 칸에 발을 딛고 섰다.

좀비들과의 거리는 불과 3.5미터. 하지만 이번에도 그녀를 돌아보는 좀비는 없다. 젠킨스의 말이 점점 더 신빙성을 얻어 가고 있다.

"할 수 있을까…… 이렇게 겁이 많은 내가……."

발아래 가득한 좀비들을 바라보며 테라가 중얼거렸다. 아무리 용기를 내 보려 해도 떨림이 가라앉지를 않는다.

저 끔찍한 시체들 사이를 걸어가는 동안, 혹시 한 마리라도 자신을 알아보면…… 그때는 그냥 죽는 거다.

02

휘이이잉—.

악취를 가득 싣고 강바람이 불어온다. 테라는 사다리 난간을 잡고 서서 가만히 아래쪽을 바라보았다. 어두컴컴한 뱃머리에는 열댓 마리의 좀비들이 배회하고 있다.

그 뒤 통로에도 또 그만큼이, 통로를 지나 객실 안으로 들어가면 그보다 두 배는 되는 좀비들이 이리지리 돌아다닌다.

하나같이 피투성이에 끔찍하게 훼손된 모습. 멀리서 지켜보는 것만으로도 몸이 움츠러든다. 하지만 내려가서 총알을 가져와야 한다. 테라는 입술을 꽉 깨물었다.

하는 수밖에 없다!

"테라 씨, 거기에 서 있지 마요! 위험합니다!"

테라의 몸이 앞으로 기울자 군인들이 나서서 그녀를 사다리 뒤쪽으로 당겨 온다. 지붕 모서리에 다른 사람들이 모습을 드리내자 좀비들은 금세 다시 포효하며 발광하기 시작했다.

"저놈 말을 믿어도 되는 거야? 나는 아직 납득 못 했어."

젠킨스를 내팽개치고 온 민구도 테라를 만류했다.

"에? 저놈이라니…… 저 외국인 말인가요? 저 사람이 뭐라고 했는데요? 왜 좀비들이 테라 씨에게 반응을 하지 않는 건지 저 사람이 압니까?"

군인들도 이해할 수 없다는 표정이었다. 모두의 시선이 그녀에게 쏠린다.

이 모든 사람들에게 내 비밀을 낱낱이 밝혀야 한다…… 말하고 싶지 않은 이야기를…….

테라는 겁먹은 눈동자로 주변을 돌아보며 천천히 입을 열었다.

"제가…… 좀비에게……."

"노우! 노우! 테라 양! 제발! 자세하게 다 이야기할 필요 없어! 그냥 특이체질이라고 해! 귀하를 실험체로 만들어 버릴 거야!"

테라가 입을 열려 하자 바닥에 쓰러져 있던 젠킨스가 시끄럽게 떠들어 댔다. 놈을 한 방 걷어차려는 민구를 테라가 잡았다. 더 이상 거짓말을 쌓으려 해 봤자 아무 소용이 없다. 어차피 잠시 후에는 모두가 지켜보는 가운데에서 좀비들 사이를 걸어가야 하는데…….

"제가 좀비에게 물린 다음에 이상한 체질이 되었나 봐요. 좀비들 눈에는 제가 보이지 않는대요."

테라는 배에 힘을 주고 또박또박 말했다. 민구를 제외한 모든 이들은 이해할 수 없다는 표정이 되었다.

"물렸다니…… 무슨 소리인지 모르겠어요. 언제요? 오늘요?"

테라를 위아래로 훑어보던 병사가 물었다. 테라는 차분히 대답했다.

"아니요. 아주 예전에요."

"됐어, 그런 소리는. 그것보다 그래서 네가 내려가면 물리지 않는다고? 그게 확실한 거야?"

민구는 이야기가 곁다리로 새지 않도록 차단하고 가장 중요한 것을 물었다. 테라는 고개를 끄덕였다.

"젠킨스 씨 이야기로는 그렇대요. 그리고 아저씨도 보셨잖아요. 제가 몸을 내밀어도 저 좀비들이 전혀 신경 쓰지 않는 거. 그러니까 제가 가서 가져오는 게 맞는 것 같아요."

"간다니…… 호, 혹시 아래로 내려간다고요?"

군인들이 깜짝 놀라 물었다. 테라는 두근거리는 가슴을 진정시키며 대답했다.

"네, 제가 가서 총알을 가져올게요."

"아, 아니…… 잠깐만요! 안 될 것 같은데…… 아무리 그래도 저기를…….."

이런 현상을 어떻게 이해해야 할지 몰라 당황스러웠지만, 군인들은 황급하게 만류했다. 아무리 급해도 그렇지, 군인들이 바로 곁에 있으면서 민간인 여자를 앞세울 수는 없다.

다른 사람도 아니고, 테라를…… 그럴 것 같으면 대체 뭘 위해서 싸우는 거란 말인가…….

끼이이잉— 쿠웅—.

그들이 그렇게 실랑이를 벌이는 동안에도 배는 또 한 번 크게 선회해서 수중보를 들이받고 돌았다. 어느새 익숙해진 사람들은 난간을 꽉 잡으면서 버텼지만, 배의 상황은 점점 더 심각해진다. 침수돼서 잠긴 쪽은 점점 더 심하게 기울고 있다.

"잘난 처하지 말고 그냥 협조나 해! 어차피 시간이 너무 지나면 그것조차도 아무 소용이 없어져! 너희들이 아무리 힘자랑을 해 봐도 좀비들 상대로 하는 거라면 테라 양의 발끝조차 따라가지 못해! 이 멍청이들아!"

난간에 매달린 젠킨스는 밉살스러운 소리들을 잔뜩 늘어놓았다. 하지만 그중 한 가지는 분명히 맞는 이야기였다. 시간을 너무 끌면 안 된다. 그랬다가는 침몰하게 된다.

"가 볼게요. 너무 늦게 가면 어차피 다 죽어요."

테라는 자신의 팔목을 잡고 있는 민구에게 말했다. 민구는 여전히 마음을 정하지 못하고 있었다. 그의 머리로는 도저히 이해가 가지 않는다.

도대체 어떻게 저 괴물들이 못 알아볼 수 있단 말인가.

"만약 저놈들이랑 스치거나 부딪치면 어떻게 되는 거야? 또 큰 소리를 내거나 하면 어떻게 되는 거고? 그런 것도 전혀 모르면서 무작정 내려가겠다는 거야?"

민구가 물었다. 테라가 듣기에도 중요한 문제인 것 같아서, 그녀는 젠킨스에게 같은 질문을 던졌다. 젠킨스는 조금도 걱정하지 말라는 듯 편안히 대답했다.

"테라 양, 귀하가 뭘 하든, 어떤 소리를 내든 저 좀비들이 귀하를 인식하는 경우는 없어. 공격하는 일은 더 없지. 이건 앱테크나야의 우리 연구소에서 이미 실험을 했던 거니까 의심할 필요가 없어. 달리 널 키드를 기적이라고 부르는 게 아니지."

젠킨스는 마치 자신이 가지고 있던 귀한 보석을 모두에게 선심이나 쓰는 것처럼 과장되게 거들먹거렸다. 테라는 한 가지를 더 물었다.

"그러면 플래시를 가지고 가도 될까요? 너무 어두워서요."

"플래시?"

젠킨스는 아래쪽의 좀비들을 응시하며 말을 이었다.

"당연하지. 그냥 이렇게 생각해 봐. 만약 어떤 사람이 번쩍거리는 플래시와 시끄러운 알람을 달고 좀비로 변했다면…… 그가 좀비들 틈에서 다른 좀비들로부터 공격받게 될까? 아니지. 아니라는 걸 우리는 다 알고 있어. 테라 양이 좀비들 틈에서 위험해지는 건, 귀하가 뛰어가는 좀비의 앞을 갑자기 막아섰을 때뿐이야."

"저놈, 뭐라고 지껄이는 거야? 확실한 말만 하라고 해. 여차하면 혓바닥을 잘라 버릴 테니까."

민구가 끼어들며 끔찍한 소리를 했다. 그의 실력이나 성격으로 미루어 단순히 허언으로만 들리지 않는 이야기라서 더 무시무시하다.

테라는 흥분한 민구가 젠킨스 쪽으로 가지 못하도록 막아선 뒤, 군인으로부터 플래시를 빌렸다.

"다녀올게요. 괜찮을 거니까 너무 걱정하지 마세요."

테라는 사다리의 난간을 잡고 뱃머리 쪽으로 등을 돌린 뒤, 모두를 향해 인사를 했다. 이게…… 이게 마지막일 수도 있다…….

다들 먹먹해서 아무 말도 못 하고 있을 때, 젠킨스가 다정스럽게 부탁을 해 온다.

"테라 양, 이 미련한 인간들이 조언해 주지 않았겠지만, 탄약통을 줍기 전에 먼저 조타실로 가서 속도를 좀 낮춰 줘야 해. 그래야 충돌할 때 배가 입는 손상이 지금보다 적어질 거야. 그리 어렵지 않아. 이 정도 크기의 배라면 방향타 옆에 손잡이처럼 생긴 레버가 하나뿐일 거야. 그걸 중앙으로 오기 직전까지로 끌어 내리면 돼. 간단하지?"

테라는 고개를 끄덕였다. 그런데 그때, 아래층의 좀비들이 미친 듯이 울어 대기 시작했다.

"헉!"

깜짝 놀란 테라는 숨넘어가는 소리와 함께 발을 헛디뎠다. 심장이 콱 얼어붙는 것 같았다. 플래시가 아래로 떨어지고, 발아래에서는 좀비들이 펄쩍펄쩍 뛰어오른다.

"잡았어!"

민구가 그녀의 손목을 잡고 끌어 올렸다. 그녀가 다시 올라와 파랗게 질린 얼굴로 숨을 몰아쉬고 있는 동안 지붕 위의 모든 사람들은 분노한 채 젠킨스를 돌아보았다.

"제기랄! 또 나야? 이 멍청이들아! 남에게 책임을 돌리기 전에 생각이란 걸 좀

해라! 왜 좀비가 소리를 지르고 반응하냐고? 너희들이 배웅한다고 거기에 서 있었잖아! 테라 양을 보고 울부짖은 게 아니야! 너희들 때문이라고! 테라 양이 편하게 내려가기를 원하면 너희는 이쪽으로 와 있어! 나처럼! 그녀가 가야 하는 방향에 좀비들을 모이게 하지 말라고!"

젠킨스는 손가락으로 테라와 사람들, 그리고 자신의 위치를 가리키며 짜증스럽다는 듯 큰 소리를 질러 댔다.

이번에는 신기하게도 통역조차 필요 없었다. 사람들은 그가 무슨 말을 하는지 몇 번의 손가락질로 알아들을 수가 있었다.

"말이 되는 것 같기는 하네요……. 우리를 보고 난리를 피운 거라고 하면……."

민간인들이 먼저 고개를 끄덕이고, 젠킨스가 앉아 있는 쪽으로 자리를 옮겼다. 그리고 군인들이, 마지막으로 민구가 남았다. 그사이 좀비들의 포효는 다시 잠잠해졌다.

"걱정 마세요. 이번에도 또 난리를 치면 곧바로 올라올게요."

테라는 억지로 웃음을 지어 보이며 민구를 안심시켰다. 민구는 떼어지지 않는 발을 들어 두어 걸음 뒤로 물러났다. 그러면서도 비명이 들리기만 하면 언제라도 칼을 뽑고 뛰어내릴 채비를 하고 있었다.

이 계집애가 괴물들 틈에서 혼자 무서워하며 죽게 내버려 두지는 않을 것이다.

"하아아…… 하아아……."

테라는 조심스럽게 사다리 아래로 발을 내렸다. 한 발짝, 한 발짝…… 발아래의 좀비들은 조용하다. 이제 놈들이 뛰어서 팔을 뻗기만 하면 그녀의 발목을 잡아챌 수 있을 만큼 가까워졌다.

"괜찮아. 괜찮아…… 너는 특별해……."

사다리 난간을 꼭 붙잡은 손이 부들부들 떨리고, 발이 아래로 내려가지 않으려 들 때마다 테라는 스스로에게 속삭였다. 등 뒤에서 갑자기 좀비들이 손을 뻗어 올까 봐 두려워 심장은 계속 빠르게 뛴다.

턱—.

발이 바닥에 닿았다. 아니, 좀 더 정확히 말하자면, 바닥에 쓰러져 죽어 있는 좀비들의 시체에 닿았다. 사다리로 기어 올라오려는 좀비들을 계속 쏴 죽였기 때문에 그 주변은 온통 좀비들의 시체로 덮여 있었다.

"후우우~."

테라는 몇 번이고 심호흡을 해서 마음을 진정시킨 후, 사다리에서 손을 뗐다. 그러고는 떨어져 있는 플래시를 집기 위해 이를 악문 채 좀비 시체들 사이에 손을 집어넣었다.

"으으으~."

테라는 울상을 지으며 신음 소리를 냈다. 내장과 뇌가 터져 나와 있는 피투성이 시체들. 게다가 아직 체온이 다 식지 않아서 따뜻하다. 그 틈을 비집고 플래시를 다시 주워 올렸다.

그롸아아아아—.

등 뒤를 지나는 좀비가 울부짖는다. 테라는 흠칫 놀라 엉덩방아를 찧고 커다래진 눈으로 뒤를 돌아보았다. 좀비는 하늘로 고개를 치켜든 채 아무 의미 없이 포효하는 중이었다. 그녀를 보고 있는 게 아니다.

테라는 눈을 질끈 감고 몇 번이나 숨을 내쉬며 팔딱이는 가슴을 진정시키기 위해 노력했다. 그렇게 하고 난 뒤에야 겨우 풀려 버린 다리에 힘을 주고 다시 일어설 수 있었다. 테라는 조심스레 걷기 시작했다.

"우와! 진짜야…… 좀비들이 다 조용해."

위쪽에서 긴장한 채 구경하고 있던 사람들이 수군댄다. 그 놀라운 기적을 좀 더 자세히 보고 싶어서 테라 쪽으로 다가서려는 사람들을 군인들이 잡아당겼다. 자신이 믿는 신을 찾으며 감사 기도를 올리는 사람들도 있었다.

당연한 이야기지만, 눈으로 보고 있으면서도 도저히 믿기지가 않았다. 저 작고 가냘픈 여자아이가 좀비들의 사이를 뚫고 걷고 있다. 아주 평화롭게, 조금의 저항도 없이.

"오오, 그래. 이런 그림이야……. 상상했던 것보다 더 아름답군, 테라 양……."

바닥에 납작 엎드린 채 고개를 돌려 테라의 모습을 훔쳐보던 젠킨스도 만족한 듯 미소를 지었다.

그를 제외한 모두가 신기해하면서도 가슴을 졸였지만, 그중 민구가 가장 긴장이 가득한 채 아래를 노려보고 있었다.

"후우우~ 후우우~."

사방에 가득한 좀비들. 테라는 천천히 숨을 몰아쉬며 조심조심 그 사이를 걸었다. 플래시로 바닥을 비추고, 좀비들과 눈을 마주치지 않으려 노력했다.

젠킨스는 어떤 소리를 내도 상관없다고 했지만, 막상 그가 널 키드라고 해도 여기에 내려오면 그렇게 할 수 없을 것이다. 숨소리를 내는 것조차도 망설여질 만큼 무섭다.

늘어서 있는 좀비들을 헤치며 지나는 동안 계속해서 소름 끼치는 상상이 그녀의 머릿속을 가득 채웠다.

다시 돌아갈 수 없을 만큼 멀리 왔을 때, 갑자기 좀비가 그녀를 돌아보는 상상. 그리고 오래전 들었던 귀신 이야기에서처럼, 이렇게 중얼거릴 것만 같다.

— 얘, 진짜 우리가 자기를 못 보는 줄 아나 봐.

생각이 거기까지 미치면, 가뜩이나 덜덜 떨리던 다리에서 힘이 쭉 빠진다.

정말로 그렇게 돌아보면 어쩌지? 갑자기 내 손을 덥석 잡아서 끌어당기면 어쩌지?

깜짝 놀라게 될까 봐 무섭다. 그렇게 두려워질 때마다 테라는 이를 꽉 깨물고 스스로를 다잡았다.

'아니, 아니야……. 괜찮아. 젠킨스 씨 말을 믿어……. 그리고 지금 네 주변에 저렇게 멍하니 서 있는 좀비들의 반응을 믿어……. 너는 안 보여.'

계속해서 스스로를 다그치며 억지로 걸음을 옮기던 테라는 객실 문 앞에서 멈춰 섰다. 내장이 다 터져 나온 좀비가 객실로 들어가는 문을 장승처럼 딱 가로

막고 서 있다. 좀처럼 움직일 생각도 없는 것 같다.

'어쩌지…… 다른 문으로 돌아가야 하나…….'

테라는 망설였다. 플래시 불빛을 받은 놈의 피투성이 모습이 너무도 끔찍해서 정말이지 가까이 가고 싶지 않다. 하지만 좁은 통로도 이미 다른 좀비들로 가득 차 있기 때문에 억지로 밀치고 이동해야 한다는 점에서는 차이가 없다. 차라리 이쪽이 빠르다.

"아으으……."

문 앞의 좀비를 밀치기 위해 손을 뻗는데, 저절로 신음 소리가 나온다. 테라는 울상을 지으며 놈의 몸 중에서 아직 체액이나 피가 묻지 않은 부분을 밀었다.

툭.

하지만 좀비는 꿈쩍도 않는다. 더 세게, 더 적극적으로 밀어내지 않으면 안 된다.

'싫어…… 싫어……. 제발 좀 물러나.'

테라는 눈을 꾹 감고, 좀비를 밀기 위해 힘을 줬다. 좀비는…… 대체 무슨 고집이 난 건지, 그 자리를 쉽게 내주려 들지 않는다.

결국 시체의 몸통에 손을 얹고 거의 1분 가까이 씨름을 한 후에야 테라는 객실 안으로 들어설 수 있었다.

"우읍! 읍!"

손이 미끄러져 실수로 내장을 짚었을 때의 느낌 때문에 테라는 와들와들 떨며 구역질을 했다. 허리를 숙이고 있는 그녀의 머리카락을 스윽— 스치며 또 다른 좀비가 지나간다.

"허억!"

테라는 기겁을 하며 몸을 추스르고, 아까 지붕 위에서 봤던 쪽으로 고개를 돌렸다. 객실 내부에는 통로보다 훨씬 더 많은 좀비들이 돌아다니고 있었다. 그리고 움직임도 활발하다.

아마도 유리 지붕을 통해 언뜻언뜻 내비치는 사람들 때문에 계속 자극을 받고 있는 것 같다.

  그리고…… 좀비들의 시체도 몇 구나 쓰러져 있다. 통로나 뱃머리에 있던 좀비 시체들이 배가 충돌할 때마다 난간 사이로 떨어져 나간 것과 달리, 이 안의 시체들은 계속 벽에 튕겨 가며 그대로 자리를 지키고 있다.

  "하아아~."

  테라는 떨리는 가슴을 진정시키며 시체들과 좀비들 사이를 걸어 배의 앞쪽으로 나아갔다.

  문이 박살 난 조타실 내부에는 좀비 세 마리가 어슬렁거리고 있었다. 깨진 유리창 사이와 방향키 옆에 고꾸라진 시체들이 몇 구나 보인다.

  "레버…… 레버……."

  플래시를 천천히 좌우로 움직이던 테라는 젠킨스가 말했던 것처럼, 방향타의 오른쪽 아래에서 레버를 발견할 수 있었다.

  테라는 좀비들의 틈을 비집고 들어가서 천천히 손을 뻗었다. 그때, 배가 또 한 바퀴를 돌아 수중보를 들이받았다.

  쿠웅—.

  측면에서 가해지는 강력한 충격!

  시체를 밟지 않기 위해 어정쩡한 자세로 서 있던 테라는 중심을 잃고 벽 쪽으로 밀려 나갔다. 그리고 그녀의 몸 위로 좀비 세 마리와 두 구의 시체가 확 덮쳐 든다.

  "꺄악!"

  꾹 참고 있던 비명이 결국 터져 나왔다. 좀비에 깔린 테라는 몸을 잔뜩 움츠렸다. 하지만 채 1초도 지나지 않아 자신이 정말로 안전하다는 것을 실감했다.

  그녀가 그렇게 비명을 지르고, 몸을 움찔거리는 동안에도 좀비들은 아무것도 느끼지 못하는 것처럼 그저 벽을 짚고 다시 일어나려고만 할 뿐이다.

  쿵쾅쿵쾅—.

  지붕 위가 발소리로 시끄럽다. 그리고 사람들이 떠들어 대는 소리도 들려온다.

"내려가면 안 됩니다!"

테라는 그 소동이 민구가 자신을 구하기 위해 뛰어내리려 하기 때문에 일어나는 것임을 깨달았다. 여기로 내려오면 그 사람은 죽는다. 테라는 좀비들의 얼굴을 옆으로 밀어내면서 다급하게 외쳤다.

"오지 마세요! 전 괜찮아요! 그냥…… 좀 놀란 것뿐이에요!"

"정말인가?"

물어보는 민구의 목소리는 두려움으로 가득하다. 하지만 그 역시 섣불리 뛰어내릴 수도 없다. 그랬다가는 테라가 지금껏 했던 모든 노력이 다 물거품이 되고 만다.

"네…… 괜찮아요. 아무렇지도 않아요. 끄응~!"

좀비들의 얼굴이 바로 코앞에 와 있고, 그들의 몸이 자신의 팔다리를 누르고 있지만, 테라는 그렇게 대답했다. 그러고는 낑낑대며 좀비들을 밀어 보려 애를 썼다.

잘 안 된다. 다들 왜 그렇게 무거운 건지…….

잠시 후, 배가 잠시 반대로 쏠리자 그녀에게 실려 있는 좀비들의 무게가 확 줄어들었다. 테라는 얼른 그들의 몸을 밀쳐 내고 일어섰다.

"하아아~ 정말……."

테라는 끔찍했던 조금 전의 상황을 떠올리며 안전한 자리를 찾아 이동했다. 저절로 솟아난 눈물 때문에 가뜩이나 어두운 시야는 더욱 흐려져 있다.

좀비들과 얼굴을 비볐다…….

두 번 다시 하고 싶지 않은 일이다.

"중앙에 오기 직전까지 내리라고 했었지."

테라는 계기판 쪽으로 다가가 레버를 낮췄다. 그렇게 하고 나니, 정말로 회전하는 속도가 꽤나 줄어드는 게 느껴졌다.

이제 탄창을 가지러 갈 차례다. 피투성이 조타실을 빠져나온 테라는 의자들을 타 넘고 좀비들의 움직임을 피해 탄약상자가 있는 곳까지 도착했다.

"끄응차!"

탄약상자를 들어 올린 테라의 코끝에서 땀이 뚝뚝 떨어진다. 무게는 대략 8킬로그램 정도. 충분히 가져갈 수 있다. 지금까지 무섭고 힘이 들었던 것에 비한다면 이건 아무것도 아니다. 이제 이걸 가지고 돌아가기만 하면 된다.

03

"끄응……."

통로를 배회하는 좀비들을 만날 때마다 테라는 벽에 바짝 붙어 걸었다. 놈들과 몸을 부딪치는 한이 있어도 난간 쪽으로는 가지 않았다. 혹시라도 이 소중한 탄약상자를 물에 빠뜨릴까 봐 두려웠기 때문이다.

그렇게 해서 모두의 희망을 앗아 가는 게…… 내장이 삐져나온 피투성이 좀비들 사이로 몸을 비비고 들어가는 것보다 더 무서웠다.

낑낑대며 탄약상자를 옮기던 테라는 뱃머리 근처까지 도착하고 나서야 자신이 이걸 옆구리에 낀 채 사다리를 오를 수 없다는 걸 깨달았다.

8킬로그램…… 조금 큰 수박 한 통의 무게. 그걸 머리 위로 들어 올려 3.5미터 위로 정확하게 내던질 만한 힘도 그녀에게는 없다.

"줄이…… 있어야겠어."

주변을 두리번거리던 테라는 구명용 튜브를 배의 난간에 고정해 뒀던 줄을 풀어냈다. 그리고 그 한쪽 끝에 탄약상자의 손잡이를, 반대쪽 끝에 자신의 신발을 묶었다.

"신발을 던질 거예요! 받아 주세요!"

테라는 지붕을 향해 외친 후, 회전력을 더하기 위해 신발을 무게 추 삼은 긴 줄을 빙빙 돌렸다.

부웅— 부웅—.

조금씩 줄을 더 풀어 주며 돌리던 그녀는 순간 깜짝 놀라 손의 힘을 뺐다.

턱—!

줄에 묶인 채 돌던 신발이 근처 좀비들의 머리를 때린다. 줄을 올릴 생각에만 집중해 있느라, 좀비들을 염두에 두지 않았다.

본의 아니게 좀비들을 공격하게 된 테라는 바짝 얼어붙어 숨을 죽였다. 하지만 좀비들의 행동에는 아무런 변화가 없었다.

"하아아…… 하아아……."

놀란 가슴을 진정시키고 신발을 다시 주워 올린 테라는 지붕 위를 향해 힘차게 내던졌다. 처음 두 번은 거리 조절과 힘 조절에 실패했지만, 이내 신발이 지붕 너머로 사라지고 큰 소리가 들려왔다.

"잡았습니다!"

"올려 주세요! 줄 끝에 총알 상자를 매달았어요!"

테라의 말이 떨어지기 무섭게 지붕 위의 군인들은 줄을 끌어당기기 시작했다.

잠시 후, 그녀에게는 그렇게도 무겁던 탄약상자가 쭉— 쭉— 위쪽으로 올라간다. 테라는 탄약상자가 무사히 다 올라갈 때까지 기다렸다가 사다리 난간을 잡았다.

사람들이 줄을 끌어 올리기 위해 앞으로 몸을 기울이자, 좀비들은 또 생난리를 쳐 대기 시작했다. 테라는 어깨를 움츠린 채 빠르게 사다리를 올랐다.

"고생하셨습니다!"

그녀의 손이 사다리 상단부에 닿자마자 양쪽에서 대기하고 있던 병사들이 벼락같이 그녀를 잡고 끌어 올렸다.

네…… 네……. 테라는 반쯤 넋이 나가 대답하며 바닥에 무릎을 꿇고 두 손을 짚었다.

엄살을 부리고 싶지는 않지만, 꾹 참아 왔던 긴장이 풀리자마자 똑바로 설 수가 없다. 다리는 떨리고, 머리는 어지럽다.

아래에 내려가 있는 동안 어찌나 무섭고 두려웠는지, 그녀의 온몸은 땀으로 흠뻑 젖어 있었다. 이 더운 밤인데도 쉼 없이 몸이 떨린다.

"흐으으…… 흐으으……."

테라는 입술을 바르르 떨며 좀비들의 체액과 피로 더럽혀진 자신의 어깨를 두 팔로 감싸 안았다. 깊이 스며든 두려움이 쉽게 가시지 않는다.

"저기…… 샌들 여기에 있습니다. 그리고…… 이걸로 좀 닦으세요, 테라 씨. 그리고 괜찮으시다면 이거라도 걸치세요."

그녀의 신발을 돌려주던 병사가 조심스럽게 자신의 수통과 군복 상의를 내밀었다. 테라는 고맙다는 말을 하기 위해 고개를 들었다. 그러자 사람들과 눈이 마주쳤다.

지붕 위의 사람들은 하나같이 두려움과 경외심이 가득한 눈으로, 마치 성녀를 대하듯 그녀를 바라보고 있다.

아이돌이었기에 늘 관심의 대상이 되는 것에 익숙했던 그녀에게조차 새로운 경험일 정도로, 그 시선들은 강렬하고 또 간절했다.

테라는 그런 눈빛들이 부담스러워 서둘러 일어났다. 그러고는 수통과 군복을 손에 든 채 지붕의 뒤쪽으로 걸어갔다. 그녀를 둘러싸고 있던 사람들은 감히 신체 접촉을 해서는 안 된다는 것처럼 좌우로 벌려 서며 길을 튼다.

"물러나 주십쇼! 사격하겠습니다!"

테라가 가져온 탄약을 K-3에 연결한 사수가 양각대를 바닥에 펼치며 말했다. 다른 병사들이 그 주변을 둘러싸고 앉아 안전 구역을 확보했다.

총구가 겨눈 위치는 배의 좌현 방향. 총알이 관통하더라도 딱히 큰 피해가 없을 만한 각도를 찾아 잠시 총구를 돌리던 K-3 사수가 마침내 방아쇠를 당겼다.

타타타타타— 타타타타— 타타타타— 타타타타타—.

듣기만 해도 체증이 뻥 뚫리는 듯한 시원한 총소리가 밤하늘을 가르며 울려 댄다. 그와 동시에 아래쪽을 배회하던 좀비들은 머리가 꿰뚫리거나, 갈비뼈가 박살 난 채 난간 쪽으로 밀려났다.

풍덩—! 풍덩—!

총알의 힘을 이기지 못하고 강물에 빠지는 좀비들도 속속 등장했다.

테라는 고개를 숙인 채 그 총소리를 가만히 듣고 있었다. 조금 전 자신의 바로 옆에 가만히 서 있던 좀비들이, 자신이 가져온 총알에 의해 모두 사살되고 있다는 데 생각이 미치자 기분이 꽤 복잡해졌다.

"봤지, 테라 양? 이 눈빛들, 구세주를 만난 인간은 이런 눈빛을 짓게 되지. 나는 난치병의 신약을 임상 실험 하면서 몇 번이나 경험해 봤어. 좀비에 대한 이론적 이해가 전혀 없지만, 이들은 본능적으로 느끼고 있을 거라네. 테라 양이 기적이자 구원이라는 것을 말이야. 등 뒤에 바짝 따라붙은 죽음으로부터 떼어 내 줄 유일한 사람이지. 아니, 어쩌면 이미 사람이라 부르는 것조차 송구스러울지도…… 후후후."

젠킨스는 곁으로 다가와 의기양양하게 떠들어 댔다. 그의 거들먹거리는 태도를 보면, 좀비들 사이를 헤치고 탄약을 찾아온 것이 테라가 아니라 젠킨스라는 착각이 들 정도다.

테라가 대꾸하지 않은 채 수통의 물을 손에 받아 몸에 묻은 좀비들의 피를 닦아 내고 있자, 젠킨스는 다시 입을 열었다.

"그런데 말이야, 테라 양. 무지한 인간들의 숭배는 항상 구세주를 죽이는 끔찍한 결과로 이어지지. 신화를 봐도 그렇고, 역사를 봐도 그래. 그런 점을 감안한다면, 내가 지금까지 왜 테라 양 본인에게조차 비밀을 지켜 왔는지 이제 짐작이 될 거라고 생각해. 귀하가 실험실의 해부용 침대로 보내지는 걸 막고 싶었던 거야."

시끄럽게 귀를 울리는 총소리, 그 사이사이에 섞여 들어오는 젠킨스의 끔찍한 말들…….

테라의 미간이 걱정 때문에 찡그려진다. 그 모습을 확인한 젠킨스는 너욱 집요하게 떠들어 댔다.

"어쩌면 귀하는 지금 지구상에 남아 있는 마지막 닐 키드일지도 몰라. 귀하의 정체는 테라 양 본인이나 그 주변의 사람들이 감당하기에 너무도 중요하고 위대해. 그리고 오직 JL만이 테라 양의 그 고귀한 육체와 정신을 온전히 지켜 주면서도, 동시에 백신을 만들어서 저들을 구원해 내 줄 수 있지. 왜냐하면 우리에게는 보통의 멍청한 인간들이 소유하지 못한 경험과 기술, 그리고 비전이 있거든…… 으흠! 큼! 큼!"

계속 사악하게 지껄여 대던 젠킨스는 갑자기 말을 끊고 헛기침을 하며 옆으로 물러났다. 난폭한 흉터 사내, 민구가 다가와 노려보고 있어서다.

"괜찮나?"

젠킨스를 한 번 쏘아보고 나서 민구가 테라에게 물었다. 테라는 고개를 끄덕였다.

"네…… 그냥…… 그 옆을 스쳐서 걸어가는 것뿐인데도 너무 무서웠어요. 여기까지 오는 내내 좀비들과 한데 엉켜서 싸웠던 분 앞에서 그런 소리 하려니까 부끄럽네요."

테라는 쑥스러움을 감춰 보려고 애써 미소를 지었다. 저 사다리를 내려갔다 온 이후, 자신을 대하는 사람들의 시선이 확연히 달라졌다는 게 부담스럽다.

이제 운 좋게 용산에 합류한다고 해도…… 그녀는 다른 사람들과 같은 대우를 받게 되지는 않을 것이다.

"여기를 빠져나간 뒤에 어디로 갈지 미리 마음을 정해 둬. 너와 함께 갈 테니까."

민구는 총소리가 잠시 뜸해진 사이를 타서 조용히 말했다. 이 계집애가 보여 준 기적은 너무도 크고 강렬한 것이어서, 순식간에 사방으로 소문이 퍼져 나갈 것이 분명하다. 들불처럼 소문이 퍼지고 난 뒤에는 그의 힘으로 지켜 줄 수 없다.

물론 아예 소문이 나지 않도록 하는 극단의 방법도 있기는 하지만…… 서로의 등을 맡기고 함께 싸웠던 녀석들의 목을 따는 건 그의 입맛에 맞지 않는다.

그것만은 피하고 싶지만, 그러나 그것이 그녀를 살릴 수 있는 유일한 길이라면 못 할 일도 아니다.

테라가 괴물들 사이를 걸어가는 그 모습을 보았을 때, 민구의 머릿속에는 '운명'이라는 하나의 단어가 확 들어와 박혔다.

운명 따위…… 그전까지 한 번도 믿지 않았고, 앞으로도 믿을 일이 없을 것 같았건만, 이 아이와의 만남만은 다르다.

테라가 안전한 장소에 닿을 때까지 지켜 주는 것으로 자신의 죗값을 치르도록, 누군가가 미리 짜 둔 것 같다. 세상을 이 꼴로 만든 죗값을…….

"어디로……라고 해 봐야…… 달리 갈 데가 없어요. 만약 용산 철로에 도착하게 되면, 저는 어떻게 될까요?"

테라는 핏기 없는 얼굴을 쓸어내리며 중얼거렸다.

"소문이 날 테니까 아마 높은 누군가가 데려가려고 하겠지."

"역시 그렇겠죠……."

테라는 한숨을 내쉬었다. 군대 수뇌부에서 그녀를 데려간다면 최고의 의료 기술을 가진 기업과 협력을 할 것이고, 결국 또 태양이 끼어들게 될 가능성이 높아진다.

태양은…… 싫다!

그렇다고 해서 젠킨스를 따라 JL로 가고 싶지도 않았다. 그곳은 대한민국의 법이 통하지 않을 것 같아 더 무섭다.

"꼭 지금 결정하지 않아도 돼, 갈 길이 머니까…… 그냥 미리부터 생각을 해 두라는 거야."

그렇게 말하고 난 뒤, 민구는 군인들 쪽으로 자리를 옮겼다.

투투투투— 투투투— 투투투투—.

K-3는 그동안에도 열심히 총알을 날려 대고 있었다. 실탄이 없던 때에 엄청나게 많은 것처럼 느껴졌던 좀비들은 이제 그 수가 확연히 줄어들어서, 손으로 헤아릴 수 있을 만큼만 남았다.

관통되어 너덜너덜해진 유람선 좌현의 모습에서 얼마나 많은 총알이 집중적으로 퍼부어졌는지를 짐작할 수 있었다.

"아, 젠장…… 안에 숨어 있는 새끼들 왜 이렇게 안 나와? 이쪽에서 보여야 어떻게 처리를 하지. 내려가서 잡아야 하나……."

K-3 사수가 투덜거렸다. 이제 주력이라 할 만한 규모는 다 잡았지만, 아직도 객실 내 어딘가 숨어 있는 놈들이 문제였다. 정말 몇 마리 때문에…… 섣불리 아래로 내려갈 수 없는 상황이다.

병사들이 플래시를 이리저리 비춰 봐도 건물 틈이나 엔진 주변에 박힌 채 나오지 않는 놈들은 잡아 낼 수가 없다.

"어쩌면…… 이게 답일 수도 있겠군. 해 보고 그래도 안 되면 내가 내려가는 걸로 하지."

애태우는 군인들을 가만히 보고 있던 민구는 주머니에서 담배를 두 개비나 한꺼번에 꺼내 물고 불을 붙였다.

그러고는 두어 모금을 깊이 빨아들인 후, 깨진 유리 지붕을 통해 객실 안으로 던져 넣었다. 객실 바닥에서는 담배 연기가 조금씩 피어오른다.

"지금 그게 뭐 하신 거……."

너무도 뜬금없는 민구의 행동에 군인들이 의아해하고 있을 때, 객실 구석으로부터 한 마리씩, 두 마리씩 좀비들이 걸어온다. 좀비들은 자석에 끌리는 것처럼 담배를 향해 모여든다.

"이건…… 무슨 원리입니까? 왜 담배에 저렇게……."

K-3 사수가 물었다. 민구는 고개를 저은 뒤, 새 담배에 불을 붙였다.

"주워들은 이야기라서 나도 원리 같은 건 몰라. 그냥 저 괴물 놈들이 담배에 끌린다고 하더군."

민구는 이번에도 두어 모금을 빤 뒤, 조금 전 담배를 던졌던 위치 부근에 다시 집어 던졌다.

"그러니까 밖에 나가게 되면 담배 피울 생각 같은 건 않는 게 좋아."

민구의 말을 들은 K-3 사수는 고개를 갸우뚱거리면서도 일단 방아쇠부터 당겼다. 저 괴상한 검투사의 이상한 학설을 어떻게 해석하느냐 하는 건 지금 눈앞에 보이는 좀비들을 다 처치하고 난 다음에 생각해도 충분할 테니까.

투투투투— 투투투투— 투투투투투—.

객실의 유리 지붕은 산산조각으로 박살 나고, 의자들 사이는 좀비들의 시체로 채워졌다. 머리가 벌집처럼 꿰뚫린 채 죽어 있는 좀비들의 머리 위로 담배 연기가 뽀얗게 피어오른다.

"으아! 진짜 돌아 버리겠네! 저것들, 대체 왜 저렇게 질겨! 우리한테 무슨 원수가 진 것도 아닐 텐데!"

흔들리는 장갑 트레일러 위에서 밤톨은 뒤를 돌아보며 악을 썼다. 다른 병사들도 마찬가지다. 다들 이를 악물고 온갖 저주와 욕설을 퍼부어 댔다. 그래도 상황은 달라지지 않는다.

그롸아아아아—.

장갑차의 엔진 소리를 뚫고 들려올 만큼 커다란 포효!

규모 넷에 가까운, 엄청난 수의 좀비들이 그들이 탄 장갑 트레일러를 쫓아 달려오고 있다. 잠실에서부터 따라붙어 온 놈들인데 속도는 또 왜 그리 빠른지, 시속 30킬로미터를 상회해서 달리고 있는데도 도무지 떨쳐 내지를 못한다.

"좀 더 빨리 못 가나? 아우, 답답해!"

트레일러 지붕 위의 병사들은 모두 가슴을 친다. 하지만 장갑차 승무원들이 딱히 늑장을 부리거나 그들의 애를 태우기 위해 속도를 내지 않는 것은 아니다. 그들도 나름 최선을 다하는 중이다. 다만, 주어진 상황이 영 좋지 않다.

일단 후방에 달고 끄는 무게가 너무 무겁다. 대형 컨테이너에 민간인들을 꽉꽉 채우고, 그 위에도 병력을 태웠으니 이미 견인해야 할 무게의 한계까지 달했다.

더 빨리 달릴 수 있어도 문제다. 넓은 개활지를 똑바로 내달리는 것이 아니라 좁은 도로에서 계속 좌회전과 우회전을 반복해야 하기 때문에 이보다 더 속도를 올렸다가는 컨테이너가 전복될 수도 있다.

부우우웅―.

사거리를 만난 장갑차는 다시 급격한 좌회전을 했다. 다른 곳으로는 들어갈 수가 없다. 잠실을 점령한 규모 여섯 좀비들이 이미 자리 잡고 있기 때문이다.

"으으윽!"

컨테이너가 휘청거리자 지붕 위의 병사들과 컨테이너 내부의 민간인들이 동시에 비명을 내지르며 난간을 움켜쥔다.

지금 여기에서 떨어졌다가는 그대로 황천행이다. 뒤쪽에서는 여전히 천 마리 가까운 좀비들이 바짝 달라붙어 뛰어오고 있다.

잠실 쉘터에서 마지막의 마지막까지 방어선을 사수하다가 막차를 타고 탈출한 그들에게 상황은 결코 호의적이지 않았다. 길목마다 좀비들에게 점령당해 버린 뒤여서 탄천을 넘어가지 못했을 때부터 일이 심하게 꼬여 버렸다.

심지어 실탄조차 간당간당하는 상황이다. 장갑차 내부에 무장한 병력과 예비 탄창이 있지만, 장갑차를 세우고 그걸 꺼내 지붕 위의 병사들에게 전달해 줄 만큼의 여유가 없다. 이 상태대로라면 도대체 언제 목표 지점인 선로에 닿을 수 있을지 전혀 장담이 안 된다.

"저 개새끼들은 뭐 한다고 아까부터 계속 따라다니는 거야? 가만히 구경만 할 거면서?"

병사들 중 하나가 고개를 위로 들고 헬기를 향해 욕설을 퍼부었다. 천천히 상공에서 따라오는 태양 그룹의 헬기. 아까부터 영 신경이 거슬렸던 참이다.

처음엔 공중에서 내려다보며 경로라도 알려 주나 싶었지만, 이렇게 정신없이 헤매고 있는 걸 보면 그렇지도 않은 모양이다.

그렇다고 지원사격을 해 주거나, 하다못해 라이트로 전방을 밝혀 주는 것도 아니다. 태양 그룹의 헬기는 도움이 되는 일은 하나도 하지 않으면서 그저 그들을 따라오고 있을 뿐이다.

"아으~ 이 개새끼들아! 그만 따라와!"

뒤쪽에서 달려오는 좀비들의 모습에 질린 김 이병이 K-2를 들어 발작적으로 놈들을 향해 방아쇠를 당긴다.

투투둑— 투투투— 투투투— 투투투—.

당기는 동안에는 잠깐 기분이 풀리는 것도 같았지만, 그래 봐야 아무런 변화를 주지 못한다. 쫓아오는 좀비들은 너무 많고, 그가 날릴 수 있는 총알의 수는 한계가 명확하다. 정신없이 덜컹거리는 트레일러 위에서 쏘는 총알의 명중률도 낮을 수밖에 없다.

"쏘고 나니까 속이 시원하냐? 이 멍청한 새끼야, 실탄 아끼라고 그렇게 잔소리를 했는데, 그걸 그냥 냅다 갈겨? 그래 봐야 흠집도 안 난다고!"

김 이병이 겨우 정신을 추슬러서 방아쇠에서 손을 떼자 밤톨이 타박을 한다. 하지만 진심으로 심하게 나무라지는 않았다. 녀석이 그렇게 하는 것도 다 이해할 수 있다.

이놈들…… 하루 종일 너무 압박을 심하게 받고 오래 싸워서, 다들 반쯤 미쳐 있다.

"잘 들어! 이러다가 정말 실탄 한 발이 아쉬울 때가 온다고! 그러니까 일단은 그냥 꾹 참아! 쏴 봐야 소용이 없단 말이야, 이 새끼들아!"

밤톨은 난간을 꽉 움켜쥐고 자신의 분대원들에게 다시 당부를 했다. 그가 불어오는 바람 소리보다 더 크게 악을 쓰는 동안에, 장갑 트레일러는 좀비들에게 점령당한 거리를 돌고 돌아서 송파 대로를 달리고 있었다.

사실 장갑차장이 그 경로를 선택한 건 아니었다. 그냥 좀비들을 피해서 무작정 내달리다 보니, 토끼몰이 당하듯 그곳으로 몰렸다고 하는 편이 더 정확할 것이다.

어쨌든 송파 대로는 비교적 뻥 뚫려 있었고, K-21 장갑차는 망설이지 않고 그 길을 택했다.

"어, 이 길…… 어디서 많이 본 것 같습니다?"

속도를 높인 장갑 트레일러가 잠실 대교를 향해 질주하기 시작하자 밤톨의 곁에 앉아 있던 무전병이 사방을 두리번거린다.

"그러네……. 건대로 이동하던 날에 뒈질 뻔했던 데잖아."

밤톨도 고개를 끄덕였다. 구석으로 내몰려 있는 자동차 한 대, 가로등 하나까지도 잊을 수가 없다. 바로 여기에서 민구와 그의 분대원들이 목숨을 걸고 좀비들과 싸웠었다.

'그러고 보니 그 형님은…….'

밤톨은 감개가 무량한 표정으로 주변을 둘러보면서 민구를 생각했다. 자신이 전해 준 칼 가방…… 그걸 쓸 일이 없었으면 제일 좋겠지만, 오늘같이 급박한 상황에서는 기대하기 어려운 일이다.

분명 또 한 번 엄청난 칼춤을 추었으리라…….

그와 선로에서 다시 만날 수 있으면 좋겠다고, 그리고 그 옆에 있던 테라도 밝은 곳에서 한 번 더 자세히 봤으면 좋겠다고, 밤톨은 생각했다.

물론 자신들이 건너고 있는 다리의 바로 아래에서 민구 일행을 태운 배가 빙글빙글 돌며 표류하고 있으리라고는 상상도 하지 못했다.

"그런데 왜 이렇게까지 삥 돌아갑니까? 이러면 용산역에서 엄청 멀어지는 거지 말입니다."

일전에 건대로 이동했을 때와 정확하게 같은 경로를 따라 장갑 트레일러가 이동하자, 무전병이 걱정스러운 얼굴로 중얼거렸다.

"내 생각에도 이대로 용산까지 가는 건 무리야. 건대로 가는 건지도 모르겠다. 거기 중대 병력이 있으니까 지원도 받을 겸……. 전에 봤잖아, 게이트 안으로만 들어가면 든든하더구만."

밤톨이 자신의 바람을 중얼거리며 뒤쪽을 돌아보았다. 귀찮고 꼴 보기 싫은 것들은 여전히 그들을 쫓아오고 있었다.

하늘엔 태양 그룹의 헬리콥터, 도로에는 울부짖는 좀비들…….

바로 그때, 트레일러를 쫓던 태양 그룹의 헬리콥터는 밤톨이 보지 못한 것을 주시하는 중이었다. 잠실 대교 남단 쪽으로 흘러 내려가는 불 꺼진 유람선 한 척이 빙글빙글 돌며 표류하고 있다.

04

오 박사 일행은 잠실 쉘터의 야구장 외야에 헬기를 착륙시켜 두고, 그 안으로 대피한 소수의 생존자들을 구조하는 중이었다. 야구장 밖에서는 수만에 달하는 좀비들이 울부짖는 소리가 들려온다.

선로에도 없고, 선착장 주변에도 없고, 잠실 주경기장에도 없다면, 테라와 젠킨스가 있을 만한 장소는 이제 딱 두 군데밖에 남지 않았다.

장갑 트레일러의 내부와 여기 이 야구장.

"사, 살려 주세요! 살려 주세요!"

야구장 내부로 들어와 숨어 있던 생존자들은 오 박사의 헬리콥터를 발견하고 미친 듯이 펜스 아래로 뛰어내렸다.

비록 그들의 원래 목적지가 태양 그룹은 아니었지만, 이 상황에서는 찬밥 더운밥을 가릴 때가 아니다. 일단 여기에서 벗어날 수만 있으면 아무 곳이라도 가야 한다.

야구장 입구를 막아 둔 허술한 셔터는 곧 무너질 터였다. 그러면 좀비들에게 갈기갈기 찢겨 죽는 거다.

"진정해! 얼굴을 볼 수 있도록 천천히 걸어와! 뛰지 말고! 뛰면 쏜다!"

섀도 실드 대원들은 기관총을 겨눈 채 달려오는 생존자들에게 경고를 했다. 그들 역시도 바짝 긴장을 한 상태여서 듣는 사람의 기분 따위를 배려할 여유는 없었다.

눈깔이 돌아간 오 박사, 저 미친 새끼 때문에 마지못해 따르고는 있지만, 이 야밤까지 이건 정말 할 짓이 아니다. 좀비들의 한가운데에서 이미 물렸을지도 모르는 놈들과 상대하고 있다. 게다가 사방에서 압박하듯 조여 오는 좀비들의 포효…….

인간 사냥을 할 때처럼 재미를 볼 수 있는 것도 아니면서, 위험만 몇 배나 가중된 상황이다. 다들 빨리 여기서 벗어나고 싶은 마음이 굴뚝같다.

"쏘, 쏘지 마세요! 제발! 제발!"

위협에 놀란 생존자들은 다급하게 걸음을 멈추고 제자리에 서서 두 손을 들어 올렸다. 그러고는 자신이 좀비가 아니라는 것을 증명하기 위해 계속 떠들어댔다.

"당신들 말고 더 없었어? 테라! 테라 못 봤어? 뚱뚱한 백인 남자는? 용산 철로로 가는 줄에 있었다고 했어. 본 사람 없나?"

오 박사는 새로운 생존자를 베슬 안에 집어넣을 때마다 소리쳐 물었다. 생존자들은 다들 고개를 젓기만 할 뿐, 쓸 만한 대답을 내놓지 못한다.

젠장, 오 박사는 속으로 욕설을 퍼부으며 이를 갈았다. 시간이 흘러갈수록 피가 마른다. 여기에도 없었다면…… 그럼 대체 어디로 갔단 말인가.

"테라…… 아마 지금쯤 배 타고 가서 용산 철로 쪽에 있을걸요? 저보다 훨씬 앞줄에 있었거든요."

열두 번째 생존자가 겨우 정보다운 정보를 전해 줬다. 하지만 그건 개소리였다. 오 박사는 고개를 저었다.

"아니, 철로도, 선착장도 다 봤어. 배에서 내리는 사람들까지 다 샅샅이 봤지만, 테라는 없었어. 젠킨스도 없었고. 그 커다란 덩치는 그냥 못 보고 지나치기 쉽지 않아."

생존자들을 그물 베슬 안에 함부로 집어넣으며 오 박사는 초조하게 야구장 내부를 둘러보았다. 더 이상 인기척이 느껴지지 않는다. 그리고 여기저기서 좀비들의 울음소리가 점점 가까워지고 있다.

아쉽지만 이대로 끝인가…….

오 박사는 분한 마음에 고개를 저었다. 두 대의 장갑 트레일러가 아직 남아 있지만, 거기에 타고 있는 사람들에게 모든 걸 걸기에는 너무 확률이 줄어든다.

그롸아아아아아ㅡ.

생존자들만 달려오던 야구장 잔디밭 위로 드디어 좀비들이 모습을 드러내기 시작했다. 섀도 실드 대원들은 기겁을 하고 뒤로 물러나며 방아쇠를 당겼다.

타타타타타ㅡ 타타타ㅡ 타타타ㅡ.

MP5를 난사해서 좀비들을 쓰러뜨린 섀도 실드 대원들은 오 박사를 잡아끌고 헬리콥터 안으로 이동했다. 하지만 오 박사는 한사코 그들의 팔을 뿌리치며 다시 내리려고 든다.

1분만 더 기다려 보면…… 저 어두운 야구장 건물 내부에서 테라가 뛰어나올 것만 같아 도저히 미련을 버릴 수 없다.

그롸아아ㅡ! 카아아악ㅡ.

펜스를 뛰어내려 달려오는 좀비들의 수가 더욱 늘어났다. 섀도 실드 대원들은 열려 있는 헬리콥터의 측면, 문밖으로 MP5를 내밀고 계속 연사를 날렸다.

허술한 그물 베슬 안에 갇힌 채 헬리콥터가 떠오르기만을 기다리고 있던 생존자들은 두려움이 가득한 비명을 지르며 떨었다. 운동장 잔디밭 여기저기에 좀비들의 시체가 널리기 시작한다.

"오 박사님! 이륙해야 합니다!"

섀도 실드 대원들과 헬리콥터 조종사가 한목소리로 외쳐 댄다. 이 건물 어딘가에는 아직 생존자가 남아 있을지 모르지만, 마냥 기다리고 있을 수만은 없다.

그래도 오 박사가 마음을 정하지 못하고 망설이자, 보다 못한 조종사가 임의로 헬기를 이륙시켰다.

홍ㅡ 홍홍홍ㅡ 홍홍ㅡ 투투투투투ㅡ.

프로펠러가 빠르게 회전하기 시작하자, 헬리콥터는 곧바로 하늘로 솟아오른다. 그물 베슬 안의 생존자들노 그세야 안도의 한숨을 내쉬있다.

"젠장! 이런 씨발!"

20여 미터 아래까지 밀려 들어와 있는 좀비들의 모습을 보며 오 박사는 헬리콥터의 좌석을 몇 차례나 내려쳤다. 그 와중에도 혹시 그중에 젠킨스가 끼어 있지는 않은지 확인하고 있는 자신의 모습이 한심하다.

그렇게 오 박사가 성질을 이기지 못해 펄펄 뛰고 있을 때, 무전이 들어왔다.

― 치이익, 1호기 응답하라. 여기는 3호기. 치이익.

"말해."

오 박사는 무전기를 꽉 쥐고 퉁명스럽게 대답했다. 3호기의 목소리 톤에서 이미 기쁜 소식은 아니라는 것을 알 수 있었다. 아마도 트레일러의 문이 열렸고, 거기 들어 있던 사람들 중에 테라나 젠킨스가 없었다는 소식일 거라고 생각했다.

제기랄, 그러면 트레일러 하나만 남게 된다. 오 박사는 입술을 물어뜯었다. 그런데 3호기 승무원은 그의 예상과 전혀 다른 이야기를 꺼냈다.

― 치이익, 잠실 대교 남단에…… 치익, 유람선 한 대가 표류 중입니다. 알려드려야 할 것 같아서…… 치익.

"유람선? 야, 잠실 대교면 어디야?"

오 박사는 미간을 찌푸리며 헬기 조종사에게 물었다. 헬기 조종사가 대답을 해 준다.

"송파 대로에서 이어진 다립니다. 여기에서 동쪽으로 2.5킬로미터 떨어져 있습니다."

"동쪽? 그러면 용산이랑 반대 방향이잖아. 거기 있는 유람선이 무슨 상관이야? 왜? 불이 켜져 있어? 사람이 보이나?"

오 박사는 짜증스럽다는 듯 물었다. 가뜩이나 기분이 좋지 않은데, 명청한 보고까지 그의 신경을 긁고 있다.

― 치이익, 조명은 보이지 않았습니다. 치익.

"그럼 그냥 버려진 배잖아! 예전부터 그 부근에 떠다니던 거 아니야? 대체 이 바쁜 상황에서 그런 난파선 이야기는 왜 하는데?"

질문하는 오 박사의 목소리가 점점 더 날카로워진다. 하지만 3호기 승무원은 기죽지 않고 대답했다.

― 치익, 저도 처음엔 그렇다고 생각했었는데, 다리에서…… 치이익, 좀비들이 뛰어내렸습니다. 치익.

"……뭐라고?"

― 치이익, 다리 위를 달리던 좀비들이 배를 향해서 뛰어내렸습니다. 치익, 뭔가 있는 거 아닐까요? 치이익.

그 말을 들은 오 박사는 벌어진 입을 다물지 못하고 영상 통화를 하는 것처럼 고개만 끄덕였다. 좀비들이 그렇게 뛰어내렸다는 건, 거기에 살아 있는 사람이나 놈들을 끌어들일 만한 뭔가가 있다는 뜻이다.

그 유람선은…… 단순히 오래전에 버려진 배가 아닌 것이다.

"어디라고? 배를 목격한 장소가?"

오 박사의 목소리가 떨린다. 아찔한 느낌이 왔다. 그의 감으로는 거기에 분명 뭔가가 있다. 그를 행복하게 만들어 줄 뭔가가…….

― 치이익, 잠실 대교 남단입니다. 치익, 트레일러 추적을 멈추고 타깃을 배로 변경할까요? 치이익.

"아니야. 트레일러 계속 쫓아. 배는 내가 직접 확인해 보겠다."

오 박사는 단호한 명령을 마지막으로 무전을 끊었다. 그러고는 헬기 조종사에게 손짓을 했다.

"들었지? 잠실 대교 남단이야. 서둘러!"

헬리콥터 조종사는 오 박사의 얼굴을 곁눈으로 흘겨보았다. 이 미친놈은 이렇게 깜깜한 밤에 불 꺼진 고층 건물이 즐비한 서울 시내를 비행한다는 게 얼마나 위험한지 전혀 모른다. 그러면서도 그저 사람을 달달 볶아 대기만 한다.

"서두르라고!"

마음이 바쁜 오 박사는 망원경을 손에 꼭 쥐고 한강 남쪽을 향해 시선을 고정한 채 다시 닦달을 했다.

잠실야구장 상공으로 떠오른 헬리콥터는 크게 선회해서 대각선 방향으로 날아가기 시작했다.

바로 그 시각, 테라를 태운 유람선은 청담 대교 북쪽의 그늘 아래를 막 지나치고 있었다. 출발 직전 갑자기 다리에서 떨어져 내린 좀비들로 잠시 소동이 있었지만, 민구가 재빨리 나서서 머리를 날려 버리는 것으로 정리한 뒤였다.

워낙 어두웠기 때문에 강의 반대 방향에서 잠실 대교를 향해 비행 중인 오 박사의 헬리콥터는 그들을 발견하지 못했다.

"테라 양, 이 부드러운 항해술을 좀 봐 주면 좋겠는데…… 조명 하나 없이 이렇게 엉망이 된 배를 몰아서 캄캄한 밤의 강을 헤쳐 나간다는 거 말이야. 결코 쉬운 일이 아니라고. 후후후, 이렇게 방향키를 잡고 있으니 나폴리의 밤바다가 저절로 떠오르는군. 언젠가 이 좀비 사태가 좀 진정되면 귀하와 함께 방문할 수도 있겠지. 내 요트 이야기 해 준 적 없지?"

젠킨스는 유람선의 방향키를 잡고 고정식 의자에 기대앉은 채 계속 떠들어 댔다. 그렇게 여유를 부리면서도 청담 대교의 교각 사이를 아주 부드럽게 통과했다. 가끔씩 개인 요트를 몰고 항해를 즐겼다는 말이 허풍은 아닌 모양이다.

오도독— 오독!

젠킨스의 기분이 좋아진 또 다른 이유는 조타실 내부에 있던 과자 상자와 음료수였다. 하루 종일 쉬지 못하고 계속 운항을 해야 했던 승무원들이 그걸로나마 허기를 채우려고 가져다 놓았던 것들이다.

젠킨스는 만족한 표정을 지으며 과자를 한 움큼씩 집어 입에 가져가고 음료수를 벌컥벌컥 들이켰다.

"젠킨스 씨, 꺼림칙하지 않으세요? 바로 눈앞에 좀비들 시체가 그렇게 많은데?"

조타실 유리창과 계기판 주변에 어지럽게 널려 있는 좀비 시체들을 보며 테라가 물었다. 젠킨스는 과자 쪽으로 손을 뻗으며 단호히 고개를 젓는다.

"내가 두려워하는 것은 물리적인 힘을 행사할 수 있는 존재들뿐이야. 시체는 거기에 해당되지 않지. 그러니 입맛에 영향이 없어. 그건 그렇고, 참 속도가 어지간히 나지 않는군. 아무리 배에 물이 차기 시작했다고는 하지만 말이야. 이래서야 시간이 너무 오래 걸리겠어……. 뭐, 그렇다고 당장 침몰할 것 같지는 않지만…… 아슬아슬하군."

그렇게 젠킨스가 떠들어 대고 있을 때, 군인들과 민구가 동시에 고개를 돌렸다.

"음?"

민구는 객실 밖으로 몸을 내밀었다. 강의 반대편 건물들 사이로 강렬한 빛을 뿜어내며 날아가는 헬리콥터가 보인다. 그리고 그 아래쪽에 대롱대롱 매달려 있는 이상한 그물 감옥 같은 것도…….

태양 그룹의 검은 헬기다.

"구조 헬기가 뜬 거 맞죠? 우리를 구하려고!"

아무것도 모르는 민간인 생존자들은 헬리콥터를 보고 흥분해서 목소리가 높아졌다. 하지만 민구는 긴장한 채 헬기의 방향을 주시했다.

헬리콥터는 조금 전 그들이 표류하고 있던 위치로 날아가 라이트를 번쩍이며 다리를 훑고 떠 있었다. 비록 꽤나 멀리 떨어져 있기는 하지만, 서치라이트의 빛이 워낙 강력해서 눈에 확 띈다.

왜 하필 이 밤중에 여기를…… 그리고 하필이면 저 다리를…….

민구는 빠르게 머리를 굴렸다. 그냥 목적 없이 돌아다니는 게 아니다. 조금 전 그들이 아직 표류하고 있을 때, 머리 위로 지나갔던 헬리콥터와 다리에서 뛰어내렸던 좀비들…… 그게 상관이 있는 것 같다.

'이 배를 찾고 있다!'

민구는 짐승 같은 본능으로 느낄 수 있었다. 왜인지는 알 수 없지만, 그렇게 생각하면 앞뒤가 맞기는 한다. 그게 아니라면 저런 이상한 짓을 히고 있는 이유가 설명이 되지 않는다.

민구는 다시 앞쪽을 돌아보았다. 불 꺼진 영동 대교의 어두운 윤곽이 천천히 다가오고 있다. 이 속도로 용산까지 도착하려면 앞으로도 한참을 더 가야 한다. 빨라도 10분. 어쩌면 그 이상이 걸릴 수도 있다.

반면에 헬리콥터는 그야말로 순식간에 거리를 좁혀 올 것이다. 방향만 이쪽으로 돌리면, 눈 깜빡할 사이에 따라잡힌다.

그런 후, 계속 항해를 방해할 수도, 다짜고짜 먼 하늘에서 라이트를 비추며 총을 쏴 댈 수도 있다.

"이봐, 그…… 기관총으로 쏴서 저걸 떨어뜨릴 수 있나?"

다급해진 민구는 K-3 사수에게 달려가 앞뒤 설명을 모두 생략한 채 그것부터 물었다.

"에?"

K-3 사수는 미간을 찌푸린다.

"아니…… 그게 무슨 소리예요? 저걸 왜 쏴요? 구조해 달라고 해도 시원치 않을 판에……."

그렇게 의아해하며 대답을 한 뒤, 그는 계속 헬리콥터 쪽을 향해 손전등을 깜빡거렸다. 워낙 거리가 멀고 플래시의 조명이 약해서 신호가 전달될지는 모르겠지만, 그래도 안 하고 노는 것보다는 낫겠다고 생각했다.

다리에서 떨어져 내린 좀비들 때문에 확성기가 작살나 버린 지금으로서는 이게 가장 강력한 신호 전달책이다.

"어이! 어이! 그 플래시 좀 꺼! 깜빡거리지 말라고! 그러다가 우리 다 죽어!"

신경이 날카로워진 민구는 자기도 모르게 오른손을 등 뒤로 돌려 쿠크리의 손잡이를 잡았다. 하마터면…… 그어 버릴 뻔했다.

하지만 조금 전까지 함께 목숨을 걸고 싸웠던 군인 녀석들의 순진해 빠진 옆모습 때문에 차마 그렇게까지 할 수는 없었다.

"저 새끼들…… 테라를 잡아가려고 하는 거야. 정신 차려! 저놈들이 어떤 놈들인지 알아?"

민구는 네 명의 군인에게 다시 한번 진심을 담아서 설득을 해 봤다. 물론 통하지 않는다.

"잡아가다니요? 선배님, 저희 군과 함께 있는 동안에는 그런 걱정 하지 마십쇼! 저 헬리콥터, 태양 그룹 거예요. 오늘 하루 종일 저쪽으로도 민간인들 이송했어요! 우리도 용산까지 편하게 가면 좋은 거 아닙니까? 이 배도 가뜩이나 언제 물에 잠길지 모르는 상황인데……. 뭐, 안 되면 어쩔 수 없는 거고요."

병사들은 답답한 소리를 잔뜩 늘어놓고 나서 다시 플래시를 깜빡거리기 시작했다. 그것만으로도 민구의 속이 타들어 가기에 충분한데, 병사 하나가 한술 더 뜨는 제안을 했다.

"하늘에 총을 몇 방 쏴 볼까? 그 소리가 이 플래시 깜빡거리는 것보다는 나을 것 같은데."

"에이, 이렇게 사방에서 총소리가 나는데 그게 무슨 효과가 있을까?"

병사들은 의견이 분분하다. 이제는 더 이야기할 필요조차 없을 것 같아서 민구는 얼른 조타실 안으로 뛰어 들어갔다.

"저거…… 태양 헬리콥터 맞죠?"

불안해하며 기다리고 있던 테라가 겁먹은 얼굴로 묻는다. 민구는 고개를 끄덕였다.

"저놈에게 오른쪽으로 바짝 붙이라고 해."

테라는 젠킨스에게 주문을 했다. 배를 모는 것에 몰두하느라 뒤쪽의 헬리콥터에 대해 전혀 인지하지 못한 젠킨스는 큰 소리로 기분 좋게 복창을 했다.

"아이, 아이 캡틴! 스타보드! 후후후…… 테라 양, 배에서 항해를 하는 동안에는 왼쪽, 오른쪽 같은 말은 쓰지 않아. 왼쪽은 포트, 오른쪽은 스타보드. 왜 그런 이상한 단어를 사용하게 되었는지 이야기해 줄까? 아주 오래전으로 거슬러 올라가면 이 방향키가 배의 중앙이 아니라 한쪽에 붙어 있었거든."

"딕치고 저 다리 지나가기 전에 바짝 붙여서 세워! 다리 그늘 아래에 멈추면 더 좋고."

민구는 젠킨스의 수다를 끊고, 그의 옆에 서서 손가락으로 위치를 지정했다.

"선다고? 왜? 무슨 일이야?"

젠킨스가 물었다. 두 사람의 말을 계속 번역해 주고 있던 테라가 대답했다.

"태양 그룹 헬리콥터가 오고 있어요. 빨리 도망쳐야 돼요."

"오 마이! 이런!"

태양이라는 단어를 듣자마자 젠킨스의 얼굴에서도 웃음기가 걷혔다. 그는 통통한 털북숭이 손으로 아주 능숙하게 속도를 줄이고 방향타를 틀어 유람선의 앞부분이 영동 대교의 최북단 교각 아래 들어가도록 만들었다. 게다가 뒤쪽의 객실은 그늘 밖에 위치시켜 놓았다.

정말 매끄러운 실력이다. 뱃머리에서 강기슭까지의 거리는 불과 5미터 내외. 물에 뛰어든 다음, 바로 코앞의 기슭에 오르기만 하면 된다.

플래시를 챙긴 민구는 뒤를 돌아보았다. 민간인이고, 군인들이고 할 것 없이 다들 헬리콥터에만 혼이 팔려서 열을 내는 중이다. 달아나려면 지금이다. 만약 저놈들이 본다면 분명 귀찮게 붙잡으려 들 것이다.

"당신이 마지막으로 내려! 그리고 내리기 전에 저 레버를 조금만 앞으로 밀어! 그러면 배가 앞으로 전진할 거고, 우리가 어디에서 멈췄다가 내렸는지 모를 거야!"

난간을 잡고 뛰어내릴 준비를 한 젠킨스가 테라를 통해 말을 전해 왔다. 민구는 그렇게 하겠다고 대답하며 고개를 끄덕였다.

때마침 병사들 간의 논의가 끝났고, K-3 사수는 하늘을 향해 총구를 겨눈 채 방아쇠를 당긴다.

투투투투— 투투투투—.

"뛰어!"

그 소리를 틈타 젠킨스와 테라는 물속으로 몸을 던졌다.

풍덩—.

직접 물에 빠진 두 사람에게는 엄청나게 큰 물소리가 울렸지만, 총소리에 묻혀 배 위의 사람들에게는 전달되지 않았다.

두 사람이 뭍에 오른 걸 확인한 민구는 젠킨스가 시킨 대로 레버를 조금 위쪽으로 밀어 올렸다. 곧바로 배의 속도가 바뀌며 전진하기 시작했다.

민구는 깨진 유리창 사이로 비집고 나가서 뱃머리 우현의 난간 위에 올라섰다. 그러고는 망설이지 않고 물로 뛰어들었다.

푸우우웅덩~!

순식간에 온몸을 감싸는 검은 강물!

민구는 두 눈을 부릅뜬 채 앞으로, 그리고 수면을 향해서 팔을 저어 나갔다. 머리 위로 유람선의 그림자가 검게 드리워진 채 지나간다.

등 뒤에 달고 있는 쿠크리와 비스듬히 걸치고 있는 칼 가방의 무게가 몸을 끌어당기지만, 그리 멀리 가는 게 아니니까 이 정도는 참을 수 있다.

"여기예요!"

민구가 기슭에 닿자, 교각의 구조물 뒤에 숨어 있던 테라가 작은 목소리로 신호를 보내온다. 민구는 얼른 물에서 빠져나왔다.

"과자…… 과자 상자를 가지고 왔어야 하는데!"

젠킨스는 물을 먹고 괴로워하는 와중에도 자신이 잊고 온 과자를 안타까워하며 바닥을 치고 있었다.

"우리가 도망친 거 아직 모르는 것 같아요."

윗옷을 벗어 물기를 짜내고 있는 민구에게 테라가 말했다. 민구는 고개를 끄덕이며 유람선을 돌아보았다.

군인 놈들은 아직도 공중에 총을 쏴 대고, 플래시를 깜빡거리는 것에만 정신이 팔려 있었다.

"가자! 여기 있으면 안 돼!"

민구는 와들와들 떨리는 테라의 가냘픈 손을 잡고 앞서 걸어 나갔다. 이곳은 너무 탁 트여 있다. 헬기가 서치라이드를 비추기 시작하면 대번에 발각되고 만다.

그녀의 곁에서 캑캑거리며 물을 토해 내고 있던 젠킨스가 입가를 닦으며 물었다.

"이 남자, 지금 어디로 가려는 거야? 무슨 계획이 있는 건가?"

테라는 굳이 그 질문을 번역해서 민구에게 묻지 않았다. 계획 같은 게 있을 리가 없으니까.

05

잠실 대교 위를 두어 번 선회한 시점에서 오 박사의 인내심은 한계를 맞았다. 난파된 채 표류하는 배 같은 건 없었다.

혹시 교각 사이의 수중보에 걸린 채 멈춰 있는가 싶어 몇 번이나 고도까지 낮춰 가며 꼼꼼히 살펴봤는데도 마찬가지다.

"야, 이 개새끼야! 날 가지고 놀아? 여기 배가 어디 있어?"

오 박사는 무전기를 으스러져라 쥐고 3호기의 승무원에게 욕설부터 날렸다. 3호기 승무원은 잠시 멈칫한 후에 사무적인 목소리로 대답했다.

― 치이익, 있었습니다, 분명히. 치이익, 저 혼자 본 게 아닙니다. 치익.

"그럼 그 짧은 시간에 어디로 갔다는 거야? 없다고!"

― 치익, 표류 중이었으니까 물살에 휘말려 떠내려갔을 수도…… 치이익.

"야! 여기 밑에 수중보가 있어! 딱 막혀 있어서 그 배는 강 상류에서 떠내려온 게 아니라고! 배가 계속 여기에 있을 때에는 뭔가에 걸려 있던 거란 말이야! 그런데 왜 갑자기 떠내려가! 지껄이기 전에 생각을 하라고! 이 멍청한 새끼야!"

자신의 무력감과 두려움을 감추기 위해 욕설을 잔뜩 퍼부은 뒤, 오 박사는 무전을 끊어 버렸다.

"하여간…… 똑바로 하는 새끼가 없어! 마음에 하나도 안 든다고! 어이! 하류 쪽으로 훑으면서 내려가 보자."

오 박사는 거만한 표정으로 조종사에게 명령했다. 헬리콥터는 고도를 높여 한강의 중앙에 라이트를 비춰 가며 서쪽으로 날아갔다.

"어! 저! 저기! 불빛!"

헬리콥터 조종사가 전방을 가리켰다. 오 박사도 그쪽으로 시선을 돌렸다. 영동 대교와 성수 대교의 중간 정도 지점, 한강의 북쪽에서 플래시가 점멸하는 게 눈에 들어온다.

투투투투투― 투투투투―.

그리고 하늘을 향해서 쏘아져 올리는 총알도 보였다. 불을 뿜는 총구와 붉은 예광탄이 온통 검은색뿐인 밤하늘에 긴 잔상을 남긴다.

헬리콥터의 서치라이트가 그쪽으로 방향을 바꾸자, 암흑 속에 묻혀 있던 유람선이 모습을 드러냈다.

"뭐야? 난파선이라더니…… 운항만 잘하고 있구만……."

유람선의 후미에서 솟아오르는 물거품을 보며 오 박사가 중얼거렸다. 스크루가 돌아가고 있다. 갈라놓은 물살의 흔적을 봐도 분명 달리고 있던 배다. 하지만 우습게도 조명은 완전히 꺼져 있다.

"너무 가까이 가지 말고 위쪽에서 돌아. 저 새끼들 허공에 대고 총 쏘는 거 보니까 무섭다. 대체 뭘 하자는 거야? 유령선 흉내를 내는 것도 아니고……."

피투성이인 배는 끔찍할 정도로 큰 손상을 입은 채로 천천히 물살을 가르고 있었다. 유리 지붕이 다 박살 나고, 사방에 총알구멍이 나 있는 데다가, 뭘 얼마나 들이받았는지 완전히 우그러지고 찢긴 뱃머리에서는 침수가 진행 중이다.

한눈에도 지독한 전쟁을 치르고 살아남은 배라는 걸 알 수 있을 정도였다.

"허허…… 저놈들 봐라?"

망원경을 통해 유람선의 상황을 지켜본 오 박사가 재미있다는 표정을 지었다.

배를 가득 메우다시피 한 수많은 좀비들의 시체, 그리고 그 시체들 사이에서 펄쩍펄쩍 뛰며 반가워하는 사람들…….

그런데 그런 와중에도 몇몇은 심각한 표정으로 강가를 노려보거나 배의 이곳저곳을 뒤지고 다니는 중이었다. 누군가를 찾는 모양새다.

비록 열댓 명의 생존자들 중에 오 박사가 진정으로 보고 싶어 하는 사람들은 없지만, 뭔가를 찾고 있다는 지점에서 오 박사는 반가운 사인을 받았다.

"구조해서 베슬에 태웁니까?"

조종사가 물었다. 오 박사는 라이트를 환히 받고 있는 생존자들을 노려보며 사악하게 중얼거렸다.

"후후, 저 새끼들만 있으면 그렇게 하고 싶지도 않네. 이렇게 가슴이 두근거렸던 게 화가 나서라도 그냥 싹 다 쏴 죽여 버리고 싶어. 근데…… 이건 감이 좀 좋아. 딱 왔어."

오 박사는 미소를 지으며 외부 확성기와 이어진 마이크를 잡았다.

"생존자 여러분! 저희는 민군 합동 구조 본부 소속입니다! 만약 구조를 원하시면 팔로 크게 원을 그려 주십쇼!"

조금 전까지 짜증을 부릴 때와는 완전히 다른 톤이다. 아주 자상하고 신뢰할 만한, 그런 목소리였다.

그 이중적인 모습을 익히 알고 있던 헬기 조종사지만, 곁에서 듣고 있자니 소름이 돋았다.

유람선에서는 당연히 난리가 났다. 민간인과 군인을 막론하고 사람들은 일제히 두 팔을 들어 원을 그리며 펄쩍펄쩍 뛰어 댔다. 불이 꺼진 채 서서히 가라앉는 배였으니, 정말 감사할 수밖에 없었다.

"배의 엔진을 꺼 주십쇼! 곧 구조용 베슬을 내리겠습니다."

오 박사는 가증스러울 만큼 선한 말투로 지껄여 댔다. 그러고는 조종사에게 헬기를 아래로 내리라는 신호를 보냈다.

구조는 그리 긴 시간이 걸리지 않았다. 열댓 명의 생존자들은 딱히 명령을 하지 않아도 앞다투어 베슬 안에 뛰어들었다.

모두를 옮겨 실은 헬기는 방향을 바꿔 고도를 올렸다. 조금 더 날아간 헬기는 자동차가 정리된 성수 대교 중앙에 베슬을 내리고, 그 옆에 착륙했다.

"아, 잘 세워 주셨습니다! 마음이 급해서 타기는 했는데, 그냥 가면 안 될 일이 있어서 말입니다……."

헬기에서 내린 오 박사가 베슬로 다가가자 구조된 군인들이 반가워하며 입을 열었다. 오 박사도 단도직입적으로 물었다.

"혹시 조금 전에 누굴 찾고 있었던 겁니까?"

"예! 저희들 외에도 세 명이…… 쭉 같이 있었는데, 저희가 헬리콥터에 신호를 보내느라 정신이 팔려 있는 사이에 세 명이 감쪽같이 없어졌습니다. 그래서……."

병사들은 두서없이 지껄여 댔다. 하지만 오 박사는 대충 다 알아들었다. 그의 사악한 눈동자가 커진다. 감이 맞았던 것 같다. 고 깜찍한 젠킨스가 계집애를 데리고 도망친 거다.

"세 명이나요? 그거 큰일이잖습니까? 뭐죠? 추락 사고가 난 건 아니고요?"

도망쳤다는 걸 알면서도 오 박사는 사뭇 진지하게 걱정하는 표정을 지었다. 병사들은 도리질을 한다.

"한꺼번에 세 명이나 추락 사고가 났을 것 같지는 않습니다만…… 하여튼 귀신에 홀린 것 같은 기분입니다. 꼭 찾아야 하는데……."

K-3 사수는 말을 아꼈다. 칼자국 난 사내가 저걸 타면 죽는다고 난리를 치던 모습을 본 터여서 그는 그 세 명이 도망을 친 게 아닐까 의심하고 있다.

하지만 여기에서 그 말을 꺼내 봐야 공연히 이 태양 그룹 사람들의 기분만 상하게 할 것이다.

꼭 찾아야 한다고?

오 박사는 K-3 사수의 얼굴을 빤히 쳐다보았다. 테라라는 계집애는 아이돌이라니까 군인들에게 인기가 있을 수 있겠지만, 그렇게 단순한 이유 같아 보이지 않았다.

"일단 찾는 게 급선무겠네요. 혹시 실종되신 분들 성함이나 인상착의 같은 걸 알 수 있을까요? 확성기로 방송을 하면서 찾으면 효율이 더 높거든요."

오 박사는 아무것도 모르는 척하며 물었다. 군인들이 한목소리로 대답했다.

"테라 씨하고, 남자 둘입니다! 한 명은 백인인데 엄청나게 뚱뚱하고요, 또 한 명은 조금 마른 체형에…… 얼굴에 칼자국이 크게 나 있습니다."

빙고! 브라보! 유레카!

테라라는 이름을 확정적으로 듣는 순간, 오 박사의 머릿속에서는 폭죽이 정신없이 터졌다.

……드디어 찾았다! 그렇게 고생을 시키더니! 게다가 뚱뚱한 백인…… 100퍼센트 젠킨스다!

"……그럼 그 두 분은 이름을 모르시는군요. 그건 됐고…… 실종되신 지점은요? 대강 추정되는 장소나 마지막으로 얼굴을 보신 장소, 다 좋습니다. 말씀을 해 주세요."

오 박사는 숨을 헐떡이지 않기 위해 애를 쓰면서 물었다. 아마도 영동 대교 부근일 것 같다고, 군인들이 대답해 준다.

멀리는 못 갔겠어…….

오 박사는 마음속으로 회심의 미소를 지었다.

"알겠습니다. 저희가 최대한 열심히 수색해 보겠습니다. 마침 저희 헬리콥터에는 서치라이트가 달려 있으니까요. 함께 돌아다니시려면 불편하시겠지만, 협조 좀 해 주십쇼. 테라 씨 인기 많던데, 우리가 여러분을 내려 드리고 오는 동안 좀비들에게 물리기라도 하면 큰일이잖습니까."

오 박사는 너스레를 떨며 베스로부터 멀어져 헬기 쪽으로 걸음을 옮겼다. 그때, 그의 등 뒤에서 누군가 수군거리는 소리가 들렸다.

"테라는 어차피 그런 걱정은 없잖아? 좀비들한테 보이지도 않는 것 같더구만 뭘……."

그런가? 좀비에게 보이지 않는다고? 그런 면역자도 있는 건가?

오 박사는 애써 못 들은 척하며 헬기에 올랐다. 문을 닫자마자 그는 조종사에게 명령했다.

"영동 대교로 돌아가서 그 주변 다 훑어야 돼. 테라가 그리로 갔다."

그런 후, 그는 무전기를 집어 2호기와 3호기도 다 불러들였다. 쓸데없이 장갑 트레일러 꽁무니나 쫓아다닐 때가 아니다.

"푸홋! 푸후홋!"

자꾸만 웃음이 터져 나와서 오 박사는 입을 가렸다.

좀비에게 보이지 않는 면역자…… 얼마나 좋은가.

미스터 배 따위와는 비교조차 되지 않는다. 그 좋은 재료가 오늘 밤 그의 손에 들어오게 될 거다. 상상을 하는 것만으로도 짜릿해져서 오 박사는 몸을 부르르 떨었다.

그 시각에 민구와 테라, 젠킨스는 한강 둔치의 넓은 공원 잔디밭을 지나 달려가고 있었다. 어떻게든 시야가 가려지는 곳을 찾아야 하는데, 이놈의 공원은 너무 넓고 개방적이다. 몸을 숨길 만한 데가 전혀 없다.

고가 도로 같은 곳으로 도망칠 수는 없었다. 그렇게 탁 트인 곳을 택했다가는 단박에 걸릴 것이기 때문이다.

한참 동안 벽을 따라 달리던 세 사람은 결국 입구에 '벽천 나들목'이라고 새겨진 보행자용 터널을 발견하고 그 안으로 뛰어 들어갔다.

끝이 보이지 않는 터널의 내부나 건너편에 무엇이 기다리고 있을지 살펴보거나 생각할 만한 여유 따윈 전혀 없었다.

"하아, 하아~ 제발! 이제 됐잖아! 여기라면 안 보여! 안 보인다고! 제발 숨만이라도 좀 돌리게 해 줘! 부탁이야!"

길게 뚫려 있는 나들목의 중간 지점까지 내달렸을 때, 젠킨스가 바닥에 나동그라지며 애원을 했다. 녀석의 숨소리는 금방이라도 끊길 것처럼 불안정하고 쌕쌕거린다.

젠킨스를 두고 그냥 갈까 잠시 망설이던 민구는 결국 잠시 숨을 돌리기로 하고 녀석의 곁에 앉았다.

가능성이 높지는 않지만, 혹시라도 테라가 마음이 바뀌어 JL로 가겠다고 하면…… 그때는 이놈이 필요하다.

민구가 멈춘 것을 보고, 테라도 허물어지듯 주저앉아 가쁜 숨을 몰아쉰다. 종이 인형처럼 가느다란 그녀의 다리와 굽이 높은 샌들을 보고 있으면, 이만큼이라도 뛰어온 게 대단하다고 여겨진다.

팟―.

민구는 가방에서 플래시를 꺼내 터널의 반대편을 비춰 봤다. 다행히 괴물 같은 건 없어 보인다.

"하아~ 하아~ 그 검은 헬기…… 또 돌아올까요? 그냥 그 배에 타고 있던 사람들만 데리고 갈 확률은 없을까요?"

테라가 물었다. 민구는 플래시를 끄고 고개를 저었다.

"물론 그렇게 되면 나도 좋겠어. 네가 괴물들 눈에 보이지 않는 체질이란 걸 아는 놈들이 싹 다 끌려가서 죽어 버리는 거니까. 하지만 세상일이라는 게 보통 그렇게 쉽게 풀리지는 않아. 애초부터 저놈들이 왜 저렇게 저 배에 미련을 가지고 있었는지는 모르겠지만, 일단 배에 타고 있던 놈들의 이야기를 듣고 난 뒤에는 무조건 네가 타깃이 될 거야."

"그…… 저에 대해서 이야기를 하지 않을 수도 있잖아요."

"제 목숨도 망설이지 않고 맡길 만큼 태양 그룹을 믿는 놈들인데, 네 이야기라고 왜 비밀로 하겠어. 물어보기도 전부터 떠들어 댈 게 분명해. 테라와 함께 있었는데, 지금 안 보인다고…… 찾아야 한다고."

후우~ 테라는 가벼운 한숨을 내쉬고 고개를 숙였다.

태양 그룹…… 원래부터 진절머리 나도록 싫지만, 민구의 말을 듣고 나니 더 두렵다.

사람을 잡아다가 좀비의 먹이로 준다니…… 그녀로서는 상상도 할 수 없을 만큼 끔찍한 인간들이다. 그런 놈들이 지금 자신을 쫓고 있다.

"그나저나 저놈은……."

숨을 헐떡이며 큰대자로 뻗어 있는 젠킨스를 가만히 쳐다보던 민구가 물었다.

"왜 저렇게 죽기 살기로 쫓아오는 건지 모르겠군. 너를 포기할 수 없어 한다는 건 알지만, 나랑 같이 있으면서 너를 제 마음대로 하지 못하리라는 걸 빤히 알 텐데……. 저놈도 태양 그룹이 무섭다는 걸 아나?"

"태양을 왜 무서워하느냐고? 하아아~ 하아아~!"

테라로부터 민구의 질문을 전해 들은 젠킨스는 큰대자로 뻗은 채 나불거리기 시작했다.

"입장을 바꿔 놓고 생각해 보면 쉽지. 만약에 내가 JL을 안정적으로 운영하고 있는 상황에서 태양의 천재적인 연구자가 지금의 나처럼 난민 신세가 되어 있다면…… 아, 물론 실제 태양에는 그런 연구자 같은 거 없어! 그냥 가정이야, 가정! 어쨌든 그런 연구자를 내가 손에 넣었다면…… 내가 그를 태양으로 보내 주기 위해서 노력할까? 왜 그래야 하지? 그가 여기에 존재한다는 걸 아무도 모르는데? 그냥 지하 연구실에 가둬 두고 실적이 나올 때까지 고문을 해 대는 편이 더 좋지 않을까? 알겠지, 테라 양? 그런 사실을 다 알면서 태양에 따라갈 수는 없는 거라고. 그랬다가는 그 순간 이후 평생 햇빛을 볼 수 없게 될 테니까."

"잘도 지껄이는군. 숨도 제대로 못 쉬던 놈이……."

그만하면 충분히 쉬었구나 싶어서 민구는 자리에서 일어났다. 여기는 몸을 숨기기에 좋은 장소가 아니다. 헬기가 돌아와서 훑기 시작하면 금방 눈에 띌 수밖에 없다. 좀 더 미로 같은 곳으로 가서 숨어야 한다. 놈들이 지칠 때까지.

"일어나. 가자."

민구는 테라의 팔을 잡고 일으켜 세웠다. 두 사람이 움직이는 기척을 느낀 젠킨스도 뒤뚱거리며 일어나서 자신의 두 무릎을 두드린다.

투투투투투— 투투투투— 위이이잉—.

헬리콥터의 프로펠러 소리가 들려온다. 꽤나 가깝다. 세 사람은 다시 뛰기 시작했다. 통행로를 벗어나자 좁은 도로와 야트막한 울타리가 나온다. 울타리 너머에는 운동장과 길쭉한 학교 건물들이 있다.

"웃!"

도로를 가로질러 인도의 가로수 그늘 아래 몸을 숨긴 민구는 위쪽을 올려다보며 긴장된 숨소리를 뿜어냈다.

헬리콥터가…… 한 대가 아니다.

조금 전 그들이 보았던, 커다란 라이트가 달린 헬리콥터가 강가에서 날고 있고, 또 다른 헬리콥터가 또 그들로부터 멀지 않은 곳에 떠 있다. 길거리에서 오래 돌아다닐 수 없는 상황이다.

"학교라…… 별로 안 좋아하는데……."

민구가 투덜댔다. 하지만 지금은 몸을 피할 만한 곳이 그 정도뿐이다. 나머지 조그만 건물들 안으로 숨었다가는 꼼짝도 못 하고 갇힐 게 자명하다.

민구는 테라를 번쩍 들어 울타리 너머 운동장 구석에 내려놓고, 울타리를 넘는 젠킨스를 뒤에서 받쳐 줬다.

"우웃! 우웃! 이게 꽤 높군!"

젠킨스가 두 다리를 공중에서 버둥거린다. 민구는 이를 악물고 녀석의 커다란 엉덩이를 밀었다.

쿵—.

젠킨스가 육중한 소리와 함께 건너편에 떨어진 걸 확인한 민구는 재빨리 울타리를 뛰어넘었다.

투투투투투투투— 위이이이잉—.

그러는 동안에도 두 대의 헬리콥터는 영동 대교 부근을 바쁘게 오가고 있다. 곧 이쪽으로도 저놈의 서치라이트가 비춰지기 시작할 것이다.

"들어와!"

허술하게 잠겨 있던 문을 발로 차서 연 민구는 테라와 젠킨스를 안으로 잡아끈 뒤, 다시 문을 닫았다.

전형적인 학교 건물이었다. 긴 복도의 한쪽으로 나란히 늘어서 있는 수많은 교실들, 그리고 화장실.

스릉—!

건물 안으로 들어서자마자 강하게 느껴지는 악취에, 민구는 일단 마세티부터 뽑아 들었다. 이 안에 꽤 많은 괴물들이 있다.

물론 그놈들보다 더 고약한 괴물들은 지금 시끄러운 소리를 내며 그들의 머리 위를 날아다니는 중이긴 하지만…….

"바짝 붙어…….”

버릇처럼 테라에게 말하던 민구는 이내 그럴 필요가 없다는 것을 깨달았다. 테라는 안전하다. 이 건물 안에서 괴물들 때문에 마음을 졸여야 하는 것은 그와 젠킨스뿐이다.

"창문이 없는 곳으로 가자."

민구는 마세티를 앞세운 채 길고 긴 복도를 걷기 시작했다.

그롸아아아—.

저 멀리 어둠 속에서 괴물의 울음소리가 들려온다.

"배를 물가에 댔던 적이 없다고 했으니까 분명히 물에 뛰어들었던 거야! 그리고 기슭까지 헤엄을 쳐서 갔을 테지!"

오 박사는 조종사에게 큰 소리로 떠들어 댔다. 조종사는 그의 말이 뭘 의미하는지 알아듣지 못하고 고개를 갸웃거렸다.

"헤엄을 쳤든, 뛰어 올라갔든 그게 무슨 차이가 있습니까?"

"답답하긴! 당연히 차이가 있지! 생각해 봐! 세 놈이나 물에 흠뻑 저셔졌다가 기어 나왔다고! 그중 한 놈은 덩치가 우리 둘 합친 것만큼이나 커다랗고! 그러니까 산책로 아스팔트가 물기로 젖어 있는 구역이 분명히 있을 거야! 이렇게 무작정 뺑글뺑글 돌지만 말고 산책로를 차분히 훑어!"

오 박사는 조종사를 타박하며 다시 망원경을 들어 올렸다. 저 멀리 2호기가 날아오고 있고, 3호기는 이미 조금 전부터 합류해서 그와 함께 이 근방을 훑는 중이다.

"저기! 저기 봐! 저거! 물에 젖은 거 맞지?"

영동 대교 부근의 산책로에서 물에 젖은 구간을 발견한 오 박사가 소리를 질렀다. 하지만 거기까지였다.

점점이 떨어진 물방울들이 공원의 잔디까지 이어졌다는 걸 확인했지만, 그 뒤에 어디로 갔는지는 전혀 짐작할 수 없다.

"여기에 있지는 않을 거야! 숨으려고 했으니 당연히 이보다는 멀리 갔겠지! 도로 위 좀 비춰 봐!"

오 박사는 열심히 지휘를 하며 이리저리 헬리콥터를 몰았다. 그러던 중에 자신이 굉장히 어리석게 굴고 있다는 걸 깨달았다. 가지고 있는 자원조차 충분히 활용하고 있지 못했던 것이다.

그는 자신이 숨은 인간들을 찾는 일에 아주 특화된 놈들을 보유하고 있다는 걸 기억해 냈다. 정말로 요긴한 놈들이다.

"2호기!"

오 박사는 고가 도로 주변을 훑어보고 있는 2호기를 호출했다.

— 치익, 부르셨습니까, 여기는 2호기. 치이익.

"그래."

오 박사는 입술을 삐쭉거리며 말했다.

"본사로 돌아가서 인간 샘플들 다 내려놓고, 개 싣고 와."

Chapter 79
Fate

01

 건대 쉘터에서 처음 잠을 깬 것은 제니였다.
 "꺄아아아—!"
 특유의 고음 잠꼬대!
 바로 곁에서 잠들어 있던 일행들은 물론이고, 체육관의 절반은 그녀의 목소리를 들었다. 하지만 대부분은 이내 다시 눈을 꾹 감고 꿈속으로 돌아갔다.
 좀비 세상이 온 후에 그 정도의 잠꼬대는 그리 희귀한 일도 아니었다. 살아남은 이들은 다들 악몽을 꾸고, 그러다 보면 가끔씩은 잠결에 큰 소리를 지르기도 한다.
 "뭐야! 뭔 소리야? 누구야!"
 곤히 곯아떨어져 있던 보안관은 눈도 잘 뜨지 못한 채로 벌떡 일어나 주먹부터 꽉 쥐었다. 누군가 제니를 공격하기라도 했다고 생각한 모양이다.
 "아웅~ 진정해, 보안관. 제니 여기 잘 있어."
 삼식이가 보안관의 바지를 잡아끌며 앉힌다. 그의 말이 맞다. 제니는 믿을 수 있는 친구들 사이에서 안전하게 아주 잘 있다.

"하아아~ 하아아~."

몸을 일으켜 앉은 제니는 커다란 눈을 깜빡거리면서 바닥을 노려보고 있다. 이제야 꿈과 현실이 겨우 좀 구분되는 모양이다.

"……미안해요. 바보같이…… 하아~ 나쁜 꿈을 꿔서……."

제니는 땀으로 흠뻑 젖은 머리를 쓸어 넘기면서 중얼거렸다. 태권 소녀가 측은하게 바라본다.

"그러니까 자는 동안만이라도 그 후드 좀 벗고 자. 얼굴 좀 보이면 어때. 그렇게 꽁꽁 싸매고 잠이 드니까 몸이 힘들어서 악몽도 꾸는 거지. 그 구린내 나는 수건도 목에서 좀 빼 버리고."

"아…… 네, 그럴게요."

태권 소녀의 조언대로 후드를 벗은 제니는 머리를 좌우로 흔들어 땀에 젖은 머리카락을 털었다. 길게 웨이브 진 갈색 머리, 핏기 없이 흰 얼굴…… 달빛에 비친 그녀의 모습을 멍하니 보고 있던 태권 소녀가 조그맣게 중얼거렸다.

"……저기, 제니야, 그냥 후드 써야 되겠다."

"조금이라도 더 자. 해 뜨려면 몇 시간 안 남았어."

옆자리에서 자고 있던 유빈이 제니의 손등을 도닥여 주고 다시 눈을 감는다. 제니는 고개를 끄덕이고 얌전히 옆으로 누웠다.

꿈일 뿐이라는 걸 잘 알고 있는데, 그런데도 흥분되고 불안한 감정은 쉽게 가라앉지 않는다.

"……무슨 꿈이었는데? 불길한 꿈이었어?"

그녀가 좀처럼 잠을 이루지 못하고 있자, 유빈이 눈을 뜨며 조용하게 물었다. 제니는 고개를 저었다.

"아니에요. 그냥…… 별 내용도 없는 개꿈이었어요. 신경 쓰지 말고 자요."

"그래? 왜 그러지? 기력이 딸리나……."

유빈은 알겠다는 표정을 지으며 다시 눈을 감았다. 그의 옆얼굴을 보며 제니는 가볍게 한숨을 내쉬었다.

너무 기분 나쁜 꿈, 입 밖에도 내기 싫어서 유빈에게 거짓말을 했다.

또 테라다. 자신이 그녀를 버리고 도망쳤던 그날처럼, 테라는 잔뜩 겁먹은 얼굴로 원망스러운 눈빛을 보냈다. 그 모습을 보는 것만으로도 가슴이 미어지는 것처럼 아팠다.

그리고…… 그녀의 까만 머리카락을 적신 채 줄줄 흘러내리던 붉은 피…….

'아니야…… 그런 일 없어……. 내일이면, 몇 시간 뒤면 만나게 될 거야……. 혹시 선로로 옮겨 갔다고 해도 금방 찾을 수 있어. 어서 자.'

자신을 다독거린 제니는 손을 뻗어 유빈의 손가락 끝에 얹었다. 아주 작은 접촉이었지만, 그것만으로도 한결 안심이 된다. 그렇게 한 후에야 제니는 다시 잠을 청할 수 있었다.

얼—!

제니가 일으킨 소동으로부터 얼마 지나지 않았을 때, 이번에는 삼숙이가 모두를 깨웠다. 진우와 꼭 붙어서 잠들어 있던 녀석은 갑자기 몸을 벌떡 일으키며 체육관 바깥을 향해 짖었다.

얼—!

친구들이 한 번에 일어나지 않자 삼숙이는 재차, 이번에는 좀 더 크게 짖었다. 종소리처럼 굵고도 우렁찬 성대의 울림이다.

"……어우, 야, 너까지 왜 그러냐……."

어제오늘 아주 무리하게 달린 바람에 잠이 부족한 삼식이가 눈을 비비면서 괴로워한다. 하지만 삼숙이는 타박을 받으면서도 꿋꿋이 다시 짖었다.

"뭔가 있는 모양이네."

제니의 잠꼬대 때는 그저 조용히 눈을 감고 있던 진우가 제일 먼저 자리를 털고 일어났다. 삼숙이의 목덜미를 쓸어 녀석을 진정시킨 진우는 배낭까지 길쳐 뒤, 체육관 문밖으로 걸어 나갔다.

삼숙이가 바로 뒤를 따르고, 잠시 후 친구들도 진우를 따라나섰다.

"왜 더 안 자고 벌써 나와? 아직 일러. 해 뜨려면 멀었어."

야간 경계 근무 책임자여서 확성기를 든 채 뒷짐을 지고 천천히 쉘터 내부를 돌던 김 중사가 진우 일행을 알아보고 다가와 묻는다. 그들이 지금 잠실로 가기 위해 나왔다고 생각한 모양이다.

"아뇨, 출발하려는 게 아니었습니다. 이 녀석이 짖어 대기에 무슨 일이 있나 싶어서……."

진우는 삼숙이의 머리를 짚으며 대답했다. 삼숙이는 철책이 무너진 북쪽을 노려보고 서 있다. 이 자세며 짖는 톤은, 외부에서 화약 냄새가 접근해 올 때 녀석이 보이던 반응이다.

"그래? 왜 그랬지? 이놈, 점잖던데? 한번 위로 올라가 볼까?"

김 중사는 삼숙이의 얼굴을 보며 중얼거렸다. 이따금씩 한강 쪽에서 헬리콥터 소리가 들려오기는 했지만, 그것 외에는 딱히 평소와 다를 게 없던 밤이다. 친구들과 김 중사는 그들이 갇혀 있던 수용자 숙소 건물 위로 올라갔다.

"엇, 김 중사님! 무슨 일이십니까?"

4층 건물의 옥상에 올라가자 느슨하게 경계를 보던 병사들이 서둘러 일어난다.

"너희들, 담배 피우고 있는 것 같아서 불시에 와 봤다."

김 중사가 너스레를 떨면서 난간 쪽으로 걸어가는 동안 진우와 친구들은 병사들에게 목례를 했다. 철책이 완전히 무너져 있기는 하지만, 계속 불을 질러 좀비들의 방향을 돌려놓고 있는 터라 북쪽은 대체적으로 큰 이상이 없다.

혹시 소수의 좀비들이 멀리서 기웃거리더라도 전멸시키려 들지 말라는 명령에 따라서 병사들은 경계를 우선 수칙으로 삼고 있었다.

이쪽에서 담배를 피우거나 불을 지펴 자극하지 않으면 좀비들은 그저 몇 마리만 거리에 남겨 두고 돌아간다. 유빈이 알려 준 대응 방식인데, 그게 꽤나 효과가 있어서 강 소위와 김 중사는 내심 감탄하는 중이었다.

"별 이상한 점은 없어 보이는데?"

군자역 쪽의 도로를 바라보던 김 중사가 고개를 갸웃거린다. 불 꺼진 고층 건물들이 즐비하게 늘어서 있기 때문에 그리 멀리까지 보이지 않지만, 적어도 넓은 대로 위에는 이렇다 할 변화가 없어 보였다.

잠시 후, 저 멀리 도로의 끝자락에 약한 빛이 비쳐 들기 시작했다.

"어? 저게…… 뭐지? 라이트?"

김 중사가 눈을 가늘게 뜨며 망원경을 눈에 가져다 댔다. 빛은 조금씩 커지고, 밝기도 강해졌다. 그러고는 이내 사거리 전체를 확 밝힐 만큼 환하게 라이트를 켠 장갑차와 트레일러가 모습을 드러낸다.

"어어어어! 저거! 자빠지겠다!"

사거리에서 급격하게 회전한 장갑차 때문에 트레일러가 심하게 기우뚱거리자 옥상 위의 사람들은 하나같이 미간을 찌푸리며 안타까워했다.

거리가 있어서 정확히 보이진 않지만, 트레일러 지붕 위에는 병사들도 잔뜩 실려 있다.

"아니! 미쳤나? 애들 달고 있으면서 왜 저렇게 속도를 내?"

건대 쉘터를 향해 똑바로 달려오는 장갑차를 보며 김 중사는 혀를 찼다. 그만큼 위험한 턴이었다. 트레일러가 나자빠졌다고 해도 전혀 이상할 게 없을 정도다.

다른 병사들 역시 장갑차장의 무모한 행동에 대해 적잖이 분노해 술렁거린다. 하지만 장갑차가 왜 그렇게 미친 듯이 급격한 회전을 감행했어야 했던 건지가 곧 밝혀졌다.

"아……."

김 중사가 말을 맺지 못하고 외마디 감탄사만 이어 붙인다. 구름처럼 많은 좀비들이 장갑 트레일러를 뒤쫓아 미친 듯이 뛰어오고 있다. 대략 눈으로 훑어봐도 500, 아니, 700마리는 족히 되어 보인다.

"이게 무슨…… 왜 저렇게 쫓아와……. 소독차 뒤에 따라다니는 애새끼들도 아니고……."

충격적인 비주얼에 홀려 바보 같은 소리를 늘어놓고 있던 김 중사는, 갑자기 정신이 든 사람처럼 고개를 세차게 저었다.

"아, 아니지! 이게 아니야! 정신 차려야 돼! 야! 너희! 사이렌 울리고 애들 다 깨워!"

"네, 넷!"

두 명의 병사가 건물 아래로 뛰어 내려간다.

"아, 맞다! 우리…… 무전기가 없잖아!"

쉘터를 향해 대로를 직진해 오고 있는 장갑차를 보며, 김 중사는 또 새로운 문제를 생각해 냈다. 저 정도 다급하게 달려왔을 때에는 아마도 계속 지원 요청을 무전으로 보내왔을 것이다.

그러나 이 쉘터에는 무전기가 없다. 응답을 받지 못한 장갑차는 지금 건대 쉘터가 전멸당한 것이라 판단하고 있을지도 모른다. 조명도 밝지 않고, 철책도 다 무너져 버렸으니, 멀리에서 본다면 그저 폐허나 다름없다.

"저, 저거…… 이리로 오면 안 돼! 왜 하필 철책도 없는 쪽으로!"

다들 깊은 잠에 빠져 있는데 철책이 없는 북쪽으로 좀비들이 밀려 들어와 버리면 엄청난 살육이 벌어지게 될 거다.

당황한 김 중사는 주변을 둘러보며 어떻게 하면 오지 말라는 신호를 보낼 수 있을지 고민했다. 발전기를 돌리지 않으니 자동차 배터리에 연결한 라이트가 가장 밝은 빛이다.

그 정도 밝기를 깜빡거려 정지 신호를 보낸다고 해서 저 장갑차가 알아봐 줄 수 있을지, 그게 자신이 없다.

"남쪽으로 돌려 볼게요! 라이트 보이면 남쪽 게이트 열어 주세요!"

패닉 상태에 빠져 있는 김 중사를 붙잡고 유빈이 말했다. 김 중사의 손에서 확성기를 빼앗아 든 유빈은 진우, 그리고 병사 한 명과 함께 날듯이 계단으로 뛰어 내려가 조수석 문짝을 떼어 낸 승용차에 올랐다.

부우웅—.

시동을 건 유빈은 이를 악물고 액셀러레이터를 밟았다. 진우도 긴장된 표정으로 K-2를 꽉 쥔다. 물론 그중에 가장 긴장한 것은 갑자기 특공 요원들 틈바구니에 끼어 버린 병사였다.

떨리는 손으로 확성기를 잡고 뒷좌석에 앉은 병사는 자신이 여기에 왜 끌려온 건지를 생각해 내려 애를 썼다.

"이상한데? 저기가 건대 쉘터 맞지 않냐?"

정신없이 흔들리는 트레일러 위에서 남쪽 도로를 노려보고 있던 밤톨이 물었다. 무전병이 고개를 끄덕인다.

"맞습니다, 조 병장님."

"야, 근데…… 불빛이 안 보여……. 우리가 있을 때는 저기 안 저랬잖아……."

밤톨의 얼굴에 불안함이 가득하다.

이거 어째…… 영 잘못 온 건 아닌가 싶다.

설마…… 그 며칠 사이에 건대 쉘터가 좀비들에 의해서 무너지기라도 한 건가…….

희미한 라이트 불빛이 몇 개 보이기는 하지만, 도저히 중대 병력 주둔지처럼 보이지는 않았다. 이 세상에 저 정도 밝기의 서치라이트를 비추며 경계 근무를 하는 군대는 없다.

좀처럼 속도를 올리지 못하고 머뭇거리는 걸 보면 장갑차장도 그와 비슷한 걱정을 하고 있는 것 같았다. 혹시라도 저곳이 이미 좀비들에게 점령당한 상태라면 그때는 앞뒤로 포위되는 형국이다.

다시 말해 꼼짝없이 죽는 기다. 그러니 앞으로 몇 개 남지 않은 사거리에서 회전을 해야 할지, 직진을 해야 할지 결정을 내려야 한다.

그롸아아아아—.

장갑차가 망설이며 속도를 내지 못하고 있는 동안에 뒤따르는 좀비들과의 간격은 꽤나 많이 줄어들었다. 가장 앞에서 달려오는 놈들과의 거리는 이제 10미터도 안 돼 보인다.

"이러다가 따라잡힐 것 같습니다……."

난간을 꼭 붙잡고 뒤쪽을 바라보고 있던 김 이병이 떨리는 목소리로 중얼거렸다. 다른 병사들 역시 말은 안 했지만, 비슷한 두려움에 떨고 있었다.

세상에…… 바로 코앞의 장갑차에 탄창이 적재되어 있는데, 그걸 지급받지 못해 이렇게 떨고 있어야 하다니…… 이게 대체 무슨 좆 같은 블랙코미디인가.

"어! 빛입니다! 조 병장님! 저기 라이트! 라이트!"

무전병이 뒤돌아보고 있는 밤톨의 어깨를 두드린다.

응? 밤톨은 다시 앞쪽으로 고개를 돌렸다.

화악—.

거의 암흑 속에 잠겨 있던 건대 쉘터 안쪽에서 강렬한 빛이 뿜어져 나온다. 그리고 그 빛은 빠른 속도로 가까워졌다.

"차량입니다! 아! 조금 전까지는 하이 빔 켜고 있었나 봅니다!"

몇 차례 깜빡거리던 라이트가 조금 약해지고 승용차의 모습이 눈에 들어온다. 이어 울려오는 확성기 소리!

병사들의 얼굴에 희망이 어린다.

건대 쉘터가 전멸된 게 아니었다!

끼이이익—.

넓은 도로의 오른쪽 가장자리에서 달려오던 승용차가 날카로운 턴을 하며 옆으로 돈다.

"……저 새끼는 뭐야?"

문 없는 조수석에 앉은 사제 군인을 보고 병사들이 웅성거렸다. 군인 같지도 않고, 그렇다고 민간인 같지도 않다.

개인 화기나 방탄 전술 조끼를 보면 군인인데…… 그렇다고 하기에는 또 복장이 너무 불량하다. 사제 카고 바지에 등산화…… 뒷좌석 창문 밖으로 고개를 내민 병사가 아니었다면, 이 차량이 건대 쉘터 소속이라고 믿기도 어려웠을 것이다.

부우웅―.

180도 방향을 바꾼 승용차는 장갑차가 다가오기를 기다렸다가 그 바로 옆에서 속도를 맞춰 나란히 달리기 시작했다.

"아! 아! 건대 쉘터에서 방향을 유도하겠습니다!"

뒷좌석의 병사가 확성기를 통해 외쳐 왔다. 그의 목소리는 심하게 떨린다.

"에…… 지금 본 쉘터의 북쪽은…… 아…… 저기…… 뭐라고 하라고 하셨는지…… 잘 기억이…….."

병사는 확성기 스위치를 꽉 누른 채 유빈을 돌아보며 자신의 대사를 다시 알려 달라고 한다. 긴장 때문에 머릿속이 하얗게 질려 버린 모양이다.

"북쪽 철책이 무너졌으니까 게이트가 있는 남쪽으로 가야 한다고요! 저희가 유도할 테니까 따라오라고 하세요!"

유빈은 빠르게 일러 줬다. 고개를 끄덕인 병사는 다시 외쳤다.

"북쪽 철책이 무너졌다! 남쪽 게이트로 유도하겠다! 본 차량의 선도를 따라 주기 바란다!"

병사는 떨리는 목소리로 몇 번이나 같은 말을 반복했다. 그사이에 좀비들은 그의 머리통을 노리며 방향을 바꿔 뛰어온다. 아직까지는 거리가 있지만, 그래도 꽤나 간이 조마조마해지는 광경이었다.

장갑차의 포탑 해치가 열리고, 장갑차장이 상체를 내민다. 그러고는 앞서가라는 수신호를 보냈다. 그것을 확인한 유빈은 속도를 높여 장갑차의 앞으로 차를 몰았다.

깜빡 깜빡 !

우회전 깜빡이가 반짝거리며 돌아야 할 방향을 일러 준다. 그런 후, 승용차는 코너를 돌아 사라졌다. 그 모습을 본 트레일러 위의 병사들은 이구동성으로 탄식했다.

"또 돌아? 아우~! 그러다가 잡히겠다!"

장갑 트레일러에게 코너를 도는 건 속도를 늦춰야 하는 작업이다. 조금 전만 해도 무리하게 좌회전을 감행했다가 하마터면 트레일러가 전복될 뻔했다. 애초부터 이렇게 뭘 안정적으로 끌고 다니도록 설계된 차량이 아니다.

"꽉 잡아라! 떨어지지 않게!"

밤톨이 외쳤다. 병사들은 두 손으로 난간을 꽉 움켜쥔 채 잠시 후에 전해질 관성에 대비했다.

크르르르릉— 끼기기긱—.

장갑차 자체는 조금 속도를 줄인 채 별 무리 없이 코너를 돌았다. 그렇게 하라고 만들어 놓은 물건이니까.

문제는 뒤에 연결되어 있는 트레일러였다. 불친절한 완충장치와 무게 배분, 과적, 그리고 너무 긴 길이 때문에 트레일러는 또 급격하게 기울었다.

텅!

뒷자리에서 떨고 있던 김 이병의 몸이 떠오른다. 그러더니 녀석은 난간 밖으로 확 밀려났다.

"으아아아! 씨발! 구해 주세요! 잡아 줘요!"

난간에 대롱대롱 매달린 김 이병이 다급하게 외쳐 댄다. 살려 달라는 말도 참고문관처럼 한다. 트레일러가 흔들릴 때마다 녀석의 두 다리가 시계추처럼 이리저리 흔들렸다.

"잡았어! 올라와! 발을 벽에다 대고 올라오라고, 이 새끼야!"

밤톨과 다른 병사들이 난간 아래로 몸을 기울여서 녀석의 팔목과 접어 올린 소매를 움켜쥐고 소리쳤다.

"끄응~!"

김 이병은 어떻게든 발을 트레일러 벽에 밀착시키려 애를 썼지만, 흔들리며 달리는 상황에서 그게 말처럼 쉽지 않다. 몸을 올리려던 김 이병은 몇 차례나 미끄러지며 더 아래로 축 처졌다.

"아으! 이 개새끼! 힘주라고! 이러다 떨어져!"

밤톨은 김 이병의 소매를 꽉 잡아당기며 이를 악물었다. 트레일러가 덜컹거릴 때마다 밖으로 몸을 기울여 내민 그마저도 위험해진다.

"아, 안 돼요! 놓지 마요!"

밤톨의 손에서 힘이 빠진 것도 아닌데, 김 이병은 지레 겁을 먹고 비명을 질러댔다.

그롸아아아아—.

방금 전, 우회전을 하는 동안 또 간격을 줄인 좀비들이 김 이병의 다리를 향해 팔을 뻗으며 달려온다. 거리는 기껏해야 2미터 내외다. 한 번 휘청하고 다리가 뒤쪽으로 흔들리면 잡힐 것만 같다.

근접해 있는 좀비들을 쏴 버리면 제일 편하고 좋겠지만, 달리는 트레일러 위에 서서 아래쪽을 겨누고 쏘는 총알이 제대로 명중될 리가 없다. 자칫 흔들리기라도 하면 김 이병의 다리가 제일 먼저 벌집이 되고 말 거다. 아니면 서서 쏘던 놈도 아래로 떨어지거나…….

"올라오라고! 이 개새끼야! 네가 다리에 힘을 줘야 돼!"

밤톨은 녀석의 소매를 당기면서 악을 썼다. 그때였다.

끼이이익—.

저만치 앞서 달리던 승용차가 비스듬히 방향을 틀어 멈춰 서고, 조수석의 사제 군인이 몸을 기울여 내민다.

사제 군인의 총구 아래 달린 플래시가 번쩍하고 켜진다 싶은 순간, 벼락같은 총성이 울렸다. 망설임이라고는 10원어치도 없는 태도다.

탕, 탕, 탕— 탕, 탕, 탕—.

"저 미친!"

총성을 들은 밤톨은 자신도 모르게 사제 군인을 향해 욕설을 퍼부었다. 김 이병이나 자신에게 맞으면 어쩌려고 저렇게 생각 없이 방아쇠를 당기는 건가 싶어서였다. 하지만 결과는 그의 우려와 완전히 다르게 펼쳐졌다.

크륵—!

포효하려던 좀비가 대갈통이 뚫린 채 뒤로 나자빠진다. 그 옆에서 김 이병의 다리를 낚아채려던 좀비들도, 그리고 그 바로 뒤에서 달려오던 놈들까지도…… 너무 근접했다 싶었던 좀비들은 전부 다 순식간에 뇌를 쏟아 내며 바닥에 널브러져 버렸다.

"하아아~ 하아아~!"

믿을 수 없는 기적을 목격한 밤톨은 김 이병을 당겨 올리며 승용차 쪽으로 시선을 돌렸다. 사제 군인은 무표정한 얼굴로 총구를 거두었고, 승용차는 이내 다시 출발해서 앞서 달린다.

뭐냐, 이거? 마치 이 정도는 아무것도 아니라는 식의 오만한 태도.

"와아~ 씨발!"

그 대단한 간지에 밤톨은 고개를 저으며 감탄사를 연발했다. 그의 마음속에서 전투력 1위에 랭크되어 있던 민구가 지금 막 왕좌를 내줬다.

세 번의 코너를 더 돌고 난 후, 승용차는 다시 속도를 늦춰 장갑차와 나란히 달리기 시작했다. 뒷좌석의 창문 밖으로 머리를 내민 병사가 확성기에 대고 외쳤다.

"속도 최대로! 게이트 닫을 시간이 필요하다!"

병사가 같은 말을 세 번 반복한 뒤, 유빈은 속도를 높여 건대 쉘터의 남쪽 게이트를 향해 질주했다.

위이이잉—.

잠시 후, 건대 쉘터의 남쪽 철책이 시야에 들어온다. 외부와 내부, 두 개의 게이트 모두 활짝 열려 있다.

유빈은 가속 페달을 꾹 눌러 밟았다. 이 정도 속도를 내도 괜찮다는 것을 뒤따라오는 장갑차에게 알려 주고 싶었다. 북쪽의 철책이 다 무너지고 없으니, 시속 100킬로미터로 돌진한다고 해도 얼마든지 멈춰 설 수 있는 공간이 있다.

후웅—.

두 개의 게이트를 순식간에 통과한 유빈은 속도를 줄이며 크게 회전을 했다. 그러고는 진우에게 물었다.

"잘 따라오고 있어?"

"음, 꽤나 빠른데?"

고개를 돌려 뒤쪽의 장갑차를 보고 있던 진우가 대답했다. 유빈이 남쪽 철책의 오른편 구석으로 차를 돌리는 동안, 속도를 높인 장갑 트레일러도 게이트를 통과했다.

콰창! 콰창!

트레일러가 철책을 스치며 지나간다. 뒤에서 대기하고 있던 병사들은 서둘러 게이트를 밀어 닫았다.

그롸아아아—.

50여 미터 뒤에서 좀비들이 맹렬한 기세로 달려온다. 게이트를 미는 병사들의 얼굴은 두려움 때문에 흘러나온 땀으로 흠뻑 젖어 있다.

쿵—!

철제 게이트가 육중한 소리를 내며 닫히자 병사들은 얼른 빗장을 찔러 넣고 잠갔다.

콰창! 콰창!

전속력으로 달려온 좀비들이 철책과 게이트에 몸을 부딪쳐 대자 조용했던 밤하늘은 쇠가 긁히고 울리는 소리로 요란하게 달궈졌다.

남쪽 건물로 옮겨 온 병사들이 아래쪽을 향해 총구를 내밀고 방아쇠를 당겼다.

투투투— 투투둑— 투투투— 투투투—.

앞줄에서 울부짖어 대던 좀비들이 총알에 온몸을 꿰뚫린 채 쓰러진다. 하지만 좀비들과의 싸움이 늘 그랬듯이 쓰러진 놈들의 자리는 곧바로 뒤의 놈들에 의해 대체되었다.

100마리 이상 되는 좀비들이 한꺼번에 달라붙어 체중을 싣자, 철책은 그물처럼 불룩해진다. 저만한 규모의 좀비들이 몰려왔으니 어차피 외부 철책은 곧 무너질 것이다.

"빨리 날라! 그거 이리 가져와! 여기 막아!"

바로 코앞에서 좀비들이 울부짖어 대는 동안 병사들은 바리케이드를 들고 뛰어와 내부 철책 앞에 지그재그로 쌓았다. 내부 철책에 좀비들이 넓게 달라붙지 못하도록 하기 위한 지연 장치다.

어제 오후에 태양 그룹 헬리콥터로부터 실탄 2천 발을 압수했지만, 그래 봐야 두세 발 중 한 발은 명중시켜야만 저놈들을 다 퇴치할 수 있는 수치다. 그러니 신중하게 방아쇠를 당길 수 있도록 장애물들을 설치해야만 한다.

"흐으으~ 흐으으~."

바리케이드끼리 쇠사슬을 연결해서 고정하는 병사들의 손이 떨린다. 캄캄한 어둠 속에서 오직 플래시 불빛에만 의지해 이런 일을 한다는 것도 쉽지 않은데, 바로 몇 미터 앞에서 좀비들이 철책을 두들기며 울부짖어 대고 있으니 당연히 간이 콩알만 해져 있다.

"설치 완료했으면 들어와! 빨리!"

내부 게이트를 지키고 있는 경비병들이 안타깝게 외친다. 이윽고 바리케이드 간 결속 작업이 끝나고, 병사들은 네발로 기다시피 하며 내부 게이트 안으로 뛰어들었다.

그롸아아아아―.

신선한 인간들이 도망가는 걸 보며 철책에 달라붙은 좀비들이 안타까운 울음을 터뜨린다.

끼이이잉―.

내부 게이트가 쇳소리를 울리며 닫혔다. 하지만 안도하고 있을 여유 같은 건 없다. 사격조로 배정된 병사들은 지급받은 탄창을 소중히 전술 조끼에 채워 넣고, 남쪽 건물의 계단을 뛰어올랐다.

"빨리 저거 떼어 내!"

쉘터의 북단을 지나서 멈춰 선 장갑차에서는 장갑차장의 명령에 따라 트레일러를 분리하는 작업이 진행 중이었다.

장갑차 내부에 탑승하고 있던 네 명의 병사와 트레일러 지붕 위의 병사들이 모두 합세해서 견인 장치를 떼어 내기 위해 안간힘을 썼다.

"열어 주세요! 나가고 싶어요!"

컨테이너 안에 갇혀 있던 사람들이 벽을 두들기며 문을 열어 달라고 애원한다. 좁은 공간 안에서 꽉 낀 채 정신없이 흔들리느라 그들도 정말이지 힘이 들었을 것이다.

"내가 현재 건대 쉘터 책임자입니다. 대체 무슨 상황입니까?"

강 소위가 다가와 전차장에게 말을 건넸다. 조금 전에야 잠에서 깨어난 그의 눈은 빨갛게 충혈되어 있다.

"아, 충성!"

장갑차장인 하사는 강 소위에게 경례를 붙이고 상황을 설명했다.

"오늘 잠실 쉘터가 무너졌습니다. 이 병력과 컨테이너에 탑승하고 있는 민간인들이 마지막으로 그곳에서 빠져나온 사람들입니다."

"잠실이…… 어떻게 됐다고요?"

강 소위는 충혈된 눈을 부릅뜨며 다시 물었다. 아직 잠이 다 깨지 않아서 뭔가 잘못 들었다고만 생각했다. 하사는 한숨을 내쉬며 큰 소리로 대답했다.

"역시…… 믿기지 않으시겠죠. 하지만 사실입니다. 잠실 쉘터는 완전히 함락됐습니다. 오후부터 규모 여섯짜리가 계속 밀려 들어오는 바람에……."

그 말을 들은 강 소위는 멍한 얼굴로 비틀거렸다. 분명히 사람의 말을 듣고만 있을 뿐인데, 누군가 망치로 그의 하이바를 두들기는 것 같다.

남쪽 게이트에서 쉬지 않고 울려 대는 총소리까지 더해져서 혼이 빠져나가는 기분이다. 그가 대동하고 있던 병사들도 다들 비슷한 반응을 보인다.

하늘이 무너진다는 게 이런 기분일까? 부상당한 다리가 급격하게 쑤셔 온다.

잠실이…… 내일 오후에 그들이 돌아가기로 되어 있던 안전한 요새가…… 무너졌다니……. 도저히 믿기지 않는 일이다.

하지만 이 장갑차장의 퀭한 얼굴을 보면 그가 얼마나 급박한 상황을 헤쳐 왔는지 알 수 있다.

"잠실에서 왔는데 왜 북쪽에서 접근했습니까? 애초 목적지가 여기였습니까?"

강 소위는 다시 물었다. 어떻게든 이 상황을 부정하고 싶었다. 그럴 수 있는 증거를 찾아내고 싶었다.

"아뇨. 원래는 탄천을 넘어가려고 했는데, 길목마다 좀비들이 꽉 차서 계속 돌다 보니까 어느새 한강을 넘게 됐습니다. 북쪽으로 접근한 건…… 아무리 교신을 시도해도 답이 없고, 불빛도 안 보여서 좀 헤맸습니다. 저쪽 하늘이 훤해서 거기인 줄만 알았는데, 가 보니까 불이 난 거더라고요."

"그, 그러면…… 그…… 거기에 있던 병력이랑 민간인들은?"

강 소위는 정신을 다잡으며 물었다.

"애초에 오늘 오후부터는 별로 남아 있지도 않았습니다. 다들 선로로 옮겨 가고, 또 태양 그룹이 운영하는 쉘터로 이동하기도 해서……."

장갑차장은 서둘러 대답하고, 뒤쪽의 장갑차를 흘끔거리며 돌아봤다. 그 모습을 보며 강 소위도 이럴 때가 아니라는 걸 깨달았다.

아무리 잠실의 소식이 충격적이라고 하더라도 놀라는 건 좀 뒤로 미뤄 놓을 수 있다. 일단은 저 철책 밖에서 울부짖어 대는 좀비들부터 다 잡아야 한다.

"우리 중대는 지금 탄약이 부족한데…… 싹싹 다 긁어모아도 2천 발 조금 넘는 수준입니다."

강 소위는 실질적인 한계부터 말했다.

"2천 발이요? 중대 병력이?"

이번에는 장갑차장이 믿을 수 없다는 반응을 보였다. 한 병사당 실탄을 채 20발도 지급 못 하는 군대가 다 있다니……. 북쪽의 철책이 다 무너져 내린 것도 그렇고…… 지금까지 어떻게 살아남았는지 잘 이해가 안 된다.

"탄약은 저희에게 여유가 있습니다. 원래 잠실 방어 병력들에게 지급했어야 하는데, 생각보다 빨리 무너지는 바람에…… 어이, 탄약상자 가져와!"

장갑차장은 자신이 데리고 온 병사들에게 명령했다. 지금까지 좀비들에게 쫓기느라 쌓인 스트레스가 그의 성질을 부글부글 끓이고 있다.

한시라도 빨리 저 염병할 놈들에게 40㎜ 주포를 쾅쾅 갈겨 주고 싶었다. 북쪽으로 빠져나가서 한 바퀴 돌아와 뒤를 칠 생각이다.

"이쪽으로 가십쇼! 이쪽입니다! 아, 그리고 절대 금연입니다!"

분리된 트레일러에서는 문을 열어 준 병사들이 강 소위의 지시에 따라 민간인들을 수용자 숙소로 안내하고 있었다.

산소도 부족한 공간에 꽉 끼어 정신없이 흔들려 댔던 생존자들은, 곳곳에 주저앉아 먹은 것 없는 빈속을 게워 내면서도 열심히 안내에 따랐다. 불 꺼진 건물이지만, 좁은 트레일러 속에 꽉 끼어 갇혀 있는 것보다는 몇백 배 나을 터였다.

투투투투투— 투투투투—.

남쪽 게이트에서는 계속 총성이 울려 댄다. 그런데도 외부 철책은 어느새 완전히 무너져 내렸다. 강 소위는 입술을 꽉 깨물어 어지러운 정신을 다잡았다.

탄약도 생겼으니 이 싸움 정도는 충분히 이길 수 있다. 그리고 이겨야 한다. 그래야 그다음도 있는 거니까.

"오빠, 들어와요!"

체육관 안으로 대피해 있던 제니가 유빈을 향해 외쳤다. 임무를 완수한 유빈을 들여보내고, 진우는 남쪽의 건물을 향해 뛰어갔다.

그가 가세하는 것만으로도 병사들은 용기백배해서 함성을 질러 댄다. 그 일련의 모습들을 보며 강 소위는 또다시 머리가 어지러워졌다.

'저 친구들에게…… 뭐라고 말을 해야 되지?'

그들은 테라를 만나기 위해 잠실로 가겠다고 했었다. 하지만 내일 해가 뜬 후에도 늦지 않는다고 말렸던 사람 때문에 오늘 밤을 여기에서 보냈다. 물론 그 사람이란 강 소위 자신이다.

그런데 그사이 잠실은 무너졌고, 거기에 있던 민간인들은 뿔뿔이 흩어졌다.

만약에…… 만약에 테라의 행방을 모른다면, 저들의 얼굴을 볼 면목이 없다.
 저 어린 친구들은 그를 살려 주고 이곳을 구해 냈는데…… 그는…… 결과적으로 말하자면, 테라를 만날 수 있는 마지막 기회에서마저 발목을 잡았던 거다.
 "미쳐 버리겠군……."
 강 소위는 울상을 지으며 고개를 저었다. 바리케이드를 타 넘으며 울부짖는 좀비들보다, 이 좆 같은 상황을 저 친구들에게 사실대로 알려 줘야 한다는 게 더 무섭고 괴롭다.

02

 그롸아아아ー.
 달려드는 괴물들!
 민구는 바쁘게 두 팔을 휘둘렀다. 마세티로 뼈를 끊고, 쿠크리로 나머지 부분을 잘라 낸다. 플래시조차 마음대로 켤 수 없기에 오직 창문을 통해 비쳐 드는 푸른 달빛에만 의존해서 싸워야 했다.
 학교 건물 안에는 그가 예상했던 것보다도 더 많은 수의 괴물들이 돌아다니고 있었다. 지금까지 열 마리를 베었지만, 아직도 그의 앞에는 두 마리가 더 남아 있다. 물론, 앞으로 얼마나 더 만나게 되는지는 장담할 수 없다.
 카아악ー.
 두 팔이 끊긴 괴물이 아가리를 쫙 벌리며 몸을 날렸다. 민구는 왼손에 쥔 마세티를 있는 힘껏 휘둘러 놈의 두개골을 찍었다.
 쩌억ー!
 단단한 뼈가 갈라지는, 소름 끼치는 소리가 복도에 울려 퍼졌다. 그 메아리가 끊기기도 전에 민구는 재빨리 몸을 돌리며 쿠크리로 뒤의 괴물을 베었다.

핏—.

괴물의 목에 실처럼 가느다란 금이 생겨났다. 사람이었다면 대번에 피를 분수처럼 쏟으며 쓰러질 만한 상처였지만, 괴물에게는 그다지 큰 타격이 되지 않았다. 놈은 달려들던 기세 그대로 민구의 어깨를 움켜쥔다.

"이놈!"

살갗이 찢기는 아픔에 미간을 찌푸리면서도 민구는 곧바로 놈의 목에 쿠크리를 비스듬히 꽂아 넣었다.

푹—.

쿠크리가 폐에 닿을 만큼 깊숙하게 박혀 들어갔다. 하지만 그래도 괴물은 멈추지 않는다. 놈이 아가리를 벌리며 덤벼들 때마다 쿠크리의 칼날은 놈의 상처를 벌렸고, 민구는 이를 악물며 그 힘을 받아 내기 위해 버텼다.

"이익!"

쿠크리를 놓아 버린 민구는 놈의 배를 있는 힘껏 걷어차서 뒤로 밀쳐 냈다. 밀려난 괴물이 벽에 부딪치는 순간, 민구는 왼팔을 역방향으로 휘둘렀다.

카득!

이미 쿠크리에 의해 반쯤 잘려 있던 괴물의 목이 바닥에 떨어진다. 민구는 숨을 몰아쉬며 쓰러진 시체에서 쿠크리를 뽑아냈다.

'젠장······.'

허리를 숙일 때 콱— 하고 쑤셔 온 통증에 민구는 몰래 이를 갈았다. 한계다. 분하지만, 지금의 그는 이 정도밖에 안 된다.

총에 맞았던 오른쪽 옆구리는 똑바로 펴기도 어려울 만큼 쑤셔 대고, 오른손은 칼을 꽉 잡는 것만으로도 부들부들 떨린다.

몸에 힘이 들어가지 않는다. 조금 전만 해도 한 방에 목을 자르려던 계획이었지만, 힘이 모자라서 그렇게 질질 끌어야 했다.

민구는 조금 전 괴물에게 할퀴어진 어깨에 손바닥을 대 봤다. 뜨끈한 피가 묻어 나오는 걸 보니, 상처가 꽤나 깊다.

"아아, 할퀴어지는 건 걱정하지 않아도 돼. 변하지 않아. 그저 조금 부을 뿐이지. 그 정도는 이해해 줘야지. 썩어 가는 시체와 접촉을 한 거니까 말이야."

민구가 좀비들과 싸우는 내내 테라의 등 뒤에 숨어 있던 젠킨스가 입을 열었다. 그러고는 곧바로 먹을 것을 찾자는 제안을 했다.

"지쳐 보이는군, 챔피언. 이럴 때일수록 탄수화물을 섭취해 줘야 돼. 한국의 학교에는 카페테리아가 없나?"

녀석이 뭐라고 지껄이는지 테라로부터 전해 들은 민구는 쓴웃음을 지었다.

"미친놈. 이 상황에서…… 배짱이 두둑한 거야, 아니면 정말로 그냥 처먹는 것밖에 모르는 거냐?"

경멸에 가득 찬 민구의 시선을 받으면서도 젠킨스는 별로 부끄러워하지도 않는다. 이 먹보의 부탁을 들어주고 싶은 생각은 조금도 없지만, 먹을 것을 찾는 일은 민구에게도 중요하게 느껴졌다.

이미 늦은 새벽, 에너지가 고갈되어 간다. 아까 유람선에서 이 녀석이 과자를 오물거릴 때, 아무거라도 먹어 두지 않은 게 실수였다.

그러나 매점을 찾아 들어갈 생각은 없었다. 괴물들의 수가 전부 얼마나 되는지도 모르는 상황에서 섣불리 지하로 내려갔다가는 꼼짝없이 거기에 갇혀 버릴 수도 있다.

언제라도 이 건물에서 빠져나갈 수 있도록 1층이나 2층에 머물러야 한다.

"여기라면……."

긴 복도의 끝에서 교무실을 찾은 민구는 반쯤 열린 문을 밀고 안쪽을 엿봤다. 검은 커튼이 드리워져 있어서 교무실 내부는 한층 더 어두웠다.

"제가…… 제가 먼저 들어갈게요. 저는 물지 않으니까……."

민구가 마세티를 앞세워 한 발짝을 내디디려 할 때, 테라가 그의 팔목을 잡았다. 민구는 선뜻 결정을 내리지 못하고 머뭇거렸다.

이론적으로는 그녀의 말이 맞지만, 여자를 앞세운다는 게 영 마뜩지 않다.

"저는 대신 싸워 드리지 못하니까, 이런 거라도 하게 해 주세요."

그의 망설임을 읽은 테라가 차분하게 민구를 달랬다. 그런 후, 그녀는 대답을 기다리지 않고 교무실 안으로 들어섰다.

ㄷ자 형태로 배치된 책상과 의자들. 하지만 워낙에 심하게 어지럽혀져 있다. 테라는 손으로 짚어 가며 천천히 앞으로 나아가서 책상 위를 더듬거렸다.

좀비에게 물리지 않는다는 것을 알게 되었는데도…… 여전히 두려움은 남아 있다. 갑자기 날카로운 손톱이 어둠 속에서 뻗어 나와 목덜미를 할퀴며 파고들 것만 같아 그녀는 계속 식은땀을 흘렸다.

"찾았다……."

한 책상에서 음료수 박스를 찾아낸 테라가 기쁜 표정을 지으며 돌아왔다. 맛을 논외로 친다면 고작 설탕물일 뿐이지만, 다들 지칠 대로 지친 상황이어서 그만큼의 음식이라도 일단 섭취해 둬야 한다. 그래야 앞으로도 더 도망 다니고 싸울 수 있다.

민구는 음료수 병을 기울이며 창문 밖을 힐끔 엿봤다. 정신없이 울려 대던 프로펠러 소리가 조금은 멀어져 있는 상황. 가장 껄끄러웠던 서치라이트의 환한 빛도 지금은 보이지 않는다.

이대로 놈들이 포기해 준다면 좋겠지만, 그럴 가능성은 낮았다. 불안하지만, 함부로 건물 밖으로 도망 나갈 수도 없는 상황이다.

"너 혼자 남게 되면 말이야……."

잠시 뚫어져라 테라를 보고 있던 민구가 입을 열었다. 테라는 겁먹은 얼굴로 황급히 그의 말을 끊었다.

"지금 저…… 혼자 두고 가시려고요? 왜요?"

"아니, 아니…… 두고 어디로 가겠다는 게 아니야. 나는 움직일 수 있는 동안은 너를 위해서 싸울 거야. 그건 약속하지. 하지만 내 몸은 예전만 아주 못해. 약해 빠졌다고."

민구는 테라를 진정시키며 말을 이었다. 테라는 곧바로 도리질을 한다.

"약하지 않아요. 아저씨는 제가 아는 사람 중에서 가장 강해요."

"다치기 전에는 그런 말을 들을 자격이 있었던 것도 같은데, 지금은 아니야. 어쨌든 그런 건 중요하지 않아. 중요한 건 너야. 무슨 일이 있어도 너는 살아남아야 돼. 살아서, 내가 열어 놓은 지옥문을 닫아 줘. 저놈의 말이 맞는 것 같으니까……. 만약에 너 혼자 남게 되면, 동쪽으로 가. 멀지 않은 곳에 건대 쉘터가 있어."

그곳이 현재 민구가 아는 가장 가까우면서도 안전한 곳이었다. 육만배가 거기에 있다는 게 조금 마음에 걸렸지만, 테라가 군인들 사이에만 있으면 감히 그녀를 해칠 수는 없을 거라고 생각했다. 저 가느다란 다리로 용산까지 걸어가라는 건 무리다.

"세 가지만 명심해. 먼저 밤에만 움직여. 손전등도 켜지 말고. 그래야 네가 사람들 눈에 안 띄니까 안전해. 또 하나는…… 만일 위험하다 싶으면 괴물들 틈에 끼어서 놈들이랑 같이 걸어. 그 옷은 알아보기 편하니까 다른 걸로 갈아입는 게 좋을 거야. 그리고 마지막으로…… 건대에 가면 육만배라는 인간을 조심해. 정말 악마 같은 놈이라고 생각하면 돼."

민구는 사뭇 진지하게 손가락까지 꼽아 가며 말했다. 마치 유언을 듣는 것 같아 테라는 마음이 편치 않았다.

이 남자는…… 태양 그룹과 싸우다가 자신이 죽은 이후에 대해 걱정하고 있다.

"왜…… 저한테 이렇게까지 해 주세요? 그냥 차라리 아저씨 혼자 도망치시는 거라면…… 지금보다는 살아남을 확률이 높잖아요."

테라가 물었다. 민구는 천천히 고개를 저었다.

"아니, 네가 살아야 돼. 아까 말했잖아. 오직 너만이 내가 저질렀던 큰 잘못을 조금이나마 되돌릴 수 있다고."

민구의 이야기를 들은 테라는 이해할 수 없다는 표정을 지었다.

"제가…… 되돌릴 수 있다고 하시지만…… 전 아저씨가 말하는 그 큰 잘못이라는 게 뭔지도 몰라요. 그런데 어떻게……."

"저 괴물들!"

민구는 복도에 널브러져 있는 시체들을 가리키며 말했다.

"세상이 저런 걸로 뒤덮인 건, 다 내 잘못이야……. 내가 한 달 전에 저 괴물들을 처음으로 세상에 풀어놨어. 알겠냐? 지금 네가 이렇게 가슴 졸이며 뛰어다녀야 하는 것도…… 결국은 다 내가 저지른 죄 때문이라고……."

"아니, 그건…… 그렇지 않아요. 아마 뭔가 오해하시는 것 같아요."

테라는 안타깝다는 듯 중얼거렸다. 그 순진한 눈빛이 죄스러운 감정을 증폭시켜서 민구는 잠시 입술을 꾹 다물어야 했다.

지난 7월 14일…….

그는 그날도 그저 평소와 같은 하루일 뿐이라고 생각했었다. 늑대가 양을 잡아먹고, 살아남은 양들은 초원의 한쪽 구석으로 도망쳐서 울어 대는, 그런 하루…….

그런데 아니었다. 늑대가 물어뜯은 건 양의 목덜미가 아니라 둑을 지탱하고 있던 밧줄이었다. 이제 초원은 없다. 늑대가 살 곳도, 양이 살 곳도. 사방이 온통 물바다가 되어 버렸다.

그 이후, 그 일들은 집요하게 그의 의식을 괴롭혀 왔다. 특히 민구를 줄곧 더 아프게 만들었던 것은, 옆구리에 총알을 맞고 나서 잠실의 의무실을 찾았을 때 본 광경이었다.

피투성이가 된 채 비명을 지르며 앓고 있던 수많은 부상병들. 얼마나 많고, 또 얼마나 심각하게들 다쳤는지……. 그 신음 소리 하나하나가 자신을 향한 비난처럼 가슴을 후벼 파고 들어왔다.

— 이 개새끼야! 너 때문에 내 몸뚱이가 이 꼬라지가 됐어! 내 다리가 잘리고, 내 손이 날아간 건 다 너 때문이라고!

그건…… 아팠다. 지독하게 아팠다. 남에게 상처를 주는 것을 업으로 삼고 평생을 살아왔으니 그런 비난 자체는 낯설지 않았다.

하지만 자신이 피해를 입힌 사람들에 빌붙어 그들의 보호를 받으며 살아간다는 건, 이야기가 완전히 달라지는 거니까.

군인들이 주는 밥을 먹을 때마다, 군인들이 그를 지키기 위해 대신 싸우고 있을 때마다, 그러다가 부상을 입고 피를 뚝뚝 떨어뜨리며 실려 들어올 때마다…… 그들의 시선이 칼로 찌르는 것보다 아프게 느껴졌다. 애써 의식하지 않으려 발버둥을 쳐도 소용이 없었다.

아무것도 모르는 그들이 자신에게 칭찬이나 감사의 말을 할 때마다…… 그런 게 존재하는 줄도 모른 채 이제껏 살아왔던 양심이라는 놈이 심장을 꽉 움켜쥐는 바람에 숨이 턱턱 막혔었다.

그 모든 후회와 죄스러움을 조금이나마 되돌릴 수 있는 운명적인 존재가 지금 그의 앞에 있다. 목숨이 붙어 있는 한은 평생을 자책하며 살아가야 한다고만 생각했었는데, 희망을 가지고 눈을 감을 수 있는 기회가 주어졌다.

그러니 만약 그녀를 대신해 죽어야 한다면, 그는 망설이지 않고 그 길을 택할 것이다. 두 번 생각할 필요도 없다.

"뭐라고 하는 거야, 테라 양? 응? 이 챔피언이 갑자기 왜 이렇게 심각해진 건가?"

대화를 나누는 두 사람의 얼굴을 빤히 쳐다보던 젠킨스가 흥미를 보이며 물었다. 테라는 대답하지 않았다. 이건 개인적인 이야기다. 그녀가 입을 꾹 다물고 있자 민구가 말했다.

"흥, 저놈도 궁금해하는 모양이군. 말해 줘도 상관없어. 저놈이 이역만리에서 저렇게 거지꼴이 된 것도 결국 내 책임이니까, 녀석도 들을 권리 정도는 있겠지."

"테라 양, 이야기해 줘. 지금 대화에서 나를 배제하는 거야? 우리는 팀이야. 팀 멤버들끼리는 그렇게 비밀을 가지고 있으면 안 돼."

젠킨스는 집요하게 졸라 댄다. 테라는 짧게 대답해 줬다.

"이 아저씨는 한국에 좀비들이 퍼진 게 전부 자기 책임이라고 생각해요."

"뭐?"

젠킨스는 눈을 똥그랗게 뜨며 물었다. 그러고는 곧바로 엄청나게 얄미운 표정으로 비웃음을 터뜨렸다.

"풋! 주제 파악을 좀 하라고 해! 이 정도의 대형 사고를 아무나 칠 수 있다고 생각하나 본데, 그렇지 않아! 자기가 뭘 했다고 하던가? 아니, 아니, 그런 건 사실 궁금해할 필요도 없지. 어차피 아무것도 아닌 수준이니까. 이 사람이 수행한 역할은 비유하자면…… '발사'라고 적힌 플라스틱 버튼을 만든 사람이, 자신이 핵폭탄을 만들었다고 생각하는 것과 비슷해. 그리고 그로 인해 일어난 모든 책임을 지려고 든다는 거지. 이봐, 챔피언! 너는 그냥 50센트짜리 플라스틱 버튼만 만들었어! 그것도 전기장치가 없는 커버 부분만!"

젠킨스는 광인답게 지구를 멸망에 가깝게 몰아간 것이 민구가 아니라 자신이라는 걸 아주 자랑스럽게 떠들어 댔다. 그게 경쟁할 거리가 된다고 생각하는 모양이다.

별로 더 듣고 싶지 않아 테라는 고개를 돌렸다. 그런데 그가 했던 말 중에 한 가지 사실만은 민구도 분명히 알아야 할 필요가 있어 보였다.

"아저씨가 무슨 일을 하신 건지 전 몰라요. 하지만 세상이 이렇게 된 건 아저씨 혼자만의 잘못이 아니에요. 이건 그보다 훨씬 이전부터……."

테라는 잠시 말을 멈추고 어떻게 표현해야 할지를 고민했다. 이 사람에게 젠킨스가 진범이라는 걸 밝힌다면…… 그는 젠킨스를 죽이려 들지도 모른다.

젠킨스는 백신을 만들기 위해 필요한 사람이다. 훗날 그와 서로 다른 길을 가기 위해 헤어지게 된다면, 자신의 피를 조금 나눠 줄 용의도 있다.

"그보다 훨씬 이전부터…… 아주 많은 사람들이 개입되어 있는, 복잡한 문제예요. 그러니까 아저씨 혼자서 책임을 진다거나, 속죄를 해야 한다는 생각은 하지 마세요. 그건 이 젠킨스 씨도 알고 있는 사실이에요."

테라는 적당히 에둘러, 하지만 그러면서도 사실을 말했다.

"그런 건 말이 안 돼……. 내가 그놈들을 꺼내 놓기 전에는 거리에 그런 괴물

따위 존재하지 않았다고."

거기까지 말하던 민구가 갑자기 깜짝 놀라 고개를 돌렸다. 워낙 멀고 또 프로펠러 소리에 묻혀 희미하게 들리지만, 이 소리는……

개다. 커다란 사냥개들이 짖어 대고 있다.

"젠장!"

민구는 당황해하며 창밖을 내다보았다. 그의 계획은 잠시 여기에 숨어 있다가 헬리콥터가 좀 더 멀어지고 나면 이동하는 거였다. 헬리콥터가 땅에 내려앉을 것 같지는 않았다. 저놈들도 사람인 만큼 괴물들이 무서울 테니까.

괴물들과 어둠, 그리고 복잡한 건물들이 쓸 만한 방패가 되어 줄 거라고 생각했었다. 그러나 개에 대한 대비는 그의 계획 속에 없었다.

"개를 풀었어. 여기에 가만히 있으면 안 돼."

민구는 테라에게 따라오라는 손짓을 했다. 개 자체는 무섭지 않다. 하지만 그놈들은 귀신같이 숨은 곳을 찾아 소리를 남기면서 쫓아온다. 죽여 버리더라도 방향을 알게 될 거다.

"뭐야, 갑자기? 왜 또 뛰어?"

계속해서 음료수를 비워 대고 있던 젠킨스가 화들짝 놀라며 물었다.

"개들이 쫓아온대요!"

"그건! 그건 안 좋군. 개들은 좀비에게 아무런 영향을 받지 않아!"

젠킨스도 허겁지겁 따라온다. 세 사람은 학교의 후문을 통과해서 살림집들과 아파트의 사이를 누비며 뛰었다.

언제 개들이 뒤를 덮치고 달려들지 몰라서 서늘한 등 뒤를 신경 쓰고, 계속 하늘을 올려다보면서 헬리콥터 걱정까지 해야 한다.

그롸아아아—.

몇 번의 회전을 하고 골목을 돌던 민구의 앞을 괴물이 막아선다. 큰 소리가 나는 게 두려워서 민구는 다급하게 쿠크리를 뽑아 들고 놈의 아가리에 박아 넣었다. 그러고는 벽을 향해 밀었다.

각! 카각!

그 큰 칼날이 입 안에 들어가 박혀 있는데도 녀석은 안간힘을 쓰며 빠져나오려고 덤벼들었다. 민구는 놈의 뒤통수를 잡고 앞쪽으로 꺾어 눌렀다. 그런 후, 쿠크리의 날을 비틀어 당겨서 목 위쪽을 잘라 냈다.

흥흥흥흥흥—.

근처에서 헬리콥터 소리가 가까워진다. 민구는 좀비 시체를 벽과 나뭇잎의 그늘 속에 밀어붙이고, 자신도 그 옆에 숨었다. 바로 곁의 어둠에 테라와 젠킨스도 몸을 웅크렸다. 세 사람은 어둠 속에서 잔뜩 긴장한 채 하늘을 노려보았다.

후우우웅—.

아파트 건물 위로 헬리콥터가 스쳐 지나가는 게 보인다. 다행히 서치라이트를 비추는 놈은 아니었다.

"푸하아~!"

젠킨스가 참았던 숨을 팍, 터뜨리며 고개를 절레절레 젓는다.

"하아~ 하아~ 안 좋아. 이건 아니야……. 이건 너무 계획이 없어. 이 사람에게…… 어디로 가고 있는 거냐고 물어봐 줘, 테라 양. 최소한 목적지에 가까이는 가야 할 것 아니야……."

그건 꽤 중요한 문제인 것 같긴 하다. 테라는 자신이 궁금한 것처럼 민구에게 물었다.

"목적지?"

괴물 시체를 자동차 밑으로 끌어다 놓고 있던 민구는 테라의 질문에 고개를 돌렸다. 그러고는 팔을 뻗어 한 방향을 가리켰다.

"건대, 건대 쉘터. 가끔씩 돌아서 움직이기는 해도 기본적으로 가고 있는 방향은 북동쪽이니까."

대답을 마친 민구는 괴물 시체를 마저 밀어 넣었다. 그러고는 잘라 낸 머리도 발로 차서 시체와 나란히 자동차 밑에 숨겼다.

하늘에서 찾아다니는 놈들이 있으니, 이제부터는 눈에 띄는 곳에 시체를 남기면 안 된다. 그랬다가는 그것이 단서가 되어 뒤를 밟히게 될 것이다.

　아무렇지도 않게 북동쪽이라고 말을 했지만, 사실 이 계획에는 엄청난 맹점이 있다. 크게 무리를 지어 돌아다니는 괴물들을 계산에 넣지 않았다.

　만약 골목을 빠져나가거나 코너를 돌았을 때 그런 놈들을 만나게 되면, 그와 젠킨스는 그 자리에서 죽고 테라만 남게 될 것이다.

　"그러고 보니……."

　앞장서서 뛰던 민구는 가방 안에 손을 넣고 뒤적거려 뭔가를 꺼냈다. 그러고는 테라에게 그걸 건넸다. 가죽 홀더 안에 들어 있는 울트라마린 나이프다.

　"줄을 목에 걸어. 그리고 괴물들 사이에 숨어 있다가 가까이 오는 인간이 있으면 이걸로 목을 그어 버려."

　아무렇지도 않게 요령을 일러 주는 민구를 보며 테라는 놀란 눈을 깜빡거렸다. 라면 쫄깃하게 끓이는 법을 알려 주는 것처럼 편안하고 일상적인 말투였다.

　목을 그으라니…… 바퀴벌레도 직접 잡아 본 적 없는데…….

　"아, 그리 센 힘이 필요하지 않아. 날을 잘 갈아 둔 거니까 그냥 대고 슥, 밀기만 하면 돼. 그렇게만 하면 피가 팍 솟을 거야."

　당황한 테라의 표정이 목을 잘 못 딸까 봐 걱정하는 거라고 이해한 민구는 엉뚱한 조언을 해 줬다. 그런 후, 자신의 설명에 만족해하며 다시 달리기 시작했다.

　콰아아앙— 콰앙— 콰앙—.

　큰길로 나서려던 순간, 멀리서 들려오는 엄청난 폭음에 세 사람은 깜짝 놀라 멈춰 섰다. 대포 소리다. 민구가 말하는 건대 방향, 즉 북동쪽에서 들려왔다.

　"저기도 전쟁이 난 거 아닌가?"

　젠킨스가 불안해하며 중얼거렸다. 총소리가 들려올 만큼 거리가 멀지 않다는 건 좋은 일이지만, 만일 저곳도 잠실처럼 좀비들에 휩싸인 채 탈출극을 찍고 있는 중이라면…… 목숨을 걸고 거기까지 간다는 게 무의미하다.

　"뭐…… 가 보면 알게 되겠지. 어차피 그리 멀지 않으니까."

그렇게 중얼거리며 큰길로 발을 내디디려던 민구가 화들짝 놀라며 테라와 젠킨스를 다시 골목 안으로 밀치고 들어왔다.

"왜 그러세요?"

테라가 커다래진 눈동자로 묻는다. 그러나 민구가 대답하기도 전에 그 이유가 시야에 들어왔다. 헬리콥터였다. 조금 전 지나갔다고 생각한 헬리콥터가 대로의 북쪽 상공에 나타나 방향을 조금씩 틀며 유영하고 있다.

"저리로는 못 가겠다. 돌자."

민구는 다시 왔던 길을 되짚어 올라갔다. 가뜩이나 좁은 골목에 자동차들까지 세워진 틈으로 빙글빙글 돌고 있자니, 불안감은 몇 배나 커진다. 게다가 개들이 짖어 대는 소리도 점점 가까워지는 기분이다.

세 사람은 멈춰 서 있는 자동차들 뒤에 몸을 숨기고 이동해서 영동 대교 고가 도로의 그늘 밑으로 뛰어 들어갔다. 동일로의 중앙을 따라 움직이는 것까지는 어떻게 잘 왔는데, 이제 다음 대로인 능동로까지 길고 긴 한 블록을 이동하는 게 문제다.

능동로까지만 도달하면 거기에서 건대까지는 직선 구간이고, 거리도 1킬로미터가 채 안 된다.

후우우우웅―.

헬리콥터가 좌우로 바쁘게 위치를 바꾸며 넓은 도로를 감시한다. 이제 그들 세 사람은 고가 도로의 그늘 아래 갇혀 버렸다. 여기에서 벗어나는 순간, 헬기의 눈에 띄게 될 것이다. 이제 인내와 끈기 싸움이 되어 버렸다.

"바보 같은 결정이었어! 헬리콥터가 있는 걸 알았으면 당연히 지하로 들어갔어야지! 그래야 저쪽이 시야의 우위가 없을 거였잖아! 이 근처에는 지하철역이 없었나? 애초부터 그런 델 찾으라고 할걸!"

그새 지쳐 미린 젠긴스가 우는소리를 계속한다. 민구는 놈을 한 번 흘겨보고 나서 다시 헬리콥터 쪽으로 시선을 돌리며 테라에게 물었다.

"뭐라고 저렇게 징징대는 거야? 쓸 만한 소리인가?"

"처음부터 지하철역으로 숨었으면 헬리콥터 걱정을 하지 않았어도 되는 거였다……."

흠, 민구는 작게 고개를 끄덕였다. 틀린 말은 아니다. 한강 주변 어딘가에는 분명히 지하철역도 있기는 했을 거다. 하지만 그는 그게 어디인지 모른다. 언제 마지막으로 지하철을 타 봤는지도 기억이 나지 않을 만큼 까마득하다.

"지하철역이 어디 있는지 몰랐어."

잘못된 선택으로 인도한 것에 대해 조금은 사과의 의미를 담아서 민구가 중얼거렸다. 테라가 무표정하게 고개를 끄덕인다.

"저도요."

화악—.

헬리콥터에서 비춰 대는 불빛이 고가 도로 주변을 훑고 지난다. 서치라이트를 달고 있는 녀석처럼 수십 미터의 반경을 대낮처럼 밝히는 것은 아니지만, 조명이라고는 달빛뿐인 죽어 버린 도시에서 그 정도면 움직이는 것들은 모두 잡아낼 수 있을 것 같다.

민구 일행은 기둥 뒤에 바짝 몸을 붙이고 조명이 지나가기만을 기다렸다.

"……북동쪽이라고 했지?"

젠킨스는 웃옷 안주머니에서 꼬깃꼬깃한 지도를 꺼냈다. 하지만 고가 도로 아래, 기둥 뒤여서 잘 보이지 않는다. 젠킨스의 몸이 점점 더 밖으로 기운다. 달빛에라도 비춰 보려는 마음에서다.

"무슨 짓이야, 이 멍청아!"

헬리콥터에만 정신이 팔려 있다가 뒤늦게 젠킨스가 그늘 밖으로 몸을 내민 걸 알아챈 민구는 버럭 화를 내며 놈을 끌어당겼다.

"아하하하! 쏘리! 쏘리! 실수야!"

젠킨스는 미안하다는 듯 두 손을 내저었다. 짧은 시간이지만, 그는 분명히 확인했다.

YL. 마지막 드론에 실려 온 기호 중에 그를 좌절시켰던 좌표. 그것이 그리 멀지 않다. 그의 기억이 맞았다. 이제는 용산으로 가는 걸 고집할 필요도 없어졌다.

"테라 양."

젠킨스는 테라에게 다가가 조용히 말을 걸었다.

"보아하니까 저 헬리콥터는 쉽게 저 자리를 떠날 것 같지 않아. 마치 우리가 어디로 갈지 다 알고 있는 것 같은 태도야. 그렇지 않나?"

테라는 젠킨스를 돌아보았다. 이 사람이 또 무슨 미친 소리를 하려는 건지 짐작이 되지 않는다. 민구의 성질을 더 건드리면 무사하지 못할 것 같아서 그게 무섭다.

"아니, 그렇게 겁먹은 눈으로 보면 내 마음이 아프다네. 나쁜 소리를 하려는 게 아니야. 테라 양, 우리가 보았던 마지막 좌표 기억나나?"

젠킨스는 너스레를 떨며 물었다. 테라는 잠시 기억을 더듬어 보더니, 고개를 끄덕였다.

"……DK, KM…… YL."

"오! 놀랍군! 정말이야!"

젠킨스는 가볍게 탄성을 흘렸다. 이 아이의 기억력은 이상할 정도로 비상하다. 자신이 해 줬던 말을 다 기억하고 있는 것은 물론이고, 그 혼란 속에서 슬쩍 흘려 보기만 한 좌표까지도 필요하면 이렇게 기억 속에서 되찾아 올 수 있다.

어쩌면 이 비정상적인 기억 능력은 널 키드가 된 이후의 사이드 이펙트일지도 모르겠다. 물론 그런 변화를 무조건 긍정적이라고 볼 수는 없지만, 흥미롭다는 점만은 분명하다.

"그래, 그중에서 두 번째 것이 용산이었어. 그래서 그곳으로 가자고 했던 거지. 하지만 지금 우리는 세 번째 좌표와 더 가까워. 여기에서 불과 3킬로미터 내외야. 그 말인즉, 우리는 앞으로 2킬로미터 정도만 더 북쪽으로 이동하면 된다는 거지. 헬리콥터가 저렇게 눈에 불을 켜고 지키는 북동쪽이 아니라. 왜인 줄 알겠나?"

"부메랑의 신호가 닿는 거리가 1킬로미터 정도니까……인가요? 그 반경 안으로만 들어가면 되니까."

테라가 대답했다.

"그래, 맞아. 역시 똑똑하군."

젠킨스는 최대한 자상한 미소를 지어 보이며 고개를 끄덕였다.

"이제 저 챔피언에게 말을 해 줘. 굳이 길목을 지키는 방향으로 가지 않아도 된다고. 다시 골목으로 들어가서 그냥 똑바로 북쪽을 향해 2킬로미터만 가면 돼. 거기에서 내일 오후까지만 버티면…… 우리는 아주 안전하고 아늑한 곳으로 가게 될 거야. 저까짓 놈들을 무서워할 필요 없는 곳으로……."

젠킨스의 제안을 들은 테라는 잠시 고민했다. JL이든 태양이든, 일단 그 집단 안으로 들어가고 나면 자신의 의지와는 무관한 삶을 살아야 할 것이다.

그런데 지금 태양으로 끌려가지 않기 위해 이렇게 애를 쓰고 도망을 다니면서…… JL로 간다는 게 이치에 맞는 걸까? 두 회사 사이에 어떤 차이가 있는 건지 모르겠다.

지금은 젠킨스가 이렇게 웃으면서 말을 걸지만, 그가 절대적인 힘을 가지게 되었을 때에도 같은 태도를 보일 것이란 보장은 없다. 그리고…… 젠킨스는 거짓말을 부끄러워하지 않는 사람이다.

"뒤로 물러나! 개다!"

그렇게 고민하고 있던 테라를 당겨 자신의 몸 뒤로 숨기며 민구가 속삭였다. 남쪽 고가 도로의 그늘 속에서 동물의 눈이 반짝거린다. 그리고 부자연스러운 조명도 이따금씩 번쩍인다.

"뭐냐, 이놈들? 언제 이렇게 쫓아왔어? 그리고 그 불빛은 뭐고?"

민구의 눈매가 한층 더 날카로워졌다. 그들이 헬리콥터의 조명과 프로펠러 소리에 긴장하고 있는 동안 개들은 성실하게 냄새를 추적해 왔던 것이다.

으르르— 월! 월! 으르—!

개들은 위치를 고수한 채 사납게 짖어 댔다. 더 방치했다가는 머지않아 헬리콥터에서도 놈들이 짖어 대는 걸 깨닫게 될 터였다.

"너희들이 청한 거다."

민구는 반짝이는 개들의 눈을 노려보며 낮게 중얼거렸다. 그러고는 곧바로 놈들을 향해 달려갔다.

스릉—!

가방에서 마세티가 뽑혀 나오는 소리가 고가 차도의 기둥에 부딪쳐 가볍게 울린다. 이어지는 민구의 가벼운 발소리.

웡! 웡! 으르르르— 웡!

개들의 울음소리가 더 거세졌다. 반짝임이 어지럽게 흔들린다. 이 상황이 너무도 끔찍해서 테라는 눈을 질끈 감고 고개를 돌렸다.

03

"2호기 보고해! 현재까지 수확 있나?"

오 박사가 무전기에 대고 외쳤다. 그러면서도 그의 눈은 아래쪽을 주시했다.

그가 탑승하고 있는 1호기는 현재 건대 부근의 자양로 상공에서 동쪽의 고층 건물들과 2호선 선로들 사이로 서치라이트를 비추며 거리를 샅샅이 훑고 있었다.

— 치이익, 여기는 2호기. 아직 별다른 단서 발견한 것 없습니다! 치이익.

"현 위치는?"

— 치익, 동일로 고가 도로 끝나는…… 치익, 지점부터 뚝섬역까지 계속 왕복 중입니다! 치이익.

"개들은?"

— 치이익, 열심히 뛰어다니고 있습니다. 치이익.

"좋아! 계속 주시해라. 놓치면 안 된다. 그것만 명심해."

오 박사는 한 번 더 단단히 당부를 하고 무전을 끊었다. 지금까지 그 넓은 범위를 빠르게 한 번 싹 훑었는데도 아무 흔적을 찾지 못했다는 건, 이것들이 개방된 도로를 무작정 뛰어서 달아나고 있지 않다는 의미다.

이 발칙한 세 놈은 어딘가에 숨었다. 그리고 기회를 봐서 움직이려 하고 있다. 놈들의 목표가 어디인지는 모르지만, 놈들이 어디로 가는 게 가장 곤란한지는 잘 알고 있다.

건대, 혹은 조금 멀기는 하지만 한양대 쉘터도 그 후보에 포함시켜야 한다.

만약 놈들이 건대 쉘터로 들어가 버리면, 경비 부대에 조금 전 장갑차까지 가세한, 꽤나 벅찬 병력과 상대를 해야 테라를 쟁취할 수 있다.

그런데 그건 꽤나 어려운 일이다. 장갑차가 해치를 닫고 버티면 수면 가스 정도로는 이겨 낼 수 없다. 그러니 놈들이 이 길을 통해 건대로 들어가 버리는 일만은 반드시 차단해야 한다. 다행이라면 지금 건대 쉘터가 아주 지랄 맞은 혼란 속에 빠져 있다는 점이다.

멀리 아래쪽에 보이는 건대 쉘터는…… 좀비들과 병사들이 얇은 경계선 하나를 사이에 두고 치열하게 싸우는 지옥이다. 장갑차가 열심히 지원을 하고는 있지만, 결국 싸움의 승패는 저 경계선이 무너지는지 아닌지로 갈리게 될 것이다.

"3호기! 현 위치와 상황 보고해!"

헬기가 서치라이트를 비추며 자양동 쪽에서 구의역 방향으로 이동하는 동안, 오 박사는 3호기를 호출했다.

─ 치이익, 본 기체는 뚝섬유원지역 상공입니다. 조금 전, 지하철역 내부로 대원들 투입 완료했습니다. 치이익.

"그래. 최대한 지원하고 오발 사고 없도록 유의해. 아마 그쪽에서 발견될 확률이 제일 높다."

─ 치이익, 알겠습니다. 치익.

이번에도 오 박사는 절대 놓치면 안 된다는 말을 인사 삼아 남기고 무전을 끊었다. 하늘에서 쫓아온다는 것을 아니까 당연히 땅속으로 숨으려 들 것이다. 그리고 놈들이 사라진 지점에서 가장 가까운 지하철역은 뚝섬유원지역이다.

얼마 전, 섀도 실드 대원들이 여덟 명이나 떼죽음을 당했던 곳이기도 해서 영 내켜 하지 않는 눈치였지만, 오 박사는 대원들을 으르고 달래서 억지로 그 안에 투입시켰다.

좀비를 인지하지 못하는 개들을 앞세워서 가는 것이니까, 타깃을 좀비로 오인해서 총을 쏘는 오발 사고 확률은 거의 없을 것이다.

"우리 개들은 어디에 있나?"

오 박사는 조종사에게 물었다. 조종사는 손으로 세 시 방향을 가리켰다.

"저 건물들 사이에 있을 겁니다. 조금 전에 번쩍거리는 걸 봤습니다."

"그래?"

오 박사는 고개를 돌려 조종사가 지목한 건물 사이를 주시했다. 2호기가 싣고 돌아온 열두 마리의 개를 세 방향으로 나누어 풀었다.

조명이라고는 없는 깜깜한 도시에서 추적을 해야 하니까, 개들에게는 반사판과 Led 조명이 붙은 얇은 조끼를 입혔다. 야간에 인간 사냥을 할 때 쓰는 장비인데, 이게 꽤나 효과가 있어서 금방 눈에 확 띈다.

"저기군."

건물들 사이에서 약하게 번쩍이는 불빛을 보며 오 박사는 미소를 지었다. 개들이 열심히 뛰고 있는 걸 보니 녀석들이 뭔가 찾아낸 모양이다.

Led 등과 반사판들이 구의역 쪽으로 질주하고 있다. 오 박사는 개들이 달려가는 쪽을 가리켰다.

"비춰 봐!"

서치라이트가 방향을 바꿨고, 구의역 인근이 순식간에 환하게 밝혀진다.

그리고 그때, 오 박사는 보았다. 광진 우체국의 기다란 긴물, 그 유리창에 이리는 사람의 그림자를. 강렬한 빛이 순식간에 비춰자, 그림자들은 화들짝 놀라며 안쪽으로 사라졌다.

그 실루엣! 커다랗고 뚱뚱한 남자! 그리고 또 하나는 조금 마른 남자!

오 박사의 심장박동이 빨라진다. 젠킨스와 군인으로부터 전해 들었던, 제3의 인물인 것 같다. 개들도 우체국 건물 앞에 지키고 서서 맹렬하게 짖어 대고 있다.

"봤어? 봤어?"

잔뜩 흥분한 오 박사가 엉덩이를 들썩거리며 소리를 질렀다. 조종사가 고개를 끄덕인다.

"아…… 네, 사람 같았습니다."

"같은 게 아니야! 사람이었지! 큰 사람! 그리고 작은 남자! 저기야! 저기! 내려가자! 하하하하, 젠킨스도 학회에서 봤을 때보다 많이 야위었군. 하긴 제대로 먹지도 못했을 테니. 크큭."

하이 톤으로 변해 버린 목소리. 이쯤 되면 남의 의견 같은 건 중요하지 않다. 괜히 성미를 건드렸다가는 온갖 꼬투리를 잡아서 괴롭혀 댈 거다.

"저기는…… 착륙시킬 만한 공간이 영……."

조종사는 주변을 둘러보며 헬기를 내릴 만한 장소를 찾았다. 높이 가로지르는 2호선 선로와 건물들, 그리고 길을 막고 서 있는 차들 때문에 베슬과 헬리콥터가 모두 착륙한다는 게 쉬운 일이 아니다.

밤중이어서 힘들기도 하거니와, 강가로부터 그리 멀지 않은 위치여서 슬슬 물안개도 피어오르고 있다. 이렇게 시계가 불량할 때 전선에 테일 로터라도 걸리면, 자칫 큰 사고가 날지도 모른다.

"뭐 이렇게 늑장을 부려! 빨리 내리라고! 이러다가 놓치면 내가 어떻게 할 것 같아?"

헬리콥터 비행에 대해 좆도 모르는 주제에 오 박사는 계속 악을 쓰며 보챈다. 조종사는 이를 악물고 우체국 건물 뒤편의 주차장으로 헬리콥터를 몰았다.

자동차들이 차지하고 있는 공간에 베슬을 내리고, 헬기 본체는 그 옆의 빈 공간에 세우면 어찌어찌 비벼 볼 수 있을 것 같다.

"후우우~."

착륙에 성공했을 때, 조종사의 입에서는 저절로 한숨이 터졌다. 오늘 이 작전만 성공하면 앞으로 무리한 근무 투입은 없을 거라는 말 때문에 꾹 참고 따르기는 하지만, 도심에서 이런 식의 야간 비행은 정말 너무 위험하다.

"내려! 다 내려!"

헬리콥터 문을 열고 나온 오 박사는 뒷자리에 탑승하고 있던 여섯 명의 섀도실드 대원을 모두 내리게 했다.

"잘 들어! 세 명이 있을 거다! 그중에 생사 상관이 없는 건 마른 남자 하나뿐이야. 나머지 둘, 그러니까 테라와 뚱뚱한 백인 남자는 절대로 다치게 해선 안 돼! 가능하면 공포탄만 쏴서 스스로 투항하게 하고, 도망을 치거나 하면 마취 총을 사용해. 명심해. 테라에게 총 쏘는 놈은 내가 최대한 잔인하게 죽일 거야. X-1으로 꼼짝 못 하게 만든 다음에 껍데기를 세 번에 나눠서 벗겨 낼 거라고."

오 박사는 제정신으로 도저히 할 수 없을 말들을 아무렇게나 내뱉었다. 섀도실드 대원들은 속으로 이를 갈았지만, 일단 고개를 끄덕였다.

테라든 뭐든 마취 총까지도 쓸 일이 없다. 어차피 개인 화기로 무장하지 않은 일반인들 아닌가.

월! 월! 으르르르 월!

네 마리의 셰퍼드는 조끼를 번쩍이며 사납게 짖어 댄다. 대원들은 개들을 앞세워 건물 안으로 진입했다. 건물 내부는 순식간에 플래시로 환하게 밝혀졌다.

"좋아, 좋아. 잘하고 있어!"

오 박사는 서커스에라도 놀러 온 듯 기뻐하며 손뼉을 쳤다. 그러던 중에 등 뒤에서 느껴지는 따가운 시선을 깨닫고 고개를 돌렸다.

"어라…… 저놈들을 잊고 있었구만……."

베슬 안에 들어 있는 네 명의 군인과 눈이 마주친 오 박사가 작게 혼잣말을 중얼거렸다. 그놈들이 아직까지 총을 들고 있다는 것조차도 까맣게 잊고 있었다.

그건 좀 후회되는 일이었다. 안전을 위해서라고 둘러대서 비무장 상태로 태웠어야 했는데…….

하지만 당시에는 테라에 관한 정보를 얻는 게 우선이었기 때문에 놈들의 비위를 맞춰 줘야만 했으니까.

오 박사는 놈들을 외면하고 헬기 앞쪽으로 자리를 옮긴 뒤, 생각에 잠겼다. 만약 잠시 뒤에 이 건물에서 테라를 데리고 나오면…… 그런데 테라가 군인들에게 살려 달라고 울부짖으면 어떻게 될까…….

그건 좀 골치 아파질 것 같다. 총격전을 하는 것도 위험 부담이 있고……. 아예 지금 잠시 헬기를 높이 띄워서 저놈들을 베슬째 떨어뜨려 버리는 게 나을까?

그렇게 그가 고민하고 있을 때, 호출을 알리는 램프가 깜빡인다. 그러고는 목소리가 들려온다.

— 치이익, 여기는 2호기. 치익.

오 박사는 무전기를 집었다.

"응, 뭐야?"

— 치익, 개들이…… 치익, 사라졌습니다. 치이익.

오 박사의 얼굴이 굳었다. 그는 좀처럼 펴지지 않는 미간을 문지르며 물었다.

"그게 무슨 소리야? 사라지다니?"

— 치이익, 저도…… 이해가 가지 않습니다. 치익, 조금 전부터 불빛이 보이지 않아서 찾고 있는데…… 치이익.

이건 좋지 않다. Led 등이 꺼질 수도 있고, 개들이 죽을 수도 있지만…… 그래도 반사판 때문에 빛을 비추면 쉽게 찾을 수 있어야 한다. 뭔가 있다는 느낌을 받은 오 박사는 한숨을 내쉬며 물었다.

"후우우~ 마지막으로 개들을 봤던 장소가 어딘데? 그게 언제야?"

— 치이익, 2분 전쯤에 동일로에서 좌측 주택가 골목 안으로 이동하는 것까지는 봤는데…… 치익, 그 이후에는 보이지 않습니다. 치익.

"장난치는 거야? 그럼 실종된 지점부터 찾아야 할 것……."

버럭 소리를 지르던 오 박사가 잠시 말을 멈췄다. 조금 전, 머릿속을 섬광처럼 스치고 지나는 생각이 있었다.

"좌측으로 이동한 걸 봤다고 했지? 그때, 라이트를 비추고 있었어? 정말로 개들이 뛰어가는 걸 봤냐고? 아니면 조끼가 번쩍이는 것만 곁눈으로 대충 훑은 거야?"

2호기 조종사는 잠시 대답이 없었다. 조금 뜸을 들이던 2호기 조종사가 더듬거리며 대답했다.

― 치이익, 그게…… 그때, 다른 방향을 감시하고 있던 상황이라서…… 라이트까지는…… 치이익, 그냥 곁눈으로 봤습니다. 치익.

오 박사는 고개를 끄덕였다. 자신의 예상이 맞았다.

"고가 도로에서 주택가로 갔다고 했지? 그럼 우리 개새끼들은 아마 고가 도로 아래에 뒈져 있겠네……. 뭐, 그건 됐고…… 너희는 내가 갈 때까지 그 주택가 샅샅이 살피면서 지키고 있어! 잡으라고까지도 하지 않을게. 그냥 놓치지만 말라고! 어차피 그 주변에서 멀리 가지 못했을 테니까!"

쇳소리를 질러 댄 오 박사는 플래시 불빛이 번쩍거리는 우체국 건물을 올려다보았다. 이쪽, 그리고 저쪽 모두 가능성이 있다. 하지만…… 이쪽은 실루엣이 비슷했다.

그런 우연은 흔치 않다. 유리창에 비친 실루엣은 100킬로그램을 훌쩍 넘는 비대한 남자의 것이었다. 마음 한구석이 불안하지만, 일단 이곳의 수색을 마치는 게 우선이다.

"3호기! 3호기!"

대신에 3호기에게 지원을 맡기기로 한 오 박사는 무전기를 잡고 큰 소리로 외쳤다. 헬리콥터 두 대면 놓치는 일은 없을 것이다.

"지랄 맞게 구네, 개새끼. 진짜…… 씨발, 누가 보기 싫어서 안 봤나……. 이 깜깜한 데 커버할 구역은 넓고, 건물이 다닥다닥 붙어 있으니까 그렇지. 좆 같은 새끼. 이 지랄을 하려면 여기에다가 서치라이트를 붙이든가."

오 박사와의 교신을 마친 2호기 조종사가 이를 빠득 갈며 욕설을 중얼거렸다. 2호기의 실내는 상갓집처럼 암울한 분위기가 무겁게 번져 있었다. 다들 입을 꾹 다문 채 한숨만 내쉰다.

개들을 모두 잃었다는 부정적이고 명백한 증거가 있는 이상, 만약 이 작전이 실패하면 그 책임은 고스란히 그들에게 돌아오게 될 것이다. 그리고 오 박사는 언제나 책임을 아주 무겁게 묻는 인간이다.

"어떻게 할 거야? 이제 오늘 밤에 못 찾으면 우리가 독박 쓰는 거야. 다 이거라고."

부기장석에 앉은 섀도 실드 조장이 자신의 목을 긋는 시늉을 하면서 뒤쪽의 대원들을 돌아보았다. 대원들은 심각한 표정으로 마른침을 삼켰다.

"일단 내려가서 몰아 보기라도 하자. 위에서 보니까 좀비들은 별로 눈에 띄지 않는 것 같은데……."

조장이 제안했다. 대원 중 하나가 머뭇거리면서 입을 열었다.

"그런데…… 좀비들보다 오히려 이 새끼들이 더 위험한 거 아닙니까? 뭔 재주를 부렸는지는 몰라도, 그 사납게 훈련시킨 셰퍼드들을 네 마리나 잡은 놈들인데……."

그 말을 들은 조장도 멍해져서 고개를 끄덕였다.

하긴…… 그건 꽤 어려운 일이다. 모두가 눈치채지 못한 걸 보면 총을 쓴 것도 아닌데…….

"야, 한숨 작작 쉬고 아래나 똑바로 처살펴! 이러다가 진짜 오늘 초상 치른다고!"

2호기 조종사가 성질을 부리며 고도를 낮췄다. 물안개가 조금씩 짙어지고 있다. 이러면 가로등이 켜져 있는 평소라고 해도 운행하지 않는 편이 나을 정도의 기상 상황이다.

그런데 그냥 날아다니는 것도 아니고, 어딘가에 숨어 있는 놈들을 찾아내라니…… 정말 짜증이 난다.

그래도 이제는 정말 물러날 곳이 없다. 개새끼들 따라서 저승 갈 생각이 아니라면 눈에 불을 켜고 찾아야 한다. 섀도 실드 대원들도 다들 같은 마음으로 열심히 창문 밖을 살폈다.

2호기는 아차산로를 따라 움직이며 남쪽의 주택가들을 훑었다. 개들이 사라진 시각 이후 지금까지 계속 뛰었다고 해도 이보다 더 멀리 올 수는 없다.

그리고 놈들도 저질러 놓은 일 때문에 이제는 마음이 어지간히 급해져 있을 터였다. 개를 죽였으니 스스로 발자취를 남긴 것과 다르지 않다.

"저기! 저기! 저거!"

헬리콥터의 라이트가 비추고 지나간 자리를 가리키며 좌측 뒷자리의 대원이 꽥꽥 소리를 질러 댔다. 조종사는 헬기의 방향을 급하게 선회했다.

후우우웅—.

방향을 90도가량 남쪽으로 틀자, 골목 안에서 달리고 있는 세 명이 보인다.

뚱뚱한 남자, 마른 근육질의 남자, 그리고 테라.

"어, 저 개새끼들! 지금까지 어디 숨어 있다가 지금 갑자기 튀어나왔어?"

조종사와 조장이 한목소리로 외쳤다. 그 세 명이 왜 그리 무모하게 달리고 있는지는 조금만 시선을 아래로 옮겨도 알 수 있었다.

좀비들이었다. 열한 마리의 좀비가 그들의 뒤를 쫓아 뛰어가고 있다. 거리는 아직 60미터 이상 떨어져 있지만, 곧 따라잡히게 될 거다.

"저거 어떻게 해?"

좀비들을 가리키며 조장이 물었다. 저 중에 둘은 반드시 생포하라고 했는데, 지금 저 꼴대로라면 살아남는 건 면역자인 테라뿐일 것 같다.

"일단 좀비들은 좀 잡자. 아, 그리고 좀비들 잡은 다음에 위협 사격으로 아차산로에 들어가지 못하도록 막아. 선로가 있어서 저리로 들어가 버리면 영 골 아프다."

조종사는 기체를 더욱 아래로 내리며 대답했다. 이제 모습을 드러낸 이상, 다시 또 완전히 숨기란 불가능하다. 뒷자리의 대원들이 문을 열고 MP5를 조준한다.

"……아니지."

테라를 찾았다는 보고를 하기 위해 무전기를 들었던 조장이 고개를 저으며 다시 무전기를 내려놓았다. 만에 하나 보고를 해 놓고서 놓치면…… 그 성깔에 어떤 미친 지랄을 떨지 모른다.

차라리 안전하게 신병을 확보한 후에 무전을 때리는 편이 나을 것 같았다.

"좀 돌려 주세요. 때리기가 나빠요."

대원의 요청을 들은 조종사는 헬기의 방향을 달려오는 좀비들과 직각이 되도록 좀 더 틀었다. 대원은 총구 아래 달린 플래시를 켜고 곧바로 방아쇠를 당겼다.

투투투투투— 투투투투투— 투투투투투—.

연사로 발사된 총알이 빠르게 하늘을 가르고 날아간다. 골목을 채우고 달려오던 좀비들 중 절반가량이 바닥을 나뒹군다. 금세 탄창 하나를 다 비운 대원은 새 탄창을 끼워 넣고 다시 사격을 시작했다.

투투투투— 투투투투투— 투투투투투—.

이번에도 아낌없이 총알을 퍼부었다. 골목에는 죽거나, 혹은 다리가 부러진 좀비들이 어지럽게 널렸다. 두 번째 탄창까지 깨끗하게 쏟아부은 대원이 고개를 절레절레 흔든다.

"무서운 새끼 맞았네요. 저 뒤에 줄줄이 널브러진 좀비 시체들 좀 보세요. 씨발, 내가 총으로 잡은 것보다 더 많이 죽어 자빠져 있네. 대가리만 똑똑 따여서. 이거, 미리 알았으면 우리가 굳이 나서서 좀비들 잡아 줄 필요도 없었을 것 같은데요."

흥미로운 이야기이긴 하지만 조종사는 그런 걸 구경할 시간이 없었다. 조금 전 말했던 대로 저 세 놈이 아차산로로 들어가 버리면 헬기로 쫓기가 너무 나빠진다. 그 전에 방향을 틀도록 해야 한다.

"위협 사격이다. 맞히면 큰일 나는 거야!"

테라 일행이 달리는 방향으로 앞질러 날아가면서 조종사가 외쳤다. 대원은 걱정하지 말라고 대답하며 탄창을 갈아 끼웠다. 그러는 사이, 조장이 확성기용 마이크를 잡았다.

"여러분! 도망치실 필요가 없습니다! 저희는 군의 의뢰를 받아 여러분을 구조하기 위해 왔습니다! 안전하게 군이 기다리는 용산 철로로 모셔 가겠습니다!"

물론 새빨간 거짓말이지만, 조장은 아주 진지하게 같은 말을 반복했다. 그사이, 진행 방향으로 앞질러 간 헬기가 다시 기수를 직각으로 돌렸다.

"멈추라고! 이 개같은 것들아!"

조금 전 좀비들을 사살했던 대원이 다시 MP5를 난사한다.

투투투투투― 투투투투투―.

테라가 달리는 위치로부터 30여 미터 앞에 일렬로 총알이 박히며 시멘트 벽에서 먼지가 치솟아 오른다.

화들짝 놀란 세 사람은 뒤로 돌아서 다시 뛴다. 그러더니 오른쪽의 골목 안으로 꺾어 들어갔다.

"우리 셋 내려 주세요!"

섀도 실드 대원들이 레펠용 로프를 아래로 늘어뜨리고 내려갈 준비를 한다.

"잊지 마! 큰길로 못 나가게 몰아! 골목 안에 가둬!"

로프를 잡고 빠르게 미끄러져 내려가는 대원들에게 조장은 몇 번이나 같은 말을 반복했다.

세 명의 대원이 착지한 것을 확인하고 로프를 풀어 버린 2호기는, 오른쪽의 골목과 아차산로의 사이로 날아갔다. 이제 놈들은 독 안에 든 쥐다.

04

홍홍홍홍홍―.

2호기는 상공에서 유영하며 확성기를 켰다.

"왼쪽으로 이동해서 막아! 왼쪽으로 가고 있다!"

조장의 지시를 받은 세 명의 섀도 실드 대원은 거리를 유지한 채 테이저 건을 앞세워 전진했다. 도망가는 세 놈과 쫓아가는 세 대원의 거리는 약 20미터. 골목 두 개 정도의 차이밖에 나지 않는다. 그리고 도망치는 놈들 중에 뚱뚱한 놈이 워낙 느려서 그 격차는 곧 더 줄어들 것이다.

"조금 더 빨리! 길목 차단해! 조심하고!"

조장은 아래쪽을 살피며 계속 외쳤다. 지금 상황을 보면 아군이 압도적으로 유리하지만, 마음속에 커다란 불안이 있기 때문에 완전히 안심을 하기가 어렵다.

함부로 실탄을 사용할 수 없다는 것이 커다란 제약이다. 만약 젠킨스나 테라, 둘 중 하나가 총상이라도 입는다면, 오 박사는 이 2호기에 탑승하고 있던 전원에게 연대 책임을 물게 할 테니까.

도망가는 놈들 중에는 열 마리가 넘는 좀비들의 목을 따 버릴 만큼의 실력자가 있다. 뚱뚱한 백인 놈이나 테라가 그런 재주를 부렸다고 보기는 어려우니 아마 나머지 하나, 저 민첩하게 잘 빠진 놈의 소행이리라. 젠킨스의 보디가드인지 뭔지는 모르겠지만, 조심해야 할 놈임에는 틀림없다.

도망치는 것만 봐도 어지간히 약아서 참 요리조리 잘도 빠져나가고 있다. 그것도 더 어둡고 시야가 가려지는 각도만 골라서…….

깜깜한 건물들 사이로 낮게 날아다니는 것만 해도 등골에 땀이 쭉쭉 나는 상황에서 놈들을 눈으로 쫓기까지 해야 하니, 헬리콥터 조종사로서는 정말로 못할 짓이었다.

"어어어! 이 씨발!"

주변 건물들 높이와 어울리지 않는 한 동짜리 아파트! 갑자기 앞쪽에 확 나타난 아파트 건물 때문에 헬리콥터 조종사는 욕설을 내뱉으며 급하게 조종간을 당겼다.

씨이이이이잉ㅡ.

헬리콥터는 아파트를 아슬아슬하게 피해 옆으로 날았다.

"하아아~ 하아아~."

위기를 넘긴 조종사와 조장은 동시에 가쁜 숨을 몰아쉬었다. 그사이에 도망치던 놈들은 공장 단지의 주차장 사이에서 사라져 컴컴한 그늘 속에 묻혀 버렸다.

한 줄로 늘어서 있는 커다란 공장 단지. 아무리 라이트를 비춰 봐도 주차장에 세워진 자동차들과 섀시들, 그리고 쌓여 있는 박스들만 잡힌다. 놈들을 시야에서 놓친 헬기는 방향을 틀어 가며 공장 상공을 빙글빙글 돌았다.

"이 개새끼들…… 어디로 간 거야……."

조종사는 땀을 삐질삐질 흘리며 조금씩 헬기의 기수를 틀었다. 앞쪽 대로에 높이 솟아 가로질러져 있는 2호선 선로 구조물이 그에게는 데드라인처럼 보인다. 저기로 도망간 이후에는 헬기로는 더 이상 추적이 불가능하다.

그리고 만일 여기에서 저놈들을 놓치기라도 하면…… 그렇게 되면 차라리 태양 그룹으로 돌아가지 않는 편이 더 생존 확률이 높을 것이다.

"이놈의 동네…… 뭐 이렇게 공장들이 다닥다닥 붙어 있어? 가뜩이나 정신 사나운데……."

천천히 공장들 사이를 훑으면서 조종사는 이를 갈았다. 분명 조금 전 시야에서 놓쳤을 때, 줄지어 늘어서 있는 저 공장들 중 한 곳에 들어간 것 같은데…… 그중 어디쯤인지를 특정할 수가 없다.

헬리콥터에서 내려오던 지령이 갑자기 끊기자, 넓게 벌려 서서 골목 위쪽을 지키고 있던 섀도 실드 대원들도 덩달아 초조해졌다. 일단 2호신 신로 그늘 아래로 가지 못하도록 막는 게 우선이다.

"길목 막아! 산개해서 길목 막으라고!"

지령을 내리면서도 조장의 목소리에서는 자신감이 점점 사라져 간다. 이렇게 헬리콥터가 상공에서 확성기로 명령을 내려 대고 총소리가 여러 번 울렸으면, 쫓기는 놈들은 지레 겁을 먹고 다리에서 힘이 빠지는 게 상식이다.

그런데 이 새끼들은 끝까지 해보자는 식으로 버티고 있다. 그러니 오히려 이쪽이 불리해진다. 자신이 확성기를 통해 대원들에게 내리는 지령은 도망치는 놈들의 귀에도 고스란히 들어가고 있다.

조장은 마취 총을 꺼내 들었다. 오 박사가 개발한 X-1은 단 몇 초 만에 온몸의 운동 능력을 마비시킨다. 당황하지 말고 차분하게 몰아넣은 다음 상공에서 이것으로 노려 쏘면 생포할 수 있다.

"플래시로 비춰 봐!"

한 블록에 달하는 공장 건물을 커버하기 위해서 섀도 실드 대원들이 산개했다. 대원들의 얼굴도 점차 긴장으로 굳어 간다. 서로 간의 거리가 10미터 이상 벌어지는 상황. 총도 마음대로 쏘지 못하는데…… 이건 좋지 않다.

테이저 건의 효과는 강력하지만, 연발이 아니다. 한 발을 쏘고 나면 카트리지를 갈아 끼운 뒤에야 다시 쏠 수 있고, 그나마도 근접 거리여야 한다. 게다가 왜 이리 장애물들이 많은지…….

섀시와 플라스틱 패널로 이뤄진 공장의 주차장은 대낮이라 하더라도 숨어 있는 놈들을 찾아내기 쉽지 않을 것 같았다.

그롸아아아아ㅡ.

설상가상으로 대로 쪽에서 좀비들이 접근해 오고 있었다. 헬리콥터에서 보기에는 이곳에 도달하기까지 아직 조금은 시간 여유가 있지만, 그 울음소리를 들으며 땅 위에 서 있는 대원들 사이에서는 눈에 띌 정도로 동요가 일었다.

"조금만 버텨! 3호기가 곧 지원을 온다고 했다!"

마취 총에 X-1 카트리지를 끼워 놓고 있던 조장은 큰 소리로 외쳤다. 딴에는 대원들의 사기를 돋워 보려 한 말이지만, 전술적으로 보았을 때 절대 입 밖에 내서는 안 되는 정보였다. 어둠을 방패 삼아 대치 중이던 민구에게 먼저 공격해 오라고 부추긴 것과 다름없었다.

부웅— 부웅— 부웅—.

그때, 바람을 가르는 낯선 소리! 거리를 둔 채 접근 중이던 섀도 실드 대원들은 그 소리의 정체를 찾기 위해 다급히 자세를 낮추고 플래시로 정면을 비췄다.

"윽!"

가운데 서 있던 대원의 입에서 외마디 비명이 터져 나온다. 플래시의 희미한 빛 사이에서 자신을 향해 날아오는 커다란 쇳조각이 번뜩이는 것을 보았기 때문이다.

'뭐지?'라는 의문을 던지기도 전에 그는 몸을 옆으로 틀었다. 하지만 이미 늦었다.

칵—.

회전하며 날아와 옆구리에 박힌 마세티! 그 커다랗고 끔찍한 날이 갈비뼈 사이까지 파고들었다.

"으아아아아!"

가운데 대원은 날카로운 비명을 지르며 마세티가 날아온 방향을 향해 반사적으로 테이저 건을 쏘았다. 그러고는 테이저 건을 꽉 쥔 채 앞으로 고꾸라졌다.

"어! 어!"

오른쪽 대원의 시선은 반사적으로 가운데 대원을 향해 쏠렸다. 아주 짧은 시간 동안이지만, 그는 정면이 아니라 옆으로 시선을 돌리고 있었다. 자신의 동료가 대체 왜 비명을 지르고 있는지 돌아볼 수밖에 없었다.

그리고 그는 분수처럼 피를 뿜어내고 있는 동료의 모습을 보았다. 동료의 옆구리에 박혀 있는 커다란 칼날! 이건 테이저 건 따위로 맞설 만한 상대가 아니다.

"이…… 이런 씨발!"

오른쪽 대원의 입에서 욕설이 터져 나왔다. 테이저 건을 버리고 빨리 MP5를 손에 쥐어야겠다고 생각하는 순간!

턱!

어둠 속에서 뻗어 나온 손이 그의 팔목을 옆으로 비튼다.

"으아!"

심장이 떨어질 것 같은 공포! 그리고 사타구니에 느껴지는 묵직한 통증!

오른쪽 대원의 손아귀가 수축하며 테이저 건의 방아쇠를 꽉 움켜쥔다.

퓨욱―.

테이저 건이 발사되었다. 카트리지 씰 넘버가 박힌 조그만 은박지 조각이 사방으로 흩어지고, 테이저 건의 바늘이 빠르게 날아가 박힌다. 가운데 대원의 가슴과 어깨에…… 그리고 곧바로 고압 전류가 전달되었다.

지지지직―.

"으으으으윽!"

마세티가 박힌 충격에서 가까스로 벗어나 정신을 추스르며 MP5를 꺼내 쥐고 있던 가운데 대원의 피로 점철된 몸이 부르르르 떨렸다.

테이저 건을 맞은 몸의 근육들은 전기신호 때문에 제멋대로 경련하고, 바짝 수축했다. 가운데 대원은 MP5의 방아쇠를 꽉 당긴 채 뒤로 넘어갔다.

투투투투투투투― 투투투투투투투―.

허공을 향해 날아간 MP5의 총알이 건물의 유리창과 벽면, 그리고 헬리콥터의 전면 유리를 마구 때렸다.

"히이익!"

2호기의 조수석에서 마취 총을 장전하고 있던 조장은 자기도 모르게 두 손을 교차시켜 얼굴을 가렸다. 총알은 헬리콥터의 굴곡진 유리에 맞고 옆으로 튕겨 나가 버렸다.

"하아아~ 으아, 진짜 놀랐……."

한숨을 내쉬며 조종사를 돌아보던 조장의 얼굴에서 핏기가 가신다.

조종사의 목에 박혀 있는 X-1 주사기!

조금 전, 자신이 그를 향해 마취 총을 발사한 것이다. 조종사는 당혹스러운 표정으로 조종간을 움켜쥔다. 온몸의 근육이 마비되기 전에 어떻게든 헬리콥터를 불시착이라도 시켜 보고자 하는 생각에서였다.

하지만 오 박사가 조합해 낸 이 신경마비 약품은 강력했다. 불과 몇 초도 지나지 않아 조종사의 몸은 앞으로 기운다. 부릅뜨고 있는 그의 눈만이 그가 아직 온전하게 의식을 유지하고 있다는 걸 알게 해 주는 증거다.

홍ㅡ 홍홍홍ㅡ.

아래로 방향이 꺾인 프로펠러에서 커다란 바람 소리가 울렸다. 헬기는 빠른 속도로 20여 미터 아래쪽의 건물을 향해 곤두박질친다.

"으아아아아! 야! 야!"

조장은 다급하게 비명을 지르며 조종사를 밀치고 무작정 조종간을 잡아당겼다. 그가 특별히 헬기 조종에 대해 안다거나 착륙시킬 수 있는 방법을 알고 있는 건 아니었다. 그저 떨어지고 싶지 않다는 본능이 시킨 일이었다.

위이이이잉ㅡ.

땅으로 곤두박질치기 직전, 극적인 각도 전환을 이루어 낸 헬리콥터는 지면과 거의 수직을 유지하며 하늘을 향해 다시 솟구쳐 오르는 듯했다. 그러나 그 급상승이 진행될수록 헬기의 천장이 지면을 향해서 조금씩 기울었고, 어느 순간에 이르자 완전히 위아래가 뒤집어져 버렸다.

삐융삐융삐융~.

헬기의 자세 제어장치가 계속해서 위기 경보를 울려 댄다.

"어어~어!"

조장이 울부짖으며 미친 사람처럼 조종간을 위아래로 흔들어 댔다. 뒤집힌 채 날아오르던 헬기는 통제력을 완전히 상실하고 공장 건물을 향해 그대로 떨어져 내렸다.

쐐애애애애앵ㅡ.

빠르게 바람을 가르며 떨어지는 커다란 헬리콥터!

그리고 가장 아랫부분에서 맹렬하게 돌고 있는 프로펠러!

기체가 뒤집히면서 번쩍이던 불빛이 위쪽을 비추며 아래쪽 공장 주변에 기묘

한 어둠의 공백을 만들어 냈다.

"이런!"

오른쪽 대원의 목을 따고 있던 민구도, 그를 향해 MP5의 방아쇠를 당기려던 왼쪽 대원도 고막을 찢을 듯 엄청난 폭음을 터뜨리는 밤하늘을 올려다보며 경악했다.

헬리콥터의 무게와 프로펠러의 크기!

이 자리에 가만히 있으면 죽는다.

"피해!"

민구는 재빨리 몸을 굴리며 공장 사무실 안에 숨어 있던 테라와 젠킨스를 향해 외쳤다. 검은 군복 놈들을 상대하려고 나서기는 했지만, 멀쩡히 날아다니던, 저렇게 큰 쇳덩이가 하늘에서 떨어져 내리는 일은 그의 계산에 없었다. 왼쪽 대원도 MP5를 난사하며 달아났다.

쒀이이이이잉ㅡ.

빠르게 추락하던 헬리콥터는 공장 바로 옆의 3층짜리 다세대 주택을 들이받고 완전히 찌그러졌다.

콰작ㅡ!

헬리콥터의 프로펠러가 부러지고, 로터에서 불꽃이 튄다. 엉망으로 압축된 조종석 내부는 터져 나온 피로 붉게 물들었다.

끼이이잉ㅡ.

처참하게 우그러지며 불이 붙은 헬리콥터가 옆으로 기울며 공장의 차고를 덮쳤다. 너무 순식간에 일어난 일이어서 반응을 한다는 건 불가능한 일이었다. 다세대 주택의 옥상과 계단 같은 구조물들도 함께 허물어져 내렸다.

콰앙ㅡ 콰쾅!

추락한 헬기에서 떨어져 나온 파편과, 주택과 공장이 무너지면서 피어오른 먼지, 그리고 불붙은 로터에서 터져 나온 폭발!

주변은 완전히 아수라장으로 변해 버렸다. 충격의 여파로 부근 건물에 온전하게 남아 있던 유리창들이 박살 났고, 섀시와 패널로 만들어 둔 허술한 차고는 산산조각이 났다.

"쿨럭! 쿨럭! 괜찮아? 대답해! 어디에 있어?"

헬기의 라이트가 터지는 것과 동시에 빠르게 어둠 속에 잠긴 건물의 폐허 속에서 민구는 테라부터 찾았다. 먼지와 연기가 입과 코로 밀려 들어와 기침이 멈추지 않는다. 이렇게 소리를 지르면 위치가 노출된다는 걸 알면서도 자신도 모르게 입 밖으로 큰 소리가 터져 나왔다.

화르륵!

헬리콥터의 엔진 주변에서 불길이 세차게 타오른다. 민구는 소매로 코를 가린 채 차고 안쪽으로 뛰어 들어갔다. 모든 게, 정말이지 모든 게 엉망이었다.

섀시들은 부러지고 꺾여 있고, 패널들은 산산조각이 난 채 무너져 내렸다. 여기저기 튕겨 날아간 장비들과 박스가 사방에 널려 있다.

"음!"

사무실에 도착한 민구의 입에서 짧은 신음이 터져 나왔다. 테라와 젠킨스가 그곳에 있었다. 테라는 무사했다. 멍해진 까만 눈으로 먼지를 잔뜩 뒤집어쓰고는 있지만, 별다른 상처 같은 건 눈에 띄지 않는다.

문제는…… 젠킨스였다. 젠킨스는 무너져 내린 사무실의 한쪽 벽에 깔린 채 바닥에 쓰러져 있었다.

"……아저씨."

당황한 표정으로 어쩔 줄 몰라 하던 테라가 민구를 보고 입을 열었다.

"……젠킨스 씨가…… 젠킨스 씨가……."

민구는 무표정한 얼굴로 젠킨스에게 다가갔다. 시멘트 더미에 깔린 녀석의 다리에서는 피가 줄줄 흘러나오고 있다.

"끄으으응!"

민구는 시멘트 더미를 들어 올리기 위해 용을 써 봤다. 꿈쩍도 하지 않는다. 용을 써 대자 민구의 갈비뼈만 시큰거릴 뿐, 돌 더미는 미동도 없다. 테라가 옆자리로 와서 힘을 보탠다고 하지만, 앙상한 그 팔다리가 큰 도움이 되지는 못한다.

"후우우~ 후우우~ 웃! 으으으! ㄲㅇㅇㅇ!"

젠킨스는 계속해서 비명을 질러 댔다. 어지간히 고통스러워 견디기 힘이 든 모양이라는 건 이해하겠는데, 이래서야 이쪽의 위치를 광고하는 거나 다를 바가 없다. 민구는 테라의 팔목을 잡고 끌었다.

"저놈은 글렀어. 가야 돼."

"아니…… 아니, 잠깐만요! 이 사람! 구해야 돼요! 이 사람이 없으면! 백신을…… 이 좀비 세상을 끝내지 못해요!"

테라는 몸을 뒤로 젖히고 버티며 애원을 했다. 좀비 세상을 끝낸다는 말에 민구의 손에서도 힘이 빠졌다. 그가 바라는 것도 똑같다. 테라를 놓아준 민구는 근처에 떨어져 있던 섀시를 집어 들었다. 그러고는 섀시를 바닥과 시멘트 더미 사이에 찔러 넣었다.

"노노노노! 하지 마! 하지 말라고!"

민구가 지렛대 삼아 섀시를 누르려 하자 젠킨스가 간절하게 손을 흔든다. 물론 이렇게 하는 게 젠킨스의 다리뼈에 엄청난 고통을 주리라는 것은 민구도 잘 안다. 하지만 일단 빼내지 않으면 구할 수 있는 방법이 없다.

"ㄲ으으아아! 노! 노! 이 바보 멍청아! ㄲ으으!"

민구와 테라가 체중을 실어 지레를 누르자, 젠킨스는 날카로운 비명을 욕설과 섞어 질러 댔다.

파악—!

시멘트 더미가 조금 들리는가 싶었을 때, 터져 나온 피가 민구의 얼굴에 팍, 튀었다. 민구는 흠칫 놀라며 지레를 누르던 손에서 힘을 뺐다.

시멘트 더미의 그늘 아래, 젠킨스의 옆구리에서 터져 나온 피였다. 그의 옆구리에는 벽에 고정된 섀시가 아주 깊숙하게 박혀 있었다. 역방향으로 박혀 들어간 것이어서 몸통이 다 찢겨야만 겨우 빠져나올 수 있는 상태였다.

"그만…… 그만 누르라고…… ㄲ으으윽! 그래 봐야 내가…… 후우우~ 유언을 남길 시간만…… 끄으응~ 더 짧아지는 거야. 그 파이프는 내려놔, 테라 양. 그냥 여기에서 내 눈을 보고…… 내 이야기를 들어 줘……. 우리는 아직 이 세계를 구할 수 있어…… 끄으으으!"

젠킨스는 고통에 휩싸인 상황에서도 테라를 올려다보며 어떻게든 마지막 말을 남기기 위해 애를 썼다.

"어떻게 해 달라는 거야?"

녀석의 말을 알아듣지 못한 민구가 물었다. 테라는 작은 입술을 달달 떨며 대답했다.

"자기…… 유언을 들어 달래요. 아직 세상을 구할 수 있다고…….."

"들어. 너무 오래만 끌지 마."

민구는 테라에게 말하고 뒤돌아섰다. 아까 전기 총을 들고 설치던 세 놈 중에 둘은 잡았는데, 나머지 하나는 생사를 모른다. 살아 있다면 이제는 분명 눈이 돌아가 있을 것이다. 이쪽에서 먼저 찾아야 한다.

그롸아아아ㅡ.

괴물들의 포효가 가까이에서 울린다. 이래저래 시간이 많지 않다. 민구는 테라와 젠킨스를 등지고 선 채 주변을 경계했다.

"내…… 내 허리띠…… 테라 양, 이, 이걸 잘라 줘. 버클을…… 끄으윽!"

젠킨스는 이따금씩 눈을 질끈 감아 가며 허리띠를 풀어내려 애를 썼다. 하지만 몸에 힘이 들어가지 않는 상황이어서 그마저도 쉽지 않았다.

테라는 민구에게서 받은 울트라마린 나이프로 젠킨스의 허리띠를 힘겹게 끊어 냈다. 그런 후, 그의 커다란 버클을 젠킨스의 손에 쥐어 줬다.

"아…… 아니야. 이건 내가 아니라…… 으으윽, 테라 양이 가져가야 돼. 이 버클, 중앙의 원…… 이세…… 이세 부네랑에 신호를 보내는 버튼이야……. 24시간 내에…… 끄응, 후우~ 후우~ 올 거야……."

젠킨스는 버클 중앙의 버튼을 몇 번이나 눌러 시범을 보이고, 그것을 테라의 손에 얹었다. 그러고는 겨우 상체를 뒤척여 자신의 웃옷 안주머니에서 꼬깃꼬깃한 지도를 꺼냈다.

"이건…… 그동안 드론이…… 쿨럭! 쿨럭! 후우우~ 보내온 암호들의 위치야……. 귀하가 어디에 가게 되든…… 이 위치들만 기억하면…… 끄으으으! JL의 구조팀을…… 부를 수 있어. 테라 양이라면…… 기억할 수 있을 거야……."

젠킨스는 지도를 펴서 보였다. 서울 지도의 이곳저곳에 빨간색 동그라미가 그려져 있다. 시청 주변에 가장 큰 동그라미가 그려져 있고, MJ라는 이니셜이 적혀 있었다.

"혹시…… 오늘 밤…… 귀하가 더 먼 곳까지…… 가게 될지도 모르고, 그사이에…… 으윽! 또 드론이 새 좌표를 보내줄 수도…… 후우우~ 있으니까…… 내가 읽는 법을…… 알려 줄게. 이 위치가…… 내 GPS 신호가…… 마지막으로 송신되었던 곳이야. 위도…… 126.98, 그게 M. 경도는…… 큭!"

젠킨스는 잠시 말을 끊고 쿨럭거렸다. 그가 기침을 할 때마다 피가 지도에 튄다. 하지만 그는 고통 속에서도 말을 계속 이었다.

"경도는 37.55…… 그게 J. 그게 기준점이야……. 으흑! 쿨럭! 쿨럭! 후우우~ 새 좌표가 오면…… 끄으으! 기준점 M과 J를 중심으로 알파벳의 순서대로 100분의 1을…… 후우우~ 더하거나 빼. 그러면 부메랑의 위치가……."

보다 못한 테라가 그의 손을 잡고 만류했다.

"젠킨스 씨…… 그만 설명해도 돼요. 다 알아들었어요."

"아니!"

젠킨스는 마지막 힘을 다하기라도 하는 것처럼 테라의 손을 꽉 쥐었다. 그러고는 다시 피를 토하며 애원했다.

"테라 양이…… 끄으으~ JL로…… 가지 않으려는 거…… 알고 있어……. 하지만…… 후우우~ 지금 귀하의 그 보물 같은 피로…… 백신을 만들 수 있는 곳은…… JL뿐이야. 제발…… 제발 약속해 줘. 끄으으! JL로 가서 널 키드라는 걸…… 알리겠다고……."

테라가 선뜻 대답을 하지 못하고 있는 동안 젠킨스의 고개는 힘없이 바닥에 떨어졌다. 흘러나온 피와 침으로 바닥은 순식간에 붉게 물들었다.

"아아…… 아름다워……. 널 키드의 물린 상처…… 루벤스의 그림도 아닌데…… 끄으으! 이제야…… 보게 되는군."

두 눈을 힘없이 깜빡이며 젠킨스가 말했다. 그의 시선이 닿는 곳에는 테라의 왼발이 있다. 발가락에 감아 두었던 붕대는 어느 틈엔가 날아가 버리고, 빨갛게 피가 맺힌, 잘린 상처가 그대로 드러나 있다. 잠시 말이 없던 젠킨스가 다시 안간힘을 쓰며 입을 열었다.

"제발…… 부탁해…… 테라 양……. 나는 귀하의 부모를 죽게 만들었지만…… 끄으으! 귀하는 나의 아이들을…… 구해 줄 수도 있을 거야……."

테라는 아무 말도 할 수가 없었다. 젠킨스가 좋은 사람이 아니라는 것도, 그가 이 끔찍한 좀비 세상을 만든 장본인이라는 것도 잘 알고 있었지만…… 그렇지만, 그가 고통스럽게 죽어 가는 모습을 이렇게 가까이에서 보게 될 거라고는 생각하지 않았었다. 그리고 그의 죽음 때문에 이렇게 마음이 아플 거라는 생각도 해 본 적 없었다.

"흐윽!"

테라는 자신도 모르게 흘러나온 눈물을 닦아 내고 젠킨스를 바라보았다. 애초에 그 관계가 시작된 이유가 뭐였든 간에, 좀비 세상이 된 이후 젠킨스는 그녀와 가장 많은 대화를 나눴던 사람이다. 그리고 아주 깊고 은밀한 비밀을 공유했던 사람이기도 하다.

그리고 이런 상황은 정말 의외였다. 젠킨스가…… 죽어 가면서까지 다른 이들의 미래를 위해 뭔가를 부탁할 사람이라는 게…… 언뜻 믿기지 않는다. 어쩌면 JL이라는 곳이 적어도 태양보다는 나은 집단일지도 모르겠다는 생각이 들었다.

"악……속…… 제발…… 내가 만들어 둔   인생의 업적을…… 헛되게 하지…… 마."

젠킨스는 계속 피를 흘리면서 중얼거렸다. 테라는 고개를 끄덕이며 그의 피 묻은 손을 잡아 주었다.

"약속할게요."

쿨럭! 젠킨스가 왈칵 피를 토했다. 테라의 손을 꽉 잡은 그의 크고 퉁퉁한 손이 경련을 일으킨다.

"가자. 마저 다 처리했으니까."

어느새 돌아온 민구가 테라에게 말했다. 그가 들고 있는 쿠크리의 날에서는 피가 뚝뚝 떨어진다.

민구의 모습을 확인한 젠킨스는 꼭 쥐고 있던 그녀의 손을 놓아주었다. 그러고는 쿨럭거리며 바닥에 피를 토해 댄다.

"쿨럭! 쿡! 가…… 세상을 구……해. 쿨럭!"

딱히 목을 그어 고통을 덜어 주지 않더라도 얼마 못 버틸 것 같아 보여서 민구는 녀석을 그냥 내버려 두고 테라를 잡아 일으켰다.

"그건 뭐지?"

테라가 소중하게 꼭 쥐고 있는 지도와 버클을 보고 민구가 물었다. 빠르게 걸어가고 있는 동안에도 몇 번이나 젠킨스 쪽을 돌아보던 테라가 대답했다.

"JL로 갈 수 있는 위치들이고…… 그리고 호출하는 장치예요."

아무런 사전 정보가 없는 민구로서는 그녀가 무슨 소리를 하는지 알아들을 수가 없었다. 하여튼 어딘가로 가서 저걸 누르면 되는 모양이다.

"그래…… 거기로 갈 건가? 그럼 어디에서 그걸 써야 하는데?"

숨이 끊어져 있는 검은 군복의 옆구리에서 아까 날렸던 마세티를 뽑아 들며 민구가 물었다. 테라는 혼란스럽다는 듯 이마를 짚었다.

"그…… 잘 모르겠어요. 여기에서 북쪽으로 2킬로미터만 올라가면 된다는데, JL에 가는 게 정말 옳은 건지……. 백신을 위해서라면, 제 피를 주고 싶은 마음은 있기는 해요. 그렇지만 저 때문에 아저씨까지 위험하게 만드는 건 아닌지……. 그런데도 또 젠킨스 씨에게는 가겠다고 약속을 해 버렸어요. 계속 피를 토하면서 부탁을 하니까."

테라가 어떤 기분인지 민구는 충분히 이해할 수 있었다. 죽어 가는 동료 앞에서 거짓 약속을 해 주는 건 흔한 일이다. 그 당시에야 편하게 눈을 감게 해 줄 수만 있다면 무슨 말에든 고개를 끄덕이기 마련이니까.

"일단 여기에서는 벗어나야 돼. 추락한 헬리콥터가 불타고 있어서 금방 눈에 띌 거야."

민구는 테라의 팔을 잡고 아차산으로 쪽으로 달렸다. 고가 도로처럼 설치된 선로를 따라 조금만 가면 건대다. 선로의 그늘 밑으로 들어가 10분 정도만 뛰면 될 거리다.

그때, 아주 가까이에서 또다시 프로펠러 소리가 들려왔다.

투투투투투— 훙훙훙—.

민구는 고개를 들었다. 반짝이는 불빛과 환한 빛이 동쪽으로부터 빠르게 가까워져 오고 있다. 또 다른 헬리콥터. 하지만 이미 지형은 그에게 유리한 상황이다. 선로를 잘만 활용하면 아주 든든한 아군이 되어 줄 것이다.

"멈춰. 여기에서 기다려야 돼."

민구는 테라와 함께 도로에 세워진 자동차의 뒤에 숨었다. 선로 그늘과 자동차. 두 겹의 어둠 속에 모습을 감춘 채 민구는 3호기 헬리콥터의 라이트가 지나가기를 기다렸다.

"보고해! 생존자 보고해!"

3호기 조종사의 목소리가 확성기를 통해 들려온다. 물론 아무리 애타게 찾아봐야 그 요청에 대답할 수 있는 놈은 없다.

불타오르고 있는 2호기의 잔해를 확인한 3호기는 고도를 높인 뒤, 그 주변을 꼼꼼하게 라이트로 비추며 이동했다. 여러 개의 소형 플래시가 바쁘게 사방을 훑는다.

"우리가 갈 방향이 기기밖에 없다, 이거냐?"

건대로 이어지는 대로 쪽 상공으로 이동해서 그 지점을 굳게 지키고 있는 헬기를 바라보며 민구가 중얼거렸다. 다른 곳으로는 다 보내도 이 길을 통과하는 것만은 안 된다는 식이다.

그렇다면 다른 방향들에는 놈들이 안심하고 터놓아도 좋을 만한 뭔가가 있다는 의미다.

그건 아마도 괴물들일 테지.

"가자. 따라와."

민구는 테라의 손을 잡고 속삭였다. 테라는 조금 의외라는 표정으로 물었다.

"그쪽으로 가면…… 완전히 반대 방향인데요."

"알아. 그런데 저놈들 꼴을 봐."

민구는 새도 실드 대원들과 개들을 가리켰다. 헬기 아래에 달린 베슬에서 막 내려선 그들은 플래시도 켜지 않은 채 고가 도로 아래에서 웅크리고 있다. 개들이 사납게 짖어 대고 있는데도 그걸 풀어놓지조차 않는다.

"쫓아올 생각도 없어. 저런 식으로 멀리서 버티고만 있다는 건, 지원 올 놈들이 또 있어서 그걸 기다린다는 소리야. 그러니까 그놈들이 합류하기 전에 도망쳐야 돼."

테라는 민구의 말을 들으며 고가 도로 쪽을 바라보았다. 개들이 짖어 대는 소리와 놈들의 등에서 번쩍이는 Led 라이트가 분위기를 한층 더 위압적으로 만들고 있다.

민구의 말이 맞다. 동쪽으로는 갈 수 없다. 민구와 테라는 허리를 숙인 채 자동차들 사이를 내달렸다.

그롸아아아ㅡ.

그들이 속도를 올릴수록 점점 더 가까워지는 괴물들의 울음소리. 이 방향으로 가면 괴물들을 만나게 된다는 것을 민구는 잘 알고 있었다. 하지만 그는 걸음을 멈추지 않았다. 어차피 괴물들은 테라를 물지 않는다. 적어도 그녀는 안전하게 살아남을 수 있을 것이다.

05

"거기 간다! 잡아!"

건대 쉘터 남쪽 내부 게이트를 담당하고 있던 병사들이 악다구니를 써 가며 총질을 한다.

투투투— 투투둑— 투투투—.

3점사로 퍼붓는 총알들이 어지럽게 날리고, 좀비들의 팔다리가 뚝뚝 떨어져 나간다. 그러나 이미 뚫려 버린 철책이다. 좀비들이 뛰어 들어오는 것을 모두 막지는 못했다.

쾅쾅쾅쾅쾅— 쾅쾅쾅쾅쾅—.

게이트 외부에서 장갑차의 기관총성이 들려온다. 저렇게 열심히 쏴 죽이고 있는데도 아직 남아 있는 좀비들이 꽤 된다는 게 신기할 지경이다.

"으아아아! 이런 징그러운 새끼들!"

옥상에 선 채 아래를 향해 총질을 하면서 밤톨과 분대원들은 욕설을 퍼부었다. 그러나 천 번, 만 번 욕을 한다고 해도 좀비들은 신경도 쓰지 않는다. 그저 무너진 철책 사이를 극성맞게 비집고 달려올 뿐이다.

탁탁탁탁탁—.

좀비들의 발소리가 체육관 건물 벽에 부딪쳐 메아리를 만들어 냈다. 외부와 내부, 두 개의 철책이 다 붕괴되어 버린 지금, 건물 옥상에서 퍼붓는 화망이 건대 쉘터의 유일한 방어책이다. 그건 아주 좋지 않은 징조였다.

"이이익! 이익!"

밤톨은 열심히 방아쇠를 당기면서도 자꾸 옆을 돌아보게 된다. 이미 잠실에시 저지선의 붕괴를 경험했던 그로시는 지연스럽게 퇴로에 대한 걱정이 들 수밖에 없다.

저지선이 무너지게 되면 적당한 시기에 물러나서 후방에 새로운 저지선을 펴는 게 상식이다. 그런데…… 이 건대 쉘터 방어 중대는 좀 이상하게 움직인다.

투투투— 투투둑— 투투투— 투투둑—.

철책을 통과한 좀비들이 언제 건물의 옥상으로 뛰어와 뒤를 덮칠지 모르는데, 건대 쉘터의 병사들은 묵묵히 자신이 맡은 구역의 좀비들만 상대하는 중이다.

"저기…… 이쪽으로 좀비들 뚫렸는데……."

밤톨은 오지랖을 발휘해서 옆의 건대 병사들에게 말을 걸었다. 적어도 알려줘야 하기는 할 것 같았다. 그런데 반응이 영 신통찮다.

그와 좀비들을 힐끔 돌아본 병사들은 이내 다시 전방을 향해 사격을 시작했다.

"그쪽은 냅 둬요, 아저씨!"

너무 의외의 반응이어서 밤톨은 잠시 멍해졌다.

바보들인가…… 아니면 두려움을 모르는 건가……. 뚫렸다고! 이러다간 뒤가 털린다고, 이 등신들아!

그롸아아아—.

그사이에도 쉘터 안쪽까지 침투한 좀비들은 빠르게 내달려 오고 있다. 놈들의 울음소리를 들을 때마다 밤톨의 등에서는 반사적으로 소름이 쫙쫙 끼친다. 살아 있어도 살아 있는 것 같지가 않다.

'세상에…… 내가 전생에 무슨 죄를 지었기에……. 잠실에서도 맨 마지막으로 문을 닫고 나왔고, 여기까지 오는 동안 내내도 좀비들에게 쫓겼고…… 그렇게 하고도 모자라 여기에서까지도 이렇게 목숨을 내놓고 싸워야 하는 거지?'

밤톨은 불안한 눈으로 쉘터 안쪽의 주차장을 힐끔 돌아봤다. 존나게 빠른 속도로 내달리는 좀비들.

이제 저 중 몇 마리만 민간인들이 있는 체육관까지 도달하면…… 건대 쉘터는 아수라장으로 변할 것이다.

"에라, 모르겠다. 씨발, 죽으면 나만 죽겠냐."

밤톨은 이를 꽉 깨물고 탄창을 갈아 끼웠다. 그러다가 멍 때리고 있는 김 이병을 보았다. 놈의 총구는 아예 지면을 향해 내려져 있다.

"야, 이 새끼야! 뭐 해! 빨리 갈겨!"

"잠깐만, 저것 좀 보시지 말입니다……."

놈은 입을 헤, 벌린 채 호기심이 가득한 눈으로 주차장과 건너편 건물의 2층을 번갈아 바라보고 있었다.

"보긴 뭘 봐? 이 미친!"

김 이병의 하이바를 후려치려던 밤톨은 뭔가 싶어 시선을 돌렸다. 그러고는 그 역시 멍해져서 넋을 놓고 바라보기 시작했다.

탕, 탕탕— 탕—.

3점사가 난무하는 건대에서 낯설게 들리는 단발 총성! 그리고 달려가던 좀비들이 맥없이 픽픽 쓰러지는 광경!

이 상황…… 어째 낯이 익다. 밤톨은 총알이 발사된 건너편 건물로 시선을 돌렸다.

그놈이다! 그 허세 쩔던 사제 군인 놈!

조금 전까지는 이 부근에서 다른 병력들과 함께 싸우고 있는 걸 분명히 봤었는데, 자기가 무슨 홍길동이라고 저렇게 동에 번쩍, 서에 번쩍 하고 있다.

탕, 탕, 탕— 탕탕!

녀석의 총구가 불을 뿜으며 흔들릴 때마다 철책을 뚫고 달려가던 좀비들이 대가리가 터진 채 고꾸라진다. 놈의 옆에서 함께 쏴 대고 있는 병사 둘도 방아쇠를 당긴다.

투투둑— 투투투— 투두둑— 투두둑—.

3점사가 날아가 제대로 박히는 게 느껴진다. 그 두 녀석도 꽤나 잘 쏘기는 하는데, 저 사제 군인의 자신감 가득한 여유에는 비교도 되지 않는다.

놈은 잠시도 쉬지 않고, 그러면서도 서누르는 법이 없이 부지런히 총구를 돌려 가며 좀비들의 머리를 터뜨렸다.

길목을 좁히기 위해 대충 쳐 놓은 레이저 와이어 바리케이드 주변에는 좀비 시체들이 수북하게 쌓여 갔다. 2미터 정도의 간격으로 매달려 있는 손전등의 불빛 내에 좀비가 언뜻 비치기만 하면 총성이 울리고, 좀비는 뇌수를 쏟으며 엎어졌다.

덕분에 쉘터 내부로 좀비들이 난입한 상황에서도 바리케이드 라인 안쪽으로는 단 한 마리의 좀비도 지나치지 못하고 있다.

"저게 그냥…… 좆 까는 짓이 아니었구나……."

손전등이 대롱거리는 레이저 와이어를 보며 밤톨이 중얼거렸다.

처음에 승용차가 레이저 와이어를 풀며 달리고, 몇 놈이 거기에 달라붙어 크리스마스트리 장식하듯 손전등을 걸 때만 해도 밤톨은 놈들의 어리석음을 비웃었다.

저까짓 철조망 한 겹 같은 건 좀비들이 두 마리만 덮쳐도 무력화되어 버린다……고 생각했었다.

하지만 지금 보니…… 저건 그냥 조명을 달아 놓고 좀비들의 달리기를 1초만 늦추기 위한 장치였다. 어차피 그 1초만 벌면 저 사제 군인과 두 명의 보조 병사가 좀비들을 시체로 만들어 놓을 수 있으니까.

"헐, 백발백중이네……."

김 이병은 여전히 입을 다물지 못하고 혼잣말을 중얼거린다. 밤톨 역시 홀린 듯 사제 군인의 활약에서 눈을 떼지 못했다.

발소리가 울리고, 플래시 불빛 사이로 좀비의 얼굴이 어른거리면, 탕— 소리와 함께 좀비는 여지없이 나자빠졌다.

무슨…… 기계 속에 들어 있는 톱니바퀴처럼 규칙적이고, 한 치의 오차도 없다.

"그…… 올림픽 사격 대회 보는 것 같습니다. 근데 그거는 표적이 움직이지나 않지……."

어느새 구경꾼 그룹에 합류한 무전병도 믿을 수 없다는 표정으로 웅얼거렸다.

"아, 아니야! 이럴 때가 아니잖아!"

놈들 덕에 제정신을 찾은 밤톨은 세차게 도리질을 한 후에, 사제 군인에게 꽂혀 있는 김 이병과 무전병의 하이바를 두들겼다.

"야, 이 새끼들아! 정신 차려! 저쪽 볼 때가 아니야! 우리 상대는 여기 있다고!"

두 병사를 사선으로 이동시킨 밤톨은 총구를 난간 아래로 돌렸다. 이제는 정말 끝나 가는 분위기가 물씬 느껴진다. 뚫린 철책 주변에 모여 있는 좀비들의 수가 두 자리 이내로 줄어들어 있다. 밤톨은 정신없이 몸을 흔들어 대는 좀비들을 향해 조준을 하고 방아쇠를 당겼다.

투두둑― 투투투― 투투투―.

아홉 발을 쐈는데, 머리에 맞은 건 한 놈뿐이다. 나머지는 가슴이나 어깨의 뼈를 덜렁거리며 좁은 건물 사이를 내달린다. 밤톨은 놈들의 머리통을 향해 다시 3점사를 날렸다.

투투둑― 투투투― 투투두―.

이번에도 두 마리만 쓰러졌다. 놈들이 달리는 속도가 워낙 빨라서 그가 발사한 나머지 총알들은 아스팔트에 흠집만 남기고 어디론가 튀어 버렸다.

아홉 발로 두 마리를 잡았다면 분명히 보통 이상의 성적인데, 조금 전 사제 군인의 활약을 보고 난 후여서 그런지 묘한 이질감과 좌절감이 느껴졌다.

밤톨은 방아쇠를 당기면서 자신의 총을, 거의 2년 동안 함께했던 K-2를 몇 차례나 다시 바라보았다.

"야, 이거 이상해!"

명중률에 의문이 생긴 밤톨이 고개를 저었다.

어떻게…… 똑같은 총인데 이렇게 다를 수 있단 말인가.

바로 옆에 있던 김 이병도 실망스럽다는 표정을 지으며 자신의 총을 뚫어지게 노려보고 있다. 아마 녀석도 그와 비슷한 생각을 하고 있는 모양이다.

탕, 탕탕―!

그러는 동안에도 사제 군인은 계속해서 좀비의 이마에 바람구멍을 뚫어 대고 있었다. 건물 안으로 뛰어 들어오려던 좀비가 뒤통수가 터진 채 철조망에 쓰러져 대롱거린다. 김 이병의 말마따나 백발백중이다.

존나 잘 쏘는구나, 개새끼…….

※※※

"아……나, 이것들…… 이것들은 뭐야……."

민간인들의 신병을 확보했다는 말을 듣고 우체국 3층으로 올라간 오 박사는 신경질적으로 고개를 저었다.

거기에는 그가 보고 싶었던 얼굴이 하나도 없다. 한눈에도 사악해 보이는 중늙은이와 손가락이 날아간 젊은 놈, 그리고 오 박사가 실루엣을 보고 젠킨스라고만 생각했던 풍풍한 덩치. 이렇게 3인조가 불안함이 가득한 표정으로 눈동자를 굴리고 있었다.

세 놈 다 플라스틱 타이로 팔목과 발목이 묶여 있고, 아직 테이저 건의 바늘도 뽑아 주지 않았다. 손가락이 없는 놈은 다리에 총상까지 입은 상태다.

으르르르— 웡! 웡!

네 마리의 개는 세 명을 에워싸고 금방이라도 잡아먹을 듯 이를 드러내며 짖는다. 그중 한 마리는 다리를 절룩거린다.

"개새끼들 좀 조용히 시켜 봐. 정신이 없잖아……. 이건 왜 이렇게 해 놨어?"

미간을 찌푸린 채 투덜대던 오 박사가 피투성이 총상을 가리키며 물었다. 목표했던 타깃은 아니지만, 어쨌든 다치지 않도록 하라고 몇 번이나 다짐을 해 놨는데 바로 이렇게 총을 쓴 걸 보니 기분이 좋지 않았다.

그의 언짢음을 읽은 새도 실드 대원이 주저하며 대답했다.

"나머지는 테이저 건으로 제압을 했는데, 저 새끼가…… 자꾸 총을 들고 설치는 상황이어서 어쩔 수가 없었습니다. 개들도 다치고 해서 안전을 위해……."

"총? 민간인인 것 같은데 총이라고?"

오 박사는 시선을 돌려 대원들이 압수해 둔 놈들의 총기를 내려다보았다. 군용 K-2가 두 자루나 있다. 거기에 야구 배트와 식칼 따위의 무기도 몇 개나 있다.

"근데 우리 편은 용케 안 다쳤네?"

오 박사는 다시 물었다. 폴리카보네이트 방패를 든 대원이 흠집을 보여 주며 대답했다.

"나중에 보니까 실탄이 몇 발 없었습니다. 그나마도 다 빗나갔습니다."

"하아~."

오 박사는 짜증스럽다는 듯 고개를 저었다. 그의 분노는 주로 덩치 큰 뚱뚱한 녀석을 향한 것이었다.

"아우~ 이 개새끼만 창가에 어른거리지 않았어도!"

오 박사는 덩치의 넓적한 얼굴을 구둣발로 걷어찼다. 하지만 덩치가 고개를 틀어 피하는 바람에 헛발질을 하고 하마터면 뒤로 넘어질 뻔했다.

"이 새끼가! 피했냐, 지금?"

대원들 앞에서 망신을 당한 오 박사는 얼굴이 빨갛게 돼서 놈의 가슴팍에 박혀 있는 테이저 건 바늘을 콱 밟았다.

바늘이 깊숙이 찔러 들어가자 때로 얼룩진 놈의 와이셔츠에 피가 배어 나온다. 끄으음, 덩치는 고통을 꾹 참으면서 오 박사의 눈을 노려보았다.

"기동아!"

중늙은이가 입을 열었다. 낮게 이름을 불렀을 뿐인데, 덩치는 얼른 눈을 깔고 불손한 표정을 거뒀다. 중늙은이가 오 박사에게 고개를 숙인다.

"태양 그룹에서 오신 분들인 줄 알았으면 이렇게 소란 피우지 않았을 겁니다. 세상이 하도 어수선하니 그저 제 한 몸 지켜 보려다가 이런 실수를 저질렀습니다. 부디 너그럽게 헤아려 주십시오."

중늙은이는 고개를 들어 사악함이 가득한 눈으로 오 박사를 힐끔 올려다보고 말을 이었다.

"태양 그룹과 저희는 각별한 사입니다. 예전부터 서희 민매피 에들이 황 회장님 위해서 손에 더러운 거 묻는 일 여러 번 대신 해 드렸습니다. 아 참, 제 소개가…… 제가 바로…… 육만배올시다."

육만배는 다시 깊이 고개를 숙였다. 나름 바짝 힘을 줘 본 자기소개였는데, 오 박사는 아무런 반응을 보이지 않았다. 테라도 모르는 인간이 육만배를 알 리가 없다.

"뭐라는 거야? 기분도 안 좋은데, 등신이……."

오 박사는 신경질적으로 머리를 쓸어 넘겼다. 모욕적인 상황이지만 육만배는 그래도 감정을 드러내지 않았다.

대체 무슨 오해를 하고 자신들을 덮쳤는지는 모르겠지만, 이놈들은 화가 많이 나 있다. 그런 놈들에게 맞서는 건 좋지 않다. 그는 이 위기를 기회로 바꾸기 위해 다시 한번 뱀 같은 혀를 놀렸다.

"선생님, 저희 나름 쓸모가 있는 놈들입니다. 그리고 의리가 뭔지도 아는 놈들입니다. 거두어만 주시면, 남들 눈에 띄지 않도록 처리하시고 싶은 일들…… 저희가 해 드리겠습니다. 나라를 위해 큰일 하실 때 발에 걸리는 작은 돌들, 치워 드리고 싶습니다."

비굴한 종이 되겠다는 대사를 잔뜩 늘어놓은 뒤, 육만배는 오 박사의 대답을 기다렸다. 이만하면 충분히 어필을 했으니 긍정적인 반응을 예상하는 중이었다.

그때, 아래층에서 허겁지겁 뛰어 올라온 대원이 숨을 헐떡이며 오 박사에게 보고를 했다.

"오 박사님! 3호기가 급하게 보고를 해 왔습니다! 2호기가! 2호기가 추락했답니다!"

"뭐?"

오 박사는 믿을 수 없다는 얼굴로 미간을 찌푸렸다. 개들이 사라졌다고 했던 게 그가 2호기로부터 들은 마지막 보고였다. 여기에서 그가 허탕을 쳤으니, 아마 그쪽이 제대로 추적했었을 것이다.

그런데 그 임무라는 게…… 고작 세 명을 쫓는 거였다.

바짝 마른 여자애, 비대한 거구라서 100미터도 못 뛸 것 같은 중년 남자, 그리고 또 한 명이 있었지만, 그가 누군지는 중요하지 않았다. 그냥 총 한 자루 없는 민간인일 뿐이다.

그런데…… 헬리콥터가 추락했다고? 구조 요청 한 번 남기지 않고?

"……대원들은? 대원들은 어떻게 됐어?"

충돌 사고의 가능성을 떠올린 오 박사는 대원들의 안부를 물었다. 1호기 조종사도 계속해서 건물들 사이로 날아다니는 일에 대해 거부 반응을 보였었다. 그러니 2호기도 건물에 부딪쳐 떨어진 것일지도 모른다.

대원들이 안전하다면 그의 추리가 맞는 거다. 하지만 보고하러 온 대원은 고개를 저었다.

"생존자는 없답니다. 전원 사망이라고……."

"헬리콥터 안에 동승하고 있었나?"

"아닙니다……. 시신이…… 외부에 있답니다. 시신들 상태로 보면 전투 중에 사망한 것 같다고…… 아, 그리고…… 찾으시던 뚱뚱한 백인 남자 말씀입니다만……."

"그래! 찾았나? 젠킨스!"

오 박사의 얼굴에 금방 화색이 돈다.

젠킨스! 위대한 사이코, MJ. 그의 연구 능력을 확보할 수만 있다면, 그까짓 헬리콥터나 대원 몇 놈쯤 죽은 건 아까울 일도 아니다.

그의 목소리 톤이 올라갈수록 대원의 목은 움츠러들었다.

"그게…… 찾기는 했는데, 사망 직전이랍니다. 무너진 건물에 깔려서……."

끄으으으~!

오 박사는 끓어오르는 분노를 꾹 눌러 참아 보려 이를 악물었다. 하지만 결국 1초도 지나지 않아 폭발했다.

"뭐가! 대체! 어떻게 된 거야?"

이성을 완전히 잃은 오 박사는 어린아이이처럼 펄쩍펄쩍 뛰며 발을 굴러 댔다. 그의 성질을 아는 대원들은 입을 꾹 다문 채 시선을 마주치지 않으려고 고개를 돌렸다.

"후우! 후우!"

오 박사는 거친 숨을 몰아쉬면서 고개를 저었다. 그가 취했어야 할 두 보배 중에 하나가 날아갔다. 그러나 아직 남아 있는 보배가 훨씬 더 높은 가치를 갖고 있는 것이기는 하다.

쓰기에 따라서는 세상의 절반을 그의 손에 쥐여 줄 수도 있는, 그런 보배. 그러니 지금은 성질만 부리고 있을 때가 아니다.

"그래서…… 지금 3호기는 뭐 하고 있는데!"

"건대로 가는 길목만 막고 대치 중이랍니다. 아마 2호선 선로 아래나 그 부근에 숨어 있을 것이라 추정하는 모양입니다."

대원이 대답했다. 오 박사는 고개를 끄덕였다. 그건 잘한 결정이었다. 괜히 동료들의 시체를 보고 흥분해서 설치거나 하지 않아서 다행이다. 이제 그가 합류한 뒤, 1호기에 부착된 서치라이트로 찬찬히 살피고 몰아 잡으면 된다.

"가자! 젠킨스가 거기에 있었던 거라면, 테라도 근처에 있겠지!"

오 박사는 광기 가득한 눈을 번뜩이며 몸을 돌렸다. 섀도 실드 대원들이 육만배를 가리키며 물었다.

"이것들은 어떻게 합니까?"

응? 오 박사는 육만배 일행을 돌아보았다. 그의 시선이 기동이의 커다란 덩치에 머문다.

저…… 개새끼가 현혹하지만 않았어도!

그랬더라면 그 자신 역시도 2호기에 합류했을 테고, 압도적인 인원을 동원할 수 있었을 테니, 젠킨스의 사망 보고를 듣는 일도 없었을 것이다. 몇 초가 아까운 상황이기는 하지만, 일을 망쳐 버린 놈들이라는 데 생각이 미치자 그냥 내버려 두고 싶지는 않았다.

"권총 좀 줘 봐. 쏴 죽여 버리게."

오 박사는 그의 옆자리에 서 있던 조장에게 손을 내밀었다. 조장은 머뭇거림도 없이 권총을 뽑아 그에게 쥐여 줬다.

"쏠 줄 아십니까?"

"몰라……. 이거 당기고 쏘면 되나?"

"일단 방아쇠에서 손가락을 떼셔야 합니다. 다음에 총구를 위쪽으로 돌리시고 슬라이드 뒤로 당기셔서……."

조장과 오 박사가 자동권총 사격 방법에 대해 평온한 어조로 대화를 나누고 있는 동안, 육만배와 기동이, 그리고 두섭이는 필사적으로 애원을 해 댔다.

"으으으! 안 돼! 안 돼!"

"선생님! 저희가! 저희가 궂은일 다 해 드리겠습니다! 뭐든지! 뭐든지 명령만 내리시면 하겠습니다! 점잖은 체면에 하시기 껄끄러운 일들! 그런 거 전문입니다!"

말만으론 부족하다고 느꼈는지, 어떻게든 일어나 보려는 기동이와 육만배의 등짝에 삼단봉 매질이 쏟아진다.

"이이이익! 개새끼들아!"

기동이는 어깨와 등의 통증을 참고 벌떡 일어났다. 플라스틱 케이블로 발목과 팔목이 묶여 있지만, 커다란 덩치와 힘만으로 주변의 섀도 실드 대원들을 밀어 치고 들이받아 가며 놈들과의 거리를 벌렸다.

"어쭈, 어쭈…… 이제 방아쇠를 당기면 된다고?"

이미 겨냥을 마친 오 박사가 기동이의 발버둥을 보고 같잖다는 듯 혀를 차다가 조장에게 물었다. 그 말은 기동이에게 사형선고처럼 들렸다.

"이야아아!"

두 발을 모아 뛰어오른 기동이가 기합 소리와 함께 복도 뒤쪽의 창문을 들이받았다. 여기가 3층이라는 생각도, 손발이 다 묶였다는 계산도 없었다. 일단 달아날 수 있는 방법이 그것밖에 없었기에 무작정 몸을 날린 것이었다.

쨍그랑—!

유리가 박살 나고, 100킬로그램이 훌쩍 넘는 기동이의 몸이 창밖으로 튀어나갔다. 그리고…… 그는 손발이 묶인 채 유리 조각들과 함께 3층 아래의 아스팔트 도로를 향해 곤두박질쳤다.

"퍼억—."

수박이 깨지는 것처럼 둔탁한 소리. 순식간에 일어난 일이라 아무도 제지하지 못했다. 설마 이 정도 높이에서 몸을 던지리라고는 생각하지도 않았었다.

"뭐야, 이거…… 아주 개판이네. 죽었어?"

오 박사는 권총을 겨눴던 손을 아래로 늘어뜨리고 한심하다는 듯 미간을 찌푸렸다. 창가에 서서 아래쪽으로 플래시를 비춰 보던 섀도 실드 대원들이 고개를 저었다.

"아닙니다. 아직 살아 있습니다!"

"진짜?"

오 박사가 흥미롭다는 반응을 보이며 창가로 다가왔다. 기동이가 꿈틀거리며 기어가고 있는 모습이 시야에 들어온다.

유리 조각이 박혀 피범벅이 된 얼굴, 반대 방향으로 꺾인 팔꿈치, 발목이 돌아간 다리…….

그런데도 도로 바닥을 피로 물들이며 기고 있다. 딴에는 대단하다.

"하하하! 저 새끼, 뭔 생각이지? 하하하!"

놈이 그렇게 기어가려고 애쓰는 이유가 살아남겠다는 의지임을 알기에, 그게 웃겼다. 도저히 살 수 없는 상황인데도…… 인간은 참으로 어리석고 미련한 짐승이다.

오 박사는 고개를 절레절레 흔들었다. 더 재미있는 건, 놈이 기어가고 있는 위치에서 그리 멀지 않은 곳에 좀비들 대여섯 마리가 다가오고 있다는 사실이었다. 머리끝까지 치솟아 있던 화가 조금은 풀리는 기분이다.

"생각이 바뀌었어! 어이, 저 새끼들도 마저 던져 버려! 살고 싶은 사람들이니까 기회를 줘야지."

권총을 조장에게 넘긴 오 박사는 그 명령을 남기고 계단을 내려갔다. 섀도 실드 대원들은 먼저 두섭이의 양팔과 다리를 잡고, 앞뒤로 크게 흔들다가 유리창을 향해 집어 던졌다.

"안 돼! 안 돼! 제발요오오오— 으아아아!"

두섭이는 긴 애원의 메아리를 남기며 유리창을 들이받은 뒤, 아래로 떨어졌다.

퍼억!

녀석은 몸을 둥글게 만 채 척추 부위로 떨어졌다. 녀석의 입에서 피가 터져 나오고 묶여 있는 다리가 부르르 경련하는 모습이 눈에 들어온다. 아마 허리 신경이 끊어졌나 보다.

"자, 다음! 후딱후딱 해치우고 가자! 밤새겠다, 좀비들도 오고 있는데."

두섭이의 부상을 확인한 섀도 실드 대원들이 육만배의 팔을 우악스럽게 붙잡았다.

이런 미친 일이…….

육만배는 믿기지가 않았다. 자신이 저 좀비들을 이 태양 놈들에게 넘겼었다. 이제는 이 태양 놈들이 자신을 저 좀비들에게 넘기려 하고 있다니, 이런 기막힌 운명이…….

육만배는 몸을 채며 필사적으로 떠들어 댔다.

"아니! 잠깐! 잠깐만! 테라라고 했지! 나도 테라 알아! 그년 친구도 잘 알고! 임수정이라고 있어! 내가 잡아 줄게! 내가 할 수 있…… 끄으윽!"

육만배는 고통을 이기지 못해 몸부림을 쳤다. 말을 하고 있는 동안 날아온 삼단봉에 이가 부러지고 입술이 터졌다. 그의 입 안은 금세 비릿한 피로 가득 찼다. 곧이어 어깨와 머리에 매질이 가해졌고, 육만배는 무방비로 허물어졌다.

"아, 그 새끼 말 많네. 씨발, 이렇게 늙지 말아야지. 추하다."

육만배의 입을 때린 대원이 바닥에 침을 뱉고 그의 발목을 잡아 올렸다. 육만배의 한쪽 팔을 잡아 올린 대원이 웃는 낯으로 중얼거린다.

"나, 근데 이 새끼 알아. 너희는 기억 안 나냐? 예전에 철거 용역 부르면, 우리가 경찰들 지키고 있는 동안에 만배파 새끼들이 와서 싹 다 쓸고 갔었어. 그것들 대빵이 이 새끼야. 봐, 누더기처럼 되기는 했는데, 양복도 존나게 좋은 거고. 크큭."

"그러든가 말든가……."

반대쪽 팔을 잡은 대원이 관심 없다는 투로 대꾸했다. 녀석은 육만배의 팔을 아프게 꺾어 들어 올리면서 말을 이었다.

"그때야 법이 무서워서 이런 허접한 새끼들도 부르고 한 거지, 지금 이까짓 것들이 뭐에 필요해? 어차피 다 우리 마음대로 하면 되는데."

너무도 정곡을 찌르는 말!

그제야 육만배는 자신의 주제를 깨달았다. 그는 불편하게 옭아매는 법 같은 것만 없으면 자신이 왕이 될 수 있다고 생각했었다. 자신에게는 그럴 만한 자질과 배짱이 있다고…… 그렇게 생각했었다.

하지만 아니었다. 사실 그는 법의 허술한 틈바구니에서 기생하며 덩치를 키워 온 기생충에 불과했다. 아무도 차마 하지 않으려는 일들을 뻔뻔하게 저질러 가면서 그것이 대단한 재주라도 되는 양 착각하고 있었던 것이다.

육만배의 몸이 앞뒤로 크게 흔들린다.

꽈창!

유리를 들이받자, 육만배의 이마가 찢기고 떠올랐던 몸은 곧바로 땅을 향해 떨어져 내렸다.

"끄아아아아~!"

두려움 가득한 비명이 밤하늘을 채운다. 그렇게 허공에서 떨어져 내리는 절망적인 상황인데도, 어떻게든 살아남아 보려고 육만배는 안간힘을 썼다.

어떻게든 다리로 떨어져야 한다…….

콰직!

어깨에 전달되는 끔찍한 고통! 그와 동시에 눈에서 불이 번쩍 튄다. 육만배는 소리도 내지 못하고 몸을 부들부들 떨었다.

묶인 팔과 어깨의 뼈가 모두 부러진 것 같다. 충격을 이기지 못하고 땅을 들이받은 얼굴은 타오르는 것처럼 뜨겁다.

"으으으윽!"

지독한 통증의 파도에 정신없이 휩쓸려 다니면서도 육만배는 눈을 떠 보려고 애를 썼다. 상하좌우 분간부터 되어야 일어나든, 도망을 치든 할 수가 있다.

"으! 하아아~ 하아아~!"

육만배는 몸을 비틀어 일으켰다. 다행히 다리는 크게 부러지거나 하지 않은 것 같았다. 바로 곁에 피거품을 문 채 경련하고 있는 두섭이의 모습이 보인다. 놈은 텄다.

그런데 보이는 경치가 어딘가 이상하다. 단순히 깜깜해서 잘 안 보이는 게 아니다. 한쪽 눈이 터져서 시력을 상실했다는 것을 깨닫기까지는 몇 초가 걸렸다. 조금 전, 땅을 들이받았을 때 다친 게 분명하다.

"후우우~! 후우우!"

육만배는 신음을 흘리며 한쪽 눈에만 의지해 주춤주춤 걸었다.

이놈의 케이블 타이!

발목이 꽉 묶여 있어서 도무지 빨리 걸을 수가 없다. 발아래 질펀한 핏자국이 보인다. 기동이가 몸을 질질 끌고 가면서 그려 놓은 핏자국이다.

"기동아! 후우우! 기동아!"

흘러내린 피 때문에 따끔거리는 눈을 깜빡이면서 육만배는 어둠 속의 기동이를 불렀다. 비록 만신창이가 되어 버렸지만, 아직 살아 있다. 유리 조각으로 서로의 케이블 타이를 끊어 주고 부축해 가면서 도망가면…… 그러면 된다.

우두둑! 우둑! 짭짭! 꾸르륵! 쩝쩝!

기동이가 기어간 방향에서 들려오는 소름 끼치는 소리!

육만배는 감전된 사람처럼 얼어붙었다.

위층에서 비추던 플래시의 조명이 사라져 버려서 잘 보이지 않지만, 이 소리는 좀비다. 좀비들이 사람 살을 뜯어 먹고 있는 소리다!

"흐으! 으흐으!"

뒤돌아선 육만배는 필사적으로 걸음을 옮겼다. 뜯기는 사람이 기동이라는 건 너무도 당연한 이야기다. 녀석이 잡아먹히는 동안 어떻게든 달아나야겠다고…… 그렇게 생각했다.

그때였다.

그롸아아아!

갑자기 어둠 속에서 뻗어 온 손!

그것이 육만배의 얼굴을 할퀸다. 육만배는 부러져서 덜렁거리는 팔을 휘둘러 좀비의 손을 뿌리쳤다. 온몸에 찌릿찌릿한 통증이 퍼진다.

"으악!"

뒤돌아 도망치려던 육만배의 입에서 끔찍한 비명이 터져 나왔다. 뒤쪽에서 덮친 좀비의 손가락이 그의 코와 아직 시력이 남아 있는 눈구멍을 함께 움켜쥔다.

너무도 우악스럽고, 너무도 강력한 손아귀 힘이다. 육만배의 눈알이 터지고 콧구멍이 뜯겨 나갔다.

"끄으으으!"

끔찍한 고통에 육만배는 펄쩍 뛰어올랐다. 그러고는 이내 중심을 잡지 못해 바닥에 쓰러졌다.

저벅― 저벅―.

두 눈을 잃고 완전히 암흑 속에 잠긴 육만배의 귀에 발소리가 들려온다. 아주 가깝게…… 육만배는 벌레처럼 꿈틀거리며 기었다. 어디에 뭐가 있는지는 모르겠지만, 일단 도망쳐야겠다는 생각뿐이었다.

그롸아아아― 그아아악―!

여기저기서 터져 나오는 좀비들의 포효!

육만배는 미친 듯이 울부짖으며 몸을 흔들어 댔다. 공포 때문에 심장은 터지는 듯했다. 이럴 거였다면 차라리 3층에서 떨어질 때 즉사하는 편이 나았을 것을.

와득!

덜덜 떨고 있던 육만배의 발목에서 끔찍한 고통이 느껴진다. 좀비의 이빨이 그의 아킬레스건을 뜯어냈다. 그것에 반응하기도 전에 그의 목덜미에, 그리고 덜렁거리던 코에 좀비들의 이빨이 박힌다. 그리고 곧이어 팔목과 다리에서도 살이 뜯겨 나가는 통증이 전해졌다.

와드득! 와드득! 찌직! 꿀쩍꿀쩍! 우둑!

자신의 살이 좀비들의 목구멍을 타고 넘어가는 소리가 너무도 선명하게 육만배의 고막을 자극한다.

부하들이 잡아 온 좀비의 눈알을 파고, 코와 귀를 잘라 내며 호탕하게 웃던 그날 밤이 떠올라서 육만배는 부르르 몸을 떨었다. 그런 동안에도 좀비들은 열심히 그의 살을 잘라 내고 피를 삼켰다.

우두둑! 찌이익! 쩝쩝! 꿀쩍꿀쩍…….

06

"이놈!"

민구는 달려드는 괴물의 아가리에 마세티를 박아 넣었다.

칵―.

마세티의 크고 무거운 날은 괴물의 이빨들과 혀, 그리고 얼굴의 절반가량을 잘라 내고 놈을 뒤로 밀쳐 버렸다.

하지만 숨 돌릴 틈도 없이 놈의 뒤에 있던 또 다른 괴물이 민구의 왼팔을 노리고 몸을 날린다.

휘이익―.

민구는 백핸드로 마세티를 휘둘러 놈의 목을 쳤다.

와득!

목뼈에 박힌 마세티의 칼날에서 둔중한 소리가 난다. 혼신의 힘을 기울인 스윙이었다.

그런데…… 온전히 잘라 내지를 못했다.

기력이, 기력이 부족하다.

"이익!"

민구는 괴물의 목을 마저 잘라 내기 위해 마세티의 날을 힘주어 눌렀다. 그러는 사이, 조금 전 입 주변을 베어 냈던 괴물이 또 일어나 달려든다.

민구는 마세티를 놓은 뒤, 몸을 틀어 녀석을 흘려보내고 다시 곧바로…… 곧바로 다시 목덜미를 따려고 했다. 하지만 옆으로 쏠린 몸이 제대로 일어나지를 못했다. 또 그놈의 총상 부위가 발목을 잡는다.

"끄으응!"

민구는 미간을 찌푸리며 몸을 바로잡았다. 목에 마세티가 박힌 괴물은 칼날을 덜렁거리면서 그에게 달려온다. 민구는 쿠크리로 놈의 팔목을 후려치고, 마세티의 손잡이를 잡았다.

으드득!

괴물의 목뼈가 뜯겨 나가는 소리!

민구는 마세티의 날을 확 잡아챘다.

털썩.

머리를 잃은 괴물이 바닥에 무릎을 꿇고, 허공에 떠올랐던 머리가 데굴데굴 구른다. 그사이에 입이 잘린 괴물과 제3의 괴물이 한 방향에서 달려들었다. 그뿐 아니다.

뒤쪽에서도 덮쳐 오는 괴물들! 모두 몇 마리나 되는 건지 가늠조차 잘 되지 않는다.

그만큼 민구는 지쳐 있었고, 선로 아래의 어둠은 깊었으며, 달려드는 괴물의 수는 많았다. 그가 지금까지 지나쳐 온 길에는 대가리가 잘린 괴물들의 시체가 정신없이 널려 있다.

테라는 안타까움에 발을 동동 굴렀다. 그녀는 괴물들의 공격으로부터 자유로웠지만, 도움을 줄 수도 없었다. 괴물들의 공격 속도를 늦춰 보겠다고 공연히 그녀가 근처에서 기웃거린다면 도리어 민구가 칼을 쓰기에 더 나쁘다.

그롸아아아―.

괴물들의 포효!

민구는 두 팔을 정신없이 휘둘러 마세티와 쿠크리의 칼날을 교차시키고, 때로는 나란히 그었다. 머리를 깨고, 목을 베고, 발목을 끊고, 턱을 잘랐다. 땀이 정신없이 솟아 이마를 타고 줄줄 흘러내린다.

멀리서 개 짖는 소리가 울려온다. 놈들은 몇 분에 한 번, 꼭 한 마리씩만 개를 놓아 방향을 추적하게 한다. 그것 때문에 민구는 테라에게 먼저 앞서가라고 하지도 못하고 있다.

"이 새끼들! 질기구나!"

정신없이 칼을 휘두르고 몸을 틀던 민구가 가장 마지막 괴물의 정수리를 마세티로 때려 깨며 거친 숨을 몰아쉬었다.

이번 싸움도 겨우겨우 이겨 냈다. 이마의 땀을 닦아 내던 민구의 표정이 굳는다.

"이런……."

민구는 따끔거리는 오른쪽 날갯죽지를 짚어 봤다.

끈적하고 따뜻한 감촉…… 피다. 그리고 손끝에 피와 함께 남은 악취…….

이런 침 냄새를 풍기는 건 괴물들밖에 없다. 고개를 든 민구는 테라의 눈을 보며 말했다.

"여기까지인가 보다."

"……네? 왜 갑자기 그런 말을?"

테라는 영문을 모르겠다는 표정을 지었다. 비록 어두운 그늘 속에서 희미한 윤곽만을 바라보는 것이지만, 그녀의 까만 눈동자가 불안에 떨리는 걸 보고 있자니 마음이 찢어지는 것 같다. 민구는 힘겨운 숨을 몰아쉬며 입을 열었다.

"내가 모자라서…… 익!"

민구는 돌연 말을 끊고 뒤돌아섰다. 뒤쪽에서 달려오는 괴물들…… 대체 얼마나 더 있는 건지 모르겠다. 민구는 마세티를 집어 들고 놈들을 향해 달려 나갔다.

크롸악!

포효하며 달려드는 놈의 옆머리를 후려갈겼다. 그러고는 튕겨 나온 칼날을 바로 내질러 뒤에 선 괴물의 목에 박아 넣고 밀었다. 그사이에 옆에서 몸을 날린 세 번째 괴물이 민구의 얼굴을 노린다.

서걱!

재빨리 내민 쿠크리의 칼날이 놈의 얼굴을 대각선으로 가르고 들어갔다. 침이 뚝뚝 떨어지는 괴물의 이빨과 민구의 광대뼈 사이는 불과 한 뼘. 그 거리를 유지해 주는 것은 쿠크리의 칼날뿐이다.

"으으음!"

민구는 가벼운 신음 소리를 흘리며 떨리는 오른팔을 앞으로 밀었다. 예전 같으면 가볍게 해치울 수 있었겠지만, 지칠 대로 지치고 옆구리에 힘이 들어가지 않는 지금으로서는 그게 꽤나 어려운 일이었다.

그롸아아아—.

부들거리며 괴물과 대치하고 있는 민구를 향해 제4의 괴물이 달려든다. 민구는 두 번째 괴물의 목에 박혀 있던 마세티를 옆으로 확 잡아 빼며 네 번째 괴물의 턱을 후려쳤다.

텁—!

박살 난 네 번째 괴물의 아래턱이 덜렁거리고, 뭉텅 잘린 놈의 혓바닥이 하늘로 떠오른다. 놈이 중심을 잃고 잠시 고꾸라지는 틈에 민구는 바짝 달라붙은 세 번째 놈의 발목을 걷어찼다.

덜컥!

세 번째 놈의 몸이 휘청거리고, 쿠크리에 잘린 상처는 더 크고, 더 깊게 벌어졌다. 민구는 마세티를 휘둘러 녀석의 팔과 옆구리, 그리고 골반을 사정없이 내리찍었다.

잘린 팔과 부러진 갈비뼈, 그리고 꺾인 다리! 세 번째 괴물은 칼날 위로 엎어지다시피 하며 비틀거린다.

그 찰나의 기회를 놓치지 않고 민구는 왼발을 내디디며 쿠크리를 든 오른팔을 뒤로 확 잡아 뺐다. 전력으로 밀어 대고만 있던 세 번째 괴물이 그의 바로 옆을 스치며 앞으로 넘어간다. 민구는 마세티를 높이 들어 놈의 목덜미를 내려쳤다.

썽둥—!

부패한 살덩이와 뼛조각이 잘려 나가고, 놈의 머리가 바닥을 데굴데굴 굴렀다. 그사이에 다시 일어난 네 번째 괴물과 다섯, 여섯 번째 괴물이 동시에 달려든다.

도대체 얼마나 더 남은 거냐…….

민구의 미간에 깊은 골이 팼다.

태양 그룹 헬리콥터에 탄 놈들이 이쪽을 터놓고 건대로 가는 길목만 지키고 있던 건 다 이유가 있는 일이었다. 제대로 정신이 박힌 놈이라면 절대 이 방향으로 가지는 않을 거라는 확신이 들었던 것이다.

"윽!"

빙글 몸을 회전시키며 스텝을 밟던 민구가 인상을 찌푸린다. 하마터면 발을 헛디디며 넘어질 뻔했다. 자신의 육체가 정확하게 명령을 따라 줄 것이라는 확신이 사라진 지금, 과감한 동작을 하기가 점점 부담스럽다.

이까짓 대여섯 마리를 상대하는 게 이렇게 힘들어서야…….

그리고…… 계속 흘러가는 시간이 그의 마음과 칼끝을 점점 더 무겁게 만든다. 배에서 물렸던 놈들이 변하기까지 얼마의 시간이 걸렸는지…… 괴물들과 목숨을 건 싸움을 하면서도 민구의 머릿속 한구석에서는 그걸 계산 중이었다.

아무리 길게 잡아도 10분은 넘지 않았던 것 같다. 그리고 그 이전에 이미 의식을 잃은 채 토해 댔던 것으로 기억한다.

그러면…… 이제 그에게 남은 시간은 단 몇 분…….

그런데 그 삶의 마지막 몇 분이 이 냄새나고 썩어 가는 괴물들과 뒤엉킨 채 흘러가고 있다.

남의 피로 칼을 흠뻑 적셨던 그날부터, 언젠가 칼을 쓰다 죽게 될 거라는 각오는 하고 있었지만…… 아직 그에게는 해야 할 일이 있다. 저 여리디여린 계집애에게 해 줘야 할 말이 있다.

찌이익—.

괴물들이 휘젓는 손아귀에 걸려 민구의 트레이닝복이 찢겨 나간다. 민구는 너풀거리는 옷을 벗어 버릴 틈도 없이 바쁘게 두 개의 칼을 휘둘러 놈들을 자르고 베었다.

쩍—!

마침내 여섯 번째 괴물의 관자놀이에 마세티를 박아 넣었다. 두개골이 반쯤 열린 뒤에도 괴물은 끝내 민구에 대한 살의를 버리지 못하고, 어떻게든 그를 깨물어 보려 달려들며 아가리를 벌린다.

"으윽!"

민구는 놈의 덤비는 힘을 이기지 못하고 뒤로 주춤거렸다. 하지만 아직 져 줄 생각 따위는 없다.

민구는 중심을 바꾸며 마세티를 밀어 괴물을 바닥에 쓰러프렸다. 녀석의 옆 머리에 반쯤 박혀 있는 마세티의 칼끝이 하늘에 떠 있다.

콱—!

민구는 마세티의 칼등을 힘껏 밟았다.

까드득! 뿌드득!

녀석의 두개골이 으스러지는 소리가 울려온다.

칵—.

민구는 한 번 더 체중을 실어 마세티를 밟았다.

쩌억—!

마세티의 날이 놈의 뇌를 가르고 반대편 두개골까지 닿는다. 그제야 괴물은 버둥거리던 팔다리의 움직임을 멈췄다.

민구는 떨리는 손으로 놈의 대가리에서 마세티를 비틀어 뽑았다. 그러고는 넝마가 되어 너풀거리는 윗옷을 벗어 바닥에 던졌다.

"……으으음!"

태연하게 허리를 펴려던 민구의 입에서 신음 소리가 터져 나왔다. 어지럽다. 그리고…… 온몸이 점점 뜨거워진다. 신호가 너무 빨리 왔다.

"……물렸군요."

민구의 등 뒤에서 다가오던 테라가 떨리는 목소리로 중얼거렸다. 민구의 날갯죽지 상처에서는 피가 흥건히 흘러나와 옆구리까지 흠뻑 적시고 있었다.

민구는 옆눈으로 그녀를 돌아보고 힘없이 고개를 끄덕였다. 뭔가 말을 해 주고 싶은 것들이 있는데…… 혀가 뻣뻣해지고 입술이 딱 달라붙어 떨어지지를 않는다.

"후우우~ 하아~."

테라를 향해 돌아서려던 민구는 비틀거리며 뒷걸음질을 쳤다. 똑바로 서 있기가 너무 힘이 든다. 그는 상가 건물의 벽을 짚은 후에야 겨우 멈춰 설 수 있었다.

"……가라. 내가…… 앞으로 달려가면서 시선을 끌게. 그사이에…… 너는 북쪽으로 가. 만약 개들이 쫓아오면…… 이걸로 머리를 후려쳐."

마세티를 건네주려던 민구는 잠시 입을 다물고 숨을 골랐다.

지이잉—.

머리가 쪼개지는 것 같은 고통이 한차례 휩쓸고 지나간다. 통증이 가라앉고 나서 민구는 다시 말을 이었다.

"이것보다는 더 버텨 주고 싶었는데……."

가게 바닥에 털썩 주저앉은 민구는 땀으로 범벅이 된 얼굴에 억지로 미소를 지어 보였다. 그러고는 턱으로 뒤쪽을 가리켰다.

"가. 조금 있으면 또 개를 풀 거다. 그건 내가 잡아 줄 테니까."

하지만 테라는 그의 말을 듣지 않았다. 그녀는 민구가 목에 걸어 준 울트라마린 나이프를 빼 들었다. 그런 후, 입술을 꽉 깨문 채 그걸로 자신의 왼팔 손목을 그었다. 벌레 한 마리 죽이지 못할 것 같던 '여리디여린 계집애'는 그 순간 한 치의 망설임도 없었다.

"피싯—!"

그녀의 가느다란 팔목에서 피가 왈칵왈칵 솟아오른다. 그 날카로운 통증에 테라는 온몸을 부르르 떨었지만, 작은 비명도 지르지 않았다. 오히려 민구가 더 큰 소리를 냈다.

"너! 왜 그런 짓을!"

"제발 움직이지 마세요……."

테라는 피가 솟는 자신의 팔목을 민구의 날갯죽지에 가져다 댔다. 그러고는 자신의 피가 더 잘 섞여 들어가도록 민구의 상처를 벌렸다.

"그런다고 해서…… 피가 들어갈 리 없어! 뿜어져 나오는 힘이 몇 배나 더 세다고! 너 지혈이나 해!"

민구가 그녀를 밀쳐 내려 들었다. 하지만 테라의 의지는 조금도 흔들리지 않았다.

"어차피 난 상처예요! 그냥 내가 하고 싶은 대로 하게 해 주세요! 제발 좀 자세를 낮추고 움직이지 마세요, 아저씨."

그녀는 민구의 옆구리에 바짝 달라붙은 채 오른손에 든 칼로 민구의 물린 자국 안쪽을 한 번 더 그었다. 그러고는 거기에 자신의 상처를 밀착시켰다.

왈칵! 왈칵!

두 사람의 상처에서 솟아오른 피는 민구의 뜯겨 나간 피부 안쪽에 고인다.

테라도 이것이 정말로 이 사람을 치료할 수 있는 방법인지에 대해 아무런 자신이 없었다. 젠킨스는 널 키드의 혈청을 주입하면 물린 사람을 치료할 수 있다고만 했지, 상처 난 곳에 생피를 가져다 대는 경우 어떻게 되는지에 대해서는 말을 해 주지 않았다.

자신의 혈액형이 O형이므로 웬만한 사람들에게는 다 수혈이 가능하다는 정도만을 알 뿐이다.

혈청과 이렇게 흘러나온 피가 어떻게 다른 건지도, 그의 등을 피범벅으로 만들어 놓은 피들이 정말 혈관 안쪽으로 들어가기는 하는 건지도 모르겠다.

어쩌면 이 사람의 말처럼, 이 모든 짓은 그냥 헛수고에 불과할 수도 있다. 하지만…… 분명한 것은 이 정도도 해 보지 않고 이 사람에게 안녕을 고할 수는 없다는 사실이다.

"그만둬…… 빨리 지혈이나 해. 너 그러다가…… 쓰러진다. 나는…… 이렇게까지 해서 살려야 할 만큼…… 하아~ 하아…… 가치 있는 인간……이 아니야."

민구가 점점 굳어 가는 혀를 간신히 움직여 중얼거렸다. 하지만 이미 그의 몸은 도무지 말을 듣지 않았다. 테라의 팔을 떼어 낼 수도, 몸을 벌떡 일으킬 수도 없다. 팔다리에 천 근짜리 추가 달려 있는 것처럼 한없이 무겁고 아득하다.

귀에 전해져 오는 발음이 이상하다. 자신의 목소리를 듣는 것인데도 꿈속처럼 멀고, 메아리가 울린다.

"생명의 은인도 구하지 못한다면, 제 피야말로 아무 가치가 없는 거예요. 그러니까…… 아저씨, 꼭 사셔야 돼요."

테라는 특유의 느릿한 말투로 한마디, 한마디 힘주어 말했다. 출혈이 계속되면서 그녀의 팔과 몸은 점점 더 차가워지고, 그와 반대로 민구의 몸은 불덩이처럼 끓어올랐다.

테라는 자신의 상처에서 더 이상 피가 콸콸 흐르지 않는다는 걸 깨달았다.

'한 번 더 그어야 할까?'

테라는 울트라마린 나이프를 쥐고 잠시 망설였다. 지금까지 그녀의 피가 민구의 몸에 얼마나 들어간 건지, 어느 정도 양의 피가 들어가야 면역 체계가 발동하게 되는 건지 전혀 모른다.

그리고…… 자신이 흘려도 되는 피의 양이 어느 정도인지도 알지 못한다. 모든 게 다 불명확하고, 그래서 두렵다.

투투투투투투― 후우우우우웅 .

그녀가 나이프의 칼날을 다시 들었을 때, 동쪽에서 새로운 헬리콥터의 프로펠러 소리가 커다랗게 울려왔다. 그리고 거기에서 뿜어져 나오는, 눈부시게 강

한 빛이 보였다.

지금까지 다른 헬기들에서 비추던 라이트와는 수준이 다른, 밝은 빛이다.

테라는 나이프를 칼집에 넣고 일어섰다. 새로 등장한 헬리콥터의 서치라이트가 선로 주변과 인근의 건물들을 찬찬히 훑으며 가까이 다가오고 있다.

여기에서 더 시간을 끌거나, 그를 내버려 두고 혼자서만 달아난다면 민구는 저들에게 발견돼 처형당할 것이다.

그건 싫다. 어차피 그녀 혼자서 달아나지도 못한다. 개들은 그녀보다 빠르고 강하다. 그러니 한 사람만이라도 살아남을 수 있는 가능성 쪽을 택해야 한다.

"이거…… 여기에 두고 가요."

낑낑거리며 민구의 두 다리를 가게 안쪽으로 밀어 넣은 테라가 그 옆에 젠킨스의 버클과 지도를 놓으며 말했다.

"크흐으~ 으으으~."

민구는 심하게 앓는 소리를 내며 숨을 몰아쉬었다. 온통 핏발이 선 그의 눈과 얼굴을 보고 있자니, 그의 몸이 얼마나 큰 고통 속에서 싸우고 있는 건지 짐작이 된다. 오직 민구의 눈동자만이 그가 아직 의식을 가지고 있다는 걸 알려주고 있다.

그의 눈동자는 테라에게 '그러지 말라'고 애원하는 중이다.

"만약, 아저씨가 깨어나시면…… 저를 구하러 와 주세요. 그리고 같이 JL로 가요."

테라는 담담하게 말했다. 진심이었다. 그를 죽음으로부터 막지도 못할 정도라면…… 자신은 구세주도, 뭣도 아닌 거라고 생각했다. 그냥 젠킨스가 뭔가 잘못 알고 있었던 거라고…… 그렇게 생각했다.

"그렇지만 그때는 또 물리시면 안 돼요. 제 피가 효력이 있는 건 한 번뿐이랬어요."

혹시 또 올지도 모르는 좀비들로부터 민구를 보호하기 위해 가게의 셔터를 내리며 테라가 말했다. 만약 그가 살아난다면, 아나필락시스 진이 될 확률이 월

등히 높다.

딱 한 번의 면역. 그 뒤로는 항체가 쇼크를 일으켜 사망하게 된다.

드르르륵—.

셔터가 내려지고, 테라는 아직도 피가 뚝뚝 떨어지는 손을 가볍게 흔들었다. 그러고는 지금까지 힘겹게 왔던 길을 되짚어 달려갔다. 그에게서 멀어져야 한다.

"이쪽에 있는 게 확실해? 어떻게 알아?"

1호기에 타고 있는 오 박사가 무전기를 잡고 물었다. 3호기는 곧바로 대답했다.

— 치이익, 개를 한 마리씩 보냈는데, 돌아오지를 않습니다. 치익, 그렇다고 뛰어다니는 불빛이 보이는 것도 아닙니다. 치이익.

"그래? 그렇다면 맞는 것 같구만. 어이! 저길 비춰 봐! 좀 더 가까이 가 보라고!"

오 박사는 대로의 고가 선로를 가리키며 1호기 조종사에게 명령했다. 1호기 조종사는 고개를 젓는다.

"베슬이 달려 있어서 저런 데는 가면 위험합니다. 2호기 추락한 거 보셨잖습니까? 베슬이 걸려서 갑자기 확 중심이 기울면, 끊어 낼 새도 없이 떨어집니다."

"아, 맞다! 베슬! 그것들을 처리해야지!"

조종사의 말이 오 박사에게 그물 베슬 안에 들어 있는 네 명의 군인을 떠올리게 만들었다. 어차피 테라의 신병을 확보하고 나면 그놈들은 영 껄끄러워지는 존재일 뿐이다.

함께 있는 민간인들까지 싹 다 죽여야 한다는 건 아쉽지만, 이쯤에서 미리미리 처리하고 가는 편이 낫다.

"어이! 2호기 쪽으로 다시 한번 가! 고도는 아까보다 훨씬 올리고!"

명령이 떨어지기 무섭게 조종사는 헬기의 방향을 틀었다. 아직도 타닥타닥, 불꽃이 피어오르고 있는 2호기 잔해의 상공에 도착했을 때, 오 박사가 말했다.

"베슬 끊어."

조종사는 깜짝 놀라 오 박사를 돌아보았다. 베슬 안에 타고 있는 사람이 스무 명이 넘는데, 이 높이에서…….

"……건대가 바로 근처인데요. 혹시 군인들이 이 근처를 지나가기라도 하면……."

"그러니까! 여기로 오라고 한 거야. 저기 우리 헬리콥터도 추락했잖아. 누가 보더라도 괜찮아. 아니, 오히려 좋지. 무리하게 구조하다가 다 같이 사망한 걸로 보이니까 의심받지 않을 거라고! 뭐 해? 빨리하고 선로로 돌아가."

오 박사는 아무렇지도 않은 얼굴로 대꾸했다. 조종사는 잠시 망설이다가 베슬과 헬기 케이블을 연결한 전자석의 전원을 끊었다.

대롱거리며 매달려 있던 그물 베슬은 곧바로 빠르게 떨어져 내렸다.

"으아아아아아!"

베슬 안에 있던 사람들은 갑자기 떨어져 내리는 동안 절망적인 비명을 질러 댔다. 그러나 그것도 잠시. 그들은 몇 초 만에 단단한 콘크리트 바닥에 그대로 내리꽂혔다. 끔찍한 소리가 났다.

"다시 선로로 가자. 근데…… 혹시 살아남는 놈은 없겠지?"

참혹하게 뒤엉킨 시체들과 그물 베슬을 내려다보며 오 박사가 물었다. 조종사는 식은땀을 흘리며 고개를 저었다.

"그럴 리가요…… 60미터 상공에서 그대로 추락했는데……."

그렇게 조종사가 오 박사의 광기에 소름 끼쳐 하고 있을 때, 무전기에서 흥분된 목소리가 울려왔다.

― 치익, 테라 확보! 테라 확보! 치이익, 반복한다! 테라 확보! 치이익.

"엉? 어, 어디야! 어디야?"

흥분한 오 박사가 미친 듯이 소리를 질렀다. 그와 동시에 그를 태운 헬기는 3호기가 보고한 위치를 향해 날아갔다.

"테라! 테라!"

서치라이트 때문에 대낮처럼 밝혀진 도로에 까만 미니 원피스를 입은 테라가 서 있다.

불빛이 눈 부신지, 그녀는 한 손을 들어 눈에 그늘을 만들어 보려 애를 쓴다.

하지만 어딘가로 달아나려는 기색은 없었다.

셰퍼드를 앞세운 섀도 실드 대원들이 그녀의 주변으로 빠르게 접근하는 중이다.

"내려! 당장 여기에 내리라고!"

오 박사는 발정 난 돼지 새끼처럼 고함을 쳐 댔다. 조종사는 위험을 감수하고 자동차들 사이에 헬리콥터를 착륙시켰다.

이 길고 위험했던 밤이 다 지나간 이 상황에서 혹시라도 성질을 건드렸다가 목숨을 걱정하고 싶지는 않았다.

"테라! 테라 씨!"

헬기의 문을 열고 뛰어내린 오 박사는 광기가 가득한 웃음을 터뜨리며 테라를 향해 달려갔다. 그녀의 왼손이 피투성이라는 것을 발견한 오 박사는 지혈을 위해 자신의 허리띠를 풀며 섀도 실드 대원들을 밀쳐 냈다.

"비켜! 이 새끼들아! 피가 났는데 뭘 하고 있어?"

그녀에게서 울트라마린 나이프를 압수한 뒤에도 여전히 경계를 늦추지 않고 있던 섀도 실드 대원이 소리쳤다.

"오 박사님! 아직 접근하시면 위험합니다! 또 한 놈이 있었는데, 아직 그놈의 위치가……."

"죽었어요. 개랑 싸우다가……."

테라는 얼른 말을 지어냈다. 혹시라도 민구의 위치를 파악하기 위해 이놈들이 수색을 계속할까 봐 두려웠다. 하지만 오 박사는 그런 것 따위 아무런 상관도 없었다.

"그래요! 죽었군요! 아쉽네요! 하하하하! 테라 씨! 출혈이 커요! 하지만 걱정 마세요! 제가! 아주 말끔하게 치료해 드립니다! 자, 저와 함께 갑시다! 하하하하하! 아아, 정말 아름답군요! 사랑합니다! 히히히히!"

허리띠로 테라의 팔을 졸라 묶은 오 박사가 손뼉을 치며 몸을 배배 꼰다. 이성을 잃은 미친놈처럼 아무 말이고 나오는 대로 마구 씨불이는 꼴을 보니, 기뻐서 어떻게 해야 할지를 모르겠는 모양이다. 테라는 쓸쓸히 시선을 바닥에 떨궜다.

그 모습은 민구에게도 보였다. 환한 빛이 만들어 낸 둥근 원 속에 테라가 서 있다. 그리고 악마 같은 놈들이 다가와 그녀를…… 헬기에 태운다. 그녀의 슬픈 눈동자가 눈물로 젖어 있다.

너무도 선명한 광경이었다. 민구는 화가 나서 견딜 수가 없었다.

하지만 그건 그의 환상이었다. 그가 고통에 휩싸인 채 경련하고 있는 가게와 테라가 서 있는 곳 사이에는 수십 대의 자동차와 여러 개의 선로 기둥, 그리고 몇 채나 되는 건물의 벽이 버티고 있었다. 도저히 볼 수 없는 각도와 거리다. 그러나 민구는 그것이 환상이라는 것을 깨닫지 못했다.

'으으으음! 이 개새끼들!'

민구는 분노로 가득 찬 욕설을 내질렀다. 물론 그 역시 그의 의식 속에서만 터져 나온 사자후였다.

실제의 그는 고열에 시달리며 차디찬 대리석 바닥에 엎드린 채 미동조차 할 수 없는 상황이었다. 부릅뜬 눈에는 현실과 환상이 빠르게 교차하며 비쳤고, 때로는 기억에서조차 지워져 있던 희미한 옛일들도 그 사이에 번쩍이며 끼어들었다.

번쩍!

환상은 그를 열다섯이 되던 해의 봄으로 데리고 갔다.

번쩍!

그때 그는 고아원의 애물단지였다. 원장은 이미 그전부터 민구를 두려워하고 있었다.

번쩍!

그렇게 큰 공연장은 처음이었다. 자줏빛 커튼에 부드럽고 푹신한 좌석! 꿈속의 궁전처럼 호화로웠다.

"오늘 하루만이라도 고아라는 사실을 잊고 다 같이 즐겁게 노래합시다! 여러분을 위해 저 멀리 미국에서 재미교포 어린이 합창단도 와 주셨습니다!"

개같은 사회자 새끼가 소개를 할 때부터 이미 배알이 틀어졌다. 고아들만 잔뜩 모아 둔 공연장이 싫었다. 민구는 어린이날 선물이라고 받은 과자 상자를 꽉 움켜쥐고 있었다.

번쩍!

더럽게 잘 차려입은 애새끼들이 차례차례 무대에 오른다. 부러운 꼬마 새끼들! 사람들의 박수 소리! 민구는 더 이상 참을 수가 없었다.

"야이, 개새끼들아! 좆 까! 동정하지 말라고!"

민구는 무대 근처까지 달려가 사회자와 애새끼들을 향해 꼬깃꼬깃 구겨진 과자 상자를 집어 던졌다.

번쩍!

하필이면 과자 상자는 개중에서도 어린 계집애에게 맞았다. 까만 머리의 바짝 마른 계집애가 겁에 질려 울음을 터뜨린다. 바로 옆에 서 있던 같은 또래의 계집애가 민구를 노려보았다.

번쩍!

민구는 붙잡으려는 사람들을 피해 극장 밖으로 달려 나왔다. 마음 한구석에 후회가 있었고, 그보다 더 큰 부분에서는 까만 머리 계집애에게 미안했다.

너를 맞히려던 게 아니었어…….

번쩍!

아주 아름다운 여자와 부딪쳤다. 바닥에 뒹군 민구를 향해 여자가 손을 내밀었다.

"괜찮니?"

그녀에게 안겨 울고 싶었다. 그렇게 예쁜 여자는 처음이었다. 내 엄마가 이렇게 생겼으면 하고 늘 기도하던, 그런 여자였다. 하지만 그녀에게는 이미 아들이 있었다. 그녀를 닮아 너무 예쁜 진짜 아들이······.

"삼식아, 너도 일어나."

여자가 자기 아들을 돌아보는 순간, 민구는 견디지 못하고 그놈을 밀치고 다시 뛰었다.

으아아아아아! 다 죽어 버려!

번쩍!

엉망으로 두들겨 맞은 민구는 숨을 헐떡이고 있었다.

이렇게 죽는 거구나······.

역시 다구리에는 장사가 없다. 홧김에 이 동네 건달들을 건드리는 게 아니었는데······.

번쩍!

"살려 줄까?"

쥐 상을 한 남자가 물었다. 그는 민구의 손에 짧은 칼 한 자루를 쥐여 줬다.

"다방에 들어가면 입구에 뚱뚱한 남자 앉아 있어. 그 사람 찌르고 와. 그러면 살려 주지."

번쩍!

번쩍!

번쩍!

Chapter 80
여명

01

 본사에 도착한 오 박사는 함께 작전을 수행한 대원들에게 아주 짧은 격려만을 남겼다.
 "다들 고생했어. 내일부터 사람 사냥 나가지 않아도 되니까 푹 쉬어. 총기만 반납한 뒤에 하고 싶은 거 있으면 다 해. 마음껏 마시고 회포도 풀어. 여자들은 어디에 있는지 알지?"
 손가락으로 땅 밑을 가리키며 웃은 뒤, 오 박사는 곧바로 테라를 엘리베이터에 태우고 자신의 연구실로 데려갔다.
 다른 대원들이나 직원들이 중간에 끼어드는 것을 원치도 않았고, 그래서도 안 된다. 천하의 젠킨스가 인정한 이 면역자는 오로지 자신의 것이어야 하고, 자신만의 공로로 독점되어야 한다.
 "이해해 줘요. 조금 지저분합니다. 연구만 하느라고 청소에 잘 신경을 안 써서요. 자, 여기 앉으세요."
 오 박사는 테라를 소파에 앉히고 테이블에 어지럽혀져 있던 서류 더미를 한쪽으로 밀어 치워 버렸다.

에어컨의 온도가 25도로 맞춰져 있는 실내는 시원하고 쾌적했다. 세면대로 걸어가 손을 씻은 오 박사는 의료 도구 상자를 들고 돌아왔다.

"상처부터 봅시다. 귀하신 분이 계속 피 흘리고 있으면 안 되지."

쫙, 소리가 나게 라텍스 장갑을 낀 오 박사는 테라의 왼팔을 당겨 상처 주변을 닦아 냈다. 알코올 솜으로 피딱지를 닦아 내고 나니 한 줄짜리 상처가 선명하게 드러난다. 그녀의 붉은 피를 보는 것만으로도 오 박사의 숨결은 거칠어진다.

이 피 속에…… 언뜻 보기에는 그저 평범한 인간들의 피와 조금도 다르지 않은 피 속에…… 젠킨스가 주목했던 보석이 들어 있다. 저 이기적이고 교만한 천재 사이코패스가 목숨을 걸고 지키려고 했을 만큼 높은 가치의 보석이…….

후후후, 이제 자신의 손안에 들어와 있다.

"다행히 동맥이 다치지는 않았네요. 자기가 그은 건 아니고…… 사고였나 보군요. 어휴, 실수치고는 엄청 깊은데…… 놀랐겠어요. 왜 그랬죠? 개랑 싸워 보려고 그랬어요? 후후후, 안 돼요, 그런 생각 하면…… 이 가녀린 손으로 가당키나 한 말입니까?"

그녀의 팔목에 붕대를 감아 주며 오 박사는 농담과 질문을 섞어 던지고 웃었다. 자살 시도 따위가 아니라 실수로 베인 거라 확신한 이유는 간단하다. 주저흔이 없다.

인간은 자신의 팔목을 그을 때, 몇 번이고 망설인다. 고통을 두려워해서 핏줄이 잘리지 않을 만큼 얕게 긋고, 좀 더 깊이 칼날을 넣으려다가 실패하는 일을 반복해서 상처 주변을 너덜너덜하게 만들기 마련이다. 한데 이 계집애의 팔목에는 오로지 깊은 한 줄만이 선명하게 그어져 있다.

테라는 대답하지 않고 초점 없는 눈으로 테이블을 응시하고만 있었다. 그녀의 기분을 맞춰 주려고 아부를 떨어 대고 있는 오 박사로서는 만족스러운 반응이라곤 할 수 없는 태도였다. 오 박사는 짜증을 꾹 누르고 다시 헛웃음을 지었다.

"뭐 좀 드시겠어요? 톱스타께서는 뭘 좋아하시나? 커피? 미네랄워터? 아니면 시원한 맥주도 있는데…… 후후후, 뭐든지 좀 드세요. 피를 그렇게 흘리셨으니

영양 보충도 해야죠."

　오 박사는 냉장고에서 음료수와 간단한 음식들을 줄줄이 꺼내 놓은 뒤, 물을 적신 수건을 가지고 돌아왔다. 그러고는 테라의 맞은편 테이블에 걸터앉아 수건으로 그녀의 얼굴과 목을 닦아 냈다. 피와 먼지, 땀이 잔뜩 묻어난다.

　"엉망이 되었군요…… 하루 만에……. 이게 무슨 고생입니까? 처음부터 헬리콥터를 타고 이리로 왔으면 이런 일 없었을 텐데……."

　수건을 잡은 오 박사의 손길이 볼 주변을 스쳐도 테라는 별 반응이 없다. 오 박사는 더러워진 수건을 옆으로 던져 버리고 그녀의 발에 눈길을 주었다.

　무한한 증식과 파괴가 반복되고 있다는 그녀의 새끼발가락 상처를 직접 눈으로 확인하니, 의식하지 않아도 저절로 웃음이 터졌다.

　"하하하하, 거기군요. 거길 물렸던 거야! 그렇죠?"

　광인처럼 혼자 웃어 대던 오 박사는 갑자기 정색을 하며 담배를 피워 물었다.

　"자, 이제 자세히 이야기해 봐요. 그 발가락, 언제 어떻게 물렸고, 어떻게 치료했는지, 그리고 면역은 어떻게 발동하는지……. 그동안 젠킨스와 계속 대화를 나눴잖아요. 날씨 이야기만 하지는 않았을 거 아닙니까?"

　오 박사는 고개를 돌려 담배 연기를 옆으로 뿜어내며 말했다. 그때까지 그가 무슨 짓을 해도 인형처럼 앉아만 있던 테라가 처음으로 반응을 보였다.

　"……제게 면역이 있다는 걸 어떻게 아셨어요?"

　"음…… 글쎄요? 뭐라고 할까…… 이건 어때요? 테라 씨와 함께 배에 타고 있던 군인들이 말해 주더군요."

　오 박사는 여유 가득한 얼굴로 뻔뻔하게 둘러댔다. 테라는 고개를 저었다.

　"그분들은 젠킨스 씨가 뭘 하던 분인지 몰라요. 제가 발가락을 물렸다는 것도 마찬가지고요."

　"그게 중요한가요? 아니에요. 지금 우리에게 중요한 긴 미래죠. 비밀로 해 왔던 일이 드러나 버렸다는 게 당혹스럽겠지만, 그런 감정은 지워 버려요. 그 대신에…… 테라 씨, 우리 함께하고 있는 이 시간을 더 가치 있고 창조적인 걸로 만듭시다. 우리 둘 다 그럴 능력이 있는 사람들이에요."

그가 말해 줄 생각이 없다는 걸 깨달은 테라는 입을 다물어 버렸다. 오 박사는 담배를 음미하면서 다시 물었다.

"발가락을 물렸는데, 그 후로 도무지 아물지 않는다는 말이잖아요. 그게 굉장히 특이하더라고요. 우리 쪽에도 면역자가 없는 건 아니지만, 그런 경우는 또 처음 보고되는 거라서요. 후후후, 면역자가 또 있다고 하니까 놀랐나요? 그래요, 언젠가 만나게 해 드릴 수도 있어요. 면역자들끼리는 서로를 어떻게 바라볼지도 궁금하군요. 아마 조금씩 징후나 특색이 다른 모양이니까. 그쪽의 경우를 말해 주면 우리도 우리 면역자의 이야기를 해 드릴게요."

테라는 다시 눈길을 아래로 돌렸다. 자신이 엄청 대단한 줄 알고 잘난 체하고 있어 봤자, 이 사람은 사실 면역자의 체계에 대해 아무것도 모르는 모양이다. 그런 이에게 굳이 세 종류의 면역자와 특색에 대해 말해 줄 이유는 없었다.

그리고…… 이 사람이 얼마나 높은 지위를 가지고 있는지는 몰라도 어차피 마지막에는 나쁜…… 작은 회장이 올 거라고 생각했다. 그녀에게 절대 지워지지 않는 마음의 상처를 줬던 그 작은 회장이……. 사실 그가 태양의 실세이니까.

다시는 단둘이 마주치고 싶지 않은 사람이지만 이렇게 포로가 되어 버렸으니 그녀에게 선택권 같은 건 없었다.

"피곤해요……. 조금만 쉬었으면 좋겠어요."

테라는 오 박사의 이야기를 끊으며 조용히 말했다. 지방이라고는 없는 오 박사의 흰 얼굴이 일순 경련하듯 꿈틀거린다.

그때, 누군가 문을 두드리며 손잡이를 돌렸다. 오 박사는 한숨을 쉬면서 일어나 잠가 놓았던 문을 열어 주었다.

"그, 그, 그년 자, 잡아 왔다면서? 오! 저, 저, 저기 있네!"

메이저였다. 꿰맨 자국이 부어오르고 보랏빛으로 멍이 들어서 프랑켄슈타인처럼 변해 버린 메이저가 문 안으로 발을 들여놓으려고 한다. 테라를 데려왔다는 걸 듣자마자 곧바로 달려온 모양이다.

"아, 그래그래. 진정해. 약 기운은? 좀 깼어?"

오 박사는 메이저의 몸을 막아서며 물었다. 메이저는 콧김을 씩씩거리며 대답했다.

"보, 보면 아, 알잖아. 쌔, 쌩쌩해. 저, 저, 저년 좀 빌려줘."

"뭔 소리를 하는 거야? 쟤는 안 돼! 쟤를 왜 잡아 왔는지도 몰라? 취했어?"

"아, 아니! 아, 안 죽여! 그냥 재, 재, 재미만 볼 거야. 어차피 피, 피, 피만 쓸 거잖아. 그 피, 피 내, 내가 뽑아 줄게! 누, 누, 눈물도 쪽 뽀, 뽑아 주고! 아, 아주 고, 고, 고분고분하게 만들어 줄게!"

메이저가 거기까지 떠들도록 내버려 두던 오 박사는 그를 밀고 문밖으로 나갔다. 그러고는 문을 굳게 닫은 뒤, 메이저에게 말했다.

"자네, 제정신이야? 쟤한테서 관심 끊어. 내가 살살 비위 맞춰서 알아내야 할 게 많다고. 쟤는 우리 생명줄이야. 생명줄에 톱질을 해서 어쩌자는 거야? 후우~!"

한숨을 내쉰 오 박사는 아까 옥상에서 대원들에게 손짓했던 것처럼 땅 밑을 가리키며 말을 이었다.

"지하에 가면 여자가 천 명은 있어. 그중에 자네 마음에 드는 것들 있으면 다 데리고 올라와서 성질 내키는 대로 해! 몇 명을 죽이든, 어디를 어떻게 때려죽이든 나는 상관 안 할 거야. 하지만 쟤는 안 돼. 절대로! 알겠어?"

"우~ 아, 아쉬운데……."

"아쉬워하지 말고 당장 내려가. 가서 비슷한 애 찾아서 재미 보라고. 비쩍 마른 계집애들 많잖아."

오 박사는 병균을 내몰듯 메이저를 내쫓은 뒤, 다시 연구실 안으로 들어왔다. 테라는 그때까지도 별 표정의 변화 없이 가만히 앉아 있다. 하지만 메이저가 이 방 문을 열고 지껄였던 이야기는 분명히 그녀에게도 들렸을 것이다.

"봤지? 여기는 저린 놈들이 많아."

오 박사는 다시 테이블에 걸터앉으며 두 개비째 담배에 불을 붙였다. 메이저가 다녀간 후, 더 이상의 가식적 연기가 필요 없어졌는지 쉽게 반말이 튀어나온다. 그러고는 그녀에게 고민할 시간을 충분히 주고 나서야 입을 열었다.

"여기가 마음에 들지 않을 수도 있어. 나랑 이야기하는 게 유쾌하지 않을 수도 있고. 그런데 그런 판단을 내리기 전에 분명히 알아 둬야 하는 사실은, 이 커다란 건물 전체에서 그래도 내가 가장 인간답게 너를 대해 줄 사람이라는 거야. 그러니까…… 내가 꼬박꼬박 '씨' 자 붙이고 존댓말 써 줄 때 잘해. 계속 이런 식으로 굴면 그냥 저놈한테 넘겨 버릴 거야. 그게 어디에 있더라……."

테이블에서 일어난 오 박사는 책꽂이를 뒤적거려서 서류철 하나를 꺼내 왔다. 그러고는 그것을 펼쳐 테라의 앞에 툭, 던졌다.

좌라락―.

폴라로이드 사진들이 한 무더기 쏟아진다. 모두 여자의 얼굴을 찍은 사진이었다. 끔찍하게 폭행당한 상처투성이의 얼굴들. 다들 입술이 찢어지고, 뼈가 부러져서 부어올라 있다.

"아까 그 사람 방에 들어갔던 애들 사진이야. 끝내주지? 일단 그 방에 들어가면 그렇게 된 이후에야 나올 수 있어. 그 사람 취미 생활이 그거라서 말이지."

테라는 얼른 사진을 외면했지만, 그녀의 눈에는 눈물이 고였다. 솔직히 두렵다. 왜 이렇게까지 잔인한 사람들이 많은 걸까…….

그녀의 표정 변화를 읽은 오 박사는 시치미를 뚝 떼고 이야기를 계속했다.

"아니면 대원들한테 줘서 마음껏 돌리라고 할 수도 있고. 쓸모없는 인간인데 나 혼자 아까워해서 뭐 하겠어? 어딘가에라도 쓸 수 있다면 써야지."

테라의 허벅지에 눈물이 뚝 떨어졌다. 그걸 보고 나서야 오 박사는 만족한 표정으로 말했다.

"에이, 테라 씨, 울지 마요. 그건 그냥 가정이에요. 테라 씨가 내게 가치 없는 사람이라고 판명되었을 경우, '이렇게 될 거다.' 하는 가정. 테라 씨는 그런 사람 아니잖아. 좀비에 물리고도 살아남은, 엄청 가치 있는 사람이라고. 그렇죠?"

테라는 눈물을 씻고 고개를 끄덕였다. 기분이 좋아진 오 박사는 또 물었다.

"좀비한테 보이지 않는다는 소리도 들었어요. 그것도 사실입니까?"

테라는 또 힘없이 고개를 끄덕였다. 오 박사가 그녀의 손을 잡고 일으켰다.

"자, 그럼 이제 그 두 가지 가치를 증명하러 갑시다. 소문은 무성한데 나는 아직 그걸 직접 본 게 아니니까…… 과학자라는 족속은 이런 게 있어요. 글로만 읽은 건 안 믿어. 직접 실험을 하고 그 결과가 일치하는지를 자기가 확인을 해야 된다고요."

테라를 끌고 복도를 가로질러 걸어간 오 박사는 작은 방의 문을 열었다. 언젠가 파멸의 마녀 년과 함께 미스터 배가 물리는 걸 지켜봤던 그 실험실이다. 오 박사는 대기하고 있던 직원들에게 테라를 소개했다.

"인사들 해. 다들 누군지 알지? 어이, 안쪽 문 열어."

오 박사는 조금도 지체하지 않고 안쪽의 보안용 문을 열고 들어갔다.

그롸아아아ㅡ.

그와 테라, 그리고 두 명의 직원이 방 안에 들어가자마자 반대편 벽 쪽의 우리에 들어 있는 좀비가 울부짖기 시작했다. 오 박사는 테라의 등 뒤에 서서 그녀의 귀에 대고 속삭였다.

"저 우리 중간에 구멍 뚫린 부위 보이죠? 저기에 손만 잠깐 대 봐요. 너무 깊숙이 넣지는 말고 살짝만. 손가락 잘리고 그러는 거는 나도 싫으니까. 왜, 이런 데…… 이런 데 있잖아요. 살점이 좀 뜯겨도 다시 자라날 수 있는 부분."

오 박사는 자신의 손날을 가리키며 말했다. 테라가 좀처럼 움직이려 하지 않자 그는 직접 그녀를 잡아끌고 좀비 우리 쪽으로 다가갔다.

그와아악ㅡ 갸아아악ㅡ.

사람 냄새가 가까워지자 좀비는 더욱 신이 나서 포효하며 철창을 두들겼다. 아무리 갇혀 있는 상태라고 해도 확실히 무섭기는 하다.

"자, 집어넣으라고요! 왜? 왜 그렇게 버텨요? 면역자라는 거 거짓말이었어?"

대리의 눈치를 살펴보던 오 박사는 그녀의 팔을 우악스럽게 잡고 철창 사이의 구멍을 향해 억지로 내밀었다.

"많이 안 다치게 한다니까……. 살점 조금만 뜯기면 곧바로 치료해 줄게."

오 박사는 뜨거운 콧김을 내뿜으며 테라의 어깨와 팔을 꽉 쥔다. 무섭고 꺼림칙해서 싫지만, 더 버틸 재간이 없어서 테라는 구멍 안에 손을 넣었다.

하지만 좀비는 그녀의 희고 작은 손에 아무런 관심이 없었다. 그저 오 박사와 직원들을 노려보며 철창을 두드릴 뿐이다.

아아…… 이런 건가! 이런 게 바로 좀비들에게 보이지 않는 면역자라는 건가…… 과연!

상상했던 것보다 더 놀라운 결과와 마주하게 된 오 박사의 숨소리가 더욱 거칠어진다.

이건 진짜 대단하다! 미스터 배 따위 거지 같은 면역자와는 비교 자체가 불가한 수준이다.

"……좀 더 깊숙이 집어넣어 봐. 이렇게…… 야! 팔에 힘 빼! 내가 하는 대로 따르라고!"

좀 더 확실하게 확인하고 싶었던 오 박사는 테라의 어깨를 거칠게 밀었다. 가느다란 그녀의 왼팔은 팔꿈치 부분까지 좁은 철창 안으로 쑥 들어가 버렸다.

오히려 그녀가 좀비를 밀어 쳐 버린 상황!

그래도 좀비는 여전히 테라에게 아무런 관심을 보이지 않는다. 이빨을 박아 넣기는커녕, 시선 한번 맞추려 들지 않았다.

"하! 하하하하! 이것 좀 봐! 이거! 이게 믿어져? 좀비한테 안 보인다고! 얘가 옆에 있다는 걸 몰라! 마녀, 씨발 년아! 너는 이런 거 있냐? 별것도 아닌 걸로 잘난 척이나 해 대고 말이야!"

오 박사는 박장대소를 하며 미친 사람처럼 떠들어 댔다. 그는 테라의 팔을 다시 잡아당겨서 철창 밖으로 빼냈다.

"여기 조금 서 있어 봐! 잠깐이면 돼!"

테라에게 움직이지 말라고 한 뒤, 오 박사는 직원들만 데리고 방을 빠져나왔다. 안전 도어를 굳게 걸어 잠근 오 박사는 안쪽 방이 보이는 유리 앞에 섰다. 그의 가슴은 아까부터 미친 듯이 뛴다.

"우리 열어 봐."

오 박사가 명령했다. 직원이 흠칫 놀라며 되물었다.

"지금 좀비가…… 머리에 안전장치도 달려 있지 않은 상황입니다만……."

"알아. 내가 너보다 모를 거라고 생각하지 마. 괜찮으니까 열라고 하는 거야."

오 박사는 평소처럼 싸가지 없이 지껄였다. 직원은 한숨을 내쉬며 우리의 잠금장치를 해제했다.

삐익―.

잠금장치가 해제되자 우리 위에 빨간 경고등이 들어온다. 그런 후, 곧 좀비가 철창을 밀어 치고 우리 밖으로 걸어 나왔다.

테라가 벽 쪽으로 주춤거리며 피한다. 하지만 좀비는 그녀에게 눈길 한번 주지 않고 곧바로 커다란 강화 유리를 향해 달려들었다.

쿵―.

좀비가 오 박사를 노려보며 유리를 들이받는다. 그러고는 두 주먹을 휘둘러 후려친다. 바로 1미터 옆에 테라가 있는데, 놈은 이 두꺼운 유리 벽 너머의 먹이 생각뿐이다.

면역자의 세계라는 건 무수한 변종들로 이뤄져 있는 모양이다. 대체 무슨 조화인지는 모르겠지만, 시장성이 얼마나 큰지는 잘 알겠다.

"죽인다! 저년 피에서 항체를 추출해 내면 다 이렇게 좀비들에게 안 보이는 사람으로 만들어 줄 수 있는 거잖아? 이건 말이지, 그냥 백신 같은 거랑은 차원이 다른 상품이야. 이건…… 가만있어 봐. 이걸 어떻게 광고하지?"

오 박사는 계속 히죽거리면서 고민에 잠겼다. 자신을 마녀로부터 지켜 줄 동아줄이라고 생각했었는데, 단순히 그 정도가 아니었다.

이건…… 그에게 세계 최고의 부를 안겨 줄 만한 무언가다.

이제 그는 더 이상 태양의 노예로 전전긍긍하며 살지 않아도 된다. 더 힘이 센 누군가에게 이런 사실을 알리기만 하면, 남부의 태양 그룹 따위 싹 다 죽여 버리고 그가 총수의 의자를 차지할 수도 있다.

물론 아주 약간의 과장은 필요하다. 그가 이미 이런 종류의 백신을 거의 다 완성했다는 정도의 사소한 과장.

"아하! 그렇게!"

이 대단하고 신비로운 보물을 어떻게 극적으로 알릴 수 있을지 고민하던 오 박사가 손뼉을 쫙, 쳤다. 아주 그럴듯한 아이디어가 떠올랐다.

"어이, 식사실에 카메라 설치해 둬. CCTV 말고 더 선명한 걸로. 아, 그리고 진압반 불러서 이 방에 나와 있는 좀비 새끼 다시 우리에 처넣어. 아니면 그냥 죽여 버리든가."

명령을 내린 오 박사는 유리 너머, 아직도 벽에 기댄 채 고개를 숙이고 있는 테라를 보며 씨익 미소를 지었다.

그의 취향은 아니지만, 계집애가 생긴 것도 참 반반하다. 이건 아주…… 기가 막힌 그림 하나 뽑아낼 수 있을 것 같다.

02

여명이 밝아 오고 있다. 조금 전까지 암흑 속에 묻혀 있던 건대 쉘터의 윤곽이 어스름 푸른 새벽빛을 받아 점차 선명해진다. 남쪽 게이트가 있던 자리에 수북하게 쌓인 좀비들의 시체도.

"저걸 보니까 새삼 또 아찔하네요."

주차장 안까지 이어진 좀비 시체의 산을 보며 김 중사는 멍하니 중얼거렸다. 저 많은 놈들이 원래 접근하던 대로 북쪽에서 뛰어 들어왔다면, 건대 쉘터는 지금처럼 굳건히 버텨 낼 수 없었을 것이다.

지금 그들이 살아서 무사히 서 있을 수 있는 건 장갑차 뒤의 좀비들을 보자마자 차를 끌고 나가 놈들을 남쪽 철책으로 유인해 온 유빈의 기지 덕이다.

"그러니까요. 대체 쟤들한테 몇 번이나 목숨을 빚지는 건지…….."

그의 곁에 서 있던 강 소위도 한숨을 내쉬며 고개를 절레절레 저었다. 일단 임수정을 구해 준 게 한 번, 고 하사가 좀비들에게 쫓길 때 또 한 번, 폭주하는 박 소위로부터 인질들을 구출해 내고, 좀비들에게 휩싸인 건대 쉘터를 구해 주고, 하마터면 태양 그룹에 인도될 뻔한 사람들을 살렸고…… 그것으로도 모자라서 오늘 또 저 좀비들로부터 여기를 지켜 냈다. 이건 무슨…… 직업이 '생명의 은인' 인 사람들 같다.

그런데 지금…… 그 고맙고도 감사한 친구들에게 정말 암울한 소식을 전해야 한다. 너희가 찾는 사람은 이제 잠실에 없다고…… 잠실 쉘터도 이제는 없다고…… 어젯밤 너희가 출발한다고 했을 때에는 있었는데, 그사이에 없어졌다고…… 그저 좀비들만 가득한 곳이 되어 버렸다고…….

아침에 가도 똑같으니, 밝을 때 떠나라고 붙잡았던 강 소위로서는 차마 입이 떨어지지 않는 말이다. 생명의 은인에게 은혜를 원수로 갚는…… 그런 꼴이 되어 버리고 말았다. 문자 그대로 배은망덕!

말을 어떻게 꺼내야 하는지…….

"어휴~ 돌겠네, 진짜!"

체육관 주변에 모여 앉아 있는 친구들의 얼굴을 물끄러미 바라보다가, 강 소위는 머리를 감싸 쥐었다. 저절로 한숨이 터져 나온다. 그래도 말하는 수밖에 없다. 어차피 곧 알게 될 사실이니까.

"유빈 군, 잠깐 이야기 좀 하고 싶은데……."

절룩거리며 친구들에게 다가간 강 소위는 유빈에게 손짓을 했다. 최대한 침착함을 가장해 봤지만, 그건 쉽지 않았다. 그래서 유빈은 그가 입을 열기도 전에 알 수 있었다. 뭔가 좋지 않은 소식이 있다는 걸.

"여기에서 이야기하시면 안 들릴 것 같아요."

친구들로부터 충분히 멀어졌다고 판단되는 거리까지 걸어온 뒤, 유빈이 말했다. 그렇게 말하는 그의 얼굴도 잔뜩 굳어 있다.

역시 이 친구는 눈치채고 있었다. 강 소위는 입술을 꾹 한 번 깨물고서 어렵게 입을 열었다.

"정말 미안한데…… 어젯밤에 잠실 쉘터가 무너졌어."

유빈은 미간을 찌푸렸다. 왠지 그 이야기일 것 같다는 예상은 하고 있었다. 새벽에 갑자기 좀비들을 끌고 달려온 장갑 트레일러, 그리고 강 소위의 이 비통한 얼굴. 여기도 그렇고, 잠실도 그렇고…… 많은 민간인들을 모아 놓은 곳들은 전부, 이제 버티는 게 한계에 달한 모양이다.

"그러면…… 거기에 있던 사람들은요? 그러니까……."

말을 고르려던 유빈은 금세 포기한 듯 톡 까놓고 물어보기로 했다.

"……테라는요? 테라도 아까 저 장갑 트레일러 타고 온 사람들처럼 어디론가 도망친 건가요?"

"그걸 모르겠어. 잠실의 본부에서 테라 한 사람을 꼭 찍어 행방을 챙기거나 하지는 않으니까. 장갑차장에게 물어도 보긴 했는데, 하루 종일 수천 명을 태운 것 같은데, 그걸 어떻게 다 기억하냐고……. 부끄럽지만 내가 할 수 있는 말은…… 모르겠다는 것뿐이야. 그리고……."

이제 진짜 말하기 어려운 부분이다. 강 소위는 한숨을 또 한 번 내쉬었다. 담배라도 한 대 시원하게 피운 뒤에 좀 말하고 싶은데, 좀비들이 올까 봐 중대 전체가 강제 금연하는 중이니 그럴 수도 없다.

"그…… 태양 그룹으로 이송된 사람들도 꽤 되는 모양이야. 용산 철로까지 가는 동안에 사망한 사람들도 많고…… 그러니까 테라의 생사는 현재…… 후우, 확인되지 않아."

말을 하는 동안 강 소위는 자신의 뺨이라도 몇 대 후려갈기고 싶었다. 유빈과 친구들이 어떤 기분일지 그도 잘 알고 있다.

그냥 하루만, 딱 하루만 일찍 잠실로 갔더라면…….

총알을 갚아 주고 싶다는 그의 허튼소리라든가, 내일 해 뜨면 가라는 멍청한 충고를 듣지 않고 어제 이른 아침에 출발해서 잠실에 도착했더라면…… 그랬으면 벌써 테라를 구해 내서 돌아왔을지도 모른다는 생각과 함께 원망이 들 수밖에 없다. 만약 자신이 유빈의 입장이었더라도 그랬을 것이다.

"어휴우~."

유빈은 특유의 걱정 가득한 표정을 지으며 무거운 한숨을 내쉬었다.

역시 어제 떠났어야 했나…….

하지만 문제는 그렇게 간단하지 않다. 만일 어제 그들이 함께 싸우지 않았다면…… 이곳에 있는 700명의 사람들이 생명의 위협을 받았을지도 모른다.

그러니까 어젯밤을 여기에서 보낸 건…… 부정할 수 없을 만큼 꽤나 의미 있는 일이었다. 많은 사람들을 구하고 도왔으니까.

하지만…… 테라의 행방을 모른다는 이야기를 제니에게 어떻게 해야 할지…… 막막하다. 다른 무엇보다 그녀의 실망하는, 그러면서도 애써 그 실망의 기색을 지우고 태연한 척하는 얼굴을 보고 싶지 않았다.

테라가 면역자이고, 항체를 얻을 수도 있었다는 이야기는 그다음이다.

"바로 조금 전까지…… 테라를 만나면 어떻게 해 줄지에 대해서 이야기하고 있었는데……."

유빈은 제니를 슬쩍 돌아보았다. 여전히 후드를 뒤집어쓰고 수건으로 얼굴을 가리고 있는 그녀. 테라를 구해서 코스트코로 돌아가면, 맛있는 찌개를 해 줄 거라고 하며 웃던 소리가 아직도 귓가에 남아 있는데…….

"아! 아야야! 아아!"

주차장에 설치된 야전 의무대.

소독약을 바르는 내내 김 이병은 뒈진다고 고함을 질러 댔다. 결국 고 하사는 치료하던 손을 멈추고 놈의 얼굴을 지그시 노려봤다.

대단한 부상이라면 납득할 수 있겠는데, 그런 게 아니다. 그저 조금 긁힌 거다. 오늘 그가 치료한 모든 부상병 중 가장 경미한 부상이다. 그것도 전투 중에 당한 부상이 아니고, 전투가 다 끝나고 주차장으로 내려오다가 계단에서 굴러

다친 상처다.

"너, 용케 지금까지 살아남았다? 밤톨, 어떻게 애 교육을 이렇게 시켰냐? 아무것도 없는 계단에서 왜 굴러, 구르기를……."

고 하사는 옆에서 기다리고 있던 밤톨에게 타박을 했다. 김 이병은 부끄러운 기색도 없이 대답한다.

"저 사람 쳐다보다가 그랬습니다."

"누굴 쳐다봤다고?"

김 이병의 손가락이 가리킨 방향으로 시선을 돌리던 고 하사가 고개를 끄덕였다.

"아아~ 진우! 사격하는 거 봤구나. 그래, 뭐…… 누가 보더라도 반할 만큼 멋있기는 하지. 눈이 안 간다고 하면 그게 거짓말이겠다."

"어? 고 하사님, 저 사람 아십니까?"

밤톨도 반가운 얼굴로 물었다. 고 하사가 그렇다고 하자, 밤톨은 고개를 갸웃거리며 또 물었다.

"근데…… 저 사람은 소속이 뭡니까? 장비는 군용 장비가 맞는데, 복장은 그냥 등산 나온 아저씨고…… 같이 앉아 있는 일행도 별의별 사람이 다 섞여 있고…… 뭔지를 잘 모르겠습니다. 민간인에게 개인 화기를 지급하셨을 것 같지는 않은데……."

"음, 저 사람들 중에 몇 명이 특수 요원이라고 하더라. 신분은 밝힐 수 없는데, 임무 수행 중에 여기를 지나다가 아주 크게 도와줬지."

고 하사는 강 소위가 쳤던 뻥을 똑같이 말할 수밖에 없었다. 자신이 말하면서도 영 민망하다.

특수 요원이라니…… 그런 걸 누가 믿겠나 싶다. 그런데 의외로 이게 통했다.

"우와~ 특수 요원! 쩐다……. 어쩐지 멋있더라."

김 이병은 거의 감동한 표정으로 진우에게 시선을 고정한 채 중얼거렸다. 고 하사는 김 이병을 옆으로 밀어내고, 다음 부상병을 불렀다. 이번에는 레이저 와

이어를 치다가 베인 환자여서 부상 부위가 좀 컸다.

"이거 항생제니까 매일 한 알씩 먹어. 염증 생기면 영 골치 아프다."

정성껏 소독을 끝낸 고 하사는 비닐 지퍼백에 알약을 넣은 뒤, 그 위에 매직펜으로 약의 종류를 적어 줬다. 이래야 아무 약이나 막 집어 먹지 않는다.

"저…… 그 펜 좀 잠시 빌려도 됩니까?"

김 이병은 고 하사에게 손을 내밀었다.

"빌려도 되기는 하는데, 뭐 하려고?"

"특수 요원한테서 사, 사인 받을 겁니다. 하이바에다가!"

김 이병은 얼굴에 홍조를 띠고 대답했다. 고 하사와 밤톨, 그리고 그의 분대원들 전체가 동시에 미간을 찌푸렸다.

"뭔 소리야, 이 미친놈아! 정신 차려! 무슨 연예인인 줄 알아?"

밤톨이 곧바로 만류하려 들었지만, 이미 김 이병은 발동이 걸렸다.

"안 될 거 없잖습니까? 저 사람 사인 받으면 저도 그 기를 받아서 사격 잘하게 될 것 같습니다! 백발백중!"

고문관다운 똘끼로 아무 소리나 씨불인다. 그런데 제 딴에는 그게 무슨 부적이라도 되는 것처럼 생각하는 모양이어서 밤톨은 굳이 더 말리지 않았다.

다들 살고 싶어 하고, 그런데도 매일 생명의 위협을 받고 있다. 그러니 생존 확률을 높여 보겠다는 안간힘을 나무랄 수는 없다.

"예의 바르게 잘 말씀드려. 인사부터 하고. 알았지?"

밤톨이 그렇게 말했는데도 김 이병은 건성으로 고개만 끄덕인 뒤, 진우 일행 쪽으로 다가갔다. 잠실에서 무슨 일이 있었는지 까맣게 모르는 친구들은 출발할 준비를 다 마쳐 놓고 강 소위와 유빈을 기다리고 있었다.

"후우우~ 후우우~."

긴장을 풀기 위해 몇 차례나 숨을 돌아쉰 뒤, 김 이병은 하이바를 벗어 매직펜과 함께 내밀며 고개를 푹 숙였다.

"저, 사인 좀…… 부탁드리겠습니다!"

그 황당한 제안에 남들보다 먼저 반응한 것은 제니였다. 제니는 버릇처럼 하이바를 받아 들고, 매직펜 뚜껑을 열며 김 이병과 다정히 눈을 맞췄다.

"그러세요. 성함이……."

그러다가 이내 자신이 지금 변장 중이라는 걸 깨달았다. '사인'이라는 단어에 기계적으로 반응이 나와 버린 것이다. 민망해하는 제니를 김 이병은 당황스러운 표정으로 바라본다.

"저는…… 저기 계신 특수 요원한테 사인 요청한 건데요……."

"아…… 네! 네!"

제니는 시선을 피하며 진우 쪽으로 하이바와 매직을 넘겨줬다. 이번에는 진우가 황당해졌다.

"저기…… 무슨 오해를 하시는 건지 모르겠지만, 저는 사인해 드릴 만큼 유명인이 아닙니다……."

'우와, 슈퍼스타다!'를 연발하는 삼식이와 보안관을 조용히 시키고, 진우가 쑥스러운 얼굴로 대답했다. 김 이병은 단호하게 고개를 젓는다.

"유명인! 그런 거 상관없습니다! 요원님 사격 실력에 완전히 반했습니다. 사인이랑 그 옆에 딱 네 글자만 써 주세요. '백발백중!' 이렇게요! 그러면 저도 기를 받아서 사격을 잘하게 될 것 같습니다! 그래서 살아남아야죠!"

진우는 난감해하면서도 하이바에 또박또박 이름과 백발백중이라는 글자를 써 주었다. 한자로 쓰면 좀 더 멋질 것 같았는데, 아무리 머릿속으로 생각을 해 봐도 '발' 자가 잘 떠오르질 않아서 그냥 한글로 썼다.

그 별것도 아닌 몇 글자를 쓰는데 손이 떨린다. 이상한 기분이었다.

"여기요. 사격 잘하시고 건강하세요."

진우로부터 원하던 글자와 사인을 받아 낸 김 이병은 몇 번이나 고개를 숙여 인사를 하고 돌아섰다. 빨리 이 멋진 하이바를 쓴 자신의 모습을 밤톨 병장에게 보여 주고 싶다.

"어이쿠, 죄송합니다!"

헐레벌떡 뛰던 김 이병은, 이야기를 마치고 돌아오던 유빈과 어깨를 부딪쳤다. 그래도 마냥 좋아서 고개만 꾸벅 숙이고 밤톨이 기다리는 곳으로 뛰어갔다.
 "그래그래, 멋있다. 우리 김 이병 좋겠네, 소원 성취해서."
 잠시나마 눈 좀 붙여 보려던 밤톨은 건성으로 대답하며 손을 휘저어 꺼지라는 신호를 보낸다. 그런데도 김 이병은 오히려 바짝 달라붙어 그에게만 귀엣말을 했다.
 "근데, 조 병장님. 저기 말입니다······. 히힛, 제니가 있습니다."
 "뭐어?"
 밤톨은 같잖다는 얼굴로 녀석을 노려보았다. 김 이병은 눈을 크게 뜨고 고개를 주억거린다.
 "진짭니다! 저기 저 여자, 저 수건 쓴 여자 말입니다. 저 여자, 제니입니다."
 김 이병은 누가 들으면 큰일 난다는 듯 목소리를 낮춰 은밀히 말하며 히죽거렸다. 밤톨은 녀석의 코를 쥐고 흔들었다.
 "지랄하시네······. 야, 내놓은 게 눈밖에 없는데 뭘 보고 그딴 소리를 지껄여? 남들이 들으면 너 비웃어, 새끼야!"
 "아니, 조 병장님은 가까이에서 눈동자를 마주 보고 목소리를 들어도 제니를 못 알아보십니까?"
 김 이병이 진지하게 물었다. 잠시 생각해 보던 밤톨도 고개를 저었다.
 "아니지, 그럴 리가 없지. 네 말이 맞아, 당연히 알아볼 거다. 근데······ 왜 저렇게 꽁꽁 싸매고 있지? 야, 매직펜 내놔 봐. 저기 분위기 어때? 사인 잘해 주디?"
 "밝은 분위기였습니다. 다들 엄청 웃고 친절하고."
 "근데 넌 왜 제니 사인은 안 받았냐?"
 밤톨의 질문에 김 이병은 단호한 표정을 지었다.
 "진 테라파지 말입니다!"
 "그래? 그럼 나도······."
 밤톨은 하이바를 벗어 들고 제니를 향해 걸었다. 제니······ 마음속 깊이 간직한 그의 연인. 그녀가 바로 1미터 앞에 있다. 물론 테라도 좋지만, 아까는 너무 긴박했다.

하루 만에 테라와 제니, 둘을 실물로 가까이에서 본다는 건 정말 흔치 않은 행운이다. 기념으로 사인 하나 정도는 꼭 받아야겠다.

"저…… 실례합니다."

밤톨은 조심스럽게 말을 걸었다. 그런데…… 일행들의 분위기가 어째 아주 심각하다. 잘 웃는다고 분명히 김 이병이 그랬는데…… 전혀 그렇지 않다. 그래도 여기까지 와서 말도 꺼내 보지 않고 물러나기는 싫었다.

"죄송합니다. 저희가 지금……."

제지하려고 일어났던 진우가 말을 맺지 못한다. 밤톨의 하이바 안쪽에 소중하게 붙어 있는 핑크 펀치의 사진을 보았기 때문이다. 이 사람은 진우가 아니라 제니의 사인을 받으러 왔다.

어떻게 알게 된 건지는 모르지만, 진우는 그를 말릴 수가 없었다. 저 작은 사진 한 장이 지옥 같은 생활에서 매 순간을 버텨 내는 데 얼마나 큰 힘을 주는지 진우는 아주 잘 안다.

그 역시 혼자서 여행을 하는 내내 하이바 안쪽의 핑크 펀치를 보며 매일 잠을 청했었으니까.

"아…… 좀 곤란하신가요? 제니 씨가 계시다는 걸 듣고 왔는데……."

밤톨은 민망해하며 한 걸음 뒤로 물러났다. 제니는 목소리를 가다듬고 헬멧을 달라고 손을 내밀었다. 아까 그 병사와 눈이 마주쳤을 때 아차 싶더니, 결국 정체가 드러난 모양이다.

테라가 실종된 건 슬픈 일이지만, 그 불행을 이 병사가 나눠 짊어질 이유는 없으니까.

"아니요, 괜찮아요. 성함이……."

하이바를 받아 든 제니가 갑자기 흡, 하고 울음 섞인 소리를 냈다. 안쪽에 붙은 사진, 자신의 옆에서 환하게 웃는 테라……. 그걸 보는 순간, 애써 진정시켜 왔던 감정이 격해져 버렸다.

"죄송합니다! 제가 괜히……. 무슨 일이신지 모르지만, 마음 푸세요. 제 딴에는 좋아서 그랬던 거니까…… 어젯밤에는 테라 씨를 봤는데, 오늘은 제니 씨가 여기 계시다고 하니까, 그게 저한테는 대단한 행운인 것 같아서 그랬습니다. 사인은 안 하셔도 됩니다!"

"잠깐만요. 지금 뭐라고 했어요?"

보안관이 물었다. 밤톨은 멍하니 그를 보고 대답했다.

"사인은 안 하셔도 된다고……."

"아니, 그게 아니라요! 그 전에! 테라를 만났다고 했지 않았어요? 어젯밤에 만났다고?"

흥분한 보안관의 목소리가 커진다. 밤톨은 고개를 끄덕였다.

"네, 어젯밤에…… 테라 씨는 잠실 쉘터에 계셨거든요. 아, 지금은 용산 철로 어딘가로 이동하셨겠네요. 제가 본 게 이동하기 직전이었으니까."

"테라, 이동했어요? 무사히 이동……했어요?"

제니가 그의 손을 꼭 잡으며 물었다. 눈물이 그렁거리는 그녀의 눈에 홀려서 밤톨은 말을 더듬었다. 꿈에서만 보던 제니의 느낌과 꼭 같긴 한데, 얼핏얼핏 쉰 내가 좀 난다.

"그, 그럴 겁니다! 거의 확실해요! 그…… 같이 이동하시는 일행분 중에…… 엄청 센 분이 있었거든요. 아…… 물론 진우 요원님만큼은 아닙니다. 하여튼 그분이 무사히 지켜 줬을 겁니다. 네!"

친구들의 표정이 극적으로 바뀌었다. 제니는 밤톨에게 기쁨의 사인을 해 주며, 테라 이야기를 좀 더 해 달라고 부탁했다.

그사이 유빈은 강 소위에게 뛰어갔다. 용산 철로를 향해 출발하는 첫 트레일러에 자신들을 태워 달라고 하기 위해서다.

이제…… 만날 수 있다!

철컹! 철컹!

그롸아아아—.

철컹!

꾸에에에—!

소리가…… 들린다. 귀가…… 윙윙 울려 댄다.

감각은 그쪽에서부터 돌아왔다. 너무도 시끄럽고 부산스러워서 민구의 의식이 조각을 맞춰 나가는 속도가 조금씩 빨라졌다.

청각 다음으로 돌아온 감각은 시각이었다. 굳게 감고 있는 눈꺼풀 안쪽에 붉은 햇살의 기운이 비쳐 든다.

민구는 아주 천천히 눈을 껌벅였다. 눈꺼풀과 안구가 아주 뻑뻑해서 눈을 반쯤만 뜨기까지도 꽤나 시간이 필요했다.

그렇게 된 이후에도 의식은 아직 정상적으로 작동하지 않았다. 그저 감각에 자극이 느껴졌을 뿐이다.

철창이 울리고…… 볕이 비쳐 들고…… 뭔가가 울어 댄다. 아주 시끄럽게…….

목이 마르다. 팔다리가 쑤신다. 그리고 머리는 깨지는 것 같다. 불편하다. 대리석 바닥에 닿아 있는 맨살에서 차가움이 느껴진다.

여기가…… 대체…… 어디지? 누가 저것 좀…… 조용히 시켜라…….

"음!"

민구는 눈을 번쩍 떴다. 이 상황이 뭔지 조금이나마 깨달은 것이다.

괴물이 울어 대고 있다!

민구는 몸을 벌떡 일으켜 소리가 나는 쪽을 돌아보았다.

철컹! 철컹!

세 마리의 괴물이 셔터에 몸을 부딪쳐 오고 있었다. 그럴 때마다 셔터는 세차게 파도치며 요란한 쇳소리를 울려 댄다.

일단 안전하다는 것을 확인한 민구의 눈동자가 빠르게 흔들렸다. 그는 우선 두 자루의 큰 칼부터 집었다. 하지만 아직도 여기가 어딘지조차 잘 모르겠다.

"이건……."

바닥에 떨어져 있던 지도와 그것을 눌러 놓은 커다란 버클을 보고 민구가 혼잣말을 중얼거린다. 그것이 기제가 되어 기억과 의식이 하나씩 제자리를 찾아 돌아오기 시작한다.

"……살아남은 건가……."

민구는 다시 주변을 둘러보았다. 환상과 함께 뒤섞여 버린 바람에 연기처럼 뿌예진 기억이 맞았다.

테라는…… 여기에 없다. 그를 치료하기 위해 피를 나눠 주고…… 그리고 태양 그룹 놈들에게 스스로 걸어가 잡혀 버렸다.

헬리콥터에서 내려 쏘는 환한 빛 속에 슬픈 얼굴로 서 있던 그녀의 모습…… 이 기억난 시점에서 민구는 이를 부득 갈았다.

"으으음! 쿨럭! 쿨럭!"

바짝 말라 있던 목에서 기침이 터져 나온다. 민구는 마세티로 땅을 짚고 비틀거리며 일어났다. 어젯밤 무슨 가게인지도 모르고 무작정 쓰러졌던 곳은 작은 부동산 중개소였다.

민구는 입구에 놓여 있는 정수기 쪽으로 걸어갔다. 위에 꽂힌 물통에는 아직도 물이 반 이상 남아 있다.

콰창―!

그롸아아아! 끄롸악―!

셔터 너머의 괴물들은 한층 더 시끄럽게 치댄다. 민구는 놈들을 한 번 노려보고 나서 정수기의 노즐을 눌러 손바닥에 물을 받았다. 그러고는 정신없이 마셨다.

조금 곰팡이 냄새기 나기는 했지만, 급한 갈증을 속이는 용도로 채우기에는 충분했다.

"푸우우!"

민구는 얼굴과 머리에 물을 뒤집어쓰고 피와 먼지, 그리고 아직도 달라붙어 있는 뜨거운 열기를 씻어 냈다. 물줄기가 목덜미를 스치고 지나니 의식은 조금 전보다 훨씬 더 또렷해졌다.

얼굴의 물기를 훔쳐 낸 민구는 거울에 자신의 등을 비춰 보았다. 아직도 피딱지가 남아 있는 날갯죽지의 상처…… 거기 흐른 피의 7할은 테라에게서 나온 것이다. 그리고 그녀의 피가 그를 죽음으로부터 꺼내 왔다.

"젠장……."

민구는 미간을 찌푸리며 욕설을 내뱉었다. 그녀의 말이 기억나 버렸다.

— 만약, 아저씨가 깨어나시면…… 저를 구하러 와 주세요. 그리고 같이 JL로 가요.

이렇게 숨을 쉬고 있으면서도 믿기지 않기는 하지만, 정말로 깨어났다. 그러니 이제 그녀를 구하러 갈 차례다.

얼마나 시간이 지난 걸까…….

팔목의 미키마우스 시계는 5시를 가리키고 있었다. 족히 한 시간은 뻗어 있었던 모양이다.

민구는 천천히 손끝을 움직여 봤다. 손가락들이 뜻대로 따라 주는 걸 확인한 후엔 팔을 돌려 봤다. 그러고는 허리와 다리를, 목을 움직였다.

머리통이 깨질 듯 아프다는 걸 제외하고는 모두 다 정상이다. 신기하게도…….

"JL……."

민구는 테라가 남기고 간 버클과 지도를 집어 들었다. 그러고는 그걸 바지 주머니에 넣었다.

툭—.

버클은 곧바로 바닥에 떨어져 내렸다. 트레이닝 바지의 주머니가 뜯어져 있다. 양쪽 다. 웃옷은 입고 있지도 않았으니 주머니도 없다.

민구는 일단 두 물건을 가방 안에 집어넣었다. 그런 후, 가방을 옆으로 비껴 멨다. 이제 나갈 시간이다.

"그만 치대, 이 새끼들아!"

민구는 오른발을 셔터의 틈에 끼워 넣고 힘을 주어 차올렸다.

차르르륵—.

셔터는 빠르게 올라간다. 민구는 한 발 뒤로 물러나며 마세티를 치켜올리고, 쿠크리로 앞쪽을 비스듬히 겨냥했다.

그롸아아아—.

셔터가 들리자마자 기다리던 괴물들이 달려든다. 민구는 세차게 마세티를 내휘둘렀다.

카작—!

무력한 자신에 대한 분노가 마세티의 칼끝에 실려 괴물의 대가리를 매섭게 때렸다. 두개골이 박살 난 괴물의 시체를 훌쩍 피하며 민구는 쿠크리를 내질러서 두 번째 놈의 목을 깊숙이 그었다. 그런 후, 칼을 빼내며 뒤돌려 차기로 덜렁거리던 놈의 머리통을 날려 버렸다.

세 번째 괴물이 아가리를 벌리고 달려든다. 민구는 마세티를 세차게 내리그었다. 녀석의 목뼈와 쇄골이 부서지면서 대가리가 한쪽으로 기운다. 민구는 그 틈을 놓치지 않고 무방비로 열린 채 꺾인 놈의 반대편 목을 쿠크리로 찍었다.

카각—!

근육과 힘줄이 잘려 나간 채 대롱거리는 괴물의 머리. 민구는 한 발을 내디디며 백핸드로 마세티를 휘둘러 놈의 목덜미를 잘라 냈다.

툭!

데구루루루—.

바닥을 구르는 괴물의 머리. 민구는 그 바로 옆을 길어 가게를 삐져나왔다. 기게 두 개를 더 지났을 때, 남자 정장을 파는 옷가게를 만났다. 예전에 그가 입던 것만큼 비싸고 좋은 옷은 아니지만, 그래도 넝마가 된 트레이닝복 바지보다는 백배 나을 터였다.

쨍그렁—!

마세티로 유리를 깨고 가게 안으로 들어간 민구는 마네킹이 입고 있던 여름 정장을 통째로 벗겨 냈다. 그러고는 벨트의 버클을 테라가 남기고 간 것으로 바꿔 끼웠다. 웃옷 안주머니에 지도를 소중히 넣고 단추까지 잠근 민구는 다시 가방을 메고 걷기 시작했다.

와이셔츠에 닿자 날갯죽지의 상처가 가볍게 따끔거린다. 그 정도의 고통은 좋다. 뭘 해야 하는지 계속 상기시켜 주니까.

"여기에서 잡혀갔군……."

사거리를 지나다 바닥에 떨어져 있는 울트라마린 나이프를 발견한 민구는 눈을 가늘게 뜨며 그걸 주워 올려 목에 걸었다.

이미 선물했던 물건이니까 다시 주인에게 돌려줄 것이다. 이 칼의 날에 묻어 있는 피의 주인에게…… 꼭 돌려줄 것이다.

민구는 테라, 그리고 젠킨스와 함께 걸어왔던 길을 되짚어 한강 산책로로 나왔다. 다른 곳을 헤매다가는 길을 잃을 것 같아서, 아예 한강을 따라 걸어가는 편이 나을 거라고 판단했다.

"후우우~."

용산까지는 꽤나 멀었다. 적어도 10킬로미터 이상. 터벅터벅 걸어가는 동안 민구는 길가의 가게에서 꺼내 온 생수로 갈증을 달랬다. 아직 새벽인데도 햇살이 어지간히 강렬하고, 기온은 순식간에 뜨거워졌다.

크르르르릉—.

서울 숲의 입구에 도착했을 때, 등 뒤에서 요란한 소리가 들려왔다. 민구는 걸음을 멈추고 뒤를 돌아보았다.

장갑차다.

아지랑이가 피어오르기 시작한 산책로를 따라 트레일러를 매단 장갑차가 달려오고 있다.

Chapter 81
어벤저스

01

 덜컹—.

 좀비 시체를 밟고 지나면서 장갑 트레일러가 크게 출렁인다. 이 차가 안락한 여행을 위한 편의 시설이 아니라 생존을 위한 장비라는 걸 다시 확인시켜 주는 순간이었다.

 정말 승차감도 무지하게 후진 데다가 그나마 붙어 있던 의자들도 다 부서지고 깨져서 엉덩이가 아프다.

 "냄새 장난 아니네……. 돼지 싣고 다녔던 트럭이라고 해도 믿겠다. 아우, 씨발. 토 쏠려."

 신입이 코를 막고 입으로만 숨을 쉬며 투덜거렸다. 조금 과장은 있지만, 완전히 틀린 말도 아니다. 장갑 트레일러 내부는 후텁지근했고, 기름 냄새, 땀 냄새, 그리고 멀미에 시달리며 사람들이 토해 놓은 토사물 냄새 따위가 한데 뒤섞여 있었다. 그 안에서 아무것도 하지 않고 숨만 쉬어도 고통스러워진다.

 대신에 공간은 여유로웠다. 보안관 일행 여덟 명, 강 소위와 건대 소속 병사 셋이 탑승 인원의 전부였다. 그들은 지금 건대에서 용산까지의 직행로를, 원래 계획에 없던 이동 경로를 개척하기 위해 나선 길이다.

애초 군이 세웠던 계획대로라면 그들은 건대 쉘터에서 잠실로, 잠실 쉘터에서 재정비 후 다시 용산으로 이동했어야 한다.

하지만 잠실이 규모 여섯의 좀비들에게 점령당한 지금, 예전에 세워 뒀던 모든 계획은 폐기되어 버렸다. 그러니 그들만의 힘으로 새로운 경로를 뚫어 내야 이동이 가능하다.

한강 산책로까지는 별문제가 없겠지만, 중랑천을 어떻게 건너느냐 하는 문제가 관건이었다. 교량에 자동차가 너무 많이 막혀 있지 않기를 희망하고 있다.

"갑자기 걱정이 든 건데요…… 이 가방 가지고 들어갈 수 있어요? 그 철로라는 곳이 어떤 구조일지는 모르겠지만, 입구에서 수색 같은 거 하지 않을까요?"

MP5 기관단총과 진우의 탄창들이 가득 채워진 가방을 두드리며 제니가 속삭였다. 그런 가방이 세 개나 된다. 유빈은 대수롭지 않게 대답했다.

"우리 가방은 강 소위님이랑 저 군인들이 메고 들어가 줄 거야. 검색 통과한 다음, 안에 들어가서 가방 넘겨주시기로 했어."

"그런 부탁을 미리 했다고요? 언제요?"

제니가 의외라는 표정을 짓는다. 하지만 걱정쟁이 다람쥐 유빈에게는 당연한 일이었다.

"응. 차에 태워 달라고 할 때, 그것까지 말을 맞췄지. 안 그러면 총을 가지고 들어갈 수 없으니까."

"총…… 그럼 진우 오빠가 들고 있는 저 총은요?"

"저건 용산 철로에 도착했을 때 분해해서 가방 안에 넣을 거야. 가는 동안에 혹시 무슨 일이 있으면 진우 사격 실력이 필요하니까. 물론 아무 일도 없었으면 좋겠지만……."

그렇게 해서 한번 들어가기만 하면 그 뒤에는 가방 검사 같은 일을 당하지 않을 것 같았다. 그런 것에 신경을 쓰기엔 다들 너무 바쁠 테니까…….

총기들을 챙겨 가야 테라를 만나서 데리고 나온 뒤에 무사히 코스트코까지 돌아갈 수 있다.

"이 해머는 어떻게 하지? 이것도 뭐라고 할 것 같은데……."

보안관이 해머 손잡이를 두드리며 걱정스럽게 중얼거렸다.

"그건 그냥 철로 들어가기 전에 수풀 사이에다가 숨겨 놓으면 될 거야. 어디쯤 인지 위치만 기억하고 나중에 집어 오면 되잖아. 사실 진짜 걱정해야 하는 건 따로 있는데……."

유빈은 말을 다 맺지 않고 진우 쪽으로 고개를 돌렸다. 문제의 주인공, 혀를 쭉 빼고 헥헥대던 삼숙이가 뻔뻔한 눈빛으로 유빈을 마주 본다.

아직 녀석의 머릿속에서 서열 변경은 없던 모양이다. 철교 입구에서 저 녀석을 데리고 들어가게 해 줄까……. 그건 유빈도 강 소위도 잘 모르겠는 문제였다.

작은 개를 안고 들어온 사람들을 잠실에서 본 적이 있다고 들었지만, 저 녀석은 누가 봐도 작지 않고…… 다른 사람들에게 위협적으로 느껴질 것이다. 급한 대로 대강 총 멜빵을 연결해서 목줄을 채워 두기는 했는데, 그 정도 조처로 별말 없이 넘어가 줄지, 어떨지…….

"테라 누나가 그렇게 멀리 내려가 있지 않았으면 좋겠어요. 빨리 데리고 나와서 코스트코로 돌아가게."

태권 소녀와 제니 사이에 앉은 규영이가 지친다는 표정을 지었다. 다들 비슷한 생각이었다. 코스트코에서 나온 지 벌써 며칠이나 지났는지도 잘 계산이 되지 않는다. 그동안에 여러 군인들을 만나고, 아슬아슬한 사건들을 겪었다.

다 원래 계획에 없던 일들이고, 진이 쪽 빠질 만큼 힘이 들었다. 빨리 목적을 달성하고 돌아가서 테라와 함께 옥상의 풀장 속에 시원하게 몸을 담그고 싶다. 다 같이 맥주를 들어 건배를 하면, 세상의 주인이 된 기분일 거다.

"수정이 언니는 고 하사님이랑 무슨 이야기를 하고 있을까?"

태권 소녀가 중얼거렸다. 고 하사와 거의 내화를 하지 못했던 임수정은 친구들에게 양해를 구해 나중에 밤톨네 분대원들이 이동할 때 그편에 합류하기로 했다. 어쩌면 고 하사에게 잘 지내라는 인사를 남기는 걸지도 모른다.

"테라는 어떤 남자 좋아해?"

진우가 쑥스러워하며 물었다.

음, 잠시 생각해 보던 제니가 대답했다.

"잘 챙겨 주는 사람 좋아해요. 다정다감하고, 세심하게 배려해 주고, 그러면서도 믿음직한 사람……."

"나잖아!"

보안관이 깜짝 놀랐다는 표정을 짓는다. 그러고는 과장되게 고개를 저었다.

"곤란한걸…… 테라가 나한테 반하면 안 되는데……."

"그럴 일은 없지. 왜냐면 너는 세심함이라는 게 뭔지도 모르니까."

진우가 아주 단호하게 말했다. 다른 친구들이 이미 한 달이 넘도록 제니나 태권 소녀와 친해져 있는 상태에서 합류한 그였기에, 테라와의 만남은 조금 더 각별한 설렘이 있다. 제니를 제외하면 테라는 똑같이 처음 만나는 사이니까 함께했던 시간의 이점 같은 게 작용하지 않을 거다.

"얘, 토하려고 하는 것 같은데……."

삼식이가 신입을 가리키며 말했다. 말을 듣고 보니 정말로 얼굴이 파랗다. 아까부터 냄새 고약하다는 타령을 하더니, 도저히 못 참겠나 보다. 입을 손으로 가리고 있는 꼴이, 금방이라도 게워 올릴 기세다.

"어이, 그러지 마! 좀만 더 참아! 이제 조금 있으면 경로 문제 때문에 한 번 멈출 거야. 그때 내려서 토해!"

강 소위가 깜짝 놀라 신입에게 말했다. 지금까지 적체되어 있는 악취만으로 이미 충분하다. 신입은 땀을 뚝뚝 떨어뜨리며 숨을 골랐다.

끼이익—.

속도를 늦춘다 싶던 장갑 트레일러가 멈춰 섰다. 그러고는 장갑차장이 밖에서 트레일러 벽을 탕탕, 두들겼다. 서울 숲 부근에 도착한 모양이다.

"강 소위님! 잠시 의논 좀 드리겠습니다!"

장갑차장의 목소리를 듣자마자 강 소위와 병사들은 트레일러의 문을 열었다.

장갑차장이 중랑천 방향을 가리키며 말했다.

"교량이 몇 개 보입니다. 정차된 차량들이 있지만, 저 정도라면 장갑차로 밀어내면서 이동할 수도 있을 것 같습니다. 아, 그리고 조심하십쇼. 좀비가 한 마리 걸어가다가 이 부근에서 숲 안쪽으로 들어갔습니다. 더 있을지도 모릅니다."

"하하하, 좀비 정도야 뭐…… 매일 보던 건데……."

절룩거리며 트레일러 아래로 내려서던 강 소위가 센 척을 하며 웃어넘겼다. 그런 후, 곧바로 안쪽을 돌아보며 말했다.

"진우야, 같이 갈까?"

진우는 삼숙이와 함께 내렸다. 어차피 이 녀석 오줌도 뉘어 놓는 게 좋을 것 같았다. 신입도 토할 장소를 찾아 급하게 그의 뒤를 따랐다.

"저 교량 쪽으로 진입해서 다시 저쪽 산책로로 진입이 가능하겠나?"

강 소위와 장갑차장이 지도를 보며 논의를 하고, 한쪽에서는 신입이 꽥꽥 토해 대는 소리를 들으면서 진우는 감개무량한 표정으로 한강을 돌아보았다.

멀리 뒤쪽으로 보이는 자벌레 건물, 저기에서 친구들을 만났다. 지금 생각해 보면 참 꿈같은 일이다.

얼!

오줌을 갈기고 난 삼숙이가 숲 쪽을 향해 짖었다. 신입이 토하는 방향이다. 진우는 고개를 끄덕여 줬다.

"그래그래, 냄새가 어지간히 구리지?"

얼—!

삼숙이가 한 번 더 짖었다. 이건 신입을 비웃는 게 아니다. 진우는 눈을 가늘게 뜨고 녀석이 짖어 대고 있는 방향을 자세히 살폈다.

그러고 보니…… 주변의 풀들이 꺾여 있다. 삼숙이가 달려들려고 하는 모양을 보면 화약 냄새가 나는 인간은 아니다. 진우는 의심스러운 덤불 속을 향해 총구를 겨눴다.

"뭡니까, 나와요."

그의 말을 들은 군인들도 일제히 그쪽으로 고개를 돌렸다. 그러자 잠시 후, 덤불 사이에서 한 남자가 모습을 드러냈다. 길쭉한 가방을 들고 있는 양복 차림의 남자였다.

"헉!"

열심히 토해 대고 있던 신입이 깜짝 놀라 뒤로 물러난다.

"아니…… 뭐요, 당신?"

강 소위와 군인들이 물었다.

세상에, 이렇게 수상할 수가…….

남자가 귀찮다는 표정을 지었을 때, 장갑차에 탑승하고 있던 전투 병력 중 하나가 그를 알아보고 강 소위에게 말해 준다.

"이분, 잠실에 계시던 분입니다."

"진짜? 야, 너 암기왕이야? 잠실에 있던 사람들이 만 단위인데, 그 얼굴을 다 기억한다고?"

"그게…… 예전에 흡연 구역에서 이분이 여자 연예인이랑 같이 담배 피우는 걸 몇 번 봤습니다. 양복 입고 있는 거랑, 이래저래 좀 눈길을 끌던 사람입니다. 특히 얼굴에 저 흉터가 기억이 납니다."

"그래? 이 병사 말이 맞습니까? 잠실에 계시던 분입니까? 그럼 일행들은?"

강 소위의 물음에 민구가 고개를 끄덕였다.

"어제 탈출하다가 유람선이 가라앉는 바람에 다 뿔뿔이 흩어졌소. 다른 사람들 일은 모르겠소."

"허! 그래도 살아남으시려면 고생깨나 하셨겠네. 근데 왜 장갑차를 보고 피하셨습니까?"

민구는 무뚝뚝하게 대꾸했다.

"괴물인 줄 알고 무작정 쏠까 봐."

궁색한 변명인 것 같기도 하면서 동시에 말이 되기도 한다. 조금 전, 장갑차장은 강 소위에게 이 숲 쪽으로 좀비가 걸어 들어가는 걸 봤다고 했었다. 사람이 돌아다닐 거라는 가능성 같은 건 아예 염두에 두지 않았던 거다.

"어쨌거나 이렇게 이 차량을 만나서 다행입니다. 그런데……."

강 소위의 눈길이 민구의 칼 가방에 쏠린다. 신원 파악이 끝났으니 소지품에 관심이 가는 건 당연한 일. 민구는 또 솔직히 답했다.

"내 칼이오. 개인 물품 보관소에 맡겨 뒀던 건데, 어제 군인들이 돌려줬소."

"그렇습니까? 그럼 이제부터는 저희들이 지켜 드릴 테니까 탑승 전에 칼은 일단 맡기시고……."

"아니, 나는 전에도 그런 말을 들었소. 하지만 어젯밤부터 지금까지 내 목숨은 내가 지켜야 했소, 이 칼로. 이제 그런 말은 믿지 않기로 했으니까, 칼을 달라고 할 거면 그냥 가시오. 태워 주지 않아도 됩니다."

단호하다. 강 소위로서는 뼈아픈 이야기였다. 군인들은 어제 잠실의 수용자들을 보호하는 데 실패했다. 이 남자의 불신은 근거 없는 말이 아니다.

"후우…… 갖고 타세요. 대신에 칼을 꺼내시면 안 됩니다. 용산 철로까지 모셔다 드리겠습니다."

잠시 고민하던 강 소위가 말했다. 위험 물품이긴 하지만, 총을 든 군인들과 보안관, 게다가 진우가 함께 있으니 큰 문제는 없을 것 같다. 진우의 눈은 벌써부터 사내를 경계하는 중이다.

'버리고 간다고 하기를 바랐는데…….'

민구는 속으로 한숨을 내쉬었다. 장갑차를 타고 가면 아무래도 이동 시간은 단축되겠지만, 등의 물린 상처를 들키는 순간 그 몇 배의 시간을 잡아먹히게 될 거다.

전에 잠실로 갔을 때, 외상이 있는 사람은 무조건 48시간 격리라는 이야기를 들은 적이 있다. 지금 그는 그렇게 허비힐 시간이 없고, 또 칼을 압수당하고 싶지도 않다.

그래서 장갑차를 일부러 피했던 건데…….

그런데 저 꿱꿱 토해 대는 놈과 개 때문에 다 들통이 나 버렸다.

"후우~."

민구는 마지못해 트레일러에 올랐다. 일단 목적지까지 타고 갔다가 무슨 핑계를 대고 빠져나오는 수밖에 없다. 강 소위가 그를 친구들에게 소개했다.

"아, 이분은 잠실 생존자시고, 어제 이동 중에 일행들과 헤어졌다고 한다. 우리가 같이 모시고 갈 거야."

친구들이 가볍게 목을 까딱여 형식적인 인사를 건넸다. 민구는 마주 인사하지 않고 맨 뒤의 구석으로 들어갔다. 트레일러 내부의 어두운 조명에 눈이 익숙해졌을 때쯤, 친구들을 빤히 바라보고 있던 민구의 눈빛이 잠시 흔들렸다.

"저거, 칼 아니에요? 저렇게 큰 칼을 가지고 타도 돼요?"

규영이 호기심 가득한 눈으로 민구의 칼 가방을 바라보며 말했다. 손잡이가 저렇게 튀어나올 정도면 꽤나 큰 칼이다. 삼식이가 규영을 진정시켰다.

"괜찮아. 남이 뭘 가지고 있나 보기 전에 우리 쪽을 한 번 봐. 해머에, 총에…… 우리가 훨씬 더 위험해 보일 거야."

"근데…… 아무리 봐도 낯이 익어……. 저 흉터…… 어디에서 봤지?"

보안관이 민구를 유심히 바라보며 중얼거렸다. 상황에 어울리지 않게 새 양복을 입고 있는 놈. 수상하고 어딘가 기분 나쁘다.

민구는 여전히 놈과 시선을 마주치지 않았다.

고슴도치 머리 고릴라…… 언젠가 만나기만 하면 꼭 목을 따 버리리라고 다짐했던 세 놈 중의 하나를 이런 데서 만나다니…… 세상이 참 좁다.

하지만 지금은 이런 놈에게 신경을 쓸 때가 아니었다. 저런 사소한 일 때문에 목숨을 빚진 여자아이를 구하러 가는 길에 지장이 생기면 곤란하니까.

"야, 우리 저 사람 본 적 있는 거 맞지? 유빈아, 기억 좀 해 봐."

여전히 포기하지 않은 보안관이 유빈에게 물었다. 유빈도 가물가물하다. 분명 처음 보는 얼굴은 아니다. 그리고 좋은 추억이 있는 인연도 아니었던 것 같다. 인상으로 보아서는 건달 생활 하던 사람이니까, 보나 마나 보안관이랑 치고받던 사이였을 거다.

공사를 하기 위해 이동했던 동네마다 그런 사람이 몇이나 되니 기억한다는 게 무의미하다.

제니와 태권 소녀는 다른 걸 궁금해하고 있었다.

잠실에서 어제 탈출한 사람······.

테라를 알고 있을지도 모른다는 생각이 들었다. 수군대던 제니와 태권 소녀는 일단 말이나 꺼내 보기로 했다.

"저기, 혹시 테라 보셨어요? 어제?"

태권 소녀가 민구에게 물었다. 테라라는 단어에 뜨끔하면서도 민구는 대답하지 않았다. 그러고는 귀찮다는 표시를 노골적으로 하며 얼굴을 다른 쪽으로 돌려 버렸다.

테라를 찾는 놈들이 왜 이렇게 많은지 모르겠다. 하다못해 이런 떨거지들까지 난리다.

"못 들으셨나? 저기요, 아저씨. 말씀 좀 여쭤볼게요. 혹시 어제 테라 보신 적 있어요?"

태권 소녀가 다시 또박또박 큰 소리로 물었다. 민구는 시선을 마주치지 않은 채 아무 대답도 하지 않았다. 못 봤다고 하면 편할 테지만, 왠지 거짓말을 하고 싶은 기분이 아니었다.

"어이, 아저씨. 사람이 물어보잖아요. 봤으면 봤다, 못 봤으면 못 봤다, 그거 한 마디 대답해 주는 게 그렇게 힘들어요?"

보안관의 목소리에 가시가 돋았다. 죽여 버리고 싶던 고릴라가 끼어들자 민구도 참지 못하고 고개를 돌렸다. 민구는 보안관을 노려보며 나지막한 목소리로 말했다.

"아가리 다물어, 고릴라. 너랑 노닥거려 줄 기분이 아니니까."

"뭐? 고릴   아! 이 새끼 기억났다! 아, 너! 이 스크래치 만들었던 새끼지!"

보안관이 벌떡 일어나며 자신의 오른팔을 툭툭, 두드렸다.

자신을 고릴라라고 부르는 놈의 목소리!

그게 기억을 되살렸다.

그날 칼이 훑고 갔던 자리는 몇 달이 지난 지금도 가느다란 흉터가 되어 남아 있다. 물론 아주 자세히 보지 않으면 눈에 띄지 않을 정도의 흉터. 하지만 기분 나빴던 감정은 지금 이 순간, 아주 또렷하게 되살아났다.

"앉아, 보안관. 지금 여기에서 뭐 하자고?"

유빈과 삼식이가 씩씩거리는 보안관을 만류하며 억지로 주저앉혔다. 잠시 발끈했던 보안관도 고개를 끄덕였다.

어차피 모든 것이 다 엎어지고 뒤바뀐 세상. 예전에 사소한 원한이 조금 있다고 해서 그걸 다 갚으려 할 필요는 없다.

그런 것보다 당장의 생존이 몇천 배나 더 중요한 문제다. 그리고…… 부하를 잔뜩 끌고 다니던 놈이 저렇게 외톨이가 되어 버렸으니, 저놈도 속이 편하지만은 않을 거다.

보안관을 노려보고 있던 민구는 그 우측으로 시선을 돌렸다. 자신을 쏘아보는 매서운 눈길이 느껴졌기 때문이다.

'저놈인가?'

진우가 무표정하게 민구를 바라보고 있다. 미간을 찌푸린다거나 눈꼬리를 올린 것도 아닌데, 그 눈빛만은 서늘하기 짝이 없다. 민구는 재미있다는 표정으로 진우의 얼굴을 마주 봤다.

'사람깨나 죽여 본 놈이군.'

저 보안관이라는 시끄러운 덩치보다 이쪽이 훨씬 위험하다는 걸 민구는 본능적으로 알아챘다. 그러면서도 진우가 예전에 그 훈련소 앞 고깃집에서 만났던 놈이라고는 생각하지 못했다. 그때, 놈들의 일행 중에는 저런 눈을 가진 녀석이 없었다.

이후 트레일러 안은 불편한 침묵이 계속 이어졌다. 자동차들을 들이받고 밀어서 길을 터 가며 어렵게 중랑천을 건넌 장갑차는 잠시 후, 용산 철로에 도착했다.

좀비들이 신경 쓰여서 그렇지, 거리만 따지면 그리 멀다고는 할 수 없다. 강 소위는 병사들과 보안관 일행, 그리고 민구를 선로 아래에서 기다리게 한 뒤, 현장 책임자를 찾았다.

"건대 쉘터에서 왔습니다! 저희가 그쪽에서 지금 보호하고 있는 생존자만 700명 가까이 됩니다."

강 소위는 장갑차장과 함께 상황을 보고했다. 보다 빠른 이송을 위해 장갑 트레일러 한 대를 더 투입하기로 결정이 내려지고, 보안관 일행과 민구를 내려놓은 장갑 트레일러는 본격적으로 민간인들을 이송하기 위해 다시 건대로 돌아갔다.

건대 생존자들의 이송이 끝나면 신체검사를 하고, 잠실 수용자들이 그랬듯 100명씩 끊어 이동시키라는 명령을 받는 것으로 대강의 공식적 업무는 끝이 났다. 철로를 내려오기 전, 강 소위는 현장의 행정병들에게 물었다.

"혹시 지금 테라가 어디 있는지 알 수 있나?"

"테라…… 그 가수 말씀입니까?"

"그래. 잠실에서 이리로 왔다고 했어. 여기에서 계속 근무했으면 봤을 텐데."

행정병은 서류철을 뒤적이며 고개를 갸웃거렸다.

"그게, 요 며칠 하루에도 수천 명씩 이동해 왔기 때문에 신경을 쓸 수가 없었습니다. 혹시 이동일을 알고 계시면……."

"어제야, 어젯밤에."

"아…… 그러면 서류에는 기록이 없습니다. 어제 오후까지는 100명씩 이동희망자를 끊어서 이동을 시켰지만, 좀비들이 철책을 무너뜨린 다음부터는 마구잡이로 다 싣고 왔기 때문에…… 누가 언제 왔는지 전혀 모릅니다. 어쨌든 어젯밤에 왔던 사람들은 이제 막 서울을 벗어나서 휴식하고 있을 겁니다."

행정병은 서류철을 덮으며 대답했다. 강 소위는 고맙다는 인사를 남기고 신로 아래로 돌아왔다. 초조한 표정으로 그를 기다리고 있던 친구들의 눈이 초롱초롱 빛난다. 강 소위는 부담감을 느끼며 말했다.

"어젯밤에 이동된 사람들은 서류 만들 시간이 없었대. 하지만 그리 멀리 가지는 않았다고 하니까 금방 만날 수 있을 거야. 100명씩 입장하라고 하니까, 트레일러가 민간인들 태우고 돌아오면 너희가 제일 앞줄에 서서 들어가."

친구들은 고개를 끄덕였다. 기다려야 한다는 게 마음에 들지는 않지만, 이제 다 왔으니 조금만 더 참으면 된다고 생각했다.

02

한편, 그들로부터 조금 떨어진 위치에 서 있는 민구는 어떻게 하면 눈에 띄지 않고 태양 그룹 본사로 갈 수 있을지를 궁리했다. 사람들이 더 온다고 하니 슬금슬금 뒤로 물러나다가 수풀 속으로 들어가면 될 것이다.

놈들의 건물은 용산역에서 가깝다. 지금도 고층 부분이 눈에 보일 정도다.

크르르르릉―.

잠시 뒤, 건대에서 수용자들을 싣고 돌아온 두 대의 트레일러가 도착했다. 탑승자 명단을 보고하기 위해 강 소위에게 달려왔던 밤톨이 민구를 보며 깜짝 놀라 외쳤다.

"어? 형님!"

민구도 놀랐다. 칼을 넘겨주고 좀비들이 달려오는 방향으로 뛰어가던 뒷모습. 그게 다급했던 어젯밤 그가 보았던 밤톨의 마지막 기억이었다. 그런데 이렇게 둘 다 용케 살아남아서 다시 만난다니…… 처음 든 감정은 한없는 반가움이었다.

"오! 살았구나!"

민구는 밤톨을 향해 아주 엷은 미소를 지으며 고개를 끄덕였다. 그런데…… 곧바로 약간의 부끄러움이 밀려왔다. 녀석이 어제 칼 가방을 전해 주면서 했던 말이 아직도 기억난다.

그 칼을 좋은 데 쓸 거라는 걸 잘 안다고…….

직접적으로 말하지는 않았지만, 그건 함께 이동하는 사람들을 부탁한다는 의미였다.

그런데 자신과 같이 출발했던 백인대 중에 단 한 명도 구해 내지 못했다. 나름 온몸이 으스러져라 칼을 휘두르고 죽음을 무릅쓰며 저항해 봤지만, 결국 이렇게 혼자만 남았다.

길을 터서 살려 낸 사람들은 배에 탄 다음 죽었고, 2층으로 끌고 올라갔던 사람들은 태양 그룹의 헬리콥터에 자발적으로 올라 버렸다.

먹을 것 좋아하던 백인 녀석도…… 그리고 결국에는 테라까지 그의 목숨을 구한 후 끌려가 버렸다. 결과만 놓고 보면 그는 아무것도 이루지 못했다.

"형님, 옷이…… 하하하! 이런 건 어디에서 구하셨어요! 신수가 훤해지셨네!"

그의 속도 모르는 밤톨은 민구의 양복에 관심을 보이며 웃었다. 어제 출발했을 때는 낡은 트레이닝복 차림이었으니, 눈길을 끌 만도 하다.

민구의 표정이 굳어 있자 활짝 웃고 있던 밤톨의 얼굴도 점차 어두워졌다.

"근데…… 테라 씨는…….”

밤톨이 머뭇거리며 물었다. 그렇지 않아도 밤톨의 큰 리액션 때문에 관심을 집중시키고 있던 상황 속에서 '테라'라는 이름이 나오자, 주변의 시선이 일순간 밤톨과 민구를 향해 집중됐다.

사람 좀 죽여 봤을 법한 차가운 눈빛의 놈도, 고릴라도, 여자애들도, 심지어 시꺼먼 개까지도 민구를 돌아본다.

민구는 난감했다. 물어본 상대가 밤톨만 아니었다면 화를 내고 뿌리쳐 버렸을 상황이다.

"걔는…… 내가 꼭 인진한 곳으로 데려다 놓을 거니까…….”

불안과 기대가 가득한 눈빛으로 대답을 기다리고 있는 밤톨에게 민구가 대답했다. 진심을 담은 대답이지만, 그것으로는 설명이 부족했다. 물어본 밤톨에게도, 귀를 쫑긋 세운 채 듣고 있던 친구들에게도……. 하지만 민구는 거기까지밖에 말하고 싶지 않았다.

"잊지 않으마."

민구는 여러 가지 감정을 담은 한마디를 남기고 돌아섰다. 어차피 철로에 들어갈 게 아니니까 앞줄에 서 있을 이유가 없다. 뒤쪽에서 여자애들과 고릴라 일행이 밤톨에게 묻는 소리가 들려온다.

"테라랑 함께 간, 엄청 센 사람이라는 분이 저 아저씨였어요?"

제니가 떨리는 목소리로 물었다. 밤톨이 곤란해하며 고개를 끄덕이는 동안 보안관과 태권 소녀, 진우, 유빈이 빠른 걸음으로 민구의 뒤를 쫓았다.

"어이, 스톱! 이 새끼야, 거기 서! 야! 칼자국!"

보안관의 성난 목소리가 크게 울린다. 민구는 멈추지 않았다. 아직 철로에서 가까워 군인들도 많고, 막 트레일러에서 내린 민간인들도 속속 이쪽으로 걸어오고 있는 중이다.

이렇게 사람들이 많은 곳에서 이목을 집중시킬 필요가 없다. 공연히 사고를 쳐서 칼을 빼앗기거나 체포된다면, 테라를 구하러 가는 일만 점점 늦춰질 테니까.

산책로를 따라 걸어가던 민구는 이제는 용도가 사라진 유람선 선착장 쪽으로 방향을 바꾸었다.

삐걱—.

그가 발을 올리자마자 허술한 나무 바닥에서 삐걱거리는 소리가 울린다. 지난 일주일 동안, 그리고 어제 밤새도록 수많은 사람들이 밟았던 터라 낡을 대로 낡아 있다.

민구는 선착장 안쪽의 작은 가건물 안으로 모습을 숨겼다. 여기라면 구경꾼들로부터는 조금 자유로울 것 같아서다.

"서라는 말 안 들리디, 이 개새끼야! 기껏 도망 온 게 여기냐?"

바로 등 뒤까지 쫓아온 보안관이 민구의 어깨를 잡으며 욕설을 내뱉었다. 민구는 곧바로 몸을 돌리며 쫙 벌린 엄지와 검지로 놈의 울대를 후려쳤다.

일단 저 시끄러운 목청부터 잠잠히 시켜 놓아야 좀 조용하게 일을 처리할 수 있을 것이다. 그런데…….

타악―.

보안관은 민구의 손날을 옆으로 밀어 치고, 오히려 그의 멱살을 꽉 움켜쥐었다. 민구는 왼팔 팔꿈치를 휙 돌려 막으며 멱살을 흔들려는 보안관의 얼굴을 겨눴다.

파앗―.

날카롭게 뻗어 오는 팔꿈치!

보안관은 놈의 멱살을 확 밀치는 것으로 그 공격을 피했다. 첫 번째 공격이 허공을 가르자마자 민구는 왼팔을 다시 백핸드로 회전시켜 보안관을 노렸고, 동시에 오른손 스트레이트를 후속타로 날렸다.

"장난하냐?"

보안관은 왼팔을 들어 민구의 백핸드를 막고, 멱살을 잡았던 오른손으로 놈의 스트레이트를 밀쳐 냈다. 그러고는 곧바로 왼손 훅을 놈의 옆구리에 찔러 넣었다.

후웅―.

민구는 뒤로 스텝을 밟으며 그 공격을 피했다. 보안관의 주먹이 바람을 가르는 소리가 가건물 안에서 날카롭게 울린다.

아찔하다. 보호해 줄 수 있는 옆구리 근육이 날아가 버린 지금, 저런 걸 맞았다간 내장이 다 뒤틀려 버릴 것이다.

"테라 어떻게 했어, 이 새끼야!"

민구가 잠시 주춤한 틈을 타서 보안관은 또 한 번 그의 멱살을 잡기 위해 달려든다. 민구는 오른발 로우 킥과 미들 킥을 연달아 날리면서 놈의 접근을 막았다.

보안관은 다리를 들고, 팔꿈치를 내려 민구의 킥을 무력화시키며 *성큼성큼* 다가왔다. 딱 꼬리에 불붙은 황소 새끼 같다.

쉬익―.

계속 뒤로 물러나는 것처럼 하던 민구는 한순간 방향을 바꾸며 앞으로 튀어나왔다. 그러고는 보안관의 관자놀이를 향해 빠르게 주먹을 내질렀다.

핏—.

보안관이 고개를 틀어 민구의 주먹은 아슬아슬한 차이로 비껴갔다. 동시에 보안관의 오른손 어퍼컷이 민구의 턱을 노린다.

민구는 황급하게 뒤로 물러났다. 원래대로라면 허리를 뒤로 젖혀 흘려보냈어야 할 주먹이지만, 지금 그의 몸은 그런 움직임을 수행할 수 없다.

타앗—.

보안관의 펀치가 스친 민구의 입술 끝에서 피가 솟아난다. 마찬가지로 보안관의 광대뼈 주위도 회초리에 맞은 것처럼 가늘고 붉게 부어올랐다.

"오! 괴물들인데!"

두 사람의 현란한 몸짓을 지켜보던 태권 소녀의 입에서 탄성이 터졌다. 둘 다 한 수씩을 접고 벌이는 싸움이었다.

보안관은 민구에게서 이야기를 들어야 한다는 것 때문에 죽일 각오로 펀치를 뻗지 않았고, 부상당한 상태의 민구는 문제가 생길지도 모른다는 두려움 때문에 칼을 꺼내지 못하고 맨손으로만 싸우는 중이다.

그럼에도 가건물 주변을 에워싸고 서서 지켜보는 친구들의 넋을 빼놓기에는 충분한 수준이었다.

"그만 까불어라! 안 되는 거 알잖아!"

서로의 주먹이 두어 번 더 상대방의 얼굴 주변을 스쳤을 때, 화가 난 보안관이 민구를 밀어 쳐서 중심을 흩뜨린 뒤, 강력한 미들 킥을 날렸다.

갈비뼈를 부러뜨릴 기세의, 일명 '맞고 죽어라 킥'이다. 민구는 황급하게 몸을 피했다. 그것으로도 부족해서 두 팔을 뻗어 킥의 기세를 좀 약화시켰다.

빠악—.

보안관의 커다란 안전화가 민구의 옆구리 바로 근처를 때렸다. 나무판자들을 덧대 대충 만들어 놓은 가건물의 벽에 금이 가고, 건물 자체가 떨릴 만큼 강력한 파워!

가까스로 흘리기는 했지만, 녀석의 다리를 막았던 손바닥이 전기가 오른 것처럼 찡하다.

'젠장······.'

민구의 얼굴에 한 줄기 식은땀이 흐른다. 한 번 더 이런 스피드와 파워의 발차기가 날아든다면, 그때도 또 막아 낼 수 있다는 자신이 없다.

이런 발차기를 정통으로 맞으면······ 보름 정도는 요양을 해야 몸을 추스를 수 있을 만한 타격이다.

어쩔 수 없다고 판단한 민구는 오른손을 등 뒤로 돌려 쿠크리의 손잡이를 쥐었다. 이제까지는 테라를 구하러 가는 길에 문제가 생길까 봐 피를 보는 것만은 꾹 참았었다. 하지만 이제는 안 되겠다. 이 싸움을 여기에서 더 끌다가는 본 경기에 들어가기도 전에 아예 몸져눕게 생겼다.

다음번 공격이 날아올 순간을 노려서 긋겠다고 마음먹은 민구는 가건물의 문쪽을 등지고 설 수 있도록 스텝을 밟았다.

빠르고 적당히 죽지 않을 정도로 그어 준 다음, 놈과 일행들이 피에 놀라 당황해하고 있을 때 풀숲으로 달아날 계산이었다. 사람이 죽지만 않으면 군인들도 그리 열심히 쫓아오지는 않을 것이다.

"에헤이! 정정당당하게 싸워!"

등 뒤에서 뻗어 오는 발차기!

민구는 깜짝 놀라 바람을 가르며 내질러 오는 발차기를 손바닥으로 쳐서 흘렸다. 그 바람에 칼을 뽑아 들 타이밍은 놓쳤다.

대체 누가?

민구가 등 뒤로 고개를 돌리자, 거기엔 웬 길쭉한 계집애 하나가 언제라도 제 2차를 날릴 사세들 취하고 서 있는 중이다.

"야! 끼어들지 마! 이 새끼 존나 위험한 새끼라고!"

두 번의 경고성 펀치로 민구를 다시 가건물 안쪽으로 몰아넣은 보안관이 태권 소녀를 향해 소리를 질렀다. 태권 소녀도 지지 않고 맞서 소리를 질렀다.

"칼 빼려고 하니까 막아 준 거잖아! 이 밥통아!"

"아우! 그걸 누가 몰랐을 것 같냐? 다 계획적으로 그렇게 하도록 놔둔 거야! 저 새끼가 뽑고 이쪽으로 그을 테니까 등짝을 차서 뻗게 하려고 했었다고! 왜인지는 모르겠지만, 저놈 오른쪽이 시원치 않아서 그쪽 칼을 뽑으라고 유도한 건데!"

보안관은 민구가 칼을 그었을 방향과 각도까지 설명해 주며 유치하게 잘난 척을 해 댔다.

민구로서는 견디기 어려운, 모욕적인 순간이었다. 아무리 몸이 온전치 않다고는 해도 어린놈에게 이런 취급을 받을 수는 없다.

"……너희, 그냥 다 죽어라."

민구는 마세티와 쿠크리의 손잡이를 동시에 쥐었다. 가건물 밖으로 뛰쳐나가면서 마세티로 고릴라의 목을 치고, 쿠크리로 저 계집애를 그을 생각이었다.

나머지 놈들은 칼을 휘두르는 동안 알아서 피할 거라고 생각했다. 어차피 죽이든 다치게 하든 군인들에게 잡히면 골 아파지는 건 매한가지다.

스릉—.

마세티와 쿠크리가 칼집에서 절반 정도 빠져나오자 빠개진 벽 틈으로 들어오는 빛을 받아 칼날이 현란하게 번쩍인다. 바로 그때였다.

타앙—.

고막을 흔드는 한 발의 총성!

민구는 동작을 멈추고 옆으로 시선을 돌렸다. 그의 왼쪽 어깨 옆 판자에 연기가 피어오르는 동그란 총알구멍이 생겨났다. 그리고 그 총알보다 더 날카로운 눈빛이 그의 심장을 찌른다.

"됐어, 거기까지."

진우가 짧게 말했다. 민구는 목소리가 나는 방향을 돌아보았다. 조금 전, 트레일러 안에서부터 서늘한 눈빛을 쏴 대던 놈이다. 그 녀석이 그를 향해 총구를 겨누고 있었다.

　민구는 조금 전의 경고 한 방이 일부러 빗나가게 쏜 것이라는 걸 잘 알고 있었다. 이놈은 이 좁은 가건물 안에 자기편이 함께 들어 있는데도 아무 거리낌 없이 방아쇠를 당겼다. 그만큼 자신이 있는 것이다.

　그리고 언제라도 사람의 심장을 쏴서 뚫을 만한 배짱도 있다. 그러니 싸움은 승패가 갈린 거나 마찬가지다. 민구는 칼을 다시 칼집 안에 넣었다.

　"보안관, 너도 밖으로 나와. 너무 과열된 것 같다."

　진우가 보안관에게 말했다. 아직 분이 다 풀리지 않은 보안관이 펄펄 뛴다.

　"야! 너까지 왜 끼어들고 난리야, 이 새끼야! 이 칼잡이 새끼 편들고 싶어?"

　"그런 게 아니야. 지금 상황을 봐. 꼭 다구리 놓는 것처럼 됐잖아. 저 사람은 혼자고, 우리는 너, 혜주, 그리고 지금 나까지 끼어들었어. 그러니까 승부를 보더라도 룰을 정해 놓고, 깔끔하게 끝을 내란 말이야."

　"아니! 그러니까 내가 언제 끼어들어 달라고 부탁했냐고! 어우! 답답해!"

　가슴을 치면서도 보안관은 순순히 가건물 밖으로 걸어 나왔다. 다구리를 놓는 모양새라는 게 그도 싫었다. 이런 식으로 싸우면 이겨도 이긴 게 아니니까.

　그리고 흥분하는 바람에 잠시 잊고 있었는데, 지금 상황은 이기는 게 중요하지도 않다. 테라가 어디 갔는지를 알아내는 게 가장 급선무다.

　"거기 뭐야? 총소리!"

　철로 위쪽의 병력들이 깜짝 놀라 고개를 내밀며 소리를 지른다. 하필이면 좀비들과 대치하고 있지 않을 때, 이런 총소리가 나 버렸다.

　제니와 함께 달려온 밤톨이 얼른 기지를 발휘해서 외쳤다.

　"오발입니다! 수풀 속에 좀비가 있는 줄 알았습니다!"

　"그런데?"

　"바람이었습니다!"

　밤톨의 거짓 보고를 들은 장교는 별 의심 없이 고개를 끄덕였다. 하루에도 수천 마리씩의 좀비들이 모여들고, 또 죽어 나가는 곳이니만큼 민간인이나 아군을 쏘는 경우만 아니라면 오인 사격이 그리 문제가 되지는 않는다.

  맥없이 물러느니, 바람에 흔들리는 갈대라도 일단 쏴 보는 게 낫다. 그것이 한 달 이상의 전투를 치르고 살아남은 이들이 얻은 교훈이었다.

  보안관이 가건물 밖으로 나가 버린 뒤, 민구도 천천히 그곳을 걸어 나왔다. 눈에 띄지 않고 싸우기 위해 들어갔던 곳인데, 싸움이 끝나 버렸으니 거기 더 버티고 서 있을 이유가 없었다.

  시간이 넉넉한 상황도 아니고, 지친 몸을 채찍질해 가며 싸우는 거라 마음도 초조하다.

  "거기에 서요."

  민구가 태연하게 걸어 나오자 산책로에 서 있던 진우가 당황해하며 총구를 겨눈다. 민구는 녀석을 빤히 쳐다보았다.

  조금 전, 그가 칼을 거둔 것은 승패가 갈렸기 때문이지, 녀석의 총알이 무서워서가 아니었다.

  "쏘고 싶으면 쏴, 나는 멈출 생각이 없으니까. 대신에 빨리 결정해라. 조금 전 승부는 네가 이겼지만, 내가 몇 걸음 더 가까이 가고 나면 그때는 어떨지 모른다."

  민구는 차갑게 내뱉었다. 그 말을 하는 동안에도 그는 성큼성큼 걸었다. 당연히 보안관이 막아섰다.

  얼―!

  삼숙이가 사납게 짖는다. 이래서야 도돌이표처럼 다시 또 처음으로 되돌아가는 거다. 총구를 아래로 내린 진우는 삼숙이 녀석을 진정시키고 나서 민구에게 말했다.

  "싸우자는 게 아닙니다. 그냥 잠깐 이야기만 좀 하자는 거예요."

  "나는 별로 그럴 기분이 아니야."

  보안관과 코끝이 닿을 만큼 가깝게 마주 선 채 민구가 말했다. 보안관이 사자처럼 낮고 굵게 으르렁거렸다.

  "나도 너 같은 새끼랑 노닥거릴 마음 없어. 그러니까 한 가지만 말해! 테라 어디에 있어?"

"너한테 말해 줄 것 같으냐, 고릴라? 그 계집애가 어디 있든지 너랑 무슨 상관인데?"

"잘난 척 작작 해, 이 새끼야! 저 군인이 뭐라고 했는지 알아? 테라는 엄청 센 사람이랑 같이 용산으로 갔으니까 걱정하지 말라고 했다고! 그런데 지금 이 꼴인 거야! 너 혼자 여기 와 있는 거라고! 너를 믿었던 저 군인한테 부끄럽지도 않냐? 나 같으면 쪽팔려서라도 그렇게 잘난 척은 못 할 거다. 테라 어디에 버리고 왔어?"

보안관이 밤톨을 가리키며 말했다. 민구에게도 뼈아픈 이야기이긴 하지만, 뭐 하는 놈들인지도 모를 떨거지들에게 그녀의 정보를 알려 주고 싶지 않았다. 이 놈들이 태양보다 나은 놈들이라는 보장도 없다.

"관심 끊어. 내가 해 줄 말은 그것뿐이다."

민구는 보안관을 밀치며 걸어 나가려고 했다. 당연히 보안관은 녀석의 팔을 잡아 꺾으려 했고, 민구는 또 고릴라의 인중을 향해 스트레이트를 뻗었다. 그러는 동안 보안관의 훅이 민구의 턱을 노린다.

휙— 팍— 탁—.

주먹끼리 부딪치고, 옷소매가 바람을 가르는 소리가 울린다. 민구는 피가 터진 입술을 꾹 깨물고 뒤로 물러났다.

보안관의 공격을 막아 낸 팔이 저릿저릿하다. 몸만 멀쩡했더라도 이렇게 밀리지는 않았을 텐데, 역시 이놈은 칼을 빼지 않고 상대하기 어렵다.

"……형님."

제니, 유빈과 함께 서서 싸움을 지켜보고 있던 밤톨이 슬프게 그를 부른다. 그의 목소리를 듣자 민구도 몸에서 힘과 전의가 쭉 빠져나가 버리는 것 같았다.

밤톨의 그 짧은 한마디는 많은 의미를 담고 있었다. 그의 믿음을 배신한 것 같아 마음이 아프고, 이 꼬맹이 놈들을 대번에 제압하지 못할 만큼 약해져 버린 자신의 비루한 몸뚱이가 싫다.

어쩌다가 이렇게 여기저기에서 차이고 원망을 당해야 하는 존재가 되어 버린 건지…….

"좀 진정하세요. 이분들도 좋은 분들입니다."

밤톨은 겁내는 기색 없이 다가와 민구에게 말을 건넸다. 그 말은 별로 참고할 대상이 되지 않는다. 밤톨이 참 괜찮은 놈이라는 데에는 이견이 없지만, 이 녀석의 사람 보는 눈은 형편없다. 민구 자신에게도 '좋은 사람'이라는 말을 아무렇게나 했던 녀석이니까.

"특히 저 진우 요원이라는 분은 건대에서 사람들을 정말 많이 살렸다고 합니다. 저만 해도 어젯밤에 크게 신세 졌고요. 그리고…… 이분들, 테라 씨를 정말 간절하게 찾는 이유가 있어요."

밤톨의 말이 끝날 무렵, 빙 둘러싸고 서 있던 일행들 중 하나가 앞으로 걸어 나왔다. 이 더운 날씨에 후드 셔츠의 후드를 뒤집어쓰고, 수건으로 얼굴까지 가린 계집애였다.

"어어, 안 돼! 제니야, 가까이 오지 마! 위험해!"

보안관이 후드를 막아선다. 후드는 보안관의 팔에 붙잡힌 채 민구를 향해 공손하게 허리를 숙여 인사를 했다. 그러고는 후드를 벗고 수건을 얼굴에서 끌어 내렸다.

"저…… 제발 부탁드려요. 테라…… 지금 어디에 있는지 알려 주세요."

그녀의 간절한 얼굴을 보며 민구는 약간의 충격을 느꼈다. 이 계집애의 이름도 잘 모르겠지만, 그녀가 테라와 각별한 사이라는 것만은 확실히 알아볼 수 있었다.

잠실야구장 전광판에 붙어 있던 테라의 광고 사진…… 그 옆에서 함께 웃고 있던 얼굴이다.

"저는…… 이미 한 번 테라를 구하지 못하고 도망쳤어요. 이번에는 꼭 구하고 싶어요. 그래서…… 저처럼 안전하고 행복하게 살 수 있도록 해 주고 싶어요."

제니는 눈물이 맺힌 눈으로 간절하게 부탁했다. 이 사내의 입에서 그녀가 죽었다는 말이 나올까 봐, 그것이 너무 두렵다.

　제발…… 어딘가에 살아 있기를…… 그리고 이 사내가 그 장소를 알려 주기를…… 제니는 바랐다.

　"으음……."

　민구의 입에서 신음이 새어 나온다. 그는 혼란스러웠다. 이 계집애와 테라가 같은 팀이었다는 것은 알겠다. 하지만 그렇다고 해서 온전히 신뢰할 수 있을까?

　진우라는 놈도 그렇고, 이 보안관이라는 놈도 그렇고, 정정당당한 걸 좋아하고 자존심이 어지간히 강해 보이지만…… 그것으로 100퍼센트 신뢰할 수 있는 것일까?

　그걸 잘 모르겠다. 배신이 난무하는 사회에서 자라 온 그에게, 낯선 이에 대한 신뢰라는 건 꽤나 어색한 개념이었다.

　그때, 그들이 모여 서 있는 선착장 쪽으로 두 사람이 더 다가왔다. 조금 전, 다른 민간인들과 함께 두 번째 트레일러를 타고 도착한 임수정과 고 하사다.

　"여기에서 뭐 해? 다들 줄 서고 있는데. 철로로 빨리 가야 테라를 만나지."

　임수정과 고 하사는 뒤쪽에 서 있는 삼식이와 규영이에게 다가가 물었다. 삼식이가 곤란하다는 듯 머리를 긁적인다.

　"아, 지금 저 사람이 테라가 어디에 있는지 아는 것 같은데, 자꾸 고집을 부리고 말을 안 해 줘서요."

　"테라? 그럼 어제 철로에 가 있던 게 아니라는 거야? 근데 저 사람은 테라 행방을 어떻게 알아?"

　임수정이 걱정스러운 표정으로 중얼거렸다. 그사이 고 하사는 한 발짝 앞으로 걸어 나갔다. 보안관과 대치 중인 사내. 먼발치이긴 하지만 어딘가 낯이 익다.

　10여 미터 이내로 거리를 좁히자 그제야 얼굴이 좀 보인다.

　"어라?"

　민구의 흉터를 알아본 고 하사가 반가운 감탄사를 터뜨렸다. 초주검 상태로 건대에 들어와 자신이 살려 낸 남자가 멀쩡히 서 있다는 게 너무 기뻤다. 어디에서 구했는지, 양복도 아주 멀끔하다.

"어휴, 선생님! 이제 많이 나으셨네요? 다행입니다!"

고 하사가 특유의 까불거리는 말투로 말을 걸며 민구에게 다가갔다. 민구도 당연히 고 하사를 알아보았다.

생명의 은인. 며칠 동안이나 똥오줌을 받아 내 준, 고마운 사람. 그 고 하사가 하필 이렇게 곤란한 상황에서 인사를 건네온다. 민구는 자신을 둘러싸고 있는 이 여러 명의 사람들을 만난 이후 처음으로 고개를 숙였다.

"군인 의사 선생!"

"네, 반갑습니다! 아니, 근데 여기 분위기 왜 이래요? 뭔가 되게 심각한데요? 유빈아, 무슨 일이야?"

고 하사가 보안관 일행과 친근하게 대화하는 걸 보며 민구는 큰 압박을 느꼈다. 평생 잊지 않겠다고 했던 은인이 테라에 대해 말하라고 하면…… 그는 어떻게 해야 하는 걸까?

이쪽에도 목숨을 빚졌지만, 테라도 그를 살려 줬기에 문제가 간단치 않다.

"……저 애들이랑 아는 사이요?"

물어보는 민구의 목소리는 고통스러웠다. 고 하사가 '아뇨, 잘 모릅니다.'라고 해 주기를 바랐다. 그냥 수용자와 군인 의사 정도의 사이였다면 고 하사가 중간에 개입될 일도 없으니까.

그러나 고 하사의 대답은 민구가 기대한 것과 정반대였다.

"아아, 얘들이 제 목숨 여러 번 구해 줬습니다. 얘들 아니었으면 전 아마 벌써 며칠 전에 좀비로 변해 있었을 거예요. 이 녀석들…… 정말 좋은 친구들이에요."

민구의 속도 모르면서 고 하사는 엄지까지 척 치켜세운다. 민구는 힘없이 고개를 끄덕였다.

그때, 한 방의 카운터펀치가 더 민구에게 퍼부어졌다.

"어머! 민구…… 민구 씨? 세상에!"

임수정의 목소리. 그녀는 믿을 수 없다는 듯 입을 가린다. 비 오는 밤 강서 정수장에서 짧은 시간 동안 함께 있었지만, 저 얼굴은…… 특히 저 흉터는 잊을 수가 없다.

으음, 이건 또 무슨…….

눈을 가늘게 뜨고 임수정을 바라보며 기억을 더듬던 민구도 뒤늦게 그녀를 알아보았다.

"그…… 먹물 여자? 강서 정수장?"

임수정이 고개를 끄덕인다.

그 냉장고 안에 넣어 두고 왔던 여자가…… 아직까지 살아 있었다니…….

민구는 믿기지가 않았다.

그때보다 조금 더 야위기는 했지만, 그래도 건강해 보인다. 얼굴에 그늘도 없다.

"에? 수정 씨, 저분이랑 아는 사이예요?"

적잖이 놀란 고 하사가 물었다. 임수정이 대답해 준다.

"네, 그…… 기억나시죠? 7월 14일에 정수장에 좀비들이 몰려 들어왔을 때…… 제가 머리를 찧고 기절했었다고…… 말씀드렸잖아요. 그때, 저분이 절 냉장고 안에 숨겨 주셨어요."

"허! 그래요? 그럼 내가 잘해 드렸어야 할 의무가 확실히 있던 분이네! 와~ 이런 기연이 다 있군요!"

고 하사는 눈을 동그랗게 뜨고 신기해한다. 민구에게도, 임수정이 살아 있다는 건 꽤나 의미가 있는 일이었다.

좀비 세상이 되어 버린 후, 지금까지 그와 얽혔던 거의 모든 사람들은…… 죽었다. 그나마 밤톨이 용케 살아남아 줬지만, 그냥 그 정도까지였다. 그리고 이제는 테라에게까지 불행의 그림자가 드리워져 있다.

그런데 한 달이 훌쩍 넘은 뒤, 이 자리에서 임수정을 다시 만난 것이다.

그와 맨 처음 인연이 얽힌 여자, 당연히 죽었을 거라고 생각했던 여자를…….

사방에 폐만 끼치는 것 같아 암흑처럼 암담했던 마음에 한 줄기 여유로운 빛이 비쳐 든다. 민구는 조금 감격한 목소리로 말했다.

"잘 살아남았군…… 정말 장해."

"제가 장할 건 별로 없어요. 계속 도움만 받았으니까요. 처음엔 민구 씨, 그리고 군인들…… 테라…… 그리고 여기 이 친구들……. 딱 죽었다고 생각했을 때, 이 친구들을 만났죠."

임수정은 담담하게 자신을 도와줬던 사람들을 나열했고, 맨 마지막에 보안관 일행을 지목했다. 민구가 다시 물었다.

"테라…… 걔를 아나?"

"네, 잠실에서…… 그 격리실 아시죠? 거기 동기였어요. 낙담하고 있을 때, 기운을 차리게 도와줬죠."

"이 언니가 저희한테 테라가 살아 있다는 걸 알려 줬어요. 전 그때까지 죽었다고만 생각했었거든요."

제니가 끼어들어서 다시 한번 간절한 눈빛을 보낸다. 민구의 마음속에 굳게 쌓여 있던 벽은 이미 무너지고 난 뒤였다.

자신과 함께 싸웠던 밤톨, 생명의 은인인 군인 의사, 그리고 자신의 이름을 걸고 살려 준다 약속했던 먹물 여자……. 그들 모두가 보안관 일행에게 큰 도움을 받았다고, 믿을 수 있는 좋은 사람들이라 말하고 있다.

이보다 많은 보증인은 이제 더 이상 필요 없을 것 같다. 게다가 테라의 단짝이었던 아이도 그 일행이다.

무엇보다도 중요한 건…… 이놈들이 꽤나 강하다는 사실이다. 고릴라는 물론이고, 발차기를 날렸던 길쭉한 계집애도, 그리고 저 진우라는 총잡이도…… 나름 대단한 놈들이다. 침을 줄줄 흘려 대는 저 시꺼멓고 덩치 큰 개새끼도 전력으로는 나쁘지 않다.

이놈들과 함께라면 태양 그룹을 치러 갈 때 분명히 훨씬 승산이 커진다.

"여기 있는 사람들은 다 믿을 수 있나?"

마음을 굳힌 민구는 가까이 있는 보안관을 제쳐 두고 진우에게 물었다. 진우는 주변을 둘러봤다. 원래부터 함께 계획을 짰던 그들 일행 아홉 명은 물론, 고 하사, 강 소위, 그리고 제니의 사인을 받으러 왔던 밤톨…… 다 믿을 수 있는 사이다. 밤톨은 낯선 사람이기는 하지만, 이미 이 사건에 깊이 개입되어 버렸다.

싸움이 나는 동안에 잠시 기웃거리던 다른 민간인들은 이미 관심을 거둔 지 오래였다. 그들에게는 좀 더 안전한 곳으로 이동하는 게 말싸움 구경보다 훨씬 중요한 일이었으니까.

"그렇습니다."

진우는 진지한 얼굴로 고개를 끄덕였다. 민구는 낮게 한숨을 쉬고 나서 입을 열었다.

"테라에 대해 얼마나 알지?"

"행방만 몰라요. 특별한 애라는 건 압니다. 아주 특별한 아이죠."

다른 말이 나오기 전에 유빈이 먼저 대답했다. 민구의 질문을 듣자마자 유빈은 그게 면역에 관한 일을 돌려 묻는 말이라는 걸 알아차렸다.

그리고 그 이야기가 강 소위와 고 하사의 귀에 들어가 봐야 서로에게 별로 좋을 게 없다는 판단을 내렸다.

만약 그들이 테라가 면역자라는 걸 알게 된다면, 그들은 군과 진우, 그 둘 중에 한쪽을 배신해야 하는 상황에 처한다. 그러느니 아예 모르는 편이 낫다.

"……그래?"

민구는 유빈을 유심히 살폈다. 지금까지 전혀 눈에 띄지 않던 놈인데, 의외로 눈치가 빠르고 말주변도 제법이다.

"……걔는 지금 태양 그룹에 끌려갔다. 본사 건물에."

민구는 멀리 꼭대기가 보이는 본사 건물을 가리켰다.

아―! 제니가 가슴을 쓸어내리며 안도의 한숨을 내쉰다. 어디로 갔든 일단 살아 있다는 게 제일 중요했다. 구해 내는 건 그다음의 문제나.

"또…… 태양 그룹이네. 하여간 이 개새끼들……."

보안관이 이를 빠득, 갈았다. 이 칼자국 새끼도 어지간히 마음에 들지 않지만,

태양 놈들이 끼치는 민폐에는 댈 바가 아니다. 조금 살 만해진다 싶으면 번번이 이렇게 발목을 잡고 늪으로 끌어당기려 든다.

"근데 아저씨는 뭐 했어요? 테라 끌려가는 동안."

태권 소녀가 곤란한 질문을 던졌다. 민구는 잠시 고민했다. 눈에 두들겨 맞은 멍 자국이 남아 있는 저 녀석은 군인들에게 테라가 면역자라는 걸 알리고 싶지 않은 눈치인데…… 결국 민구는 자기가 조금 모자란 놈이 되기로 했다.

"사연이 길지만…… 짧게 말하자면, 완전히 뻗어서 손끝도 못 움직였다고 해야 될 것 같군."

"쳇, 그래 놓고 기운 차리자마자 새 옷 쪼가리 주워 입은 거야?"

여전히 민구가 마음에 들지 않는 보안관이 시비조로 중얼거렸다. 제니가 얼른 보안관을 뒤로 잡아당겼다. 겨우 말문이 터진 사람의 성질을 건드려서 좋을 게 하나도 없다.

"어쨌든 테라 구하러 가시던 길이죠? 그 칼도 그렇고, 장갑 트레일러를 피했던 것도 그렇고."

진우가 물었다. 민구가 고개를 끄덕이자 진우가 무표정한 얼굴로 말했다.

"그럼 목적이 같네요. 같이 가시죠. 저희도 태양 그룹 그 검은 군복 입은 놈들만 보면 눈에서 불이 나는 것 같으니까. 보안관이 저렇게 틱틱거려도 뒤에서 덤비는 놈은 아니니까, 저희 믿으셔도 됩니다."

"내가 뒤를 치면 어쩌려고?"

조금 장난기가 동한 민구가 짓궂게 물었다.

"그럼 나한테 뒈지는 거…… 읍!"

보안관이 목소리를 높이려다가 제니에게 입을 막힌 채 제지당했다. 진우는 여전히 무표정하게 대꾸했다.

"그 정도 자존심도 없는 사람으로는 보이지 않았습니다."

그렇게 말하며 진우는 가슴에 걸고 있는 소총의 총열 덮개를 가볍게 두드렸다. 마치 '만약 그렇다면 내가 곧바로 죽일 거다.'라고 경고하는 것 같다.

"근데…… 군인 형아들은 아무것도 안 해요? 소중한 국민이 끌려가서 감금되어 있다는데…… 그리고 바로 저 코앞의 건물에서 사람을 좀비 밥으로 주고 있다는데…… 그걸 그냥 둬요? 강 소위 아저씨가 건대 대장이라면서요? 장갑차 끌고 가서 다 쏴 죽여 버리고 항복 받으면 안 돼요?"

지금까지 입을 다물고 있던 규영이 강 소위에게 물었다. 강 소위는 무겁게 한숨을 내쉬었다. 이 순진한 소년이 그런 생각을 하며 답답해하는 것도 이해할 수 있다.

미련한 박 소위가 그 동영상을 봤다면 아마 이 소년과 비슷한 판단을 했을 것이다.

"아…… 그건 진짜 부끄러운 질문이구나."

강 소위는 카트 위에 앉은 규영의 어깨를 짚으며 힘겹게 말했다.

"부끄러워하지 말고 그냥 쳐들어가요."

"아니…… 그게 좀…… 여기 있는 군인들 말이지, 네 눈에는 어떻게 보일지 모르겠지만…… 다들 나름의 임무라는 게 있거든. 예를 들어 저 철로 위에 있는 전차랑 군인들은 좀비들이 몰려올 때 싸워야 하고…… 우리 타고 왔던 장갑 트레일러만 해도 계속 사람들을 싣고 왔다 갔다 하잖아. 그러니 지금 갑자기 태양 그룹으로 쳐들어가겠다고 병력이나 장비를 뺄 수가 없어."

규영이 납득하는 표정을 짓자 강 소위는 이야기를 계속 이었다.

"또 설사 여유가 있다고 해도 군대라는 건 그리 가볍게 움직이는 조직이 아니야. 엄청난 크기의 폭력을 가진 집단이니까 가벼워서도 안 되고, 감정적이어서도 안 된다고. 우리가 움직이려면 공식적인 명령이 있어야 돼. 그런데 내 의견 같은 건 여단장님께 닿기까지 아주 오래 걸리거든."

"저기도 높은 사람 있지 않아요? 아까 강 소위 아저씨가 보고하던 사람 말이에요."

"응, 그 사람 정도로는 안 돼."

규영을 납득시키기 위해 강 소위는 조금 거짓말을 했다. 사실은 말이 안 통할 거라는 게 더 큰 문제다. 이곳 철교를 담당하는 장교에게 섣불리 핸드폰을 들이밀어 봐야 이게 진짜 태양 그룹이라는 증거가 어디 있냐는 핀잔이나 돌아올 뿐이다. 강 소위는 그런 정도의 눈치는 있다.

"대신에 유빈이가 복사해서 준 그 동영상, 그건 내가 나중에 꼭 우리 중대장님께 보고할게. 그분은 현명하고 올곧은 분이기도 하고, 지금 여단장님과 함께 작전 회의에도 참가하시니까 반드시 기회를 얻어 내실 거야. 그러면 여단장님도 가만히 계시지는 않겠지."

"그럼 그때까지는 아무것도 못 한다고요? 그냥 진우 형이랑 보안관 형이 잘 싸우라고 기도만 할 거예요?"

규영은 또 못마땅한 표정을 지었다. 적지 않게 실망한 모양이다. 강 소위는 고개를 저었다.

"공식적으로는 그런 거지. 그런데 말이야…… 공식적으로 그렇다고 해서 전혀 손을 쓸 수 없느냐고 묻는다면, 그건 또 이야기가 다르긴 하지. 대한민국 군대에서는 한 가지 전제 조건만 채우면 모든 일이 허락되거든."

"그 전제 조건이 뭔데요?"

"뭐…… 그런 게 있단다. 나머지는 형들이랑 이야기할게."

강 소위가 규영의 머리를 쓸어 주며 씁쓸한 미소를 지었다. 아직 어린 이 소년에게 대한민국 군대에서는 '걸리지만 않으면' 뭐든지 해도 된다는 말을 하기는 좀 꺼려진다.

진우네 일행이 태양으로 쳐들어가겠다고 했을 때부터 그는 나름 약삭빠른 계획을 세워 두고 있었다.

실수를 가장한 강력한 한 방!

그게 그가 이 친구들을 도우면서도 건대 쉘터의 사람들도 다 이송시키고, 아무도 처벌받지 않는 방법이었다.

부끄럽지만, 지금 그에게 허락된 권한은 그 정도밖에 안 된다.

"언제쯤 쳐들어갈 생각이야?"

강 소위는 유빈과 진우에게 물었다. 유빈은 초조한 얼굴로 태양 그룹 본사 건물을 바라보며 입을 열었다.

"그걸…… 잘 모르겠어요. 마음은 급한데, 성급하게 달려들기가 영 꺼림칙해서……. 저기도 지금까지 아무 문제 없이 돌아가고 있었던 데잖아요. 그럼 벽이랑 문이 엔간히는 높고 단단하다는 이야기일 텐데…… 그걸 쉽게 뚫고 들어갈 수 있을지……. 저는 저 회사 건물이 어떻게 생겼는지도 모르거든요."

"그건 몇 분 뒤에 장갑 트레일러 다시 돌아왔을 때, 장갑차 기관포 조준경으로 보면 될 거야. 내가 보여 달라고 요청할게. 뭐, 보나 마나 벽도 높이 세워져 있고, 정문도 단단히 셔터를 내려놨겠지만."

강 소위가 말했다. 그의 대답을 들은 유빈은 조금 전보다 더 미간을 찌푸리며 고민에 잠겼다.

처음부터 넘어야 할 산들이 너무 많다.

건물의 내부 구조에 대해서도 아무런 사전 지식이 없는데…….

그렇게 걱정하고 있는 유빈을 향해 강 소위가 목소리를 낮춰 속삭였다.

"벽이랑 정문 정도는 내가 뚫어 준다."

03

"아, 준비 다 됐어?"

내부 회선 전화기가 울리자 오 박사는 수화기를 집어 들고 여유롭게 물었다. 평소보다 아주 온화해진 태도다. 그러지 않을 이유가 없다. 엄청난 종류의 면역자가 그의 손아귀 안에 있으니까.

안경테를 만지작거리며 잠시 저쪽의 보고를 듣던 오 박사가 딱 잘라 말했다.

"아니, 아니, 그거보다 조금 더 많이 준비해. 몇 번 이야기해야 알아듣냐? 식사실이 좀비들로 바글바글해야 한다니까. 한 열댓 마리 더 끌고 와서 집어넣어. 그거 다 되면 다시 보고해. 뭐? 어떻게 뒤처리를 하냐고? 그게 걱정이냐? 그냥 대가리에 구멍을 뚫어서 다 죽이면 되잖아, 이 멍청아!"

자기 할 말을 다 하자마자 오 박사는 수화기를 던지듯 내려놓았다. 그러고는 소파에 기대앉아 있는 테라를 돌아봤다.

"어지러워요?"

"……네."

고개를 숙이고 있던 테라가 작은 목소리로 대답했다. 밤새도록 뛰어다닌 데다 민구를 구하기 위해 피를 많이 흘렸고, 오 박사도 혈액 샘플을 몇 차례나 채취해 갔다. 거기에 좀비와 한방에 갇힌 동안 받은 스트레스까지…….

가만히 앉아 있기만 해도 눈앞이 빙글빙글 돌았다. 이제 조금 쉬고 싶다.

"그러니까 뭐 좀 먹으라는데도…… 왜 그렇게 고집이 세요? 응? 예쁜 아가씨가 말이야."

오 박사는 테라의 맞은편 테이블로 와서 턱 걸터앉으며 또 담배를 피워 물었다.

테라는 대꾸하지 않았다. 자신의 미래가 끔찍한 인간들의 지배 아래 놓이게 된 첫날인데도 자꾸 깜빡깜빡 눈이 감긴다. 그만큼 피곤하고, 몸도 마음도 괴롭다.

"어이, 어이, 정신 차려요! 졸면 안 돼. 나랑 같이 한 30분짜리 기록 영상 하나만 찍자고요. 오늘은 그것까지만 하고 나면 재워 줄게. 응? 알았어?"

테라의 고개가 아래로 떨어지자 오 박사는 그녀의 볼을 가볍게 두드려 깨웠다. 테라는 눈을 비비며 잠을 떨어내기 위해 애를 썼다.

조금만 누워서 자고 싶은데…… 이 오 박사라는 사람에게는 그런 부탁 따위 하고 싶지 않다.

똑똑ㅡ.

그때, 문밖에서 노크 소리가 들려왔다. 오 박사는 고개도 돌리지 않고 물었다.

"뭐야?"

"지시하셨던 커스텀입니다."

"오! 오! 그래! 들어와! 쓸 만한 게 좀 있었나?"

오 박사는 반가운 표정을 지으며 문을 열었다. 여직원 둘이 종이 상자를 들고 들어온다.

"거기 내려놔. 어디 보자……."

여직원들이 테이블에 상자를 올려 두자 오 박사는 담배를 문 채 그 안에 든 물건들을 하나씩 꺼내 늘어놓았다.

옷이었다. 흰 블라우스들. 그리고 흰 여자 속옷들. 널찍한 테이블은 금방 흰 블라우스와 속옷들로 덮였다.

"원피스 종류는 없었어?"

블라우스만 계속 나오자 오 박사가 질린다는 듯 투덜댔다. 여직원들은 겁에 질려 고개를 끄덕였다.

"원피스는 몇 장 안 됩니다. 나름 모으기는 했는데, 흰색은 드물어서……."

그녀들이 모아 가져온 것은 태양 그룹 본사의 여직원들이 가지고 있던 옷가지들이다. 흰색 옷이면 드레스든, 블라우스든, 속옷이든 뭐든지 가지고 오라는 오 박사의 명령에 따른 것이다.

"야, 이건 너무 크잖아. 쟤가 이걸 어떻게 입어…… 슬립은? 그런 것도 없어?"

테라에게 너무 큰 흰색 원피스를 바닥에 집어 던져 버리며 오 박사가 투덜댔다. 정말 건질 만한 옷이 없다. 결국 그가 골라 든 것은 77사이즈의 흰색 실크 블라우스였다.

"그래…… 이 정도 크기면, 쟤가 입었을 때 미니 원피스 비슷하겠어. 그렇지 않아?"

오 박사의 질문에 여직원들은 무조건 고개를 끄덕였다. 이 미친놈이 뭘 하려는 건지는 모르지만, 공연히 골 아픈 일에 휘말리고 싶지 않다.

여직원들을 내보낸 오 박사는 테라의 앞에 커다란 흰색 블라우스와 흰 속옷상하의를 내려놓았다.

"지금 입고 있는 거 싹 다 벗고 이걸로 갈아입어요."

테라는 오 박사와 옷가지들을 번갈아 바라보았다. 영문을 모르겠는 일이지만, 어쨌든 그녀는 오 박사가 자리를 비켜 주기를 기다렸다. 하지만 그는 그럴 생각이 추호도 없었다.

"아아, 뭐? 내가 볼까 봐? 아니, 그런 걱정 하지 마요. 난 그런 건 관심 없으니까요. 내 사디즘은 유치한 누드 따위보다 훨씬 더 높은 수준에서 만족을 얻거든. 그냥 내가 자리를 지키는 이유는 테라 씨를 혼자 내버려 둘 수가 없어서예요. 혹시 이상한 맘 먹고 그러면 안 되잖아요. 이렇게 귀한 사람인데……. 자, 어서 갈아입어요. 정 불편하면 열 셀 동안 눈은 감고 있을게."

그래도 테라가 순순히 지시를 따르지 않자 갑자기 안색이 변한 오 박사는 인터폰의 단추에 손가락을 올려놓았다.

"좋은 말로 할 때, 빨리 갈아입어라! 내가 셋 센 다음에도 그 지랄로 멀뚱멀뚱 앉아만 있으면 아까 그 얼굴 꿰맨 친구 불러서 걔가 갈아입혀 주도록 한다. 농담인 것 같냐? 하나……! 둘!"

오 박사는 테라를 빤히 노려보며 숫자를 세었다. 그의 눈이 사납게 씰룩거린다. 자신의 명령이 조금만 늦게 이행되어도 도저히 못 견디는, 지랄 맞은 성격이다.

"웃……."

테라는 벌떡 몸을 일으켰다. 곧바로 어지럼증이 밀려왔지만, 한 손으로 소파 등받이를 짚고 선 채 원피스 아래로 손을 넣어 속옷을 내렸다.

어차피 해야 할 일인 것 같은데, 공연히 봉변까지 당해 가며 할 필요는 없다. 그리고 원피스는…… 입고 있는 채로 속옷을 갈아입을 수 있으니까……. 테라는 스스로를 달랬다.

"거봐, 잘할 수 있었잖아. 그런데 왜 그렇게 큰소리 날 때까지 시간을 끌어요? 별것도 아닌 일인데. 다 갈아입으면 머리라도 좀 빗어요. 박스 안에 브러시가 있을 거예요."

테라가 벗은 속옷을 발 사이로 빼고 있을 때, 오 박사가 만족한 표정을 지으며 인터폰에서 손을 뗐다. 하지만 그녀가 속옷을 벗었다는 사실 때문에 특별히 흥분했거나, 뭔가를 훔쳐보려거나 하는 기색은 없었다. 누드에 관심이 없다는 말은 사실인 모양이다.

"아, 벗은 옷은 거기 빈 박스에 넣어요. 가지고 있어도 되고, 버리고 싶으면 버려요. 어차피 그 이상한 흰 블라우스는 오늘만 입을 거고, 내일부터는 다른 옷을 준비해 줄 테니까, 특별히 원하는 옷이 있거나 하면 나한테 알려 주고. 섀도 실드에 이야기하면 며칠 내로 구해 줄 겁니다."

다시 평온해진 오 박사는 의자에 몸을 기대앉으며 느긋하게 담배 연기를 내뿜었다. 테라가 돌아서서 요령껏 옷을 갈아입는 동안, 오 박사는 시선을 서류들에 둔 채 길고 흰 손가락으로 지휘까지 해 가며 콧노래를 흥얼거렸다.

"다 입었어요."

낡은 드레스와 입고 있던 속옷들을 박스 안에 차곡차곡 개서 넣어 놓은 후, 블라우스 단추를 잠근 테라가 말했다.

흰 속옷에 헐렁한 흰 블라우스…… 대체 어떤 이상한 짓을 하고 싶어 이런 걸 입히는 건지 불안하다.

그래도 그녀에겐 한 가지 믿음이 있었다. 이 사람은 면역자가 얼마나 특별하고 귀한지 정도는 안다. 그러니 오늘 이 자리에서 죽는 일은 없을 것이다.

"그래…… 어디 좀 볼까? 돌아 봐."

턱을 쓸며 다가와 테라의 앞뒤를 살피며 디자이너 흉내를 내던 오 박사가 몇 가지 주문 사항을 말했다.

"좋아요! 좋은데, 단추는 하나 더 풀어요. 그리고 신발이 좀 뷔네. 흰색이 아니라서…… 그거는 촬영하는 동안 잠깐 맨발로 있으년 뷜 거고…… 그 허리를 …… 아무 끈으로나 좀 묶어서 포인트도 주고, 원래 입고 있던 옷 정도의 길이로 맞춰요. 지금은 블라우스가 길고 너무 펑퍼짐해서 영 매력이 없어."

딱히 저항할 이유도, 기운도 없어서 테라는 순순히 그의 지시를 따랐다. 그렇게 하고 있는 동안 다시 인터폰이 울렸다. 식사실의 세팅이 준비를 마쳤다는 보고였다.

"그래, 대기하고 있어. 금방 가지."

오 박사는 테라를 앞세우고 문을 나섰다. 엘리베이터를 타고 식사실이 있는 8층으로 이동하는 동안 그는 어디로 가는 건지, 뭘 할 것인지에 대해 한마디도 일러 주지 않았다.

그래서 테라는 몇 개 되지 않는 키워드만 가지고 여러 가지 상상을 조합하며 계속 불안에 떨어야 했다.

"저, 지금…… 뭘 촬영하러 가는 건가요?"

결국 두려움을 참지 못하고 테라가 먼저 질문을 던졌다. 오 박사는 그녀의 얼굴을 힐끔 내려다보며 말했다.

"두려워요? 후후후, 지금 그 눈빛은 마음에 드는데…… 뭐, 이제 금방 알게 될 거니까."

그리고 그는 테라를 식사실로 끌고 갔다. 그곳에는 이미 많은 인력들이 대기하고 있었다. 연구원들, 기계 관리 직원들, 그리고 메이저와 네 명의 섀도 실드 대원이 오 박사를 향해 인사를 건넨다.

"이게 그 카메라인가? 어디…… 화질 좋은 거야? 풀 HD 정도는 되어야 하는데…… 아, 그리고 음질은 어때? 아래층 소리만 들어오는 거 맞지?"

식사실의 중앙에 배치되어 있는 동영상 촬영용 카메라와 집음용 마이크를 보고 오 박사가 관심을 보인다. 테라의 눈은 더욱더 공포에 질렸다.

이 방의 분위기가 싫다. 저 촬영 도구들, 그리고 중앙에 드리워진 크레인, 창을 통해 보이는 아래층의 기괴한 구조, 그리고 대기하고 있는 사람들의 흥분한 숨결…… 곧 뭔가 아주 끔찍한 일이 일어날 것 같다.

"흐ㅇㅇㅇㅇ……."

떨고 있는 것은 테라만이 아니었다. 방의 양쪽 철창 안에는 남녀 각각 열 명 정도씩이 다들 발가벗겨진 채 갇혀 있었다. 그들은 서로에게 의지하듯 바짝 달라붙어 울음소리를 흘려 댄다.

"오, 이걸로 가, 갈아입혔구나. 깨, 깨, 깨끗하니 좋은데……."

메이저가 테라의 복장에 관심을 보이며 다가왔다. 테라의 다리를 훑던 그의 시선이 흰 블라우스 끝자락에 사심 가득하게 멈춰져 있다. 하루 사이에 꿰맨 부위가 더 부어오른 그의 얼굴은 이제 정말 괴물처럼 보인다.

나머지 섀도 실드 대원들도 붉게 달아오른 얼굴 가득 테라에 대한 호기심을 드러내고 있었다. 다들 술을 마시던 도중에 이 촬영을 위해 잠시 끌려 나온 터라 평소보다 몇 배나 더 흥분된 상태였다.

"아래쪽 준비는 어때? CCTV 좀 연결해 봐."

오 박사는 엔지니어들 쪽으로 가서 물었다. 그의 말이 떨어지기가 무섭게 아래층의 상황을 보여 주는 화면이 연결됐다. 투명한 폴리카보네이트 격벽 안쪽에 두 손으로 헤아릴 수 없을 정도 규모의 좀비들이 우글댄다.

막 안전장치를 해제하고 풀어놓은 좀비들의 갈비뼈 주변에는 나사못 구멍이 뻥 뚫려 있다. 기분이 좋아진 오 박사는 손뼉을 짝, 치며 주변을 돌아보았다.

"오케이. 이거는 이만하면 충분한 것 같고…… 그러면 준비는 대충 다 된 것 같지? 촬영 들어가 보자. 누가 카메라 맡을 건가?"

"접니다……."

잔뜩 주눅이 들어 있는 젊은 남자 직원이 손을 들어 올린다. 앞으로 일어날 일들이 어떤 것인지 대충 알기에 그의 목소리와 손은 바르르 떨린다. 그걸 외면하지 못하고 두 눈을 부릅뜬 채 계속 지켜봐야 한다는 게 너무 두렵고 싫다. 오 박사는 아주 진지한 어조로 그에게 촬영 원칙을 지시했다.

"리얼리티를 살려야 하니까 기본적으로 제1원칙이 와이드 샷이야. 화면의 줌이니 패닝 같은 건 내가 별도로 지시할 때, 그때만 하는 거야. 그리고 컷은 절대로 없어. 합성처럼 보이고 싶지 않으니까, 절대 끊거나 빈번한 이동 같은 건 하지 마. 테이크 하나로 쭈욱 간다. 알겠지?"

오 박사는 타르코프스키가 빙의된 사람처럼 미장센에 대해 장황한 주문을 늘어놓았다. 항상 테라를 화면의 정중앙에 놓아서 긴장감을 고조시켜야 한다는 것까지 전달하고 나서 그는 테라를 돌아보았다.

"자, 테라 씨. 그럼 시작합시다. 그 샌들 벗고, 저기 저 사람 따라가요."

테라는 오 박사의 손가락이 가리키는 방향을 돌아보았다. 두꺼운 방호복을 입은 직원이 크레인 앞에 서서 내려갈 준비를 하고 있다.

시간을 끌었을 때 어떤 위협이 가해지는지는 이미 여러 번 경험했다. 그러니 순순히 따르는 게 훨씬 현명하다. 테라는 분홍색 샌들을 벗고, 방호복의 곁으로 걸어갔다.

"고, 고, 공조 장치를 돌려서 바, 바람이라도 좀 부, 불게 할까? 저, 저 브, 블라우스 자락이 펴, 펴, 펴, 펄럭이는 편이 더 누, 눈길을 끌지 않겠어?"

테라가 방호복에 안겨 아래층으로 내려지기 직전에 메이저가 긴급 제안을 했다. 오 박사도 그게 꽤 그럴듯하다고 생각했는지, 직원을 시켜 아래층 방의 공조 장치를 조작했다. 그러고는 크레인 아래의 바닥을 열었다.

기이이이잉—.

식사를 매달아서 작은 회장에게 주던 크레인이 천천히 아래로 내려간다.

휘이이잉—.

아래층 방의 내부에서는 꽤나 강한 바람이 휘몰아치고 있었다. 테라의 길고 검은 머리카락과 헐렁한 블라우스 자락이 정신없이 흔들리며 춤을 춘다.

"읍!"

머리카락을 쓸어 넘기던 테라는 바람 속에 섞여 날아오는 비릿한 냄새에 코를 막았다. 소독약 냄새와 좀비의 악취로도 온전히 지워지지 않은 피 냄새였다.

"손 치워요, 테라 씨! 얼굴이 나와야 돼! 어이! 올라오기 전에 걔 얼굴에서 손 치우고 와!"

카메라 옆에 앉아 모니터를 들여다보고 있던 오 박사가 신경질적으로 소리를 지른다. 테라와 함께 내려왔던 방호복이 테라의 손을 잡아 아래로 내렸다. 그러고는 허둥지둥 크레인에 올라타서 다시 위쪽으로 올라갔다.

"좋아! 테라 씨! 여길 봐요!"

사선으로 기울어진 위층의 유리 바닥 너머로 오 박사가 떠들어 대는 소리가 들려온다. 테라는 불안함이 가득한 얼굴로 자신이 서 있는 곳을 둘러보았다.

꽤 넓은 방이었다. 천장도 높고, 가로세로 모두 널찍하다. 그리고 바닥과 벽이 모두 푹신한 쿠션 재질로 덮여 있다. 멀리 방의 끝 쪽에는 골목처럼 움푹 들어간 곳이 보인다. 물론 일부러 거기까지 가서 그 내부를 확인할 용기 같은 건 나지 않았다.

'이 방은 뭘까……. 왜 이런 곳과 저런 장치를 만들어 놨을까…….'

죽이지 않을 거라고 믿으면서도 테라의 가슴은 심하게 떨렸다.

카메라와 유리창 주변에 모여 서 있는 사람들…… 저들의 호기심 가득한 저 눈빛은 대체 어떤 사건을 기대하고 있는 것인가.

작은 회장에게서 겪은 일 때문에 그녀의 상상력은 점점 더 끔찍하고 수치스러운 방향의 두려움을 만들어 낸다.

그렇게 불안과 공포에 몸을 떨고 있을 때, 그녀의 등 뒤에서 삐익ㅡ 하는 경고음과 함께 투명 격벽이 열렸다.

그롸아아아아ㅡ.

좀비들의 포효!

테라는 흠칫 놀라 뒤를 돌아보았다. 골목 안쪽에서 수십 마리의 좀비들이 어기적거리며 걸어 나온다.

"읏!"

본능적으로 달아나려던 테라가 바닥에 무릎을 찧으며 넘어졌다. 아까부터 계속해서 그녀를 괴롭히던 어지럼증과 피로가 공포에 의해 증폭된 것이다.

테라가 이를 딱딱 부딪치며 일어나기 위해 버둥거리고 있는 동안에도 좀비들은 계속 앞쪽으로 걸어온다. 엄청난 악취가 바람에 실려 방 전체를 가득 채웠다.

"하아아~ 하아아~."

가까스로 몸을 일으킨 테라는 어깨를 움츠린 채 구석으로 피했다. 좀비들이 자신을 보지 못하는 걸 이미 경험했지만, 그래도 무섭다.

갑자기 그 법칙이 깨지고 좀비들이 이빨을 드러낸 채 달려들지도 모른다는, 원초적인 공포가 그녀의 심장을 꽉 옥죈다. 코너로 도망간 테라는 머리를 감싸 안고 바닥에 주저앉았다.

그르르르르—.

좀비 한 마리가 그녀의 팔을 툭, 건드리고 지나간다. 테라는 깜짝 놀라 옆으로 움직였다. 이제 넓은 방 안에는 좀비들이 가득하다. 그 어디에도 숨을 곳이 없고, 요령껏 피하지 않으면 계속 접촉이 일어날 수밖에 없는 상황이 됐다.

"으흐으으으…… 으으으……."

테라는 숨소리조차 내지 않기 위해 이를 악물었다. 바로 몇 센티 앞을 눈에 흰 막이 덮인 좀비가 천천히 지나간다. 녀석은 사선으로 된 유리창 너머의 위층 사람들을 노리고 있었다.

그 옆으로 지나는 좀비는 광대뼈 주변부터 입술, 그리고 목까지의 피부와 근육이 모두 벗겨져 있다. 검붉게 말라붙은 피딱지가 환한 조명 아래에서 너무도 선명하다.

"무서워…… 싫어……."

테라는 두 손으로 눈을 가린 채 흐느꼈다. 어젯밤 달빛과 플래시에 의지해서 좀비들 사이를 지났던 것도 무서웠지만, 이렇게 밝은 곳에서 적나라한 좀비들의 모습을 보는 것도 피가 얼어붙는 것 같은 일이다.

이제야 오 박사가 뭘 하고 싶었던 건지 알겠다. 좀비들 사이에서 멀쩡하게 생존해 있는 면역자의 모습…… 그걸 화면으로 기록하려는 참인가.

테라는 좀비들이 자신을 스쳐 지나갈 때마다 몸서리를 치며 이 끔찍한 촬영이 빨리 끝나기만을 기다렸다. 하지만 그녀의 예상은 틀렸다. 오 박사가 원했던 건 그 정도로 단순한 영상이 아니었다.

"기가 막히는구만! 저렇게 좀비들이 많은데 단 한 마리도 저년을 인식 못 해!

역시 밤새도록 찾아다닐 만했어! 근데 저년, 저거…… 어지간히 비싸게 구네. 얼굴을 왜 저렇게 가리고 지랄이야. 애초에 손을 묶어서 내려보낼 걸 그랬나…….”

모니터 안에 비친 화면을 보며 오 박사가 투덜댄다. 주연 배우 년이 영 협조적이지 않기는 하지만, 그럼에도 불구하고 그림 자체는 아주 괜찮다.

넓은 방 안을 가득 메운 채 어슬렁거리는 좀비 떼, 그 사이에서 멀쩡히 생존해 있는 미소녀. 바람에 날리는 그녀의 풍성한 블라우스 자락과 그것에 대비되는 가늘고 긴 다리를 보며 오 박사는 자신의 안목에 새삼 감탄했다.

"자, 주연 단독 샷은 이걸로 충분히 찍은 것 같고…… 그럼 조연들을 투입해 볼까?"

오 박사가 손짓을 하자 메이저가 고개를 끄덕였다.

"며, 며, 몇 명이나 넣을까?"

"음, 처음이니까 일단 하나만 넣어 볼까? 그렇게 해야 주제 의식이 명확히 전달될 것 같은데. 대비도 선명해지고. 여자로 해, 여자."

섀도 실드 대원들은 곧바로 여자들이 갇힌 철창을 열었다. 안쪽의 여자들은 서로에게 달라붙어 비명을 지르며 끌려 나오지 않으려 애를 썼다.

"아, 이런 개년들이 짜증 나게!"

두어 번 헛손질을 하던 섀도 실드 대원이 욕설과 함께 주먹세례를 퍼부었다. 여자들의 비명은 더욱 커지고, 앞쪽에서 매질을 당한 여자는 코에서 피를 철철 흘리며 쓰러져 버렸다.

잠시 저항이 뜸해진 틈을 타, 섀도 실드 대원은 한 젊은 여자의 머리채를 콱 움켜잡고 끌어냈다. 그사이 다른 대원들은 철창문을 다시 잠갔다.

"끄아아— 흐으윽! 살려 주세요! 살려 주세요!"

머리채가 잡힌 여자가 두 손을 싹싹 비비며 애원을 한다. 섀도 실드 대원은 전혀 들리지 않는 사람처럼 크레인 아래까지 그녀를 질질 끌고 갔다. 그러고는 그녀의 배에 거친 발차기를 먹였다.

"윽!"

여자는 배를 움켜쥐고 숨넘어가는 소리를 냈다. 그녀에게 저항할 만한 기력이 남지 않았다는 걸 확인한 섀도 실드 대원은 안전용 벨트를 걸어 크레인과 자신의 몸을 연결했다. 혹시라도 발판이 열렸을 때, 함께 떨어지는 불상사를 막기 위한 장치다.

사실 이 샘플용 인간들은 근 며칠 동안 물 한 모금 제대로 마시지 못한 상태여서 덤벼들 힘 따위 있을 리가 없지만, 그래도 조심해서 나쁠 건 없다.

"일어나."

섀도 실드 대원이 명령했다. 머리끄덩이가 당겨진 여자가 비틀거리며 일어나자 발판이 조금씩 열린다.

아래층에서 기다리고 있는 좀비들의 반응이 열기를 띠고, 여자의 바짝 마른 입술에서 다시 애원이 터져 나왔다.

"안 돼요…… 제발! 제발! 살려 주…… 끄아아!"

등을 세게 걷어차인 여자는 말을 다 맺지 못하고 아래로 떨어져 내렸다. 펄쩍펄쩍 뛰고 있던 좀비들은 그녀가 떨어지자마자 달려들어 이빨을 박아 넣었다. 그녀의 몸 위로 열 마리가 넘는 좀비들이 덮쳐든다.

"아아악! 끄으으!"

살이 찢기고, 팔다리가 뽑혀 나가는 끔찍한 고통 속에서 여자는 비명을 질러 댔다.

그것도 잠시. 한 좀비가 그녀의 얼굴을 덮친 채 코와 입술을 뜯어내기 시작하자 여자의 비명은 피가 식도와 기도를 역류하는 끄르륵, 소리로 바뀌어 버렸다.

"안 돼……."

테라는 머리를 쥐어뜯으며 울부짖었다. 자신과 비슷한 또래의 여자가 순식간에 좀비들에 의해 해체되는 걸 지켜보고 있으면서도 아무 도움을 줄 수 없다는 게 너무 괴롭고 슬프다.

떨어져 내린 여자가 사방에 피를 흩뿌린 채 몇 개의 조각으로 나뉘기까지는 그야말로 순식간이었다. 테라가 어떤 반응을 보이기도 전에 다 끝이 났다. 여자의 피 냄새가 방 안 가득 번졌다.

"으흐흐흑! 왜…… 이런 짓을 하는 거야……."

테라는 눈물을 터뜨리며 주저앉았다. 좀비들은 아직도 뜨거운 피가 뚝뚝 떨어지는 여자의 살점을 입에 문 채 테라의 곁을 스쳐 지난다.

"아…… 이거, 너무 금방 끝나 버렸네……. 역시 하나 가지고는 안 되겠다."

오 박사는 입맛을 다시며 안경을 끌어 올렸다. 좀비들이 너무 빨리 여자를 덮치는 바람에 화면에 생생함이 없다.

"역시 한 서너 명은 있어야 그림이 나오겠다. 근데…… 서너 명이라고 해 봐야 어차피 떨어지는 구멍이 하나잖아……."

"차, 차, 차례차례 떠, 떨어뜨리면 되, 될 것 같아……. 머, 먼저 하, 하, 한 놈을 떠, 떨어뜨리고. 조, 조, 좀비들이 그, 그 새끼를 뜯어 먹을 때, 그, 그놈들 등짝 위로 다, 다른 연놈들을 밀면……."

흥미롭게 지켜보고 있던 메이저가 의견을 냈다. 오 박사의 생각에도 그 정도면 스펙터클할 듯하다.

"그래. 그러면 이번에는 남자 셋, 여자 둘, 이렇게 가 보자. 남자 먼저, 그다음엔 여남여남, 이 순서로."

결정이 내려지고, 철창 주변에서는 또 한바탕 소란이 벌어졌다. 끌려 나오지 않으려고 안간힘을 쓰며 버티는 사람들과, 그들에게 매질을 하고 끌어내는 대원들의 비명과 욕설이 방 안을 쩌렁쩌렁 울린다.

"아, 씨발. 시, 시끄러워! 그, 그, 급소를 차 버리면 되잖아! 이, 이렇게!"

참다못한 메이저가 걸어가 저항하는 남자의 사타구니를 걷어찼다. 남자는 펄쩍 뛰어오른 뒤, 급소를 움켜쥐고 엎어졌다.

"자! 이, 이, 이렇게 해서 끄, 끌고 가면 펴, 편하지! 이 멍청아! 그, 그, 그걸 계속 드, 등짝만 때리고 앉아 있냐?"

엎어진 남자의 머리카락을 움켜쥐고 크레인 앞으로 끌어다 놓은 시범을 보인 뒤, 메이저는 잘난 척을 하며 푸르뎅뎅한 얼굴로 씨익 웃었다.

안전 고리를 착용한 대원이 계속 매질을 해서 사람들이 고개를 들지 못하도록 하는 사이에, 다시 발판이 열렸다.

"안 돼! 싫어요!"

급소를 맞고 끌려온 남자가 가장 먼저 밀려 떨어졌다. 이번에도 어김없이 좀비들이 달려들어 남자의 몸 여기저기를 덮치고 잡아 뜯으며 깨문다.

까드득! 우득! 찌이이익!

끄아아아ㅡ!

살이 찢기고 뼈가 부러지는 소리, 관절이 빠지는 소리에 남자의 단말마가 겹쳐지면서 식사실 아래층은 지옥으로 변해 버렸다.

남자의 살을 뜯기 위해 몰려든 좀비들이 열 마리가 넘었을 때, 대기하고 있던 섀도 실드 대원들은 두 번째와 세 번째 희생자를 잇달아 차서 떨어뜨렸다.

"흐읔!"

좀비의 등짝 위로 떨어져 내린 사람들은 비명을 지르며 곧바로 몸을 일으켰다. 그러고는 달아나기 위해 뛰었다.

이 방이 밀실이라는 것을 알면서도 가만히 죽음을 기다릴 수는 없던 것이다. 하지만 그 처절한 몸부림조차도 철저하게 봉인당했다.

그롸아아ㅡ.

끄르륵ㅡ.

좀비들은 뛰어나가려는 남녀의 앞을 가로막고 목과 얼굴에 이빨을 박아 넣었다. 그 힘을 이기지 못해 쓰러진 희생자들의 팔과 다리, 몸에도 금방 좀비들이 달라붙었다.

"또 간다!"

섀도 실드 대원들은 낄낄거리며 두 명의 제물을 더 떨어뜨렸다. 식사실은 이내 피투성이가 되었다. 뜯겨 나간 살덩이에서 튀긴 피가 사방을 붉게 물들였다. 지옥이다.

"끄아아아! 으으으으!"

테라는 눈과 귀를 가리고 울부짖었다. 아니, 울부짖는다고 생각했다. 그러나 그녀의 경직된 성대는 아무 소리도 내지 못했다.

흡사 악몽에 시달리는 동안 소리가 목구멍을 뚫고 터져 나오지 못하던 그때와 똑같이.

도와야 한다는 생각은 있었지만, 두 다리는 얼어붙어서 움직일 줄을 모른다. 너무…… 무섭다.

사람이 죽는 것도 보았고, 좀비들도 처음 본 게 아니었지만, 이렇게 가까이에서 좀비들이 사람을 산 채로 찢어발기는 건 완전히 다른 이야기다.

"헉!"

살아 있는 사람의 살을 뜯어 먹기 위해 달려가는 좀비가 테라를 치고 지나간다. 테라는 옆으로 넘어졌다. 어쩔 수 없이 홉떠진 그녀의 눈앞에서는 한 남자가 얼굴이 뜯겨 나간 채 죽어 가고 있다.

핏! 피핏―!

좀비들이 남자의 팔목을 반대로 꺾어 뜯어내자 핏줄기가 세차게 뻗는다. 그녀가 걸치고 있는 흰 블라우스 위로, 블라우스가 가려 주지 않는 그녀의 흰 목덜미와 다리로…….

붉고 뜨거운 피를 뒤집어쓴 테라는 기겁을 하며 소매로 얼굴을 닦고, 구석을 찾아 기었다. 감각을 마비시키고 싶다. 뇌의 안쪽 어딘가 신경이 아주 팽팽하게 당겨지는 게 느껴졌다.

"좋아! 테라 쪽으로 줌인! 저거거든! 내가 흰옷을 입혔던 이유가! 피가 아주 선명하게 돋보이잖아! 응? 어때, 메이저? 구원을 위한 성녀처럼 보이나?"

테라의 블라우스가 붉은 피로 물들자 오 박사는 기분 좋게 웃었다. 미친 사이코 새끼 덕분에 사디즘의 새로운 극한을 지켜보면서 흥분한 메이저가 홀린 듯한 표정으로 고개를 끄덕였다.

"그, 그 서, 성녀 싸, 싸대기 때리고 싶어……. 이, 입술을 터, 터, 터뜨려서 그 피, 피를……."

피가 흥건히 흘러나온 방 안에서 순식간에 여섯 명이 끔찍하게 죽어 갔다. 그리고 테라의 정신도 극한의 고문을 받고 있었다. 그런데도 오 박사의 표정은 점점 굳어 갔다. 어딘가 못마땅한 모양이다.

"야, 멈춰 봐. 촬영 그만해."

오 박사가 명령했다. 카메라를 맡았던 직원은 그 말이 떨어지자마자 구석으로 달려가 구역질을 해 대기 시작했다. 직원을 흘겨본 오 박사는 다시 모니터로 시선을 돌린 뒤 중얼거렸다.

"이거…… 아무래도 다시 찍어야 할 것 같아……. 저년이 면역자라는 건 알겠는데, 임팩트가 부족해. 뭔가 말이지…… 아주 덩치가 큰 좀비가 있었으면 좋겠어. 딱 보기만 해도 기가 질리는, 그런 거 있잖아. 저 테라라는 년이랑 완전히 다른 이미지의 위압감을 주는 좀비."

어깨를 부풀리며 과장스럽게 큰 덩치를 표현하던 오 박사가 연구원들에게 명령했다.

"보존소로 가서 덩치 크고 인상 더러운 좀비 찾아와. 딱 보기에도 엄청 강해 보여야 돼. 그로테스크하고! 에…… 40분 준다."

"테라 씨, 수고 많았어요! 근데 말이지, 지금 촬영분…… 이거, 몇 가지 문제가 좀 있어요! 그래서 다시 한번 찍어야 할 것 같아. 다음번 촬영까지 시간이 좀 있으니까 잠시 쉬고 있어요! 금방 아래 정리하고 올려 줄게요! 아…… 그리고 두 번째 촬영 때는 좀 더 카메라를 정면으로 봐 줬으면 좋겠는데…… 생초짜도 아니고, 연예인이 이러면 곤란하지. 어차피 좀비들 무섭지 않잖아."

그로테스크하고 커다란 덩치의 좀비를 찾기 위해 연구원들이 보존소로 뛰어나간 뒤, 오 박사는 마이크를 켜고 테라에게 말을 걸었다. 구석에 쪼그리고 앉은 테라는 아무 대답도 하지 않았다.

초점 없는 눈은 바닥에 고정되어 있고, 핏기 없는 입술은 계속 바르르 떨린다. 다른 사람들의 피를 뒤집어써서 젖은 그녀의 검은 머리카락에서는 핏물이 뚝뚝 떨어졌다.

"어라? 저년, 저거…… 왜 저래? 돌아 버렸나? 그럼 안 되는데…… 젠킨스가 뭔 소리를 했는지 아직 듣지도 못했는데 말이지."

오 박사가 걱정스러운 말투로 중얼거리자 메이저가 피식대며 웃었다.

"저, 저, 저런 거 보통 내, 내, 내 방 끌려온 년들이 이, 이, 이틀째 많이 보이는 패, 패턴인데…… 후후후."

"그래? 다들 저렇게 미쳐?"

"미, 미친 게 아니야. 미, 미, 미친 척하는 거지. 호, 혹시 그러면 그, 그만 패고 놔줄까 해서. 저, 저, 저러다가도 뜨, 뜨거운 걸로 좀 지, 지지면 곧바로 사, 사, 살려 달라고 빌지. 다, 담뱃불이나 라, 라이터 같은 거 말이야. 후후후. 내, 내가 제정신 드, 들게 해 줄까?"

메이저는 혀로 퉁퉁 부은 입술을 핥으며 콧김을 뿜어 댄다. 테라가 무척이나 마음에 드는 모양이다. 오 박사는 킥킥거리며 웃었다.

"들었어요, 테라 씨? 당신, 큰일 나게 생겼어. 빨리 정신 차려야 될 것 같은데? 다음 촬영 세팅 끝날 때까지도 그 상태면, 나는 인류의 안녕을 위해서 당신을 이 야만인 사디스트한테 넘길 수밖에 없다고요! 담뱃불로 지진다네! 하하하!"

웃음소리를 남긴 뒤에야 오 박사는 마이크를 껐다. 그는 일부러 메이저와의 대화까지 테라에게 다 들려줬다. 생각이 조금이라도 남은 년이라면 어떻게 해야 하는지 잘 알고 있을 것이다.

"이봐, 야만인 사디스트. 조금만 더 참고 다른 년들이랑 놀아. 저건 말이지, 황금 피가 흐르는 년이야. 아니, 금으로도 모자라. 다이아몬드 블러드라고 해야 할까? 그러니까 저년은 건드릴 생각 말라고. 저 피를 쪽쪽 뽑아서 우리 크게 한몫 잡아 보자."

오 박사는 메이저의 단단한 복근을 툭, 치며 웃었나. 메이지도 듣기 싫지 않은 이야기여서 함께 킥킥거린다. 그들이 다른 사람들의 죽음과 고통을 보며 낄낄 대는 동안, 엔지니어들은 뒷수습을 위해 바쁘게 움직였다.

먼저 식사실 가득 퍼져 있는 좀비들을 다시 격리 구역 안으로 불러들였다. 방법은 작은 회장 좀비를 격리할 때와 동일했다.

격벽 안쪽에 마련된 또 다른 크레인에 사람을 매달아서 늘어뜨린다. 그러면 좀비들은 사람 냄새에 홀려 그쪽으로 이동한다. 물론 앞의 놈들이 잡아먹어 버리면 이 미끼가 못 쓰게 되어버리니까, 놈들이 다가올수록 조금씩 위로 매달린 사람의 높이를 끌어 올린다.

"어우, 저걸 언제 다 치워."

좀비들을 격리하고 난 뒤, 방호복을 입은 채 크레인을 타고 내려가며 직원들이 작게 투덜댔다.

여섯 명의 성인에게서 흘러나온 피의 양은 엄청나서, 바닥에 흥건한 웅덩이가 몇 개나 생겼다. 직원들은 긴 호스를 끌어 내려서 피를 빨아들이고, 약품을 사용해 말라붙은 핏자국을 닦아 냈다.

"이건 어떻게 처리합니까?"

조각난 신체를 산업폐기물 처리용 플라스틱 드럼에 담던 직원이 머리가 잘려 나가지 않은 채 죽어 있는 희생자들의 시체를 가리키며 물었다. 오 박사는 별 고민 없이 대답했다.

"드릴로 머리 뚫어서 폐기해. 어차피 샘플 많으니까. 그 전에 일단 테라부터 올려."

테라는 억지로 일으켜 세워진 뒤, 방호복의 손에 안겨 위쪽으로 다시 끌어 올려졌다. 오 박사는 가볍게 손을 흔들어 주고 나서 연구원들에게 명령했다.

"걔 피 닦고 옷 갈아입혀. 누가 내 방으로 가서 옷 박스 좀 가져와라. 흰옷 잔뜩 들어 있을 거야."

"……이제 그만해요. 충분히 찍었잖아요."

연구원들이 달라붙어 피를 닦아 주는 동안 울음을 멈춘 테라가 중얼거렸다.

"응?"

오 박사는 같잖다는 얼굴로 테라를 돌아본다.

"뭐라고 하는지 안 들려요, 테라 씨. 그렇게 웅얼거리면."

"그만하라고요. 필요한 거 충분히 다 찍었잖아요. 제가 좀비들한테 안 보이는 거…… 그리고 제 옆에서 돌아다니던 게 진짜 사람 잡아먹는 좀비들이라는 거. 그런데 왜 또 사람들을 죽이려고 해요. 이제 그만둬요."

테라는 오 박사를 노려보며 말했다. 공포와 분노 때문에 그녀의 목소리는 심하게 떨린다. 철창 안에는 아직도 많은 사람들이 울부짖으며 살려 달라고 애원하는 중이다. 그들의 피를 또 보고 싶지 않았다.

"충분히 찍었다는 건 테라 씨의 일방적인 생각이고…… 내 높은 안목은 아직 만족이 안 됐어요. 그러니까 협력 좀 해 달라고. 한 번만 더 갑시다. 그리고 말이죠…… 무고한 사람들 죽는 꼴이 그렇게 보기 싫으면 이번에는 제대로 해요. 좀비들 사이에 당당하게 서서 카메라도 응시하고, 좀 멋지게! 내가 어떤 그림 원하는 건지 다 알면서 시치미를 떼고 그래? 안 그러면 매일 이 짓을 할지도 모르니까."

오 박사는 빙글거리며 끔찍한 이야기들을 지껄였다. 밤을 꼬박 새웠지만, 그는 조금도 피곤하지 않았다. 놀라운 면역 특성의 백신을 개발 중이라는 근거로 이 동영상을 군에 흘릴 것이다.

좀비들에게 인지되지 않는 슈퍼 면역자!

그것은 곧 슈퍼 군인의 탄생을 예고하는 것이기도 하다. 1인용 백신의 가격으로 전차 한 대 값을 부른다고 해도 멍청한 장군들은 앞다투어 그 거래를 받아들일 터이다. 좀비 세계 최강의 스텔스 병사들을 얻는 거니까.

그러니 이 광고용 동영상을 아주 잘 찍을 필요가 있다. 장엄하면서도 무시무시하고, 그러면서도 생동감 있고 아름답게, 또 동시에 아무리 멍청한 놈들이라도 알아볼 수 있을 만큼 면역자의 강점이 두드러져야 한다.

"아니요…… 그만해요. 이제 제발…… 다른 사람들이 죽는 것도 싫고…… 나도 미쳐 버릴 것 같아요. 더는 못 견디겠어요."

테라는 피투성이 블라우스 소매에 얼굴을 묻고 흐느꼈다. 차라리 빨리 실험실에 감금된 채 피를 뽑혔으면 좋겠다고 생각했다.

이건…… 너무 끔찍하다. 흐느끼는 그녀의 모습을 가만히 보고 있던 오 박사가 또다시 빙글거리며 말했다.

"내가 분명히 말했을 텐데요. 나도 사디스트라고. 그렇게 애원하는 것 따위는 내게 안 통해요. 테라 씨가 고통스러워할수록 이 게임은 나의 것이 되는 거니까. 아, 그리고 미쳐 버릴 것 같다고 했던 말…… 설마 그거 협박 아니겠죠? 아까 메이저가 하는 말 분명히 들었잖아. 웬만한 급성 정신병은 담뱃불로 지지면 낫는다는군. 내 생각에도 그럴 것 같긴 해. 그러니까 미쳐 버리는 거에 대해서는 너무 걱정하지 말라고."

04

민구와 친구들 일행은 산책로에서 벗어나 한적한 풀숲 속에 모여 앉아 있었다. 친구들과 민구의 사이는 약 2미터. 가끔 유빈이 질문을 던지기는 했지만, 대화가 자주 이어지지는 않았다. 말 그대로 서먹하다.

그들이 대열 밖으로 나와 있는 것에 신경 쓰는 군인은 거의 없었다. 어차피 가야 할 길은 철로 한 방향뿐이기도 하고, 자기 살길은 자기가 챙겨야 하는 분위기였다.

열심히 줄을 서서 기다리는 사람들 챙기고, 가끔씩 밀려드는 좀비들 상대하는 것만으로도 벅차다.

"더는 못 기다리겠군. 그냥 먼저 간다."

초조하게 미키마우스 시계를 들여다본 민구가 담배를 바닥에 비벼 끄며 일어섰다. 무의미하게 시간이 흘러가는 걸 더 견디지 못하겠다. 유빈이 그를 만류했다.

"잠깐만요. 강 소위님이 담을 부숴 준다고 했으니까 조금만 기다리죠. 그렇게만 되면 훨씬 시간이 덜 걸릴 거예요."

"그게 언제인데…… 이미 충분히 기다렸잖아."

"아니…… 그렇지 않아요. 저기 역 주변이 전부 높은 담으로 막혀 있어서 군의 도움이 없으면 들어가 보기도 전에 잡힐 거예요. 그리고 지금은 어차피 계속 좀비들이 돌아다니고 있어서 접근도 못 하고요. 그러니 조금만 더 기다려요. 계획도 없이 무작정 간다고 테라를 데려올 수 있는 게 아니잖아요. 최악의 경우, 아저씨가 놈들을 다 물리친다고 해도 헬리콥터가 날아 올라가 버리면 끝이에요. 그러니 아주 빠르게 단시간에 해치워야 하는 겁니다."

유빈의 말을 들은 민구는 못마땅한 표정으로 태양 그룹 빌딩이 있는 방향을 돌아봤다.

이 녀석의 말이 맞을지도 모른다. 아까부터 저 총에 달린 작은 망원경을 가지고 열심히 살피고, 땅에 그림까지 그려 가며 뭐라고 혼자 웅얼대는 폼이 제법 약아 보였다.

하지만 이렇게 담배만 축내고 앉아 있으려니 자꾸 그 계집애의 얼굴이 눈앞에 어른거려 미칠 것 같다. 빚진 것은 반드시 갚아야 한다.

"한 가지 마음에 걸리는 건…… 지금 저 주변에 워낙 좀비들이 많이 돌아다니고 있다는 거예요. 담에 구멍이 나면 저놈들도 안으로 들어가 버릴 거고…… 거기까지는 좋은데, 그랬다가 혹시 테라도 좀비들 때문에 곤란해지는 건 아닌지……."

유빈이 마음속에 담아 뒀던 걱정거리를 중얼거린다. 민구가 조용히 말했다.

"걔는 괴물들에게 보이지 않아. 바로 옆에 있어도 모른다고. 그러니까 괴물들이 안으로 들어간다고 해서 걔가 곤란해질 일은 없어."

"에? 정말이요? 그런 게 말이 되나?"

유빈은 믿을 수 없다는 표정을 지었다. 하지만 민구의 얼굴은 거짓이 담겨 있지 않았다. 하긴…… 면역자라는 것도 임수정으로부터 듣기 전에는 상상해 보지 않았던 개념이니까.

으흠, 유빈은 고개를 끄덕였다.

"그렇다면 지원이 더욱 필요하네요. 아저씨도 조금만 더 기다려 줘요."

"젠장……."

초조한 마음에 담배나 한 대 더 피우려고 하는데, 담뱃갑이 텅 비어 있다. 민구가 혀를 차며 담뱃갑을 구겨 버리자, 옆에서 새 담뱃갑이 날아왔다.

그걸 잡은 민구가 돌아보니, 키가 훌쩍 크고 기생오라비같이 생긴 녀석이 싱긋 웃는다.

'여자깨나 후렸겠구만…….'

민구는 녀석을 빤히 쳐다보며 담배를 꺼내 물었다. 그러고는 시선을 돌려 장갑 트레일러 쪽의 강 소위와 고 하사를 바라봤다. 하필이면 고 하사가 끼어 있어서 뭐라고 잔소리도 할 수 없는 신세다.

그때, 강 소위는 고 하사와 바짝 붙어 앉아서 유빈이 준 핸드폰의 동영상을 보고 있었다. 이미 한 번 봤던 내용이지만, 작은 회장 좀비가 사람의 살을 물어뜯을 때마다 그와 고 하사는 필요 이상 큰 소리로 과장된 반응을 보이며 몸서리를 쳤다.

"으아, 이건 진짜 너무하네……. 어떻게 사람이 이런 짓을……."

그러고선 가끔 한 번씩 뒤를 흘끔거린다. 장갑 트레일러가 급유를 위해 잠시 멈춰 서 있는 지금, 그들이 하필이면 장갑차장석에서 빤히 보이는 위치에 자리를 잡고 이 짓을 하고 있는 건 장갑차장을 이 작전에 끌어들이기 위해서다.

어차피 고급 장교들에게 보고해 봐야 씨알도 안 먹힐 거라면, 인간적으로 대화할 수 있는 계급들을 목표로 삼는 게 낫다.

"어후~ 고되네요. 대체 몇 시간 동안 이걸 타고 다닌 건지……. 근데 대체 뭘 보시기에 그렇게 호들갑을 떠십니까? 사람 힘들게 일하다가 잠깐 쉬는데 알은체도 안 하시고."

장갑차 상부에 걸터앉아 담배 한 대를 피우며 모처럼 한숨을 돌리던 장갑차장이 그들의 등에 대고 말을 건다. 어제 새벽, 전투를 함께하면서 튼 안면이라 하루 만에도 꽤나 찐득해진 사이다.

하지만 강 소위와 고 하사는 장갑차장의 목소리를 못 들은 척하고 계속 동영상만 쳐다봤다.

"어우! 꺼요, 꺼! 이건 너무 심해! 꿈에 나올까 무섭네, 젠장! 아우, 토 쏠려."

고 하사가 호들갑을 떨었다. 결국 장갑차장은 아래로 뛰어내려서 그들 옆으로 다가왔다.

"아이구, 참 내…… 뭐가 그렇게 재미있습니까? 같이 좀 봅시다. 휴대폰이네요? 요새 이런 거 어디에서 구합니까?"

장갑차장이 고 하사와 강 소위의 사이에 끼어들며 양팔로 어깨를 끌어안는다. 강 소위는 화들짝 놀라는 시늉을 하며 얼른 휴대폰의 화면을 꺼 버렸다.

"어! 응! 언제 왔어요? 어휴, 바로 옆에 오는 줄도 몰랐네!"

"아니…… 계속 불렀는데 대답이 없으시더라고요. 근데 그게 뭐기에 그렇게 정신없이 보십니까? 재미있는 거예요? 혹시…… 야한 거?"

장갑차장이 은근한 미소를 지으며 어깨를 으쓱거린다. 강 소위는 시치미를 뚝 떼고 고개를 저었다.

"아, 아닙니다, 그런 거. 이거…… 그냥 잊어버리세요. 보시지 않는 편이 좋은 거라서…… 아직은 극비이기도 하고……."

"그래요, 잊어버려. 이 하사를 위해서 하는 소리예요. 에이, 뒷맛이 영 안 좋아. 쯧."

고 하사도 거들고 나섰다. 강 소위의 연기가 시원치 않아서 가만히 지켜보고 있을 수가 없다. 예상치 못한 거절에 장갑차장은 당연히 떨떠름한 표정을 짓는다.

"아니…… 뭡니까? 둘이서 사람 따돌리는 것도 아니고…… 계속 재미나게 보시는 것 같더구만…… 나도 같이 좀 봅시다!"

걸려들었구나!

강 소위와 고 하사는 은밀하게 눈빛을 교환했다.

큼큼, 가볍게 헛기침을 한 뒤, 강 소위가 주변을 둘러보며 목소리를 낮춰 입을 열었다.

"다른 사람도 아니고, 어제 같이 싸운 전우가 그렇게 말하니까 보여 줘야겠네요. 그런데 이거, 진짜 극비예요. 어디 가서 이런 걸 봤다고 하면 안 됩니다. 그것만 약속해 줘요. 우리도 상부에 보고하기 전에 한 번 몰래 본 거라서."

장갑차장은 눈을 반짝이며 대번에 고개를 끄덕인다. 가뜩이나 한 달이 훌쩍 넘도록 뭔가를 시청하지 못한 채 살았는데, 거기에 극비라고까지 하니, 이보다 더 구미가 당기는 건 흔치 않다.

"경고합니다. 이거, 진짜 잔인해요."

고 하사가 끼어들어 한 번 더 시간을 지체했다. 장갑차장은 콧방귀를 뀌었다. 신체가 훼손되고 토막 난 좀비들과 매일 부대끼며 얼마를 살았는데, 이제 와서 잔인하니까 경고한다니…… 우습지도 않은 소리다.

"알았어요. 경고 다 알아들었고, 극비인 것도 알았으니까…… 봅시다."

장갑차장의 대답을 듣자마자 강 소위는 휴대폰의 화면을 켜고 다시 재생 버튼을 눌렀다. 일시 정지 되어 있던 작은 회장 좀비가 크레인에 매달린 사람의 내장을 뜯기 시작했다. 마침 신 차장의 내레이션이 들어가 있는 동영상이었다.

― 이렇게 잔인한 일이 태양 그룹 본사 내에서 매일 몇 차례나 벌어집니다. 아무 죄도 없는 사람들을 잡아다 좀비 먹이로 주는 겁니다. 좀비가 되어 버린 회장의 아들 새끼 끼니를 챙겨 줘야 한다는 이유로……. 이들은 X-1에 의해 몸의 근육이 마비되어 있기 때문에 비명 한 번 지르지 못합니다. 그리고 이렇게 죽어 간 사람들이 또 좀비가 되어 실험실에 해부용으로 보내집니다.

내레이션이 흐르는 동안 작은 회장 좀비의 식사는 끝이 났다. 심장이 멈춘 사람에게서 피투성이 입을 떼어 낸 작은 회장 좀비가 카메라를 올려다보며 울부짖는다.

"……이, 이게 지금…… 뭡니까? 태양 그룹이라고요? 저기 저 빌딩?"

장갑차장은 어안이 벙벙해져서 태양 그룹 본사 건물을 가리켰다. 강 소위와 고 하사는 진지하게 고개를 끄덕였다. 잠시 멍해져 있던 장갑차장이 도리질을 하며 현실을 부정하기 시작했다.

"아니, 이거 뭔가 조작이거나 잘못된 이야기입니다. 아무리 세상에 법이고 뭐고 다 무너졌다지만, 그래도 어떻게……."

"그랬으면 좋겠는데…… 증거가 너무 명확해요. 그러니 믿지 않을 수가 없어. 동영상도 이거 하나만 있는 게 아니라고요."

장갑차장은 조금 전과 완전히 달라진 표정이 되어 입술을 굳게 다물고 다음 동영상을 골라 재생시켰다. 내용도, 촬영 각도도 비슷한 동영상이었다.

작은 회장 좀비는 크레인에 매달려 있는 희생자에게 달라붙어 숨이 끊어질 때까지 물어뜯는다. 다만, 죽어 가는 사람이 다르다. 이번에는 훨씬 더 나이가 든 사람이었다.

"후우우……."

미간을 찌푸린 채 지켜보고 있던 장갑차장의 입에서 분한 마음이 가득 담긴 한숨이 새어 나온다. 두 개의 동영상을 더 지켜본 후, 그는 화면을 정지시키고 잠시 먼 하늘로 시선을 돌렸다.

"어제 하루만…… 천 명이 넘는 민간인이 태양 그룹 헬리콥터를 타고 그쪽으로 이동했습니다. 제가 장갑 트레일러에 사람들을 싣는 바로 옆에서…… 그물 같은 통에 태우는 걸 봤어요. 그 사람들도 지금 이런 신세란 말이에요?"

그가 가장 화가 나는 건 바로 그 지점이었다. 이런 짓을 하기 위해 사람들을 태우고 가는 동안, 잠실의 병사들이 목숨을 걸고 시간을 벌어 줬었다.

헬리콥터가 떠오를 때, 이제 살았다는 안도감을 느끼며 환하게 웃던 그물 속의 얼굴들이 눈에 선하게 그려질 것 같다.

"후우우~ 뭐, 비슷하지 않을까요? 믿고 싶진 않지만……. 그래도 어쨌든 이렇게 빼도 박도 못할 증거가 나왔으니까, 앞으로는 못 그럴 겁니다. 여단장님께 보고 올라가면 상응하는 조치를 취하시겠죠."

강 소위가 대답했다. 장갑차장은 고개를 끄덕이면서도 여전히 마뜩지 않았다. 여단장은 지금 경기도 아래까지 내려가 있다고 들었다. 이 초급 장교가 저 핸드폰을 가지고 거기까지 내려가서…… 여러 단계의 보고를 두루 거친 뒤에 여단장이 그걸 보고…… 작전 회의를 열어 병력을 보낼 것인지, 아니면 시찰단을 파견할 것인지 대응 방안을 논의하고…….

그 모든 게 단시간에 제대로 끝이 날 리가 없다. 그러면 앞으로도 꽤 오랫동안 저 건물 안에서는 이런 개같은 짓이 반복적으로 벌어질 게 뻔하다. 그리고 만약 들통이 나더라도 정말 정의가 실현될 수 있는지는 미지수다.

"근데…… 이런 게 어떻게 알려지게 된 겁니까? 이런 짓을 하고 있었으면 저놈들도 보안에 얼마나 신경을 썼을 텐데요. 그것도 하필이면 강 소위님 손에……."

장갑차장이 물었다. 강 소위는 그의 등 뒤를 가리켰다.

"저기 저 친구들이 준 겁니다. 이건 꼭 상부에 알려야 한다고 목숨을 걸고 구해 온 자료거든요……."

장갑차장의 시선이 강 소위의 손끝을 따라 이동했다. 10여 미터 뒤에서는 어제 그와 여러 병사들을 경악시켰던 사제 군인 진우가 보안관, 유빈과 함께 진입에 대해 논의하고 서 있다.

"아아, 저 친구들이 그랬군요. 근데 저 총 든 친구는 신분이 뭔데 개인 화기 휴대를 허용받고 있습니까? 군의 통제를 받는 것도 아닌 것 같던데……."

장갑차장은 어제부터 도통 이해할 수 없었던 걸 물었다. 지원사격을 받았을 때는 참 요긴하고 고마웠지만, 시간이 지날수록 납득이 안 됐다. 전술 조끼도, K-2도 모두 군용 표준 장비가 아니라는 점도 신기했다.

"그냥 좋은 놈이라고만 알고 있읍시다. 쟤 신분 하나가 뭐 그렇게 중요한 문제도 아니고…… 여러 사람 구해 낸 우리 편, 그 정도면 충분하잖아요."

강 소위가 대답했다. 이번에는 뻥을 치지 않았다. 부사관쯤 되면 특수 요원이라는 말도 안 되는 소리에 넘어가 줄 리도 없고, 그 뒤에 이어질 사연과도 부합되지 않는 면이 있다. 장갑차장이 고개를 끄덕였다.

"강 소위님 말씀이 현답이네요. 좋은 우리 편…… 맞습니다. 어차피 사방에 총 든 어린애들이 수두룩한데, 쟤 하나 더 있다고 뭐가 달라질 것도 없고요. 음, 여기까지는 다 이해가 된 것 같은데…… 아직 모르겠는 게 있어요. 저한테 이걸 왜 보여 주신 겁니까?"

"아니, 보여 주기는 누가 보여 줘요! 이 하사가 와서 자꾸 졸랐잖……."

"에이, 왜 이러십니까? 제가 무슨 어린애도 아니고, 이제 보니까 딱 저를 꼬신 모양새인데…… 굳이 그렇게까지 하셨을 때에는 강 소위님도 뭔가 원하는 게 있던 거잖습니까. 솔직하게 말해 주세요. 뭡니까, 그게?"

장갑차장은 선수끼리 번거롭게 굴지 말자는 듯 손사래를 쳤다. 강 소위는 고 하사와 얼굴을 마주 봤다. 이쯤 되면 좀 어려운 부탁의 말을 꺼내도 될 만큼 분위기는 충분히 무르익었다.

"저 친구들이 이 동영상을 넘겨줬다고 했잖습니까. 말하자면 우리 모두 다 저 친구들에게 큰 빚을 지고 있는 겁니다."

강 소위가 운을 띄웠다. 장갑차장도 충분히 납득하는 표정이다. 사실 빚진 걸로 따지면, 어젯밤 남쪽 철책으로 우회시켜 준 것만 해도 엄청나게 크게 졌다. 강 소위는 목소리를 비장하게 바꿔서 말을 이었다.

"그런데 쟤들 일행이…… 아마 그 비디오 구한 사람이 아닐까 싶은데…… 태양에 잡혀갔습니다. 어젯밤에, 다들 정신없을 때. 그런 상황인데 말입니다……. 쟤들은 저한테 그 친구 구해 달라는 부탁 한 번을 하지 않습니다. 자기들이 알아서 하겠다고 저렇게 주섬주섬 준비하고 있는 거예요. 제가 잠깐만 기다려 달라고 했습니다. 그냥 보내기가 너무 창피하고 부끄러워서요."

"하지만…… 돕고 싶어도 우리가 뭘 해 줄 수 있습니까? 건대에도 아직 사람이 남아 있지만, 어차피 이 주변 소형 쉘터들 다 대피시키기 전까지는 아무것도 할 수 없는데…… 역시 저 친구들한테 여단장님 명령이 내려올 때까지 기다리라고 해야만 하나?"

장갑차장이 물었다. 그 말을 하는 동안에도 그의 표정에는 안타까운 감정이

드러난다. 강 소위는 승부수를 던졌다.

"아뇨, 그러는 동안에 이 핸드폰 내놓으라고 고문당하다가 죽을걸요? 동영상 봤잖아요. 말릴 수는 없어요. 그보다…… 어젯밤 좀비들 섬멸할 때, 40㎜ 기관포 몇 발이나 쐈습니까? 아직 여유가 좀 있지 않습니까? 매번 따로 잔여 포탄 수를 보고하거나 어디에서 소진했는지 알려야 하는 의무가 있어요?"

"……관심도 없죠. 요즘 같은 때, 그걸 어떻게 기억하겠습니까? 길에서 좀비들 만나면 곧바로 갈겨야 하는데."

"그러니까, 오늘 나랑 같이 건대로 돌아가는 길에…… 좀비 떼 좀 만난 걸로 합시다. 접근 방향은 북동쪽, 한 열 발 땡기다 보면 그중 한두 발이 다른 데 꽂힐 수도 있는 거 아닙니까. 태양 그룹 빌딩 담벼락이라든가…… 정문 같은 데…… 쟤들이 진입하기 쉽게……."

강 소위가 목소리를 낮춰 말했다. 그의 제안을 들은 장갑차장은 당황하기보다는 오히려 도울 수 있는 방법을 찾아 기뻐하는 것처럼 보였다.

다행이다!

"그렇군요……. 굳이 우리가 좀비랑 교전했다는 말도 필요 없어요. 오늘 이 근처를 오가는 장갑 트레일러가 몇 대인데…… 그냥 입 싹 씻으면 아무도 모를 겁니다. 좋습니다, 알려 주세요. 저 건물 어디를 날리면 저 개새끼들이 좆 되는 건지. 40㎜ 기관포도 좋지만, 현궁 한 방 날려서 초토화시키면 아주 속이 시원할 것 같습니다."

"어, 정말입니까? 그…… 승무원들이랑 이야기 먼저 해 보셔야 하는 거 아니고요?"

"훗, 쟤들한테는 제가 하늘입니다. 그리고…… 무슨 걱정이 있어야 입도 맞추죠. 말했잖습니까, 누가 쐈는지 아무도 모를 거라고. 우리는 그냥 잽싸게 갈기고 사라지면 되는 겁니다."

아직도 분노의 기색이 역력한 장갑차장은 담배 연기를 내뿜으며 자신 있게 대답했다. 강 소위와 고 하사는 그의 손을 덥석 잡고 감사를 표했다.

"고맙습니다, 이 하사님! 덕분에 군인 체면 좀 세울 수 있게 됐어요!"

이후 은밀한 계획은 급물살을 타고 빠르게 구성되었다. 어찌 보자면 굉장히 간단하기도 한 계획이었다.

보안관 일행과 민구가 태양 그룹 본사에 가까이 갔을 때, 미리 정해 둔 시간에 맞춰 40㎜ 기관포를 남쪽 벽과 정문 쪽으로 날려 큰 구멍을 뚫는다. 20센티 두께의 강판을 관통하기 위해 만들어진 철갑탄이니까 그 정도는 아주 쉽게 수행할 수 있을 거다. 만약 여의치 않으면 대전차미사일인 현궁을 날려 버리면 된다.

05

"갔다 올게."

유빈은 규영의 머리를 쓸어 주며 인사를 했다. 일행이 나뉘는 건 정말 싫지만, 이 일은 위험하고 목숨을 보장 못 한다. 그러니 여기 남는 게 현명한 선택이다.

"무슨 변동 사항이 있으면 선로 벽에 적어 놓으면서 사람들 따라 이동할게요. 그러니까 나중에 우리 찾으러 내려올 때, 유심히 보면서 와요. 알았죠?"

규영이 태권 소녀와 제니의 손을 꽉 잡으며 몇 번이나 같은 말을 한다. 녀석은 혹시 길이 엇갈려 헤어지게 될까 봐 무척이나 두려운 모양이다. 제니와 태권 소녀는 녀석의 손을 잡고 잠시의 작별을 아쉬워했다.

"그래. 조심하고 힘내! 우리 금방 끝내고 뒤따라갈 테니까, 무서워하지 말고."

"야, 야, 수정이 누나랑 규영이 걱정은 하지 마라. 내가 누구냐? 알아서 잘 돌볼 테니까 빨리 돌아오기나 해."

신입이 근엄하게 말했다. 제니까지도 따라가겠다고 고집을 피우는 마당에 이놈만은 변함없이 안전한 곳에 남는 편을 택했다.

참 한결같은 녀석…….

어쨌든 녀석이 챙겨 주겠다고 하니, 규영이 걱정은 좀 덜 수 있을 것 같다. 물론 신입보다 임수정에게 더 많이 기대하는 중이지만.

"몸조심해. 아무도 다치면 안 돼."

임수정이 간절한 목소리로 말했다. 자신이 말해 줬던 이야기에서부터 시작된 테라 찾기. 그 끝까지 함께 가 보고 싶은 마음이었지만, 지금 그녀가 따라나서는 건 오히려 짐이 된다. 그러니 이럴 때는 한발 물러나서 할 수 있는 일을 하며 기다리는 수밖에 없다.

"제니야, 다시 생각해 봐. 내 생각에는 너도 수정이 누나랑 같이 남아서……."

"아뇨, 전 따라갈 거예요. 왜 오빠는 자꾸 저를 떼어 놓으려고 해요? 저 총도 쏠 줄 알게 됐잖아요. 제 앞가림은 할 수 있어요. 그리고 오빠도 지키고 싶어요."

남았으면 좋겠다는 말을 유빈이 다시 꺼내자 제니는 세차게 고개를 저었다. 면역자니 뭐니, 테라를 되찾아와야 하는 이유들은 거창하게 대지만, 사실 테라가 가장 보고 싶은 건 제니 본인이다. 그런데 그런 일을 친구들에게만 미뤄 두고 혼자 안전한 곳에 피해 있는 건 말이 안 된다.

그리고…… 만에 하나 이 친구들이 돌아오지 못할 만큼 위험해진다고 해도, 그녀 역시 그 위험 속에 같이 있고 싶다.

제니는 남들의 눈에 띄지 않게 유빈의 손을 꼭 쥐어 자신의 마음을 표현했다. 결국 유빈도 못 당하겠다는 표정을 지으며 승낙했다.

"가자! 여기서 별로 멀지도 않아. 직선으로 가면 1킬로미터 조금 넘는 정도. 그래도 서둘러야 돼. 강 소위님이랑 약속 정해 놓은 사격 시간이 40분도 안 남았어."

장갑차장으로부터 넘겨받은 지도를 보며 진우가 말했다. 친구들은 각자의 장비와 배낭을 메고 수풀 속에 몸을 숨긴 채 경비하는 군인들 몰래 한강 대로 방향을 향해 달렸다.

선봉에는 민구와 보안관이 나란히 섰다. 누가 주문한 것도 아닌데, 둘 다 자신이 가장 앞에서 달리며 길을 터야 한다는 강박관념이 있는 사람들처럼 군다.

"야, 붙지 마! 왜 자꾸 네가 리더인 척하는데? 그냥 내 뒤에서 따라오라고!"

"닥쳐, 고릴라! 너처럼 멍청한 놈이 일을 그르칠까 봐 걱정이 되니까 그러는 거다."

"뭐가 어째? 혼자만 살아남은 주제에 잘난 척해 봐야 안 통해, 이 새끼야!"

"적어도 네 앞에서는 잘난 척해도 될 것 같은데?"

군용 지도에 표시되어 있는 샛길에 도달했을 때까지도 둘의 어깨싸움은 끝나지 않았다. 보다 못한 태권 소녀가 보안관의 팔을 잡아당겼다.

"잠깐 이야기 좀 하자, 보안관."

보안관과 함께 뒷줄로 빠진 태권 소녀가 진지한 말투로 이야기를 시작했다.

"너 있지, 저 사람한테 감정이 있는 건 잘 알겠는데…… 그래도 '야'라고 부른다든지, '이 새끼, 저 새끼' 해 가며 욕은 하지 마. 보기에 되게 안 좋아."

"뭐야……. 너, 기껏 사람 붙잡아 놓고 그런 잔소리가 하고 싶냐? 저런 깡패 새끼 편들려고?"

보안관은 도무지 귀담아듣고 싶어 하지 않는다. 다시 앞으로 뛰어가려는 그를 태권 소녀가 붙잡았다.

"나는 너를 좋아하니까 네가 두 살이나 어려도 나한테 반말하고 가끔 '계집애'라고 부르는 거 괜찮아. 다 이해해. 하지만 저 아저씨랑 너랑 나이 차이가, 너랑 규영이 나이 차이보다 더 커 보인다고. 너 한번 입장을 바꿔서 생각해 봐. 만약에 규영이가 너보다 싸움 잘한다고 너한테 '이 새끼, 저 새끼'라고 부르면, 넌 그거 참을 수 있어?"

규영이의 예를 들자 보안관의 기세도 조금 누그러졌다. 대답이 궁해진 보안관이 조그맣게 중얼거렸다.

"규영이는 그런 애가 아닌데……."

"그럼 너는 그런 놈이야? 나중에 싸울 때는 싸우더라도, 같이 움직이는 동안에는 그렇게 부르지 마. 네가 욕할 때마다 저 사람이 아니라, 네 값어치가 떨어지는 것 같아 보여. 나는 그게 속상하단 말이야."

"후우~ 뭔가 야단맞는 것 같아서 기분이 별로인데……."

보안관이 볼멘소리를 하자, 태권 소녀는 그의 덥수룩한 머리를 거칠게 헝클어뜨리며 미소를 지었다.

"네가 아까 말했지? 저 사람 지금 옆구리가 정상이 아니라고. 그래…… 너보다 약해. 약한 사람한테 잘해 줄 수 있잖아, 너. 나한테 잘해 줬듯이 말이야."

"약하다고? 네가? 장난치냐?"

보안관이 눈살을 찌푸리자, 태권 소녀는 녀석의 등짝을 후려쳐서 앞으로 쫓아 버렸다. 보안관은 다시 진우와 삼숙이를 앞질러 가며 생각에 잠겼다.

음…… 인정하기 싫지만, 확실히 혜주의 말이 틀린 것 같지는 않다.

그롸아아아아ㅡ.

군이 설치해 둔 철제 계단을 통해 용산 대로에 올랐을 때, 근처를 지나던 좀비들이 그들을 맞았다. 대략 열 마리 조금 넘는 정도. 진우가 총을 겨누려고 할 때, 민구와 보안관이 동시에 손을 들어 제지했다.

이제 태양 그룹까지 거리는 700여 미터 이내. 총소리는 가급적이면 내지 않는 게 좋다.

"형씨, 내가 왼쪽에 설게! 나는 오른팔을 주로 쓰고, 형씨는 지금 왼손이 더 편한 것 같으니까! 그러면 서로 겹칠 일 없겠지."

그때까지 입을 꾹 다물고 있던 보안관이 위치에 대해 제안을 했다. 그에게서 '형씨'라는 말이 나오자, 그 갑작스러운 변화에 민구는 잠시 당황스러워한다.

"……너 편한 대로 해라. 어차피 난 두 팔 다 잘 쓰니까 아무 데도 상관없어."

"젠장, 잘 쓰기는 개뿔!"

보안관은 툴툴대면서도 애초에 말했던 대로 왼쪽을 향해 뛰어나가며 해머를 높이 들어 올렸다. 민구도 가방에서 마세티를 뽑아 왼손으로 꽉 움켜쥐었다.

그롸악ㅡ 카아아악ㅡ!

순식간에 덮쳐 오는 좀비들!

보안관은 해머로 맨 앞에서 달려오는 좀비의 대갈통을 날렸다.

"빠작—!"

목뼈가 완전히 뒤로 꺾인 좀비가 맥없이 무릎을 꿇는다. 보안관은 녀석에게 눈길도 주지 않고 두 번째 놈의 턱을 올려 쳤다. 그러고는 한 번 더 크게 스윙을 해서 세 번째 놈의 얼굴에 정면으로 한 방을 먹였다.

그사이 민구도 세 마리째의 괴물과 맞서고 있었다.

"서걱—!"

강력한 일격에 잘린 괴물의 머리가 허공에 떠오른다. 민구는 마세티를 찔러 네 번째 놈을 밀어내고, 다시 방향을 돌려 녀석의 턱과 목을 베어 냈다.

등의 나이프 홀더에 끼워진 쿠크리 손잡이를 오른팔로 움켜쥐고, 그것을 중심축 삼아 부족한 옆구리 근력을 대신하는 중이다.

불과 4미터 넓이도 되지 않는 좁은 보도 안에서 길고 무거운 무기를 휘두르면서도 보안관과 민구는 서로의 동선 안에 들어가지 않았다.

해머가 뒤로 젖혀지면 민구가 알아서 마세티를 뒤로 빼고, 민구가 마세티를 백핸드로 휘두르면 보안관이 먼저 회전 반경 밖으로 피한다.

둘 다 믿기지 않을 수준의 운동 능력과 동체 시력, 그리고 감각을 가지고 있기에 가능한 일이었다.

"허, 둘이 아주 오랜 단짝이라고 해도 믿겠는데? 꼭 미리 짜 놓고 움직이는 것 같아."

진우의 탄약 가방을 짊어진 삼식이가 감탄한다. 녀석의 말대로 보안관과 민구 콤비는 대단히 강력했고, 또 효율적이었다. 덕분에 열 마리가 넘던 좀비들이 순식간에 모두 처리됐다.

"후우우~."

민구는 칼날에 묻은 체액과 찐득한 피를 털어내고는 마세티를 가방 안에 넣었다. 그러면서 그는 보안관과 해머를 슬쩍 돌아봤다.

주인을 닮아 엄청나게 무식한 무기다. 이 정도 무게의 칼을 휘두르는 것도 만만치 않은데, 저 무거운 걸 계속 휘둘러 가며 팔랑팔랑 뛰어다니다니…… 녀석의 힘이 놀랍다.

흥, 역시 고릴라답군.

"8시 40분이야. 이제 진짜 시간 많지 않아. 다음번에 또 좀비들 나오면 내가 빨리 잡고 갈게."

수고했다는 듯 보안관의 어깨를 두드려 준 진우가 말했다. 삼숙이는 아직 거리가 꽤 되는 태양 그룹 본사를 노려보며 낮게 으르렁거린다. 녀석에게도 그곳에서 뿜어져 나오는 악의 기운이 느껴지는 모양이다.

보안관 일행 일곱 명은 빠른 속도로 보도를 내달렸다. 가장 무거운 짐을 지고 있는 삼식이와 유빈의 숨이 가빠진다. 그리고 그들은 5분여 만에 강 소위와 입을 맞춰 뒀던 약속 장소에 도착했다.

대로에서 벗어나 골목 안으로 들어간 일행은 구식 5층 건물의 계단을 뛰어올랐다.

"자, 이제 15분 동안 대기."

2층 벽에 기댄 진우는 시계를 확인하고 가방에서 물을 꺼내 입술을 축였다. 다들 배낭을 멘 채로 숨을 돌렸다. 이제 15분 후면 그들은 다시 돌이킬 수 없는 전쟁 속으로 뛰어들어야 한다.

"으으으, 추워……. 가뜩이나 으스스한데……."

태양 그룹 연구원이 팔짱을 끼며 몸서리를 친다. 바로 옆에서 NFC 태그를 통해 좀비들의 정보를 파악하고 있던 두 번째 연구원이 잔뜩 코가 막힌 목소리로 대꾸한다.

"뭐…… 당연하지. 이 보존 로커 내부는 영하 55도니까. 아무래도 여기까지 냉기가 새어 나올 수밖에 없어."

"야, 근데 테라도 그렇게 해 놓으니까 아주 섹시하더라. 나는 하의 실종 와이셔츠는 제니 전유물이라고만 생각했었는데."

팔짱을 끼고 있던 연구원 1이 중얼거렸다. 연구원 2도 동의한다.

"그것도 그렇고…… 걔가 막 괴로워하니까 그게 더 자극적인 면이 있었지. 애가 딱 상처받기 쉬워 보이는 비주얼이잖아……. A821056…… 에이, 이것도 아니네. 193이니까 키는 꽤 큰데, 덩치도 그렇고…… 생긴 게 너무 멀끔해."

A821056의 로커를 당겨 열어 실물을 확인한 연구원 2가 실망스러워한다.

"그럼 빨리 닫아. 깨어날라! 아니면 안전장치를 걸고 보든가! 하여간 남자라는 것들은! 섹스 이야기는 좀 나가서 해!"

좀비를 실어 나르기 위한 카트에 기대서 있던 연구원 3이 조바심을 낸다. 연구원 2는 가볍게 낄낄거리며 로커를 닫았다.

"야, 괜찮아. 어차피 그렇게 빨리 해동은 안 돼. 꽁꽁 얼어 있다고. 에, 다음 후보는…… 어후, 마음 급해 죽겠네. 아직 40분 안 지났지?"

"그렇기는 한데…… 서둘러라. 오 박사, 그 새끼가 빡 돌면 우리부터 식사실에 처넣는 수가 있다."

연구원 4가 시간을 확인하고 나서 경고조로 말했다. 다들 같은 대학원 출신이어서 동네 친구처럼 스스럼없는 사이들이다.

반대편 벽 쪽의 로커들을 확인하고 있던 연구원 1이 불만스럽다는 듯 웅얼거린다.

"사실 시간이 좀 걸리는 일이기는 하지. NFC로 차트를 읽어 온다고 해도 그냥 몸무게나 키 정도지, 그게 얼마나 그로테스크한지는 안 보여 주니까 일일이 눈으로 확인을 해야 하잖아."

"그딴 변명은 오 박사한테 네가 직접 해. 나는 찍히기 싫으니까. 그냥 아까 그 190 넘는 남자로 가져가고 말자. 이 많은 걸 언제 다 확인해?"

연구원 4의 말에 모든 연구원들이 새삼스럽다는 표정으로 넓은 보존소를 돌아봤다. 가로 1.5, 세로 0.6미터, 길이 2.3미터의 보존용 로커 박스가 빼곡하게 들어차 있다. 그 철제 상자 하나하나가 모두 다 살아서 이 건물로 들어왔던 사람들이다.

"정말 징그럽게 많이 죽이기는 했네……. 씨발, 우리 지옥 가겠다."

"에이, 아니지. 우리가 무슨 죄가 있어. 그냥 위에서 시키는 대로 처리만 한 실무자들인데. 우리는 벌 받을 대상이 아니야. 그런 것보다 전에 완전히 끔찍한 꼴로 좀비가 된 년을 하나 보기는 했는데, 뭐더라…… 에취!"

차가운 실내 기온 때문에 저절로 재채기가 난다. 영하 55도로 좀비를 보존하는 방법은 오 박사가 개발한 것이 아니라, 국방연구소에 심어 둔 프락치가 좀비에 대한 모든 데이터를 처음 작은 회장에게 넘겼을 때부터 포함되어 있던 정보다.

깨끗한 상태로 재사용해야 하는 좀비들은 이곳에 보관한다. 덕분에 이 커다란 건물 내에서 이곳 12층의 보존소가 가장 많은 양의 전력을 사용하는 곳이다.

"아! 기억났어! 메이저한테 끌려가서 일주일인지 며칠인지 버틴 그거 말이지! 엄청 괴물 같은 여자!"

연구원 2가 손뼉을 치며 기억난 것을 떠든다. 연구원 4도 고개를 끄덕였다.

"그래그래! 그 시리얼 넘버 기억나?"

"아마…… 그게…… E9104596…… 이건가?"

연구원 2는 태블릿을 NFC 스티커에 가져다 댔다. 정보가 화면에 떠오른다.

"그래…… 이거 맞나 보다. 어후, 몸무게 봐라. 무슨 멧돼지도 아니고."

연구원 2는 곧바로 로커를 열어 눈으로 확인을 했다.

E9104596. 참혹하게 멍들고 찢어진 경순의 얼굴이 나타나자, 연구원들은 가볍게 탄식했다.

"으아, 맞은 애도 대단하지만, 이 지경이 될 때까지 때린 메이저…… 진짜 그게 인간이냐?"

"좀 더 당겨 보면 더 끔찍해. 갈비뼈가 부러져서 피부를 뚫고 나왔어. 어쨌든 잘됐다. 이거 가져가면 좋아할 거 같다. 혹시 모르니까 아까 그 남자 A821056

도 같이 가져가자. 정 그렇게 기괴해 보이고 싶으면 메스로 몇 군데 그어 놓으면 되잖아."

"서둘러! 지금 8시 58분 막 지났다고! 10분도 안 남았어!"

A821056의 로커 쪽으로 걸어가며 연구원 4가 또 짜증을 부렸다.

Chapter 82
난폭하게! 잔인하게! (1)

01

 강 소위와 고 하사, 그리고 장갑차장인 이 하사를 태운 장갑차는 한강 대로 끝자락에 멈춰 서 있었다. 빠른 이동을 위해 트레일러는 산책로 한쪽에 잠시 떼어 놓고 왔다.
 어차피 건대로 돌아가는 길이어서 트레일러 안은 텅 빈 상태니까 그렇게 세워 놓아도 문제가 될 건 없었다.
 "08시 59분."
 시계를 확인한 장갑차장이 조준경에 눈을 가져다 대고 방아쇠를 당길 준비를 마쳤다.
 거리는 900, 목표는 직각으로 서 있는 콘크리트 벽.
 이건 놓치려야 놓칠 수가 없는 목표다. 딱히 조준까지도 필요 없지만, 그래도 계속 열 영상 카메라를 확인하는 이유는, 혹시 벽 너머에 무슨 변화가 있지 않은가 하는 노파심 때문이다.
 하지만 여전히 빌딩 외부엔 오가는 사람이 없다. 오직 넓은 태양열 발전 패널들이 뜨거운 열기를 발하고 있을 뿐이다. 그것이 장갑차장의 목표다.

이왕 때릴 거면 아주 아프게 때린다는 것이 그의 좌우명이다. 그래서 오늘 그는 벽에 구멍을 뚫고, 그 너머의 발전 패널들을 다 박살 낼 생각이었다. 대놓고 쳐들어가지는 못하지만…… 그래도 태양 그룹, 저 개새끼들을 아주 가루로 만들어 주고 싶다.

"좀비들은 어때요? 아직도 그 주변에 많습니까?"

전투 병력 탑승 공간에 앉아 있는 강 소위가 물었다. 장갑차장은 고개를 끄덕였다.

"규모 삼…… 정도는 족히 될 것 같습니다. 그 주변을 빙글빙글 돌고 있는 중입니다."

저 좀비들은 구멍이 뚫리면 가장 먼저 안으로 뛰어 들어갈 놈들이다. 말하자면, 진우 일행의 첨병이랄까.

"09시 정각!"

언제라도 전속력으로 퇴각할 준비가 되어 있는 운전수가 시간을 알려 주자, 장갑차장은 곧바로 40㎜ 기관포의 방아쇠를 당겼다.

쾅— 쾅— 쾅—.

잇달아 발사된 세 발의 철갑탄이 빠르게 날아간다. 그러더니 태양 그룹 본사 빌딩을 외부로부터 보호하고 있던 단단한 콘크리트 벽에 직경 3미터가 넘는 커다란 구멍을 만들어 냈다. 장갑차장은 명중을 확인하고 나서 다시 방아쇠를 당겼다.

쾅— 쾅—.

이번에 장전되어 있던 포탄은 근접 복합 기능탄이었다. 뚫려 있던 구멍 안으로 빨려 들어간 두 발의 복합 기능탄은 목표물로 상정되어 있던 태양열 발전 패널의 앞에서 폭발하며 수백 개의 파편을 흩뿌렸다.

콰창— 콰창—.

주차장을 가득 메운 채 설치되어 있던 태양열 발전 패널과 4층까지의 모든 유리창이 산산조각 났다. 마지막으로 현궁이 날아가 폭발하자 열 영상 카메라에 비친 태양 그룹 본사 건물 앞마당과 주차장은 금세 뜨거운 불덩어리로 변해 버렸다.

빙고!

보존소 내의 연구원들이 가장 처음 인지한 것은 음속을 돌파해 날아오는 철갑탄들의 파열음이었다.

쑤앙— 쑤웅— 쑹—.

그리고 곧바로 진동과 함께 강력한 폭발음이 고막을 흔들었다.

콰콰앙—!

보존소 천장의 조명들이 빠르게 점멸한다. 이 모든 것들이 첫 파열음을 듣고 무슨 소리인지 미처 추론해 보기도 전에 일어난 일이었다.

"큭!"

A821056의 로커를 열고 있던 연구원 4가 진동에 깜짝 놀라 뒤로 넘어졌다.

쿠당탕—!

당겨져 나온 로커가 바닥을 때리며 쏟아졌다. 로커 안에 들어 있던 커다란 남자 좀비의 몸이 충격으로 들썩거리자 연구원들은 일제히 비명을 질렀다.

"시끄러워! 그냥 튕긴 거야! 움직인 게 아니라 튕긴 거! 나오자마자 해동이 될 리가 있냐? 소리 그만 지르고, 이거 빨리 카트에 담아! 근데 지금 이거 뭐야?"

연구원 1이 로커로 달려가 A821056을 제대로 상자 안에 넣으며 소리를 질렀다. 그때, 또다시 파열음이 들려왔다.

쑤웅— 쑤웅—.

연구원들의 눈이 공포에 사로잡혀 커졌다. 그들은 또다시 밀려올 진동에 대비해 자세를 낮췄다.

쿠쿵— 쿠우웅—.

이번 진동은 조금 전의 것보다 훨씬 약했다. 연구원들은 서로의 얼굴을 마주 보며 안도의 한숨을 내쉬었다.

바로 그 순간.

팟—.

불이 꺼졌다.

끼이잉—.

묵직한 소음과 함께 냉동장치가 회전을 멈춘다.

"헉! 이…… 이거 뭐야! 으아아아!"

갑자기 암흑 속에 휩싸인 연구원들은 비명을 지르며 두 팔을 내저었다. 출입문 위에 붙어 있는 야광 표지판만이 유일하게 눈에 보이는 사물이다.

지금 이 방 안에는 수백 마리의 냉동 좀비들이 있고, 냉동장치는 작동이 중지돼 버렸다. 그리고 그들은 이미 두 마리의 아주 거대하고 그로테스크한 좀비들을 로커 밖으로 끄집어내 놓은 상태다. 당연히 두려울 수밖에 없다.

콰아앙—!

또다시 건물을 뒤흔드는 진동.

이번 것은 이제까지의 모든 폭발을 다 합친 것보다 더 사나웠다. 바닥에 쓰러진 연구원들은 허우적거리며 울부짖었다. 지진인지 폭격인지 모르지만, 이제는 끝이라는 생각밖에 들지 않는다.

"으아아아! 으으! 안 돼! 안 돼! 아아아!"

아무것도 보이지 않는 상황 속에서 벽을 짚어 가며 걷던 연구원 4가 A821056에 발이 걸려 넘어지며 죽는다고 소리를 지른다.

그의 비명을 들은 다른 연구원들도 덩달아 악악! 소리를 지르며 내달리다가 중심을 잃고 쓰러졌다.

핏— 핏— 파아악—.

그때, 다시 조명이 깜빡이다가 불이 환하게 밝혀지고 냉동장치가 가동되는 소리가 방 안 가득 울린다.

우우우웅—.

그런 후, 개방되어 있는 두 개의 로커 틈에서 차가운 바람이 불어 나온다.

삐리릭—.

모든 로커가 잠기는 소리가 동시에 울렸다.

"이거…… 뭐야? 왜 이래?"

눈물이 그렁그렁해진 연구원 3이 주변을 돌아보며 물었다. 연구원 1이 벽에 찧었던 머리를 문지르며 일어난다.

"이거는 지금 보조 전원이 가동되는 것 같고…… 밖에서 뭔가…… 큰 폭발이 있었는데? 아마 태양 발전 패널이나 설비 같은 게 파괴되지 않았을까?"

"야! 그딴 소리 나중에 하고, 빨리 이거 들어 올려! 다시 넣었다가 꺼내야 돼! 이러다가 다 녹는다고!"

연구원 2와 4는 A821056의 몸뚱이를 다시 로커 안에 집어넣기 위해 안간힘을 썼다. 카트의 높이 조절이 되기 때문에 로커째로 카트에 담는 건 어렵지 않은데, 이렇게 시체를 로커 상자에 담는 건 어렵다. 특히 190센티가 넘는 남자 좀비여서 연구원 둘만의 힘으로는 벅차다.

"히이익! 저, 저것도 넣어야 돼!"

연구원 3이 비명을 지르며 가리킨 것은 E9104596의 로커였다. 바닥에 비스듬히 떨어져 내린 경순의 시체는 기이한 각도로 꺾여 있다.

"우리 지금…… 얼마나 됐지? 전원이 끊겼던 게? 저, 저게 더 급한 거 아닌가? 저건 몸무게도 120킬로그램이 넘는데……."

연구원들은 반쯤 정신이 나가서 우왕좌왕하며 진땀을 흘렸다. 네 명이 힘을 모아서 마침내 A821056의 로커를 제자리에 끼워 넣은 연구원들은 이마의 땀을 닦으며 경순의 시체 쪽으로 뛰었다.

"들어! 끄응차!"

경순의 몸을 들어 철제 상자 안에 넣으려는데, 이번에는 상자가 말썽이다. 폭발의 진동 때 흔들리며 바닥에 사선으로 끼어 버린 철제 상자는 꽉 채워진 빗장처럼 도무지 움직이지를 않는다.

"야! 일단 좀비는 빼! 빼고 상자부터 꺼내서 카트 위에 올려!"

연구원 4가 지휘를 해 보려 한다. 하지만 다들 마음은 급하고, 팔의 힘은 빠져 간다. 그러면서 두려움만 점점 커졌다.

"그냥 나가야 하는 거 아닌가? 일단 보안 요원들을 동행해 온 다음에⋯⋯."

"그러면 그사이에 이거는 100퍼센트 해동된다고!"

"그러라고 해! 보안 요원이 처리하면 되잖아!"

"그냥 닥치고 들어 올려! 시간 내에 할 수 있으니까!"

연구원들의 의견이 갈리고, 그러면서 시간은 또 흐른다. 그렇게 낑낑거리면서도 네 명이 달려들어 용을 쓰자, 결국 경순의 시체를 로커 상자 내부에 집어넣는 데까지는 성공했다.

이제 카트의 높이를 올려서 로커를 제자리에 다시 집어넣기만 하면 된다.

위이이잉─.

카트 손잡이의 버튼을 누르자 유압식 높이 조절 장치가 위로 올라갔다.

철컹─.

높이를 맞춘 로커 상자의 끝부분에 달린 도르래가 빈 구멍의 홈에 정확히 맞았다. 그제야 연구원들의 입에서는 안도의 한숨이 터져 나왔다. 이제 밀어 넣기만 하면 된다.

바로 그때!

확─.

경순이 하나밖에 남지 않은 눈을 떴다. 흰 막이 덮인 눈동자가 빠르게 좌우를 훑는다. 연구원들은 비명을 지르며 로커를 안쪽으로 밀어 넣으려 했다.

지금 잠시 해동이 되었어도 저 안에 들어가 얼리기 시작하면 금방 다시 냉동 참치처럼 빳빳하게 굳으니까.

촤르륵─!

도르래가 구르며 철제 상사가 빠르게 안쪽으로 밀려 들이긴다. 다 끝난 것처럼 보였다.

쿵─.

벌떡 몸을 일으키던 경순의 이마가 다른 좀비들의 로커 상자를 들이받는다. 그 바람에 푸시 버튼이 눌린 위쪽의 로커가 푸슈욱— 하는 소리와 함께 아주 조금 앞쪽으로 열려 나온다.

그으으— 그롸악!

E9104596은 그녀의 얼굴과 가장 가까이에 있던 연구원 1의 목을 콱 움켜쥐고 로커 밖으로 빠져나오기 위해 버둥댔다.

"끄으윽! 으아아아! 도, 도와줘!"

E9104596의 솥뚜껑 같은 손에 목이 졸린 연구원 1이 동료들을 향해 비명을 질렀다. 하지만 아무도 그를 도우려 하지 않았다. 나머지 세 연구원은 곧바로 앞쪽의 문을 향해 내달렸다.

삐익—.

열림 버튼을 눌렀는데도 문은 열리지 않는다. 연구원들의 공포는 이제 극에 달했다.

"이거 왜 이래?"

꽈드득— 꿀쩍! 꿀쩍! 우드드득!

뒤쪽에서는 끔찍한 비명과 함께 E9104596이 연구원 1을 잡아먹는 소리가 울려온다. 연구원 4는 뒤쪽을 돌아보았다. 연구원 1의 생명이 얼마나 남아 있는지 확인하고 싶어서였다.

통상적으로 좀비 한 마리는 사람을 그렇게 단시간에 죽이지 못한다. 상당한 통증과 과다 출혈, 그리고 쇼크가 함께 수반되어야만 희생자의 목숨은 끊어진다. 그러니 연구원 1이 조금은 시간을 벌어 줄 것이라고 기대했다.

그런데…… E9104596의 경우는 일반적인 사례와 거리가 상당히 멀었다. 엄청난 덩치와 근육에서 뿜어져 나오는 완력 때문에, 머리를 잡힌 연구원 1의 목은 매우 비정상적으로 꺾여 있었다.

저래서야 살점이 제대로 뜯겨 나가기도 전에 목이 부러져서 즉사하게 생겼다.

삑— 삑— 삑—.

계속 열림 버튼을 누르고는 있지만, 여전히 문은 굳게 잠겨 있다. 세 연구원들은 발을 동동 굴렀다. 연구원 1의 비명이 조금 전부터 들려오지 않는다는 게 너무 불길하다.

 "아! 알았어! 이거 뭔지 알겠다! 디폴트값이 '잠김'으로 되어 있는 거야! 정전되었을 때!"

 연구원 3이 벽을 치며 소리쳤다. 그 말을 들으니 이 상황이 당연히 이해가 간다. 퓨즈를 끊거나 정전을 유도해서 은행 금고를 털 수 없는 것과 같은 이치다.

 어떤 이유에서든 한번 전원이 끊기면, 다시 전기가 공급되더라도 자물쇠는 단단히 잠기고 그 모드가 유지되는 것이다.

 "그럼 어떡해? 어떻게 나가?"

 연구원 2가 울먹이며 물었다. 연구원 3은 얼굴을 감싼 채 떨리는 목소리로 중얼거린다.

 "외부에서…… 하아, 하아…… 아이디 카드를 대고 열어 주면 되는데…… 그러면 잠김 모드가 해제되는데……."

 "그거 말고! 지금 밖에 누가 있어서 그걸 열어 주겠어?"

 "오, 오 박사가…… 화가 나서라도 잡으러 오지 않을까? 이제 40분이 지났거든……."

 연구원 3이 입술을 떨며 대꾸했다. 불안하게 흔들리는 눈동자만 봐도 그녀의 사고가 정상이 아니라는 걸 알 수 있다.

 "그사이에 다 죽지, 씨발! 그걸 말이라고 해! 저 괴물 좀비 년이……!"

 연구원 2가 말을 다 맺지 못하고 뒤를 돌아본다. 목이 반쯤 뜯겨 나간 연구원 1의 시체가 바닥에 떨어져 있고, E9104596이 그들을 향해 천천히 등을 돌린다.

 "으아아아아!"

 지금까지 잠자코 상황을 지켜보고 있던 연구원 4가 연구원 2의 뒷덜미와 팔을 잡아 기합 소리와 함께 E9104596 쪽으로 밀어 쳤다.

이게 무슨 상황인지 아직 이해하지 못한 연구원 2의 눈에 공포심만이 가득하다.

턱—!

연구원 2가 부딪쳐 오자마자 E9104596의 커다란 두 손은 그의 어깨를 꽉 잡았다.

엄청난 힘! 갈퀴 같은 손가락이 살을 파고드는 것만으로도 견딜 수 없는 고통이 느껴진다.

카드득—!

E9104596이 연구원 2의 볼을 움푹 뜯어낸다. 피가 솟아올랐다.

"끄아아아악! 야이, 씨발! 아아악!"

연구원 2가 원망 가득한 비명을 질러 대는 동안 연구원 4는 연구원 3의 뺨을 두들기며 다그쳤다.

"정신 차려! 저 새끼가 먹히는 동안에 나가야 돼! 기억해 봐! 디폴트값을 바꾸는 방법 없어? Lock에서 Unlock으로만 교체하면 되잖아! 그런 다음에 여기 전원을 다시 껐다가 켜면 되는 거 아니야?"

그가 연구원 2를 제물로 골라 던지고 연구원 3을 놔둔 이유는 그녀가 이곳의 시스템에 대해 뭔가 조금이라도 더 알고 있는 것처럼 보였기 때문이다.

가쁜 호흡으로 생각에 잠겨 있던 연구원 3이 고개를 끄덕인다.

"그래…… 있다! 있어! 그…… 원래는 말이 안 되는 건데…… 여기는 사용 전력량이 워낙에 크니까 그런 편법이 가능할 거야……. 그래…… 그건 될 수도 있어……."

"뭔데? 그렇게 웅얼거리지만 말고 똑바로 말을 해! 아니면 행동을 하든가! 응? 뭐냐고, 그 편법이라는 게!"

연구원 4가 어깨를 잡고 거칠게 흔들자, 연구원 3은 광인처럼 웅얼거렸다.

"모든 로커…… 저걸 다 개방해. 그러면…… 온도를 유지하기 위해서 냉동장치가 영하 55도 이하로 계속 가동될 거라고. 엄청난 과부하지. 그런데…… 지금은 보조 전력에서 전기를 공급받고 있잖아. 그러니까 메인 시스템에서 AI가 선택을 할 수밖에 없어……. 이 보존소를 계속 유지하느냐, 아니면…… 여기만 셧다운 시키고 나머지 구역 전체를 정상적인 상태로 유지하느냐, 이 두 가지 선택지 중에서 말이야……. 그리고 AI니까 보존소가 프라이머리로 설정되어 있지만 않으면 당연히……."

"자기도 포함된 시스템을 살리는 걸 선택하겠지. 그래, 그거 말이 되는 거 같다. 근데…… 그래 봐야 잠김이 디폴트인 건 변함이 없잖아. 애초에 여기 갇힌 것도 전원이 끊겨서 그런 건데."

이야기가 다시 처음으로 돌아간 것 같아 연구원 4의 등에서는 식은땀이 흘러내렸다. 하지만 연구원 3은 그의 예상과 조금 다른 가설을 내놓았다.

"시스템에서 리셋을 시도해 볼지도 몰라……. 센서 이상이라고 인지할 테니까…… 모든 개폐 장치를 한번 가동해 보고 접촉 센서가 정상인지부터 확인하면…… 그때 나갈 수 있어."

그녀의 말이 끝나기도 전에 연구원 4는 힐끔 뒤를 돌아보았다. 아직 연구원 2는 숨이 붙어 있다. 간간이 비명을 지르고 하는 걸 보면 적어도 30초 이상은 더 버텨 줄 수 있을 것 같았다.

바꿔 말하면, 30초 뒤에는 저 괴물 좀비가 다음 먹잇감을 찾으려 들 것이다. 되든 안 되든 연구원 3의 아이디어를 실행에 옮겨 보는 수밖에는 없다.

문제는…… 저 괴물 좀비다. 저 커다란 덩치가 버티고 있는 옆을 스쳐 돌아다니며 로커들을 눌러 밖으로 빼내야 한다. 연구원 4는 연구원 3을 E9104596 쪽으로 밀며 로커를 열라고 지시했다.

"무…… 무서워! 못 해!"

"닥치고 해! 안 그러면 진짜 뒈진다고! 익! 익!"

연구원 4는 여기저기 뛰어다니며 로커들을 눌러 아주 조금씩만 개방시켰다.

치이익―.

냉기가 빠져나오기 시작하자 보존소 내부의 기온은 금세 영하로 떨어졌다.

그런데도 아직 과부하가 걸릴 기미는 없다.

"그와아아악—."

E9104596이 연구원 2의 얼굴에서 입을 떼며 포효한다. 연구원 2는 얼굴에 피부가 남은 부분이 거의 존재하지 않을 만큼 끔찍하게 손상된 채 숨을 거뒀다.

"하아~ 하아~!"

연구원 4는 문 쪽에 바짝 붙어 숨을 죽였다. 연구원 3은 아직도 E9104596이 다가오는 걸 눈치채지 못한 채 로커를 열고 있다.

"헉!"

E9104596의 손에 붙잡힌 연구원 3의 입에서 신음이 터져 나온다. 그리고 곧바로 E9104596은 그녀의 팔을 물어뜯기 시작했다.

"꺄아아악!"

연구원 3이 비명을 지르는 순간, 마침내 시스템이 보존소의 전원을 끊었다. 그리고 잠시 암흑 속에서 살이 찢기는 소리와 째지는 비명만이 연구원 4의 신경을 긁어 댔다.

연구원 4는 문을 밀어 보려 애를 썼다. 수동으로라도 열 수만 있다면…… 손톱이 들리고, 손가락의 살갗이 벗겨져 스테인리스 재질의 표면에 피가 묻어난다.

"팟—."

다시 불이 들어온다. 그리고…….

"우웅! 덜컹!"

여기저기서 로커의 자물쇠가 여닫히는 소리가 들린다.

연구원 3의 가설이 맞았다!

연구원 4는 입구에 바짝 달라붙어 선 채 굳게 잠겨 있던 문이 열리기를 기다렸다.

"우두둑—."

등 뒤에서 들려오는, 목뼈가 부러지는 소리!

"스르릉—."

마침내 길고 긴 감금이 끝나고, 문이 열렸다. 연구원 4는 복도를 향해 발을 내디뎠다. 그러고는 다음 발짝을 내딛기 위해 어깨를 틀었다.

턱―.

그의 뒷덜미에 강력한 힘이 가해진다. 그는 더 나아가지 못하고 그 자리에 주저앉고 말았다.

와작!

목덜미를 파고드는, 날카롭고 단단한 이빨!

연구원 4는 어깨를 움츠리며 악을 썼다. 그는 어떻게든 달아나 보려 몸부림을 쳤다.

찌지직―.

입고 있던 흰 가운의 솔기가 뜯겨 나가고, 그는 앞으로 고꾸라지며 코를 바닥에 짓찧었다. 겨우 E9104596에게서 풀려난 연구원 4는 입과 코의 피를 훔치며 복도를 내달렸다.

머리로는 이미 가망이 없다는 것을 잘 알고 있는데, 그럼에도 그는 달아나는 것을 멈출 수가 없었다.

"괘…… 괜찮아……. 하아아~ 하아아~ 별거 아니라고. 소독하면…… 나을 수 있어……."

엘리베이터에 오른 연구원 4는 자신의 숙소가 있는 5층을 누르면서 열린 문틈으로 복도를 내다봤다.

그롸아아아아―.

E9104596의 포효가 긴 메아리를 만들며 울려온다. 활짝 열린 채 전원이 끊겨 멈춰 버린 보존소에서는 아직 남아 있던 차가운 냉기가 쉼 없이 뿜어져 나오고 있었다.

02

"우리도 들어가자."

2층 창문을 통해 길 건너의 태양 그룹 본사 상황을 살피던 진우가 말했다. 좀비들은 불길에 홀려 건물 안으로 들어갔고, 사태를 수습하기 위해 뛰어나온 보안 요원들이 그 좀비들을 향해 MP5를 난사하고 있다.

검은 군복의 수는 총 여섯 명. 저놈들이 현장 보고를 마치고 다시 건물 안으로 들어가 버리기 전에 처리해야 한다.

"여섯 명 전부 내가 맡는다!"

앞장서서 계단을 뛰어 내려가며 진우는 역할을 확실히 선언했다. 총 든 놈들을 친구들에게 맡기는 건 너무 위험하다.

얼―!

삼숙이도 이를 드러내며 그를 쫓아왔다. 진우는 커다랗게 구멍이 뚫린 벽 앞에 서서 몸을 숨긴 채 안쪽을 엿봤다.

투투투투투― 투투투투투―.

검은 군복들은 불타오르는 주차장 방향의 좀비들을 향해 열심히 MP5를 갈겨 대고 있다. 사실 이 정도 불길이라면 좀비들이 알아서 타 죽을 테니까 특별히 제압을 할 필요조차도 없다.

'입구에 셋, 계단 아래에 둘, 주차장 부근에 하나……'

놈들의 위치를 파악한 진우는 곧바로 몸을 내밀며 방아쇠를 당겼다.

탕탕탕― 탕, 탕― 타앙―.

딱 여섯 발. 그리고 여섯 명의 검은 군복은 거의 동시에 피를 흩뿌리며 바닥에 쓰러졌다. 진우는 지체하지 않고 건물 내부를 향해 뛰었다. 그의 뒤를 따르던 민구가 끌탕을 한다.

"젠장, 다 죽이면 어떻게 하라는 거야! 하나쯤은 살려 뒀어야지!"

"맨 앞의 놈은 숨을 붙여 놨습니다."

진우는 뒤를 돌아보며 말했다. 그러고는 다시 삼숙이와 함께 건물 내부로 뛰어 올라갔다.

투투투— 투투둑— 투투둑—.

안쪽에서 대기 중이던 새도 실드 대원들에게 진우의 3점사가 퍼부어졌다. 불과 20분 전만 해도 공고한 요새 같던 태양 그룹 본사의 1층은 이제 그들에게 함락되었다.

"어이."

민구는 건물에서 가장 멀리 떨어져 있던 보안 요원에게 다가가 총을 멀리 차버린 뒤, 녀석의 귀를 잡고 고개를 들어 올렸다.

"끄으으~ 끄으으!"

녀석은 정말 진우의 말처럼 아직 살아 있었다. 손가락이 뭉텅 날아간 녀석의 오른손에서는 피가 물총 줄기처럼 솟아오른다.

민구는 녀석의 귀를 있는 힘껏 당기면서 오른팔을 뒤로 돌려 쿠크리를 뽑아 들었다. 그러고는 나직하게 물었다.

"어젯밤 잡아 온 계집애…… 지금 어디에 있어?"

보안 요원이 고개를 저었다.

"무…… 무슨 계집애요? 여자가 한둘입니까?"

"답이 틀렸어……."

민구는 여전히 녀석의 귀를 꽉 움켜쥔 채 평온한 어조로 말했다. 그러고는 곧바로 쿠크리의 날을 녀석의 왼팔에 대고 슥— 그었다.

"끄아아아악!"

녀석은 펄쩍 뛰어오르며 비명을 질렀다. 어찌나 사납게 몸부림을 쳤는지, 민구에게 붙잡혀 있던 귀가 절반가량 쭉 찢어섰다.

"으윽! 끅!"

그것이 또 고통스러워 녀석은 피가 뚝뚝 떨어지는 손을 귓가에 가져다 댄다.

그래 봐야 이미 손가락이 거의 남아 있지 않은 오른손으로는 상처를 감싸 줄 수도 없다.

쿠크리에 깊이 베인 녀석의 왼팔 상완부에서는 피가 줄줄 흘러나오고, 쉼 없이 이어진 고통에 녀석의 몸은 덜덜 떨렸다.

"아, 미리 알려 줬어야 했던 건데, 틀린 답 말할 때마다 그을 거야……."

민구는 덜렁거리는 녀석의 귀 대신 목을 꽉 쥐며 물었다.

"걔 지금 어디에 있어?"

"어제 여기로 온 여자가 몇백 명인지도 몰라요! 누구를 말씀하시는 건지…… 으아아아악! 아아악!"

녀석은 다시 몸서리를 치며 울부짖었다. 놈의 팔에는 두 개째의 칼자국이 났다. 이번 건 더 깊고 길다. 달려드는 좀비들을 상대로 해머를 휘두르고 있던 보안관이 보다 못해 소리를 지른다.

"그냥 딱 집어서 테라 찾는다고 물어보면 서로 편하잖아! 고문하고 싶어서 안달이 난 것도 아니고, 왜 그런 선문답을 해?"

민구는 보안관을 돌아보지도 않은 채 같잖다는 듯 대꾸했다.

"이놈이 그걸 모를 거라고 생각하나? 여기가 다 발칵 뒤집혔을 텐데? 어쩌면 이놈도 어제 그 헬리콥터에 타고 있었을지 몰라. 어이, 어때? 너, 거기 타고 있었냐?"

민구가 놈의 눈앞에 바짝 얼굴을 들이대며 물었다. 놈의 숨결에서 술 냄새가 확 풍겨 온다.

그때, 보안 요원이 피가 뚝뚝 떨어지는 왼팔을 세차게 휘둘렀다. 어느새 뽑아 들었는지 그의 손에는 대검이 들려 있다. 아침 햇살을 받아 번쩍이는 대검의 칼날이 민구의 무릎을 향해 날아든다.

"훗!"

민구는 코웃음을 치며 왼손으로 마세티를 뽑았다. 그러고는 칼을 대각선으로 세워 바닥을 쿵, 찍었다.

챙—!

쇠끼리 부딪치며 만들어진 날카로운 소리가 고막을 파고든다. 그리고 보안 요원의 대검은 2미터가량을 날아가 바닥에 떨어졌다.

 녀석은 갑자기 자신의 눈앞에 나타나 회심의 공격을 막아 낸, 마세티의 커다란 칼날을 바라보며 믿기지 않는다는 표정을 지었다. 손끝이 저릿저릿하다.

 "아아, 너 큰일 났다. 큰 칼 나왔어. 이거는 조금 전 그었던 칼보다 훨씬 더 아플 텐데……."

 민구는 녀석의 얼굴 주위로 마세티를 천천히 들어 올렸다. 넓고 큰 칼날에 반사된 빛을 받아 녀석의 눈 주변은 환하게 밝아졌지만, 반대로 표정은 급격하게 어두워졌다.

 "자…… 잘못했습니다! 살려 주세요!"

 녀석이 엉덩방아를 찧은 채 뒤로 물러나며 애원하기 시작했다.

 턱—.

 민구는 마세티의 날 끝으로 녀석의 뒤쪽 어깨를 찍어 퇴로를 막았다. 어깨에 칼날이 박히자 녀석은 움찔하며 움직임을 멈췄다.

 민구는 마세티를 다시 녀석의 목에 가져다 대고 지금까지보다 더 차가운 목소리로 말했다.

 "삼세번째잖아. 그러니까 이게 끝이야. 어디 있어?"

 녀석은 곁눈질로 마세티의 날을 보고 있었다. 칼날이 목에서 조금씩 멀어질수록 오히려 두려움이 커진다. 언제라도 저게 확 날아와 목이 뎅겅 잘릴 거 같다.

 "오 박사가! 오 박사가 데리고 있습니다! 그…… 그게 오 박사 방은…… 15층! 야외 옥상 정원 바로 위층입니다! 건물 중앙 남쪽! 진짜예요! 살려 주십쇼!"

 녀석이 빠르게 주워섬긴다.

 오 박사라는 놈이 데리고 있구나…….

 민구는 녀석의 입에서 나온 이름을 머릿속에 집어넣고, 마세티의 칼끝으로 놈의 턱을 툭, 때렸다.

 "일어나. 앞장서서 걸어."

녀석이 주춤거리고 일어난다.

뚝, 뚜두둑—.

잘린 손가락들과 칼에 베인 상처 때문에 녀석의 양쪽 팔에서는 핏방울이 계속 떨어져 내렸다.

민구가 녀석을 고문해서 답을 얻어 내는 동안 다른 친구들은 보안 요원들의 시체에서 MP5와 탄창, 그리고 삼단봉을 뺐다. 무기를 보면 무조건 챙기고 보는 건, 이제 아주 버릇이 됐다.

촥—!

삼단봉을 빼서 휘둘러 본 태권 소녀가 만족한 표정을 짓는다. 사람을 상대로 할 때는 찌그러진 야구 배트보다 이게 좀 더 효율적일 것 같다. 파괴력은 부족하지만, 테이크백 동작이 없어도 되니까 훨씬 빨리 대처할 수 있다.

"이것도 챙겨."

유빈은 보안 요원들의 시체에서 아이디 카드를 꺼내 와 친구들의 목에 걸었다. 피에 흠뻑 적셔진 줄이 목에 닿자 태권 소녀는 미간을 찌푸렸다.

"아읔! 피잖아? 이걸로 뭘 하라고?"

"아, 미안. 플라스틱에 묻은 건 대충 닦았는데…… 줄은 어쩔 수가 없더라고. 그…… 건물 들어가서 웬만한 문을 만나면 그걸 갖다 대야 열릴 거라고 생각해. 지하철 패스 같은 거지. 앞으로도 이 목걸이가 생기면 무조건 빼서 챙겨 둬. 누가 어디를 출입할 수 있었는지 모르니까 많이 가지고 있을수록 좋아."

유빈은 피투성이 목걸이가 필요한 이유를 설명했다. 삼식이가 벽에 뚫린 구멍을 돌아보며 걱정스럽게 중얼거린다.

"근데…… 불나 있는 거 좀 신경 쓰인다. 좀비들이 계속 이 근처로 몰려들 텐데, 테라 구한 다음에 여기서 어떻게 빠져나가지?"

"지금 당장은 그럴지 몰라도 불은 결국 꺼질 거고, 그러면 결국 다시 철로 쪽으로 몰려갈 거야. 거기 보니까 열기가 장난 아니더구만. 탱크도 몇 대씩 서 있고, 발전기도 왱왱 돌아가고."

유빈은 크게 걱정하지 않는 눈치였다. 일단 테라를 구해야 돌아가는 길을 걱정하는 것도 의미가 있다.

투투투둑— 투투투투투— 투투둑—.

잠시 조용하던 건물 안쪽에서 갑자기 총성이 들려온다. 계단을 뛰어오르던 친구들은 자세를 낮추며 그 자리에 멈춰 섰다.

"진우야! 괜찮아?"

유빈이 큰 소리로 물었다. 대리석 구조물 뒤에 몸을 숨긴 채 대응 사격을 하던 진우가 뒤를 돌아보며 외쳤다.

"지금 들어오지 마! 다 잡으면 부를게!"

투투투투— 투투투투—.

핑— 피핑—.

총소리와 빗맞은 총알이 벽에 맞고 튀는 소리가 정신없이 울린다. 진우는 삼숙이가 잘 있는지 확인한 뒤, 다시 방아쇠를 당겼다.

투투둑— 투투툭— 투투투—.

일단 3점사로 제압사격을 해서 놈들이 섣불리 고개를 들지 못하게 했다. 두 놈이었다. 놈들이 총을 쏴 대고 있는 위치는 로비의 맞은편에 위치한 계단 입구. 위에서 내려오는 걸 보지 못했으니, 분명 지하에서 올라온 거다.

투투투투— 투투투투투—.

또다시 총알 세례가 퍼부어진다. 자세를 낮춘 채 기다리는 진우의 머리와 등 위로 석회 가루와 잘게 부서진 대리석 조각들이 쏟아져 내렸다. 횡성으로 끌려가 영문도 모르고 치러야 했던 전투의 기억이 되살아났다.

그때, 건너편 산 중턱에서 숨 돌릴 틈도 없이 퍼부어 대던 기관총과 K-4, 그리고 저격수의 압박감에 비하면 이 정도는 아무것도 아니다.

게다가 지금 그는 햇빛이 쏟아져 들어오는 입구를 등시고 있다. 놈늘은 그저 막연하게 지향 사격을 하고 있는 것뿐이다.

투투툭— 투투투— 투투투—.

진우는 총구만 밖으로 내밀고 응사했다. 어차피 맞으라고 쏘는 게 아니니 대충 높이와 방향만 조절하면 된다. 그렇게 하면서 진우가 기다리는 것은 놈들 중 하나가 탄창을 다 소진하는 순간이었다.

그리고 잠시 후, 그때가 왔다.

투투투투투—.

한 정의 총만이 단조롭게 울려 댄다. 대리석 가루가 정신없이 튀는 바로 그 순간, 진우는 납작 엎드리며 총구를 밖으로 내밀었다. 벽 뒤에 몸을 숨긴 채 공포에 사로잡혀 정신없이 연사를 퍼부어 대는 검은 군복의 머리와 어깨가 눈에 들어왔다.

투툭—.

3점사 중 두 발이 발사되었을 때, 진우는 방아쇠에서 손을 떼고 재빨리 옆으로 굴러 다시 구조물 뒤에 숨었다.

완전히 몸을 숨기기 직전, 곁눈으로 보이는 범위에 머리가 터져 피 안개를 뿜으며 고꾸라지는 검은 군복의 모습이 얼핏 들어온다. 한 놈 잡았으니, 이제 남은 적의 사수는 하나.

투투투투투— 투투투투—.

동료의 죽음에 놀라고 분노한 총소리가 또 사납게 울렸다. 하지만 방금 전의 사살 이후, 이미 승부는 기울었다.

로비 건너편 계단 벽 뒤에 숨은 녀석에게는 이제 선택할 수 있는 길이 딱 두 개뿐이다. 곱게 물러나서 자신의 동료들을 더 불러오든가, 아니면 무의미하게 서른 발을 다 쏘고 진우의 총알에 미간이 뚫려 죽든가.

투투투투— 투투투투투투—.

녀석은 바보처럼 두 번째 옵션을 선택했다. 진우는 놈의 마음을 이해할 수 있다. 새도 실드니 뭐니 하며 거들먹거렸지만, 총알이 마주 날아오는 전투를 치러 본 경험 같은 건 이 녀석들에게 없다.

그저 기껏해야 좀비들을 멀리서 학살하고, 민간인들을 위협하는 일에만 단련

된 놈들이다. 그러니 이 상황을 제대로 파악하지 못하는 것이다.

투투…….

신나게 울려 대던 총소리가 맥없이 끊긴 순간, 진우는 다시 몸을 굴려 총구를 내밀었다. 빈 탄창을 잡아 빼며 벽 뒤로 엄폐하려는 녀석의 옆얼굴이 가늠자에 걸린다.

타앙—.

조금 전 3점사 모드에서 발사되지 않은 채 남아 있던 세 번째 탄환이 날아간다.

퍼걱—!

급하게 뒤로 빠지려던 녀석의 코와 입이 뭉텅 잘려 나가며 피가 팍, 터져 나왔다.

"끄아아악!"

녀석은 생각지도 못했던 고통에 무릎을 꿇으며 앞으로 고꾸라졌다. 녀석의 상체가 벽 밖으로 나오며 기울어지는 순간, 진우는 다시 방아쇠를 당겼다.

투투툭—.

빠르게 날아간 세 발의 총알은 놈의 옆머리를 관통했고, 뇌와 뼛조각, 그리고 붉은 피가 확 터지며 계단 위로 쏟아졌다.

털썩—!

녀석의 시체가 옆으로 쓰러지고, 손에 들려 있던 MP5가 바닥에 떨어진다.

"들어와."

혹시 있을지도 모를 추가 병력을 경계해서 잠시 계단을 노려보던 진우가 친구들을 향해 손짓을 했다. 일행은 타오르는 불에 홀려 있는 좀비들을 뒤로하고 건물 안으로 들어갔다.

폭발과 총격전의 여파를 고스란히 받아 폐허처럼 변한 입구와 달리, 넓고 긴 로비의 반대편은 깨끗했다.

중앙에 누워 있는 섀도 실드 대원 시체 세 구와 피로 붉게 물든 계단 주변만이 여기에서 지금 목숨을 건 싸움이 벌어지고 있다는 걸 보여 주고 있었다.

"모자 쓰고, 이거 걸어. 다 죽였어?"

유빈이 가방에서 꺼낸 하이바와 아이디 카드를 진우에게 전해 주며 말했다. 정작 유빈 본인의 목에는 아직 아무것도 없지만, 저 안쪽에 죽어 있는 시체에서 빼 걸면 된다.

"음, 근데…… 계단에서 올라왔어. 지하에 뭔가 있는 모양이야."

하이바 끈을 조이며 진우가 두 시 방향을 가리킨다.

"젠장, 보고 있으면서도 구조를 모르겠네. 도대체 계단이 몇 개나 되는 거야?"

보안관이 넓고도 복잡한 건물 내부를 둘러보며 중얼거렸다. 활짝 개방된 중앙을 제외하면 나머지 부분들은 암회색 대리석 기둥들과 격벽 때문에 커다란 미로처럼 보인다.

지금 눈으로 봐서 알 수 있는 것은 정면에 지하철처럼 아이디 카드를 대고 지나쳐야 하는 개찰구가 길게 늘어서 있다는 사실 정도다.

초행길인 침입자들에게는 그 복잡한 구조가 꽤나 성가신 장애물이다. 하지만 그들에게는 끄나풀 안내자가 있다.

"저 밑에 뭐가 있는데?"

민구가 보안 요원에게 물었다. 녀석은 잠시 망설였다. 지하 1층에는 경비 본부가 있다. 이미 열 명이 넘게 죽어 버렸으니 대기조로 있던 전투 인원들은 거의 바닥이 났겠지만, CCTV로 건물 전체를 감시하는 통제 시설은 아직 건재하다.

그곳을 이놈들에게 점령당하면, 그때는 아군의 승산이 없어진다. 그러면…… 자신의 목숨은 이 잔인한 칼잡이 새끼한테 온전히 맡겨지는 거다.

"아아악! 으으! 으으으!"

진땀을 흘리며 눈치를 보고 있던 보안 요원이 갑자기 비명을 지르며 쓰러져 버둥거린다. 녀석의 왼 팔꿈치에는 또 베인 상처가 생겼고, 언제 꺼내 들었는지 민구의 쿠크리 칼날에는 핏방울이 맺혀 있다.

"아, 맞다. 너는 일단 두 번 찔러 줘야 말을 하는 놈이지? 내가 깜빡했네. 일어나, 빨리 한 번 더 찌르고 다시 물어볼게."

민구는 녀석의 반쯤 찢긴 귀를 꽉 잡았다. 보안 요원은 피가 뚝뚝 떨어지는 오른손을 흔들며 울부짖었다.

"그만! 그만! 왜…… 왜 이러십니까! 아악! 귀! 귀! 제발!"

"이것 봐. 두 번 찔러야 제대로 대답을 한다고 했지? 내가 괜한 소리 하는 게 아니라니까."

민구는 보안관 일행을 향해 악마처럼 웃어 보이고는 다시 쿠크리를 녀석에게 가져다 댔다. 녀석은 울음 섞인 목소리로 대답했다.

"겨…… 경비 본부가 있어요! 으흐으윽! 지하에! 그만 찔러!"

"근데 왜 말을 안 하고 머뭇거렸어? 지금 막 기억날 일이 아니잖아."

"도…… 동료들을 배신하는 것 같아서……."

"하하하, 아냐, 이 새끼."

녀석이 거짓말을 한다고 판단한 민구는 허탈하게 웃으며 또 쿠크리를 그었다. 칼에 베인 자국이 병장 계급장까지로 늘어난 보안 요원은 또 죽는다고 비명을 지른다. 민구는 놈의 입을 꽉 틀어막으며 차갑게 말했다.

"돌아가지도 않는 머리 쓰려고 하지 말고, 솔직하게 대답해. 일이 다 끝난 다음에 너를 안 죽이고 싶게 하란 말이야."

"으음! 읍!"

보안 요원은 신음 소리를 내며 적극적으로 고개를 끄덕였다. 민구가 천천히 손아귀에서 힘을 빼자 녀석은 이를 딱딱 부딪치며 사실대로 털어놓았다.

"흐으으…… 경비 본부에…… CCTV 모니터가 있습니다……. 잘못했습니다……. 흐으으윽…… 이제 정말 잘…… 협조하겠습니다."

민구가 그렇게 놈에게서 답을 얻는 동안, 보안관은 복잡한 기분으로 민구를 보고 있었다. 보안 요원 놈이 가지고 있는 정보는 꼭 필요한 게 맞다. 그런데 사람을 장난감처럼 놀리며 괴롭히는 이놈의 태도는 마음에 들지 않는다.

하지만…… 어차피 그 자신이 민구의 역할을 했어도 비슷한 크기의 고통을 요원 놈에게 주면서 똑바로 불라고 다그쳤을 것이다.

그러니 사실은 빙글거리며 칼로 고통을 주느냐, 아니면 화를 버럭버럭 내며 두들겨 패서 고통을 주느냐의 차이밖에 존재하지 않는다. 그게 보안관의 마음이 복잡해진 이유였다.

반면, 진우는 아무렇지도 않은 표정이었다. 세상에는 저것보다 더한 괴물들도 많다. 그리고 이런 것들을 상대하면서까지 마음에 인정을 두고 싶지는 않았다. 도리를 찾다가 후회로 가슴을 치는 건 한 번이면 충분하다.

"몇 명이 있습니까? 그 경비 본부라는 데에."

진우는 탄창을 갈아 끼우며 보안 요원에게 물었다.

"예? 몇 명이냐고요? 그…… 지금 몇 명이 죽었습니까? 후우우…… 후우우…… 대기하고 있던 총인원은 열둘이었습니다. 그리고…… CCTV 기계를 조작하는 직원이 둘이고요."

정문 앞 주차장에서 다섯, 로비에서 셋, 계단에서 둘. 그럼 이제 경비 본부에 있던 전투 인원 중 살아남은 건…… 피를 철철 흘리며 대답하는 이놈과 또 다른 한 놈밖에 없다. 지원 병력이 온다고 해도 아직 도착하지 못했을 것이다.

이 건물 모든 곳을 속속들이 지켜본다는 건 엄청난 정보다. 그 능력이 상대방에게 있다면 당연히 싸움은 어려워진다. 마음껏 활개를 치려면 그 이점부터 무조건 내 것으로 만들어야 한다.

"내려가죠."

민구를 향해 진우가 고개를 끄덕였다. 민구는 보안 요원을 앞세워서 벽에 바짝 붙은 채 계단을 향해 걸어갔다. 언제라도 방아쇠를 당길 준비를 한 진우가 민구의 옆에, 그리고 삼숙이와 친구들이 그 뒤를 따랐다.

그롸아아아―.

주차장 쪽에서 좀비들의 포효가 들려온다. 아직도 타오르고 있는 불길 덕에 주변의 작은 좀비 무리들이 속속 태양 그룹 건물을 향해 몰려들고 있는 것이다.

03

폭발과 두 번의 정전이 이어졌을 때, 오 박사는 무슨 일이 일어나고 있는지 전혀 인지하지 못했다. 식사실에는 외부를 볼 수 있는 창문이 아예 없기 때문에, 그는 복도까지 뛰어나가서야 정전의 원인이 뭔지 깨달을 수 있었다.

"이…… 이게…… 이런 좆 같은……."

창문에 달라붙어 아래를 내려다보던 오 박사의 입에서 욕설이 흘러나왔. 넓은 주차장을 거의 가득 메우고 있던 태양광 발전 패널들이 완전히 박살 났다.

가로세로 1미터당 100만 원씩이나 하는 최첨단의 시설이 산산조각으로 부서진 채 검은 연기를 뿜어낸다.

총 피해 규모가 얼마나 되는지 감조차 오지 않을 만큼 심각한 타격이다. 그것에 비하면 파괴된 헬리콥터 같은 건 애교로 넘어가 줄 수도 있다.

"그럼 지금…… 보조 전력이 돌아가는 건가……."

오 박사는 초조하게 중얼거렸다. 메인 발전 모듈이 회복 불가능한 상태가 되어 버린 지금, 축전지와 화력 발전에 의지한다는 건 그에게 남은 시간이 별로 없다는 말과 같다.

등에 흐른 땀을 식혀 주는 에어컨의 바람이 갑자기 사치스럽게 느껴졌다. 현재 비축하고 있는 유류만으로는 이렇게 전기를 펑펑 쓰며 보름도 버티지 못한다.

물론 축전지가 있으니 그보다는 조금 더 여유가 있지만, 그래도 여전히 시간에 쫓길 수밖에 없다.

"왜 이런 거야? 대체 뭐가……."

단순한 폭발이라고 하기에는 너무 뜬금없는데…… 혹시 공격을 받았다고?

그것도 말이 안 된다. 이긴 정도의 공격력을 보일 수 있는 건 군대밖에 없다.

하지만 표면적으로 태양 그룹은 어젯밤 잠실의 군대를 도와서 수많은 사람들을 구출해 낸 협력 업체다. 갑자기 이렇게 공격의 대상으로 삼을 이유가 없다.

그리고 만약 정말로 군대가 공격을 하기로 마음먹었으면, 이렇게 몇 발만 갈기고 끝내지는 않을 거다.

"저게 뭐야! 좀비잖아!"

원인을 찾던 오 박사는 담장에 커다란 구멍이 뚫렸다는 걸 뒤늦게 깨달았다. 설상가상 그 사이로 좀비들이 뛰어 들어오고 있다.

"아, 이런…… 경비 본부에 연락해! 좀비들 잡으라고! 그리고 나머지 대원들도 다 소집해야 하는 거 아닌가?"

패닉을 일으키기 직전까지 내몰린 오 박사는 경비 본부와 무전으로 교신하고 있는 메이저에게 물었다. 메이저도 심각성을 느끼고 있던 터라 곧바로 대원들의 숙소를 연결했다.

"나다. 비, 비상 상황이다."

띠리리릭— 띠리리릭—.

몇 번이나 무전을 보내도 돌아오는 건 단조로운 전파 소리뿐이다. 아무도 응답하지 않는다. 메이저는 고개를 저으며 난감해했다.

"이, 이, 이빠이 꼴았나 본데? 하, 하, 하긴 아까부터 퍼, 퍼, 퍼마셨으니까."

오 박사는 얼굴을 감싸 쥐었다. 애초에 오늘은 마음껏 즐기고 마시라고 했던 게 자신이었으니, 누구를 탓할 수도 없다.

"후우우~ 그럼 깨워! 젠장, 무전도 못 받는 놈들인데, 그걸 깨워서 싸움이나 제대로 하겠어?"

"그, 그러지. 다, 다, 당장은 거, 걱정할 거 없어. 조, 좀비들…… 까짓것 몇십 마리인데…… 겨, 경비 본부에 있는 애들만 해도 여, 여, 열 명이 넘어. 추, 추, 충분히 제압 가능해. 그, 그, 그나저나 대체 이게 무, 무슨 상황이야? 뭐가 터, 터진 거야?"

메이저는 오 박사를 달래며 폭발에 대해 물었다. 담장에 생긴 구멍이 아무래도 너무 불길하다. 그냥 폭발이 일어난다고 해서 저런 형태로 콘크리트가 날아가 버리지는 않는다.

그랬기에 그 역시 첫 폭음을 듣자마자 군을 의심했다. 하지만 그들은 발목 잡힐 단서를 남기지 않아 왔다. 이런 식으로 다짜고짜 응징을 당할 리는 없다.

"몰라……. 모르겠으니까 일단 대원들 데리고 내려가서 아무거로라도 저 벽 막아 줘. 이러다가 건물 안까지 좀비 새끼들 들어와서 뛰어다니게 생겼어."

메이저의 어깨를 두드린 오 박사는 다시 식사실로 돌아갔다.

"보존소 갔던 놈들은? 아직 안 왔나?"

식사실 문을 열자마자 오 박사는 그것부터 물었다. 안에 남아 있던 직원들은 긴장한 얼굴로 고개를 끄덕였다.

"이런 개새끼들. 40분이면 시간도 넉넉하게 줬구만, 꼭 누구 하나 피를 봐야 일이 제대로 돌아가지. 어이, 너! 보존소로 가서 연구원들 데려와. 아직도 마냥 뭉그적거리고 있으면 이제는 괴물이고 그로테스크고 다 필요 없다고 해!"

오 박사는 직원 중 한 사람을 지목해서 보존소로 올려 보냈다. 공연히 자신에게까지 불똥이 튈까 봐 지목받은 직원은 전속력으로 복도를 내달렸다.

"마음에 드는 게 하나도 없어, 썩을!"

담배를 피워 물며 오 박사가 투덜거렸다. 이래저래 상황이 좋지 않다. 빨리 제대로 된 영상을 만들어서 군부로부터 대대적인 지원을 받지 않으면, 며칠 내로 생존에 대해 걱정하게 될 판이다.

만약 그 전에 마녀 개년이 와서 태양광 발전 패널이 다 작살난 걸 봐도 영 귀찮아질 테고.

"저기…… 오 박사님."

담배 연기를 내뿜는 오 박사에게 여직원이 떨리는 목소리로 말을 건다. 오 박사는 신경질적으로 대꾸했다.

"뭐? 왜?"

"아니…… 저기…… 이분, 오…… 같이 입히고 검사 밑으로 하셨어서……."

여직원은 테라를 가리켰다.

"아아, 그거……."

오 박사는 납득하는 표정을 지으며 테라의 복장을 살펴봤다. 조금 전 입었던 것보다 조금 더 짧고 타이트한 블라우스. 나쁘지 않다. 늙다리 장군들이 숨을 헐떡거리면서 동영상에 집중할 만한 비주얼이다.

재질이 실크가 아니라서 고급스러움이 좀 부족하지만, 피가 튀었을 때에는 오히려 이게 더 선명한 빨간색을 낼 것 같다.

'그래…… 대체 뭐가 걱정이야. 이런 보물이 내 손에 들어와 있는데…… 백신만 완성돼 봐라. 그까짓 태양광 패널, 여의도 전체를 다 덮을 만큼도 살 수 있다.'

고개를 숙이고 있는 테라를 보며 오 박사는 비로소 마음의 여유를 조금 되찾을 수 있었다. 그의 상상력을 총동원해도 이보다 가치 있는 면역자라는 건 기대하기 어렵다.

"좋아, 잘 골라서 입혔어. 너는 합격이다."

오 박사는 여직원을 칭찬해 주고 나서 테라의 턱을 살짝 들어 올렸다.

"이봐요, 테라 씨. 지금 여기에서 그렇게 잡아먹을 것 같은 표정을 짓는 건 봐줄 수 있어요. 당신이 아무리 마음속으로 저주하고 욕해 봐야 실질적으로 나한테 피해 오는 건 뭐 전혀 없으니까. 그런데 다시 촬영 시작했을 때에도 또 아까처럼 얼굴 가리고 구석에 짱박히면…… 나, 이거 몇 번이고 다시 찍을 겁니다. 그럼 그때 좀비들한테 던져지는 인간들은 전부 당신 때문에 죽는 거야. 협조하기 싫다는 당신의 그 알량한 자존심 때문에 죽는 거라고! 그거 하나만 명심해요."

오 박사의 말을 들은 테라의 눈빛에 증오가 가득 차오른다. 어떻게 인간이 이렇게까지 사악할 수가 있는가.

오 박사는 그녀의 볼을 손끝으로 쓸면서 이야기를 이었다.

"그러니까 좀 순종적으로 굴란 말이에요. 우린 앞으로도 아주 한참 동안 함께 있어야 하는데, 계속 이렇게 기 싸움이나 하면서 시간과 에너지를 낭비하고 싶진 않아요. 어차피 같은 길을 가야 하는 동반자끼리 서로 웃으면서, 이왕이면 즐겁게 지냅시다."

테라는 고개를 모로 틀어 그의 손을 피했다. 그러고는 머리를 쓸어 넘기는 척 하며 고인 눈물을 닦았다. 자신이 괴로워하면 할수록 이 악마 같은 인간이 더 기뻐한다는 걸 알고 있는데도, 자꾸만 눈물이 왈칵왈칵 맺힌다.

조금 전에도 '아주 한참 동안 함께 있어야 한다'는 말을 듣자마자 끔찍해서 몸서리가 쳐졌다.

이런 식으로 얼마나 더 견딜 수 있을지…… 불과 몇 시간밖에 지나지 않았는데 점점 자신이 없어진다.

오 박사와 헤어진 메이저는 긴 복도를 가로질러 엘리베이터에 올랐다. 대원들의 숙소가 있는 21층 버튼을 누르던 메이저는 미간을 찌푸리며 옆의 거울을 돌아보았다.

빨간 얼룩. 꽤나 잔뜩 묻어 있다.

"뭐, 뭐지?"

메이저는 그 빨간 얼룩에 손을 대 보았다. 끈적거린다. 그는 손끝의 냄새를 맡으며 주변을 돌아보았다.

이건…… 틀림없는 피다. 닫힘 버튼 주변과 손잡이, 벽면 아래, 그리고 바닥에까지도 피가 묻어 있다.

"피, 피가 왜…… 이, 이, 이런 데에……."

엘리베이터의 층수 버튼들 쪽으로 다시 고개를 돌린 메이저는 5층 버튼에서도 핏자국을 찾아냈다. 연구원들과 직원들 숙소가 있는 층이다.

"뭐, 뭔가 아주 구, 구린데?"

빠른 속도로 올라가는 엘리베이터 안에서 메이저는 이것이 어떤 상황인지를 파악하기 위해 애를 썼다.

누군가 피를 뚝뚝 흘릴 만큼 다쳤고, 그걸 수습하지도 못할 정도로 다급하게

5층으로 갔다. 의무실이 아니라 야간 교대조가 잠들어 있는 숙소로…….

조금 전의 폭발만큼은 아니지만, 이것도 꽤나 불길하고 이상한 일이다.

'애들 데리고 저기부터 내려가 봐야겠군…….'

메이저는 입술을 잘근잘근 깨물며 고개를 끄덕였다. 그러는 사이, 그를 태운 엘리베이터는 21층에 도착했다.

빠빠빠빠— 빠빠빠빠— 빠빠빠빠빠— 꿍짝꿍짝— 빠빠빠빠—.

엘리베이터 문이 열리기도 전부터 복도 전체를 뒤흔드는, 단조로운 신디사이저 음이 들려온다. 그리고 여자들의 비명과 남자들의 환호성도…….

21층에서는 EDM을 베이스로 삼은 광란의 파티가 벌어지고 있었다.

"으아, 시, 시끄러워. 이 미, 미친 새끼들!"

메이저는 인상을 찌푸렸다. 복도 끝 오른편에 위치한 작전 회의실의 문이 활짝 열려 있다. 그곳이 이 시끄러운 음악 소리의 근원이자 파티 장소인 모양이다.

"꺄아아악—!"

작전 회의실 밖으로 반라의 여자가 비명을 지르며 뛰어나온다. 그녀의 몸 여기저기에는 손으로 압박당했을 때 생기는 빨간 손자국이 나 있다.

"어딜! 하하하!"

곧바로 웃옷을 벗은 섀도 실드 대원 하나가 쫓아와 여자의 허리를 꽉 움켜쥐었다. 여자가 울음을 터뜨리며 발버둥을 쳐도 건장한 대원의 힘을 당해 낼 수는 없다. 대원은 여자를 복도 바닥에 밀어 쳐 엎드리게 하고, 곧바로 지퍼를 내렸다.

"하하하! 앙탈 부리는 거 봐라! 하하하! 그래, 더 해 봐! 안 되겠지? 팔이 부러질 거 같지?"

여자가 다시 일어나려 하자, 대원은 그녀의 팔을 꺾어 제압하며 큰 소리로 웃어 댔다. 그러다 자신을 향한 시선을 느낀 대원이 메이저 쪽으로 고개를 돌린다.

"어! 대장님! 이제 합류하십니까?"

대원은 해맑게 웃으며 엄지손가락을 척 들어 올렸다. 여전히 쿵쿵거리는 비트, 그리고 이 교성과 비명…….

메이저는 이놈들이 조금 전 무전에 응답을 하지 않았던 이유를 알 수 있었다. 너무 많이 취한 게 아니라 너무 시끄럽게 놀고 있었던 거다.

"다, 다른 놈들은?"

여자의 속옷을 잡아 뜯고 있는 대원에게 메이저가 물었다. 대원은 작전 회의실을 가리켰다.

"전부 다 저기에 모여 있습니다. 기쁨은 나누면 두 배가 된다고 하잖습니까! 큭큭큭!"

메이저는 녀석을 뒤로하고 작전 회의실로 들어갔다. 널찍한 회의실 안은 그야말로 난장판이었다. 회의용 탁자 위에서, 바닥에서, 그리고 프레젠테이션용 강단 위에서 여자들은 유린당하고 있었다.

혹시 반항하거나 달아나려고 드는 여자들은 호되게 내동댕이쳐진 뒤, 더 모진 꼴을 보아야 했다. 부분적으로나마 옷을 걸치고 있는 걸 보면, 최근에 잠실에서 잡아 온 사람들이다.

"다, 다, 다들 주목!"

메이저는 화이트보드를 탕탕! 두들기며 큰 소리로 외쳤다. 하지만 아무도 그 소리를 듣지 못했다. 최고 볼륨으로 틀어 놓은 강단 스피커에서 메이저의 목소리보다 훨씬 더 큰 음악 소리가 쿵쿵 울려 대고 있기 때문이었다. 눈앞의 여자들을 능욕하고 괴롭히는 일에 너무 몰두한 까닭이기도 했다.

또르르르—.

비워진 양주병이 바닥을 굴러 그의 발에 닿는다.

"새, 새끼들, 시, 신이 났구만, 신이 났어…….."

10여 명의 대원들이 그 배에 가까운 여자들을 잡아 와 야만의 향연을 벌이는 걸 보며 메이저는 씩, 웃었다.

모름지기 사내란 놀 때 이 정도는 해 줘야 호탕함을 기를 수 있는 법이라고 그는 생각했다. 하지만 지금은 마냥 그렇게 하도록 놔두고 볼 수 없는 상황이다.

틱―.

메이저는 일단 강단 스피커와 연결된 MP3 플레이어부터 중지시켰다. 천둥처럼 울려 대던 음악이 걷히자, 회의실 안에는 여자들의 훌쩍이는 소리와 애원, 그리고 남자들의 웃음소리만이 남았다.

"주, 주, 주목!"

메이저는 강단 마이크에 대고 큰 소리로 말했다. 삐익― 하는 소음과 그의 목소리가 동시에 퍼진다. 그제야 섀도 실드 대원들은 하던 일을 멈추고 앞쪽을 돌아본다. 메이저는 근엄한 목소리로 말했다.

"너, 너희들, 포, 포, 폭발하는 소리 모, 못 들었어?"

"아…… 네…… 들었습니다만, 비상이 걸린 것 같지는 않아서……."

한창 재미있게 놀던 중에 난데없이 문책을 받는 건가 싶어서 조장들이 머쓱해한다. 일부러 반대쪽 사무실까지 이동해서 창밖을 살핀 놈이 하나도 없는 모양이다.

메이저는 짐짓 화가 난 연기를 하며 구석의 의자에 웃옷과 함께 아무렇게나 던져져 있는 무전기를 내동댕이쳤다.

"으, 음악을 그, 그, 그렇게 크게 틀어 놨으니 이게 드, 들려? 응?"

대원들이 바지를 추스르며 주춤주춤 일어선다. 메이저는 성난 목소리로 말을 이었다.

"지, 지, 지금 정문이 뚜, 뚫려서 조, 좀비들이 뛰어 들어오는데, 그, 그년들 거시기가 누, 눈에 들어와? 너희 도, 도, 동료들은 조, 좆 빠지게 싸우고 있는데? 후우우~ 5분 내로 저, 전원 복장 가, 가, 갖추고 총기 보관소 앞에 지, 집합한다! 자, 자빠져 자는 새끼들 다 깨, 깨워!"

거기까지 말한 메이저는 마이크를 탁, 껐다. 회의실에서는 또 다른 종류의 대소란이 벌어졌다. 대원들은 비틀거리며 자기 옷을 찾아 입고 장비를 걸친다.

퉁퉁 부은 상처투성이 얼굴이 일그러진 걸 보니, 공연히 찍혔다가는 큰일 나겠다 싶어진 것이다.

"5층부터 머, 머, 먼저 드, 들른다."

무장을 하고 엘리베이터 앞에 집합한 대원들에게 메이저가 말했다. 아직 술이 덜 깬 상황에서도 대원들은 고개를 갸웃거렸다. 정문이 무너졌다더니, 갑자기 5층은 또 뭐란 말인가.

"초, 촉이 왔어. 뭐, 뭔가 이상해."

아래로 내려가는 엘리베이터 안에서 그렇게 중얼거리며 메이저는 권총을 꺼내 들고 슬라이드를 당겼다. 그의 태도와 엘리베이터 여기저기에 묻은 핏자국을 보고 다른 대원들도 MP5의 안전 모드를 3점사로 바꾼다.

핑ㅡ.

5층에 도착해 문이 열렸을 때, 점점이 떨어진 핏자국이 복도에 길게 이어져 있는 게 가장 먼저 눈에 들어왔다. 그리고 저 멀리 코너 안쪽에서 특유의 포효가 울린다.

그롸아아악ㅡ 가아악! 그롸악ㅡ!

"드, 드, 들었지?"

메이저는 한쪽 입술을 씰룩거리며 웃었다. 안색이 완전히 변한 대원들은 자신의 뺨을 **쫙쫙**, 때려 정신을 차리고, MP5를 앞세운 채 엘리베이터 밖으로 걸어 나갔다.

열두 명의 대원이 세 방향으로 나뉘어 진행되는 좀비 수색이 시작되었다.

"멈춰! 거기 서!"

방문 밖으로 뛰어나오는 흰 가운의 연구원을 보며 대원들이 소리쳤다. 하지만 연구원은 멈추지 않고 그들을 덮쳐 온다.

투투둑ㅡ 투투둑ㅡ.

대원들은 두 번째 경고 없이 곧바로 방아쇠를 당겼다. 연구원은 머리와 가슴에서 피를 내뿜으며 벽으로 날아가 나동그라졌다.

"더 있을 거야, 수색 계속해!"

연구원 좀비의 입술과 턱에서 말라붙은 핏자국을 발견한 조장은 자신의 조원들에게 긴장을 늦추지 말라고 명령했다. 그때, 메이저의 전술 조끼에 부착된 무전기가 울렸다.

― 띠리릭, 경비실장님, 하아아~ 경비실장님, 여기 경비 본부입니다. 띠리릭.

지하 1층의 경비 본부에서 거친 숨을 몰아쉬는 목소리가 다급하게 그를 찾고 있다. 호칭을 대장이나 메이저가 아닌 경비실장이라고 부르는 걸로 보아, 섀도실드 대원이 아니라 일반 직원인 모양이다.

"무, 무슨 일이야?"

― 띠릭, 저희 지금…… 공격받고 있습니다. 침입자가…… 공격을 해 왔는데…… 바로 문 앞에…… 하아아…… 이건 지금 긴급 구조 요청입니다! 띠리릭.

경비 본부 직원은 얼마나 당황스러운지 계속 숨을 헐떡이고, 좀처럼 문장을 끝맺지 못했다. 메이저는 다 안다는 듯 녀석을 달랬다.

"아, 조, 조, 좀비 나, 나, 난입한 거? 이미 파, 파악하고 있다. 고, 곧 지원 나갈 테니까 거, 걱정 말고 대기해."

아마 정문에서 보안 요원들이 정신없이 좀비들을 쏴 죽이는 동안 한두 마리가 계단을 따라 경비 본부까지 내려간 모양이라고만 생각했다. 하지만 돌아오는 대답은 전혀 다른 이야기를 한다.

― 띠리릭, 좀비가…… 아닙니다! 침입자입니다! 사람! 살아 있는 사람요! 무장하고 있습니다! 띠릭.

"사, 사람이라고? 뭐, 뭐야? 혀, 혀, 현장 대기 요원들이, 있었잖아? 조, 좀비 저, 저, 정리하러 나간 애들! 걔, 걔, 걔들 불러!"

그렇게 소리치며 메이저는 한쪽 귀를 틀어막았다. 5층에서 아직 진행 중인 좀비 색출 때문에 총소리가 시끄러워서 무전이 잘 들리지 않는다.

― 띠릭, 그 대원들…… 다 사살됐습니다. 지금…… 하아~ 하아~ 한 명만 남아서 이 방 안에 들어와 있습니다! 띠릭.

메이저는 엄청난 충격을 받았다. 지하 1층에서 대기하던 인원이 12명. 그럼 지금 그가 데리고 내려가는 인원의 수와 같다.

그런데 현재 남아 있는 섀도 실드 대원들의 3분의 1이 그 짧은 시간 만에 몰살당했다고?

덜컥 겁이 난다.

결국 군이 개입했구나…….

"그, 그, 그, 그 치, 침입자라는 놈들…… 뭐, 뭐, 뭐, 뭔데? 구, 구, 군인이야? 규, 규, 규, 규모가 얼마나 돼?"

다급한 마음에 말은 더 심하게 더듬게 되고, 메이저는 자기가 말을 하면서도 답답해서 미칠 것 같았다.

─ 띠리릭, 군인 아닙니다! 그냥…… 민간인들입니다! 총을 든 놈들도 보이긴 하는데…… 망치를 든 놈도 있고, 칼 든 놈도 있고, 계집애들이랑 개까지 섞여 있습니다. 전부 일곱 명입니다! 그리고…… 포로도 한 명 있습니다. 띠릭.

점점 더 요지경처럼 느껴졌다. 열두 명의 섀도 실드 대원이 그런 오합지졸들에게 이렇게 순식간에 몰살을 당했다니…… 말이 안 된다.

어쨌거나 메이저는 5층을 수색하던 대원들에게 돌아오라는 손짓을 하며 경비 본부를 진정시켰다.

"야! 너희들 돌아와! 지하로 간다! 빨리! 그리고 너! 문을 잠그고 버텨! 금방 간다!"

─ 띠릭, 그, 그게 안 될 것 같습니다! 해머로 계속 두들겨 대는데, 자물쇠가…….

직원은 무전의 송신을 끊지 않은 채 숨을 헐떡거렸다. 상황이 아주 긴박해진 모양이다.

가만히 귀를 기울이고 있자니, 무전기 너머 저쪽에서 정말로 콰앙─ 콰앙─ 쇠문 두드리는 소리가 전해졌다. 메이저는 엘리베이터 버튼을 누르며 소리쳤다.

"야! 지, 지, 지금 가, 간다! 버, 버, 버텨!"

하지만 지하 경비 본부의 직원은 아직도 송신 버튼에서 손가락을 떼지 않고 있는 모양이다. 메이저의 목소리는 그쪽으로 전달되지 않았다.

— 아아…… 어떡해. 열린다…… 닥쳐! 좀 조용히 하고 있어!

마이크를 통해 방 안의 목소리들이 고스란히 전달되어 온다.

걱정하는 직원들, 그리고 그들에게 짜증을 부리는 대원.

그림이 눈에 보이는 듯하다.

꽝—!

문이 거칠게 열리는 소리!

그리고…….

투투투투투투투— 투투투투투투— 투투투투투—.

MP5의 연발 총성이 들려온다. 이건 분명 하나 남아 있던 대원이 저항하는 것이다. 메이저는 라디오 중계를 듣는 사람처럼 잔뜩 긴장한 채 무전기에 집중했다.

투투둑—.

MP5의 총성이 잠시 끊기는 듯하자마자 곧바로 조금 다른 종류의 총이 발사되는 소리가 울렸다. 단 세 발. 그걸로 총성은 뚝 끊겼다. 대신 애원하는 직원들의 목소리와 개가 사납게 짖는 소리가 전해져 온다.

— 으아아악! 아아아! 살려 주세요! 살려 주세요!

— 얼! 얼!

"야! 으, 으, 응답해! 응답하라고, 이 개새끼야!"

무전기 저편에 닿지도 않을 말들을 외치며 메이저가 발을 동동 구르고 있을 때, 저편으로부터 아주 차가운 목소리가 들려왔다.

— 아가리 다물어. 너! 무전기 내려놔.

그리고 1초도 지나지 않아 교신은 끊겼다.

— 띠리릭.

분노로 일그러져 있던 메이저의 얼굴에 빠르게 공포가 번진다.

대체…… 뭐가 어떻게 되어 가는 거야…….

04

"살려 주십쇼! 사, 살려 주십쇼!"

두 직원은 납작 무릎을 꿇고 두 손을 어정쩡하게 든 채로 기계처럼 같은 말을 반복했다. 그럴 수밖에 없었다. 그들의 바로 앞에는 세 방의 총알을 맞고 얼굴이 아예 없어져 버린 섀도 실드 대원의 시체가 누워 있다. 콸콸 쏟아져 나온 피가 바닥을 타고 흘러 그들의 무릎을 적신다.

"너!"

민구는 두 놈 중 좀 더 나이가 들어 보이는, 수염 난 놈을 지목하며 CCTV 모니터를 턱으로 가리켰다.

"조금 전까지 통화하던 놈이 어떤 거야?"

벽면에 붙은 대형 모니터에는 수백 개로 잘게 나뉜 화면들이 보인다. 그 수백 개의 화면은 모두 이 건물의 이곳저곳을 보여 주고 있었다.

아무리 눈이 빠른 사람이라고 해도 짧은 시간에 모든 걸 파악할 수 없을 만큼 복잡하고 정신이 없다.

스릉—.

수염의 대답이 늦자 민구는 쿠크리를 뽑았다.

"저, 저겁니다! 5층! 엘리베이터 앞!"

수염은 칼을 보자마자 다급하게 외쳤다. 모니터 안에서는 얼굴이 괴물처럼 일그러진 검은 군복 놈이 졸개로 보이는 놈들을 두 개의 엘리베이터에 나눠 우르르 몰아넣는 중이다.

엉망으로 붓고 멍든 메이저의 얼굴을 보며, 민구는 그것이 잠실에서 자신에게 발길질을 퍼부었던 검은 군복이라고는 생각하지 못했다.

"저 엘리베이터가 어디에 있는 겁니까?"

화면을 보고 있던 진우가 물었다. 민구는 수염을 경비 본부 밖으로 끌어내서 위치를 가리키게 했다.

"저, 저깁니다! 저기!"

복도로 나간 수염은 북쪽 벽에 일렬로 위치한 네 개의 엘리베이터를 벌벌 떨리는 손가락으로 가리키며 소리를 질렀다. 그러고는 빨리 벗어나고 싶어 안달이 났다.

이 자리에 서 있다가는 문이 열리자마자 엘리베이터 안에서 갈기는 총알에 벌집이 될 게 빤하다.

"엘리베이터 두 대뿐이야? 더 나뉘지 않았어?"

벽 뒤에 몸을 숨긴 채 엘리베이터를 겨냥하고 있던 진우가 소리쳐 물었다.

"응! 아까 그대로야! 계속 내려온다!"

보안관이 대답했다. 엘리베이터 입구 위쪽의 전광 표시 숫자가 5에서 4로, 4에서 3으로, 다시 3에서 2로⋯⋯ 하나씩 줄어든다.

진우는 놈들이 타고 있는 두 개의 엘리베이터를 조준한 채 문이 열리기만을 기다렸다. 그의 발치에는 예비용 MP5가 대비되어 있다.

"야! 근데 저 새끼들 방패 들고 있어! 저거, 총알 막을 수 있는 건가 본데?"

보안관이 다급하게 추가 정보를 알린다. 진우는 전방에서 눈을 떼지 않은 채 무표정한 얼굴로 중얼거렸다.

"어디 막아 보라고 해."

띵―.

두 번째 엘리베이터가 먼저 도착하는 벨 소리를 울렸다.

스르릉―.

0.5초 정도의 딜레이를 두고 문이 양쪽으로 갈라진다. 보안관의 말처럼 폴리카보네이트 방패를 든 놈들이 가장 앞줄에 서 있다.

투투투투투투― 투투투투투― 투투투투―.

진우는 K-2의 모드를 연사로 두고 방아쇠를 당겼다. 레이저처럼 날아간 총알이 방패의 윗부분 한 영역만을 집중적으로 때린다.

티티티티팅— 티티티티팅—.

문이 채 다 열리기도 전에 벼락처럼 날아드는 총알! 게다가 사나운 기세로 한 점만을 때려 댄다. 그 엄청난 운동에너지! 두 손으로 단단히 방패를 붙잡고 있던 대원의 중심이 순식간에 꺾였다.

금이 쫙쫙 가서 너덜너덜해진 방패가 뒤쪽으로 확 기울며 방어책이 사라지자 곧바로 등 뒤에서 비명과 피가 동시에 터져 나온다.

"끄아아아악—! 아으윽!"

날아든 총알이 대원들의 몸통과 벽을 때린다. 엘리베이터 내부는 순식간에 피투성이 관처럼 변해 버렸다.

티티팅— 퓩퓩— 티티팅— 퓨퓨퓩—.

살과 뼈를 뚫고 들어가 총알이 박히고 꿰뚫는, 끔찍한 소리!

총격에 쓰러진 대원들이 내지르는 비명이 처절하게 울렸다. 소나기처럼 퍼부어지는 총알의 기세가 너무 사나워서 두 번째 방패 뒤에 몸을 숨기고 있던 대원도 고개를 들어 응사를 할 엄두조차 내지 못한다.

"아으윽! 닫아! 닫아!"

두 번째 방패를 든 대원이 두 팔에 힘을 줘 견디며 외쳤다. 옆구리가 터져 나간 채 쓰러져 있던 조장이 피투성이 손을 들어 아무 층이나 마구 누른 뒤, 필사적으로 닫힘 버튼을 연타했다.

퉁— 투퉁— 투투퉁—.

닫힌 엘리베이터 문을 총알이 두드리는 소리가 울려 댄다. 엘리베이터는 다시 위층으로 올라가기 시작했다.

"아으으으! 현재 상황 보고해! 부상자 누구야? 끄으윽!"

조장이 신음 소리를 섞어 가며 소리쳤다. 여섯 명의 대원 중 둘이 즉사했고, 둘이 관통상을 입었다. 머리가 박살 난 채 눈을 홉뜨고 죽어 있는 대원의 뇌가 뒤쪽 거울 전체에 확 퍼져 있다. 문이 열리고 불과 2, 3초 만에 벌어진 일이었다.

"뭐였습니까? 도대체 몇 명이나 되는 겁니까? 일곱 명이라고 하지 않았습니까? 그것도 계집애들 끼어 있는 오합지졸이라고!"

두 번째 방패를 들고 있던 대원이 물었다. 이 정도의 압도적인 화력과 마주하게 되리라고는 생각도 하지 않았다.

총으로 무장한 적과 싸우는 게 처음은 아니었다. 인간 사냥을 나가 보면 가끔씩 총을 구한 놈들이 마지막 저항으로 그걸 난사해 대기도 한다.

당장 어제만 해도 우체국에 숨어 있던 세 놈 중 한 놈은 몇 발 남지 않은 총을 마구 갈겼었다.

하지만 그가 경험했던 그 어떤 상대도 지금 저 복도 너머에 있는 놈처럼 하나의 점을 이렇게 빠른 속도로 집요하게 때린 적은 없었다.

두어 발 스치고 지나가는 총격과는 몸에 가해지는 충격이 완전히 다르다. 조장은 고개를 저었다.

"하아…… 하아…… 몰라. 아무것도 못 봤어……. 문이 다 열리지도 않았는데 곧바로 옆구리가…… 하아! 하아! 대장이 뭘 잘 모르고 했던 말인가 봐……. 모르겠어. 끄으윽!"

조장은 피가 콸콸 쏟아지는 옆구리를 잡고 고통스럽게 '모른다'는 말을 반복했다. 대신 그가 분명하게 알고 있는 한 가지가 있었다. 자신이 절대 저 지하 1층으로 다시 돌아가지 않을 거라는 사실이다.

철컥—!

첫 번째 엘리베이터를 격퇴한 진우는 곧바로 K-2의 탄창을 갈아 끼웠다. 기계 같은 정확도와 속도로 재장전이 끝났을 무렵, 두 번째 엘리베이터의 문이 열린다.

이번에도 진우는 문이 양쪽으로 갈라지기 시작할 때부터 그 좁은 틈을 노리며 방아쇠를 당겼다.

투투투투투투— 투투투투투투— 투투투투투투—.

메이저가 타고 있던 두 번째 엘리베이터에서는 외부에서 들려오는 총소리 때문에 총격전이 벌어지리라는 것은 이미 예상하고 있었다. 그래서 방패 두 개를 급하게 모으고 그 뒤에 한 대원이 MP5의 총구만 위로 내민 채 문이 열리기만을 기다리던 참이었다.

문이 열리는 것과 동시에 난사로 제압사격을 한 뒤, 방패를 앞세워 나간다는 계획이었다.

하지만 적의 총알은 그들의 반응 속도보다 더욱 빨리 날아왔다.

티티티티티팅— 티티티팅—.

투명했던 폴리카보네이트 방패의 상단부가 집중 타격을 받으면서 불투명한 흰색으로 너덜너덜하게 변했고, 방패를 맞고 튄 도탄들이 엘리베이터 내부로 불규칙하게 날아든다. 그럼에도 불구하고 MP5를 머리 위로 들고 있던 대원은 일단 방아쇠를 당겼다.

뚜르르르륵— 뚜르르르륵—.

하지만 빗발쳐 오는 총알의 힘을 이기지 못한 방패가 1초도 지나지 않아 뒤로 넘어가 버렸고, 방아쇠를 당기던 대원의 머리와 눈은 5.56㎜탄에 의해 관통되었다.

퍼억—.

뒷줄에 앉아 있던 사람들의 얼굴에 뼛조각과 피, 뇌가 확 뿌려진다. 뒤통수가 날아가 버린 대원의 시체는 MP5의 방아쇠를 당긴 채 뒤로 넘어갔다.

뚜르르르르르륵—.

통제에서 벗어난 총알이 빠르게 연사되며 엘리베이터 벽을 맞고 튕겨 나온다. 그 도탄만으로도 감당이 어려운 상황인데, 정면에서 날아오는 총알은 방패가 뒤로 꺾인 틈을 놓치지 않았다.

투투투투투투— 투투투투투—.

"아아아! 으으으으!"

팔다리가 날아가고, 내장이 터져 나온 대원들이 바닥을 기며 비명을 지른다. 두 번째 방패 뒤에 몸을 숨긴 채 방아쇠를 당겨 보려던 메이저도 욕설을 내뱉으며 부하들의 시체 사이로 기었다.

"씨발! 아으으! 씨발! 으, 으, 응사해!"

그러고는 아무렇게나 MP5를 난사하며 엘리베이터 버튼을 눌렀다. 몇 층으로 가는 건지 생각할 겨를도 없었다. 일단 이 지옥을 빠져나가야 한다.

뚜르르르륵— 뚜르르르륵—.

잠시 멈췄다 싶었던 적의 사격이 곧바로 다시 시작되었다. 메이저는 머리가 터진 병사의 시체를 방패처럼 내밀며 문이 닫히기만을 빌었다. 응사할 엄두조차 나지 않았다.

"컥!"

용감한 건지, 술에 너무 많이 취해 있어서 사리 분별이 안 되는 상황이었는지 모르지만, 어쨌든 과감하게 엘리베이터 벽에 숨어 응사해 보려던 대원이 외마디 비명을 내지르며 뒤쪽으로 날아간다.

뻥 뚫린 녀석의 눈을 보며 메이저의 이빨이 딱딱 마주칠 때쯤에야 엘리베이터의 문이 닫혔다.

끼이이잉—.

엘리베이터를 끌어 올리는 케이블의 소리가 구원처럼 느껴진다. 메이저는 부들거리는 손으로 자신의 몸을 더듬거렸다. 이 엘리베이터에 타고 있던 일곱 명 중 오직 그만이 한 발도 맞지 않았다.

"아아아악! 으으윽! 끄으으으!"

널찍한 엘리베이터 내부가 비명으로 가득 찼다. 살아남은 사람은 모두 세 명. 그중 하나는 허벅지의 근육이 다 터져서 너덜너덜해진 상태라, 언제 숨이 끊겨도 이상하지 않다. 녀석이 괴로움을 이기지 못해 몸을 챌 때마다 피가 주변으로 솟아오른다.

'도대체⋯⋯ 뭐였지?'

녀석의 뜨거운 피를 얼굴에 뒤집어쓰면서 메이저는 멍하니 조금 전의 전투를⋯⋯ 아니, 학살을 되짚어 봤다.

자신들은 대비를 하고 내려갔다. 전술적으로 완벽했다고는 할 수 없지만, 그래도 개인 화기만을 가지고 겨루는 싸움에서 그 정도면 나름 괜찮은 작전이었다.

두 패로 나뉘어 투입되는 병력, 그리고 처음의 몇 초 동안 적의 총알을 막아 줄 방탄 방패.

투명 방패 뒤에서 적의 위치를 파악한 사수가 연사를 하면…… 당연히 주도권과 우위는 이쪽으로 넘어와야 한다.

그런데…… 이 결과는 그의 예상치를 훌쩍 뛰어넘는 참혹함, 그 자체였다. 방패가 그렇게 쉽게 무너지고, 방아쇠도 제대로 당겨 보지 못한 상태로 거의 모든 병력이 궤멸되어 버릴 동안, 메이저는 적의 사수가 몇인지도 제대로 보지 못했다.

띵—.

메이저가 무작정 눌렀던 층수에서 엘리베이터가 멈춰 선다.

5층…… 지원 요청 무전을 받고 기세 좋게 출발했던 시작점으로 다시 돌아왔다.

"다, 다른 엘리베이터에 타, 타, 타고 있던 놈들은 어, 어떻게 됐지?"

문이 열리자마자 메이저는 밖으로 기어 나왔다. 지하 1층에서 따라붙은 죽음의 악령이 아직도 엘리베이터 내부에서 맴도는 것 같아, 일단 그 피투성이 상자 안에서 벗어나고 싶었다.

"대장! 끄으으! 대장!"

방패로 총알을 막았던 대원이 간절하게 메이저를 부른다. 방패 안에 끼워져 있던 녀석의 팔꿈치는 총알의 운동에너지를 이기지 못해 안쪽으로 부러진 상태다. 녀석은 부러진 팔을 덜렁거리며 메이저의 뒤를 쫓아 나왔다.

찌이익—.

녀석이 관통당한 다리를 끌자 바닥에 길게 혈흔이 남는다.

"아니…… 여, 여, 여, 여기가 아니라. 8층으로 도, 돌아가자. 오 박사를……."

복도에 엎어져서 숨을 헐떡거리던 메이저가 중얼거렸다. 왜 이렇게 모든 것이 꼬여 버렸는지는 아직도 모르겠지만, 여기 이 건물이 텄다는 것만은 확실해졌다.

담과 정문이 무너졌고, 병력의 3분의 2 이상이 순식간에 사살됐다. 1층은 물론이고, 5층까지 갑자기 좀비가 돌아다니고…… 이제 남아 있는 전투 가능 인원은 모두 다 긁어모아 봐야 열 명이 조금 넘는 수준이다.

더 이상 싸운다는 건 무의미하다. 엘리베이터 문이 열린 짧은 찰나의 겨루기에서 절실하게 느꼈다. 누군지 몰라도 이놈들과 싸워서는 못 이긴다는 걸…….

못 이길 상대에게 덤벼들 필요는 없다. 그럴 때는 일단 달아나야 한다.

메이저는 8층으로 돌아가서 오 박사와 그 면역자 년을 데리고 도망쳐야 한다고 결론을 내렸다. 그 둘만 있으면 어디로 도망을 쳐 몸을 의탁하든지 얼마든지 재기가 가능할 것이다. 옥상에는 아직도 헬리콥터 1호기가 있다. 그러려면 헬리콥터 조종사가 필요하다.

"헤, 헤, 헤, 헬리콥터 조종사 수, 수, 숙소가 몇 층이지?"

"끄으으…… 여깁니다. 5층. 연구원 애들이랑 같은 층을 씁니다. 반대편 복도쪽일 겁니다. 근데…… 대장, 경보부터 울려야 하는 거 아닙니까? 화재 알람이라도…….."

"아, 아니야. 조, 조용히 처리해야 돼. 헤, 헬리콥터 자리가 며, 몇 개 없어."

메이저는 고개를 저었다. 경보를 울려 사람들의 주의를 끌어 봐야 엘리베이터며 옥상이 붐비게 되어서 자신들이 탈출할 때 불편해지기만 한다. 그냥 최대한 빨리, 은밀하게 도망치는 게 최고다.

그는 피가 잔뜩 묻은 MP5를 들고 복도를 따라 걷기 시작했다. 대원이 피투성이 다리를 질질 끌며 그를 따랐다.

그롸아아아—!

5층 여기저기에서는 좀비들의 포효가 더 자주 들려오고 있었다. 아까 구조 요청 때문에 깨끗하게 정리하지 못하고 서둘러 내려갔던 탓이다.

"괜찮아? 다친 데는 없어?"

진우가 열세 명의 섀도 실드 대원을 모두 패퇴시키고 경비 본부로 돌아오자, 유빈이 걱정스러운 얼굴로 물었다. 진우는 담담하게 고개를 끄덕였다.

"음, 전혀."

그렇게 말하는 진우의 볼에서는 가느다란 핏줄기가 몇 개나 흘러내리고 있었다. 적이 MP5를 난사할 때, 천장의 조명이 깨지면서 그 파편이 얼굴을 할퀴고 지나간 흔적이다.

"다음엔 삼식이랑 나도 같이 쏠게. 암만 네가 잘 싸운다고 해도 그렇게 너 혼자 상대하도록 하는 게 아닌데."

"무슨 소리야? 위험해."

진우는 '천만에.'라는 표정을 지었다. 하지만 유빈과 삼식이의 생각은 흔들리지 않았다.

"총 잘 쏜다고 해서 날아오는 총알이 덜 위험해지는 건 아니지. 위험한 건 너도 마찬가지잖아. 우리 총 못 쏘는 건 알아. 하지만 일단 저쪽이 겁을 먹게 할 수는 있잖아."

유빈이 말했다. 객관적으로 틀린 말은 아니다. 복도의 양쪽에서 난사하면 적의 주의도 흐트러지고, 총소리가 울리는 동안에는 쉽게 머리를 들기도 어려울 거다.

"하아~."

한 번 깊이 한숨을 내쉰 진우는 결국 고개를 끄덕이며 주의 사항을 말했다.

"몸하고 머리는 복도 안쪽에 두고 총 끝만 내밀어서 갈기는 거야. 알았지? 맞히지 않아도 되니까 그렇게만 해. 너희는 하이바도 없고, 방탄조끼도 없잖아. 그러니 더 사려야 돼."

세 친구가 그렇게 사격 전술에 대해서 이야기를 하고 있을 때, 모니터를 노려보고 있던 태권 소녀가 말했다.

"지금 올라간 놈들 5층에서 멈췄어. 저기, 저 모니터야."

모두의 시선이 모니터로 향했다. 두 놈이 복도 안쪽으로 걸어 들어가고 있다.

"아까 먼저 올라간 놈들도?"

"아니, 그놈들은 18층으로 올라갔어. 여기 이 화면."

태권 소녀가 가리킨 모니터에는 18F-C2라는 글씨가 적혀 있다. 지금은 복도에 남은 핏자국만이 그들이 그곳을 지나갔다는 걸 보여 준다.

"의, 의무실이 있는 곳입니다. 치료하러 간 거예요."

민구가 슬쩍 돌아보자 겁에 질린 보안 요원은 묻지도 않은 질문에 대해 답을 해 줬다. 모니터 화면을 유심히 노려보던 유빈이 수염에게 물었다.

"저 엘리베이터들! 멈출 수 없나요?"

앞으로 계속 총으로 무장을 한 병력들이 엘리베이터를 타고 밀어닥치는 것도 문제지만, 그보다 먼저 이 건물 전체의 발을 묶어 두고 싶었다.

그렇게만 되면 여기저기에 있는 엘리베이터들을 모두 신경 쓰지 않고 계단으로 올라가는 일에만 집중할 수 있다.

"들었어?"

민구가 수염을 다그쳤다. 두 직원이 아주 짧은 시간 동안 슬쩍 얼굴을 마주 본다. 그러고는 수염이 대답했다.

"모, 못 합니다. 그런 기능 자체가 없습니다."

민구는 수염의 얼굴과 그 옆 애송이의 얼굴을 동시에 보고 있었다. 수염이 멈출 수 없다는 말을 하는 순간, 애송이의 얼굴에 당혹스러운 빛이 스친다.

거짓말이군…….

민구는 곧바로 수염의 배에 쿠크리를 찔러 넣었다.

"크헉! 어어억! 으읍!"

수염은 배를 끌어안고 무릎을 꿇었다. 놈의 손가락 사이로 피가 줄줄 흘러내린다. 찔린 수염과 보고 있는 애송이, 두 놈 모두 얼굴에서 핏기가 싹 가셨다. 그리고 뒤쪽에 서 있던 제니도 깜짝 놀라 흑, 하고 숨을 삼킨다.

"너는 할 수 있겠지."

민구는 수염의 피가 묻은 쿠크리로 애송이를 가리키며 말했다.

"네! 네! 잠시만요! 잠시만요!"

애송이는 기다시피 하며 계기판으로 달려가 엘리베이터 비상 정지 버튼을 눌렀다.

덜컹―!

애송이는 빠르게 손을 놀려 차례대로 모든 엘리베이터 가동을 중단시켰다. 두 번 생각할 여유 같은 건 없다. 약은 척을 하다가 수염이 어떤 꼴을 당했는지 똑똑히 지켜본 그에게는 별다른 선택의 여지가 남겨져 있지 않았다.

"다, 다 멈췄습니다! 이제! 엘리베이터 움직이는 거 없습니다!"

작업을 마친 애송이는 이마의 땀을 훔쳐 낸다.

끄으으으~ 으으으~.

수염은 여전히 배를 움켜쥐고 신음하는 중이다. 죽을 정도로 깊게 찌르지는 않았지만, 아마 두려움과 공포가 고통을 배가시키고 있을 터였다.

"테라가 안 보여요. 아까부터 아무리 찾아도…… 여기 나오는 화면이 이 건물 전부 다 보여 주는 건가요? 계속 좀비들만 뛰어다니고……."

열심히 모니터 화면을 훑고 있던 제니가 초조한 표정으로 중얼거렸다. 수백 개의 작은 화면들을 쉼 없이 옮겨 다니며 노려보느라 머리가 어질어질할 지경이다.

"오 박사라는 놈 방 화면이 어떤 거야?"

민구는 애송이의 어깨에 팔을 걸치며 물었다. 바깥에서 있었던 대화에 대해 모르는 진우가 묻는다.

"오 박사? 그건 누굽니까?"

"저놈 말이…… 오 박사라는 녀석이 테라를 데리고 있다더군. 15층이라고 했지?"

민구가 끄나풀 삼아 끌고 온 보안 요원을 가리켰다. 보안 요원이 고개를 끄덕였고, 애송이는 얼굴이 파랗게 질린 채 말을 더듬는다.

"그…… 그, 오 박사는…… 그 사람이 여기 책임자라서…… 자기 방이나 연구실의 CCTV를 뽑아 버렸습니다. 그렇게 작업한 데가 몇 군데 있습니다! 정말입니다! 아시잖아요! 말씀 좀 해 주세요!"

애송이는 보안 요원에게 협조를 구하며 간절히 외쳤다.

"네! 맞습니다! 저기…… 메이저 방도 그렇고…… 보존소나, 식사실도 그렇고…… 세균 배양 실험실도 그렇고…… 혹시라도 기록이 남으면 큰일 날 곳들은 다 CCTV가 없습니다."

보안 요원도 애송이의 말을 긍정하며 자신이 아는 걸 다 털어놓았다. 조금 전 엘리베이터 앞 총격전을 보고 그는 확실히 깨달았다.

이 새끼들은 엄청난 괴물들이다!

그전까지 그가 알던 최고의 괴물은 메이저였다. 사격 실력도 좋고, 육탄전도 잘하고, 심지어 나이프도 기가 막히게 쓰는 막강 전력.

그런데 이 새끼들을 보고 나니, 메이저는 그저 동네 노는 형 수준 정도로밖에 안 느껴진다. 그러니 얌전히 협조하고 그저 선처를 바라는 게 현재로서는 가장 생존 확률을 높이는 방법이다.

"그럼 걔는 화면에 안 보이는 곳 중 한 군데에 있다는 소리군. 지금 말한 데가 15층하고 또 몇 층이냐?"

민구가 물었다. 보안 요원이 기억을 더듬으며 대답하기 시작했다.

"에, 또, 카메라 없는 곳이…… 식사실은 8층이고요……."

"식사실? 밥 먹는 데? 거기는 왜?"

"좀 다릅니다……. 사람이 먹는 곳이 아니라, 좀비 밥을 주는 뎁니다. 그…… 작은 회장이 좀비로 변해 버려서, 황 회장이 그거 굶으면 안 된다고…… 그런데 지금은 아예 안 씁니다. 얼마 전에 작은 회장을 남쪽으로 싣고 갔어요."

보안 요원은 슬쩍슬쩍 눈치를 보며 식사실에 대해 설명했다. 그 비인간적인 시설 때문에 공연히 자신이 분노를 사게 될까 두려운 것이다.

하지만 그는 테라가 그곳에서 잔인한 동영상을 촬영하고 있다는 사실에 대해서는 전혀 모르고 있었다.

"그리고 또?"

"보존소라는 데는…… 좀비를 얼려서 보관하는 뎁니다. 그건 12층이에요. 세균 배양 실험실이라는 데는 16층…… 뭘 하는 데인지는 잘 모릅니다. 그리고 해부실이 있는데……."

보안 요원은 계속 주워섬겼다. 듣고 있는 동안 태권 소녀와 제니의 미간의 주름이 점점 더 늘어난다. 말도 안 되는 미친 짓이 정말 여러 군데에서 너무도 많이 벌어지고 있다.

"또, 그리고…… 샘플 보관실이라고…… 잡아 온 사람들을 가둬 두는 곳이 있습니다. 그냥 한 군데에 몰아 놓는 건데요……."

"그게 여긴가요?"

제니가 모니터를 가리키며 물었다. 어둑한 조명과 바닥의 재질로 보아 지하 주차장 정도 되는 것 같다.

사람들이다. 잡혀 온 사람들…… 어둑한 조명 아래 천 단위는 훌쩍 넘을 만큼 많은 사람들이 불안이 가득한 얼굴로 굳게 닫힌 셔터를 흔들고 있었다.

"아뇨…… 거긴 주차장입니다. 그건 요 며칠 잠실에서 데려온 민간인들……."

"세상에…… 저 사람들을 다 어떻게 해야 돼……. 혹시 테라도 저 안에 섞여 있으려나? 화면이 작아서 얼굴이 잘 분간이 안 되는데……."

태권 소녀가 입을 감싸 쥐며 중얼거렸다.

"헬리콥터가 몇 대나 떠서 겨우 데려온 애를 저렇게 방치했을 리가 없지. 아까 저 사람이 말했던 카메라 없는 층 중 하나에 있을 거야. 그 전에 일단 저 헬리콥터부터 박살 내 놓아야겠네. 저건 옥상인가요?"

유빈이 헬리콥터 1호기가 멈춰 서 있는 헬리포트 화면을 가리키며 애송이에게 물었다.

"그, 그렇습니다."

"그럼 옥상 먼저 들렀다가 15층, 12, 8…… 이런 식으로 쭉 훑으면서 내려오면 되겠다. 아까 보니까 엘리베이터 멈추는 스위치가 여러 개던데, 하나만 움직일 수도 있는 거죠?"

"네, 네…… 됩니다. 어떤 걸 가동시킬까요?"

"가장 가까이 있는 걸로."

유빈이 대답했다. 아드레날린이 넘치는 세 명, 보안관, 민구, 그리고 진우는 벌써 각자의 장비를 챙겨서 방을 나설 준비를 하고 있었다.

이제 이 더러운 악마의 소굴을 화끈하게 쓸어 버릴 시간이다.

긴급 수동 모드로 가동되는 화물용 엘리베이터는 빠른 속도로 올라갔다. 순식간에 32를 지난 표시 창을 보고 있으면서 삼식이가 걱정스럽게 중얼거렸다.

"근데 혹시 길이 엇갈리면 어쩌지? 우리가 올라가는 동안에 그놈들이 내려와서 도망가 버리거나 하면."

이 큰 건물에 계단이 한두 개도 아니고, 이론적으로는 충분히 가능한 일이다. 하지만 유빈은 자신만만하게 대답했다.

"설사 길이 엇갈린대도 밖으로 도망은 못 쳐. 지금 로비랑 주차장이 다 좀비밭인데, 우리가 훑고 내려올 동안 그걸 다 죽일 수도 없을걸? 만에 하나 용케 그럴 수 있다고 해도 멀리 도망치지도 못할 거고."

애초에 장벽을 박살 냈을 때부터 그런 걸 기대했었다. 몰려 들어온 좀비들이 경비견의 역할을 해 줄 수 있을 거다. 아군, 적군 가리지 않고 공격해 대는 위험한 경비견.

"……다 왔습니다. 문…… 엽니까?"

애송이가 땀을 삐질거리며 뒤를 돌아보고 물었다.

이놈들…… 대체 언제까지 자기를 끌고 다닐 건지…….

슬슬 불안해진다. 물론 배에 칼을 맞고 피투성이가 되어 화장실에 갇혀 버린 수염이나, 양팔이 다 피범벅이 된 채 끌려 다니는 저 보안 요원의 신세보다는 자신의 처지가 훨씬 낫긴 하지만…….

"잠깐만요. 준비 좀……."

유빈과 삼식이가 투명 폴리카보네이트 재질의 방패 손잡이를 꽉 잡고 자세를 낮추며 말했다. 경비 본부에서 가지고 나온 섀도 실드의 비품이다. 옥상 엘리베이터 문이 열릴 때, 혹시 습격을 받게 될지도 몰라 준비해 두었었다.

얼! 얼!

삼숙이가 밖을 향해 짖는다. 경계 중인 병력이 있다는 뜻이다.

"제니랑 혜주 잘 지켜 줘."

사격 준비를 마친 진우는 삼숙이의 머리를 쓸며 다정하게 당부했다.

드르르륵―.

화물 엘리베이터의 문이 위쪽으로 열리자마자 두 친구는 보폭을 맞추며 앞으로 뛰어나갔다. 그리고 그 뒤에 진우가 바짝 붙어 함께 움직였다.

나머지는 구조물 뒤로 모습을 숨겼고, 민구와 보안관은 반대편으로 돌아 달렸다.

탁탁탁탁탁―.

드넓은 옥상 위에 세 사람의 발소리가 울린다. 멀리 반 층 정도 위쪽으로 툭 튀어나온 헬리포트와 검은 헬기가 보인다.

"거기 뭐야?"

헬리포트 주변에 앉아 초조하게 담배를 피우고 있던 대원들이 깜짝 놀라 묻는다.

문답무용! 진우는 방패 위로 총구를 내밀며 방아쇠를 당겼다.

투투둑― 투투둑―.

이상한 낌새에 곧바로 MP5를 고쳐 잡으려던 두 명의 섀도 실드 대원들은 끅― 하는 짧은 비명과 함께 머리가 산산조각 난 채 뒤로 날아갔다. 세 친구는 계속 진형을 유지하며 뛰었다.

"엇! 저기!"

매의 눈을 가진 삼식이가 건물의 북쪽을 가리키며 얼른 자세를 갖춘다. 유빈도 녀석의 방패에 자신의 방패를 반쯤 겹치며 머리를 숙였다.

투투투투투투— 투투투투투— 투투투투—.

헬리포트 건너편, 경비 초소 그늘 아래에서 연사가 쏟아져 날아온다.

퍼버버벅— 피피핑—.

총알은 방패를 사납게 두들기고 지나갔다. 방패를 움켜잡은 팔이 떨어져 나갈 듯 찌릿찌릿하다. 근처의 콘크리트 구조물과 파이프들에도 총알이 맞고 튄다.

스릉—.

기척을 죽이며 다가간 민구는 오른손을 등 뒤로 돌려 쿠크리를 꺼냈다. 그러고는 그걸 왼손으로 옮겨 쥐었다. 10여 미터 떨어진 검은 군복 두 놈은 옥상을 가로질러 삼식이의 방패를 쏴 대는 것에만 몰두해 있다.

쉬이익—.

민구가 왼손을 힘껏 휘두르자, 초승달처럼 휜 쿠크리가 빙글빙글 돌며 빠르게 날아간다. 앞서 달리는 보안관을 스치고 지난 쿠크리는 방아쇠를 당기고 있던 대원의 목에 깊숙하게 박혔다.

"어어억!"

쿠크리가 박힌 대원이 총을 떨어뜨리며 비명을 지른다. 그의 옆에 있던 놈은 놀란 눈으로 자신의 동료를 돌아보았다.

웬 난데없는 칼이!

동료의 목에서 뿜어져 나오는 핏줄기와 커다란 쿠크리 나이프. 놈은 당황해하며 총구를 옆으로 돌렸다.

빠악—.

번개처럼 휘둘러진 보안관의 해머가 놈의 왼손과 MP5를 동시에 후려친다. MP5는 하늘 높이 날아가 버렸다.

손의 모든 뼈가 박살 나는 고통! 그 지독한 아픔에 놈이 비명을 내지르기도 전에 보안관의 제2타가 얼굴을 향해 날아든다.

콰작!

엄청난 속도로 내리꽂힌 해머의 무게 앞에서 방탄 헬멧은 아무런 기능을 하지 못했다. 두개골이 터지고 목이 으깨진 섀도 실드 대원은 맥없이 앞으로 쓰러졌다.

"하아아~ 하아아~."

 눈과 코에서 피가 터져 나온 시체를 보며 보안관이 숨을 헐떡였다. 친구들과 자신의 목숨이 걸린 상황이어서 앞뒤 가리지 않았지만, 역시 사람을 때려죽인다는 건 괴로운 경험이다.

"몇 번 더 하다 보면 익숙해질 거다."

 첫 번째 대원의 목에 박힌 쿠크리를 더 깊이 쑤셔 넣었다가 빼내면서 민구가 말했다. 놈에게 얕보인 것 같아 기분이 상한 보안관은 무뚝뚝하게 대답했다.

"나는 당신이랑 달라. 이런 거에 익숙해지고 싶지 않다고."

"그래? 하긴, 그렇게 센 척하다가 익숙한 새끼들 손에 뒈지는 것도 네 자유지……."

 민구는 무심하게 중얼거리며 쿠크리에 묻은 피를 바닥에 털어 내고는 다시 등 뒤의 홀더에 끼워 넣었다.

"그냥 내가 다 잡을 수 있었는데……."

 진우가 구조물들 사이로 걸어오며 말했다. 민구는 삼식이에게서 얻은 담배에 불을 붙인 뒤, 씩 웃었다.

 확실히…… 늘 화가 나 있는 저 고릴라보다 이 표정의 변화가 없는 놈 쪽이 훨씬 더 위험한 인간이다.

"어으, 무지하게 아파."

 유빈이 죽은 대원들의 목걸이를 빼서 주렁주렁 목에 거는 동안, 삼식이가 방패를 내려놓고 어깨를 주무르며 말했다.

"그래도 막 방패를 놓치거나 뒤로 넘어기기니 힐 징도는 아니었는데…… 아까 진우 총 맞은 놈들은 왜 그랬지?"

"저 총이랑 내 총이랑 쓰는 총알이 달라. 저건 그냥 권총탄이야. 당연히 방패에 맞을 때, 거기 전해지는 힘이 다르지. 그리고 나는 한 군데에만 몰아서 계속 쐈잖아. 그건 그렇고…… 이걸 이제 어떻게 부순다?"

삼식이에게 설명을 해 주며 헬리포트 위로 올라간 진우가 헬리콥터를 보며 중얼거린다.

헬리콥터의 조수석 문을 열고 잠시 내부를 들여다보던 진우는 몇 발 물러난 뒤, 조종간과 계기판을 향해 다짜고짜 방아쇠를 당겼다.

투투투— 투투툭— 투투둑— 투투투—.

난사를 당해 엉망으로 박살 난 계기판 안쪽에서 불꽃이 튄다. 그렇게 해 놓고도 부족했는지 진우는 방향을 바꿔 전면 유리창에 나머지 총알들을 전부 다 쏟아부었다.

유리가 엉망으로 금이 가서 도저히 앞을 볼 수 없는 상태가 되었지만, 진우는 탄창을 교환해 가며 계속 헬기에 총알을 퍼부었다.

딱 한 번 상대해 봤을 뿐이지만, 헬리콥터라는 건 꽤나 골치 아프고 무서운 적이다. 어떻게 방향이 바뀌고 어느 각도에서 총알이 날아오는지 도무지 종잡을 수가 없었다. 그러니 아예 떠오르지 못하도록 만드는 게 제일 좋다.

피지짓— 피짓—!

조금 전, 총알 세례를 받은 조종석 안에서 스파크가 튀며 조금씩 연기가 피어올랐다. 이제 이 헬기가 떠오를 가능성은 없어 보인다.

삼숙이가 지키고 있던 인질 둘과 태권 소녀, 제니와 합류한 친구들은 아래로 이어지는 계단의 문을 열었다.

05

"뭐지, 이 개새끼들? 대체 뭘 하고 있는 거야?"

오 박사는 짜증을 부리며 신경질적으로 바닥에 담배를 비벼 껐다. 그로테스크한 좀비를 찾아오라고 보낸 놈들도, 그놈들을 데려오라고 보낸 놈들도…… 다 돌아오지 않는다.

그는 내선 전화기로 15층 자신의 연구실에 딸린 연구 부서를 연결했다.

"나다!"

오 박사는 저쪽에서 수화기를 들자마자 짜증스러운 목소리로 말했다. 여자 연구원이 그의 목소리를 알아듣고 물었다.

― 오 박사님! 어디 계셨어요? 엄청 찾았습니다. 조금 전, 그 폭발 무슨 소리였습니…….

"닥쳐! 너 궁금증 풀어 주려고 내가 전화했겠어? 내가 네 비서냐? 너, 지금 당장 12층으로 가서 거기 놈들 다 데리고 나한테 와. 나 지금 8층 식사실에 있으니까."

그러고는 상대방이 대답하기도 전에 탁, 소리를 내며 수화기를 내려놓았다. 그의 기분이 안 좋아짐에 따라서 방 안의 분위기는 급격하게 가라앉았다.

네 명의 섀도 실드 대원을 제외한 나머지 인원들은 괜히 기가 죽어서 고개를 푹 숙이고 있다.

"개새끼들이 말이야…… 무슨 백화점으로 쇼핑 나들이를 간 줄 아나…….."

오 박사가 분을 못 이겨서 씩씩거리고 있을 때, 내선 전화가 울렸다. 수화기를 집어 들고 응답하던 직원이 쭈뼛거리며 오 박사를 바라본다.

"저기…… 오 박사님. 조금 전에 통화하셨던 그 연구원이라고……."

"뭐어?"

오 박사는 이마를 찌푸리며 직원의 손에서 전화기를 잡아챘다.

"야이, 개년아! 내가 너한테 전화하라고 했어? 12층 가서 데리고 오라고 했지! 응? 그 간단한 명령을 수행 못 해? 사람 말을 똥구멍으로 처듣냐?"

― 아…… 오 박사님…… 그렇게 히려고 헸느데…… 엘리베이터가…….

여자 연구원은 갑자기 쏟아지는 욕설에 깜짝 놀라 기죽은 목소리로 중얼거렸다.

"엘리베이터가 뭐! 어떻게 하라고?"

— 엘리베이터가 먹통입니다……. 한 대도 안 움직여요……. 그래서 일단 그 사실부터 미리 말씀드리고 출발해야 기다리시지 않을 것 같아서…….

"……뭐라고?"

당혹스럽게 묻는 오 박사의 목소리에서 분노가 걷힌다.

또 불길한 징조…….

오 박사는 숨을 몰아쉬며 물었다.

"어느 섹션 엘리베이터 말하는 거야? 우리 연구실 앞에 그 A섹션?"

— 다른 데도 다 마찬가지였습니다……. B랑 C섹션도…….

철컥.

오 박사는 급하게 전화를 끊고 지하의 경비 본부를 연결했다. 열 대가 넘는 엘리베이터가 동시에 고장 난다는 건 불가능하다. 뭔가 잘못되었다. 그게 뭔지 경비 본부는 알고 있을 것이다.

뚜루루룩— 뚜루루루룩— 뚜루루룩—.

단조롭고 지루한 통화 연결음이 계속 울려 댄다. 초조하게 기다리던 오 박사는 수화기를 곁의 직원에게 넘겨주며 말했다.

"계속 연결해. 전화받으면 엘리베이터가 왜 가동되지 않는 건지 물어봐. 그리고 나 올 때까지 끊지 마."

오 박사는 식사실 밖으로 뛰어나갔다. 긴 복도를 내달려 엘리베이터 앞에 도착한 오 박사는 오르고 내려가는 모든 버튼을 다 누르고 표시판을 살폈다. 표시판의 숫자들은 조금도 변함이 없이 그대로 정지해 있다.

"이게…… 뭐야……. 왜 이래?"

오 박사의 얼굴이 점점 땀으로 뒤덮여 갔다. 이런 상황이 뭘 의미하는 건지…… 정확하게는 모르겠다. 그래서 더 불안하고, 불길하다. 지은 죄가 많은 그로서는 당연히 무서운 것도 많았다.

"근데…… 메이저 이 새끼는 뭘 하고 있어? 구멍은 다 막았나?"

반대편 복도로 뛰어간 오 박사는 창문에 이마를 박고 아래층을 내려다보았다. 장벽은 여전히 커다란 구멍이 뚫린 채 그대로 방치되어 있고, 주차장 안을 배회하는 좀비들의 수는 더욱 늘어났다. 반면에 단 한 명의 아군 병력도 보이지 않는다.

메이저까지…….

점점 더 커지는 압박감에 오 박사의 관자놀이에는 핏줄이 도드라졌다.

"하아아~ 하아아~ 씨발."

숨을 헐떡이며 식사실 안으로 뛰어 들어온 오 박사는 섀도 실드들에게 손을 내밀며 물었다.

"너희 대장이랑 무전으로 교신 좀 하자. 무전기 내놔."

"무전기요? 없습니다. 빌딩 내로 귀환하면 대장님하고 경비를 서는 당직 대원들 외에는 모두 무전기와 총기를 반납합니다. 그게 규정입니다."

섀도 실드 대원들은 당연하다는 얼굴로 대답했다.

"뭐어? 총기는 그렇다고 쳐도 무전기는 왜? 그러면 너희는 평소에 대장이랑 어떻게 연락해? 급한 용무가 있을 때 어떻게 연락하냐고!"

"급할 때…… 뭐, 주로 숙소에 계시니까 거길 찾아가면 되고요……. 아니면 경비 본부에 연락을 해서 거기에서 무전을 보내거나…… 숙소에도 호출 가능한 무전기가 있습니다."

아찔해진 오 박사는 이를 빠득 갈며 눈을 감았다.

이런 씨발…… 뭐, 이렇게 좆 같은 경우가 다 있단 말인가. 경비 본부는 아직 연락을 받지 않고, 직원 숙소에 있는 대원들을 싹 다 끌고 내려가라고 한 건 자신이다. 의존할 수 있는 가장 강력한 무력 수단과 연결이 끊어져 버리자 갑자기 소름이 돋아 오른다.

"그래…… 알았어. 그렇단 말이지? 너! 너는 섀도 실드 숙소에 가서 일단 무전기하고 총, 인원수대로 챙겨 와. 아, 엘리베이터가 안 움직이니까 계단으로 가야 돼. 서둘러."

오 박사가 말했다. 지목을 받은 섀도 실드 대원은 떨떠름한 표정이다.

씨발, 30분 정도만 걸린다고 해서 테라 구경이나 할 겸 흥분되는 파티도 잠시 거르고 여기로 왔는데…….

여기는 8층, 대원 숙소는 21층. 열세 개 층을 뛰어 올라가서 무거운 무기들을 챙겨 또 돌아와야 한다니, 기분 좋은 심부름은 아니다.

대원이 오만상을 찌푸리며 방을 나간 뒤에, 오 박사는 미친 사람처럼 방 안을 오가며 뭘 해야 하는지 고민했다.

지금 그에게 주어진 이 비일상적인 현상들을 모두 연결하면 어떤 결론을 내릴 수 있을 것인지…… 그는 입술을 잘근거리며 뇌를 풀가동했다.

"폭발…… 그리고 경비 본부 마비…… 엘리베이터 가동 중단…… 아, 그러면…… 12층에 갔던 놈들은…….”

보존소에 갔던 놈들도 그로테스크한 좀비를 싣고 돌아오다가 엘리베이터가 멈춰 서는 바람에 갇혀 버린 것이 아닐까 하는 의심이 잠시 머리를 스쳤다.

이해해 보려고 하면 가능성이 아예 제로인 것은 아니다. 재촉하러 갔던 놈이 네 놈과 함께 좀비를 끌고 엘리베이터를 막 탔는데 멈췄다면…… 그렇다면 그건 이상한 일에서 제외해 둬도 무방한 건가…….

오 박사가 거기까지 생각했을 때, 조금 전에 방을 나갔던 섀도 실드 대원이 비명 소리와 함께 문을 열고 뛰어 들어왔다.

"으아아! 으아! 으으! 하아! 하아!"

"어흑!"

뛰어 들어온 대원과 부딪친 연구원들이 뒤로 밀려 벽을 짚는다. 대원은 방 안에 들어와서도 고개를 들지 못하고 엎어진 채 숨을 헐떡거리고 있다.

"뭐야, 대체? 왜 그래? 너희들 오늘 단체로 무슨 약이라도 처먹었어?"

오 박사는 짜증을 부리며 물었다. 섀도 실드 대원은 문밖을 가리키며 말을 더듬는다.

"계, 계단에! 계단이 온통! 하아! 하아!"

"계단이 뭐! 말을 해!"

"계단이…… 하아! 다 좀비 천지입니다! 좀비들이 존나게 돌아다닌다고요! 하아! 하아! 으아, 죽는 줄 알았네! 으아, 놀래라!"

"……뭐라고?"

오 박사가 믿을 수 없다는 듯 되물었다.

좀비가…… 계단을 돌아다닌다고? 어째서?

물론 이 건물에는 좀비들이 엄청나게 많지만, 전부 다 안전하게 보관되어 있다. 실수로라도 그것이 풀려날 가능성은 제로에 수렴한다.

그렇다면 1층에서부터 올라왔다고?

아니, 그것도 말이 안 된다. 1층의 오픈식 계단은 3층까지만 이어진다. 외부인의 출입을 차단하기 위해 3층의 계단 출입구는 스캐너에 아이디 카드를 댄 후에야 열 수 있다.

"몇 마리나 되는데?"

"몇 마리고 자시고 셀 필요도 없어요. 그냥 계단이 위아래로 다 좀비들이란 말입니다!"

"어느 계단이 그 모양이야?"

"A섹션이요. 하아, 하아~!"

대원은 기억을 되살리는 것 자체가 불쾌하다는 듯 불손하게 대꾸했다. 오 박사는 잠시 녀석을 노려보다가 다른 대원들에게 명령했다.

"……들었지, A섹션은 못 쓴다는 말. 하지만…… 다른 섹션 계단으로 가면 될 거야. 무슨 일인지는 모르겠지만, 계단들은 다 독립되어 있으니까…… 얼른 다녀와."

"만약 거기도 상황이 똑같으면 어떡합니까?"

네 명 중 조장이 물었다. 오 박사의 입에서 비보 길은 대답이 나왔다.

"……아닐 거야."

대원들은 쉽사리 움직이려 들지 않는다. 오 박사가 생각해도 설득력이 없는 대답이었다. 어떻게 하면 이놈들을 꼬드겨 총을 가져오게 할 수 있을까에 대해 고민하고 있을 때, 그의 신경을 긁는 소리가 울렸다.

삐잉— 삐잉—.

그러고 보니 조금 전부터 이 소음이 계속 들려왔었다. 오 박사는 엉뚱한 곳에 화풀이를 하듯 직원들을 향해 소리를 질렀다.

"뭐야! 이 삑삑거리는 소리 뭐냐고? 응?"

"네?"

직원들은 서로 얼굴을 마주 본다. 다들 오 박사와 섀도 실드 대원의 이야기에 집중해 있느라 소음을 인식하지도 못했다.

"어? 이게 왜……."

아래층의 모니터를 돌아본 직원이 깜짝 놀란다. 좀비들을 몰아 가둬 뒀던 방의 격벽이 열려 있다. 조금 전 방 안으로 뛰어든 섀도 실드 대원과 부딪쳤을 때, 누군가 벽을 짚으며 스위치를 건드린 게 분명하다.

그롸아아아—.

유심히 들어 보니 닫혀 있는 크레인 바닥 틈으로 좀비들의 울음소리도 희미하게 들려온다. 입구의 대원들에게만 집중되어 있던 시선이 반대편으로 돌아갔다.

아래층을 환히 보여 주는 사선의 유리 바닥 너머, 식사실로 들어와 배회하고 있는 좀비들의 모습이 보인다.

"야이! 개새끼들아! 가뜩이나 정신없는데 그건 왜 건드려, 왜? 당장 좀비들 격벽 안으로 들여보내!"

오 박사는 직원들에게 쌍욕을 퍼부은 후, 카메라와 연결되어 있던 노트북을 빼 들었다.

비주얼적인 박력이 좀 부족하기는 하지만, 어쨌든 여기에는 테라가 희한한 면역자라는 증거가 담겨 있다. 동영상이 제대로 있나 확인해 본 오 박사는 테라를 돌아보았다.

완전히 탈진했는지, 그녀는 가느다란 두 다리 사이에 고개를 박은 채 멍하니 앉아 있다. 주변의 혼란이 전혀 귀에 들어오지 않는 눈치다. 오 박사는 섀도 실드 대원들에게 다가가서 목소리를 낮춰 말했다.

"이봐…… 너희들…… 지금 혼란스럽고 겁도 나겠지만, 저기 앉아 있는 저년…… 저년하고 이 노트북, 그리고 내 머릿속에 들어 있는 그간의 연구 실적만 있으면 우리는 어디를 가든 떵떵거리며 큰소리치고 살 수 있어. 내가 무슨 말 하는 건지 알겠어? 총을 가지러 가자. 저기…… 저 샘플 새끼들 보이지? 저걸 줄로 묶어서 끌고 가다가 계단에서 혹시 좀비를 만나면 하나씩 먹이로 던져 주면 돼. 열세 층이라야 금방이야."

섀도 실드 대원들은 철창 안에 들어 있는 사람들을 돌아보았다.

먹이로 던져 촬영을 하고 남은 건 모두 합쳐 열넷.

아슬아슬하다. 동시에…… 될 것도 같다. 여기 가만히 버티고 있어 봐야 별로 나아질 것 같지 않다는 사실이 그들로 하여금 무리한 모험에 대해 고민하게 만들었다.

"이 일만 성공하면 너희들은 더 이상 이런 짓 하지 않아도 돼. 메이저 바로 아래에서 총지휘만 해. 군인들을 잔뜩 부리게 해 줄게. 아니지, 메이저가 돌아오지 못하면 서열도 하나씩 더 올라가야지. 가자! 더 늦기 전에 가서 총 가지고 헬리콥터 타고 도망가는 거야!"

대원들의 마음이 흔들린다는 걸 눈치챈 오 박사는 그들의 욕망을 자극했다.

그들 다섯 명이 그렇게 소리 죽여 모의를 하고 있을 때, 대부분의 직원들은 그들이 무슨 말을 하는 건지 엿듣기 위해 온 신경을 집중하고 있었다. 혹시 자신들이 미끼로 사용되는 건 아닐까 하는 두려움 때문이었다.

좀비들을 격벽 안으로 꼬드겨 들이기 위해 건너편 방의 크레인을 조절하던 직원도 정신의 반은 오 박사 쪽으로 가 있었다. 그러다가 실수로 크레인을 너무 내려 버렸다. 좀비의 손에 닿을 만큼 아래로 내려진 미끼용 인간의 사지가 처참히 뜯겨 나간다.

"어흑!"

모니터를 보고 있던 직원은 얼른 크레인을 끌어 올리고 바닥 해치를 닫은 뒤, 다른 사람들 틈에 섞여 버렸다.

일단 자신이 이 일과 무관하다고 발뺌해야겠다는 생각이 가장 먼저 들었고, 그래서 아예 모니터도 꺼 버렸다. 다른 직원들은 그가 언제 자신의 옆으로 왔는지도 모를 만큼 오직 오 박사의 말소리에만 집중해 있었다.

하지만 그때, 그 방에서 단 한 사람만은 직원이 크레인을 어떻게 움직이는지, 바닥의 해치를 어떻게 여닫는지 아주 유심히 관찰하는 중이었다.

테라였다.

테라는 수그린 얼굴을 두 팔로 감싸 안고 자신의 시선을 감추면서 아무것도 보지 않는 척, 직원의 손놀림과 모니터 안의 변화를 전부 다 머릿속에 새겨 넣었다.

비록 그 직원이 조작한 것은 격벽 너머 다른 방의 크레인이지만, 이 방의 것과 조작 방법이 다를 것 같지는 않았다.

테라는 눈을 치켜뜨고 아주 조심조심 자리에서 일어났다. 그러고는 천천히 스위치가 있는 쪽으로 가까이 다가갔다.

"지금 당장이야 좀비들이 돌아다닌다고 하니까 조금 무섭겠지만, 총만 들어 봐. 그까짓 거 아무것도 아니라고……. 그렇잖아. 너희들 넷이 기관단총으로 갈기면, 좁은 계단에 좀비들이 달려 올라와 봐야 그냥 개죽음으로 끝이야. 그러니까 조금만 용기를 내면……."

오 박사는 아직도 섀도 실드 직원들을 설득하는 데 여념이 없다. 테라는 오 박사와 직원들을 노려보면서 바닥의 해치를 여는 스위치를 곁눈질했다.

이 빌딩에 뭔가 큰 위기가 닥친 게 분명하다. 그리고 저들은 자신을 데리고 여기에서 탈출하려 한다.

민구가 아는 것은 자신이 여기에 있다는 것까지다. 만약 그녀가 또 다른 곳으로 끌려가 버린다면, 세상에 그녀의 행방을 아는 사람은 단 한 명도 없어진다.

그렇게 구조받을 가능성이 제로인 채 잔인하게 정신적 고문을 받으며 계속 버틸 자신은 없었다. 그럴 바에야 모험을 거는 편이 낫다. 물론 민구에게 항체가 전해졌는지 어떤지도 불확실하지만…….

찰—칵!

테라는 아주 조심조심 천천히 안전장치를 해제하고 바닥의 스위치를 올렸다. 스위치 스프링이 울리며 나는 찰칵, 소리가 그녀에게만은 천둥소리처럼 들렸다.

끼이이이잉—.

크레인 아래 해치가 요란한 소리를 내며 양쪽으로 벌어진다.

'왜 저렇게 느리게 열려…….'

테라는 발소리를 내지 않기 위해 애를 쓰며 벽에 붙어 크레인 쪽으로 걸었다. 저 변태 박사가 신발을 빼앗아 버린 게 이럴 때는 오히려 도움이 되었다.

"이게 뭔 소리야?"

그 순간, 오 박사와 섀도 실드 대원들이 뒤를 돌아본다.

들켰다!

"어! 저, 저게 왜? 저년이!"

그녀를 붙잡기 위해 손을 뻗으며 뛰어오는 직원들, 그리고 오 박사.

고양이 걸음을 걷고 있던 테라는 힘차게 크레인을 향해 내달렸다.

"야이 개년아!"

오 박사의 욕설! 그리고 섀도 실드 대원의 재빠른 움직임!

테라는 그 모든 악마들을 뒤로하고 열심히 뛰었다.

그녀는 어젯밤을 꼬박 새우며 거의 아무것도 제대로 먹지 못했고, 밤새 체력이 고갈될 정도로 뛰고 또 뛰었었다.

그리고 새벽녘에는 민구에게 피를 나눠 주고, 조금 전까지 인간이 견딜 수 있는 극한까지 끔찍한 시각적 대리를 견뎌야 했다.

그렇게 지친 상태이니 당연히 속도가 나지 않는다. 마음보다 훨씬 더 느리게 팔다리가 움직이고, 바로 코앞처럼 보이던 크레인까지가 한없이 멀게만 느껴졌다.

"잡……아……!"

대원들의 고함 소리가 느린 화면 속의 음성처럼, 물속에서 울리는 소리처럼 들려온다. 모든 것이 아주 느리게 움직이고, 동시에 또렷하게 보인다.

벌어진 바닥의 해치, 그 아래로 돌아다니는 좀비들의 부패한 몸뚱이, 그리고 맞은편 유리에 희미하게 반사되어 비치는 오 박사의 분노한 표정까지…….

테라는 그녀에게 남은 모든 에너지를 바닥까지 끌어모아 집중시켰다.

부웅─.

도움닫기를 한 그녀가 열린 해치를 향해 몸을 날렸다. 바닥에 떨어질 때 다치게 되지는 않을까 하는 걱정 따위는 들지도 않았다.

"잡았다!"

섀도 실드 대원이 외쳤다. 그는 하늘에 떠오른 테라의 허리를 우악스럽게 움켜쥐며 뒤로 당겼다.

하지만…… 이미 중력은 그녀의 편이었다. 테라의 몸은 빠르게 해치 아래로 떨어져 내렸고, 그녀를 끌어 올리려던 대원도 중심을 잃고 테라와 함께 아래로 곤두박질쳐졌다.

쿠웅─.

작은 회장의 부상을 막기 위해 설치했던 푹신한 바닥에 두 사람이 떨어져 내렸다. 엉덩방아를 찧은 테라가 고통을 참으며 황급하게 기어서 도망간다. 바닥을 짚고 일어나는 섀도 실드 대원의 얼굴에는 당혹감이 가득하다.

여기는……!

그로아아아아아─.

사방에서 덮쳐 오는 좀비들의 울음소리!

대원은 본능적으로 대검을 빼 들었다.

사악─.

가장 앞서 달려들던 좀비의 얼굴을 대검이 가르고 지나간다. 하지만 그런 부상은 좀비에게 아무런 문제가 되지 않음을 그도 이미 알고 있다. 좀비는 대원의 팔을 움켜쥐고 상완이두근에 이빨을 박아 넣었다.

"끄으윽! 이익!"

대원은 좀비를 뿌리쳐 보려고 안간힘을 썼다.

찌이익—.

피부가 찢겨 나가면서 팽팽해져 있던 붉은 근육이 고스란히 드러난다.

"아으윽!"

이제껏 한 번도 겪어 보지 못한 크기의 고통에 대원은 몸서리를 치며 경련했다. 그런 그의 뒤쪽에서 또 다른 좀비가 머리를 누르고 목을 물어뜯는다.

까드득—.

자신의 피부와 근육이 뜯겨 나가는 소리가 고스란히 귀를 타고 전해졌다. 대원의 동공은 고통과 공포로 인해 엄청나게 확장됐다.

콱—.

세 번째 좀비가 그의 왼팔에 달려든다. 그리고 그다음부터는 어디를 어떤 놈이 물어뜯는지 알 수 없을 만큼 수많은 좀비들이 한꺼번에 그를 덮치며 이빨을 박아 넣었다.

옷은 산산조각으로 찢기고 옆구리에서는 내장이 툭툭, 소리를 내며 바닥에 떨어진다.

푸슈숫—!

경동맥이 뜯겨 나가자 피가 천장에 닿을 만큼 강력하게 솟아올랐다. 대원은 눈을 홉뜬 채로 더 이상 움직이지 못했다.

콰드득! 우드득! 꿀쩍! 꿀쩍! 찌이익—!

좀비들의 만찬은 주변을 피바다로 만들며 계속되었다. 조금 전까지만 해도 기세 좋게 '잡았다!'를 외쳤던 동료기 치참하게 죽어 가는 걸 보며, 위층의 섀도실드 대원들과 직원들은 마른침을 꿀꺽 삼켰다.

"이…… 이…… 개년이……."

오 박사는 씩씩거리며 욕설을 내뱉었다. 상황 파악이 조금 늦었다. 여러모로 정신이 없는 상황이었지만, 일이 이 지경까지 흐른 제일 큰 이유는 바로 그것 때문이다.

크레인 바닥이 열리는 걸 보고 있으면서도 테라 년이 그 안으로 뛰어 들어가려 한다는 걸 깨닫기까지 0.5초 정도 딜레이가 있었다.

당연한 일이다. 저 구멍은 그 누구도 들어가고 싶어 하지 않는 죽음의 구멍이었으니까…… 그게 도피처가 될 수 있다고는 상상해 본 적이 없었다.

세상에서 오직 저 희한한 면역자 년만이 가질 수 있는 도피처다. 그리고 지금 그들이 가지고 있는 장비만으로는 쫓아갈 수 없는 곳이기도 하다.

"후우우~."

돌아서서 감정을 추스른 오 박사가 목소리를 가다듬은 뒤, 다시 테라에게 말을 걸었다.

"테라 씨, 거기로 간다고 해서 우리가 못 잡을 것 같습니까? 바쁜 사람들끼리 이게 무슨 시간 낭비입니까? 좀비들이 많으니까 든든한 아군 같아 보였어요? 하하하, 어림없는 이야기입니다. 그것들이랑 같이 평생 살 수 없다는 걸 잘 알잖아요. 제 행동에 화가 났다는 테라 씨의 뜻은 충분히 다 전달됐으니까, 이제 올라오세요. 크레인 내려보내겠습니다."

오 박사는 아무렇게나 떠들어 댄다. 구석에 웅크리고 앉아 있던 테라는 그를 노려보면서 벽을 짚고 일어섰다.

"윽!"

골반에 전해지는 통증!

테라는 이마를 찌푸렸다. 조금 전 섀도 실드 대원과 함께 바닥에 떨어졌을 때, 그의 무게까지 더해져 어딘가 삐끗한 모양이다. 그녀가 절룩거리며 걸음을 옮기는 걸 본 오 박사의 목소리에는 힘이 실렸다.

"그것 봐요. 괜히 무리한 행동 하다가 다쳤잖습니까. 세상에…… 마음 아파라. 제 가슴이 찢어집니다. 이렇게 아름답고 가녀린 테라 씨, 혹시라도 신경이 다쳤으면 어쩌죠? 그런 상태에서 함부로 걷다가는 반신마비가 될 수도 있어요. 어서 올라오세요. 일단 검진부터 해야 합니다. 그리고 이제 그런 동영상 찍지 않을게요. 약속합니다."

그가 떠들어 대는 동안에도 테라는 보란 듯이 좀비들 사이를 스치며 뒷걸음질을 쳤다. 주둥이에서 아직도 뜨뜻한 붉은 피가 뚝뚝 떨어지는 좀비들이 바로 옆을 지나지만, 저 위에서 떠들어 대는 오 박사보다는 징그럽지 않다.

"안 되겠다. 방호복 입고 내려가서 저년 잡아 와. 좋게 이야기해 줘도 말을 안 들어 처먹네."

잠시 테라를 노려보던 오 박사가 뒤로 돌아서며 현장 정리를 담당하는 직원들에게 명령했다.

"에? 저기를 내려가라고요? 무슨 말씀이세요? 죽습니다! 100프로 죽어요!"

별안간 날벼락을 맞은 직원들은 손사래를 치며 뒤로 물러났다. 하지만 오 박사는 천연덕스럽게 고개를 저었다.

"죽기는 왜 죽어? 방호복 입으니까? 그거 원래 좀비들한테 물어뜯기지 않게 만든 옷이잖아. 그거 입고서 좀비들 대가리에 구멍 뚫어서 해체 준비시킨 경험들도 많이 있잖아. 뭘 새삼스럽게 그래? 자, 어서 갔다 와."

"아니요! 아니! 그건 한 마리일 때 여러 사람이 잡고 있었던 거잖습니까? 저기는…… 좀비들이 수십 마립니다. 저기에서 어떻게 힘을 써요? 안 됩니다. 절대 무리예요. 뜯겨 죽는다고요."

공포에 질린 직원들의 얼굴에서 땀이 뚝뚝 떨어진다. 연구원들과 엔지니어들, 그리고 일반 직원들은 혹시라도 그들의 불행이 자신들에게까지 옮을까 봐 슬금슬금 옆으로 물러났다.

"하라면 해! 하라고, 이 새끼들아!"

오 박사의 눈짓을 받은 새도 실드 대원들이 삼단봉을 휘두르며 직원들을 낚치는 대로 두들겨 팼다.

세 명의 전투 요원이 둔기까지 휘두르며 별안간 달려들자 세 명의 직원은 저항 한번 해 보지 못하고 일방적으로 맞아야 했다.

"당신들이 하면 되잖아! 이렇게 잘 싸우면서! 왜 우리한테 내려가라고 해? 당신들이 방호복 입고 내려가서 이 기세로 싸우라고! 아악!"

용기를 끌어내서 대들던 직원이 입을 감싸 쥐고 비명을 지른다. 삼단봉에 직격당한 그의 입에서는 부러진 이빨이 뜨거운 피에 섞여 바닥에 떨어진다.

"그게 네 일이니까 하라는 거잖아! 이 개새끼야! 어디 남한테 미루려고 들어! 씨발 놈이!"

섀도 실드 대원들의 매질은 더욱 사나워졌다. 조금 전, 이 직원 놈의 제안 때문에 혹시라도 자신들에게 그 일이 돌아오게 될까 봐 그들은 무서웠다. 그러니 빨리 이놈들에게 그 일을 온전히 떠맡겨야 한다.

"하, 할게요! 그만! 그만! 아악! 합니다! 제발 그만!"

직원들은 머리를 감싸 쥔 채 비명을 지르며 하겠다고 말했다. 당장 쇠몽둥이에 맞아 손가락이 부러지고 이가 부러져 나가는데, 더 버틸 재간이 없었다. 일단 이 매질에서 벗어나야 한다는 생각뿐이었다.

"후우~ 후우~ 곱게 말할 때 들을 것이지, 개새끼들이……"

섀도 실드 대원들은 매질을 멈추고 이마의 땀을 훔쳤다. 직원들은 비틀거리며 일어나 방호복을 걸친다.

방호복은 케블라 재질의 겉감에 두툼한 완충재를 댄 것으로, 일대일 상황에서 좀비와 마주하게 될 때는 나름 훌륭한 장비다.

하지만 그 무거운 옷에 방호용 헬멧과 중심을 잡기 위해 납을 넣은 신발까지 더해지면, 당연히 행동이 굼떠질 수밖에 없다.

"후우우우~ 으으윽! 후우우~ 개새끼들…… 후우우~."

직원들은 눈물을 뚝뚝 떨어뜨리며 방호복의 지퍼를 올리고, 옷과 장갑, 그리고 신발을 단단히 결속시켰다. 그러면서 몰래 섀도 실드 대원들과 오 박사를 노려보았다.

방호용 헬멧을 쓰고 결속 장치를 채운 직원들이 장비함에 손을 뻗으려 하자 섀도 실드 조장이 앞을 막아선다.

"장비는 우리가 내려 줄게."

조장은 직원들을 빤히 노려보며 말했다. 이 안에 들어 있는 무선 드릴이라든가, 해체용 무선 전기톱 따위를 방호복을 입고 있는 상태의 이 직원 놈들에게 넘기고 싶지 않았다.

혹시라도 이놈들이 앙심을 품고 달려들면, 지금 자신들이 가진 삼단봉이나 대검 따위로는 상대하기가 까다롭다. 그러니 아예 위험을 차단하려는 것이다.

"우린 그런 사람들 아닙니다. 걱정하지 않아도 돼요."

직원이 재차 장비함 쪽으로 몸을 기울이자, 조장은 삼단봉 끝으로 그의 안전 헬멧 철망을 탁탁, 두들겼다.

"한 번 말하면 좀 알아먹어라. 방호복 입고 있어도 이걸로 제대로 때리면 뼈는 부러진다."

"알았으니까…… 그럼 부탁이나 하나 들어줘요."

조장의 얼굴을 노려보던 직원은 무겁게 한숨을 내뱉으며 뒤쪽을 가리켰다.

"저기에 있는 샘플들…… 크레인 내리기 전에 저놈들 먼저 던져 줘요. 그래야 좀비들이 저것들 뜯어먹는 동안 우리가 저년을 데리고 오든 어떻게 하든 할 수 있을 것 같으니까."

조장과 오 박사는 눈동자를 돌리며 계산을 해 봤다. 만약 지금 저 샘플들을 다 던져 주면 이따가 계단으로 이동을 할 때 좀비에게 던져 줄 먹이가 없어진다.

하지만…… 저 테라라는 년은 분명히 엄청난 가치가 있는 년이기는 하다.

그리고 이 방 안에는 아직 연구원이라는 족속들도 있다. 노동이라고는 해 보지 않은, 가느다란 손가락에 안경을 쓴 무리들. 정 급하면 그놈들을 미끼로 써도 될 것 같았다.

"그래, 좋아. 너무 원망하거나 속상해하지 마. 이 일만 잘 끝내면 너희들도 단단히 한몫 잡게 해 주지. 남부에 가면 힘 있는 놈들이 아직도 매일 예쁜 년들 서넛씩 바꿔 가며 양주 마셔. 우리도 그렇게 할 수 있어. 이 동영상을 보기만 하면,

이 프로젝트에 돈 댈 놈은 차고도 넘쳐. 힘내자!"

마음속으로 계산이 끝난 오 박사는 산양 해골 무늬 스티커가 붙어 있는 자신의 노트북을 가볍게 두들기며 웃어 보였다.

하지만 방호 헬멧 속 직원들의 얼굴에는 웃음기가 없다. 저 밑으로 내려가야 한다는 게 너무도 두렵다.

"나와!"

섀도 실드 대원들은 철창을 열고 발가벗은 사람들을 끄집어냈다. 사람들은 오열하며 애원했다. 살려 달라고 비는 사람들의 등짝과 얼굴에 삼단봉과 군홧발 세례가 쏟아진다.

"이익! 개새끼들아!"

용기를 낸 남자 하나가 욕설을 퍼부으며 달려들어 보지만, 계속 굶어 왔던 그에게 건장한 전투 요원들을 당해 낼 힘은 없었다.

그의 얼굴은 금방 피투성이로 변했고, 부러진 갈비뼈가 뻘겋게 부어올랐다. 오금이 끊기고 어깨가 비틀린 남자를 끌고 섀도 실드 조장이 해치 쪽으로 걸어갔다. 오 박사가 그들의 옆에 서서 테라를 향해 소리쳤다.

"테라 씨, 내가 분명히 경고했었잖아요! 또 사람들이 죽게 되면 그건 전부 테라 씨가 그 알량한 자존심을 부렸기 때문이라고! 지금 이 사람들, 아무 죄도 없는 불쌍한 사람들이 열네 명이나 죽을 건데, 그거 다 테라 씨 때문이에요! 내가 충분히 돌아올 기회를 줬는데도, 거기에 틀어박혀서 꼼짝도 않고 버티는 테라 씨 때문이라고…… 윽!"

한참 신나게 떠들어 대던 오 박사가 얼굴을 감싸 쥔다. 피가 섞인 침이 손바닥에 묻어 나온다. 조금 전 반항하던 남자가 그의 얼굴을 향해 뱉은 것이다. 오 박사의 얼굴에 분노가 가득 차오른다.

"이런 벌레 같은 새끼가!"

오 박사는 남자의 얼굴을 사정없이 후려쳤다. 그런 후, 다시 한번 손등으로 뺨을 갈겼다. 세 번째로 뺨을 때리려는 오 박사의 손을 남자가 덥석 움켜쥐었다.

그러고는 그의 손등을 사정없이 깨물었다.

"아악! 악! 이런 미친 개새끼가!"

오 박사는 손을 빼 보려고 안간힘을 썼다. 옆에서 남자의 머리카락을 움켜쥐고 있던 섀도 실드 조장도 깜짝 놀라 남자의 뒤통수를 후려쳤다. 하지만 머리카락이 뭉텅 뜯겨 나가고 뒤통수에서 피가 흘러내려도 남자는 단단히 깨문 턱에서 힘을 빼지 않았다.

"이! 이! 씨발 놈아!"

오 박사는 발가벗고 있는 남자의 사타구니를 구둣발로 짓이겼다. 그제야 남자도 비명을 지르며 쓰러졌고, 오 박사는 황급하게 손을 거둬들였다. 살점이 뭉텅 뜯겨 나간 손등에서는 피가 철철 흘러나온다.

"아윽! 으으으!"

오 박사는 고통스러워 어쩔 줄을 몰라 한다. 그의 분을 풀어 주기 위해서 조장은 남자를 모질게 두들겨 팼다.

끄윽! 끅!

남자의 입에서 반사적인 신음만이 터져 나온다.

"그만! 그만! 됐어! 그러다가 죽겠다. 숨은 붙여 놔!"

조장을 만류한 오 박사는 남자의 얼굴을 노려보며 말했다.

"후우우~ 너, 이 개새끼…… 오늘 아주 운수 대통한 줄 알아라. 원래대로였으면 넌 이렇게 곱게 못 죽었어. 아주 씨발, 천천히 고통스럽게 죽여 버려야 하는 건데, 내가 지금 상황이 너무 궁해서 너도 그냥 미끼로 써 준다. 고마운 줄이나 알아. 어이, 준비 다 됐으면 차례차례 처넣어!"

오 박사는 손수건을 꺼내 상처를 동여매면서 짜증스럽다는 듯 손짓을 했다. 섀도 실드 대원들과 방호복을 입은 직원들이 사람들을 끌고 와 크레인 아래로 던지기 시작했다.

그롸아아아―.

첫 희생자가 멀찍이 던져지자마자 해치 아래에 모여 서 있던 좀비들이 달려

들어 바짝 마른 남자의 몸을 사정없이 물어뜯는다.

"왜 그런 짓을 해요? 그런 옷을 입었으니까 칼에도 안 찔리는데, 차라리 싸워요! 저 사람들 총도 없다고 하는 말 들었잖아요! 어차피 내려오면 다 죽어요! 제발 그러지 말라고요!"

구석에 서서 그 끔찍한 광경을 지켜보던 테라가 방호복을 입은 직원들을 향해 울부짖었다.

"닥쳐! 이 씨발 년아! 사람 애먹이는 개같은 년이 누구더러 이래라저래라 하고 지랄이야! 내가 누구 때문에 이 고생을 하는데!"

두 번째 희생자를 바닥에 내던진 방호복 직원이 사납게 욕을 퍼붓는다. 너무도 의외의 반응이어서 테라는 말문이 턱 막혔다.

두 번째 희생자가 비명을 지르며 좀비들에게 뜯어 먹히고 있는 동안, 방호복 직원들은 각각 한 사람씩의 희생자를 끌어안은 채 크레인 위로 올라섰다.

끼이이잉ㅡ.

크레인이 아래로 내려진다. 양쪽으로 크레인에 매달린 방호복 직원 둘이 먼저 바닥에 닿았다.

"장비! 장비!"

안고 있던 희생자를 달려드는 좀비들에게 밀어 치며 방호복 직원이 다급하게 외친다. 위에서 대기하고 있던 섀도 실드 대원이 무선 드릴과 무선 전기톱을 아래로 떨어뜨렸다.

그러는 동안 세 번째 대원을 실어 내리기 위해 크레인은 다시 끌어 올려졌다.

그롸아악ㅡ 칵ㅡ 칵ㅡ.

좀비들은 희생자들의 목덜미에, 허벅지에, 그리고 팔에 이빨을 박고 사납게 그릉거린다. 하지만 수십 마리의 좀비들 중 어떤 놈들은 방호복을 입고 있는 직원들에게 더 큰 흥미를 느끼고 덤벼들었다.

"윽! 으윽!"

좀비들에게 이리저리 떠밀리면서 방호복 직원들은 필사적으로 무선 드릴의 방아쇠를 당기고, 전기톱의 톱날을 회전시켰다.

위이이이잉―.

드릴이 맹렬하게 회전하면서 좀비의 미간을 뚫고 들어간다. 그러는 동안에도 놈은 뜯기지 않을 옷에 이빨을 박아 넣으려 하고 있다. 두개골에 닿은 드릴의 날 끝이 저항 때문에 부들부들 떨렸다.

쒸이이이잉― 웨에에엥―.

두개골을 완전히 관통한 드릴이 뇌를 휘저으며 맹렬하게 돈다. 직원의 몸을 흔들어 대던 좀비의 몸에서 힘이 쭉 빠진다.

직원은 드릴을 비틀어 빼고, 바로 옆으로 방향을 틀었다. 방호 헬멧의 철망 때문에 시야는 좁고, 달라붙은 좀비들의 수가 늘어나면서 중심은 계속 흔들렸다.

위이이이잉― 파박! 파박!

배에 달라붙은 좀비의 관자놀이에 드릴을 가져다 댔을 때, 뒤에서 육중한 무게가 더해졌다.

윽! 중심을 잃고 흔들린 직원이 고통에 비명을 내지른다. 옆으로 튄 드릴이 자신의 팔을 향해 맹렬하게 회전하고 있다.

케블라 섬유를 관통한 것은 아니지만, 그 압력만은 살과 뼈에 고스란히 전해졌다.

"이 개새끼들!"

직원이 다시 드릴의 방향을 돌리려 할 때, 앞쪽에서 강력한 힘이 그의 헬멧을 잡고 흔든다.

뜨드득! 뜨드득!

결속 장치가 뜯기는 소리!

직원은 필사적으로 그 손을 때리며 뿌리쳐 보려 했다.

"억!"

직원의 팔이 돌연 뒤로 돌아간다. 뒤쪽에서 달려든 좀비가 그의 팔을 잡고 관절의 반대 방향으로 꺾은 것이다. 그다음부터는 아주 순식간이었고, 저항다운 저항도 없었다.

다리가, 팔이, 이상한 각도로 꺾여 버린 직원이 고통을 이기지 못하고 부들거리는 동안, 아무 곳이나 마구 할퀴어 대던 좀비들은 결국 결속 장치를 뜯어내고 그의 맨발과 얼굴에 이빨을 박았다.

"끄으으윽! 끄으으윽!"

직원은 몸을 들썩이며 끔찍한 고통에 몸부림을 쳤다. 죽어 가는 그의 시야에 자신의 무기였던 드릴이, 그리고 그 너머에는 허리가 반대로 꺾인 채 이미 숨이 끊어진 두 번째 직원의 모습이 들어왔다.

그르륵— 그롸악—.

좀비들은 포악스럽게 그의 코와 귀를 잘라 내고 손가락을 삼킨다.

"으아! 안 가! 안 갈래! 올려 줘! 올려! 죽는다고!"

크레인을 타고 내려가던 세 번째 방호복 직원이 울부짖는다. 오 박사는 입술을 깨물면서 조장에게 올리라는 신호를 보냈다. 그러고는 방호복 직원에게 소리를 질렀다.

"샘플 꼭 안고 다시 데리고 올라와! 버리면 안 돼!"

이 방법으로는 안 된다는 게 명확해졌다. 그러니 방호복 하나, 샘플 하나라도 회수해서 계단을 오를 때 써먹는 편이 낫다는 게 그의 판단이다.

"흐아아아! 아아! 고맙습니다! 고맙습니다!"

다시 끌어 올려진 직원은 안고 있던 사람을 옆으로 밀어 치우고 바닥에 엎드려 숨을 헐떡거렸다. 오 박사는 그의 등을 두들기며 말했다.

"방호복 벗지 마. 계단으로 가자. 가서 총 가지고 돌아온다. 자, 다들 이동할 준비 해! 여기 문 잠그고 간다!"

오 박사는 손뼉을 치며 모두 같이 나간다는 말을 반복했다. 섀도 실드 대원들이 삼단봉을 빙글빙글 돌리며 토끼몰이 하듯 연구원과 직원들을 밖으로 내몰았다.

"저, 저도 총을 쏠 줄 압니다! 병장 만기 전역했습니다!"

"저도요!"

문 앞까지 밀린 엔지니어들이 돌연 자신의 사격 실력에 대해 어필하기 시작했다. 아무런 가치가 없다고 여겨지면 오 박사가 자신들을 미끼로 삼을 게 분명하기 때문이다.

"어, 그래그래. 좋아, 너희들도 무장하면 되지. 그럼!"

오 박사는 노트북을 꼭 끌어안은 채 고개를 끄덕였다. 방을 나서기 전, 그는 테라가 있는 쪽을 돌아보며 버럭 소리를 질렀다.

"이 개년아! 거기 천 날 만날 숨어 있을 수 있을 것 같아? 내가 씨발! 총을 가지고 돌아올 거야! 그래서 그 좀비 새끼들 다 쏴 죽이고 네년을 끌어낼 때! 절대로 곱게 안 끌어낸다! 응! 아주 씨발, 좆같이 해 주마! 여태까지 오냐오냐해 주니까 내가 어떤 사람인지 잘 모르지? 제발 죽여 달라고 빌게 될 거다! 이 쌍년아! 일단 홀딱 벗겨서 여기 있는 사람들 전부 다 차례대로……."

오 박사는 차마 입에 담지도 못할 욕을 한참 동안이나 내뱉고 나서야 문을 탁, 닫고 나갔다.

사람이 사라진 방 안에 적막이 흐른다.

"하아아~."

테라는 힘없이 주저앉았다. 지금껏 억지로 버티고 서 있었던 건 오 박사에게 약한 모습을 보이고 싶지 않아서였다. 테라는 머리를 쓸어 넘기며 눈물을 닦았다. 조금 전 들은 그 끔찍한 욕설과 폭력적인 일들을 정말로 당하게 될지 모른다는 게…… 너무 무섭다.

하지만…… 이렇게 반항한 걸 후회하지는 않는다. 그녀에게는 이게 마지막 기회처럼 여겨졌었다. 테라는 눈을 꾹 감고 제발 오 박사가 돌아오지 못하기만을 빌었다.

그르륵! 그으으으!

크레인 아래에서 낯선 좀비의 울음소리가 들려온다. 그녀와 함께 떨어져 내렸던 섀도 실드 대원의 시체가 비틀거리며 되살아나고 있다. 테라가 그 모습을 허망하게 보고 있을 때, 아무도 없는 위층에서 내선 전화가 울리기 시작했다.

06

때르르릉— 때르르릉— 때르르릉—!
"이, 이, 이상하군. 아, 아, 안 받아. 뭐지?"
메이저는 고개를 갸웃거리며 수화기를 내려놓았다. 8층의 식사실로 몇 번이나 전화를 걸었는데, 도무지 응답이 없다.
대체 오 박사는, 그리고 그 많던 인원들은 다 어디로 갔단 말인가.
15층의 오 박사 비서들에게 물어봐도 별로 신통치 않은 대답이 돌아올 뿐이다.
"혹시 자기들끼리 도망친 거 아닙니까?"
그와 함께 엘리베이터에서 빠져나온 대원이 물었다. 발목에서 계속 피를 흘리며 좀비들과 싸운 탓에 녀석의 얼굴은 핏기가 많이 사라져 있다.
"그, 그, 그럴 수도 있는 이, 이, 인간이지만, 어떻게 도, 도망을 쳐? 로, 로비에는 조, 좀비들이랑 초, 초, 총 든 새끼들이 자, 잔뜩 있고, 헤, 헤, 헬리콥터 조종사들은 여, 여기 다 있는데."
메이저는 뒤쪽에 서 있던 헬리콥터 조종사와 정비사들을 가리켰다. 좀비들이 뛰어다니는 5층을 정리하고 다니면서 그가 구출해 낸 사람들이다.
문을 꼭 잠그고 버티던 조종사들이 MP5를 든 구세주가 왔다는 사실에 안도하면서 방문을 열어 줬을 때, 메이저도 뿌듯했다.
요즘 인간 같지 않은 괴물들에게 연일 치이느라 체면이 말이 아니지만, 그래도 아직 그는 대태양 그룹의 섀도 실드에서 넘버원의 무력을 가진 인물이다.
같잖은 좀비 새끼들 몇 마리가 설치고 다닌다고 해도 그가 총을 잡은 이상 걱정거리가 되지 않는다. 복도에 자빠져 있는 수많은 좀비들의 시체가 그 자랑스러운 증거다.

그리고 조종사들의 숙소 안에 있던 내선 전화를 사용해 지금 막 8층에 연락을 한 참이다. 그런데 이렇게 아무도 전화를 받지 않다니…….

도저히 납득이 가질 않아서 메이저는 미간을 찌푸렸다. 침입자들이 이 건물에 대해 얼마나 많은 사전 지식을 가지고 있었는지는 모르지만, 적어도 지금 이 순간 테라와 오 박사가 8층 식사실에 있다는 것까지 콕 집어 알 수는 없다. 그건 그들이 침입하기 직전에 오 박사가 내린 결정이기 때문이다.

CCTV도 잡히지 않는 층에서 벌어지는 일에 대해 그만큼의 정보를 캐려면, 적어도 몇 군데의 사무실을 뒤지고 다니며 직원들에게서 꼬투리 단서를 얻고 그걸 바탕으로 추리를 해야 한다.

아직 그 모든 일을 할 수 있을 만한 시간은 지나지 않았다. 그리고 이 건물에는 CCTV에 잡히지 않는 층이 몇 개나 된다. 8층 말고도 공격해야 할 후보지가 아주 많다는 의미다.

"뭐, 뭐, 뭔지는 모, 모르겠지만, 이, 일단 8층으로 가자. 거, 거기 가 보면 무슨 다, 다, 단서가 있겠지."

메이저는 MP5를 집어 들고 대원의 어깨를 두드렸다. 다른 건 다 포기할 수 있지만, 테라, 그년만은 그냥 두고 떠날 수 없다. 무슨 수를 쓰든 반드시 데려가서 피는 뽑아 팔고, 그년의 야리야리한 몸뚱이로는 온갖 재미를 볼 것이다. 그 희고 앙상한 등짝을 허리띠로 후려갈기고 싶다. 그년이 가늘고 고운 목소리로 비명을 지르는 상상만으로도 그의 숨결은 거칠어졌다.

"가, 가, 갑시다. 이, 일단 파, 팔 층으로."

메이저는 조종사들과 다른 직원들에게 말했다. 그와 부상을 입은 대원을 제외하면 지금 여기 모인 사람들은 모두 여덟 명. 테라와 오 박사까지 태우게 된다면 자리가 부족할 테지만, 그건 그때 가서 몇 놈 처리하면 되는 일이다.

"근데 8층에 뭐가 있습니까? 거기 이제 폐쇄시킨 곳 아닙니까?"

1호기 조종사가 물었다. 내부의 사정이 어떻게 돌아가는지 훤히 꿰뚫고 있는 건 아니지만, 폐쇄된 조직 속에서 생활하다 보니 들려오는 소문은 있다.

며칠 전, 파멸의 마녀가 작은 회장 좀비를 헬리콥터에 싣고 남부로 가 버렸다는 정도는 그도 안다.

"아, 거, 거기에 지금 테, 테, 테라, 그년이 있지. 그, 그건 데, 데, 데리고 가야 할 거 아냐. 어, 어떻게 손에 너, 넣은 건데…… 따, 따라와."

메이저는 대수롭지 않게 대꾸하며 앞장을 섰다. 방 밖으로 발을 내디딘 순간부터 그의 표정에 조금씩 긴장감이 더해진다.

조금 전까지 복도를 쩌렁쩌렁 울리던 좀비들의 울음소리는 이제 깨끗이 사라졌지만, 그가 걱정하는 것은 지하 1층에서 그의 대원들을 몰살시켰던 그 악마 같은 놈들이다.

"잠시만요…… 저희도 아쉬운 대로 무기 좀……."

직원들은 손에 잡히는 대로 아무거나 하나씩 집어 들었다. 정비용 보호 장갑과 스패너 정도면 그래도 맨손인 것보다는 마음이 훨씬 든든해진다.

다리를 다친 대원은 직원의 부축을 받으며 걸었다. 부러진 팔 때문에 부축을 받으면서도 그의 입에서는 계속 신음 소리가 흘러나온다.

"아, 아직 그, 그대로 있네. 자…… 오, 오, 올라가 보자."

직원들을 인솔해서 엘리베이터까지 도착한 메이저는 자신이 내렸던 엘리베이터가 아직도 5층에 멈춰 서 있다는 걸 깨닫고 작은 기쁨을 느꼈다.

엘리베이터가 몇 분 전과 같은 위치라는 건 이 빌딩의 대다수가 제자리를 지키고 있다는 의미고, 아직 그리 큰 난리가 나지는 않았다는 뜻이다.

"응? 이, 이, 이게?"

메이저가 당황한 목소리를 냈다. 아무리 버튼을 눌러도 엘리베이터의 문이 열리지 않는다.

그는 이내 이 상황을 깨달았다. 아무도 엘리베이터를 불러올리지 않았던 게 아니다. 지하 경비 본부에서 가동을 중단시킨 것이다.

"허, 그, 그, 그렇게 하, 할 수 있다는 걸 어, 어, 어떻게 알았지? 개새끼들이……. 좋아, 아, 안 타면 되지. 그까짓 거, 겨, 겨, 겨우 세 층인데. 여기는 마, 막혔어! 계, 계단으로 간다!"

메이저는 다시 직원들을 쭉 끌고 비상계단 쪽으로 걸어갔다. 어차피 한 섹션당 계단이 하나씩 있기 때문에 그리 멀리 걸어가지 않아도 된다.

"네, 네, 네가 조금 힘들겠다. 그 다리로 거, 걸어가려면…… 부, 부축 좀 자, 잘해 줘."

계단 앞에 선 메이저는 뒤쪽의 부상당한 대원과 그를 부축하고 있는 직원을 돌아보았다. 그러고는 가로로 긴 막대기처럼 생긴 손잡이를 꾹 누르며 문을 밀었다.

끄와아악—.

소름 끼치는 울음소리가 열린 문틈으로 쏟아져 들어온다.

"엇?"

메이저는 반사적으로 손잡이를 꽉 잡으며 문을 멈춰 세웠다. 하지만 계단 안쪽에서 달려드는 놈의 움직임은 그의 반응 속도보다 훨씬 빨랐다.

그롸아아— 가아아—.

문틈으로 팔이 쑥 들어와 문이 닫히는 걸 막는다.

저 특유의 부패한 피부! 좀비의 팔이다.

"으아아앗!"

메이저는 비명을 지르며 손잡이를 잡고 버텼다.

턱— 턱—.

좀비는 계속 손을 휘저으며 문을 안으로 잡아당겨 댄다. 그러는 사이에 또 다른 놈까지 가세해 버렸다.

끄롸아아악—.

무에 걸쳐진 좀비의 팔이 두 개 더 늘어났다. 그리고 다른 좀비들의 울음소리와 계단을 뛰어내리는 발소리가 빠르게 가까워진다.

더 못 버티겠다고 생각한 메이저가 이판사판으로 MP5의 손잡이를 움켜쥐는 순간, 뒤쪽에서 따라오던 직원이 힘차게 도끼를 휘둘렀다.

콰작! 콱! 와작!

좀비들의 팔이 잘려 나가자, 문을 둘러싼 대치에서 메이저에게 아주 작은 여유가 생겼다. 그는 재빨리 MP5를 들어 올리며 문틈 안으로 총알을 퍼부었다.

투투투— 투투둑— 투투둑— 투투두—.

머리와 가슴, 어깨가 꿰뚫린 좀비들이 뒤로 나가떨어진다. 다른 직원들은 그 틈을 놓치지 않고 막대형 손잡이를 당겨 문을 닫았다.

쿵—.

문이 단단히 닫히는 소리가 울리고, 곧바로 모두들 참았던 숨을 내쉬었다.

쿠웅— 쿠웅—.

안쪽에서 문을 들이받을 때마다 두꺼운 쇠문이 문틀과 부딪치며 울린다. 놈들이 안쪽 손잡이를 돌려서 문을 열지 못하는 게 정말 다행스러운 상황이다.

"하아아~ 하아아~ 이게 대체…… 무슨 일입니까? 여기 5층만 그런 게 아니고…… 건물 전체에 좀비들이 쫙 퍼졌던 겁니까?"

소방용 도끼를 휘둘러 좀비의 팔을 잘라 냈던 직원이 헐떡이며 물었다. 메이저라고 해서 계단이 갑자기 왜 좀비들 천지가 되어 버렸는지 알 수는 없었다. 다만, 상황이 더욱 악화되었다는 것만은 확실히 느낄 수 있다.

계단이 좀비들로 버글버글하다. 그 전체적인 규모가 얼마나 되는지 모르기에 더 두려울 수밖에 없다.

이제 그 혼자서만 총을 앞세운다고 해서 해결될 수 있는 문제가 아니다. 부러진 팔을 흔들어 가며 관통상을 입은 다리를 질질 끌고 걷는 부하의 투지는 대견하지만, 녀석이 한 손으로 쏘는 총은 거의 맞지 않았다.

저 지옥 같은 데를 뚫고 8층까지 올라가려면, 더 많은 총과 사수가 반드시 필요하다. 예비 실탄도 슬슬 바닥을 보이는 중이다.

하지만 그걸 대체 어디서 구할 수 있단 말인가. 개인 화기는 21층과 지하 1층에 있는데…….

"총…… 하아~ 하아~ 초, 총……."

거친 숨소리에 섞어 외마디 소리를 더듬거리던 메이저가 갑자기 엘리베이터를 돌아본다. 그러고는 조종사들에게 물었다.

"다, 다, 당신들, 초, 총 쏘, 쏘, 쏠 줄 알지?"

"그거야 당연한 거 아닙니까? 군대에서 먹은 밥이 몇 년인데……."

조종사들과 정비사들이 한목소리로 대답했다. 메이저는 고개를 끄덕이며 따라오라는 손짓을 했다.

"자, 잘됐어. 내, 내, 내가 총 구, 구해 주지. 이, 이거 찍어서 여, 여, 열어."

다시 엘리베이터 앞으로 돌아온 메이저는 소방용 도끼를 들고 있던 직원에게 자신이 타고 올라왔던 엘리베이터의 문틈을 찍으라고 말했다.

"여기에 총이 있어요? 이 안에?"

"그, 그, 그래. 서, 서둘러! 빠, 빠, 빨리 무, 무장 갖추고 오, 올라가자!"

메이저의 확답을 들은 직원은 도끼로 엘리베이터의 문틈을 찍고 옆으로 벌렸다. 조금 틈이 생기자마자 다른 직원들도 각자 갖고 있던 연장을 이용해 그 간격을 벌렸다.

대여섯 명의 건장한 남자들이 힘을 합해 달려들자 굳게 닫혀 있던 엘리베이터의 문이 차츰 넓게 열렸다.

"윽! 어으!"

벌어진 문틈으로 엘리베이터 내부의 광경을 본 직원들이 코와 입을 가리며 얼굴을 찌푸린다.

처참하게 파괴된 다섯 구의 시체, 그리고 시체에서 뿜어져 나온 피와 뇌, 내장 조각들……. 엘리베이터 바닥에 웅덩이처럼 고여 있던 피가 주르륵 흘러내린다. 전부 다 섀도 실드 대원들의 시체다.

"이, 이 사람들 어떻게 된 겁니까? 왜 이렇게…… 으읍!"

조종사가 떨리는 목소리로 물었다. 메이저는 일단 피에 흠뻑 젖은 MP5부터 주워 올려서 그걸 조종사의 손에 쥐여 주고, 죽은 부하의 전술 조끼에서 탄창을 빼내 자신의 탄창에 끼워 넣었다.

"내, 내, 내가 다, 당신이라면, 그만 걸 무, 무, 물어볼 시간에 초, 총이랑 탄창부터 채, 챙기겠어. 이유가 뭐가 됐든 이, 이, 이런 짓을 할 만한 놈이 이 거, 건물 내에 있다는 거니까. 내, 내가 그래서 빠, 빨리 오, 올라가야 한다고 해, 했잖아!"

그 말을 들은 직원들은 구역질을 해 가면서도 피 웅덩이 안에 발을 집어넣고 피범벅이 된 MP5와 탄창들을 꺼내 왔다.

그들이 웃옷을 벗어 총기의 피를 닦아 내는 동안 메이저는 부하들의 시체를 물끄러미 바라보며 담배를 피워 물었다. 아주 조금이기는 하지만, 죄책감이 밀려든다.

하지만 그럼에도 여전히 복수를 하겠다는 엄두는 들지 않았다. 저 아래 지하 1층에 있던 적의 사수들은…… 인간이라기보다는 기계다. 그만큼 집요하고 잔인하고 실력이 빼어났다.

지금 그가 그 악마들에게 할 수 있는 최대한의 복수는, 이곳에서 테라를 데리고 달아나 그들이 목표를 완수하지 못한 분노에 떨게 만드는 것이다.

"가, 가, 각자 자기 총 나가는지 시, 시험 사격 한 번씩 해 봐."

다시 계단 문 앞에 선 메이저가 문을 열기 전, 마지막으로 직원들을 둘러보며 말했다. MP5가 아무리 잘 만들어진 총이라고는 하지만, 저렇게 피를 잔뜩 뒤집어쓰고 있었으니 고장이 난대도 전혀 이상할 게 없다.

투투둑― 투투투― 투투투―.

직원들은 두 사람씩 앞으로 나서서 먼 복도 쪽을 향해 방아쇠를 당겼다. 다행스럽게도 격발이 되지 않는 총은 없었다.

"다, 당신들은 뒤, 뒤로 빠져."

문을 열기 전, 메이저는 조종사들을 가장 뒤쪽으로 보냈다. 저것들이 없으면 모든 게 다 계획대로 풀린다고 해도 이 건물에서 탈출할 수가 없다.

다른 직원들도 그 점에 대해서는 암묵적으로 동의를 하는 분위기였다.

"여, 여, 열어!"

메이저도 다른 직원들과 나란히 서서 사격 자세를 갖춘 채 크게 외쳤다. 개인 화기를 차지하지 못한 직원이 문의 손잡이를 꽉 눌러서 힘껏 민 뒤, 옆으로 빠졌다.

삐이익―.

활짝 열렸던 계단 문이 다시 되돌아 닫히려는 순간.

턱―!

좀비의 얼굴이 문틈 사이로 뛰어든다. 녀석을 신호로 더 많은 놈들이 계단을 뛰어 내려와 문을 향해 몸을 날린다.

"쏴!"

메이저는 외마디 명령을 내리는 것과 동시에 방아쇠를 당겼다. 그의 양옆에 서 있는 직원들도 입술을 꽉 깨문 채 문을 열고 뛰어오는 좀비들을 향해 3점사를 퍼부었다.

투투투― 투투투― 투투둑― 투투투―.

07

"여기 이상하네. 계단에 뭐 이리 좀비들이 돌아다녀?"

15층 문을 열고 복도로 들어가며 태권 소녀가 중얼거렸다. 옥상에서 이곳으로 오는 동안 스무 마리가 넘는 좀비를 죽였다. 이쯤 되면 단순히 1층이 뚫렸기 때문인 것 같지는 않다. 게다가 조금 전 죽인 좀비들은 아이디 카드까지 걸고 있었다. 여기 직원들인 것이다.

"내 생각에도 이상해. 사람들을 좀비로 만들어서 보관해 둔다고 하더니…… 그 창고 같은 게 무너졌나? 왜 하필 오늘……."

방패를 들고 앞서 달리던 유빈도 태권 소녀의 의견에 동의했다. 이 건물의 좀비들 수와 분포는 정말 이해하기 어려운 면이 있다.

"어디야? 그 오 박사라는 놈 방이?"

민구가 보안 요원을 다그치며 잡아끈다.

"으윽! 윽! 저기 A섹션으로…… 아윽! 중요 시설은 다 그쪽에 있습니다! 아악! 팔은 잡지 마세요! 윽!"

녀석은 민구에게 애원을 하며 비명을 삼켰다. 피를 너무 많이 흘려 어지럽고 지치는데, 이 원수 같은 것들은 올라갈 때만 엘리베이터를 이용한 뒤, 그걸 딱 잠가 두고 계단으로 뛰어 내려온다.

다들 체력은 또 얼마나 좋은지, 이 인정사정없는 칼잡이가 개중 가장 느린 인간이다.

괴롭다. 잠시만 쉬고 싶다.

"저, 저깁니다! 저기! 이제 저 조금만! 으윽!"

보안 요원은 오 박사의 연구실을 가리켜 준 뒤, 바닥에 쓰러져 버렸다. 심장에 조금씩 이상이 온다는 게 느껴진다. 숨을 쉬는 게 점점 더 고통스럽고, 머리로 전달되는 산소가 부족해서 메스껍다.

"안 열리는데? 안 열려!"

보안관이 먼저 아이디 카드를 대 보고 도움을 요청했다. 열 개가 넘는 아이디 카드를 주렁주렁 목에 걸고 있는 유빈이 나서서 차례로 하나씩 스캐너에 대본다.

하지만 계속 삐익— 하는 불쾌한 소리만 울려 댈 뿐이다.

"젠장, 여기서 제일 높은 새끼 방이라더니…… 자기 혼자만 열 수 있게 해 놓았나? 그러면 아주 지랄 맞는데?"

유빈이 땀을 뚝뚝 떨어뜨리며 고개를 저었다. 보안관은 결국 다시 해머를 들었다. 좀비 세상이 시작된 이래로 잠겨 있는 모든 문과 그가 대화하고 타협하는 방식이다.

콰앙—.

보안관이 있는 힘껏 해머를 휘두르자, 단단한 스테인리스 문이 요란한 소리를 내며 울린다. 자물쇠가 어지간히 단단했지만, 보안관은 몇 번이고 다시 해머를 들어 올린 후 힘차고 집요하게 같은 자리를 내려찍었다.

콰앙— 쾅, 터엉—!

열 번이 넘는 매질을 당하자 그렇게 단단해 보이던 첨단의 잠금장치도 슬슬 우그러지며 틈을 보이기 시작했다. 보안관은 문틈에 얼굴을 바짝 대고 큰소리를 질렀다.

"어차피 박살 날 문이니까 안에 있으면 지금 나와라, 이 개새끼야! 내가 따고 들어가면 너는 아주 뒈지는 수가 있다!"

그렇게 협박의 말들을 늘어놓은 뒤, 보안관은 잠시도 기다리지 않고 다시 해머를 휘둘렀다. 복도는 다시 쇠와 쇠가 부딪치는 요란한 소리로 가득 찼다.

얼—! 얼!

삼숙이가 복도 반대쪽을 보며 짖는다. 삼식이가 녀석이 가리키는 방향에 맞춰 방패를 들었고, 그 뒤로 바짝 붙어 선 진우가 총구를 겨눈 채 나타날 적에 대비했다.

덜컹—!

문이 열린다. 진우의 손가락은 방아쇠를 이미 아주 지긋하게 누르기 시작했다.

한데…….

열린 문 안에서 뛰어나온 것은 딱 보기에도 싸움 따위와는 거리가 먼 백면서생들이었다. 가운을 입은 연구원들과 어두운 색 정장을 입은 여비서들이 비명을 지르며 달아난다.

아마 조금 전 보안관의 협박이 엉뚱하게 저쪽에 먹혀들었나 보다.

"거기 서요!"

진우가 외쳤다. 하지만 도망자들은 느려 터진 달리기로 뒤뚱거리며 계속 뛴다. 이쪽이 총을 가지고 있다는 것조차 잘 모르는 것 같다.

한심하군…….

김빠지는 수준의 적들을 보며 진우는 입맛을 다셨다. 그래도 일단 뛰어서 쫓아가야 잡을 수 있고, 그래야 아이디 카드를 빼앗아서 이 문을 열든, 뭘 하든 할 수 있다.

"서라고! 내 말 안 들려?"

진우는 천장을 향해 위협 사격을 날리며 달리기 시작했다.

얼ㅡ! 얼ㅡ!

삼숙이 녀석이 곧바로 속도를 올린다. 나머지 친구들도 그 둘의 뒤를 쫓아 뛰었다.

"쏘지 마요! 쏘지 마세요!"

두 명의 여직원이 바닥에 납작 쪼그려 앉으며 항복의 의사를 표했다. 민구가 그녀들의 머리끄덩이를 잡아 올리며 사납게 말했다.

"따라와! 오 박사 새끼 방 구경 좀 하자."

"아아악! 저, 저희한테는 키 없어요! 저기…… 저 사람! 저 사람이 열 수 있어요! 수석 연구원이라서요! 오 박사 행방도 알아요!"

여직원들은 비명을 지르며 막 코너를 돌아 사라진 놈을 지목했다. 그녀들의 말을 신뢰하는 것과 별도로 유빈은 일단 아이디 카드부터 벗겨서 자기 목에 걸었다.

얼ㅡ! 얼ㅡ!

삼숙이가 가장 앞서서 수석 연구원의 뒤를 쫓는다. 진우와 보안관도 달리는 속도를 높였다. 코너를 돌자 거리가 완전히 좁혀진 삼숙이와 연구원의 모습이 눈에 들어온다.

얼ㅡ!

삼숙이가 몸을 날려 수석 연구원의 등을 덮쳤다. 수석 연구원은 맥도 못 추고 바닥을 나뒹굴었다.

"물지 마! 씨발! 이 개새끼가! 물지 말라고!"

삼숙이는 그저 앞발에 체중을 실어 제압하고 있을 뿐인데, 수석 연구원은 제

풀에 겁을 먹고 발버둥을 쳐 댄다. 그러고는 가운 앞주머니에서 작은 권총형 주사기를 꺼냈다.

수석 연구원의 눈빛이 사납게 변한다. X-1이 들어 있는 주사기. 그가 지금까지 수많은 사람들을 좀비 밥으로 만들기 위해 사용한 충직한 무기!

제까짓 개새끼가 아무리 잘난 척을 해 봐야 이것 한 방이면 운동 능력을 잃고, 두 방이면 심장까지 멈춘다. 그는 두 방을 잇달아 쏠 계획이었다.

타앙―.

복도를 울리는 총성!

총소리에 깜짝 놀라 어깨를 움츠리던 수석 연구원이 비명을 지르며 바닥을 데굴데굴 구른다. 오른손이! 주사기를 들고 있던 오른손이 통째로 사라졌다!

"끄아아아아―! 으윽! 아흐으으!"

피가 쫙쫙 뿜어져 나오는 오른 팔목을 움켜쥐고 비명을 지르는 수석 연구원의 목을 뭔가가 꽉 짓누른다. 진우의 등산화였다. 진우는 분노한 표정으로 수석 연구원을 노려보며 말했다.

"내 친구에게 무슨 짓 하려고 했어…… 이 새끼야."

뭐지, 이 미친 새끼는…….

수석 연구원의 눈이 공포에 사로잡힌다.

개를 두고 자기 친구라니…….

하지만 진짜 미친 새끼가 곧바로 그의 눈앞에 나타났다. 민구는 연구원의 가슴과 어깨 사이에 쿠크리를 푹 찔러 넣으면서 물었다.

"오 박사 어디 갔나?"

"끄아아아악! 아악! 이 미친 새끼야!"

연구원의 입에서 또다시 비명이 터진다.

이런 미친! 개새끼가! 상식적으로 일단 물어보고 대답이 없으면 그때부터 고문이 시작되어야 하는 것 아닌가.

"모르면 그냥 죽어라."

연구원의 대답이 1초도 지연되지 않았을 때, 민구는 차갑게 내뱉으며 쿠크리의 날을 심장 쪽으로 당기기 시작했다.

"아아악! 8층이요! 8층입니다! 8층 식사실에 있어요! 아아악! 아읔! 8층! 8층! 8츠응!"

울부짖는 수석 연구원의 간절한 목소리가 계속 높아지고 커졌다.

"8층이라니까아아! 이 칼 좀! 아아악! 칼! 칼! 제발!"

하지만 민구는 그리 쉽게 놈의 고통을 멈춰 줄 마음이 없었다. 민구는 칼을 당기던 손에서 힘을 뺀 채 다시 물었다.

"몇 놈이나 같이 있어?"

"아아악! 오 박사, 연구원들, 메이저, 섀도 실드 대우으언…… 어! 으! 아으으~으어."

비명을 내지르던 수석 연구원의 말이 점점 어눌해지는가 싶더니, 놈의 표정이 당혹스러워진다. 그러고는 잠시 뒤, 놈의 얼굴과 버둥대던 팔다리는 움직임을 멈췄다.

"뭐 하자는 거지, 이놈?"

뜻밖의 상황을 만난 민구가 어처구니없다는 듯 중얼거렸다. 이놈들이 이상한 빨간색 주사기를 가지고 다닌다는 것은 예전에 본 적이 있어서 안다.

하지만 그건 심장을 멈춰 죽은 것처럼 만드는 약이었다. 이렇게 두 눈을 멀뚱멀뚱 뜬 채로 가슴이 벌렁거리는데, 움직임만 멈춰 버리는 게 아니었다.

혹시 무슨 연기인가 싶어 칼을 당기던 손에 힘을 줘 봐도 녀석은 손끝 하나 까딱하지 않는다. 대신에 눈동자만은 고통과 공포에 질려 엄청나게 커진 채 끊임없이 좌우로 흔들렸다.

어리둥절해 있는 민구, 진우와 달리 수석 연구원은 자신의 신체에 지금 어떤 일이 일어나고 있는지 정확하게 알고 있었다.

진우의 총에 맞아 손안에서 폭발해 버린 X-1!

그때 터져 나온 약품이 노출된 혈관을 타고 침투한 것이다.

'끄으으윽! 으으으윽!'

고통은 고스란히 전달되는데, 운동 능력만 상실된다는 게 얼마나 무서운 일인지, 수석 연구원은 그때 처음으로 느꼈다. 가슴에 박힌 칼이 움직일 때마다 뇌의 끝까지 찌릿찌릿한 아픔에 튀겨지는 것 같은데, 비명조차 지를 수가 없다.

'해독제! 해독제!'

수석 연구원은 간절하게 해독제를 원했다. 단순히 10㎎이 주입되었다면 그나마 다행인데, 현재의 신체 변화로 보아 X-1의 양은 그 이상인 게 분명하다. 이제 이대로 조금 더 시간이 지나면 심장이 멈춰 사망하게 될 것이다.

그는 이 멍청한 미친놈들에게 해독제가 어디에 있는지 알리기 위해 계속 눈동자를 연구실 쪽으로 돌렸다. 그런데 도무지 알아봐 주지를 못한다.

"이 사람 왜 이래?"

뒤늦게 달려온 유빈이 굳어 버린 수석 연구원의 얼굴을 보며 묻는다. 놈의 목을 밟고 있던 진우가 대답했다.

"무슨 약에 중독된 것 같은데? 조금 전에 삼숙이 찌르려고 주사기 같은 걸 들고 있었는데, 그게 터졌거든."

말이 통할 것처럼 생긴 유빈의 출현에 수석 연구원은 잠시 기대를 가졌다.

제발…… 가서 여자 직원들에게 물어봐 다오. 해독제가 어디에 있는지…….

하지만 유빈은 놈에게 별 관심이 없었다. 대신 그는 팔을 뻗어 수석 연구원의 목에서 아이디 카드를 빼냈다. 그러고는 목걸이 줄을 손에 쥔 채 복도를 다시 되짚어 달려가 오 박사의 연구실 문 앞에 섰다.

"열어요! 제가 오빠 뒤에 서 있을게요!"

제니가 MP5를 꽉 움켜쥐고 진우의 흉내를 내며 유빈을 엄호해 주겠다고 나선다. 혹시 방 안에 숨어 있다가 덤벼들지도 모르는 위험을 제거해 주겠다는 것이다.

"……혹시 놀라서 내 뒤통수 쏘면 안 돼."

자신의 방패 뒤에 몸을 숨기고 사격 준비를 하는 제니를 돌아보며 유빈이 말했다. 제니는 예전에 무대 위에서 보여 주던 그 자신만만하고 사랑스러운 미소를 지으며, 걱정하지 말라는 듯 유빈의 어깨를 톡톡, 두드린다.

유빈은 방패를 문이 열리는 방향에 대고 아이디 카드를 스캐너에 가져다 댔다.

삐익— 띠리리릿.

여자 직원들의 말이 거짓은 아니었다. 수석 연구원의 아이디 카드가 닿자 지금까지 굳게 닫혀 있던 오 박사의 연구실 문 자물쇠가 반응을 한다.

위잉— 덜컥—.

그런데 자물쇠가 한 번에 빠져나오질 않고 안쪽에서 덜컥거린다. 보안관이 워낙에 호되게 두들겨 댄 탓에 문이 찌그러져 안쪽으로 휘어 버린 탓이다.

위잉— 덜컥— 위잉—.

문 안쪽의 전자자물쇠는 몇 번이나 같은 소리를 내며 반쯤 열리는 소리를 냈다가 다시 닫히기를 반복했다. 기다리다 못한 유빈은 위잉— 소리가 끝나 갈 때에 맞춰 문을 거세게 걷어찼다.

콰앙—.

문이 열렸다. 유빈은 두 손으로 방패를 꽉 잡고, 제니는 그의 어깨를 왼손으로 짚은 채 MP5의 총구를 앞세우며 연구실 안으로 뛰어 들어갔다. 하지만 잔뜩 긴장한 두 사람의 표정과 대조적으로 넓은 방 안에는 아무도 없었다. 그저 박스와 옷가지들, 그리고 서류들이 정신없이 어지럽혀져 있을 뿐이다.

"으아~ 엄청 시원하게 해 놓고 살았네. 괜히 열받는걸, 이 새끼들?"

둘을 뒤따라 방 안으로 들어오던 태권 소녀가 중얼거린다. 연구실 내부는 복도나 계단과 비교도 되지 않을 만큼 서늘하고 쾌적했다. 천장에 설치된 에어컨 디셔너에서는 정화된 차가운 바람이 계속 뿜어져 나오는 중이다.

움직이고 있는데 목덜미와 등의 땀이 식는다. 좀비 사태가 시작된 이래 한 번도 경험해 본 적 없는 일이어서, 에어컨이 풀로 가동되는 이 방이 너무나 낯설게 느껴졌다.

"뭐야…… 박사라더니…… 모르고 들어왔으면 디자이너 방인 줄 알았겠다."

테이블 주변에 널려 있는 박스와 흰 옷가지들을 지나치며 유빈이 고개를 갸웃거렸다. 넓은 연구실 안쪽까지 다 뒤져 봤어도 숨어 있는 사람은 없다.

"어! 이거……."

소파 옆에 놓여 있는 박스를 보며 제니가 화들짝 놀라 눈을 크게 뜬다. 모두 그녀를 돌아보았다.

"이거…… 테라 옷이에요."

제니는 박스 안에 들어 있던 검은색 미니드레스를 들어 올리며 말했다. 엄청나게 낡고 찢긴 곳도 여러 군데였지만, 그녀가 가장 아끼던 그 옷이 맞다.

드레스 아래, 속옷들까지 가지런하게 개어 놓은 얌전함만 봐도 테라가 해 놓은 것이라는 걸 알 수 있었다. 제니의 눈에 눈물이 왈칵 고인다.

"……여기에 있었어요. 바로 여기에…… 근데 왜 옷을…… 속옷까지……."

태양 그룹이라는 장소와 벗어 놓은 속옷이 겹쳐지자 그녀들의 마음속 깊은 곳에 남아 있던 상처가 자연스레 떠올랐다.

작은 회장은 이미 좀비가 되어 버렸지만, 꼭 그놈이 아니더라도 못된 짓을 할 인간들은 차고 넘친다. 테라가 혹시 지금 이 시간에도 험한 꼴을 당하고 있는 건 아닐까…… 제니의 마음이 급해졌다.

"아니, 아니…… 다짜고짜 옷을 벗긴 게 아니야. 뭔가 목적이 있어. 여기 이거 봐. 전부 다 흰옷이잖아. 속옷까지…… 무슨 코스프레 같은 걸 하려는 거였을까?"

유빈은 일단 제니를 안심시켜 보려 했다. 이곳의 책임자나 되는 놈이 힘들게 잡아 온 면역자를 다짜고짜 성노리개로 삼을 만큼 멍청이일 성싶지는 않다.

이렇게 옷을 갈아입힌 걸 보면 분명 무슨 사연이 있다. 물론 단순히 흰옷 페티시가 있는 놈일 가능성도 있지만…….

"아니…… 잠깐만. 그거, 테라가 입고 있던 옷이랬지? 어디, 흐읍!"

한참 제니를 진정시키던 유빈은 갑자기 그녀의 손에 늘려 있는 테라의 옷에 코를 박고 깊이 냄새를 맡았다.

"아, 뭐 하는 짓이야? 이상하게에!"

Chapter 82 난폭하게! 잔인하게! (1)

유빈의 돌발적인 변태 행동에 태권 소녀가 미간을 찌푸린다. 유빈은 급하게 손사래를 쳤다.

"아니, 아니. 그런 게 아냐! 소독을 했는지 확인한 거야!"

그러고는 유빈은 방 밖으로 나가서 삼숙이를 불렀다.

"삼숙아! 이리 와 봐! 냄새 좀 맡아! 이리 오라고! 삼숙아! 야! 말 좀 들어라, 이 개새끼야!"

유빈이 암만 악을 써도 별 소용이 없었다. 삼숙이는 여전히 진우의 곁을 지키고 선 채 고개만 슬쩍 돌려 유빈을 잠깐 바라보다가 이내 눈길을 돌려 외면해 버렸다.

여전히…… 저놈의 서열은 변하지 않았다. 개에게 무시당하고 있다는 게 분해서 씩씩거리고 있는 유빈의 옆으로 제니가 다가오며 손뼉을 짝짝, 친다.

"삼숙아!"

삼숙이는 유빈을 놀리기라도 하는 것처럼 볼살과 큰 귀를 너풀거리며 빠르게 달려와 제니의 무릎 주변에서 빙글빙글 돈다.

제니는 녀석의 머리를 쓸어 준 뒤, 손에 쥐고 있던 테라의 옷을 내밀어 냄새를 맡게 했다.

킁, 킁…….

삼숙이 녀석은 제법 영리한 척을 하며 신중하게 냄새를 맡는다.

"이 언니 찾아줘. 이 냄새 기억할 수 있지? 응, 삼숙아?"

제니는 녀석의 눈을 보며 간절하게 부탁을 했다. 삼숙이는 헥헥거리며 방 안으로 척척 걸어 들어간다. 그러고는 테라의 옷이 들어 있던 박스와 탁자 위의 재떨이를 한 번 스윽 스치며 냄새를 맡았다.

"내려가자. 테라가 8층에 식사실이라는 데로 끌려갔다는 것까지는 들었어."

진우와 민구가 연구실 쪽으로 다가오며 말했다. 복도 한쪽에서는 보안관과 삼식이가 직원들을 화장실 안에 가두고 문을 잠그는 중이다. 유빈이 민구에게 물었다.

"아까 그 수석 연구원이라는 사람, 혹시 이제 말할 수 있어요? 몇 가지 물어보고 싶은 게 있었는데……."

"죽었어."

민구와 진우가 거의 동시에 대답했다. 둘 다 별다른 감정이 없이 평온한 어조라는 점도 비슷하다. 놀란 건 유빈뿐이다.

"엑? 왜? 피가 그렇게 많이 흘렀나?"

"아아, 피는 죽을 정도로 나오지 않았어. 아마 그 약이 뭔가 서서히 죽어 가는 독약인 것 같더라."

진우가 대답했다. 민구가 그 말에 동의한다는 듯 고개를 끄덕이고 보안 요원을 돌아보았다. 아직도 숨을 할딱거리며 복도 벽에 기대앉아 있던 보안 요원은 민구와 눈이 마주치자마자 화들짝 놀라며 곧바로 대답을 한다.

"하아, 하아! 뭐요, 그 약? 그거…… 아마 그…… X-1이라고 해서…… 감각은 멀쩡한데, 몸이 말을 듣지 않게 만드는 약일 겁니다. 하아, 하아! 그…… 저는 거기까지만 알아요. 왜 죽었는지는 모르겠어요. 너무 많이 맞으면 그런 부작용이 있나 봅니다."

녀석은 닥치는 대로 주워섬겼다. 어차피 뻗대야 할 의리 같은 것도 없고, 뻗대고 있으면 곧바로 저 미친놈의 칼이 몸을 쑤시고 들어온다. 그러기 전에 미리미리 다 털어놓는 게 훨씬 현명한 처세다.

"들었지? 가까이 붙을 때는 다들 조심해. 그건 그렇고, 이 새끼들…… 어디서 희한한 약만 모아 놨군. 예전에 본 건 10분 동안 심장이 뛰지 않게 해서 뒈진 놈처럼 보이게 해 주는 주사였는데……."

민구가 입꼬리를 비틀어 올리며 웃었다. 빨간 주사기를 거론하는 민구의 말에 유빈은 내심 조금 놀랐다. 이 잔인한 남자와 의외로 많은 부분에서 공통분모를 가지고 있다. 임수정, 고 하사, 테라, 그리고 빨간 주사기까지…….

"내려가자! 다 가둬 놨어!"

보안관과 삼식이가 합류했다. 새로 잡은 인질들을 모두 가둬 버렸다는 걸 깨달은 보안 요원의 얼굴에 절망감이 가득해진다.

"저기…… 저는 이제 좀 놔주셔도…… 하아, 하아! 쌩쌩한 애들 많이 잡으셨잖습니까……. 식사실이 어디인지 정도는 걔들도 다 압니다……. 인간적으로 이렇게 피를 뚝뚝 흘리고 있는데…… 하아! 하아아~! 이제는 좀 쉬게 저는 놔주셔도……."

보안 요원이 열심히 애원을 해 본다. 하지만 민구는 전혀 신경 쓰지 않았다. 민구는 녀석의 멀쩡한 쪽 귀를 꽉 쥐고 당기며 말했다.

"네가 나한테 칼 휘두른 거, 아직도 안 잊었어. 더 엄살 피울 것 같으면 여기서 죽이고 간다?"

"아, 아닙니다! 잠깐만요! 일어납니다! 아니! 형님! 제발 그 칼 좀 잡지 마세요!"

보안 요원은 식은땀을 뻘뻘 흘리면서 서둘러 자리에서 일어났다. 민구의 손이 쿠크리의 손잡이 쪽으로 움직이자 옆에 서 있던 애송이의 등에서도 덩달아 땀이 배어 나왔다.

"8층이면 멀지 않네."

유빈과 함께 방패를 잡고 앞으로 나서며 삼식이가 중얼거렸다.

그들이 A섹션의 계단 문에 거의 다 다다랐을 때, 갑자기 삼숙이가 코를 벌름거리며 멈춰 섰다.

"왜 그래, 삼숙아?"

진우가 녀석을 돌아보며 물었다. 삼숙이는 아주 진지하게 먼 복도의 코너를 돌아보며 낮게 짖었다.

얼ㅡ! 얼ㅡ!

다들 그 신호가 뭘 의미하는지 몰라 서로 얼굴만 마주 봤다. 그러는 사이, 삼숙이는 더 기다리지 못하겠다는 듯 복도를 내달리기 시작했다.

"어? 저놈, 왜 저래?"

이유는 모르겠지만, 삼숙이가 얼마나 영리한 개인지는 잘 알기에 친구들은 일단 녀석을 따라 뛰었다. 민구도 쑤셔 오는 옆구리를 꽉 움켜쥐고 그 뒤를 쫓았다.

졸지에 남겨진 보안 요원과 애송이, 두 끄나풀은 잠시 고민하다가 민구를 따라 천천히 걸었다. 혹시라도 돌아와서 왜 쫓아오지 않느냐고 해코지를 할까 봐 무서웠다.

그리고 사실…… 이미 계단 전체가 좀비들로 가득하다는 걸 보았기 때문에 딱히 도망갈 방법도 없다.

"으아! 저 새끼 엄청 빠르네!"

해머를 들고 뛰어야 하는 보안관이 숨을 헐떡인다. 삼숙이는 뒤도 한 번 돌아보지 않고 곧바로 내달렸다.

녀석은 이전에 한 번도 와 보지 않은 길고 꼬불꼬불한 복도를 빠르게 돌파해서 C섹션의 계단 문 앞에 멈춰 섰다. 그러고는 단단한 철제문을 두드리며 사납게 짖어 댔다.

"뭐지, 대체? 이 안에 뭐가 있기에…… 하아아~ 하아아!"

간신히 녀석을 따라잡은 진우가 호흡을 가다듬으며 묻는다. 제니가 자신의 배낭을 두드리며 말했다.

"저기…… 하아, 하아! 제가 테라 옷 냄새를 맡게 해 줬어요. 혹시…… 그걸…….."

거기까지 듣고 난 보안관이 망설임 없이 곧바로 문을 확 밀어젖혔다. 유빈과 삼식이는 방패를 들어 올렸고, 진우는 얼른 사격 자세를 갖췄다.

여기에서 테라를 만날 가능성이 1퍼센트라도 있으면 그걸로 충분하다. 하지만…… 안에서 뛰어나온 것은 그들의 기대와 전혀 달랐다.

"으아아아!"

엄청난 기합을 지르며 열린 문을 통해 내달려 온 것은, 우주인처럼 거창한 방호복을 입은 남자였다. 방호복 남자는 보안관과 친구들의 모습을 보고 움찔하더니, 곧바로 드릴을 앞세워서 그들을 향해 뛰어들었다.

"뭐야! 이 새끼야!"

보안관은 코앞으로 찔러 오는 드릴을 피하고는 방호복 남자를 확 밀어 쳤다. 방호복 남자는 뒤로 벌렁 나가떨어졌다.

그러는 사이 삼단봉을 든 섀도 실드 대원 둘이, 그리고 그 뒤에서는 좀비 다섯 마리가 차례로 문을 통과해 뛰어 들어온다.

"윽!"

한꺼번에 섀도 실드 두 명의 무게를 방패로 받아 낸 유빈이 주춤하고 주저앉는다. 진우는 방아쇠를 당길 수가 없었다.

보안관과 삼숙이, 유빈과 삼식이가 목표물들과 너무 복잡하게 얽혀 있다. 어차피 보안관 혼자서도 처리할 수 있을 정도이니, 굳이 그 아슬아슬한 틈을 노려 쏘는 모험을 감수할 만큼 위험한 상황은 아니다.

적이라고 해 봐야 사람 셋에 좀비 다섯. 그 정도면 그냥 보안관에게 맡기고 떨어져 나온 놈들만 잡아 주는 편이 나을 거다. 진우는 시야를 넓히기 위해 오히려 뒤로 몇 걸음을 물러났다.

그러는 사이, 잔뜩 흥분한 삼숙이는 움찔거리는 섀도 실드 대원들을 밀어내고 좀비들이 우글거리는 계단 안으로 뛰어 들어가 버렸다.

"으아악!"

삼숙이에게 밀려난 섀도 실드 대원이 비명을 지른다. 녀석은 뒤쫓아오던 좀비에게 부딪쳐 쓰러졌고 좀비는 놈의 목덜미를 사정없이 물어뜯었다.

와드득!

놈의 뜯긴 목에서 핏줄기가 솟아오르는 동안 다른 섀도 실드 대원은 보안관의 머리를 향해 삼단봉을 휘두르며 달려들었다.

아마도 방패를 든 두 명보다 이쪽을 뚫고 나갈 가능성이 더 높다고 생각한 모양이다. 물론 잘못된 판단이지만.

휘이잉—.

놈이 휘두른 삼단봉이 허공을 가르고, 보안관의 해머는 놈의 무릎을 반대쪽으로 돌려 버렸다.

"끄으윽!"

끔찍한 비명과 함께 뒤로 밀려 넘어진 섀도 실드 대원의 눈이 갑자기 더욱 커진다. 그런 후, 그의 입에서는 피가 왈칵 솟아올랐다.

위이이이잉—!

놈의 가슴을 뚫고 맹렬하게 회전하는 드릴의 날이 튀어나왔다. 놈은 죽어 가면서 핏발 선 눈으로 뒤를 돌아보았다. 방호복 직원이 당황한 얼굴로 고개를 젓는다.

"아니…… 아니! 이건! 나는…… 그냥! 저 새끼들 공격하려던 거였는데…… 갑자기 내 앞으로 넘어지는 바람에!"

방호복 남자가 떨리는 목소리로 더듬거린다. 어찌나 당황했는지 그렇게 변명을 하는 동안에도 그는 드릴의 방아쇠를 누른 손가락에서 손을 떼지 않고 있었고, 몸이 꿰뚫린 채 흔들리는 대원의 몸에서는 엄청난 양의 피가 터져 나온다.

"으아아아! 으으으!"

죽어 가는 대원과 죽이고 있는 방호복 남자가 동시에 비명을 터뜨린다. 보안관과 친구들은 그런 대화를 듣고 볼 여유가 없었다. 당장 상대해야 하는 것은 아군의 무기에 꿰뚫려 죽는 얼간이들이 아니라, 남아 있는 좀비들이다.

부웅—!

보안관의 해머가 바람을 갈랐다.

으직—!

유빈의 방패 위에 올라타려던 좀비의 갈비뼈가 박살 나고, 좀비의 몸이 옆의 놈과 부딪친다. 엄청난 스윙에 밀려난 두 마리가 거의 동시에 하늘로 떠오른다. 진우는 그 틈을 놓치지 않고 방아쇠를 당겼다.

투두둑! 투두둑!

머리가 터진 좀비들이 뇌수를 쏟으며 바닥에 고꾸라진다. 보안관은 진우가 처리해 줄 것을 예상했다는 듯 세 번째 좀비의 턱을 후려갈기고 있었다. 유빈과 삼식이는 방패로 네 번째 좀비의 돌진을 막아 내는 중이다.

"뒤로 빠져!"

보안관의 목소리가 들려온다. 유빈과 삼식이는 힘을 합쳐 좀비를 밀쳐 내고 좌우로 갈라졌다. 보안관이 그 사이로 확 뛰쳐나오며 해머를 내리찍었다.

쾅직!

정수리가 박살 난 좀비가 힘없이 쓰러진다. 그러는 동안 방향을 바꾼 진우는 계단에서 후속으로 뛰어나오려는 좀비들을 상대하고 있었다.

투두둑― 투투두― 투두― 툭―.

계단 위쪽에서 좀비들이 계속해서 나타난다. 죽은 지 꽤나 오래되어 보이는 놈들과 변한 지 얼마 되지 않는 놈들이 섞여 있다.

진우는 놈들이 복도의 조명 안쪽으로 들어오는 순간, 방아쇠를 당겨 머리를 꿰뚫었다.

위이이잉―.

방호복 남자는 섀도 실드 대원의 시체에서 드릴을 빼내려고 안간힘을 쓰고 있었다. 그까짓 무기가 아무 도움이 되지 못한다는 걸 깨닫지 못할 만큼 그는 흥분해 있고, 판단력이 흐려진 상태였다.

"어이, 아저씨! 그거 내려놔. 어차피 소용없어. 이쪽에는 총도 있다고!"

보안관이 녀석에게 경고를 했다. 하지만 방호복 남자는 피투성이가 된 채 열심히 드릴을 역방향으로 돌려서 결국 드릴을 빼내는 데 성공했다.

"가까이 오지 마! 다 죽고 싶지 않으면!"

방호복 남자가 맹렬하게 돌아가는 드릴의 날을 좌우로 흔들며 다시 벌떡 일어섰다. 보안관은 어처구니없어하며 고개를 저었다.

"이거 뭐지? 네가 협박할 상황이 아닌데……."

"이야아!"

주변을 두리번거리던 방호복 남자는 갑자기 몸을 홱 돌려 태권 소녀와 제니를 향해 돌진했다. 여자들을 인질로 잡아야겠다고 판단한 모양이다. 그것이 보안관을 화나게 했다.

"이 개새끼가!"

보안관은 해머를 풀스윙으로 휘둘러 녀석의 머리통을 후려쳤다. 단단한 방호 헬멧으로 덮여 있는 머리지만, 그 안의 두개골과 목뼈는 그만큼 단단하지 않았다. 목이 부러진 방호복 남자는 비명 한 번 지르지 못하고 맥없이 고꾸라져 버렸다.

"하아, 하아…… 이 새끼…… 왜 죽을 길을 택하는 거지?"

아직도 다리가 꿈틀거리며 경련하는 방호복 남자의 시체를 바라보며 보안관이 중얼거렸다. 진우가 친구의 어깨에 손을 올려 진정시키며 대답했다.

"남들도 자기처럼 잔인하고 인정사정없다고 생각해서 그러는 거야. 절대 곱게 살려 줄 리가 없다고 믿었겠지."

"이놈들은 뭐야?"

뒤늦게 합류한 민구가 헐떡거리며 물었다. 이렇게 건물 전체를 가로지르는 장거리 달리기는 도저히 쌩쌩한 놈들을 따라잡을 수가 없다. 잘려 나간 옆구리가 점점 더 견딜 수 없을 만큼 당긴다. 어영부영 따라온 끄나풀들과 별다른 차이도 없을 만큼 느렸다.

"모르겠어요. 아마 계단으로 탈출하는 놈들이었던 것 같은데……."

아래층에서 짖고 있는 삼숙이를 쫓아 내려가면서 유빈이 대답했다. 삼숙이는 문이 닫힌 12층 출구에 있었다. 발톱으로 문을 긁어 대는 삼숙이를 진우가 진정시켰다.

"왜 이렇게 흥분했어? 응?"

녀석의 얼굴을 쓰다듬어 주던 진우는 그 주둥이에 피가 묻어 있다는 걸 발견했다. 그러고는 녀석의 날카로운 이빨 사이에서 천 조각을 빼냈다. 찢긴 양복바지 조각이었다.

"얘가 누굴 물었나 본데?"

진우는 미간을 찌푸리며 중얼거렸다. 보안관이 12층의 문손잡이를 돌리며 말했다.

"누군지는 쫓아가 보면 알지."

"아니…… 그럴 필요 없어."

진우가 보안관을 만류했다. 무슨 말인지 이해하지 못하는 보안관에게 진우는 자신의 팔을 보여 줬다.

"소름 끼친 거 봐. 이 안에는…… 그냥 좀비들 밭이야. 우글우글해. 누가 이리로 도망갔는지는 모르지만, 절대로 못 살아. 나도 못 버텨."

그래도 보안관은 미련을 버리지 못하고 조금 열린 문을 잡은 채 망설인다. 진우는 제니에게 손을 내밀며 말했다.

"제니야, 가방에서 옷 좀 줘 봐. 테라 옷."

제니에게서 미니드레스를 넘겨받은 진우는 흥분한 삼숙이의 코에 그 옷을 가져다 대며 물었다.

"삼숙아, 이 누나 찾은 거 아니지? 이 냄새 어디에 있어? 가자."

삼숙이는 몇 차례 킁킁거리며 냄새를 맡은 뒤, 조금 진정하는 기미를 보였다. 그러고는 아래쪽을 향해 걸어 내려가기 시작했다.

다들 녀석의 뒤를 따라 걷고 있을 때, 삼식이가 고개를 갸웃거리며 다시 계단 문을 빼꼼 열었다.

"야, 열지 마! 거기 감당 안 된다니까? 왜 그래?"

"그게…… 왠지 아는 목소리가 들린 것 같아서……."

삼식이는 문틈으로 들려오는 소리에 신경을 집중하며 대답했다. 물론 들려오는 것은 좀비들의 우렁찬 울음소리뿐이다.

"혹시 테라 목소리야?"

진우가 물었다.

삼식이는 고개를 저으며 문을 닫았다.

"아니…… 그냥 내가 잘못 들었나 봐."

(다음 권에서 계속)